DULCE PESADILLA

T0265515

Planeta Internacional

TRACY WOLFF

DULCE PESADILLA

Calder Academy 1

Traducción de Pura Lisart y Roser Granell

Obra editada en colaboración con Editorial Planeta – España

Título original: *Sweet Nightmare*

© Tracy Deebs-Elkenaney, 2023
Primera edición en Estados Unidos bajo el título *Sweet Nightmare: The Calder Academy series #1*

Traducción publicada por acuerdo con Entangled Publishing, LLC a través de RightsMix LLC. Todos los derechos reservados.
© por la traducción, Pura Lisart y Roser Granell (Prisma Media Proyectos S.L.), 2024
Composición: Realización Planeta

© 2024, Editorial Planeta, S. A. – Barcelona, España

Derechos reservados

© 2024, Editorial Planeta Mexicana, S.A. de C.V.
Bajo el sello editorial PLANETA M.R.
Avenida Presidente Masarik núm. 111,
Piso 2, Polanco V Sección, Miguel Hidalgo
C.P. 11560, Ciudad de México
www.planetadelibros.com.mx

Primera edición impresa en España: junio de 2024
ISBN: 978-84-08-28980-7

Primera edición impresa en México: julio de 2024
ISBN: 978-607-39-1536-6

No se permite la reproducción total o parcial de este libro ni su incorporación a un sistema informático, ni su transmisión en cualquier forma o por cualquier medio, sea este electrónico, mecánico, por fotocopia, por grabación u otros métodos, sin el permiso previo y por escrito de los titulares del *copyright.*

La infracción de los derechos mencionados puede ser constitutiva de delito contra la propiedad intelectual (Arts. 229 y siguientes de la Ley Federal de Derechos de Autor y Arts. 424 y siguientes del Código Penal).

Si necesita fotocopiar o escanear algún fragmento de esta obra diríjase al CeMPro (Centro Mexicano de Protección y Fomento de los Derechos de Autor, http://www.cempro.org.mx).

Impreso en los talleres de Impresora Tauro, S.A. de C.V.
Av. Año de Juárez 343, Col. Granjas San Antonio,
Iztapalapa, C.P. 09070, Ciudad de México
Impreso y hecho en México / *Printed in Mexico*

Para toda persona que se haya enfrentado a su peor pesadilla
y haya salido más fuerte.
Este libro es para ti

Dulce pesadilla es un romance paranormal trepidante con componentes de terror que se desarrolla en una escuela para paranormales que han cometido actos atroces. Por tanto, la historia incluye elementos que podrían no ser aptos para todos los públicos. Si deseas saber cuáles son antes de adentrarte en los peligros que entraña la academia Calder, ve a la página 667.

PRÓLOGO

NOCHE TRAS NOCHE (DE PESADILLAS)

Conozco tu peor pesadilla.

No, esa no. La otra.

Esa que no sacas a relucir en las fiestas.

Esa que no le susurras a tu colega del alma a altas horas de la noche.

Esa que ni siquiera tú reconoces tener hasta que son las tres de la madrugada, las luces están apagadas y el miedo te paraliza de tal forma que ni siquiera te atreves a estirar el brazo para darle al interruptor de la lamparita de noche. Así que te quedas en la cama con el corazón saliéndosete del pecho, la sangre corriendo por tus venas, con el oído atento a cualquier deslizamiento de la ventana, crujido de la puerta o pasos en las escaleras.

El monstruo debajo de la cama.

El monstruo del interior de tu mente.

No te avergüences. Todo el mundo tiene una de esas pesadillas... Incluso yo.

La mía siempre empieza igual.

Luna llena. Aire caliente y pegajoso. Musgo que cuelga lo suficiente para acariciarte la cara en un paseo nocturno. Las olas rompiendo en la costa. Una cabaña, una chica, una tormenta... Un sueño, siempre fuera de mi alcance.

Sé que no parece nada del otro mundo, pero lo importante de la historia no está en los elementos que la componen. Está en la sangre y la traición.

Así que duérmete si te atreves. Pero no digas que no te he avisado. Porque lo único que puedo prometerte es que mi pesadilla es peor que la tuya.

1

NO EXISTEN LOS ESCAPES RAPIDITOS

Me quito de encima el último tamollín mientras me lanzo al suelo, pero no piensa rendirse sin pelear.

Este tiene unos dientes largos y afilados que me dejan un surco en el hombro, mientras que sus garras, todavía más largas y puntiagudas, me arañan el bíceps derecho al intentar aferrarse a mí.

Ahogo un grito cuando la sangre recién derramada, mi sangre, cae sobre la punta verde manzana de mis maltrechas pero adoradas Gazelles, pero aun así no me detengo. Tengo la libertad al alcance. Solo debo estirar la mano y agarrarla... Y, ya que estamos, evitar que vuelvan a rodearme.

Por suerte, consigo asir el anticuado pomo de la puerta al primer intento, y me revuelvo mientras intento abrir el cerrojo de hierro. Es muy viejo y siempre se queda atascado, pero, tras años a cargo de la jaula de los tamollinos, me he aprendido todos los trucos que hay. Empujo hacia la izquierda, hago palanca en la parte de la derecha hacia arriba y tiro con todas mis fuerzas.

El cerrojo se abre justo cuando otro tamollín, o quizá el mismo de antes (a estas alturas ya no sé nada), me muerde con fuerza el tobillo. Para quitármelo de encima doy una patada hacia atrás tan fuerte como puedo mientras muevo la pierna como una loca y a la vez tiro de la puerta con el mismo ímpetu. Pesa mucho y me duele el hombro, pero ignoro el dolor mientras me lanzo de cabeza a una abertura apenas más amplia que mis caderas y cierro de un portazo a mis espaldas.

Para asegurarme de que ninguno me ha seguido, porque los tamollinos son muy escurridizos, me estampo de espaldas contra la madera vieja. En cuanto lo hago, mi mejor amigo, Luis, aparece iluminado por la tenue luz del pasillo del sótano.

—¿Buscabas algo? —Levanta mi botiquín de primeros auxilios y después se detiene de golpe cuando por fin me echa un buen vistazo—. ¿Te han dicho alguna vez que se te dan genial las entradas triunfales?

—¿No querrás decir «salidas»? —Carraspeo mientras ignoro la cara horrorizada con la que me mira—. La tormenta que se avecina debe de haber alterado a los tamollinos más de la cuenta.

—¿Alterado? ¿Así es como quieres llamarlo? —contesta, pero su comentario es apenas perceptible debido a un grito bestial y ensordecedor que viene de detrás de la puerta—. ¿Qué es ese ruido tan horroroso?

—Pues ni idea.

Miro a mi alrededor, pero no veo nada. Aunque también es cierto que todo el pasillo está iluminado por una sola bombilla triste y sin revestimiento que cuelga del techo, así que tampoco es que nos proporcione una vista fantástica.

Sin embargo, los gritos se oyen cada vez más..., y ahora distingo que provienen del interior de la jaula.

—Mierda.

Cuando coloco el último pestillo en su sitio, veo una patita de tamollín atrapada entre la puerta y el marco.

Luis sigue mi mirada.

—Ni de coña. Clementine, ¡ni se te ocurra!

Sé que tiene razón, pero...

—Es que no puedo dejar a la pobre criaturita así.

—Esa «pobre criaturita» acaba de intentar comerse tus entrañas —espeta.

—¡Lo sé! Créeme que lo sé.

Me sería imposible olvidarlo, teniendo en cuenta todas las partes del cuerpo que me arden de dolor ahora mismo.

Pone en blanco sus ojos lobunos grises con tanta exageración que incluso me sorprendo un poco de que se le den la vuelta.

Para entonces los gritos se han convertido en sollocitos apagados.

—Tengo que abrir la puerta, Luis.

—¡Joder, Clementine! —Sin embargo, incluso mientras lo dice, se pone a mis espaldas para apoyarme—. Quiero que conste que me opongo a esta decisión.

—Se tendrá en cuenta —le contesto a la par que tomo aire y abro con pocas ganas el pestillo que acababa de cerrar—. A ver qué pasa.

2

BAJO TU CALDER Y RIESGO

—¡No apartes la mano de la puerta! —me insta Luis mientras se inclina sobre mi hombro para controlar al detalle la situación, cosa que intenta hacer en muchos otros aspectos de mi vida.

—Esa es la idea —contesto rodeando el pomo con una mano y colocando la otra justo encima para poder cerrar la puerta de un empujón en cuanto la pezuña del tamollín quede libre.

Tiro de la puerta con la fuerza justa y, en cuanto la pata se retira del umbral, arrojo todo el peso de mi cuerpo contra ella y la cierro una vez más con toda la fuerza que logro reunir. Milagrosamente, consigo evitar un nuevo desastre.

Un coro de alaridos enfurecidos se alza tras la puerta, pero nada se escapa.

Estoy a salvo..., al menos hasta la próxima.

Exhausta ahora que el último subidón de adrenalina me ha abandonado por completo, me apoyo en la puerta, me dejo caer hasta que mi culo toca el suelo y, entonces, respiro. Simplemente respiro.

Luis se desploma a mi lado y me señala con un movimiento de la cabeza el kit de primeros auxilios que ha soltado a pocos metros de nosotros. Tiene la costumbre de traérmelo cada vez que debo encargarme de los tamollinos y, por desgracia, raro es el día en que no lo necesite.

—Igual deberíamos empezar a vendarte. El timbre sonará dentro de unos minutos.

Suelto un gruñido.

—Pensaba que estaba empezando a ganar velocidad.

—Una cosa es ser veloz y otra ganar velocidad —señala con una sonrisa triste—. No hace falta que te asegures de que todos y cada uno de los cuencos de esos monstruitos están llenos de agua bien fría. Basta con que estén a temperatura ambiente.

—Estamos en septiembre. En Texas. Es imprescindible que el agua esté fría.

—¿Y qué consigues con preocuparte tanto?

El pelo negro cortado a cuchilla le cae sobre el ojo izquierdo mientras me mira la manga rasgada de la camiseta... y los arañazos profundos de debajo.

Ahora me toca a mí poner los ojos en blanco al tiempo que voy a por el kit de primeros auxilios.

—¿Que la directora me deje en paz?

—Estoy seguro de que tu madre entenderá que les des agua a temperatura ambiente si con eso te ahorras perder cantidades ingentes de sangre. —Mira el apósito grande que he sacado del kit mientras hablábamos—. ¿Te ayudo con eso?

—Casi que sí —respondo a regañadientes—. Pero ponme solo el de la espalda, ¿vale? Creo que la gracia de ocuparme de los tamollinos es que se trata de un castigo, así que dudo que mi madre se preocupe demasiado por mis sentimientos.

Suelta un bufido con el que confirma esa verdad al mismo tiempo que aparta el cuello de la camisa roja de mi uniforme lo justo para ponerme el apósito en el hombro, que sigue sangrando por los rasguños.

—Tampoco es que a ti te hayan metido en este centro por alguna jugarreta fatídica o por mal comportamiento, como al resto de nosotros.

—Y, aun así, aquí estoy. Las ventajas de ser una Calder...

—Sí, bueno, seas Calder o no, tienes que despedirte de los tamollinos o a este paso no creo que llegues a graduarte.

—Descuida, me graduaré —aseguro mientras me pongo unos pocos apósitos más—. Aunque solo sea por salir por fin de esta maldita isla.

—Un año más —dice Luis, y extiende la mano para que le pase el kit de primeros auxilios— y los dos saldremos de aquí.

—Más bien doscientos sesenta y un días.

Vuelvo a meter la caja de apósitos de malas maneras en el kit y se lo doy. Después me levanto sin hacer caso a todas las partes del cuerpo que me duelen.

En cuanto nos ponemos a recorrer el pasillo húmedo, oscuro y deprimente, la bombilla empieza a balancearse y a chisporrotear en la quietud absoluta del corredor.

—¿Qué mierdas es eso? —pregunta Luis.

—Una sugerencia acuciante de que aligeremos el ritmo —respondo, pero, antes poder dar un paso más, la bombilla emite un chasquido y, segundos más tarde, un montón de chispas salen disparadas de su interior, justo antes de que el pasillo se suma en la oscuridad.

—Esto no es espeluznante para nada —suelta Luis impasible, deteniéndose en seco para escudriñar las tinieblas con cierta reticencia.

—No le tendrás miedo a la oscuridad, ¿verdad?

No puedo evitar pincharlo un poco mientras saco el móvil del bolsillo.

—Claro que no. Soy un lobo, ¿sabes? Tengo visión nocturna.

—Eso no te hace menos gallina. —Sigo pinchándole. Deslizo el pulgar sobre el icono de la linterna del móvil y enfoco el pasillo con la luz.

Como hecho adrede, la puerta que está justo delante de Luis se agita con violencia sobre las bisagras.

No necesitamos más motivación que esa para echar a correr. El haz de luz del móvil se mueve de un lado a otro al mismo compás que mis zancadas. Miro hacia atrás para asegurarme de que no hay nada a nuestras espaldas y la luz capta lo que parece ser una sombra voluminosa en el pasillo adyacente. Apunto con la linterna en esa dirección, pero no hay nada.

Entonces, un golpetazo atronador surge de la estancia de la izquierda, seguido por un ruido de cadenas y un chirrido agudo bestial que no parece estar amortiguado (en absoluto) por la gruesa puerta de madera que nos separa.

Luis acelera el paso y yo me uno a él. Dejamos atrás varias puertas más antes de que la que tenemos enfrente empiece a vibrar con tal violencia que temo que se salga del marco en cualquier instante.

Un pasillo más, una carrera desenfrenada y llegaremos a las escaleras. Fuera de peligro.

Al parecer, no corro tan rápido como Luis, porque me

coge de la mano y tira de mí cuando un alarido furioso y ensordecedor nos sigue tras doblar la esquina.

—¡Corre, Clementine! —grita, y me empuja hacia las escaleras que tiene delante.

Subimos los peldaños precipitadamente y salimos por las puertas dobles que hay al final justo cuando empieza a sonar el timbre.

3

OTRO QUE MUERDE EL POLVO DE HADA

—*Tienes el poder para derrotar a los monstruos que hay en tu interior* —clama una voz dulce por el altavoz. La frase motivacional que funciona como timbre llena el pasillo, y Luis y yo nos detenemos para coger aliento.

—No es por ofender a tu tía Claudia y sus afirmaciones diarias —dice entre jadeos—, pero no creo que sean los monstruos de nuestro interior los que deban preocuparnos.

—No me digas —contesto para darle la razón, a la vez que le envío un mensaje al tío Carter para avisarlo de que tiene que revisar los pestillos de las jaulas de los monstruos.

Mi tío Carter está a cargo de la colección de fieras del sótano. Hace ya tiempo, la isla de la academia Calder se fundó como un sanatorio donde los paranormales ricos enviaban a sus familiares «convalecientes». Sin embargo, los rumores cuentan que, en realidad, ese sótano se reservaba para los criminales desequilibrados, cosa que explica las gigantescas puertas de tres kilos y medio que hay en cada una de las celdas. No es que sean muy útiles para los humanos, pero vienen de perlas cuando tienes que evitar que ciertas criaturas siembren el caos.

—¿Puedes volver a recordarme por qué tu madre cree que es buena idea alojar aquí a algunos de los monstruos más retorcidos del mundo? —pregunta Luis mientras termina de meterse el polo rojo por dentro de los pantalones negros cortos del uniforme.

—Parece ser que el colegio necesita dinero para «mantener el estilo de vida al que están acostumbrados los alumnos» —cito.

Nos tomamos un segundo para admirar ese supuesto estilo de vida antes de que nos veamos obligados a agacharnos cuando uno de los azulejos sueltos del techo cae al suelo. Después de que cerrara el sanatorio, no tardaron mucho en convertir los ornamentados edificios victorianos en un hotel de lujo para paranormales, que ocupó la isla hasta que mi familia lo compró hace ochenta años.

Los bloques en sí se diseñaron en la época en la que se construían edificios bonitos por simple amor a la arquitectura, aunque dichas construcciones formaran parte de un hospital. Los restos de esa época ya pasada siguen presentes a pesar de los daños sufridos con el paso del tiempo. Como, por ejemplo, las escaleras de mármol tallado que ahora están desgastadas por los pasos y por los años, las torretas enormes y arqueadas, los miradores o la mampostería intrincada que adorna la entrada del edificio de administración, donde damos la mayor parte de nuestras clases. Pero todo ese encanto en potencia se ha visto eclipsado por una pintura verde sin personalidad que se ha esparcido por todas las paredes y los falsos techos, que sin duda esconden molduras increíbles.

Luis suelta una risita y niega con la cabeza cuando mi

móvil vibra por un mensaje de mi compañera de habitación, Eva.

¿Dónde estás?

No puedo llegar tarde a Control de la
Ira. Danson es un cabrón.

Como me la vuelva a liar, te juro que le
doy un puñetazo en toda la garganta.

Le contesto rápidamente para avisarla de que voy de camino.

—¿Estás bien? —pregunta Luis mientras andamos a toda prisa en un intento de evitar que nos griten los troles del pasillo.

—Gracias a ti, sí —contesto, y le doy un abrazo rapidito antes de abrir la puerta del baño de las chicas que hay en el centro del pasillo—. Te quiero, Luis.

—Más te vale.

Le resta importancia a mi momento de ternura con su comentario mordaz, justo antes de que la puerta se cierre a mis espaldas.

—Joder, Clementine. Se supone que tienes que dar de comer a los tamollinos, no ser su comida —me dice Eva mientras se yergue y deja de apoyarse en una de las anticuadas pilas con forma de cubo.

Doy un chasquido.

—Ya sabía yo que algo no estaba haciendo bien.

—Te he traído un café.

Sus rizos largos y negros rebotan cuando se inclina

hacia delante para entregarme una mochila turquesa y rosa.

La emoción me embarga en cuanto veo las dos tazas de lo que sé que es el famoso café con leche de Eva, una receta de su familia puertorriqueña que incluye un pellizquito de una mezcla de especias increíble. Es casi una leyenda entre los de último año. Extiendo la mano con avaricia para cogerlo.

—Dame.

Señala la mochila con la cabeza.

—El tiempo corre. Primero cámbiate, luego el café.

Gruño, pero ya me estoy quitando a toda prisa la camisa y tirándola a la basura. Saco el polo limpio que me ha traído y, después de una miradita en el espejo, me pongo encima la sudadera roja que ha metido en la mochila.

Aunque se está a más de treinta y siete grados de pura humedad fuera, sigue siendo mejor que ir por ahí caminando como si fuera una presa en temporada de caza. La más mínima señal de debilidad hace que los demás alumnos saquen su instinto depredador. A pesar de que los poderes de todos los estudiantes están sellados, siguen teniendo puños (y dientes) y se mueren de ganas de utilizarlos.

Treinta segundos después ya me he lavado la cara, me he recogido el pelo en una coleta y un gran trago de café con leche me calienta por dentro.

—¿Estás lista? —me pregunta Eva, y me mira de arriba abajo una última vez con sus preocupados ojos marrones.

—Todo lo lista que puedo estar —respondo, y sostengo la taza de café en silencio mientras volvemos a salir al pasillo.

Echo una miradita al móvil y veo un mensaje del tío

Carter que dice que está de camino al sótano. Me despido de Eva con la mano antes de dirigirme al pasillo que me lleva a clase de Literatura Británica.

Una pequeña manada de leopardos metamorfos está alborotando el pasillo, cerca de la puerta del laboratorio de ciencias. Uno me sigue con la mirada como si fuera su postre, y atisbo un destello de colmillos de color marfil. La chica que tiene al lado nota su emoción y empieza a rondarme. Evito el contacto visual, lo último que necesito ahora mismo es un desafío para ver quién es más dominante.

Entonces veo a una de noveno, creo que una bruja, que nos mira directamente a mí y a los metamorfos. La has liado, chica. Huelen de inmediato el cambio en las energías y dirigen las miradas a ella. Si quieres sobrevivir en este colegio, lo mejor que puedes hacer es evitar el contacto visual directo.

Me detengo porque no estoy segura de qué es lo siguiente que debo hacer, y de pronto la chica suelta un grito ensordecedor que se oye por todo el pasillo. Hace eco por todas las superficies hasta que llega a mis tímpanos doloridos. «No es una bruja, es una banshee», me corrijo mentalmente mientras los leopardos se van corriendo a clase.

Salvada por el berrido.

Camino a toda prisa hasta mi taquilla. Cojo la mochila y me cuelo por la puerta hasta mi asiento, casi un segundo antes de que suene la última afirmación.

—Soy más fuerte que todos los problemas y los retos con los que me tope. Solo tengo que creer en mí.

Se oye un gruñido general en toda la clase antes de que hable la profesora Aguilar.

—¡Y ya ha sonado el timbre! Hoy tenemos que investigar a fondo, ¿vale? —gorjea en una voz que es incluso más alegre que la de las afirmaciones o los anuncios de la escuela.

Aunque, bueno, en general la profesora Aguilar es demasiado brillante y deslumbrante para la academia Calder. El pelo amarillo eléctrico, los ojos azul claro, su sonrisa de loca y una actitud terriblemente alegre, entre otras cosas... Todo ello grita a voces que esa hada no tendría que estar aquí. Y, por si fuese poco, las risillas provenientes de los estúpidos de los fae que ocupan la última fila me anuncian que están a punto de hacer que ella y todos los de esta clase lo sepan.

—Joder, profe, ¿es que has esnifado mucho polvo de hadas en la comida? —espeta Jean-Luc, y se aparta de los ojos el pelo que lleva despeinado aposta.

—Y no nos has traído —se burla su amigo y secuaz, Jean-Claude. Cuando se ríe, los ojos verdes le brillan con la electricidad sobrenatural que es común en todos los fae de magia negra—. ¿Es que no sabes que compartir es vivir?

El hecho de que ambos empiecen a reírse junto a Jean-Paul y Jean-Jacques, los otros dos miembros de su pandilla de inmaduros y malvados, hace saber al resto de la clase que tienen algo planeado.

Cómo no, en cuanto ella se da la vuelta para escribir en la pizarra, Jean-Jacques le lanza un puñado de caramelos Skittles con mala baba.

De verdad, estos tíos no podrían ser más pesados ni aunque entrenaran.

La profesora Aguilar se queda de piedra cuando los

Skittles la golpean. Pero, en vez de regañar a los fae maleducados, los ignora y sigue escribiendo en la pizarra.

Su silencio solo consigue animarlos, y le lanzan otra ronda de caramelos; solo que esta vez los han chupado antes para que, cuando impacten en su blusa blanca, le dejen una marca pegajosa de color arcoíris. Y eso sin contar los que se le quedan pegados a la mujer en el pelo puntiagudo.

Ella sigue de cara a la pizarra en lo que estoy casi segura de que es un intento de esconder las lágrimas; entonces Jean-Luc aparece en la parte frontal de la clase (los fae son increíblemente rápidos, aun sin utilizar sus poderes) y se coloca justo detrás de ella, le pone caras y le hace varias peinetas.

Casi toda la clase se echa a reír, aunque algunos bajan la mirada incómodos. La profesora Aguilar se da la vuelta, pero para entonces Jean-Luc ya ha regresado a su asiento y le sonríe con inocencia mientras se apoya en un codo. Antes de que pueda averiguar lo que ha pasado, otro puñado de Skittles sale volando hacia ella. La mayoría le da en el pecho, pero un par le dan justo entre los ojos.

Ella suelta un gritito ahogado y toma aire, pero no dice una palabra. No sé si es porque es nueva y no sabe cómo manejar una clase o es que le da miedo pararles los pies a los Gilipo-Jean porque provienen de algunas de las familias mafiosas con más poder y más peligrosas del mundo paranormal. Aunque seguramente sea por ambas cosas.

Cuando otra ronda de gominolas babeadas sale disparada hacia ella, me dispongo a intervenir, como siempre hago, pero me detengo. Si no aprende a defenderse cuanto antes, esta academia se la va a comer viva. Ya le he salvado el culo tres veces a la profesora Aguilar, y tengo magulladuras que lo demuestran. Al fin y al cabo, una no les toca las narices a miembros de la Corte Fae, poseedores de la más oscura de las magias que existen, sin esperar que le den una paliza brutal. Además, sigo en baja forma por culpa de los tamollinos con los que he estado peleándome durante la última hora. No estoy segura de estar dispuesta a enfrentarme a otro grupo de monstruos después de clase.

Aun así, la profesora no dice nada. En vez de eso, se da la vuelta y empieza a escribir algo en la pizarra con una letra llena de florituras. Y es lo peor que podría haber hecho, porque los Gilipo-Jean y otras tantas personas poco innovadoras se lo toman como una señal de que se ha abierto la veda.

Una nueva ronda de bolitas babeadas sale directa hacia ella y se le pegan en el pelo puntiagudo.

Le lanzan más Skittles al culo.

Y Jean-Claude, el muy capullo, decide que es el momento de soltar un montón de comentarios sugerentes.

Y se acabó. No puedo más. Me importa una mierda el dolor. Una cosa es que los Gilipo-Jean sean tan idiotas como siempre, pero otra es que se pasen de la raya. Nadie, ni siquiera los hijos de los capos de la mafia fae, puede acosar sexualmente a una mujer e irse de rositas. Que les den.

Carraspeo mientras me resigno a recibir otra paliza de los Gilipo-Jean después de clase, pero, antes de que pueda ocurrírseme un insulto que los deje por los suelos y les cierre las bocazas, me llega un revuelo desde la izquierda.

Casi no se oye, es tan silencioso que la mayoría de la clase no lo advierte, pero yo ya he oído antes el cambio lento y deliberado que hay del silencio a la acción, y aunque ha pasado bastante tiempo, sigue haciendo que se me ponga la piel de gallina a pesar de provocar también que me invada el alivio.

Parece ser que no soy la única en esta clase que cree que el intento de acoso sexual por parte de los Gilipo-Jean es mucho peor que su mal comportamiento habitual y que hay que pararles los pies.

Me vuelvo un poco hacia la derecha justo a tiempo para ver cada centímetro de los dos metros de belleza, cara de pocos amigos y hombros anchos de Jude Abernathy-Lee al darse la vuelta en su asiento. Durante un instante mis ojos se encuentran con su mirada turbulenta y huidiza, pero enseguida me pasa de largo para centrarse en los miembros del club de los Gilipo-Jean.

Espero que les diga algo a los fae, pero resulta que no hace falta que abra la boca. Con una sola mirada de Jude, sus palabras y risotadas se desvanecen.

Durante unos cuantos segundos el silencio, un silencio largo, tenso y que se podría cortar con un cuchillo, pende en el aire mientras toda la clase contiene el aliento y espera a ver qué pasa después. Porque la imparable mala educación de los Gilipo-Jean está a punto de enfrentarse a la firmeza de Jude.

4

UN FAE PEOR QUE LA MUERTE

Un relámpago resplandece al otro lado de la solitaria ventana estilo Reina Ana que hay en el aula, cortando la oscuridad antinatural y repentina del cielo de primera hora de la tarde.

Como si quisieran recalcar la gravedad de la tormenta que se avecina (sin mencionar la atmósfera actual de la clase), unos truenos resuenan unos segundos después, hacen vibrar esa misma ventana y sacuden el suelo a nuestro alrededor. La mitad de la clase ahoga un grito cuando las luces parpadean, pero, en lugar de romper la tensión del aula, la pataleta de la madre naturaleza solo consigue que aumente todavía más.

Con un poco de suerte los relámpagos alcanzarán a los Gilipo-Jean. Ahora mismo unos fae flambeados no suenan nada mal.

La profesora Aguilar mira por la ventana con inquietud.

—Con tantos rayos, espero que alguien se haya acordado de comprobar los extintores.

Vuelven a resonar más truenos, y más alumnos se mueven nerviosos en sus asientos.

Por lo general, la amenaza de una tormenta durante el mes de septiembre habría pasado completamente desapercibida, pues las tormentas forman parte de nuestra vida aquí, en esta isla de la costa del golfo, y más todavía durante la temporada de huracanes.

Pero esta no se ha formado de la manera que suele ser habitual. Ha aparecido casi de la nada, y su intensidad parece imitar la energía explosiva de la estancia antes incluso de que Jean-Paul y su pandilla no tan graciosa de fracasados se inclinen sobre los pupitres como si hubiesen estado esperando este momento toda su vida.

Se me encoge el estómago y saco las piernas de debajo de la mesa, preparándome para lo peor.

—Ni se te ocurra meterte en medio —susurra la chica nueva que se sienta detrás de mí. Creo que se llama Izzy—. Llevo esperando a que les den una buena paliza desde el día que llegué. A ti, no tanto.

—¿Gracias? —contesto en voz baja al mismo tiempo que me obligo a hacerle caso.

Sin embargo, antes de que Izzy pueda decir algo más, Jean-Luc tose entre risas mientras se pasa la mano por esa melena rubia tan larga que tiene.

—¿Algún problema, Abernathy-Lee?

Jude no responde, solo levanta una ceja oscura y afilada, y sigue mirando fijamente a Jean-Luc y los demás. Jean-Luc no aparta la mirada, pero hay un repentino destello de duda en sus ojos.

Ese destello aumenta hasta convertirse en profunda preocupación al comprobar que Jude sigue mirándolos.

El desasosiego del aula se vuelve tan palpable que incluso me parece que lo noto en el aire, mezclado con la humedad, pero Jean-Jacques es tan egocéntrico que ni siquiera se da cuenta, y dice con desdén:

—Ya, lo que suponíamos. Eres un puto...

Se ve interrumpido por la mano de Jean-Luc, que de pronto aparece de la nada, golpea con violencia la cabeza de Jean-Jacques por detrás y le estampa la cara contra la mesa antes de que pueda seguir escupiendo más veneno.

—¿Por qué has hecho eso? —se queja Jean-Jacques mientras se pasa una mano oscura por el hilito de sangre que le sale de la nariz.

—Cierra la puta boca —lo reprende Jean-Luc con la mirada todavía fija en Jude, quien no ha movido más que esa solitaria ceja. No obstante, su quietud no parece preocupar a Jean-Luc, o eso es lo que da a entender el gesto agresivo que veo en su rostro—. Solo estamos de coña, tío. No tenemos ningún problema.

La otra ceja de Jude se alza, como diciendo: «¿Ah, no?».

Al ver que nadie responde (ni se atreve a respirar, a decir verdad), traslada la mirada de Jean-Luc a Jean-Claude, que se revuelve con nerviosismo en la silla. En cuanto sus ojos se encuentran, Jean-Claude desarrolla de pronto un profundo y persistente interés por su teléfono móvil, cosa que los otros tres Gilipo-Jean imitan al instante.

De repente ninguno de ellos mira a Jude a los ojos.

Así es como el peligro se desvanece y la tensión escapa del ambiente como lo hace el helio de un globo viejo. Al menos por ahora.

La profesora Aguilar también lo ha sentido, porque deja escapar un suspiro de alivio antes de señalar la cita que ha escrito entre florituras en la pizarra blanca con rotulador rosa chillón: «La única forma de reforzar el propio intelecto es teniendo opiniones precisas sobre nada». Su voz asciende y desciende a medida que lee las palabras, como si estuviese cantando una canción. Entonces señala la frase de abajo, que ha escrito en azul turquesa: «Dejar que la propia mente sea un camino de paso para todos los pensamientos».

Parece que vamos a ignorar por completo el problema fae de hace nada y vamos a centrarnos en la cita de un tipo blanco muerto. Pensándolo bien, tampoco es que la idea me desagrade ahora mismo.

Después de hacer lo que interpreto que debe de ser una pausa dramática, la profesora Aguilar prosigue:

—Amigos míos, esta es una cita de mi poeta romántico favorito. ¿Alguno de vosotros se atreve a decir a quién pertenece?

Nadie se ofrece a responder en el acto. De hecho, todos nos quedamos quietos, mirándola con una mezcla de incredulidad y sorpresa.

Se le enturbia el rostro mientras pasea la mirada por toda la clase.

—¿No hay nadie que quiera intentar adivinarlo siquiera?

Ninguna respuesta todavía.

Tras soltar un suspiro pesaroso, una de las brujas de la penúltima fila se lanza.

—¿Lord Byron? —sugiere con tono dudoso.

—¿Byron? —No sé cómo, pero la profesora Aguilar parece aún más decepcionada—. En absoluto. Él es mucho más mordaz, Veronica. ¿Aún no lo habéis adivinado? —Niega con la cabeza con tristeza—. En fin, os daré una pista con otra de sus citas. —Se da golpecitos en la barbilla con una uña pintada del mismo color que el algodón de azúcar—. A ver, ¿cuál podría usar? A lo mejor...

—¡Joder, en serio! —estalla Izzy a mis espaldas—. Es el puto John Keats.

La profesora Aguilar da un respingo hacia atrás sorprendida, pero enseguida se muestra dichosa.

—¡Lo conoces! —exclama, y junta las manos.

—Pues claro que lo conozco. Vengo de la maldita Gran Bretaña —suelta Izzy.

—Eso. Es. ¡Maravilloso! —La profesora Aguilar se acerca a su escritorio prácticamente bailando para coger una pila de paquetes—. ¡Cuánto me alegro de que lo hayas leído! ¿No te parece divino? «Las melodías que pueden...»

—No es más que un ególatra engreído —la interrumpe Izzy antes de que la profesora tenga tiempo de revolotear una vez más de una punta de la clase a la otra—. Como todos los poetas románticos.

La profesora Aguilar se detiene a medio camino horrorizada.

—¡Isadora! John Keats es uno de los poetas más brillantes... Qué digo, una de las personas más brillantes que ha habido sobre la faz de la tierra, cosa que estoy convencida de que llegaréis a comprender mientras lo estudiamos en la siguiente lección.

Ya, claro. Defendiéndolo a capa y espada. A lo mejor si los Gilipo-Jean lanzasen Skittles a las fotografías de los poetas con las que ha forrado las paredes de toda el aula, también podría reprenderlos a ellos.

La profe se me acerca y deja caer sobre mi pupitre la pila de paquetes.

—Clementine, sé buena y hazme el favor de repartirlos, ¿quieres?

Le digo que vale, aunque mi cuerpo maltrecho prefiera contestarle: «No, paso».

Los Gilipo-Jean apenas levantan la mirada cuando les tiro sobre el pupitre un paquete a cada uno. Imagino que Jude hará lo mismo cuando llegue a él, pero en lugar de eso me mira de frente.

En el instante en el que nuestras miradas coinciden, es como si todo lo que tengo dentro se congelara y ardiera al mismo tiempo.

El corazón me late cada vez más acelerado, el cerebro se me ralentiza y los pulmones se me encogen hasta que me duele respirar.

Es la primera vez que me mira directamente (la primera que nos miramos el uno al otro) desde noveno curso, y no sé qué hacer... ni cómo sentirme.

Pero entonces esa cara de guaperas que tanto asco da se ensombrece justo ante mí.

Aprieta la mandíbula afilada.

Su piel un tanto bronceada se tensa sobre los pómulos cortantes.

Y sus ojos (uno tan marrón que parece negro, y el otro, un remolino verdoso y plateado) se quedan completamente en blanco.

Llevo tres años construyendo un muro dentro de mí para afrontar este preciso momento, y una sola de sus miradas tiene el mismo efecto que un cartucho de dinamita. En mi vida me había sentido tan patética.

Decidida a alejarme de él lo más rápido posible, me limito a lanzarle el paquete encima.

El resto de la clase transcurre en una nebulosa mientras me dedico a martirizarme, enfadada conmigo misma por no haber sido la primera en cerrarse en banda. Furiosa porque, a pesar de todo lo que pasó entre nosotros, fuese él quien me dejase de lado a mí y no al revés.

No obstante, en el momento en el que está a punto de sonar el timbre y todos empezamos a recoger nuestras cosas, la profesora Aguilar da unas palmadas para llamar nuestra atención.

—Nunca nos sobra tiempo, ¿verdad? —se lamenta—. Para ponerle solución a ese problema, os voy a asignar ya a vuestros compañeros.

—¿Compañeros? —exclama uno de los dragones—. ¿Para qué?

—Para el proyecto de Keats, tontín. Hoy os asignaré un compañero y así, cuando entréis mañana en clase, podréis empezar vuestros proyectos nada más llegar.

En lugar de recurrir a una lista preparada de antemano basada en la proximidad o incluso en el orden alfabético, como haría una profesora normal, echa un vistazo a toda la clase y se pone a juntar a gente dejándose guiar por «las vibraciones que recibe de cada uno».

No sé qué clase de vibraciones estoy emitiendo y, sinceramente, no podrían importarme menos.

Ahora que la adrenalina provocada por la guerra en la jaula de tamollinos me ha abandonado, el dolor me está torturando, y si añadimos eso a las mierdas raras que han pasado con Jude, lo único que quiero es que la siguiente clase termine rapidito para poder ir a encerrarme en mi habitación y tomarme unos analgésicos.

Sin olvidarnos de una ducha caliente.

Desconecto de la profesora Aguilar y me paso un par de minutos soñando con grandes cantidades de agua caliente, pero recupero la atención cuando pronuncia mi nombre... seguido del de Jude.

Joder, no.

5

MEJOR TARDE QUE NUN-CALDER

La profesora Aguilar continúa formando parejas hasta que todos tenemos compañero, y es totalmente ajena al hecho de que acaba de destrozarme la vida.

Menos de un minuto después, por fin suena el timbre.

—*Estás recorriendo el camino correcto para ti. Sigue adelante.*

Jolín, tía Claudia. ¿Podrías haber acertado más?

El resto de la clase se dirige a la puerta, pero yo me espero. Cuando ha salido todo el mundo, voy hasta la profesora Aguilar, que me mira con expectación.

—No tienes que darme las gracias, Clementine —me asegura con una sonrisilla de conspiración.

—¿Qué? —pregunto boquiabierta.

—Por haberte emparejado con Jude. Me he dado cuenta de que hay algo entre vosotros.

—No hay nada entre Jude y yo...

—Oh, venga ya, a mí no tienes que escondérmelo. Al fin y al cabo, tengo alma de poeta.

—Es que no te estoy ocultando nada. Jude y yo sentimos... una gran aversión el uno por el otro.

O, por lo menos, esa es la sensación que tengo desde que me dejó plantada sin avisar ni darme explicaciones.

—Uy. —Parece sorprendida—. Pues, bueno, igual puedes utilizar esta ocasión para tender un puente entre los dos...

¿Tender un puente? No se puede «tender puentes» con Jude Abernathy-Lee. ¿Cómo, si es él quien destrozó el puente y todo lo que había a su alrededor hace mucho tiempo?

—En realidad, esperaba que me dejaras cambiarme de compañero.

—¿Cambiar de compañero? —Se le abren los ojos como platos y bate las pestañas de un brillo sobrenatural, como si la idea de cambiar los grupos que ella misma ha asignado no se le hubiera pasado por la cabeza—. Uy, me parece que no es muy buena idea, ¿no crees?

—Claro que es buena idea. —Le dedico mi sonrisa más adorable. O eso intento. Pero, a juzgar por la forma en la que retrocede, estoy segura de que, debido a todos los acontecimientos traumáticos de hoy, ha pasado a ser una mueca horrorosa—. Por eso he sacado el tema.

—Ya, bueno, pues no puedo cambiarte de compañero por las buenas, Clementine. Si lo hago, entonces el resto de la clase esperará lo mismo. Y si no los cambio de compañero, entonces se me acusará de favoritismos hacia la hija de la directora, y eso no puedo permitírmelo. Acabo de llegar.

—¡No tiene que enterarse nadie!

—He asignado los grupos delante de toda la clase. Se enterarán todos. —Niega con la cabeza—. Tendrás que apañártelas. Y quizá descubras que los dos tenéis más cosas en común de lo que crees. Ahora, a clase. Vas a llegar tarde.

Se vuelve hacia su ordenador para indicarme que la conversación ha terminado. Me despido sin ganas y me deslizo, derrotada, hacia el pasillo.

Consigo llegar a la última clase del día, Control de la Ira, con Danson el Cabrón, justo cuando suena el timbre de las afirmaciones. Paso una hora horrible escuchando cómo nos explica el asco que damos y que nunca valdremos para nada si no conseguimos controlar nuestros poderes. Me tienta preguntarle cómo se supone que vamos a aprender a controlar nuestra magia si la academia inhibe los poderes de todos los alumnos desde que pisan esta isla asquerosa hasta que zarpa el barco de la graduación, pero hoy no tengo ganas de discutir.

Después de clase salgo corriendo hacia las escaleras. Esta tarde es el Cónclave Calder, y aparecer vestida con algo que no sea el uniforme para ocasiones especiales es «totalmente inaceptable». Lo único que está peor visto es llegar tarde. Bueno, eso y no presentarse. Pero estoy bastante segura de que tendría que estar muerta para que eso pasara, aunque dudo que eso impidiera que mi madre requiriese de mi asistencia.

Un trueno resuena en las alturas mientras corro hacia las habitaciones de la residencia, pero la lluvia que lleva amenazando con caer todo el día sigue sin manifestarse, lo que solo consigue que empeoren el calor y la humedad (septiembre en Texas es otra forma de decir «infierno») y, cuando llego a la gran valla que separa las aulas de la residencia, tengo la camiseta del uniforme pegada a la espalda. Construida por gigantes herreros, las dos vallas que rodean toda la isla y que separan los edificios académicos de la residencia se aseguran de que todos los alumnos de la academia Calder se queden sin poderes gracias a una combinación de conjuros para inhibir la magia y tecnología paranormal. A Eva y a mí nos encanta llamarlo «el sistema de falta de honor».

Y yo estoy sujeta a las mismas reglas draconianas.

Aunque no es que esté en contra de todas las filosofías de mi madre, solo por esto ya estoy enfadada con ella. Ella creció con su magia. Mis tíos y tías también. Un conjuro especial evita que ellos sufran los efectos de inhibición y permite que los adultos tengan acceso a la magia mientras están en la isla. Incluso renuevan el hechizo todos los años, siempre que se debilita. Pero, en lo que se refiere a mí y a mis primos, no confían en que tengamos acceso a la nuestra.

Es lo que hace que la clase de Danson el Cabrón me enfurezca todavía más y me parezca más injusta. Yo nunca he abusado de mi poder, nunca he perdido el control de mi magia, nunca he herido a nadie... ¿Cómo hacerlo si jamás he sabido lo que es tener magia?

Dolorida e irritada, me dirijo al camino de piedra que lleva a la residencia. A ambos lados del sendero, los cedros mal colocados proyectan sombras mientras el musgo que cuelga de sus ramas se mece y emite susurros al ser movido por el fuerte viento. Acelero cuando paso por debajo de ellos, pues su vil conversación hace que me recorran escalofríos por la columna, hasta que por fin llego a la plaza central que lleva a las «cabañas» de último año.

De noveno a undécimo año, todos los alumnos tienen que instalarse en la residencia principal, lo que antes era el alojamiento más importante del complejo hotelero; los de último año tienen el privilegio de quedarse en las que ahora son las viejas cabañas de invitados. Los bungalós pequeñitos al estilo de Nueva Orleans tienen porches delanteros, persianas para las tormentas y muchos ornamentos, aunque la pintura de color pastel se ha desgastado y se está desconchando.

La mía y la de Eva tiene dos ventanas rotas y una familia de ratones en la despensa, pero por lo menos el aire acondicionado funciona, así que no tenemos quejas. Es parte de ese estilo al que ya nos hemos acostumbrado.

Eva todavía no está en casa, por lo tanto me quito el uniforme empapado de asqueroso sudor en cuanto cruzo la puerta antes de correr a la ducha. Solo tengo tiempo de enjabonarme un poco los mordiscos de tamollín; la larga ducha de mis sueños tendrá que esperar a otro momento. Después me seco con la toalla, me recojo el pelo mojado en un moño y agarro el uniforme formal de la cesta de ropa sin doblar que guardo al fondo del armario.

Una blusa blanca y una falda de cuadros rojos después, ya estoy casi lista para salir. Me pongo los calcetines, meto los pies en los mocasines negros que mi madre insiste en que me ponga y agarro el teléfono antes de salir corriendo a toda prisa hasta el edificio de administración.

El cónclave empieza dentro de cinco minutos y, por desgracia, se tarda diez a paso rápido, o sea que me pongo las pilas. La única vez que no llegué puntual acabé teniendo que ocuparme de los tamollinos hasta el día de la graduación. Desde luego, no quiero cargar con más responsabilidades ni que me toquen las jaulas de los monstruos grandes.

Cuando por fin llego a la sala de reuniones del cuarto piso del edificio de administración, estoy sudando a chorros —maldita humedad— y me falta el aire, pero aún quedan unos segundos para que sea la hora, así que lo considero una victoria. O, por lo menos, es así hasta que me suena el móvil mientras me cuelo en la sala y los doce miembros de mi familia se vuelven para mirarme con evidente desaprobación.

6

LUZ DE GAS AL FINAL DEL TÚNEL

Mi móvil sigue sonando en el silencio absoluto de la estancia. Para ahorrarme una humillación familiar aún mayor, lo saco del bolsillo para rechazar la llamada. Es mi amiga Serena, que se graduó el año pasado y ahora vive en Phoenix, así que le mando un mensaje rápido: que estoy en el cónclave y que la llamaré cuando termine. Después me siento en mi lugar, el tercero por la izquierda en el extremo de la mesa, como siempre.

—Qué bien que te hayas unido, Clementine —comenta mi madre fríamente, con las cejas en alto y los labios pintados de carmín fruncidos—. A ver si a la próxima te cercioras de que el uniforme esté limpio antes de presentarte.

Me está mirando el pecho, y yo sigo la mirada y me encuentro con una mancha marrón enorme justo encima de la teta izquierda. Habré sacado el uniforme del cesto de la ropa sucia y no del de la limpia.

Porque hoy es uno de esos días.

—Te ofrecería algo de té —mi prima Carlotta se ríe—, pero veo que ya has tomado.

Este año está en décimo y está en plan inmadura total.

—No le hagas caso, azucarillo —dice mi abuela con ese

acento sureño tan acaramelado que tiene—. A los chicos buenos les gustan las chicas que no se preocupan demasiado por su apariencia.

—No le hables de chicos a mi niña, Viola —la regaña mi abuelo con un gesto de la mano, de nudillos vellosos—. Sabes que es demasiado joven para esas cosas.

—Claro, Claude —responde la abuela al mismo tiempo que me guiña un ojo.

Les agradezco sus palabras con una sonrisa. Es agradable tener a alguien de mi lado. A veces me pregunto si las cosas habrían sido diferentes si mi padre no se hubiese marchado antes de que yo naciera. Pero se fue, y ahora mi madre se ha puesto como objetivo castigarlo haciéndome pagar a mí sus cagadas, siendo o no consciente de ello.

—Ahora que Clementine está aquí, declaro abierto este cónclave —anuncia mi tío Christopher, y golpea la mesa con el mazo tan fuerte que hace traquetear las pequeñas tazas de porcelana de las que mi abuela insiste en que bebamos—. Beatrice, por favor, sirve el té.

En pocos segundos la sala de reuniones se llena de brujas cocineras que empujan carritos de té. Uno va cargado de teteras y demás utensilios, otro va hasta los topes de sándwiches diminutos, y un tercero ofrece una amplia variedad de bollos ingleses y sofisticada repostería.

Todos permanecemos en silencio mientras lo colocan todo a la perfección sobre el mantel de flores favorito de mi madre.

Flavia, una de las brujas cocineras más jóvenes, sonríe al dejar a mi alcance un plato de pastelillos.

—He preparado tu glaseado favorito de queso crema y piña para los bizcochitos de zanahoria, Clementine —susurra.

—Muchísimas gracias —le respondo con un susurro y una amplia sonrisa, cosa que enfada a mi madre y provoca que frunza el ceño.

Paso de ella.

Flavia solo está siendo amable, algo que no se valora especialmente aquí, en la familia Calder. Sin mencionar que prepara un bizcocho de zanahoria que está de vicio.

Cuando terminan de servir el presuntuoso y repipi té de cada miércoles por la tarde y cada uno ha llenado su plato, mi madre le coge el mazo con gran ceremonia a mi tío Christopher. Ella es la mayor de los cinco hermanos que están ahora mismo reunidos alrededor de la mesa. Es un puesto que se toma muy en serio desde que lo heredó al morir su hermana mayor, algo que ocurrió antes de que yo naciera... y que no permite que olvide ninguno de sus hermanos y hermanas (ni sus respectivas familias).

Aunque tiene el mazo en la mano, no hace nada tan cerril como dar golpes. En lugar de eso, se limita a sostenerlo mientras espera a que la mesa guarde silencio a su alrededor, cosa que solo tarda un segundo en suceder. No soy la única aquí presente que ha sufrido los sermones interminables o los castigos diabólicos de mi madre, aunque sigo defendiendo que ocuparse de los tamollinos es muchísimo mejor que cuando le mandó a mi prima Carolina que limpiase durante un mes el tanque de los peces monstruo... por dentro.

—Hoy tenemos el orden del día completo —comienza mi madre—, así que me gustaría saltarme el protocolo y empezar por la parte corporativa de la reunión antes de que terminemos de comer, si nadie se opone.

Nadie lo hace..., aunque mi tía favorita, Claudia, sí parece querer oponerse. El moño rojo brillante le tiembla por la indignación o los nervios, pero es tan tímida e introvertida que me cuesta diferenciar sus emociones.

No hay duda de que a mi madre, al tío Christopher y a la tía Carmen les encanta ser el centro de atención en estas reuniones, mientras que el tío Carter se pasa la mayor parte del tiempo intentando centrar la atención en él (y fracasando en ello). Es un rasgo de las mantícoras del que solo la tía Claudia y yo parecemos carecer. Todos los demás se pelean por ser los protagonistas como si fuese lo único que hay entre ellos y una muerte segura.

—Las primeras dos semanas de clase han ido excepcionalmente bien —entona mi madre—. Los nuevos patrones de tráfico que los trols del vestíbulo han instaurado parecen mantener ordenado el flujo de alumnos entre clases, además de evitar que se enzarcen en peleas en los pasillos, tal y como esperábamos. No ha habido heridos.

—En realidad —comenta la tía Claudia con una voz temblorosa que apenas suena más que un susurro—, en la enfermería he tenido que atender a muchos heridos en peleas. Pero todos eran menores, así que...

—Como estaba diciendo, no ha habido heridos graves —la interrumpe mi madre, mirando a su hermana con los ojos entornados—, lo cual viene a significar lo mismo.

Una mirada feroz de mi madre basta para que la tía Claudia sepa que es una batalla perdida. El tío Brandt extiende la mano para darle unos golpecitos en la rodilla y ella le dedica una sonrisa como agradecimiento.

—Hay una alerta de tormenta en el golfo ahora mismo, pero no deberíamos tener problemas. —El tío Christopher consigue intervenir aun sin el mazo—. Nuestras protecciones deberían aguantar y, si empeora a medida que avanza, debería pasarnos de largo.

—¿Hablo con Vivian y Victoria? —pregunta la tía Carmen, metiéndose así en la conversación (como siempre) a la mínima oportunidad que se le presenta—. Para que lancen otro hechizo de protección.

El tío Christopher se enrolla la punta del bigote caoba alrededor del dedo mientras considera su sugerencia.

—No estaría mal. ¿Qué opinas tú, Camilla?

Mi madre se encoge de hombros.

—Lo considero innecesario, pero si eso te hace sentir mejor, Carmen, ¿quién soy yo para impedírtelo?

—Entonces haré que las brujas se ocupen de ello.

La voz de la tía Carmen es casi tan severa y gélida como la de mi madre. No se pueden ni ver, y eso que son las hermanas que menos años se llevan.

Ha intentado muchas veces dar un golpe de Estado para reemplazar a mi madre como directora. Nunca ha tenido éxito, pero sí ha conseguido que los cónclaves familiares resulten mucho más entretenidos.

—¿Y qué hay de... —dice la tía Claudia bajando la voz, como si estuviese a punto de contar un secreto—, el asunto ese de..., del piso inferior?

—¿Te refieres a la mazmorra? —la corrige la abuela negando con la cabeza—. Si vosotros sois los que lo habéis convertido en eso, por lo menos llamadlo por su nombre.

Estoy de acuerdo. Esa zona húmeda y oscura podría calificarse de «mazmorra» perfectamente.

—El asunto del sótano —corrige el tío Carter con voz acerada— está bajo control.

—Yo no estoy tan segura. Antes, mientras estaba ahí abajo, algo ha estado a punto de salir de su jaula.

Las palabras me salen antes de saber siquiera que iba a pronunciarlas. Todos se vuelven para mirarme como si fuese un bicho particularmente asqueroso.

Sé que debería arrepentirme de haber abierto la boca, pero meter la cuchara en la olla familiar es lo único que hace que el cónclave sea soportable.

—Todo es cien por cien seguro, Clementine —me dice mi madre, que ha entrecerrado tanto los ojos que lo único que veo es una fina franja azul mirándome—. Deja de inventarte informes falsos.

—No es falso —replico mientras cojo con el dedo un poco de glaseado de mi pastelito y lo lamo con gesto desafiante—. Pregúntale al tío Carter.

En silencio, todas las miradas se centran en mi tío, que se pone tan rojo como el color oficial de la academia Calder.

—Eso no es cierto. Nuestra seguridad es de primer nivel. No hay nada de que preocuparse, Camilla —defiende con bravuconería al tiempo que su barba de chivo se estremece ante tal ofensa.

Se me ocurre sacar el móvil y hacer volar por los aires toda esta pantomima, pero no vale la pena por el castigo que seguramente recibiría.

Así que, en lugar de eso, agacho la cabeza y me reclino sobre la silla. Esta vez el tío Brandt me da unas palmaditas en el hombro y, por un segundo, me entran ganas de llorar. No por mi madre, sino porque su sonrisa me recuerda muchísimo a la de su hija, mi prima Carolina, que murió hace unos meses tras escapar de la prisión más aterradora del mundo paranormal.

La enviaron allí cuando las dos íbamos a noveno, y no pasa un solo día sin que la eche de menos. Saber que se ha ido para siempre ha hecho que ese dolor sea mucho peor.

Mi madre prosigue con el orden del día de la reunión, pero unos minutos más tarde desconecto.

Al final, justo cuando ya empezaba a saborear la libertad, le devuelve el mazo al tío Christopher.

—El último de los puntos vinculados a la parte corporativa esta noche está ligeramente relacionado con la familia —indica sonriendo con orgullo, al igual que la tía Lucinda, que no puede estarse quieta en su asiento de la emoción. El suspense apenas dura unos segundos antes de que el tío Christopher anuncie—: Me gustaría que todos aprovechásemos la ocasión para felicitar a Caspian por haber sido aceptado ya en el prestigioso programa de Estudios Paranormales de la Universidad de Salem.

Toda la mesa estalla en aplausos y vítores mientras yo me quedo ahí sentada, sintiéndome como si me hubiesen empujado por un precipicio.

7

DEJA QUE LAS PATATAS DE PEPINILLO DICTEN TU SUERTE

—¡Enhorabuena, Caspian! —lo congratula la tía Carmen a la par que levanta su taza de té para brindar.

—¡Qué noticia tan estupenda! —añade el tío Carter, que tira la silla en un intento de ser el primero en darle una palmadita en la espalda a Caspian.

El resto lo imita de inmediato y, en breve, mi primo está pavoneándose bajo toda la atención y los buenos deseos.

Me obligo a caminar hasta él para darle un abrazo.

Al fin y al cabo, no es culpa de Caspian que yo esté sorprendida. Y tampoco es culpa suya que mi madre no se digne siquiera a mirarme.

Se negó a que yo solicitase plaza.

Me dijo que no podía ir, que ninguno de los de la cuarta generación podíamos dejar la isla para ir a la universidad.

Incluso me preguntó que por qué no podía parecerme más a Caspian y alegrarme de quedarme en la isla después de la graduación para heredar la academia, como se espera de nosotros.

¿Y ahora me entero de que mi primo lleva todo este tiempo pidiendo plaza en varias universidades?

¿Y de que sus padres lo han apoyado en todo?

La rabia me quema por dentro mientras le doy un abrazo a Caspian.

Puede que no tenga muchas luces, pero no lo culpo por buscar una forma de salir de la isla y aprovecharla.

En cuanto a mi madre... A ella sí que la culpo.

—¡Enhorabuena! —le digo a mi primo cuando por fin me suelta.

Me mira con alegría, sus ojos azul claro resaltan en su piel cobriza.

—¡Gracias, Clementine! Qué ganas tengo de saber dónde te han aceptado a ti.

Se me cae el alma a los pies, no sé qué decirle.

¿Por qué no he hablado de ir a la universidad con Caspian hasta ahora? ¿Por qué me he limitado a confiar en mi madre cuando es típico de ella jugar con las verdades a su favor?

Finjo una sonrisa mientras pienso qué contestar, hasta que Carlotta me pega un codazo para apartarme de en medio.

Intento calmarme, trato de convencerme a mí misma de que todavía me queda tiempo para pedir plaza adonde me apetezca ir. No tengo por qué quedarme aquí encerrada después de graduarme. Todavía puedo marcharme de este sitio y dejarlo atrás.

Ya falta poco para que mi madre deje de controlarme.

Este pensamiento me acompaña durante el resto del cónclave. Gracias a él consigo soportar el absurdo y pomposo discurso de Caspian, y al tío Christopher presumiendo lleno de orgullo. Incluso consigo soportar que mi madre siga negándose a mirarme.

Pero, en cuanto se pone el punto final a la reunión, salgo corriendo hacia la puerta.

Mañana me enfrentaré a mi madre. Esta noche solo necesito alejarme todo lo que pueda de ella y del resto de mi familia.

La abuela me llama mientras corro por el pasillo, pero no me doy la vuelta. Porque si lo hago me echaré a llorar. Las lágrimas son sentimientos, y los sentimientos son un signo de debilidad.

Mi madre no respeta la debilidad. Así que, para evitar que se me salten las lágrimas, sigo corriendo.

Me vibra el móvil justo cuando llego a la cabaña. Una parte de mí espera que sea mi madre ordenándome que regrese y vaya a hablar con ella, pero todo está tranquilo en ese frente.

En realidad, es Serena.

Espero que los bizcochitos de zanahoria de Flavia lo hayan hecho más llevadero. Quiero que me lo cuentes todo con pelos y señales.

Han ayudado, pero no hay suficientes bizcochitos en este mundo.

Por fin voy a hacerlo.

¿Hacer qué?

Mi primer conjuro.

Esta noche es luna llena. He
recolectado todos los ingredientes
que necesito. En cuanto oscurezca,
voy a hacer un círculo, invocaré
a la luna e iré a por todas.

Le envío un gif para celebrarlo.

¿Qué clase de conjuro vas a hacer?

Uno para la suerte. Todavía no
he encontrado un trabajo nuevo
y dentro de nada me toca pagar
el alquiler.

¿Y por qué no haces un conjuro
para la prosperidad?
Después puedes tomarte
todo el tiempo que quieras
para encontrar algo...

Todos los libros lo desaconsejan.
Los conjuros de prosperidad siempre
acaban saliendo mal. Pero mañana
tengo una entrevista, así que espero
que la suerte me ayude a conseguir
el trabajo...

Te irá genial, con conjuro o sin él.
¡Mándame fotos del círculo!

¡Lo haré! ¡Deséame suerte!

Eso siempre. <3

Me planteo llamar a Serena y contarle lo que ha pasado con mi madre, pero parece tan feliz que no quiero aguarle la fiesta.

La luz del porche se enciende y, de inmediato, las polillas vuelan hacia la bombilla. Un segundo después Eva saca la cabeza por la puerta.

—¿Vas a entrar? —pregunta. Entonces me mira la cara y añade—: Ay, no. ¿Ha ido mal el cónclave?

—Ha ido todo mal —contesto, y entro en casa.

Está viendo *Miércoles* en Netflix, y hay un bol a medio comer lleno de M&M's en la mesa de centro.

—Parece que no soy la única que ha tenido un mal día.

—Los tíos son lo peor —responde.

—Pues igual que las madres. —Me dejo caer de cara en el sofá de terciopelo azul que ocupa casi todo nuestro salón y entierro el rostro en uno de los cojines morado chillón—. Y las profesoras de Inglés.

Eva viene a sentarse conmigo, se coloca en la esquina del sofá y, segundos después, la oigo agitar el bol de M&M's al lado de mi oreja.

—El chocolate lo mejora todo.

—No sé yo si esto podrá arreglarlo —gruño. Pero extiendo la mano y cojo unos cuantos igualmente—. ¿Qué ha hecho Amari?

Resopla.

—Me ha puesto los cuernos con una sirena.

—¡Será capullo!

—Tampoco es que fuera el amor de mi vida ni nada de

eso —comenta mientras se encoge de hombros—. Pero sí que me gustaba, el muy imbécil.

Ese leopardo se ha ganado la reputación de ser un chulo e ir de flor en flor, por desgracia.

—¿Cómo te has enterado?

—Ella estaba en el teatro, presumiendo con su amiga de que se habían liado y de que yo «no tenía ni idea». La que no tenía ni idea de que yo estaba pintando detrás del escenario era ella. —Rebusca en el cuenco hasta que tiene la mano llena de M&M's verdes, y después empieza a metérselos en la boca uno a uno—. Por un instante me moría de ganas de tener acceso a mi magia.

—Si quieres puedo pegarle un puñetazo por ti —me ofrezco—. Sé que no es lo mismo, pero nos quedaríamos a gusto.

Eva vuelve a encogerse de hombros.

—No vale la pena. Aunque confieso que a quien sí que me he planteado pegarle un puñetazo ha sido a Amari, cuando he ido a echárselo en cara y el imbécil ha intentado culparme a mí de todo.

—¿A ti? ¿Por qué?

—Porque yo «no lo entiendo». Y porque piensa con el rabo, claro. —Vuelve a rebuscar en el bol de M&M's, pero esta vez coge los de color naranja—. Ahora cuéntame lo que te ha pasado a ti.

—Caspian ha entrado en la uni de Salem.

—¿Qué? Yo pensaba que no podíais...

—Parece ser que esa norma solo se me aplica a mí. Caspian puede hacer lo que le venga en gana.

—Joder. Eso no mola nada. —Vuelve a ofrecerme el bol—. ¿Y qué ha dicho tu madre?

—Nada. No se ha dignado ni a mirarme. —Vuelvo a hundirme en el sofá.

Eva parece preocupada.

—¿Por qué no? Tienes que hablar con ella y...

—Aguilar me ha puesto con Jude de pareja para el proyecto de clase —la interrumpo.

Abre los ojos como platos.

—Mierda —dice, y se levanta.

—¿Adónde vas?

—Los M&M's no son suficiente para esto. —Abre la despensa y dice con vocecita tierna—: ¡Uy, Bigotitos! Me alegro de ver que estás bien. Ayer te echamos de menos.

Pongo los ojos en blanco.

—No me puedo creer que le hayas puesto nombre al ratón.

—Oye, que los ratones también merecen amor.

Segundos después vuelve con una bolsa de nuestras patatas favoritas con sabor a pepinillo y eneldo.

—¿De dónde has sacado eso? —pregunto mientras extiendo las manos para cogerla.

—Tengo contactos. Las guardaba para una emergencia, y está claro que esto lo es. —Abre la bolsa de patatas antes de entregármela—. Ahora, desembucha.

Y eso hago, le cuento todo lo que ha pasado hoy en clase. Me contempla sumida en un completo silencio hasta que llego al final de la historia.

—No me puedo creer que no te haya dejado cambiar de pareja —comenta cuando por fin termino—. Todo el mundo sabe que no pueden ponerte en el mismo grupo que a Jude.

—Estoy jodidísima. —Me meto otra patata en la boca,

justo cuando alguien llama a la puerta—. Si es mi madre, dile que me he muerto —suelto mientras me echo la manta peludita por encima de la cabeza.

—No lo es —contesta Eva mientras va a abrir la puerta.

Frunzo el ceño.

—¿Ahora tienes rayos X en los ojos?

—No. Pero es que he pedido refuerzos.

Abre la puerta y aparece Luis, que está ahí de pie con mascarillas faciales coreanas en una mano y un bote de esmalte de uñas verde cianuro en la otra.

—¿Verde? —cuestiona Eva con las cejas enarcadas.

—¿Has oído hablar del rojo putón? Pues este es verde putón, perfecto para las rupturas. —Se lo entrega y después dirige la atención a mí—. Te veo fatal. Cuéntamelo todo.

—No puedo volver a contarlo.

Se da la vuelta hacia Eva.

—¿Qué ha hecho Jude?

—¿Cómo sabes que es Jude? —grazno.

—Venga ya. —Hace un gesto con la mano para restarle importancia—. La última vez que te vi con esas pintas fue cuando yo acababa de llegar a la isla y el tío ese acababa de romperte el corazón. Tardaste una eternidad en recuperarte, así que cuéntame qué es lo que ha hecho ahora ese capullo para que pueda ir a darle una paliza.

Aparto la bolsa de patatas fritas antes de caer en la tentación de comérmela entera yo sola. Después contesto con voz lastimera:

—En realidad nunca me rompió el corazón.

—Sí, bueno. —Pone los ojos en blanco—. Estuviste llorando todas las noches durante seis meses.

—Porque acababa de perder a mis dos mejores amigos.

Jude dejó de hablarme sin razón, y Carolina... —Me callo porque ahora mismo no quiero pensar en ella.

Luis suspira mientras se sienta en el sofá y me da un abrazo.

—No quería sacar ese tema. Lo que quiero decir es que ahora tienes dos nuevos mejores amigos que están más que dispuestos a darle una paliza a Jude Abernathy-Lee si hace falta. ¿A que sí, Eva?

—Bueno, estoy dispuesta a intentarlo —coincide ella, aunque dudosa—. Pero no sé yo cómo saldría la cosa. Ese tío es duro de pelar.

—Eso es cierto. —Luis se lo piensa un instante, después levanta los paquetes que llevaba en las manos—. Entonces ¿qué me decís de las mascarillas? La belleza es la mejor venganza.

Me río, justo como él pretendía.

—Solo si me toca la de sandía —contesto.

—Venga ya, ¿te crees que estás tratando con un *amateur*? —Resopla—. Todas son de sandía.

—Vale, bien. —Tiendo la mano para que me dé una, porque tiene razón. Sí que tengo dos mejores amigos, algo muy difícil de encontrar aquí. Aunque ninguno conseguirá reemplazar a Carolina, tampoco tienen por qué hacerlo. Porque de verdad son los mejores tal y como son.

Y eso antes de que Luis insista:

—Sigo convencido de que podemos aplastar a Jude.

Eva se lo piensa.

—¿Igual si le echamos espray de pimienta antes?

—Ya sabes lo que dicen, nena. —Luis emite un chasquido por la comisura de la boca—. Primero en la jeta y luego, en la bragueta.

—Nadie dice eso —contesto cuando consigo dejar de reírme.

—Eso será de donde vienes tú —responde con retintín.

Pongo los ojos en blanco, me reclino en el sofá y coloco la cabeza en su hombro para después subir los pies justo cuando el siguiente episodio de *Miércoles* se reproduce en la tele.

Mañana será un día horrible, pero eso es un problema de la Clementine del futuro. Porque esta noche solo importamos nosotros, y eso es más que suficiente.

8

QUE LLUEVA, QUE LLUEVA, EL FANTASMA DE LA CUEVA

—¿Y qué pasaría si alegases estar enferma para librarte de los tamollinos? —pregunta Luis al día siguiente a la hora del almuerzo mientras avanzamos por lo que, sin duda alguna, es una mazmorra.

Hoy ha insistido en acompañarme porque «ayer fue un día duro». Y no se equivoca.

—No es por nada, pero, después de lo mal que se ha portado tu madre, creo que debería ser ella la que se ocupase de esos bichejos.

—¿No me digas? —coincido yo.

Me he pasado por su despacho esta mañana para hablar con ella antes de que empezase la primera clase. Supuse que me encontraría más tranquila antes de tener que lidiar con los tamollinos y con Jude en una misma tarde, pero ha pasado de mi cara. Me ha dicho que intentaría sacar tiempo para «hablar» conmigo después de las clases.

Además, esa maldita tormenta que empezó a fraguarse ayer avanza con rapidez, lo que significa que hoy los tamollinos estarán de un humor especialmente malo. Me da un poco de miedo el hecho de que, antes de que acabe la próxima hora, ya estaré echando de menos el nivel de ferocidad de ayer.

—Opino que deberías dejarme entrar contigo —sugiere Luis por decimocuarta vez hoy mientras seguimos recorriendo el pasillo—. Está claro que necesitas ayuda.

—Ya, pero como mi madre te pille ayudándome... —empiezo; no obstante, Luis me corta en seco.

—Tampoco es que vaya a contárselo a nadie —dice haciendo un mohín—. Y tu madre no va a poner un pie aquí abajo en estos momentos. Nadie tiene por qué saberlo.

—Ya, hasta que uno de los tamollinos te arranque un trozo de carne.

Pone los ojos en blanco.

—Yo creo que a Claudia se le da bien guardar secretos.

—¿De verdad quieres poner a prueba esa teoría? —replico sacándome el móvil del bolsillo para encender la linterna, pero, antes de deslizar el dedo para activarla, le envío otro mensaje a Serena preguntándole cómo fueron el hechizo y la entrevista. Espero que consiga ese trabajo, en serio.

—No puedo creer que tu tío no haya cambiado la bombi... —Luis se detiene cuando ve que paro de andar—. ¿Qué pasa?

—Nada.

Se me encoge un poco el estómago, pero lo paso por alto. Igual que prefiero pasar por alto el hecho de que, cuanto más nos acercamos al final del pasillo, más percibo un brillo extraño procedente del vestíbulo del fondo.

—Tu cara no dice lo mismo. —Me mira preocupado.

—Seguramente será la tormenta. Nada importante.

Sin embargo, un gemido grave y áspero se arrastra por la esquina y me frena en seco.

—¿Qué? —exige saber Luis deteniéndose con brusquedad a mi lado—. ¿Qué has visto?

—No es lo que he visto, sino lo que he oído.

Vuelvo a captar ese sonido, esta vez más grave y desesperado, y el malestar que eso me provoca me recorre la piel.

Por el contrario, Luis pasa directamente del pánico al terror total.

—Yo no he oído nada. ¿Se habrá escapado algo de verdad? —Entrecierra los ojos para examinar el pasillo con su limitada aunque excelente visión lupina.

—No son las criaturas. —Intento obligarme a andar de nuevo, pero mis pies no ceden.

Luis abre los ojos como platos en cuanto logra adivinar por qué no oye (ni ve) lo mismo que yo.

—Oh, mierda.

Bajo la mirada hacia el suelo, me concentro en las grietas abiertas en el cemento y me obligo a mantener la calma.

—Vamos —le insto.

—¿Cómo? —exclama Luis con los ojos desorbitados—. ¿No necesitamos un plan? Lo último que quiero es que vuelvan a hacerte daño.

—No lo harán. —Suelto el aire de los pulmones—. Y ya tengo un plan.

—¿Ah, sí? —Levanta las cejas.

—Ponte delante de mí y corre como si no hubiera un mañana. Tomaremos el camino largo hasta los tamollinos, y espero que no nos sigan.

—¿Ya está? ¿Ese es todo el plan? —exige saber.

—Ese es todo el plan —asiento.

—Debería haber especificado si era o no un «buen»

plan. —Aun así, se prepara para salir pitando—. Vale, avísame cuando tenga que correr.

Otro lamento estremecedor hace que me hormigueen todos y cada uno de los poros. El sonido se está acercando.

Tomo aire profundamente una vez más antes de obligarme a gritar:

—¡Ahora!

Recorremos el pasillo a toda velocidad, pero me detengo en seco pocos metros antes de doblar la esquina porque la luz misteriosa se está filtrando también por allí.

—¿Por qué te paras? —pregunta Luis—. ¿No deberíamos...?

—Tenemos que volver a las escaleras.

Lo cojo del brazo y tiro de él hacia atrás.

—¿Las escaleras? ¿Y los tamollinos qué?

—Tendrán que esperar.

Pero, en cuanto me doy la vuelta, sé que ya es tarde.

—¡¿Qué hacemos?! —grita Luis.

—No lo sé —respondo, porque, mire adonde mire, está plagado de fantasmas.

Cientos y cientos de fantasmas.

9

HORA DE SALIR A DARSE UN PASILLITO

Los fantasmas flotan a pocos centímetros del suelo, y tienen tres cosas en común: todos son traslúcidos, tienen un brillo extraño y místico que irradia de su interior y emiten un olor a musgo que me recuerda al de los libros viejos y polvorientos.

Ahora mismo el pasillo huele como una biblioteca antigua de luz tenue, aunque está iluminada como si de un festival de fuegos artificiales se tratase.

—Joder, hoy hay un montón —farfullo. Intento dibujar un mapa mental para evitarlos y llegar a las escaleras, pero ahora mismo está todo tan lleno que no sé cómo se supone que vamos a rebasarlos y a salir ilesos.

El largo pasado, y no muy ilustre que digamos, de la academia Calder ha dejado un legado prolongado y espectral. Uno que resulta especialmente incómodo para mí, porque he sido capaz de verlos durante toda mi vida.

No sé por qué yo puedo verlos cuando nadie más de mi familia los ve. Y, desde luego, no sé por qué el mismo conjuro y equipamiento que inhibe mi magia de mantícora, que me impide cambiar de forma o crear veneno, tampoco afecta a esta habilidad tan inusual. A lo mejor es que no es ningún poder. Quizá sea algo adicional con lo que el destino ha decidido castigarme, como si haber nacido en esta puta isla no fuera maldición suficiente.

Sea como fuere, aquí estoy, contemplando un mar de muertos.

Doy un par de pasos vacilantes, y de verdad me encantaría no haberlo hecho, porque cientos de ojos lechosos de color gris se fijan en mí. Segundos después todos empiezan a flotar en mi dirección lentamente, cosa que me tomo como una señal para empezar a esquivarlos como si no hubiera un mañana.

Salgo corriendo a toda prisa, con Luis a mis espaldas. Sorteo un par de miriñaques abultados y una cabeza que rueda sin aviso previo, e incluso consigo rodear a un director de orquesta que mueve su batuta en el aire mientras dirige una sinfonía que nadie puede oír.

Me confío, quizá sí que llegue al final sin que me detengan, pero entonces, de repente, algo destella justo delante de mí. Solo dispongo de un instante para distinguir a una adolescente, con el pelo por la cintura y un septum en la nariz. Después la atravieso de pleno.

El dolor me sacude, se aloja en mis entrañas y me revuelve por dentro hasta que parece que estoy a punto de explotar; es como si todas y cada una de las moléculas que constituyen cada parte de mi ser estuvieran dando vueltas cada vez más rápido, chocando las unas con las otras antes de precipitarse por dentro de mi piel. Aprieto los dientes con fuerza para reprimir un sollozo instintivo, pero aun así doy un traspié. Luis se lanza a agarrarme, sin embargo, su mano rebota en mi hombro y me caigo de cara al suelo. ¿Qué cojones ha sido eso? No parecía un fantasma o, por lo menos, no se parecía a ninguno que haya tocado antes.

Luis baja la mano y me levanta, pero apenas he conseguido dar un par de pasos cuando me encuentro cara a cara con Finnegan, uno de los espectros que conozco desde hace más tiempo.

—Clementine. —Su voz rasgada llena el pasillo, junto al crujido de sus grilletes mientras avanza pesadamente hacia mí y arrastra la pierna izquierda con él a través de la neblina. Le cuelga un ojo por la mejilla; sigue conectado a la cuenca por un hilo plateado muy delgado, apenas visible.

Al acercarse a mí atisbo un resplandor rojo con el rabillo del ojo.

Vuelvo la cabeza e intento averiguar qué alumno es lo bastante imprudente para arriesgarse a estar aquí abajo sin que sea necesario. Pero, antes de que pueda averiguarlo, Finnegan extiende la mano hacia mí y me devuelve a la dolorosa realidad.

—Clementine, por favor —murmura. La mandíbula dislocada le cruje y se le desencaja mientras intenta tocarme el hombro con la mano traslúcida. Me aparto justo a tiempo y empiezo a correr.

—No puedo ayudarte, Finnegan —le contesto, pero, como suele pasar, no puede oírme.

No bajo el ritmo, sigo corriendo a toda prisa hacia las escaleras. Algo más centellea a mi derecha, así que me echo hacia atrás de sopetón y doy una vuelta para que no me pille lo que quiera que sea eso.

Funciona, e incluso consigo eludir a un grupo de fantasmas vestidos con pantalones cortos y bañadores..., solo para volver a atravesar de pleno a otro de los destellos, que se materializa justo delante de mí.

Este es enorme, va vestido en lo que, para mi asombro, da la impresión de ser un traje espacial, y emite el mismo tipo de materia centelleante que la chica adolescente. Parece algo completamente distinto de la típica neblina. Pero, antes de poder preguntarme siquiera qué es, choco de pleno contra lo que aparenta ser un millón de fragmentos de cristal.

Me cortan, se me meten debajo de la piel y me seccionan la carne, los huesos y el corazón. Hacen trizas cada parte de mí y provocan que esos pedazos choquen entre ellos hasta que no puedo respirar, no puedo pensar, no puedo mantenerme en pie.

Grito cuando empiezo a caer, y alargo los brazos en un inútil intento de aferrarme a algo. Sin embargo, no funciona, y me tambaleo sin control antes de caer de rodillas al suelo.

A mis espaldas Luis grita:

—¡Levanta, Clementine!

Me agarra del brazo y empieza a tirar de mí.

Los espíritus me acechan desde todas las direcciones, tanto los siniestros destellos como los fantasmas hechos y derechos, y no hay nada que pueda hacer para detenerlos.

Luis se coloca delante de mí, intentando protegerme como puede de algo de lo que no puede protegerme. Incluso alza los puños, como si estuviera listo para pelear, aunque desconozco qué clase de defensa cree que eso va a proporcionarnos contra un montón de espectros a los que ni siquiera puede ver.

Busco algo a lo que aferrarme mientras intento ponerme en pie. Pero entonces un espectro me golpea en el hombro por detrás y un millar de agujas se me clavan en la piel. Otro fantasma me agarra del brazo y me atraviesan cuchillas heladas.

Se me revuelve el estómago por la agonía que siento. Me aparto a trompicones en un intento desesperado de escapar del dolor, pero solo consigo chocar con otro destello.

Y no uno cualquiera. Este es un niño pequeño con pijama de dragones y con una lupa grande.

—¡Llévame en brazos! —solloza a la par que se agarra con sus deditos a mi cadera. El dolor es tan intenso que me quema la piel y me llega a la carne, los huesos, y más allá.

Por instinto, me dispongo a apartarme de un salto, pero le corren las lágrimas por la carita. No tendrá más de tres o cuatro años y, destello o no, con o sin dolor, no puedo dejarlo así.

Entonces me agacho hasta que nuestras caras están a la misma altura e ignoro el grito de sorpresa de Luis.

—¡Clementine! ¿Qué estás haciendo?

Sé que no puede oírme, sé que no puede sentirme, pero aun así con un dedo le limpio las lágrimas al pequeño. Una sensación rara y feroz se me esparce por los dedos y la palma de la mano.

Su única respuesta consiste en rodearme con sus brazos fantasmagóricos y llorar con más ahínco mientras hunde la carita en mi cuello. No puedo notar su peso entre mis brazos; a pesar de ello, la agonía me arroya con solo entrar en contacto con él. El dolor fluye por todo mi cuerpo, pero no lo suelto; ¿cómo iba a hacerlo si no tiene a nadie más que lo abrace?

—¿Qué te pasa? ¿Estás bien? —pregunto por instinto, aunque sé que no voy a recibir respuesta.

Sin embargo, él niega con la cabeza, cosa que me envía una nueva oleada más intensa de dolor. Solloza.

—No me gustan las serpientes.

—A mí tampoco —contesto estremeciéndome. Pero entonces caigo en que no es solo que esté hablando conmigo, es que me está contestando.

Lo que significa que puede oírme, aunque ninguno de los otros espíritus haya podido hacerlo antes.

Solo dispongo de un segundo para preguntarme cómo es posible antes de que hable.

—¿Por qué no? —me pregunta. Sus ojos llorosos son enormes y sus manitas me queman en las mejillas, donde las ha colocado.

—Cuando tenía tu edad me picó una, y desde entonces no me he acercado a ninguna serpiente.

Asiente como si tuviera todo el sentido del mundo.

—Entonces deberías echar a correr.

10

HINCANDO EL DIENTE

Aún no me puedo creer que me esté respondiendo, pero entonces comprendo sus palabras y empieza a crecer dentro de mí una zozobra malsana.

—¿Qué quieres decir? ¿Qué...?

Me veo interrumpida por un estallido repentino que resuena por el pasillo, seguido por un rugido ensordecedor y escalofriante. Un rugido que para nada suena tan amortiguado como debería.

—¿Qué demonios es eso? —exige saber Luis, con esos ojos plateados suyos abiertos como platos y más que un poco desorbitados.

Antes de que me dé tiempo a responder, aparece una sombra colosal que avanza con paso pesado y nos deja a Luis y a mí sin palabras. No se parece a nada que haya visto u oído en mi vida. Su cuerpo anormalmente grande y similar al de un lobo posee una cabeza serpentina llena de feroces ojos ambarinos. Varias serpientes sibilantes, listas para atacar, ocupan el lugar de las extremidades superiores y, cuando abre la boca, tanto la lengua como las encías y el paladar están cubiertos de enormes dientes afilados como cuchillas.

Emite un gruñido grave y amenazante, y yo veo horrorizada como todos esos dientes revientan con gran estrépito contra el suelo. Algunos de ellos nos alcanzan y nos cortan la piel. No obstante, para nuestra consternación, le crecen de nuevo en el acto, convirtiendo sus fauces abiertas en un nuevo espectáculo de los horrores.

—¡Corre, Clementine! —grita Luis al tiempo que retrocede con dificultad.

Pero yo ya he salido pitando, y sus chillidos de terror solo consiguen que aumente el gélido pavor que siento por dentro mientras corremos para alcanzar las escaleras del final del pasillo.

«Que les den a los tamollinos. A la mierda los fantasmas.»

Parece que el tío Carter no se esmeró demasiado a la hora de asegurar esa puerta que cerraba mal, porque el monstruo que tenemos detrás es nada menos que todas mis peores pesadillas juntas. Y ahora mismo tiene todos esos múltiples ojos brillantes fijos en nosotros.

Empezamos a correr; yo estoy demasiado asustada para mirar atrás, pero el estridente y horripilante repiqueteo de sus dientes al golpear el suelo solo va en aumento. ¿Cuántas veces al día puede perder los dientes una criatura?

Me esfuerzo un poco más y acelero el paso, pero sigo sin ser lo bastante rápida. Algo me da en el hombro y un hormigueo extraño comienza a bajarme por el brazo. Echo la mirada atrás justo a tiempo para ver una de las decenas de serpientes que conforman los «brazos» del monstruo retrayéndose... y otra enroscándose mientras se prepara para atacarme de nuevo.

—¡¿Qué cojones es esa cosa?! —me grita Luis—. ¿Aparte de algo sacado de una peli de terror?

Me estoy esforzando tanto por correr que ni siquiera me queda aliento para responderle, solo para hacer una finta hacia la izquierda e intentar salir de su zona de ataque. Sin embargo, no funciona; las serpientes son demasiado largas. Otra me alcanza las lumbares, hundiendo los dientes con fuerza y rapidez. Me vuelvo hacia la derecha para zafarme de ella y seguir corriendo.

El repiqueteo que acompaña cada paso que da el monstruo me dice que, aunque ha conseguido escapar de su prisión, sigue encadenado; pero, por lo visto, la cadena es lo bastante larga para atravesar, si no todo, gran parte del pasadizo. Una decisión de bandera por parte del tío Carter, por lo que parece.

—¡Corre más rápido! —insto a Luis cuando una de las serpientes lo agarra del tobillo y lo tira al suelo. Luis consigue librarse de ella de una patada y sigue corriendo.

Una de las manos serpentinas se lanza a por mi cabeza. Me agacho para esquivarla, pero entonces la criatura libera de nuevo todos los dientes en una avalancha de cuchillas afiladas. Intento protegerme, pero no sirve de nada. Los dientes actúan como dagas naturales y logran cortarme la piel en un abrir y cerrar de ojos.

Luis alarga el brazo para sacarme de la zona de peligro.

Le lanzo una mirada agradecida mientras grito:

—¡Sigue corriendo!

El monstruo vuelve a dar alaridos, y de pronto decide ir a por mi mejor amigo en lugar de a por mí, enrollando las serpientes que le sirven de dedos alrededor del antebrazo de Luis.

Él se vuelve y suelta un gemido grave y prolongado que bien podría ser el sonido más terrorífico que le he oído emitir. El monstruo debe de opinar lo mismo, porque por un instante se echa hacia atrás antes de responder del mismo modo.

Pero esa fracción de segundo es todo lo que Luis necesita para liberarse. Despegamos una última vez directos hacia las escaleras. Incluso conseguimos llegar al segundo escalón antes de que la bestia vuelva a agarrarme. Las serpientes se me enroscan en la cintura y empiezan a tirar de mí hacia atrás.

Se me atasca un grito en la garganta al intentar liberarme de ellas con desesperación, pero me tienen bien amarrada y no piensan soltarme.

Luis se coloca en el siguiente escalón e intenta apartar a las serpientes que me sujetan de dos en dos, pero, cada vez que logra separar un par, otro más ocupa su lugar, convirtiendo la situación en la pesadilla de Sísifo.

—¡Vete tú! —le digo a Luis mientras la criatura vuelve a mostrar los dientes—. ¡Sal de aquí!

—¡Ni lo sueñes! —suelta él más que ofendido ante mis palabras.

Pero ahora estoy demasiado ocupada intentando escapar para hacerle caso. Desesperada, aterrada, con el corazón estrujado contra las costillas, hago lo único que se me ocurre: levanto la pierna izquierda y doy una patada hacia atrás con todas mis fuerzas.

Puede que no tenga poderes, pero conservo la fuerza propia de una mantícora, y cuando el talón entra en contacto con la rodilla de aquella criatura, se oye un crujido tremendo. El monstruo aúlla enrabietado, se tambalea con violencia y las serpientes sisean estrepitosamente mientras se desenroscan y me sueltan los brazos. No obstante, mantienen los colmillos clavados en diversas partes de mi cuerpo y los arrastran, rasgándome la piel.

—¡Vamos! —grita Luis.

Salgo disparada corriendo escaleras arriba como si mi vida dependiese de ello... porque lo más probable es que sea así.

Detrás de nosotros la criatura también se ha recuperado. Extiende las cuatro manos retorcidas y serpenteantes en nuestra dirección justo cuando sus ataduras alcanzan su límite.

Emite un sonido entre un siseo y un rugido realmente estremecedor, pero no miro atrás. Luis y yo subimos las escaleras con precipitación, llegamos al final y caemos al suelo mientras las puertas se cierran a nuestras espaldas.

Antes de que podamos recobrar el aliento, Roman, un trol del vestíbulo, aparece frente a nosotros con un libro de partes en la mano.

—Clementine, sabes que no deberías correr por las escaleras. Es tu segunda falta esta semana. Voy a tener que dar parte de los dos.

—¿Va en serio? —masculla Luis indignado.

El trol chasquea la lengua como muestra de desaprobación. Arranca los papeles de nuestros partes y nos los entrega.

—Que acabéis de pasar bien el día —dice—. Ah, y echadles un vistazo a esas heridas sangrantes, ¿de acuerdo? Sabéis que va en contra del código de seguridad estudiantil, y no quisiera tener que volver a poneros un parte hoy.

En cuanto se da la vuelta y regresa al vestíbulo dando fuertes pisotones, unos truenos ensordecedores hacen temblar todo el edificio. Roman suelta un chillido estridente a la vez que se alza casi un metro del suelo del bote que ha dado, y se le cae el sujetapapeles al suelo.

—Si solo hace falta un truenecito para asustarlo, no quiero saber qué haría si esa cosa subiese las escaleras —comenta Luis con sarcasmo.

—Seguramente se le caería algo más que el sujetapapeles.

Luis se vuelve y me mira desconcertado. Entonces empezamos a troncharnos de risa, porque es eso o echarnos a llorar. Y ni de coña pienso enfrentarme a Jude con los ojos rojos e hinchados.

11

¿CÓMO SE DELETREA *DESASTRE*?

En cuanto Luis y yo volvemos a poner los pies en la tierra, cosa que nos lleva unos minutos, le envío un mensaje al tío Christopher. Esta vez le digo que, si me muero, tendrá que vérselas con mi madre, así que más le vale arreglar el maldito pestillo.

Es alucinante lo mucho que una experiencia cercana a la muerte puede ayudarte a plantarle cara a alguien.

—Voy a intentar arreglarme un poco antes de clase —me dice Luis—. Ya le he escrito a Eva para avisarla de que hemos acabado antes de tiempo.

—Eres el mejor, Luis.

Ambos sabemos que esto no va solo por el mensaje.

Pero él se limita a poner los ojos en blanco antes de recorrer el pasillo.

—¿Podemos intentar tener una tarde aburrida?

—¡No prometo nada! —grito con lo poco de chulería que me queda en el cuerpo.

—¡Qué sorpresa!

Sí que está cansado, porque no se molesta ni en hacerme una peineta.

Llego al baño, y tengo que pasarme unos minutos calmando a Eva cuando me ve, antes de poder limpiarme. Unos toquecitos de su corrector ayudan a que tenga la cara presentable, siempre y cuando no se me mire muy de cerca, y un moño hace lo propio por mi pelo. En lo que respecta al resto del cuerpo, una camiseta nueva no va a servir para cubrir ni la mitad del daño; me pongo una sudadera a pesar del calor achicharrante y espero que la sangre de mis muchas heridas no traspase las vendas.

—¿Estás segura de que estás bien? —me pregunta Eva por milésima vez cuando la puerta del baño se cierra detrás de nosotras.

—Estoy bien —aseguro. Es una exageración, pero tiene mucho más que ver con que estoy a punto de sentarme con Jude que con el hecho de que acabe de enfrentarme a un monstruo horroroso.

Eva parece dudosa, pero me da un abrazo y susurra:

—No se lo pongas fácil.

Y se marcha a Control de la Ira.

Me quedan unos diez minutos antes de que empiece la clase, y vuelvo a escribirle a Serena para ver cómo le ha ido la entrevista. Seguro que ya habrá acabado. También me anoto mentalmente que tengo que llamarla esta noche para que me cuente toda la historia. Si las cosas han ido bien, podremos celebrarlo, y si no, lloraremos juntas.

Pero cuando llega la hora de Literatura Británica todavía no me ha contestado, así que me meto el móvil en el bolsillo y respiro hondo unas cuantas veces para calmar a las mariposas hiperactivas que de repente han decidido alojarse en mi estómago.

Un par de vampiros me pasan por delante mientras lo hago, y me estudian como si estuvieran intentando adivinar qué sabor tengo. Estoy segura de que huelen mis heridas sangrantes, pero no me queda energía para lidiar con gilipolleces hoy, por lo tanto mantengo la mirada fija en el suelo a medida que entro en la clase.

Sin embargo, antes de que pueda entrar, alguien me llama.

Me vuelvo y veo a Caspian, que se acerca a mí por detrás con una expresión de preocupación en el rostro.

Tiene el pelo castaño oscuro tapado por una gorra de béisbol negra en la que se lee ACADEMIA CALDER con letras del mismo rojo chillón que su polo, zapatillas y mochila. Vamos, que parece un anuncio andante de este maldito colegio. Aunque, ahora que lo pienso, eso es lo que es.

También es cierto que, si yo supiera que voy a largarme de aquí dentro de nueve meses, igual me gustaría más este sitio.

—¡Ay, no! —Se pasa una mano por la nuca y me mira de arriba abajo—. Ya te has enterado.

—¿Enterado de qué? —pregunto mientras lo paso de largo. Hoy no estoy de humor para los dramas intensitos de Caspian. Además, sigo enfadada por lo de la universidad, aunque no sea culpa suya.

Pero él bloquea la puerta y, en cuanto mi mirada se encuentra con la suya, me percato de que hay algo que va extremadamente mal. Tiene los ojos muy abiertos y oscurecidos por la preocupación, y eso antes de rodearme los hombros con los brazos.

—Lo siento mucho —me dice.

Por instinto, me pongo de puntillas para devolverle el abrazo.

—¿Qué es lo que sientes? —pregunto muy confundida.

Parece, y suena, como si estuviera a punto de echarse a llorar—. ¿Qué ha pasado? —indago a medida que un sentimiento oscuro e inquietante me invade el pecho—. Cuéntamelo.

No es una petición y, por la cara que pone mi primo, sé que lo sabe. Pero, aun así, frunce los labios en una muestra de vacilación que no es típica en él. Normalmente a Caspian no hay nada que le guste más que demostrar que sabe más que el resto de la gente que lo rodea.

Por eso mismo, su reticencia a contármelo hace que me recorra un escalofrío por la espalda, uno que contradice por completo la humedad de la tormenta acechante, que le ha ganado la batalla al viejísimo aire acondicionado del edificio.

Él suspira. Entonces, con un gesto que me resulta más alarmante todavía, me da la mano.

—No hay una forma buena de contártelo. Es sobre Serena.

—¿Serena? ¿Qué le ha pasado a Serena?

El terror me atraviesa como un rayo de tormenta al oír el nombre de mi amiga, me destripa y me electrocuta el cuerpo entero mientras espero a que me diga eso que estoy desesperada por no oír.

«Serena no. Serena no. Serena no.

»Por favor, Serena no, no esos risueños ojos castaños, su enorme sonrisa y su más enorme corazón.»

Pero en lo único que puedo pensar es en que me ha dejado en visto desde anoche.

«Por favor, por favor, por favor, Serena no.»

Mi primo niega con la cabeza con pena.

—Nos han informado esta mañana. Murió anoche. Estaba haciendo un hechizo y perdió el control. Para cuando las autoridades pudieron llegar a ella, ya estaba...

Las rodillas se me vuelven líquidas ante sus palabras y, durante un segundo aterrador, me da la sensación de que voy a estamparme contra el suelo de baldosas resquebrajadas. Pero entonces consigo aguantar mi propio peso.

«Nada de debilidad», me recuerdo.

Cierro las manos en puños, me clavo las uñas en las palmas y dejo que las pequeñas descargas de dolor eviten que pierda el control por completo mientras la voz de Caspian se apaga antes de terminar la historia.

Tampoco es que haga falta que la termine. Ya sé lo que ha pasado. Lo mismo que les pasa a tantísimos graduados de la academia Calder cuando se les devuelve la magia de golpe, sin que nadie los supervise, y son más poderosos que nunca tras haber tenido sus poderes inhibidos durante tanto tiempo.

Lo mismo que he estado temiendo desde que se graduó y se fue por su cuenta, decidida a aprender todo lo referente a su magia y a recuperar los cuatro años perdidos en la isla. Pero ¿con un hechizo de buena suerte? No puede ser más irónico ni más cruel.

Este pensamiento hace que las lágrimas se me atasquen en la garganta, pero me trago las ganas de llorar. Después me cuadro de hombros y aprieto la mandíbula con tanta fuerza y tanta insensibilidad como puedo.

Caspian me estudia el rostro unos segundos.

Intento convencerme de que es porque está preocupado, no porque esté buscando una reacción para informar de ello a mi madre, como el buen soldado que es. Siempre hemos tenido buena relación porque somos primos, porque somos Calder, pero ¿lealtad? No sé hasta qué punto. No lo sé y tampoco tengo ganas de comprobarlo ahora mismo. Sobre todo ahora que mi interior parece un jarrón de cristal que se ha estampado contra el suelo.

—Estaba destinado a pasar en algún momento. Casi siempre ocurre —le respondo—. Bueno, deberíamos irnos a clase.

—Estás exagerando un poco, ¿no te...? —comienza a decir Caspian, pero se calla de repente porque ni siquiera él puede soportar mentir en estos momentos. ¿O es porque no puede decir la verdad?

Es lo que hacemos aquí, en la academia Calder: lo que tenemos que hacer. Esconder toda debilidad, esperanza y vulnerabilidad en lo más profundo de nuestro ser, donde nadie pueda verlas, ni siquiera nosotros.

Normalmente funciona... Hasta que deja de hacerlo.

12

PASO DE FANNY

Todavía estoy intentando digerir el maremoto de dolor cuando entro en clase... y veo a Jude sentado al pupitre donde suelo sentarme yo.

El dolor se convierte en rabia al instante. Porque ya me la suda todo. Que les den a él y a todo el mundo.

Me pongo derecha y voy directa hacia Jude. Fue él quien dejó de hablarme y, una vez que logré superar ese trauma, juré que, si alguna vez volvíamos a hablar, tendría que ser él el primero en romper el silencio.

He cumplido con mi palabra, y nada va a conseguir que la rompa ahora... por un pupitre.

Me siento a la mesa de al lado y mantengo la cabeza gacha, pero noto el peso de su mirada sobre mí todo el tiempo. ¿Qué más da? Pues que mire.

La parte de mí que está enfadada quiere devolverle la mirada, pero el dolor que siento por Serena es demasiado reciente para ponerme desafiante con Jude, por mucho que se lo merezca.

También me he dado cuenta de que Jean-Luc me está observando desde el otro lado de la clase, con la misma mueca de capullo sobrado que ponía cuando lo pillé quemando hormigas con una lupa en noveno. Se me encoge el estómago, porque lo he tratado el tiempo suficiente para saber que no es una buena señal que te vea como una de esas hormigas. Lástima que no me queden fuerzas hoy para pelear y hacerle cambiar de opinión de un guantazo.

No sé lo que le pasará, pero Jude también parece haberlo notado, porque no para de observarnos con recelo a Jean-Luc y a mí.

La profesora Aguilar revolotea hasta el frente de la clase, con el cabello rubio y la piel brillantes por el polvo de hada.

—Siento que no puedo existir sin la poesía.

Se lleva las manos cerradas al pecho, se pone a dar vueltas y se detiene justo enfrente de mi nuevo pupitre antes de continuar.

—«¡Esta noche te imaginaré como Venus y rezaré, rezaré y rezaré a tu estrella cual pagano!»

Da otra vuelta..., solamente para recibir un puñado de caramelos de canela en toda la cara.

Rebotan con un sonoro golpe, cosa que provoca carcajadas a los Gilipo-Jean.

—¡Oye, profe! —empieza a decir Jean-Luc, pero, antes de que pueda ir más lejos, Izzy se sienta al pupitre que hay al lado del mío.

Juguetea con las puntas de ese pelo largo y rojizo que tiene al mismo tiempo que se inclina hacia mí y pregunta lo bastante alto para que toda la clase la oiga:

—¿Y aquí cuál es el castigo por cortarles los dedos a tus compañeros?

Su mirada se desvía hacia los Gilipo-Jean mientras lo dice.

—Yo diría que te aumentan las horas de servicios comunitarios —explico, y mi rabia por lo de Serena (y por todo esto en general) se me sigue acumulando dentro.

—Eso es justo lo que estaba pensando.

Muestra los colmillos en un gesto que estoy bastante segura de que es su versión de una sonrisa.

—¿De verdad crees que puedes con nosotros? —profiere Jean-Luc con una mueca, y pocos segundos después otro puñado de caramelos de canela choca contra la cara de Izzy—. Inténtalo.

Ella cruza el aula tan rápido que apenas ha tardado un segundo y, mientras se sienta de nuevo en su sitio, Jean-Luc lanza un grito agudo. Tiene las dos manos abiertas sobre el pupitre, con dagas entre los dedos clavadas en la madera y otros dos cuchillos más largos doblados rodeándole las muñecas como si fuesen esposas, inmovilizándolo en su asiento.

—¡Pero ¿qué cojones...?! —exclama al tiempo que intenta levantar las manos sin conseguirlo.

Izzy se encoge de hombros y cruza los brazos sobre el pecho.

—La próxima vez no iré con tanto cuidado.

—¡Pagarás por esto, chupasangre! —la amenaza Jean-Jacques—. ¿No sabes quiénes son nuestros padres?

Izzy se limita a bostezar.

—Te daré un consejo: nadie suena amenazador cuando siente la necesidad de mencionar a su papi en una conversación. Si quieres que te tomen en serio, lo que tienes que preguntar es: «¿No sabes quién soy yo?».

La respuesta a eso es «claramente alguien con quien no debes meterte», razón por la que toda la clase está ocupada desviando los ojos para no mirar a Izzy. Bueno, todos menos Jude, que asiente un poco con la barbilla en señal de respeto. Izzy se vuelve de nuevo hacia la profesora Aguilar y le dice:

—Siga.

La profesora Aguilar guarda silencio durante unos segundos, se limita a mirar a Izzy con la boca abierta. Puedo ver cómo trabaja su mente tras esos enormes ojos azules, intentando decidir si debería informar de que Izzy haya traído cuchillos de contrabando al aula y luego los haya usado contra otro alumno.

Sin embargo, está demasiado asustada o impresionada para hacerlo, porque al final no dice nada de nada. En lugar de eso, se aclara la garganta y anuncia:

—Pues, sin más dilación, aquí están los trabajos que debéis hacer sobre la poesía de Keats.

Coge el borde de la tela rosa que cubre la pizarra y tira de él para revelar los grupos, escritos con la exagerada letra que la caracteriza, y el poema asignado a cada uno de ellos.

—Hay unas preguntas detrás de cada asignación. Esa parte del trabajo debe estar terminada hoy mismo u os retrasaréis, ya que habrá más cosas que hacer en la próxima clase. —Da una palmada—. Bueno, ¡a trabajar! ¡Y a pasarlo bien!

¿Bien? Y una mierda. Para distraerme, me quedo mirando la lista de preguntas..., pero lo único en lo que puedo pensar es en Serena.

Aun así, una vez que consigo que el cerebro las procese de verdad, resultan ser bastante directas. Una persona solo puede leer preguntas sobre esquemas de rimas y métrica un número limitado de veces antes de que empiecen a parecerle ridículas. Aunque no tan ridículas como los Gilipo-Jean, que ahora mismo están refunfuñando y sudando mientras intentan liberar a Jean-Luc del truquito de cuchillos de Izzy.

Por lo visto, los fae no tienen la misma fuerza que los vampiros en el tren superior. Qué lástima.

Compruebo cuál es nuestro poema, «A Fanny», y luego, sin más excusas para no mirar a Jude, me doy la vuelta y me topo de frente con su pecho, tan ancho y musculoso.

No es que eso importe, porque no importa en absoluto, para nada. Nada de él importa.

Ni esa mandíbula esculpida en piedra.

Ni esos pómulos perfectamente cincelados.

Ni, por supuesto, esas pestañas tan largas que resultan ridículas y que enmarcan los ojos más interesantes y llamativos que he visto.

No, nada de eso importa lo más mínimo. Porque lo único que importa es que es un capullo total que solía ser mi mejor amigo hasta que me besó sin venir a cuento (cosa en la que me niego a seguir pensando) y luego me expulsó de su vida sin miramientos ni explicación alguna. Eso es en lo que debo centrarme ahora mismo, y no en lo guapo que está... o en lo bien que huele.

Los segundos se convierten en minutos, y el estómago se me revuelve esperando a que Jude diga algo. Cualquier cosa.

Tampoco es que haya nada que pueda decir para justificar lo que hizo, pero siento curiosidad por ver cómo empezará. ¿Con una disculpa? ¿Una explicación? Que no haya una explicación lo bastante buena no significa que no quiera oír una.

Pasan muchos segundos más, pero al final Jude se aclara la garganta y yo me preparo para lo que sea que se avecina. Para cualquier cosa, excepto:

—Keats estuvo enamorado de Fanny durante gran parte de su vida adulta.

—¿Disculpa?

Intento cambiar el tono, pero estoy tan estupefacta que se me ha escapado de la boca sin querer. ¿Jude lleva tres años sin hablarme y lo primero que me dice es eso?

—El poema, Clementine —apunta un segundo después, y el hecho de que haya usado mi nombre verdadero es como un golpe bajo. No parece darse cuenta del puñetazo en el estómago que me acaba de propinar, porque prosigue—: Se titula «A Fanny». Se enamoró de ella poco después de conocerse, cuando él tenía veintidós años.

Levanta el móvil, abierto en una página sobre literatura, como si lo que yo estuviera cuestionando fueran sus conocimientos sobre John Keats y no el tema tabú que ambos estamos evitando.

Pero vale. O sea..., vale. Donde las dan, las toman. Él no es el único que puede buscar información en internet, así que dedico unos minutos a hacer lo mismo antes de levantar mi móvil y enseñárselo.

—Y ella tenía diecisiete, cosa que me da grima, si te soy sincera.

Sé que fue en una época distinta, una en la que morir a los veinticinco era algo habitual, como le pasó al propio Keats. Pero, si discutir sobre la problemática vida amorosa de un poeta romántico muerto evita que acabemos debatiendo de verdad sobre ese poema de amor tan cursi que incluso resulta repulsivo, estoy totalmente a favor.

Solo que Jude no parece de humor para discutir.

—Y a mí —contesta, y se pasa la mano con despreocupación por la melena negra que le llega hasta la barbilla.

Me esfuerzo lo indecible por no fijarme en cómo le cae el pelo hacia un lado de forma tan perfecta, como si tuviese voluntad propia (una que está decidida a dejarlo tan guapo como sea paranormalmente posible). También ignoro cómo las puntas, cortadas a cuchilla, le rozan la barbilla, acentuando así la piel ligeramente bronceada que ha heredado de su padre coreano, tan perfecta que resulta absurdo.

Por otra parte, me recuerdo a mí misma que la mayoría de los oniros son guapísimos, así que Jude no es nada especial. Es solo que ser un daimón onírico lo convierte en un miembro de la especie paranormal más atractiva que existe, lo cual es completamente injusto.

A pesar de ser una mantícora, me siento de lo más aburrida en comparación; como todo el mundo cuando se sienta a su lado. Incluso Izzy se me antoja un poco insulsa, y eso que es la vampira más imponente que he visto.

Pero su aspecto no es lo que importa. Jude puede parecer de ensueño por fuera, pero es una verdadera pesadilla por dentro. No lo sabía cuando nos hicimos amigos hace ya tantos años, pero ahora sí lo sé, y ni de coña voy a olvidarlo.

—John Keats era complicado —prosigue con esa voz profunda y musical a la que nunca llegaré a acostumbrarme. Cuando éramos amigos, esa voz todavía no se había convertido en el sonido oscuro y rítmico que ahora impregna el ambiente a mi alrededor.

Un escalofrío involuntario me recorre la columna, pero

lo paso por alto. Debe de ser la salida del aire acondicionado que tengo justo encima.

—Por *complicado* quieres decir «capullo», ¿verdad? —suelto con mordacidad mientras señalo el poema que tengo delante—. ¿Qué es lo que lo ha delatado? ¿El haber abandonado al que él mismo proclama el «amor de su vida» para que muriese sola y sin blanca en Italia?

—¿Crees que eso lo convierte en un capullo? —Parece indignado—. ¿Aunque se viese obligado a hacerlo?

—No tenía otra cosa que hacer más que morir —espeto—. Es horrible que la dejase cuando más se necesitaban el uno al otro. Es casi tan horrible como que ella lo dejase marchar sin ni siquiera oponer resistencia.

Levanta una ceja oscura y golpetea el borde del pupitre con el boli.

—¿Tú no lo habrías permitido?

—Si yo lo hubiese querido tanto como ella dice en esta carta —ahora me toca a mí enseñar el móvil—, nunca habría dejado que se separase de mí para acabar muriendo solo. Y si él la quería, no debería haberse marchado y haberla dejado tan confusa.

—A lo mejor pensó que distanciarse de ella la mantendría a salvo.

Agita el bolígrafo todavía más rápido.

—¿De qué? ¿De la tuberculosis? No parecía que le molestase contagiar a todos los demás. Aquí dice que Fanny le escribió cartas casi a diario, pero él ni siquiera se atrevió a abrirlas porque «no soportaba leerlas» y por eso nunca le respondió. No se fue para mantenerla a salvo, sino por su propia soberbia, y eso lo convierte en un egoísta.

—Eso no lo sabes. Podría haber seguido adelante y olvidarlo...

—Ya, porque todas esas cartas que escribió gritan a voces: «¡Lo he superado!».

Pongo los ojos en blanco.

—Puede que él estuviese intentando ayudarla a seguir adelante...

—¿Dejándola con la duda de si alguna vez pensó en ella como ella pensaba en él? —Cada vez alzo más la voz, y la rabia me atraviesa cuando levanto las manos—. Eso es una gilipollez y lo sabes.

—Lo que es una gilipollez es esperar que él se quede a su lado y le arruine la vida —replica. Suena casi tan enfadado como yo—. Especialmente cuando sabe que las cosas solo pueden acabar de una manera.

Y con eso ya me he hartado. De Jude. De este poema. De este colegio que envía a sus graduados a morir como ovejas en un matadero paranormal.

—¿En serio nos vamos a poner así?

Las palabras me salen disparadas de la boca, y las pronuncio tan fuerte que la profesora Aguilar suelta un gritito desde la primera fila de la clase.

Finjo no oírla, y Jude hace lo mismo.

En su ínfimo favor diré que no intenta fingir que la pregunta hace referencia al trabajo, pero tampoco la responde. Simplemente se me queda mirando con ese par de ojos que parecen mucho más viejos de lo que en realidad son, unos ojos que siempre ven mucho más de lo que yo quiero mostrar.

Pero esta vez le devuelvo la mirada. He pasado demasiados meses (y demasiados años) apartándola, intentando esconder la vorágine de emociones de mi interior. Pero la muerte de Serena, la traición de mi madre y la última chorrada de Jude han colisionado hasta hacerme sentir tan volátil como la tormenta que se está desarrollando fuera. Se acabó no llamar la atención. Estoy harta de fingir.

—¿Va todo bien por ahí? —pregunta la profesora Aguilar con nerviosismo. Levanto la vista solo para darme cuenta de que Jude y yo hemos estado contemplándonos el tiempo suficiente para que ella atraviese toda el aula.

—Todo bien —responde Jude, pero no aparta sus intensos ojos de mí en ningún momento.

Ni siquiera intento disimular la carcajada áspera que me sale de la garganta. Porque nada está bien. Ni con Jude ni con Serena ni con nada ni nadie en esta caótica academia.

—¿Estáis...?

Cuando la puerta de la clase se abre, deja de hablar y se da la vuelta, claramente agradecida por la distracción.

—¿En qué puedo ayudarte, jovencito?

—Me han cambiado el horario y me han pasado a esta clase —contesta una voz con un acento parsimonioso muy marcado de Nueva Orleans que hace que la sangre se me hiele.

«No. Por favor, no.»

Porque solo hay una persona en toda la academia Calder que tenga ese acento y he hecho todo lo posible por mantenerme alejada de él desde que apareció aquí hace unas pocas semanas.

Pero, por lo visto, hoy el universo tiene otros planes para mí. Primero Serena, después Jude, ¿y ahora esto?

La profesora Aguilar camina hasta el frente de la clase y coge la hoja que él le entrega.

—Remy Villanova Boudreaux. Bienvenido a Literatura Británica. Ahora mismo estamos analizando a uno de los poetas más grandes de todos los tiempos.

Examina la clase con la mirada, pasa de largo frente a los Gilipo-Jean en un santiamén y, finalmente, se centra en Jude y en mí.

—¿Por qué no te pones con Jude y Clementine? Seguro que agradecen la... ayuda.

13

LA MÉTRICA ME TRAE SIN CUIDADO

Las palabras de la profesora Aguilar me dejan sin aliento, tengo que intentar tomar aire mientras las lágrimas asoman por mis ojos. Maldigo el hecho de haberme recogido el pelo, porque ahora no puedo esconderme tras él, aunque sea lo que más quiero en estos instantes.

En vez de eso, me pongo la capucha y me cobijo en ella en un intento desesperado de esconder las lágrimas y la debilidad momentánea que representan. No estaba preparada para esto hoy, me había prometido que conseguiría evitar a Remy durante el resto del año. Solo porque sea de último año no significa que tenga que estar en mi clase de Literatura Británica.

Y aún menos cuando me he tomado tantas molestias para darme la vuelta e ir por otro camino cada vez que lo he visto en los pasillos.

Pero ahora no puedo hacerlo. Estoy aquí atrapada mientras él camina hacia mí.

—Oye, ¿estás bien? —La voz de Jude, grave y, para mi sorpresa, amable, me llega desde lo que parece un millón de kilómetros de distancia—. Puedo decirle que lo ponga en otro grupo.

No debería saber nada de Remy, no debería saber nada de todo lo que pasó. Se quedó sin ese privilegio hace mucho tiempo.

Pero sí que lo sabe, y lo único que se me ocurre es que Caspian se lo haya contado. Será traidor.

Sé que son amigos. Sé que todavía hablan por los pasillos de vez en cuando. Sin embargo, todo mi cuerpo me grita que Caspian no tenía derecho a contarle a Jude nada sobre esto. Sobre ella.

No quiero contestarle, pero Jude continúa mirándome con preocupación hasta que por fin niego con la cabeza, aunque ni siquiera sé a qué pregunta estoy contestando a estas alturas. Quizá a ambas a la vez, porque no, es evidente que no estoy bien. La última vez que lo intenté, a la profesora Aguilar le importó bien poco lo que yo sintiera acerca de mis compañeros de grupo. Otra de las «ventajas» de ser la hija de la directora que ahora mismo estoy odiando con todas mis fuerzas.

—Estoy bien —espeto segundos antes de que Remy se detenga ante nuestros pupitres.

Remy, que se convirtió en el mejor amigo de mi prima Carolina en la cárcel, sin olvidar que también es el chico sobre el que ella me escribió cuando por fin salió de la Aethereum. El chico al que amaba.

Remy, el mismo que llegó a la isla hace tres meses para contarnos que estaba muerta, que se había sacrificado para salvarlo, que su muerte era culpa suya. Mi tía Claudia, la madre de Carolina, le dijo que no se culpara, que todos sabíamos que no había forma de detenerla cuando se empeñaba en hacer algo.

Aunque puede que yo esté de acuerdo con esa teoría,

sigo sin querer verlo. Y, desde luego, no quiero hablar con él nunca.

Porque algo se rompió en mí la noche que me enteré de la muerte de Carolina, y sin importar cuánto lo intente, jamás podré volver a juntar las piezas rasgadas de mi corazón, de mi alma.

Era mi mejor amiga en el mundo. La que siempre estaba ahí, incluso antes de que se la llevaran a la Aethereum sin previo aviso y sin dar ninguna explicación. Tres años después, sigo sin saber por qué se marchó.

Parte de la razón por la que he estado tan empecinada en salir de esta isla los últimos años es porque estaba decidida a ir a buscarla y a rescatarla de esa prisión horrenda. ¿Y ahora se supone que tengo que hacer un proyecto de poesía con el chico al que quería? ¿El chico que la dejó morir sin más?

Un escalofrío intenta abrirse paso por mi cuerpo, pero lo detengo con tan poca compasión como he secado mis lágrimas.

La debilidad no es una opción: ni mostrarla ni sentirla.

Y, aun así, la furia me corroe por dentro incluso antes de que el lento paseo por la clase de Remy termine, por fin, justo a medio metro de mi pupitre. Lo único que tengo claro es que ni de coña voy a soportar pasar todo mi último año en este lugar.

Ya he tenido suficiente.

Necesito empezar de cero.

—¿Te importa que me siente aquí? —pregunta Remy en voz baja mientras señala con la cabeza el pupitre vacío que hay delante de Jude. Su pelo oscuro y despuntado rebota un poco con el movimiento, la intensa mirada de sus ojos verde bosque no coincide con la despreocupación de su pregunta.

Le echo una mirada a Jude, pero su cara no muestra emoción alguna, una señal inequívoca de que debajo de la superficie están pasando bastantes más cosas de las que quiere que sepamos. Y lo entiendo. No quiero admitirlo, pero sé que perder a Carolina también le dolió. Que lo que me hizo, lo que nos hizo, no ha borrado todos esos años de jugar al escondite en el bosque, de acabar con las rodillas raspadas, de jugar a verdad o atrevimiento, de hacer travesuras sin parar.

Compartir grupo con Remy debe de haberle sentado como un puñetazo en el estómago. Sin embargo, saberlo no hace que me resulte más fácil soportarlo.

Y antes de pensar en una respuesta apropiada a la pregunta de Remy, un rayo enorme atraviesa el cielo, seguido de inmediato por un trueno ensordecedor que se oye tan fuerte que hace que tiemble todo el edificio. Segundos después uno de los dos fluorescentes del aula explota.

El cristal acaba por todas partes, incluso en el suelo, delante de la mesa de la profesora Aguilar.

Ella salta. Uf, mira que es petarda.

—¡Que nadie se mueva hasta que pueda limpiar todo esto! ¡Centraos en vuestros proyectos y no os preocupéis por mí! —chilla alterada.

Como si alguien estuviera preocupado. En el amplio espectro de putadas que ocurren en esta escuela, las bombillas que explotan no llegan ni a clasificarse.

Ella se dirige al armario que hay al fondo de la clase y saca una escobita y un recogedor. La ignoro y decido mirar mi pupitre; soy incapaz de hacerme a la idea de hablar con

Remy. Jude tampoco dice nada. Se limita a contemplarme con esos ojos que lo ven todo.

Cuando queda patente que el infierno se congelará antes de que Jude invite a Remy a sentarse con nosotros, y que el resto de la clase de repente está mucho más interesado en lo que acontece en nuestra esquinita del aula de lo que lo está en la profesora Aguilar, me encojo de hombros y señalo con la cabeza el pupitre vacío. No es que sea la invitación más amistosa del mundo, pero ya es más de lo que esperaba lograr hacer ahora mismo.

—Gracias, Clementine —me dice Remy en tono formal y con una sonrisa triste en su hermoso rostro.

A pesar de su agradecimiento, mi estómago da un vuelco de trescientos sesenta grados. Solo nos hemos visto una vez, de forma muy breve, y, aun así, sabe exactamente quién soy.

Entonces me doy cuenta de algo que me pone enferma. Es muy posible que él sepa más de mí de lo que imagino. Él y Carolina eran íntimos. ¿Significa eso que también le contó mis secretos? ¿Los que solo me atrevía a compartir en la oscuridad?

De repente no puedo evitar sentirme invadida; pero es demasiado tarde para hacer algo al respecto.

Que haya dejado que Remy se una a nuestro grupo (ya de por sí terrible), no implica que tenga que hablar o relacionarme con él de ninguna forma. Puede que a Jude no le importe montar una escenita, nadie es lo bastante tonto como para meterse con él, pero yo no tengo ese lujo.

Así que descarto debatir con Jude sobre la relación de John Keats con Fanny Brawne y me concentro en responder las preguntas sobre figuras retóricas y métrica. Cuanto antes terminemos este trabajo, antes podré salir de este infierno.

Remy intenta ayudar al principio, pero después de que yo lo ignore deliberadamente unas cuantas veces, se da por vencido.

La parte buena es que, por una vez, Jude decide cooperar.

Quizá es porque está demasiado ocupado estudiando a Remy con los ojos recelosos entrecerrados, o porque nota lo cerca que estoy de perder los nervios. Durante los primeros siete años que estuvo en la isla fuimos inseparables, y me conoce mejor que nadie, excepto Carolina, así que aquí no hay rollos de esos del tipo «el enemigo de mi enemigo es mi amigo».

Después de llevar lo que parece una eternidad evitando las miradas de Jude y Remy en la atmósfera más tensa imaginable, suena el timbre.

—Hoy voy a ser mi mejor versión, la más positiva.

—¡Y eso es todo por hoy, clase! —exclama con alegría la profesora Aguilar desde su mesa en la esquina del aula mientras niega con la cabeza—. ¡Espero que hayáis notado como vuestros espíritus despertaban al leer y analizar estos lustrosos poemas!

Nadie le contesta, todos saltamos como si nos hubieran pinchado y empezamos a meter sin reparos nuestras cosas en las mochilas.

—Yo me quedo esto —anuncia Jude, y agarra las notas que siguen en mi pupitre.

Asiento para agradecérselo, no me atrevo a hablar ahora que tengo un nudo enorme en la garganta y la pena me aplasta.

De modo que, en vez de eso, cierro la cremallera de la mochila y salgo corriendo por la puerta.

Me abro paso a empujones por el pasillo abarrotado de gente, desesperada por poner toda la distancia posible entre Jude, Remy y yo. Tengo el cerebro saturado y parece que el resto del cuerpo se me vaya a desintegrar en cualquier momento.

Rodeo a un mago malhumorado con problemas de actitud y me cuelo entre dos dragones que parecen bastante colocados. Dispongo de un segundo para preguntarme qué será lo que han estado esnifando y cómo han conseguido meterlo de contrabando antes de que alguien me llame desde atrás.

Me vuelvo por instinto, solo para encontrarme con Remy persiguiéndome a toda prisa por el pasillo, con una mirada decidida que me revela que ya se ha hartado de dejar que lo ignore.

Es alto, incluso más que Jude, y, entre su altura y que viene directo hacia mí, es evidente que empezamos a llamar la atención de los demás.

Este no es el momento ni el lugar que yo habría elegido para verme las caras con Remy, pero si es lo que él quiere, pues adelante.

Me tiemblan las piernas, pero porque tengo hambre, ya hace mucho que me he comido la barrita de granola que me he llevado para desayunar; no es porque esté nerviosa, ni mucho menos.

Sin embargo, resulta que Remy no quiere que nos veamos las caras, pues se detiene delante de mí con esa sonrisa suya tan triste.

—Lo siento —murmura.

—¿Qué es lo que sientes? —pregunto mucho más beligerante de lo que exige su acercamiento.

Niega con la cabeza y me mira con unos ojos que revelan que sabe que estoy mintiendo.

—Puedo hacer el resto del proyecto yo solo. —Su lánguido acento de Nueva Orleans suaviza las palabras... y sus formas.

—Haz lo que te dé la gana —contesto a la par que me encojo de hombros—. A mí no me importa.

Sí que me importa, muchísimo, pero ahora no es el momento ni, desde luego, el lugar para tener esa discusión.

Parece que Remy no se ha tragado mis palabras, pero, en vez de decir nada, vuelve a negar con la cabeza.

—Todo te irá bien, Clementine.

Lo observo con frialdad.

—Tú no puedes saberlo.

Por primera vez desde que ha entrado en clase de Literatura, le brillan los ojos.

—Sé muchas cosas que la gente no cree que pueda saber.

—Excepto cuando no las sabes —replico. Y, aunque no menciono su nombre, de repente la presencia de Carolina es evidente entre los dos.

Se le apaga el brillo de los ojos y su preciosa cara se ensombrece. Me preparo para que me hable mal, pero solo me lleva un instante darme cuenta de que esas sombras no van dirigidas a mí. Van dirigidas a su interior, a un tornado de dolor y rabia que lo está destrozando desde dentro.

Parece ser que no tengo que vengarme por la muerte de Carolina. Resulta que él solito ya lo está haciendo de maravilla. Aunque solo sea visible si te fijas mucho.

Quizá que su sufrimiento me haga sentir mejor debería preocuparme, pero me da igual. Carolina se merece ese dolor. Y el mío también. Y muchísimo más.

Aun así, el hecho de que él también esté sufriendo, que no haga como si su muerte no hubiera ocurrido, como sí hace el resto de mi familia, provoca que me caiga mejor de lo que me esperaba. También que me sienta mal por él. Porque sé lo muchísimo que duele haberla perdido.

Quizá por eso tiendo la más diminuta rama de olivo, o quizá porque es la única persona con la que puedo compartir a mi prima. La única persona que tal vez quiera oír lo que tengo que decir. La mayoría de los días, incluso la tía Claudia actúa como si quisiera olvidarlo.

Sea como fuere, susurro:

—Hacía unas galletas estupendas.

Él sonríe con cautela, y la oscuridad desaparece un poco de sus ojos.

—Contaba muy buenas historias.

—Sí. —El puño que me apretaba el corazón se afloja un poco y, no sé cómo, me descubro devolviéndole la sonrisa—. Es verdad.

Suena el timbre de afirmaciones, este pequeño intercambio de palabras ha ocupado todo nuestro descanso, y echo un vistazo al aula de Terapia de Grupo. La última clase del día.

Pero, antes de que pueda encaminarme hacia allí, clavo la vista en Jude, que recorre el pasillo junto a su amiga Ember. Es mucho más bajita que él, así que está inclinado para oírla entre el bullicio del pasillo, y asiente ante todo lo que dice.

Sin embargo, su mirada no lo acompaña: está fija en Remy y en mí. Y no parece contento.

Que tampoco es que tenga derecho a parecer nada en lo que se refiere a mí y lo que estoy haciendo. No somos amigos, sin importar cómo haya actuado al final de la clase de Literatura de hoy. Aparto la mirada cuando las luces vuelven a parpadear otra vez. Esta tormenta está afectando mucho a la red eléctrica. Entonces Ember grita.

El sonido, fuerte, agudo y desolador, atraviesa el pasillo mientras ella estalla en llamas.

14

DONDE HAY HUMO, HAY UN FÉNIX

Empieza por los rizos definidos de puntas rojizas, así que por un segundo creo que me lo estoy imaginando, pero en poco tiempo toda su cabeza termina envuelta en llamas, que se le extienden hacia los hombros, los brazos, el torso y las piernas.

—¿Qué...? —exclama Luis, que se me acerca corriendo ojiplático y despavorido mientras Jude entra en acción.

No lo culpo por ello. Ver a Ember arder es, sin lugar a dudas, la cosa más espantosa que he visto, sin excepción. Y eso sin tener en cuenta sus gritos agónicos, que me obstruyen la garganta del horror.

A juzgar por la forma en la que otros alumnos comienzan a gritar y a alejarse de ella como pueden, no soy la única que se siente así. Pero Jude no. En lugar de huir, coge la enorme cantimplora de agua que lleva en la mochila y la vacía sobre la cabeza de su amiga.

Sin embargo, eso no le hace mella y sigue gritando. Todo su cuerpo continúa quemándose: la larga melena rizada, la piel morena, incluso esos ojos negros tan profundos. Hay llamas por todas partes.

Desesperado por ayudarla, Jude se arranca la sudadera

roja de la academia Calder y comienza a azotar las llamas en un intento por apagarlas mientras Ember se convierte en una columna de fuego, y el olor nauseabundo de pelo y ropa chamuscados se apodera del pasillo.

—¿Qué hacemos? —pregunta Remy, que se acerca a ella a toda prisa a pesar de verse arrastrado por la oleada de alumnos que se alejan.

—No lo sé —respondo intentando no acabar pisoteada por la marabunta mientras avanzo con él—. Es una fénix.

Pero no debería estar ardiendo. Hemos tenido a decenas de fénix aquí y ninguno ha ardido jamás. Al igual que ellos, la magia de Ember debería estar bloqueada por los escudos del centro y no debería ser capaz de usar su habilidad para arder.

Sin embargo, ahí está, ardiendo sin cesar, sin que haya nada capaz de detener la combustión. Ni el agua que Jude le ha echado encima ni su sudadera, que ya hace rato que ha acabado siendo pasto de las llamas. Ni tampoco las manos que, en vano, está usando ahora para apagar el fuego.

—¡Déjalo, Jude!

El tío Carter sale corriendo de su clase, con el pelo rubio ondeando en el aire con cada paso que da. Agarra a Jude y utiliza toda la fuerza de mantícora que posee para intentar alejarlo de Ember. Cuando comprueba que eso no lo ha movido un solo centímetro, intenta colocarse entre los dos.

—¡Es una fénix! Se supone que debe arder.

Pero Jude no parece muy convencido, seguramente porque Ember sigue gritando, e intenta apagar las llamas de nuevo. Sus manos se van llenando de ampollas con cada segundo que pasan en contacto con el cuerpo ardiente de su amiga.

Eso es lo que me saca del estupor, saber que Jude no va a dejar de intentar ayudarla en ningún momento. Se está quemando, recibiendo heridas gravísimas, y temo que si empeoran ni siquiera los sanadores podrán ayudarlo.

El comentario displicente que me hizo la profesora Aguilar en la clase de ayer se repite en mi mente mientras corro por el pasillo, tres puertas más allá, hasta el laboratorio de química y cojo el extintor de la pared. Luego vuelvo a toda velocidad con Jude y Ember y los rocío a los dos con el bicarbonato de potasio que lleva dentro.

Las llamas que envuelven la camisa y las manos de Jude se apagan al instante, pero Ember sigue ardiendo. Cuando él hace el amago de volver a intentar ayudarla, lo agarro del antebrazo y lo sujeto tan fuerte como puedo.

—¡Jude, déjala! —digo, y procuro alejarlo de ella—. Ember está bien.

Parece que no me oye, como si estuviese tan concentrado en salvarla que ni siquiera fuera consciente de lo que le digo ni de lo que de verdad está ocurriendo.

—No puedo dejar que muera también —susurra—. No puedo.

No sé a qué se refiere, pero ahora no es momento de hacer preguntas.

Por suerte, el tío Carter se ha apartado, así que aprovecho la ocasión para ponerme yo entre ellos.

—Mírala, Jude —musito sin hacer caso al calor que me abrasa la espalda—. Mira dentro de las llamas. Fíjate bien en Ember. Está ardiendo, pero en realidad no se está quemando. Está bien.

Tarda unos segundos más, pero al fin logra captar mis palabras. Por ello deja caer las manos y se aparta un poco.

Ahora que ya he superado el terror inicial de que acabase calcinado junto a ella, me alejo de Ember y también observo cómo arde. Resulta hipnotizante verla sumida en un mar de llamas tan abrasadoras que adquieren tonos blancos y azules. Y ahora que por fin ha dejado de gritar y su dolor parece haberse mitigado, el nudo de la garganta se me afloja.

Por primera vez entiendo la relación entre el fuego y la resurrección.

Después de los que han sido los noventa segundos más largos de mi vida, el fuego de Ember se apaga por fin tan repentina y fervorosamente como se había encendido. Hace un momento estaba en llamas y de repente ya no lo está.

No obstante, está desnuda, temblando y más que un poco afectada, si es que su mirada ausente refleja el estado en el que se encuentra su mente. El fuego era tan virulento que lo ha reducido a cenizas todo en ella excepto el pelo y el cuerpo. Incluso le ha derretido los piercings, convirtiéndolos en pequeñas pilas de oro y plata junto a ella en el pasillo.

En cuanto se desploma sobre el suelo, el tío Carter se da la vuelta al instante y pide a gritos una manta mientras se mueve para taparla con su cuerpo. Ella, arrodillada, se envuelve con los brazos para intentar cubrirse todo lo que puede, pero sigue tan afectada que dejarla ahí, aunque solo sea un segundo, hace que me sienta mal.

Siguiendo el ejemplo de mi tío, también me acerco a Ember y la protejo de las miradas tanto como puedo.

Pero Jude no espera a que llegue la manta. En lugar de eso, se arranca la camisa chamuscada y se la pasa a Ember por la cabeza. Tiene varios agujeros del tamaño de monedas, pero la envergadura de ambos es tan dispar que la prenda la empequeñece, pues le cubre todo lo importante e incluso más.

Luego se inclina como si fuera a ayudarla a levantarse, pero le veo la piel quemada de las manos y comprendo que debe de estar experimentando una agonía indescriptible.

Así que me adelanto, me agacho y rodeo los hombros de Ember con un brazo al tiempo que la ayudo a ponerse en pie.

—Todo está bien —le susurro con suavidad al oído—. No te ha pasado nada.

Su mirada se topa con la mía y, por un instante, aún puedo ver las llamas ardiendo en la profundidad de sus ojos. Pero entonces parpadea y el fuego y la neblina escampan.

Eva se nos aproxima con la manta que el tío Carter había pedido. Su tez normalmente morena y rosada se ha vuelto cenicienta, y parece tan conmocionada como yo.

—¿Estás bien? —me murmura mientras espera a que mi tío coja la manta.

Asiento con la cabeza a la vez que Ember niega con la suya y musita, con la voz áspera después de tanto gritar:

—Deberíais echarle un vistazo a Jude.

—Yo estoy bien —asegura él, pero se tambalea un poco, y nada en su aspecto confirma sus palabras, y menos aún las manos, que por algunas zonas están rojas y cubiertas de ampollas y por otras se ven chamuscadas.

—No estás bien —lo corrige el tío Carter mientras busca entre la gente hasta toparse conmigo—. Clementine, llévalo a la enfermería, por favor.

Luego le cubre los hombros a Jude con la manta.

Esas palabras hacen que los ojos pardos de Eva se abran como platos y su mirada se pasee entre los dos. Sé que está esperando a que yo replique, pero después de todo lo que ha pasado hoy no me quedan fuerzas para nada. Además, que acompañe a Jude al despacho de la tía Claudia no significa que tenga que quedarme con él y cogerle la mano..., en sentido figurado, digo.

—No importa —le contesto, porque ¿qué otra cosa le voy a contestar?

Mi compañera de habitación parece querer oponerse, pero, antes de que se le ocurra una respuesta, mi tío se vuelve hacia ella.

—Eva, por favor, acompaña a Ember a su cuarto para que pueda cambiarse de ropa. ¡Los demás, a clase! ¡Se acabó el espectáculo!

Y en un pispás todos tenemos trabajo que hacer. Solo espero que este vaya mejor que el último...

15

NO ME VENGAS CON F.I.N.E.-ZAS

Me vuelvo hacia Jude, y de repente me siento incómoda con su presencia ahora que la crisis ha terminado. Sobre todo porque lo único que le cubre el torso desnudo es la manta que le ha colocado por encima el tío Carter, por la que asoma su cincelado pecho. Nos miramos fijamente un instante antes de que yo carraspee.

—¿Crees que puedes llegar hasta la sanadora? —pregunto.

—Estoy bien —repite.

Pongo los ojos en blanco y lo paso de largo.

—¿Sabes cómo se dice «bien» en inglés? Pues hay una canción muy vieja de Aerosmith que se llama *F.I.N.E.* ¿Sabes de qué es acrónimo?

—¿*Fabuloso*, *Inteligente*, *Noble* y *Encantador*? —Me reta a contradecirlo con los ojos.

No pienso darle esa satisfacción.

—Tus conocimientos de música son penosos.

—Uy, conozco la canción —asegura—. Es solo que no estoy de acuerdo con lo de *Inseguro* y *Emotivo*.

Tiene razón. Jude es un tío que tiene muchos defectos, pero la verdad es que la inseguridad no es uno de ellos.

Incluso de niño, cuando estaba perdido, destrozado y devastado, sabía quién era. Y qué quería. O, para ser más específicos, lo que no quería. Por lo que puedo ver, nada de eso ha cambiado en los años que han transcurrido desde entonces.

Me doy cuenta de que no dice nada sobre las partes de *Fanfarrón* y *Neurótico* del acrónimo. Aunque, bueno, ¿qué iba a decir? Está claro que es la personificación de esas dos cosas y lo lleva siendo desde que lo conozco.

Aun así, no se lo echo en cara.

Jude no dice nada más mientras subimos tres tramos de escaleras hasta el despacho de la tía Claudia, y yo tampoco; pero más truenos retumban sobre nosotros y, al mirar por la ventana, veo los árboles cercanos casi partidos en dos por el viento.

Un estremecimiento de preocupación me recorre el cuerpo ante la imagen y, por primera vez, empiezo a preguntarme si esta tormenta no será peor de lo que me temía.

A pesar de que la puerta está medio abierta, me planteo llamar, pero la estancia está a oscuras y no hay ni rastro de la tía Claudia.

—Aquí no hay nadie —anuncia Jude, y se da la vuelta como si le faltara tiempo para alejarse del lugar—. Volveré después.

Sin embargo, con eso solo consigue que nos quedemos cara a cara. O, mejor dicho, que mi cara se tope con su enorme, poderoso y desnudísimo pecho. Su aroma cálido y oscuro, a cardamomo, cuero e intensa miel caliente, me nubla los sentidos al instante. Hace que me tiemblen las rodillas y que se me acelere el corazón. Incluso aunque sé que debo apartarme, que debo alejarme de él tan rápido como pueda, no me muevo. No puedo.

Perdida en mis recuerdos, aspiro su aroma con fervor. En este momento todo vuelve a ser como antes, cuando de verdad quería estar cerca de él.

Y, durante un segundo que parece una eternidad, Jude me lo permite. No se mueve, no respira, no parpadea; se limita a quedarse ahí parado y a dejar que yo recuerde.

Pero entonces se separa de forma repentina y la humillación me corroe por dentro. He tenido tres años para mejorar mis defensas, para olvidar lo ridícula que era y lo colgada que estaba de él, y en cuanto huelo un poco su aroma me derrito a sus pies. Es lamentable.

Sobre todo porque es evidente que él no tiene el mismo problema en lo que a mí respecta.

—No creo que sea una buena idea —contesto, esforzándome por mantener un tono normal mientras saco el móvil y le mando un mensaje a la tía Claudia—. Hay que curarte esas quemaduras antes de que se infecten. Además, no puedo ni imaginar lo mucho que te dolerán.

—Puedo soportar el dolor.

—Deja de intentar hacerte el duro —replico.

Se encoge de hombros, como si hubiera llegado un momento en el que una persona ya ha sufrido tanto que, sentir más dolor, sin importar si es mucho o poco, apenas marca la diferencia y ni siquiera importa.

Pero ya me he hartado de su actitud de mártir; si quiere marcharse antes de curarse, va a tener que pasar por encima de mí. Coloco el cuerpo justo delante del suyo y cruzo los brazos por encima del pecho, retándolo claramente a que intente hacerlo.

—Lavarte esas quemaduras con gel de baño no va a ser suficiente, y lo sabes.

Normalmente esto no funcionaría con él, ni la actitud ni el reto, pero lo veo vacilar, así que sigo presionando.

—Necesitas caléndula, y supongo que algún elixir de aloe. Quizá incluso pomada de curcumina.

Él vuelve a intentar esquivarme, pero esta vez, cuando se mueve, la mano le roza los pantalones. Se estremece de forma apenas perceptible debido a lo que seguro que es un dolor insoportable, y su voz suena tensa cuando habla.

—Vale, como quieras. Pero ya lo hago yo.

—Qué adorable que creas que puedes tú solo.

Les lanzo una mirada mordaz a las manos, que lleva hechas un cuadro. Después camino hasta uno de los armarios enormes con vitrinas en la parte delantera que parece sacado de los años cincuenta, en el que se guardan todos los remedios de hierbas infusionados con magia.

Extiendo la mano para asir el pomo de la puerta y, en ese momento, me vibra el móvil con una serie de mensajes de mi tía.

—Claudia está ayudando a Ember ahora mismo. —Jude parece preocupado, así que me explico—: Ember está bien, pero mi tía vendrá en cuanto pueda. —Él relaja los hombros de inmediato por el alivio y al mismo tiempo yo saco la delgada y larga botella llena de caléndula—. Quiere que te empape las manos mientras la esperamos. Me ha dicho qué tengo que usar para que se te pase el dolor y acelerar el proceso de curación.

Jude suspira como si el que yo lo ayudara fuera el mayor inconveniente del mundo, pero no dice nada más. Voy sacando un cuenco y lo lleno con la mezcla de agua y elixires de hierbas que mi tía me ha dicho que combine para su caso.

Cuando termino, dejo el cuenco en la mesa vieja y rayada que hay en la esquina de la estancia y le indico con un gesto que se siente en la silla desgastada. Al moverse para cumplir mi orden, se le desliza la manta de los hombros y puedo verle bien la espalda por primera vez. Tengo que morderme la lengua para no soltar un gritito de sorpresa, porque tiene toda la espalda cubierta de tatuajes.

Y cuando digo «cubierta» es totalmente cubierta. Apenas se atisba alguna parte de su piel a través de los torbellinos parecidos a cuerdas emplumadas negras que se revuelven en todas las direcciones mientras se curvan sobre los hombros y le bajan por los bíceps.

Como el mismísimo Jude, los tatuajes son hermosos a la par que siniestros, poderosos pero etéreos, y no puedo evitar quedarme mirándolos. Como tampoco puedo evitar la repentina urgencia que siento de pasarles el dedo por encima, de pasarle el dedo a él por encima.

Solo pensarlo hace que se me enciendan las mejillas, y me meto las manos en los bolsillos. Porque las tengo frías, claro, no porque no me fíe de que no vaya a tocar a Jude Abernathy-Lee.

No obstante, no tocarlo no impide que me ponga a pensar dónde se habrá hecho los tatuajes y cuándo. Porque, al contrario que la mayoría de los alumnos de la academia Calder que llegan aquí en algún momento de la educación secundaria, Jude ha estado en esta escuela desde los siete años. Y, como yo, no ha abandonado la isla desde entonces. Ni una sola vez.

Aun así, nunca se los había visto antes. Ni siquiera

cuando se ha arrancado la camiseta en el incidente del pasillo hace tan solo unos minutos.

¿Por eso siempre va con manga larga?

¿Por eso nunca venía a nadar con nosotras a la piscina de las sirenas cuando éramos pequeños?

Que yo recuerde, nunca lo he visto sin camiseta, ni siquiera cuando éramos niños. Antes, cuando estaba coladita por él (hace eones), me imaginaba una sensual tableta de chocolate que estaba segura de que se escondía bajo su polo del colegio; pero jamás me había imaginado qué más estaba escondiendo.

¿Cómo ha podido tener los tatuajes desde hace tanto tiempo? Ha crecido mucho desde los siete años. Estarían distorsionados, ensanchados e incluso emborronados si hubieran crecido con él. Aun así, ninguno de los dibujos presenta ese aspecto. De hecho, jamás he visto un tatuaje más definido y con una saturación tan intensa como los suyos. Casi parecen reales, como si fueran a cobrar vida en cualquier momento.

De nuevo los dedos me cosquillean por las ganas de dibujar el trazo de uno de los tatuajes. Pero los dejo donde están y cierro las manos en puños mientras me pongo al otro lado de la mesa con toda la intención del mundo.

Por supuesto, una vez que estoy al otro lado, me encuentro con los abdominales esculpidos, que son incluso mejor de lo que había imaginado. Y eso sin mencionar esos ojos implacables y de colores diferentes que siempre parecen saber justo lo que estoy pensando.

Jude me observa mientras se desliza en la silla, pero está claro que se ha dado cuenta de que he visto los tatuajes. Y es igual de evidente que no piensa decir nada al respecto.

Me dispongo a preguntar, pero entonces mete las manos en el cuenco. Se le tensan los hombros en el instante en el que las quemaduras en carne viva entran en contacto con los elixires curativos. Aun así, no pronuncia palabra, se queda sentado sin moverse ni un ápice durante lo que debe de ser una agónica pesadilla.

El sudor nervioso me cubre la espalda. Odio ver a los demás sufrir, y odio todavía más no poder hacer nada para remediarlo. El hecho de que sea Jude el que está sufriendo tanto lo empeora todavía más.

Antes pensaba que quería que sufriera por el daño que me hizo, pero esta no es la clase de sufrimiento que tenía en mente.

Para combatir los nervios, me tomo mi tiempo poniendo en orden el resto de la estancia. No hay mucho que hacer, aunque me mantiene entretenida y evita que mire a Jude.

Cuando termino estoy sudando porque la tormenta venidera ha convertido el aire ya pegajoso de por sí en pegamento, así que me quito la sudadera y busco otra cosa que hacer, lo que sea. Agarro las botellas de medicina y las junto para guardarlas. Apenas he abierto la vitrina cuando de pronto veo que una mujer sale volando y me invade un dolor terrible y despiadado que me recorre hasta la última terminación nerviosa.

16

VACILANTE AL PASAR

Grito y trastabillo hacia atrás al tiempo que los tarros se salen del botiquín y chocan contra mi cuerpo al caer. Un zumbido me taladra los oídos (junto con el tintineo del cristal al romperse) y tropiezo con mis propios pies, cosa que casi provoca que me desplome sobre los pedazos rotos.

Las lágrimas dejan un rastro diluido en la sangre que le cubre la cara, pero son sus ojos los que me atraen. Se mueven a una velocidad antinatural, apuntando de un lado a otro, arriba y abajo, como si estuviesen viendo mil imágenes al mismo tiempo. Y cada una de ellas le está rompiendo el corazón.

Extiende una mano temblorosa hacia mí, pero no me muevo. No puedo moverme. El miedo me atenaza antes incluso de que me deslice uno solo de sus fríos y escalofriantes dedos por la mejilla.

Duele, el dolor se parte en mil tentáculos distintos que me atraviesan serpenteando. Jadeo, intento zafarme de ella, pero me tiene a su merced, al igual que las imágenes que empiezan a mostrarse en mi cabeza, pequeñas estampas que centellean a través de los párpados en un millón de destellos de luz.

Veo su cuerpo empapado en sudor tirado en una cama.

Veo sangre, muchísima sangre.

Veo un apretón de manos, oigo llantos agudos.

Es la desesperación personificada, su tristeza es un manto negro infinito que me ahoga y me impide respirar.

No obstante, al retirarse, descubro por una milésima de segundo unos ojos azules brillantes bajo la sangre y sé que ya la había visto, una vez..., cuando iba a noveno, justo antes de que todo se fuera a la mierda.

—¿Qué pasa? —demanda Jude, que se acerca a toda prisa. Pero no puedo hablar porque su cara se está acercando cada vez más a la mía. El dolor físico y el tormento mental son demasiado grandes—. Clementine, contéstame —me apremia, con gesto adusto y los ojos entornados mientras se coloca enfrente de mí.

En cuanto lo hace, ella desaparece tan rápido como ha surgido y me deja temblando y empapada en sudor.

—No es nada —logro articular aun sabiendo que no es verdad a cierto nivel primario, pero doblo la apuesta de todos modos—. Aquí no hay nada —digo con firmeza.

Sin embargo, Jude no se lo cree; ¿por qué debería hacerlo? Hubo una época en la que le contaba todos mis secretos.

—Pero ¿había algo ahí antes?

—Nada importante —comento mientras intento llevarlo de nuevo a la mesa... y al cuenco de elixires curativos.

Sin embargo, Jude nunca ha sido de los que van adonde no quieren ir, así que se queda donde está, negándose a ceder y examinándome con la mirada.

—¿Te ha hecho daño? —pregunta.

—Estoy bien.

Levanta una ceja, y sé que está pensando en la conversación sobre esa canción que hemos tenido antes, por lo tanto me corrijo.

—No me ha pasado nada. Hace rato que se ha ido.

—Vale. —Solo se digna a aceptar lo último que he dicho y procede a examinarme de la cabeza a los pies. Mientras lo hace, va entrecerrando los ojos todavía más—. Para insistir tanto en que estás bien, tienes una pinta horrible.

Me pongo tiesa ante el comentario. Sé que voy hecha unos zorros porque ha sido un día nefasto, igual que sé que no debería importarme lo que piense de mí; pero, por alguna razón, sí que me importa.

—Ya, bueno, no todos podemos ser oniros, ¿verdad?

Pone los ojos en blanco.

—Me refería a que tienes sangre en la camisa y un moratón en la cara.

Se inclina y me pasa un pulgar por la mandíbula. Yo me echo para atrás de un salto, sorprendida, pero él lo está tanto como yo. O sea, que está igual de sorprendido de haberme tocado de esa manera.

—Deberíamos ocuparnos de esos cortes —indica señalándome el brazo con la cabeza.

Agacho la mirada y compruebo que tiene razón: la sangre se ha filtrado por las vendas que Eva me ha ayudado a ponerme antes. Ahora que me he quitado la sudadera, no hay forma de ocultar todo el daño que ese asqueroso monstruo serpiente me ha hecho.

—¿Cómo te has hecho eso? —pregunta con aspereza.

—He tenido un encontronazo con uno de los monstruos que hay en el recinto de las fieras antes de clase.

Considero injustificado el exagerado gesto de horror de su cara por unos pocos cortes, por muy desagradables que algunos sean. Aflojo el nudo que tengo en la garganta riéndome (o al menos intentándolo). Lo bueno de todo esto es que el acelerado ritmo al que me latía el corazón regresa al fin a la normalidad.

—La tormenta parece haber puesto hoy a muchas cosas de mala leche.

Jude no responde, pero sus ojos son claramente glaciales mientras me examina de arriba abajo para valorar los daños. El estómago se me revuelve un poco ante tal escrutinio: el suyo.

Me ordeno darme la vuelta, alegando que, después de todo lo que ha pasado, no tiene derecho a mirarme así. Pero no puedo moverme, no puedo pensar, ni siquiera respirar..., al menos hasta que él dice:

—Tienes que curarte esas heridas cuanto antes.

Y con solo eso, el estómago deja de revolverse y se me hunde por completo. ¿Tan patética soy que, con que él recorra mi cuerpo con solo una mirada, las defensas se me desmoronan y acaban reducidas a polvo?

—Tengo que irme —declaro, y corro hasta el rincón de la habitación donde he dejado la mochila—. Claudia llegará dentro de un rato...

—Clementine.

Su voz retumba en el espacio que nos separa. No hago caso del vuelco que me ha dado el estómago y lo mucho que me arden las mejillas mientras cojo la sudadera.

—Tú mantén las manos en remojo y ella ya...

—Clementine.

Esta vez, esas tres sílabas que componen mi nombre

van acompañadas de una advertencia, pero la ignoro igual que lo ignoro a él: a saco.

—Te las vendará o hará lo que haga falta. Ya sabes lo bien que se le da...

—¡Clementine!

La advertencia se ha convertido en un ultimátum, y esta vez ha sonado mucho más cerca. Tan cerca que el corazón (y los pies) se me embarullan justo en el mismo momento.

—¿Qué haces? —exijo saber al darme la vuelta—. ¡Debes tener las manos en remojo!

—Mis manos están perfectamente. —Las levanta para demostrar que tiene razón y, aunque es muy pronto para afirmar tal cosa, pues aún están muy rojas y algo descompuestas, el elixir ha logrado cerrar todas heridas abiertas en un santiamén—. Ahora me toca curarte a ti.

De pronto suena tan afligido que no puedo soportarlo.

—Estoy bien. Los mordiscos no son para tanto.

Me tambaleo de espaldas hacia la puerta, pero él se mueve conmigo. Sus zancadas son mucho más grandes que las mías, por lo que termina estando a tan poca distancia (tan poca) que no me siento del todo cómoda.

—Deja de oponerte —insiste una vez más.

—Vale. —Me doy la vuelta y descubro que estoy de nuevo en el botiquín; atrapada entre la puerta que temo abrir y el chico que temo todavía más que me toque—. Pero lo hago yo.

No necesito magia para saber que Jude no se mueve lo más mínimo. Su mirada arde como un hierro de marcar ganado entre mis omóplatos, y eso que su cuerpo, fornido y descomunal, ya desprende oleadas de calor. Está tan cerca que noto que me quema; es tan intenso que puedo sentir el peso de estos tres largos años presionándome como una balanza desequilibrada, una que ya lo estará siempre.

Desesperada por distanciarme un poco y tener una oportunidad para pensar (y respirar), levanto la mano hacia el tirador, pero Jude llega primero. Me aparta a un lado con suavidad en lo que estoy segura de que es un intento por protegerme y abre la puerta.

No obstante, esta vez no ha salido nada. Menos mal.

—¿Todo bien? —me pregunta, y sé que se refiere a lo que ha pasado antes y no a las heridas.

—Todo bien —respondo, y cojo la primera botella con la que mis dedos entran en contacto—. Pero puedo cuidarme sola.

Insuflo en esas palabras toda la fuerza que soy capaz de reunir, aunque reconozco que no es tanta como me gustaría.

—Eso es elixir de menta —expresa—. A no ser que quieras vomitar, no creo que te vaya a servir de mucho.

Jude coge la botella que sostengo con la mano entumecida antes de tomar otra del estante. Intento quitársela, pero la aparta para que no pueda alcanzarla.

—Date la vuelta.

—No necesito tu ayuda.

Incluso yo he notado lo poco convencida que estoy.

—Dame el brazo, Clementine.

Esta vez su voz no admite discusión alguna. Ni tampoco su mirada implacable.

Nuestras miradas se encuentran un momento que resulta ser largo e interminable. El corazón empieza a latirme demasiado rápido y respiro de una manera entrecortada que ya no puedo controlar.

Deseo con fervor que el suelo se abra y me engulla entera, pero, al ver que no pasa (ni eso ni nada salvo que la garganta de Jude emite un gruñido de impaciencia), termino claudicando. De mala gana.

—Toma —musito al extender el brazo.

Cuando al fin da un paso pequeño, empiezo a considerar el hecho de no haber salido corriendo de la estancia como una señal de crecimiento personal.

—Gracias.

La voz de Jude suena tan grave y gutural que no puedo afirmar con seguridad que no me la haya imaginado teniendo en cuenta lo fuerte que me late el corazón.

Pasan varios segundos incómodos mientras agita la botella y abre el tapón, y después posa los dedos sobre mi piel.

Un escalofrío me recorre la columna, pero lo controlo haciendo acopio de todas mis fuerzas. Hoy ya me he puesto bastante en evidencia delante de él, así que ni de coña voy a volver a hacerlo.

Sin embargo, la determinación me dura hasta que empieza a frotar los cortes con el algodón impregnado de antiséptico como si estuviese intentando quitar una mancha.

—¡Ay! —grito, y me aparto con brusquedad para mirarlo a la cara—. Hay terminaciones nerviosas unidas a eso, ¿sabes? —Extiendo la mano—. Dámelo, anda.

—Yo me ocupo —dice, y posa las manos sobre el brazo con tanta suavidad que el contacto parece un susurro.

Esta vez, cuando empieza a limpiarme las heridas, es tan cuidadoso que apenas siento el algodón. Lo cual supone un problema nuevo por completo, porque ahora lo único en lo que puedo pensar es en el roce de su piel contra la mía mientras se mueve de una herida a otra.

Es agradable (peligrosamente agradable), por lo que necesito cada pizca de fuerza de voluntad que tengo para no apartarme; para no salir huyendo. Pero me niego a darle la satisfacción de saber lo mucho que sigue influyendo en mí.

Así que me quedo justo donde estoy, me obligo a concentrarme en el escozor del antiséptico, en el dolor físico que me produce en lugar de pensar en la angustia vacía que habita en lo más profundo de mi ser.

No es para tanto..., no es para tanto..., no es para tanto... Esas cuatro palabras se convierten en un mantra, y repetirlas una y otra vez se convierte en mi salvación. La respiración se me estabiliza, las rodillas dejan de temblarme, el corazón recuerda cómo latir correctamente.

Respiro hondo y exhalo poco a poco. Me digo una vez más que esto no es para tanto, de verdad. Y casi me lo creo..., hasta que Jude me suelta el brazo y me apoya la mano en uno de los hombros para darme la vuelta y que me quede de espaldas a él. La camisa tiene más agujeros que un queso suizo, por eso sé que puede ver el abanico de mordiscos que salpican mi piel. Sus dedos se dirigen a la herida que hay en mis lumbares y dice:

—Vas a tener que quitarte la camisa para poder curarte esta.

17

LIMPIA LAS HERIDAS Y HUYE

De todas las cosas que había imaginado que me diría Jude, la verdad es que esa no era una de ellas. Por lo menos no desde noveno, cuando me permitía soñar acerca de...

Corto el pensamiento por lo sano y me centro en el aquí y el ahora. Principalmente en que Jude acaba de sugerir que me desnude en medio del despacho de mi tía. No pienso parecer más vulnerable de lo que ya aparento ser.

—¿Qué acabas de decir? —pregunto mientras me vuelvo para mirarlo con incredulidad.

Por lo que podría ser la primera vez en la historia de Jude Abernathy-Lee, se atisba un rubor rosado en sus pómulos marcados y con barba incipiente.

—Bueno, o levántatela y ya. Tienes un corte en las lumbares y no querrás que se te infecte.

—¿Perdona?

No sé cómo, pero ha hecho que su petición suene todavía peor.

El sutil rosa se convierte en un color rosa empolvado, y parece cada vez más desconcertado mientras continúo observándolo. Sus ojos, que suelen ser insondables, se ven alterados al intentar centrarlos en cualquier parte menos en mí. Pero no pienso dar mi brazo a torcer esta vez, no pienso llenar el silencio que nos separa con palabras tranquilizadoras que le pongan la cosa más fácil. Siempre lo hacía cuando éramos amigos, pero ya hace mucho tiempo que perdió ese privilegio.

Así que ahora me limito a observarlo mientras el silencio se alarga, se vuelve más incómodo con cada segundo que pasa hasta que por fin levanta las manos.

—¿Quieres que te limpie la espalda o no? —espeta.

—Estoy bastante segura de haberte dicho que podía yo sola.

Durante un instante parece que lo que más le apetece en el mundo es darme el tónico de equinácea y punto, pero al final se limita a negar con la cabeza.

—Levántate la parte de atrás del polo, ¿quieres? No voy a mirar nada.

La forma en la que lo dice, como si fuera ridículo que yo llegara a pensar que quiere mirarme siquiera, me deja con la sensación de ser una completa idiota. Por supuesto, el interés que tiene en que me levante el polo es puramente médico. Al fin y al cabo, estamos hablando de Jude, el chico que lleva años tratándome como si fuera una apestada.

—Bien. —Me agarro el polo por arriba y tiro de él para dejar expuesta toda la espalda—. Pero no vuelvas a hacerme daño, ¿vale?

Como de repente temo estar refiriéndome a algo más que a mi espalda, cierro los ojos e intento fingir que estoy en cualquier parte menos aquí. Con cualquiera menos con él.

Jude, por supuesto, no se molesta en contestar.

Sus enormes manos me tocan con suavidad esta vez mientras usa un trozo de gasa para limpiarme lo que supongo que es sangre antes de desinfectar el gran corte que tengo en la parte baja de la espalda. El antiséptico me escuece más de lo que había anticipado, pero aprieto los labios y no digo ni una palabra. En parte porque no quiero mostrar debilidad y, en parte, porque me da miedo que pare si lo hago.

No tengo tiempo de esperar a que llegue la tía Claudia; no si quiero llegar a la siguiente clase antes de que acabe. O, por lo menos, esa es la historia que me estoy contando.

Además, es una historia creíble hasta que Jude termina de vendarme las heridas. Espero que se aparte de inmediato, pero, en vez de eso, se queda ahí un rato, deslizándome las yemas callosas de los dedos por la espalda con tanta delicadeza que no estoy segura de si me lo estoy imaginando.

Solo que sus dedos parecen fuego cuando me acarician la piel; dejan un rastro lo bastante caliente como para competir con el aire denso y húmedo que rodea nuestra islita ahora mismo. Los escalofríos me recorren la espalda y el pelo de la nuca se me eriza para avisarme de algo que me da demasiado miedo admitir. Solo sé que no me estoy apartando, aunque de verdad debería hacerlo.

—Estaría bien que tu tía le echara un vistazo mañana. —Las palabras le salen forzadas.

—Lo haré. —Mi boca es un desierto y apenas consigo pronunciar la frase mientras me vuelvo para observarlo—. Gracias.

—Toma. Puedes encargarte del resto.

Me entrega de un empujón el tónico y la pomada.

—¿Y tú qué? —Le cojo la mano y le paso un dedo por la piel de aspecto tierno—. No hemos acabado de...

Algo le brilla en los ojos ante mi tacto, algo oscuro y hambriento, casi salvaje, pero aparta la mano de golpe.

—¿Te he hecho daño? —pregunto preocupada.

—Estoy bien, Kumquat. —Susurra las palabras más que pronunciarlas y, por un momento, penden en el aire que nos separa.

Hace mucho tiempo que no me llamaba así y, por un instante, alivia el dolor que he sentido antes en clase, cuando me ha llamado por mi verdadero nombre.

Durante un segundo no se mueve, no respira. Se queda ahí plantado mirándome con las pupilas dilatadas, la mandíbula apretada y tragando saliva.

Abrumada por la intensidad de su mirada, y del momento, cierro los ojos. Respiro.

De forma inconsciente vuelvo a buscarlo con la mano, pero esta vez mis manos solo se encuentran con el aire. Sorprendida, abro los ojos y me doy cuenta de que, una vez más, Jude me ha abandonado.

18

NUNCA SALDREMOS DE ESTA ISLA

Jude se ha ido. No solo se ha apartado, cosa que ya habría sido bastante violenta, sino que se ha ido de verdad. Como cuando decían: «Elvis ha abandonado el edificio».

Pero ¿de qué cojones va?

El estómago se me desploma y una sensación de humillación hace que me ardan las mejillas al ponerme a limpiar el último desorden que los dos hemos provocado en el despacho de mi tía. Y por «los dos» me refiero a él.

Una furia amarga está a punto de estallar en mi corazón mientras limpio. Furia hacia él por hacerme esto otra vez. Y más furia todavía hacia mí por permitírselo.

Cuando me dio la espalda en noveno para ir con Ember y sus otros dos amigos, Simon y Mozart, me prometí que jamás volvería a confiar en él. Y ahora, la primera vez que me mira en años, dejo que me arrastre como si los últimos tres años no hubiesen transcurrido.

Como si no me hubiese pasado la mitad de ese curso llorando hasta quedarme dormida, sufriendo el impacto de la soledad y la confusión al ser repudiada por mi mejor amigo el mismo día que enviaron a la Aethereum a mi prima favorita, la única otra amiga que tenía.

No sé quién es peor, si Jude por ser un capullo o yo por ser tan ingenua, por increíble que parezca. De todas formas, ya conozco la respuesta a esa pregunta.

Sin duda alguna, yo.

Jude solo se comporta como siempre, por horrible que sea. Yo soy la que sabía que no debía confiar en él, pero aun así he metido la pata y lo he hecho. Y ahora soy la que está aquí, sola y mortificada.

El instinto me empuja a coger el móvil para escribir a Serena y contarle mi última desgracia, pero entonces recuerdo que no voy a volver a escribirle ni a hablar con ella. Nunca jamás volveré a verla.

Me brota un grito de dentro, y en esta ocasión es un millón de veces más difícil apaciguarlo. Sin embargo, no sé cómo, consigo controlarlo, aunque la pena me sacuda incluso el mismísimo corazón. Derribándome, hundiéndome hasta el fondo.

Lucho por salir a la superficie, y entonces cojo el antiséptico y algunas bolas de algodón para curarme las últimas heridas. Me concentro en el dolor, lo uso para contrarrestar el desconsuelo por lo menos un poquito más.

Cuando consigo respirar de nuevo, me vendo las mordeduras y guardo el material de primeros auxilios en el botiquín antes de cerrar la puerta. Luego, tras dejarle un mensaje a la tía Claudia para avisarla de que todo va bien, cojo la mochila del suelo y me voy hacia la puerta.

Salgo al pasillo justo antes de divisar a mi madre, que está recorriéndolo con grandes pasos y un gesto de disgusto en ese rostro suyo ya de por sí avinagrado.

En cuanto me ve, se detiene un breve instante antes de acercárseme con resolución. Sus ojos azules, propios de la casa Calder, permanecen fijos en mi cara como un misil termodirigido mientras los tacones de aguja rojos que lleva anuncian su disgusto con cada paso imperioso que da. Normalmente estaría mirando a mi alrededor, buscando una vía de escape, porque lidiar con mi madre cuando va con su traje pantalón rojo de Chanel nunca es una buena idea.

Pero ahora mismo me importa un comino cómo termine esto; estoy demasiado enfadada, triste y dolida para huir. La muerte de Serena es como una herida abierta en mi interior, y que hayan aceptado a Caspian en mi universidad favorita es como si la hubiesen rociado con zumo de limón.

Así que, en lugar de salir corriendo, me mantengo firme, mirándola fijamente, esperando a que descargue sobre mí para poder hacer lo mismo.

Sin embargo, en lugar de expulsar todo lo que la preocupa de golpe, se detiene frente a mí.

Y espera.

Y observa.

Y observa.

Y vuelve a esperar, hasta que siento que el corazón está a punto de salírseme.

Que es tal y como quiere que me sienta. No solo es una maestra de la estrategia, sino también una experta manipuladora. Además, esta vez no tiene la razón y lo sabe, lo que significa que tardará una eternidad en hablar.

No obstante, saber todo esto no me facilita la espera. Ni mucho menos me facilita el hecho de esperar aquí de pie, como si fuese un espécimen de laboratorio mientras me estudia con su característica mirada entrecerrada y la cabeza ladeada.

Pero la primera en dar el primer paso muere (eso me enseñó mi madre mucho antes de *El juego del calamar*), así que mantengo la boca cerrada y los ojos abiertos a la espera de algo más.

Finalmente deja escapar un suspiro, una exhalación larga y lenta que provoca que unas chispas de ansiedad me recorran la nuca. Las paso por alto y, por fin, decide hablar.

—Tienes el polo lleno de agujeros.

—Los monstruos estaban...

Me interrumpe antes de que pueda seguir.

—No sé por qué esa te parece una excusa válida. —Niega con la cabeza y, por primera vez, un toque de exasperación se filtra en su tono—. Sabes que las evasivas no son aceptables. El recinto de las fieras es seguro al cien por cien.

La miro fijamente un segundo, sin saber muy bien qué debo responder a eso. Supongo que podría discutir con ella, pero, en lugar de hacerlo, opto por la evasiva de toda la vida.

—Vale —digo sin más—. Me cambiaré después de clase.

—Representas a este centro, Clementine. Eres una Calder. Tu comportamiento debe ser intachable en todo momento, y eso incluye respetar el código de vestimenta. —Levanta una mano—. ¿Cuántas veces te lo tengo que decir? Si no sigues las reglas, ¿cómo vamos a esperar que el resto de los alumnos lo haga?

—Ya, porque ir con el uniforme sucio va a desencadenar la anarquía total en el resto del centro.

Paso por su lado, y ella extiende los dedos con las uñas pintadas de rojo y me coge del brazo, agravando las heridas aún tiernas e impidiendo que me marche.

—Tú no sabes lo que podría desencadenar la anarquía —insiste—. Y yo tampoco. Estos alumnos han tenido una vida difícil, han cometido errores muy graves. Puede que el código de vestimenta te parezca algo trivial, pero mantener las cosas reglamentadas, ordenadas, uniformes, es nuestra manera de proteger su estabilidad.

Ah, ahora entiendo por qué está tan nerviosa.

Nada pone a mi madre más de los nervios que una subida de tensión extraña en la que alguno de los alumnos manifieste su magia a pesar de los rigurosos esfuerzos del centro. Hoy ha sido Ember estallando en llamas, aunque les ha ocurrido a otros alumnos con su propia magia en el pasado. Contamos con tecnología puntera combinada con hechizos realmente poderosos para inhibir los poderes, pero a veces ocurren accidentes. Sobre todo durante las subidas de tensión.

Esto me hace pensar en Serena, sus poderes y el modo en que murió, porque ella nunca aprendió a controlarlos.

Otra oleada de tristeza me azota y me quita el aliento. Casi me aplasta esta vez, así que les devuelvo el golpe a mi madre y a sus palabras absurdas antes siquiera de tomar la decisión consciente de hacerlo.

—Y yo que pensaba que mantenerlos vivos era la manera de proteger su estabilidad y la del centro.

En cuanto mis palabras la alcanzan, se echa atrás como si le hubiese dado una bofetada, pero no me arrepiento de haberlas pronunciado; ni lo más mínimo. Porque centrarse en el código de vestimenta, las reglas y el *statu quo* me parece bastante ridículo cuando este no está preparando a los graduados de la academia Calder para el mundo real; más bien consigue que los mate una y otra vez.

Sin embargo, mi madre no ve las cosas como yo a juzgar por cómo cierra de golpe la mandíbula. Y aunque la mirada que me arroja me advierte que ahora sería un momento estupendo para cerrar el pico, no puedo hacerlo. Ahora no, esta vez no.

Pero sí bajo la voz para sonar más conciliadora y menos acusatoria.

—¿En serio te sorprende que mueran tantos alumnos tras graduarse teniendo en cuenta que no los preparamos en absoluto para la vida ahí fuera?

Al principio mi madre me mira como si quisiera pasar por alto mi intento de mantener una discusión real, y luego se limita a suspirar profundamente.

—Imagino que esta diatriba se debe a que ya te has enterado de lo de Serena.

—Lo dices como si fuese un parte meteorológico. «Imagino que ya te has enterado de la tormenta que se avecina.»

El estallido de un trueno especialmente potente elige ese momento para hacer vibrar el cielo, como recalcando mis palabras... y mi ira.

—Esa no es mi intención.

—A lo mejor no, pero es la sensación que da. Y ya no solo con Serena, sino con todos los demás —explico.

Niega con la cabeza y vuelve a suspirar.

—Hicimos todo lo que pudimos para enderezar sus vidas, los mantuvimos a salvo mientras estuvieron aquí. Pero lo que pasa después de graduarse está totalmente fuera de nuestro control, Clementine. ¿Me sabe mal que Serena haya muerto? Por supuesto que sí. ¿Me sabe mal que otros antiguos alumnos estén muertos? Sin lugar a dudas.

Sin embargo, debes comprender que sus muertes son lo que son: accidentes tristes y desafortunados.

—¿Y eso no te preocupa? ¿Cómo te puede parecer normal que los alumnos de este centro, del que tú estás al mando y que no dejas de recordarme que es el legado de nuestra familia, no puedan vivir fuera de estos muros?

—Ahora te estás pasando de dramática. —Otra ronda de truenos, esta vez más larga y grave, sacude el edificio, pero mi madre la ignora—. En primer lugar, muchos de nuestros alumnos viven una vida muy plena. Y en segundo lugar, me estás atribuyendo cosas que yo no he dicho. Nunca he infravalorado la tristeza ni la importancia de sus muertes...

—Acabas de decir que sus muertes «son lo que son», tan solo otra parte de la vida que debemos aceptar. No me digas que eso no es infravalorarlas.

—¡Eso es ser realista! —espeta—. Los alumnos que vienen aquí son conflictivos, Clementine. Extremadamente conflictivos. Han incendiado edificios enteros, han volado cosas por los aires, han matado a gente de formas terribles. Nosotros hacemos todo lo que podemos para rehabilitarlos y ayudarlos durante su estancia aquí. Les proporcionamos un lugar alejado de algunas de las consecuencias más funestas de sus poderes. Les damos la oportunidad de eludir la cárcel, de respirar, de sanar, si es que ellos así lo desean, al tiempo que lidian con su identidad y sus aptitudes. Les ofrecemos pautas para el control de la ira y una toma de decisiones moderada, además de terapia. No obstante, nada de ello evita que, una vez que salen de aquí y se hallan lejos de nuestra estricta supervisión, puedan pasarles cosas malas, por mucho que nosotros intentemos prevenirlo.

—Morir es algo más que una cosa mala, ¿no crees? —pregunto con incredulidad—. Debe haber una manera mejor de ayudar a estos chicos que lo que estamos haciendo ahora. Sabes que la abuela y el abuelo no querrían que esto...

—¡Ni se te ocurra decirme lo que mi madre y mi padre querrían cuando ni siquiera los llegaste a conocer! —La sensatez se ha esfumado de su tono de voz y lo único que queda es una rabia gélida—. Te crees que, por haber nacido en esta isla, sabes mejor que nadie cómo funcionan las cosas aquí, pero la verdad es que no tienes ni la menor idea.

No discuto con ella lo de no haber conocido a mis abuelos (hay cosas que sé de sobra que no debo sacar a colación, y mi habilidad para ver fantasmas es una de ellas), así que, en lugar de eso, me centro en lo demás.

—Pues, si no lo sé, ¡dímelo! —le imploro—. Explícame por qué piensas que esta es la única forma...

—¡Porque es la única! Si dejaras de soñar con abandonar la isla, aunque solo fuera por un segundo, a lo mejor te darías cuenta.

—¿Y por qué crees que tengo tantas ganas de irme, mamá? ¿Tal vez porque me retienes aquí como si fuera una prisionera, al igual que todos los demás? ¡Nunca he puesto un pie fuera de esta isla!, ¿tú sabes lo raro que es eso? Y luego me dices que no puedo ir a la universidad, que ninguno de los que formamos parte de la cuarta generación podemos, pero después descubro que también es mentira, porque Caspian va a pirarse de aquí en cuanto tenga ocasión. Y encima irá a mi universidad favorita. ¿Cómo esperas que no me frustre?

Su rostro, con el ceño fruncido, permanece completamente impasible.

—No voy a discutir eso contigo ahora, Clementine.

—¿Porque no tienes respuestas? —pregunto con sarcasmo—. ¿Porque sabes que estás equivocada?

—¡No lo estoy!

—Sí lo estás. ¿Qué tiene de malo querer ver cómo es el mundo exterior?, ¿sentir lo que de verdad es ser una mantícora? Todos los alumnos están perdiendo la oportunidad de experimentar esa parte tan esencial de su identidad y, literalmente, los está matando, mamá.

—Ya lo intentamos a tu manera, Clementine. Te lo aseguro. Y no funcionó. ¿Crees que las cosas dan miedo ahora? Deberías haber visto cómo eran antes. Los alumnos morían con frecuencia estando bajo nuestro amparo y no pudimos evitarlo hasta que probamos esto. Esto funciona; están a salvo, y eso es lo que importa.

—Dirás que están a salvo por ahora, que no es lo mismo.

—Tú... —Se ve interrumpida por las innumerables notificaciones que empieza a recibir en el móvil—. Tengo que ocuparme de esto; y tú tienes que quitarte de la cabeza lo de cambiar las cosas porque no va a pasar. Las cosas son como son porque así deben ser, te gusten o no. Hoy ya han resultado heridos muchos alumnos en esa subida de tensión. No podemos permitir bajo ningún concepto que recuperen sus poderes de manera permanente.

—No creo que eso...

—¡Da igual lo que tú creas! —Su voz suena como una goma elástica que han estirado demasiado—. Solo importa lo que es. Ahora déjalo estar, Clementine.

Pero no es la única a la que han estirado hasta sobrepasar sus límites.

—¿O qué? —replico—. ¿Me mandarás a la cárcel, enviándome a mi muerte, como hiciste con Carolina?

Rápida como una serpiente, levanta la mano y la estrella contra mi mejilla. Con mucha fuerza.

Ahogo un grito y me tambaleo hacia atrás ante el ataque mientras la miro fijamente a los ojos.

—No vas a abandonar esta isla, Clementine, ni para ir a la Aethereum ni para ir a la universidad. No saldrás de aquí bajo ningún concepto. Cuanto antes te entre en la cabeza, mejor te irá.

La mejilla me palpita y me arde, pero resisto el impulso de acercarme la mano. Sería un gesto de debilidad y yo jamás me muestro débil, ni siquiera frente a mi madre; sobre todo delante de ella.

—Di lo que quieras —contesto—, a ver si te lo acabas creyendo. En cuanto me gradúe, voy a dejar atrás esta pesadilla y me iré tan lejos y rápido como pueda.

—Es que no me escuchas. Si digo que nunca vas a salir de esta isla es que nunca vas a salir de esta isla. —Deja entrever una sonrisa débil—. Pero no te enfades mucho por eso, las pesadillas no suelen ser tan malas como todos piensan. Creía que a estas alturas ya te habrías percatado de ello.

Esas palabras hacen que el miedo se apodere de mí, ahogando la rabia, el dolor y el horror, y dejando solo tras de sí un pánico glacial.

—No lo dirás en serio —susurro.

—Ponme a prueba.

Dicho esto, se da la vuelta y se aleja, con sus tacones de aguja rojo sangre propagando el sonido y el furor de su retirada del campo de batalla. Al menos hasta que llega al final del pasillo y habla.

—Recuerda, Clementine: los sueños también pueden ser prisiones. Y eso es mucho peor porque, a diferencia de las pesadillas, no ves venir la trampa hasta que es demasiado tarde.

19

MÁNDAME TU UBICACIÓN, QUE LLUEVE

Me quedo mirando a mi madre sorprendida y consternada. Aunque el verdadero horror que suponen sus palabras me va calando poco a poco, hay una parte de mi cerebro que sigue centrada en mi rutina. Me insta a que me mueva, a que vaya a clase, a que evite llamar la atención del doctor Fitzhugh.

Aunque me digo que, por lo menos, debo tratar de llegar a la segunda mitad de Terapia de Grupo, no consigo moverme. Es como si mis pies hubieran echado raíces ante lo que me ha dicho mi madre, que hace eco en mi mente una y otra vez.

Las pesadillas no son tan malas.

Los alumnos de la academia Calder jamás tendrán sus poderes.

Yo jamás tendré mis poderes, porque nunca...

Corto por lo sano ese pensamiento antes de que pueda formarse del todo, bastante segura de que, si me permito pensarlo, o incluso creerlo, empezaré a gritar y no pararé jamás. Tal y como están las cosas, siento como si mi control pendiera de un hilo muy fino y difuso.

En el exterior, la tormenta sigue formándose. Está diluviando, el agua cae a cántaros desde un cielo que se ha vuelto de un color negro y opresivo. El viento aúlla a través de los robles, las hojas susurran y las ramas se doblegan ante su fuerza.

Me acerco a la ventana y, ahora que estoy sola, me permito la debilidad de presionar la mejilla ardiente y palpitante contra el frío del cristal. El alivio físico es instantáneo, aunque no el mental. Cuando mis rodillas por fin se quedan sin fuerzas, como el resto de mi cuerpo, me hundo en la gelidez y la fortaleza de la pared durante unos segundos.

Las lágrimas me escuecen en los ojos y, por primera vez, no me molesto en parpadear para ocultarlas. En vez de eso, pierdo la mirada en la salvaje tormenta y el océano bravo más allá de la valla, y me digo a mí misma que mi madre no pensaba de verdad lo que ha dicho.

Nosotros somos los causantes de lo que le ha ocurrido a Serena. La academia Calder, con su inhibición de poderes, sus afirmaciones y su empeño en cualquier cosa menos en utilizar la magia. Nosotros somos los culpables, nosotros somos los culpables de lo que les ha ocurrido a todos ellos.

Nos pasamos cuatro años evitando que los alumnos cambien de forma o que lancen incluso el más básico de los hechizos, y después volvemos a arrojarlos al mundo como paranormales adultos, con todo el poder que eso conlleva. Más tarde, cuando no son capaces de controlar dichos poderes, nos lavamos las manos. Decimos que no es culpa nuestra que sigan muriendo en accidentes mágicos; que no es culpa nuestra que sigan saltando por los aires cuando elaboran una poción, que cambien de forma incorrectamente o cualquiera de los otros millones de maneras que hay de que los paranormales se hagan daño.

Seguimos con nuestra vida como si nada hubiera pasado; y en cierta forma así es. La gente se gradúa y abandona la isla, es como si cesaran de existir para quienes estamos aquí encerrados. Así que, cuando mueren, cosa que les ha pasado a muchos últimamente, no parece real, porque no hay diferencia entre eso y que se marchen. Pero sí que es diferente, y sí que importa.

Serena importa.

Jaqueline importa.

Blythe, Draven y Marcus importan.

Ahora están todos muertos, pero no son los únicos.

Carolina importa.

Mi preciosa, egocéntrica e increíble prima importa muchísimo; por lo menos para mí. No estoy segura de que le importe a nadie más, excepto a mi tía Claudia y a mi tío Brandt; e incluso ellos parecen haber pasado página. Era su hija y la querían, no obstante, en cuanto la mandaron lejos, parece que dejó de existir..., bastante antes de que muriera.

Y ahora me entero de que mi madre piensa que esto es lo mejor que podemos hacer... No tengo palabras.

Me destroza el alma.

¿Cómo puedo ser yo la única que lo ve?

¿Cómo puedo ser la única que tiene intención de hacer algo al respecto?

Fuera, un enorme rayo divide el cielo en dos. Por instinto, salto hacia atrás, y al hacerlo advierto una luz cerca del gimnasio. Me inclino hacia delante y trato de volver a verla, pero la oscuridad ha regresado a pesar de ser casi media tarde, y no consigo ver con claridad nada que esté más allá de las lindes del patio que hay delante del edificio.

Aun así, fuerzo la vista intentando cazar un atisbo de lo que sea que haya captado. Porque, con tormenta o sin ella, eso se parecía muchísimo a una persona.

Pero ¿quién iba a salir con este tiempo desastroso por voluntad propia? Sobre todo cuando el resto de los alumnos debería estar en clase. ¿Y adónde se dirigiría?

Contemplo la zona unos segundos más, concentrándome para ver si diviso otro destello de... lo que sea. Sin embargo, todo está difuso debido a la lluvia y al cielo gris. Me doy por vencida, me dispongo a darme la vuelta, pero en cuanto lo hago otro rayo ilumina el cielo y un trueno resuena casi al mismo tiempo.

Es entonces cuando atisbo una vez más lo que sin duda es una persona.

Una persona muy alta, corpulenta y sin camiseta, con pelo oscuro pegado al cuello y unos tatuajes negros e intensos trepándole por la espalda.

Jude.

No me jodas.

¿Adónde irá, todavía sin camiseta y cubierto de quemaduras que aún están curándose?

¿Y qué tendrá que hacer ahora mismo, qué es tan importante que no puede esperar a que amaine la maldita tormenta?

Debería estar en clase. O, si está haciendo pellas, al menos debería volver a la residencia para buscar un polo y una chaqueta en vez de dedicarse a corretear medio desnudo hacia un cúmulo de árboles en medio de una tormenta virulenta.

¿Y si un rayo pega en uno de los árboles y le cae una rama encima?

O peor, ¿y si le cae un rayo a él?

Aunque no me importa, qué va.

Aun así, escaparse al bosque durante una tormenta de esta magnitud no es normal. Está claro que se trae algo entre manos y, sea lo que sea, me apuesto cualquier cosa a que no es bueno.

Echo un vistazo rápido al móvil y calculo que dispongo de cuarenta minutos antes de que acabe la clase. Si me esfuerzo, seguramente consiga convencer a Fitzhugh de que me ponga un castigo que no requiera que me muerda ninguna criatura...

Sin embargo, apenas he llegado a mitad de las escaleras cuando la voz de mi madre se oye por el altavoz.

—Atención, alumnos. Debido a la tormenta, todas las actividades extraescolares de esta tarde quedan canceladas. Por favor, volved de inmediato a vuestras habitaciones después del timbre final. Repito, todas las actividades extraescolares de esta tarde se han cancelado, la cena se servirá en las zonas comunes de la residencia en lugar del comedor. Gracias por vuestra cooperación.

¿Cena en la residencia? Puedo contar con los dedos de una mano las veces que se ha ordenado eso en toda mi vida. ¿Cómo de mal se va a poner esta tormenta? ¿Y con cuánta rapidez?

Bajo los peldaños de lo que queda de escaleras de dos en dos, y miro por la ventana en cuanto llego al pasillo. Como por arte de magia, un rayo escoge ese momento para iluminar el cielo; pero no importa, porque Jude ya ha desaparecido.

Joder.

Saco el móvil y abro la aplicación del tiempo. Mierda. Es que..., joder.

Parece que la depresión tropical que nos ha estado acechando ha pasado directamente de tormenta a huracán. Cómo no.

Y Jude está por ahí.

Una parte de mí me dice que estará bien. Sin duda, Jude no se quedará ahí fuera en esta tormenta durante mucho tiempo. Y si lo hace... Bueno, es culpa suya.

Pero mi lógica me grita que hay algo raro; que está ahí fuera haciendo algo que no debería hacer, y que, sea lo que sea, puede matarlo.

«Déjalo estar —me digo—. Ha dejado bien claro que no te incumbe nada que tenga que ver con él. Déjalo estar.»

Lo intento, de verdad que sí. Aunque entonces pienso en el poema de Keats, y me doy cuenta de que no estaba enfadada con Keats solo por desaparecer de la vida de Fanny, también estaba enfadada con Fanny por permitirlo. Me doy cuenta de que estoy enfadada con ella porque no luchó por lo que le importaba.

Esto no tiene nada que ver con el amor.

Aun así, hay algo que no va bien, y no puedo dejarlo estar. La lluvia empieza a caer con más intensidad y me encuentro buscando su número. Por lo menos puedo mandarle un mensaje y comentarle las órdenes de volver a la residencia, ¿no?

Pero, cuando abro nuestra conversación, los últimos mensajes me asaltan.

Nos vemos fuera del gimnasio.

No puedo. La asamblea es obligatoria.

Venga, Mandarina. Vive un poco.

Para ti es fácil decirlo, Sergeant Pepper.

Nos meteremos en un lío.

Te protegeré de los lobos
grandes y malos.

Eso dices, pero no es a ti
a quien quieren morder.

Eso es porque tú sabes mejor.

¿Cómo sabes qué sabor tengo?

Hay una pausa y, dos minutos después, escribe:

Igual me gustaría saberlo.

Evidentemente, la conversación acaba ahí. Salí pitando de la asamblea con tantas prisas que me da vergüenza recordarlo. Sobre todo cuando pienso en cómo acabó esa noche.

Y, lo que es peor, hay varios mensajes después de esos, todos míos, enviados a horas diferentes a lo largo de los siguientes días.

Oye, Bungalow Bill. Esta mañana no
estabas en clase. ¿Estás bien?

¿Debería preocuparme por ti?

Eh, ¿cómo vas?

¿Dónde estás? Por favor, contéstame. Acabo de enterarme de que se han llevado a Carolina y estoy fatal.

Nadie quiere decirme qué ha pasado con Carolina. ¿Cómo han podido llevársela en plena noche?

¿DÓNDE ESTÁS?

¿Qué está pasando?

¿De verdad vas a ignorarme en los pasillos como si no existiera?

No entiendo lo que está pasando.

Y después, pasados un par de días:

Te echo mucho de menos.

Y ahí acaba todo.

Ni un mensaje más por parte de ninguno de los dos en los últimos tres años.

Hasta ahora.

La humillación me revuelve el estómago, pero le escribo un mensaje rápido.

La tormenta se está convirtiendo
en un huracán. Mi madre dice
que todo el mundo tiene que
volver a la residencia en cuanto
terminen las clases.

Lo releo y empiezo a replantearme lo que he escrito. En algún momento durante la cuarta vez que lo leo, me obligo a darle a enviar.

Casi de inmediato me sale que no se puede enviar.

«Joder, joder, joder. Ve a clase, Clementine», me digo, aunque vuelvo a las escaleras y las bajo corriendo.

«Ve a Terapia de Grupo. Solo la tienes una vez a la semana y, si te la pierdes, se notará demasiado.

»Mañana, cuando te hayan puesto un castigo infernal, te arrepentirás de no haber ido a clase. Sobre todo porque Jude estará perfectamente, disfrutando de su comida con Ember y sus otros amigos mientras tú arriesgas tu vida y tus extremidades.

»Ve a clase.»

Aunque salgo de las escaleras al pasillo que lleva a la clase del doctor Fitzhugh, sé que no voy a ir.

En vez de eso, me encamino en dirección contraria y, tras echar un vistazo para asegurarme de que no haya ni rastro de los trols del pasillo, salgo corriendo hacia las puertas dobles que hay al final del edificio.

«No lo hagas, Clementine —me digo una vez más—. Esto no es asunto tuyo, tienes que ir a clase.

»Ve a clase.

»Ve a clase.

»Ve a clase.»

Pero da igual lo que me diga, ya es demasiado tarde. La verdad es que ha sido demasiado tarde en cuanto he visto a Jude caminando por la tormenta.

Cuando llego al final del pasillo atravieso a toda prisa las puertas dobles sin darle más vueltas al asunto, aunque la maldita Fanny sigue paseándose por mi mente. Y me meto de lleno en la cálida y húmeda oscuridad.

20

LLUEVE, LLUEVE TODO LO QUE PUEDAS

La lluvia me lastima la cara mientras corro por el camino de piedras, resbaladizo y cubierto de musgo, que va hacia la linde de cipreses de los pantanos donde he visto a Jude por última vez. Cae con tanta fuerza y velocidad que apenas veo nada, pero, tras una vida entera en esta isla (y en este centro), sé que debo desviarme hacia la izquierda, justo a tiempo para esquivar un agujero en el lado derecho del camino.

Exactamente veintisiete pasos después salto por encima de una raíz gigante y las piedras que ha alzado y quebrado al salir de la tierra. Cuarenta y un pasos más tarde, vuelvo a torcer hacia la derecha y esquivo una grieta de veinticinco centímetros de ancho que atraviesa la senda.

Cuando toda tu vida se limita solo a una isla tan grande como la palma de tu mano, acabas conociendo cada recoveco. En parte porque no hay nada más que hacer (incluso cuando la humedad es sofocante), y en parte porque nunca sabes cuándo vas a tener que salir corriendo para salvar la vida de una manada de lobos cabreados o de un vampiro con sed de sangre; es literal. Aquí ocurren cosas extrañas a diario, por lo que es de sentido común conocer los entresijos de tu propia prisión.

Al parecer, al fin estoy poniendo en práctica mis conocimientos.

La lluvia sigue estrellándose contra los imponentes árboles, golpeándome con fuerza mientras dejo atrás lo que una vez fue un experimento de jardín estudiantil y que ahora no es más que un nido de malas hierbas. Rodeo el gimnasio y un edificio viejo y destartalado que solía ser un salón de baile cuando la gente pagaba cantidades ingentes de dinero voluntariamente para venir a esta isla en la época en que era un complejo turístico.

Giro a la izquierda y corro a toda velocidad entre el taller artístico (que en realidad es un parque para hacer grafitis) y la biblioteca, cerciorándome de evitar la bandada de gansos y patos que han encontrado refugio bajo los arbustos.

Sigo el camino hasta doblar el recodo y luego me preparo para el medio metro de desnivel que lleva ahí desde que tengo uso de razón. Me deslizo por la cuesta sin torcerme los tobillos y, seguidamente, salto por encima de otra raíz nudosa que asoma entre las piedras.

Corro un par de minutos más y por fin llego a la verja que separa los edificios académicos de las residencias. No me cuesta nada cruzarla cuando no es horario lectivo, pero en horas de clase es muchísimo más complicado. No obstante, solo es cuestión de ponerse creativa...

El portón está programado para mantener a todos los alumnos dentro de la zona académica de la isla durante las clases utilizando una combinación que consta de un código pin y un escáner biométrico ocular. Pero he visto a mi madre introducir su código un millón de veces y, por muy astuta que ella se crea, yo lo soy más. Asimismo, me he enterado de que los ojos de todas las mantícoras tienen la misma rúbrica, así que puedo engañar al sistema y hacerle creer que soy ella.

Es un truco que no suelo usar mucho (si comprueba los registros, lo último que quiero es que se dé cuenta de que ha salido de la zona académica cuando en realidad no es así), pero suelo recurrir a él en situaciones de emergencia. Y no hay lugar a dudas de que esta se podría considerar una.

Lo cual suscita la siguiente cuestión: ¿cómo ha atravesado Jude la verja cuando sé que tiene una clase ahora mismo? Es imposible que el sistema lo haya dejado pasar.

Justo en ese momento, uno de los árboles del otro lado de la verja cruje de una manera siniestra y, unos segundos después, una rama gigantesca cae sobre la verja. Veo un montón de chispas salir en todas direcciones mientras se lleva por delante la tela metálica (chamuscada y humeante a pesar de la lluvia) antes de tocar por fin el suelo.

Como una verja no es suficiente para tenernos controlados, también se les ha ocurrido la brillante idea de electrificarla. Si llego a tocar el teclado, habría terminado pareciéndome bastante a esa rama...

Introduzco el código, dejo que el sistema me escanee el ojo y espero con impaciencia a que el portón se abra.

En cuanto lo hace, lo cruzo a toda velocidad y desciendo por el camino central. Sin embargo, una vez que llego a la bifurcación que separa la zona de los alumnos del bosque y los restos abandonados del sanatorio, me desvío de la parte más transitada del camino y voy directamente hacia la extensa arboleda que marca el otro lado. A ver, sí, Jude y yo exploramos esa zona cuando éramos unos críos junto con Caspian y Carolina, pero no hay mucho que ver: unos pocos edificios viejos, un pozo antiguo al que solíamos arrojar monedas y una despensa subterránea de los tiempos en los que no existían las neveras, cuando la gente tenía que almacenar las verduras en el subsuelo para mantenerlas frescas.

Todo esto nos fascinaba de pequeños, pero ahora mismo dudo que le despierte a Jude ningún interés.

Aun así, el Jude al que conocía nunca hacía nada sin un objetivo, lo cual significa que tiene una razón muy concreta para estar aquí fuera. Si al menos supiese cuál, podría hacerme una idea de su paradero.

Acabo decidiendo que bien podría empezar por los edificios viejos y decrépitos que una vez formaron parte del antiguo sanatorio, así que me alejo del camino principal en cuanto llego al pequeño lago artificial que usaban para pasear en barca. A diferencia de todo lo demás que hay en esta zona, sigue hallándose en un estado medio decente, más que nada porque las sirenas y sirénidos residentes decidieron hacerse cargo de él hace una década y lo adecentaron para su uso personal. No pueden cambiar de forma, pero les sigue gustando el agua.

Es el único sitio en este lado de la isla al que los alumnos vienen con regularidad. Además, a los administradores no les importa porque significa que ya no tienen que encargarse del mantenimiento de la piscina.

Paso junto al lago y me dirijo hacia la vieja consulta médica y la cabaña dedicada a la «actividad física regular». Están rodeadas de cipreses de los pantanos que se ciernen sobre ellas y cubren los tejados de agujas. Sin embargo, todas las puertas están cerradas con candado y cadenas oxidadas que no parece que hayan tocado en décadas..., porque nadie las ha tocado.

Aun así, recuerdo que solíamos meternos allí dentro cuando éramos pequeños, por lo que me deslizo por un lateral y encuentro la ventanilla del segundo piso con la cerradura defectuosa. La celosía desvencijada por la que trepábamos para llegar allí arriba sigue estando aquí, pero ni de coña podría soportar el peso que tengo ahora, así que menos todavía el de Jude.

Tras decidir que las cabañas están hechas una ruina, sigo recorriendo la senda hasta llegar a la despensa subterránea; apenas estoy a medio camino cuando veo un destello rojo.

Me fijo con más detenimiento y me doy cuenta de que alguien está abriéndose paso a través del suelo rocoso de mi derecha, pero está claro que no es Jude. La persona que está ahí, sea quien sea, es mucho más baja y escuálida, aunque sin duda es un alumno.

Intento limpiarme la lluvia de los ojos para verlo mejor, pero no sirve de nada. Ahora está lloviendo a cántaros, por lo tanto no tengo más remedio que aguantarme. De todas formas, las probabilidades de que esa persona desconocida esté aquí por una razón diferente a la de Jude son prácticamente inexistentes para mí. Y más teniendo en cuenta que se está enfrentando a una tormenta horrible y se arriesga a sufrir la ira de mi madre.

Por tanto, ¿qué diantres está pasando? ¿En cuántos problemas se va a meter Jude si lo pillan? O, en realidad, ¿en cuántos problemas está ya metido?

Es ese pensamiento el que me empuja a seguir adelante, el que me anima a seguir los pasos de esa persona que va con pantalones cortos y sudadera roja. Me acerco lo suficiente para no perderla de vista bajo la lluvia, pero al mismo tiempo mantengo las distancias para no llamar su atención.

Sin embargo, a diferencia de Jude, salta a la vista que no sabe moverse con sigilo, y por eso no da la impresión de centrarse en otra cosa que no sea su objetivo, que, al parecer, es la despensa subterránea, porque allí es hacia donde me guía.

¿Qué demonios...?

La última vez que estuve en ese lugar no había nada, solo unos estantes viejos, unos pocos sacos de arpillera vacíos y algunas jarras rotas. Entonces ¿qué narices es lo que viene a buscar esta persona...?

Me quedo inmóvil cuando se agacha y abre de golpe la puerta de acceso ubicada en el suelo. Porque, al hacerlo, consigo verle la cara y me doy cuenta de que he estado siguiendo a Jean-Luc, el autoproclamado líder de los Gilipo-Jean y un capullo sin igual.

21

ES HORA DE LLEGAR AL FONDO SUBTERRÁNEO DEL PROBLEMA

¿Qué está haciendo aquí fuera?

¿Y qué tendrá que ver con Jude? Se odian. Ayer en clase tuve pruebas suficientes. Y, aun así, aquí están, en medio de una tormenta haciendo a saber qué... No tiene sentido.

Aquí hay algo que huele a chamusquina y, aunque soy la primera en admitir que eso se puede extrapolar a todos los ámbitos de la academia Calder, esta situación me pone la piel de gallina.

La curiosidad, y más que un poco de preocupación, me arde por dentro mientras corro hacia Jean-Luc; ya no me importa que él o Jude me vean. Hay algo que va muy mal aquí fuera y puede que esté enfadada con Jude, pero todavía me cuesta creer que esté compinchado con los Gilipo-Jean.

Contemplo como Jean-Luc se mete dentro de la despensa. La idea de que esté ahí dentro con Jude me hace correr a toda prisa hasta el lugar, o todo lo rápido que puedo ir por este suelo rocoso y resbaladizo. Atravieso los arbustos y las hierbas, pero la arena se ha convertido en barro que me agarra los zapatos y me impide ir deprisa.

Hace un buen rato que Jean-Luc ha desaparecido, y la

puerta de la despensa se ha cerrado a sus espaldas antes de que yo pudiera llegar al edificio.

Un escalofrío de preocupación me baja por los brazos y hace que se me erice todo el vello del cuerpo. Este lugar no tiene nada que ver con lo que era antes, me da mala espina, y de repente cada célula de mi cuerpo me grita que no toque nada.

Que me aleje.

Que huya.

¿Y si Jude no está involucrado? ¿Y si está metido en algún lío? Si está ahí dentro, no puedo abandonarlo, ¿verdad? No tengo muy clara la razón por la que mandaron a los Gilipo-Jean a la academia Calder, circulan millones de rumores y estoy segura de que la mayoría se los han inventado ellos, pero sí sé quiénes son.

O, más específicamente, quiénes son sus padres: piezas fundamentales de la mayor organización criminal en las sombras de nuestro mundo. Y, aunque eso no impide que les plante cara siempre que tengo que hacerlo, sí que me impide darles la espalda. Y puede que Jude acabe de hacer eso mismo.

Da igual lo que esté pasando ahí dentro, el miedo y la verdad me empujan hacia delante.

A tomar por culo la inquietud que me recorre todo el cuerpo. Abro las puertas de golpe y bajo a toda prisa las largas y decrépitas escaleras que conducen a la oscuridad para intentar averiguar qué está pasando exactamente ahí dentro.

22

JUGUEMOS AL ESCONDITE

Estoy bajando las escaleras rotas e inestables cuando, a mitad de camino, me acuerdo del móvil.

Me tomo un segundo para sacudirme el exceso de agua de las manos antes de sacarlo del bolsillo empapado y deslizar el dedo por la pantalla para activar la linterna. Por suerte sigue funcionando a pesar de estar completamente mojado, y de pronto la despensa se ilumina por debajo de mí.

La estancia está vacía..., lo cual no tiene ningún sentido en absoluto.

Barro el lugar con la linterna mientras sigo bajando las escaleras, comprobando cada recoveco en busca de alguna pista; pero no hay nada.

No está Jean-Luc.

Ni tampoco Jude.

Y ninguna explicación de lo que pueden haber estado haciendo.

Para ser sincera, ni siquiera hay señales de que hayan pasado por aquí.

La sala parece seguir tal y como estaba hace un siglo: tres paredes están cubiertas de estantes viejos, y en la del fondo se encuentra un tapiz antiguo que abarca el muro de punta a punta. Justo en el centro del lugar hay una mesa de madera con solo una silla colocada bajo ella. La mesa se halla cubierta de décadas de polvo, al igual que la vieja prensa de conservas que descansa sobre ella, y también hay un montón de tarros cerrados y vacíos en las estanterías.

Aparte de eso, el lugar está del todo desierto.

He visto a Jean-Luc abrir las puertas. Lo he visto desaparecer escaleras abajo. Estoy segura al cien por cien.

Pero está claro que aquí no está.

Hago otro barrido con la linterna, solo para asegurarme. Nada, ningún fae escondido en ninguno de los rincones oscuros.

Sin embargo, al pasar la luz por la estancia, capto unas pisadas húmedas que serpentean por todo el lugar dibujando un camino extraño.

Las veo casi al mismo tiempo que percibo otra cosa igual de rara, concretamente que no hay nada de polvo en el viejo suelo de madera. Los estantes están cubiertos de mugre acumulada durante años, igual que la mesa y la silla. Sin embargo, el suelo no parece tener ni una sola mota de polvo.

Lo cual es imposible, a no ser que alguien (o unos cuantos) haya estado viniendo aquí de forma regular a saber por qué razón.

Nada bueno, seguro.

Intento seguir las pisadas que rodean la mesa, pero no he cerrado las puertas de la despensa (quedarme atrapada aquí dentro con un fae cabreado no me parece lo mejor en este momento), así que la lluvia está entrando a raudales, empapando el suelo cercano a las escaleras y asolando algunos de los peldaños.

Y lo que la lluvia no está destruyendo ya lo destruyo yo, porque estoy chorreando.

Doy una vuelta más por el lugar, buscando alguna señal que indique la existencia de una cámara secreta o de un subsótano, cualquier cosa que justifique las pisadas que desaparecen.

Pero no encuentro nada de nada: nada tras las estanterías, nada bajo la mesa, nada en los rincones de la sala, y nada tras el tapiz, excepto polvo suficiente para provocarme un ataque de tos y estornudos después de apartarlo de la pared para investigar.

Mientras me esfuerzo por recuperar el aliento (y dejar de estornudar por millonésima vez), la linterna ilumina el tapiz.

Es una escena típica de la playa de Galveston de principios del siglo XX. Un océano de aspecto acogedor al fondo junto con un cielo multicolor al tiempo que el sol se pone en el horizonte. En primer plano reconozco el enorme hotel circular con sus balcones envolventes. Hay una sombrilla clavada en la playa frente al hotel, y debajo se encuentra una larga tumbona de madera con un libro abierto sobre ella.

Junto a la tumbona hay un flotador con una cubitera con champán, y en la mesa pequeña que descansa junto al asiento, se encuentra una copa de flauta. Varios metros más allá hay una pila circular de troncos, como si alguien planease encender una fogata.

Es una escena completamente ridícula y lo más opuesta a la academia Calder que conozco en la actualidad que nada que haya visto antes. No me sorprende que lo escondiesen en una despensa subterránea antigua; no me imagino a mi madre permitiendo que algo así adornase los muros de nuestro centro. Hay demasiada alegría en esos colores tan vibrantes, demasiada esperanza en esa fogata que espera a ser encendida.

Aun así, es curioso en lo que te fijas de pequeño, porque recuerdo que antes había un tapiz, pero no me suena que fuese como este, tan divertido, novelesco y brillante. Supongo que en aquel entonces me parecería normal, pero ahora lo veo demasiado feliz para un lugar como este. Para una isla como esta.

De todos modos, el tiempo va pasando, y si no voy directamente a la residencia después de clase, se armará una bien gorda. Además, oigo a la perfección como está empeorando la tormenta.

La idea de dejar aquí a Jude, e incluso a Jean-Luc, en medio de esto, empieza a no parecerme del todo bien pese a mis sospechas. Tengo que encontrarlos o regresar a la residencia sola.

Vuelvo a las escaleras y, tras guardarme el móvil en el bolsillo de nuevo, voy saliendo de la despensa subterránea. Unos relámpagos resplandecen sobre mí mientras asciendo peldaño a peldaño, y los truenos no dejan de restallar. Nunca he tenido miedo de las tormentas, pero esta parece ser más violenta de lo normal, incluso para esta zona del golfo.

Intento acelerar el ritmo (cuanto antes salga de aquí, mejor), pero la lluvia cae con fiereza y los zapatos resbalan sobre los estrechos peldaños, así que subo poco a poco. Al menos hasta que asomo la cabeza por la puerta y me topo de frente con la cara empapada y cabreada de Jude.

No sé cuál de los dos está más sorprendido. Diría que él, a juzgar por la forma en la que abre los ojos como platos antes de preguntar:

—¿Qué cojones haces tú aquí?

23

ME QUIERE, NO ME QUIERE

¿En serio me está gruñendo ahora mismo?

—Estoy bastante segura de que soy yo quien debería hacerte esa pregunta —espeto cuando por fin salgo de la despensa.

En vez de contestarme, se apresura a cerrar las puertas a mis espaldas.

—Tienes que volver al colegio.

—Tenemos que volver al colegio —lo corrijo—. Además, ¿qué narices estás haciendo aquí fuera, si puede saberse? ¿Y por qué está también Jean-Luc?

—¿Jean-Luc está aquí? ¿Dónde? —Mira a su alrededor como si pensara que va a materializarse de repente.

—Ni idea. Creía que lo había visto entrar en la despensa, pero cuando he conseguido llegar ya se había ido. —Lo contemplo con sospecha—. ¿Vas a intentar convencerme de que no sabes nada de esto?

No me contesta. En vez de eso, dice:

—Vuelve a la residencia, Clementine.

Y se da la vuelta, como si quisiera resaltar que ya ha zanjado el tema. Como si el hecho de que me llame por mi verdadero nombre no fuera suficiente para dejarlo claro.

Y es todo lo que necesito para que algo se encienda en mi interior. No sé si es el flagrante rechazo, la forma en la que cree que puede ordenarme qué hacer o el hecho de que, una vez más, se esté alejando de mí. Pero, sea lo que sea, algo se me rompe por dentro y grito:

—¡No creerás de verdad que así es como van las cosas, ¿no, Bungalow Bill?!

Se detiene un instante ante mi referencia a una de las canciones clásicas de los Beatles y a los continuos motes que nos poníamos cuando éramos pequeños. En lugar de Clementine, él solía llamarme por el nombre de diferentes cítricos, tanto populares como desconocidos. Y como él lleva el nombre de una de las canciones más famosas de todos los tiempos de los Beatles, yo lo llamaba por el título de todas las demás.

Sé que se acuerda, hoy ya se ha colado y me ha llamado Kumquat, y creo que este es el momento. Quizá, aquí fuera, bajo la tormenta es donde por fin vamos a aclarar las cosas.

Pero entonces continúa andando y yo me cabreo. Lo sigo y le cojo el brazo tratando de hacer que me mire. Como no funciona, corro para ponerme delante de él y bloquearle el camino.

Me observa con unos ojos que han perdido toda expresión.

—¿Qué estás haciendo?

—¿Qué estás haciendo tú? —contesto mientras me paso las manos por la cara en un inútil intento de secarme el agua de la lluvia—. No me has dirigido la palabra durante tres años. Tres años, Jude. Y ahora, hoy, de repente rompes el silencio y...

—No he tenido elección. Estábamos en el mismo grupo.

Esperaba esas palabras, joder, y sé de sobra que son verdad, pero eso no impide que me hieran en cuanto las asimilo.

Todo el dolor y la rabia de antes se combinan con el dolor y la rabia que llevo sintiendo desde noveno, y acabo escupiéndole lo que pienso. Palabras que en otro momento, en otro lugar, jamás habrían salido de mi boca.

—¿De verdad eso es todo lo que tienes que decirme? —inquiero—. Después de darme la espalda por completo, de ignorar cada mensaje que te mandé, después de fingir que Carolina no acababa de desaparecer de nuestras vidas... ¿«Estábamos en el mismo grupo» es lo mejor que se te ocurre?

Aprieta la mandíbula y los labios carnosos mientras me contempla a través del manto de lluvia.

Pasan varios segundos largos y empapados por la tormenta, y sé que está esperando a que yo aparte la mirada, a que me rinda.

Eso es lo que habría hecho la antigua Clementine, la que conocía y a la que abandonó.

Pero he crecido desde entonces; he soportado muchas cosas; y he esperado demasiado tiempo a que llegara este momento como para dejarlo pasar, sobre todo cuando lo conozco lo bastante bien como para saber que, si me marcho ahora, jamás encontraré las respuestas que estoy buscando.

Así que, en vez de huir o de rendirme, me mantengo firme. Sostengo la mirada fija en la suya hasta que por fin, ¡por fin!, responde.

—Es la verdad.

—Es una excusa y lo sabes —replico mientras la furia me corroe—. Al igual que sabes que no te estoy preguntando por qué te has decidido a hablarme hoy. Te estoy preguntando por qué no me has hablado en tres años. Te estoy preguntando por qué me besaste, por qué me hiciste creer que te importaba para luego deshacerte de mí como si fuera basura. Peor que basura, porque por lo menos te lo piensas antes de cogerla para tirarla al contenedor. Yo ni siquiera merecía tanta atención tuya.

—¿Crees que fue fácil para mí? —susurra, y no sé cómo, pero sus palabras me llegan a pesar de la tormenta. Quizá porque es como si hicieran eco en mi interior, como si me arañaran la piel y me vaciaran como una calabaza a la espera de que la tallen—. ¿De verdad crees que apartarme de ti no ha sido lo más difícil que he hecho en la vida? —Cierra los ojos, y cuando vuelve a abrirlos, se atisba algo en su interior que se parece mucho al dolor—. Eras mi mejor amiga.

—¡Pero me abandonaste! Y ahora tienes otros mejores amigos, así que, como si no hubiera pasado nada, ¿verdad? —Respiro entrecortadamente, y por primera vez doy gracias a la lluvia porque no puede distinguir las lágrimas que me arden en los ojos—. Aunque no pasa nada, supongo, porque yo también tengo otros.

Aparta la mirada y veo como le sube y baja la garganta unos segundos antes de que se vuelva hacia mí y diga:

—Sé que es difícil no tener a Carolina.

—¡¿Que sabes que es difícil?! —chillo; el desconcierto casi me para el corazón mientras lo miro con los ojos bien abiertos y salvajes—. ¿Que sabes que es difícil? ¿Eso es lo único que tienes que decirme ahora mismo?

Jude deja escapar un rugido de frustración, uno que en cualquier otro momento haría que los escalofríos me recorrieran la columna. Sin embargo, ahora mismo me cabrea más todavía. Al igual que lo que me pregunta después.

—¿Qué quieres de mí, Clementine? ¿Qué cojones quieres de mí?

—¡Lo mismo que he querido de ti desde noveno! —le contesto entre gritos—. La verdad. ¿Por qué tuviste que cambiarlo todo? Nos iba bien como amigos, más que bien. Así que, ¿por qué tuviste que besarme? ¿Por qué tuviste que hacerme sentir tan bien por primera vez en la vida para después arrebatármelo? ¿Tan mal se me da besar? ¿O es que te arrepientes? ¿Te diste cuenta de que no te gustaba y, en vez de decírmelo, escogiste el camino fácil y me ignoraste? ¿Qué pasó, Jude?

Mi respiración se entrecorta cuando acabo de escupir todas mis preguntas y acusaciones.

Hay una parte de mí que está horrorizada, que no puede creerse que de verdad haya pronunciado en voz alta todo eso que se me ha pasado por la cabeza tantas veces durante los últimos años. Pero hay otra parte de mí, una que pesa más, que se siente liberada por haber conseguido sacar a la luz mis preocupaciones.

¿Es vergonzoso? Sí. Pero ¿vale la pena pasar un poco de vergüenza para recibir por fin respuesta a mis preguntas? Joder, ya te digo que sí.

Por lo menos hasta que Jude me mira fijamente a los ojos y dice:

—Vamos al mismo colegio. Es imposible ignorarte.

Ahora me toca a mí soltar un rugido de frustración, aunque el mío se parece más a un chillido.

—¿Otra vez te vuelves a centrar en eso? ¿En los detalles mundanos en vez de en la pregunta que solo me falta suplicarte que me respondas?

—Clementine...

—No te atrevas a llamarme Clementine —digo con los dientes apretados—. No cuando eres tan patético que ni siquiera puedes contestar una simple pregunta. O quizá no seas patético. Quizá eres un capullo y punto.

Me he quedado a gusto. Estoy furiosa y más dolida de lo que me gustaría admitir, pero me doy la vuelta. A tomar por culo; en serio, ya está bien. Y que le den a él también. No vale la pe...

Jude me detiene con una mano en el codo. Con solo un tironcito delicado me hace volverme para mirarlo.

—¡Besas increíblemente bien! —me grita a la cara—. Tus labios sabían a piña y quería tenerte entre mis brazos para siempre. Nada he ansiado tanto en mi vida como saber que eras mía y yo tuyo.

Lo contemplo sorprendida mientras sus palabras penden en el aire que nos separa. Incluso la tormenta parece detenerse ante su confesión, el viento se calma y la lluvia se seca entre un suspiro y el siguiente, de forma que en el mundo entero solo quedamos nosotros dos, mirándonos a los ojos cuando lo único que separa nuestras bocas son unos pocos centímetros.

—Entonces ¿por qué? —susurro cuando por fin consigo que me salgan las palabras—. ¿Por qué te alejaste de mí? ¿Por qué me eliminaste por completo de tu vida? ¿Por qué fuiste tan cruel?

—Porque... —responde, pero se le quiebra un poco la voz en la última sílaba.

—Porque ¿qué? —repito. Aguanto el aliento y el corazón me late a toda prisa dentro del pecho mientras espero a que pueda contestarme.

—Porque no te convengo. —Traga saliva—. Si estuviéramos juntos, yo sería tu peor pesadilla.

24

HACIENDO BESOSTORIA

El viento aúlla con gran estrépito ante su declaración, cosa que sacude las hojas y provoca que la puerta de la despensa se agite.

Yo apenas me percato de ello.

Estoy demasiado ocupada mirando fijamente a Jude y dándole vueltas sin cesar a sus palabras en mi cabeza para prestar atención a algo tan corriente como una tormenta, por muy violenta que esta sea.

Se mueve con incomodidad bajo mi mirada.

—Clementine...

—No lo entiendo.

—Lo sé, pero...

—No. Lo. Entiendo.

—No te lo puedo explicar. —Acerca la mano hacia mí—. Tienes que confiar en mí...

—¿Confiar en ti? —Me carcajeo, y aparto el brazo para que no me toque. Por muy tierno que sea, no quiero que me toque ahora mismo. No cuando la confusión y la rabia hierven en mi interior, esperando la oportunidad de explotar—. Si quieres que confíe en ti, no me hables con acertijos. Y no seas completamente incoherente.

Me obligo a hablar en voz baja ahora que ya no tengo que gritar por encima de un montón de truenos y relámpagos, pero es difícil cuando estoy tan confundida, enfadada y expuesta. No sé qué esperaba que dijera cuando por fin me ha respondido, aunque «Sería tu peor pesadilla» jamás se me había pasado por la cabeza.

Jude, mientras tanto, me mira frustrado. Da un paso hacia atrás, alejándose de mí, y deja caer la mano. Lo veo en sus ojos: lo veo dando un gran paso atrás en su mente al mismo tiempo que lo hace físicamente.

El corazón me golpea las costillas en señal de protesta y pánico, y lo aplaco. La vieja Clementine intentaría echar abajo su muro emocional ladrillo a ladrillo, aterrada ante la posibilidad de perderlo bajo su propia oscuridad.

Bueno, no es que lo hubiese hecho, es que lo hizo. Una y otra vez hasta que ese muro se convirtió en un elemento permanente.

Pero ni en sueños pienso hacerlo otra vez.

Me da igual lo bueno que esté mientras las gotas de lluvia descienden por ese pecho firme esculpido en piedra, con los trazos de todos esos tatuajes arrastrándose por el lienzo que conforma su piel morena y cálida.

Y sí que está bueno, buenísimo; aunque ahora no me importa; es más, no voy a dejar que me importe. No cuando acaba de admitir que puso patas arriba todo mi mundo porque pensaba que no funcionaríamos juntos sin siquiera darnos la oportunidad. Y, de alguna forma, eso hace que todo sea mucho peor de lo que ya es.

—¿Qué te hace estar tan convencido de que no funcionaría? —Estoy en racha y nada me va a parar los pies—. ¿Lo leíste en alguna revista? ¿Te lo dijo una bruja subida al lomo de una salamandra? ¿O simplemente te lo inventaste?

Los labios gruesos de Jude se convierten en una fina línea. Es una señal clásica y bien conocida de que se está cabreando, pero me importa un bledo; me alegro de que lo esté. Y si aumenta ese cabreo unos dos millones por ciento, a lo mejor incluso alcanza mi nivel, porque mi enfado ha subido de nivel hace unas cinco preguntas y no creo que vaya a disminuir en breve.

—«Sería tu peor pesadilla» —repito—. Un poquito exagerado para un oniro, ¿no crees? Y más para uno sin magia...

Ahora le toca a él interrumpirme.

—No soy...

Lástima, porque no se lo voy a permitir.

—¿Te crees que eso me asusta, como si fuera una florecilla mustia? El malvado y gran Jude Abernathy-Lee es mi peor pesadilla —me burlo—. Si no querías salir conmigo, solo tenías que decirlo. Eso es lo único que deberías haber...

—Ya es suficiente, Clementine.

La voz de Jude impregna el ambiente que nos rodea. No grita, sin embargo, tampoco necesita hacerlo. Su voz es lo bastante profunda, rica y autoritaria como para captar mi atención, pero no para detenerme.

—¿Suficiente? —ataco de nuevo—. Solo acabo de empezar. De hecho...

Esta vez, cuando me agarra el brazo, no deja que me aparte. En lugar de eso, tira de mí con la fuerza necesaria para hacerme caer sobre su pecho.

Dispongo de un segundo para darme cuenta de que

tengo el cuerpo pegado al suyo, un segundo para que mi mente forme palabras como *cálido*, *duro*, *fuerte*, y entonces levanta las manos para sostener mis mejillas antes de juntar con fiereza su boca con la mía.

Han pasado tres largos años desde la última vez que sentí los labios de Jude en los míos, pero lo recuerdo con tanta claridad como si hubiese sucedido hace una hora.

El roce vacilante de sus labios contra los míos.

La suave caricia de su pelo al tocarme la mejilla.

El calor de sus brazos alrededor del cuerpo cuando me acercaba a él con delicadeza.

Apenas fue más que un pico, pero aun así solía tumbarme en la cama por la noche y revivir aquel momento, aquel beso, en mi cabeza sin cesar mientras intentaba averiguar qué había salido mal. Cada diminuto detalle de aquel instante está grabado en mi mente para siempre.

Así que, si digo que este beso no tiene nada que ver con el que lo precedió, lo digo muy en serio. De hecho, no se parece a nada que haya vivido antes. Ni siquiera mis sueños se le acercan.

Hay calor, mucho calor que irradia de su cuerpo al mío.

Hay fuerza, mucha fuerza en las manos que acunan mi rostro.

Y también hay anhelo; tanto, tantísimo anhelo en esa boca (esos labios, esa lengua y esos dientes) que asola la mía.

Por eso me dejo llevar por completo. Porque, si voy a tener que vivir con solo ese beso el resto de mi vida, no pienso perderme ni un solo segundo.

De hecho, voy a memorizar todos y cada uno de ellos.

Recordaré cómo una de las manos de Jude se desliza

por mi hombro, desciende por el brazo y me rodea la cintura hasta llegar a la parte baja de la espalda para presionar mi cuerpo más... y más... y más contra el suyo.

Recordaré cómo sus dedos recorren mis hombros y se me enredan en el pelo mojado al sujetarme la nuca con la palma de la mano.

Y recordaré (Dios, como para olvidarlo) la sensación que me provoca su aliento cálido y con aroma a limón en la mejilla justo antes de cubrir mis labios con los suyos.

Y esta vez no se trata de una caricia suave.

No, esta vez hay tres años de dolor, soledad y traición entre nosotros. Tres años de calor y anhelo negados, una desesperación que lo abarca todo y asciende enfurecida desde lo más profundo de mi interior, un lugar que ni siquiera sabía que existía hasta este momento, este beso.

Y ahí está Jude, como siempre, guiándome a través de la vorágine y la magia con dulzura y fuerza.

Su boca es suave y cálida, su cuerpo es maravilloso y terrible. Y su beso... lo es todo.

Magia y misterio.

Poder y persuasión.

Estupendo y, oh, tan nefasto en todas sus formas, en las mejores y más importantes.

Es la escapatoria con la que siempre he soñado. Cada deseo que he pedido. Cada impacto del profundo e infinito océano contra la orilla.

Jadeo ante esa intensidad, el ímpetu avasallador que me atrae y me arrastra con él una y otra vez. Me sumerge en su perfección, me abruma con su fuerza, me amenaza con romperme en un millón de pedazos diminutos una vez más. Pero. Me. Da. Igual.

No puedo, no cuando cada latido de mi corazón pronuncia su nombre y cada aliento de mi cuerpo es una llamada de mi alma que apela a la suya.

Puede que el mundo en el que vivimos sea una pesadilla, pero este momento, este beso, es un sueño hecho realidad. Uno que no quiero que termine jamás.

Digo su nombre con voz ahogada y, aunque solo es un suspiro roto en el viento dulce, salvaje y convulso que sacude el aire que nos rodea, Jude me oye. De hecho, me siente y aprovecha ese momento fugaz, desesperado y glorioso.

Se abre paso mordisqueándome el labio inferior, desliza la lengua dentro de mi boca y recorre con ella la mía hasta que me hundo en su calor, maravilloso a la par que cruel, que recorre mis venas y colma cada parte de mi ser.

Él es como el océano y sabe al sol que brilla en el cielo al amanecer... Nunca me he sentido tan bien.

Le agarro los hombros con las manos, enredando mis dedos en los mechones húmedos e indomables de su pelo, y mi cuerpo se abre a él como una flor al sol. Los brazos se me tensan, el cuerpo se me arquea, todo en mí se extiende pidiendo más.

Más de él.

Más de nosotros.

Y más (muchísimo más, sin lugar a dudas) de esto, de las sensaciones que Jude provoca en mi interior con cada dedo suyo presionándome la cadera y su cuerpo deslizándose contra el mío.

Lo acerco más, deleitándome en la forma que tiene de rodearme, en la manera en la que su olor a miel caliente y cardamomo me envuelve. Pero antes de que pueda profundizar más en ese beso, antes de penetrar en él más todavía, la tregua que nos ha dado la tormenta llega a su fin.

El cielo se abre una vez más y de nuevo la lluvia desciende estrepitosamente sobre nosotros.

Y Jude se separa de mí poco a poco.

Me agarro a él con dedos desesperados, decidida a no soltarlo. Por un segundo, cuando hunde la cara en mi pelo y susurra «Siempre he estado loco por ti, Tangelo», llego a pensar que funcionará.

Lo atraigo de nuevo hacia mí, lo abrazo con tanta fuerza que puedo sentir los latidos de su corazón, acelerados y profundos, palpitando contra los míos.

—Entonces ¿por qué? —susurro en medio de la tormenta—. ¿Por qué me dejaste ir?

25

BESAR Y DARSE A LA FUGA

—Porque es la única forma de mantenerte a salvo. —Más que oírlas, siento las palabras de Jude en la piel, en el alma—. Y, sin importar lo que pase, eso siempre será lo primordial para mí.

—No es tu trabajo mantenerme a salvo —le aseguro.

La mirada que me echa me dice que no está de acuerdo.

—Vuelve a la residencia, Clementine. Aquí fuera no hay nada para ti.

Extiendo la mano hacia él antes de poder detenerme.

—Jude, no...

Pero ya se está apartando, huyendo, con la cabeza agachada y los hombros hundidos para contrarrestar el viento.

Y no. Me niego.

Ya no tengo catorce años, y él tampoco. No puede soltarme esas gilipolleces y dejarme tirada, esta vez no.

Así que, en lugar de dejar que se marche, lo persigo, atravieso los arbustos y llego al bosque como un animal que corre por su vida. Y quizá lo sea o, por lo menos, estoy corriendo por mi cordura, porque no puedo pasarme los próximos tres años igual que estos últimos tres, preguntándome qué podría haber hecho para que las cosas salieran de forma distinta.

Sin embargo, Jude ya se ha marchado, se me ha escapado entre los dedos como las gotas de lluvia que caen sin descanso a mi alrededor. Y, aun así, sigo corriendo, sigo persiguiéndolo, decidida a no dejar que este atisbo de esperanza desaparezca como si nada, tan de repente como él. Pero da igual adónde mire, ya sean las cabañas viejas, el pozo de los deseos tapiado o el bosque que nos rodea... No consigo encontrarlo. Se me cae el alma a los pies cuando me doy cuenta de que ha desaparecido. Una vez más.

En la distancia oigo sonar las sirenas. La tormenta tiene que estar poniéndose fea si mi madre ha recurrido a las viejas alarmas para huracanes que tiene encerradas en la cabaña del jardinero, para anunciarle a todo el mundo que debe volver a la residencia. Es la tercera vez que las oigo en la vida.

De verdad tengo que volver. Quizá Jude ya esté de camino. Joder, por lo que sé, igual ya lleva ropa seca mientras que yo sigo correteando por ahí como una chica que no pilla las indirectas.

Me aparto el pelo de la cara por lo que parece la millonésima vez desde que ha empezado esta persecución sin sentido, miro a mi alrededor e intento orientarme. Estoy cerca del borde del bosque en la parte este de la isla, el que acaba al final de las residencias.

Es un atajo, uno que no suelo coger porque requiere pasar por las dependencias de los profesores. Pero la ropa seca me está llamando, al igual que mi cama, así que hoy toca atajo. Además, la mayoría del profesorado seguramente esté en la residencia para asegurarse de que los alumnos no se meten en ningún lío ahora que están encerrados.

En cuanto me acerco lo bastante al bosque para que los

árboles me cubran, saco el móvil y le mando un mensaje rápido a Eva.

¿Qué está pasando? He oído la sirena.

¿¿¿Dónde estás???

En el otro lado de la isla.

¡¡¿¿Qué??!!

Es largo de contar.

Bueno, pues ya puedes ir volviendo.

Hay una reunión obligatoria en la zona común de la residencia dentro de veinte minutos. Como no estés, vas a acabar viviendo en el sótano con los monstruos.

O a salir por los aires por el huracán de categoría cinco.

¿Ya es de categoría cinco?

¿Quieres quedarte fuera para comprobarlo?

Ya voy.

Me vuelvo a meter el móvil en el bolsillo y me pongo en marcha justo cuando el trueno más ensordecedor que he oído en mi vida atraviesa el aire. El viento azota los árboles y emite un inquietante aullido mientras hace que las hojas y la arena salgan volando en una ferviente danza que acompaña a los relámpagos que atraviesan el cielo. Momentos después el suelo bajo mis pies tiembla por la fuerza del trueno.

Tengo que salir de esta como sea.

Empiezo a correr, deslizándome entre los viejos y encorvados árboles mientras me dirijo a la residencia. Cuando Jude, Carolina y yo éramos pequeños, explorábamos el bosque a todas horas, así que me conozco todos los atajos. Giro hacia la izquierda en cuanto llego al enorme y antiguo roble que hay en el centro del camino de arena, y después giro a la derecha en el árbol ennegrecido y partido por la mitad debido a un rayo que cayó hace mucho tiempo.

De aquí a la residencia solo queda un camino recto, por lo tanto empiezo a correr más rápido, decidida a llegar antes de que mi familia se dé cuenta de que no estoy por ninguna parte.

Pero, a medida que me cuelo entre los árboles, empiezo a notar una sensación rara en el estómago. No es que me duela, solo lo noto vacío y un poco revuelto, cosa que hace que sienta el cuerpo un tanto débil y tembloroso. Seguramente se deba a que estoy corriendo con el calor que hace sin tener nada de agua. Por lo general la lluvia enfría un poco el cálido aire de septiembre, pero la tormenta de hoy solo parece avivarlo y provoca que el aire se vuelva más denso con cada minuto que pasa.

Si a eso le añadimos el hecho de que la barrita de granola que he cogido para desayunar es lo único que he comido en todo el día, es normal que me encuentre mal. Es probable que no sea nada que una botella de agua y un sándwich no puedan curar.

Me cuelo entre un par de árboles más, el musgo colgante me hace cosquillas en los brazos y después paso por el círculo de terapia. Al departamento de Psiquiatría le gusta llevar a cabo paseos y debates grupales en este lugar de vez en cuando. Al parecer, piensan que caminar entre árboles es mucho mejor que hacerlo al lado de un muro enorme que le recuerda a la gente que no tienen forma de salir de esta isla.

No sé si importará algo. Al final, una cárcel es una cárcel, sin importar qué aspecto tenga.

Ahora mismo estoy en la parte más densa del bosque, donde las copas de los árboles son tan frondosas y el musgo es tan abundante que apenas penetra la lluvia a través de las hojas. No obstante, eso quiere decir que se filtra muy poca luz entre ellas, así que tengo que volver a utilizar la linterna para iluminar el camino mientras recorro la espesa zona de árboles. A pesar de la luz, se me siguen poniendo los pelos de punta cuando las hojas se remueven a mi alrededor.

«Solo son pájaros refugiándose de la lluvia —me digo—. Quizá incluso algunos murciélagos trastornados por la inusual oscuridad del cielo. Sea como fuere, solo es la naturaleza. No hay nada que temer.»

Aun así, se me acelera un poco el corazón.

Me doy un poco más de prisa, pero antes de que pueda dar más que unos pasos, un soplo de aire intenso atraviesa los árboles que tengo por encima. Es tan fuerte y rápido que juro que puedo oír como se rompen las ramas. Me da un vuelco el corazón. Ese vacío tan extraño se me extiende del estómago a las extremidades y, aunque me digo que estoy siendo una tonta, no puedo evitar mirar por encima del hombro.

Ahí no hay nada más que troncos y sombras. Nada de lo que preocuparse.

Rodeo el árbol en el que Caspian, Jude, Carolina y yo construimos una cabaña cuando éramos pequeños. Hace tiempo que desapareció, pero los tablones de madera que clavamos en el tronco a modo de escaleras siguen estando ahí.

Acaricio uno con los dedos al pasar de largo, los recuerdos de mi prima me embargan. Su rostro danza ante mis ojos, y por fin reconozco que ella es la verdadera razón por la que ya no me gusta pasar por este bosque, no por el hecho de que esté cerca de las dependencias de los profesores. Carolina y yo pasamos mucho tiempo de nuestra niñez paseando por aquí y por las sombras de lo que solía ser.

A veces la echo tanto de menos que apenas puedo soportarlo. No haber podido despedirme, ni siquiera saber que estaba muerta hasta que Remy vino a contárnoslo... Algunos días es inaguantable.

Rodeo una roca enorme que yace en medio del camino, e ignoro por completo que tiene nuestras iniciales talladas en ella. Tres pares de «C. C.» y un «J. A.» de aquel día que estábamos jugando al escondite y todos nos perdimos durante horas en el bosque.

De repente la imagen de los cuatro juntos parpadea delante de mí como una película. La Carolina de nueve años se agacha para grabar sus iniciales primero mientras el resto esperamos con emoción nuestro turno. Pero entonces algo nebuloso y helado me danza por la nuca y la imagen se disipa como si de niebla se tratara.

Me doy la vuelta y esquivo de un salto un gran agujero en el camino que lleva ahí desde que yo nací. Al hacerlo, me niego a pensar en la forma en la que Jude juraba que era por un meteorito.

Los viejos recuerdos no son más que eso... Viejos. No tienen nada de especial.

De pronto algo me pasa por delante de la cara, tan cerca que puedo sentir como su tacto frío me roza la piel cálida de la mejilla.

Al principio pienso que es un fantasma, pero cuando me doy la vuelta no hay nada.

Lo dejo estar, seguramente solo será el viento, así que sigo andando. No obstante, apenas he recorrido dieciocho metros cuando vuelve a pasarme por la derecha, y su frío me corta el bíceps como si fuera un cuchillo.

Me doy la vuelta para ver de qué se trata y adónde ha ido, pero también ha desaparecido.

«¿Qué cojones está pasando?»

Todos los pelos de la nuca se me han erizado y doy vueltas en círculo con la linterna levantada para analizar la penumbra, pero delante de mí no hay más que una oscuridad negra como la tinta y robles nudosos.

«Quizá fuera un pájaro asustado —me digo mientras continúo mi camino—. O tal vez fuera un fantasma.»

Desde luego, nada de lo que preocuparme. Sin embargo, eso no impide que una gota de sudor me recorra la columna, y tampoco que el corazón me lata con fuerza en el pecho. Aun así, sigo caminando, ahora un poco más lenta porque estoy iluminando todo el bosque que me rodea con la linterna, pero continúo avanzando.

«Solo falta un poco más —me recuerdo—. Menos de un kilómetro y habré salido de aquí. No es para tanto.»

Por lo menos, no lo es hasta que un sonido extraño y estático llena el aire que me rodea.

26

DES-ASAMBLEA

Me doy la vuelta de nuevo, intentando averiguar con desesperación de dónde procede ese sonido; aunque, una vez más, no veo más que árboles. Lo único que hay son sombras.

Hasta que otra cosa pasa a toda velocidad junto a mi cara, tan cerca que su baja temperatura hace que me queme la sien.

El zumbido estático empeora, se vuelve más discordante, al tiempo que un sonido adicional intenta atravesarlo. Escucho con atención esperando a que algo me ayude a averiguar qué está pasando, pero entonces ese sonido complementario desaparece tan rápido como ha aparecido, y solo se vuelve a oír el ruido estático.

Paso de correr a paso tranquilo a salir cagando leches de entre los matorrales y pinos, respirando entrecortadamente y con un subidón de pura adrenalina recorriéndome las venas a toda velocidad. Aun así, no soy lo bastante rápida, porque poco después capto un breve destello junto a la oreja izquierda.

Desaparece enseguida, arrastrando tras de sí aquella extraña sustancia brillante que he visto en la mazmorra.

Evito ese destello, pero otro brilla justo delante de mis narices.

Solo dispongo de un segundo para reconocer a un chico altísimo vestido de traje antes de atravesarlo.

Me preparo para las agujas de hielo, pero no llegan. En su lugar vuelvo a tener esa extraña sensación en la que todo dentro de mi cuerpo parece acelerarse y chocar contra la parte interior de la piel.

Sacudo los brazos y me rodeo el cuerpo con ellos en un intento por obligarme a seguir avanzando, a seguir corriendo mientras otro sonido se sobrepone al ruido estático.

Esta vez es lo suficientemente estridente para descubrir que se trata de un grito, aunque el ruido estático vuelve a engullirlo de inmediato.

El estómago me rebota y el sudor frío se mezcla con la lluvia sobre mi piel mientras intento avanzar. Ya casi estoy.

Ahora lo que cruza el aire es una carcajada, una risotada aguda que parece que sea para mí, que se burla de mis esperanzas de salir sana y salva de este infierno.

Una entidad pasa por mi lado en este momento y hace mucho más que moverse a través de mi brazo o mi cara. Me envuelve por completo, dando vueltas a mi alrededor (una, dos veces) antes de alejarse culebreando, dejando tras de sí más de ese polvo estelar.

Ahogo un grito, pero da igual porque de pronto todo el bosque se llena de gritos que atraviesan el ruido estático que me rodea, hasta que el aire pegajoso se convierte en una cacofonía de dolor y terror que, con cada inhalación, entierro más profundamente en los pulmones.

Los gemidos se convierten en carcajadas rápidas, estridentes y aterradoras hasta tal punto que me revuelven y agitan el estómago, que ya se encuentra bastante descompuesto.

«Solo son fantasmas, Clementine. No es para tanto. No te harán daño, de verdad que no.»

Otro lamento estremecedor y otra risa ensordecedora se abren paso a través del zumbido discordante que colma el ambiente. Otra cosa que se desliza..., esta vez contra mi rodilla desnuda.

Frío seguido por más angustia. Unas agujas, esta vez más grandes, se me clavan sin cesar.

Esta huida apresurada es algo nuevo y completamente aterrador.

El dolor es peor, sí, pero es mucho más que eso.

Es el ruido estático constante que se desliza dentro de mi cabeza.

Los gritos atormentados que proceden de la nada y desaparecen del mismo modo.

Los ataques dirigidos de los que no puedo escapar por mucho que me esfuerce por evitarlos.

Lo único que puedo hacer es abrirme paso a través de todo eso y no vacilar en el intento, pero es más fácil decirlo que hacerlo.

Esta vez, cuando las risotadas rompen el ruido, parecen un coro en lugar de una sola vocalización. Resuenan a mi alrededor, llenando el aire (y mi cabeza) mientras se adentran en mi cuerpo y se aferran con garras afiladas como cuchillas.

Un dolor indecible estalla en mi interior con el primer arañazo, y se acabó. Se. Acabó.

Estoy harta de los fantasmas, los destellos o lo que cojones sean esas cosas. Voy a salir de aquí cagando leches, ahora mismo.

Corro a toda velocidad por el bosque. Los pies vuelan sobre el terreno irregular y al mismo tiempo el terror se convierte en una bestia salvaje dentro de mí. Solo que, cuanto más rápido corro, más alto suena el ruido estático (y los gritos). Pronto será lo único que pueda oír cuando mis pies golpean el suelo una y otra vez. Sin embargo, el frío regresa, al igual que la extraña sensación de que me estoy volviendo del revés sin ninguna clase de indulgencia. El dolor aflora allí donde me tocan mientras la linde del bosque me llama a su encuentro.

Sigo avanzando, decidida a superar este ataque sensorial, decidida a llegar a...

Grito en el momento en que el dolor, amargo y frío, me golpea la espalda como si de un puñetazo se tratase. Por un segundo siento conmoción y sorpresa antes de que la agonía que lo sigue se expanda en ondas desde la nuca hasta los talones. Luego me atraviesa de parte a parte, engullendo cada partícula de mi ser durante un segundo, dos..., convirtiéndome en algo que ya no es humano antes de salir por delante de mí con un estallido.

Me tambaleo, cojo aire entre bramidos como si fuese el silbato de un tren. Me inclino para apoyar las manos en las rodillas en un intento por recuperar el aliento y averiguar qué me acaba de pasar.

Pero lo que queda de mi instinto por pelear o huir toma el mando y empuja mi cuerpo hacia la última hilera de árboles que hay frente a mí. Los gemidos se convierten en gritos estridentes a mi alrededor, aunque no me detengo. No puedo.

Corro a la máxima velocidad que mi cuerpo me permite saliendo de entre los árboles como un corredor que se arroja contra la línea de meta, desesperado por ganar. Al hacerlo, un último destello aparece frente a mí. Arqueo la espalda hacia atrás, decidida a esquivarlo, pero es demasiado tarde. Me doy de bruces con una mujer alta espeluznante vestida de encaje negro. En cuanto entro en contacto con ella, me envuelve y se sujeta con fuerza mientras, de alguna forma, convierte mis entrañas en una masa vibrante de moléculas incisivas.

Desesperada y aterrorizada, me esfuerzo por separarme y alejarme de ella. Luego uso la última andanada de fuerza que me queda para girar en el aire antes de chocar contra el suelo y rodar, cruzando al fin la hilera de árboles.

En cuanto salgo del bosque, todo se queda en silencio. El zumbido estático se detiene, al igual que los gritos, las risas y las extrañas vibraciones de mi interior. El dolor se desvanece con ellos, tan rápido que parece que no haya sido más que un producto de mi imaginación hiperactiva.

Tiemblo mientras me pongo en pie a trompicones, me alejo varios pasos del bosque a la vez que la respiración se me atasca en la garganta y el corazón sigue latiendo como un metrónomo a máxima velocidad. Alumbro el bosque con la linterna del móvil, pero no veo que nada se mueva, ni siquiera las hojas o las ramas. Ha dejado de llover, e incluso el viento se ha calmado por el momento.

Es raro; muy, pero que muy raro.

Con la luz, me enfoco el pecho, las manos, las piernas..., todas aquellas partes en las que he sentido ese dolor tan lacerante, aunque no encuentro nada nuevo. Ni sangre ni heridas, ni siquiera tengo la camisa rota. No hay nada que no estuviera allí antes. Es como si todo lo que me acaba de pasar... no hubiese pasado.

Pero sí ha pasado. Lo sé, lo he oído; lo he sentido en mi piel y en mis propias entrañas. Había algo en ese bosque, algo que jamás había sentido, oído o visto antes.

Me lleno los pulmones de aire y me digo que ya ha terminado. Que, fuera lo que fuese lo que me acaba de atacar, no volverá a venir a por mí. Sin embargo, decirlo y creértelo son dos cosas distintas, por eso no dejo de mirar los árboles por encima del hombro mientras cojo grandes y ruidosas bocanadas de oxígeno.

Decidida a alejarme de ahí tanto como me sea posible antes de que esa cosa regrese, giro a la izquierda y corro dando traspiés por el camino de piedra que bordea las dependencias del profesorado. Y no me detengo hasta llegar al fin al antiguo anexo de seis plantas con forma redondeada del hotel que ahora es la residencia de los estudiantes que no están en último curso.

Me tomo unos segundos para recuperar el aliento y, después, paso el ojo por el escáner y entro, preparándome para lo que sea que me voy a encontrar.

—¡Ya estás aquí! —Luis se me lanza encima en cuanto atravieso la puerta, mirándome con sus ojos plateados brillantes—. ¿Dónde te habías metido?

—Luego te cuento —contesto por la comisura del labio, porque no es el único cuya atención he atraído.

Mi madre me observa desde su lugar, en el centro de la sala común..., y no parece muy contenta.

Ni ella ni nadie en toda la estancia.

El pasillo termina finalmente en el centro del edificio, donde se encuentra la sala común de la planta principal;

porque el edificio en sí es circular, un diseño habitual en las zonas propensas a sufrir huracanes a finales del siglo XIX. Cada una de sus seis plantas está construida en torno a una sala central, por lo que las habitaciones de los alumnos forman un círculo completo a su alrededor.

En los pisos superiores esa sala central está dividida en cabinas de estudio, una pequeña biblioteca, el cuarto de los televisores (aunque hace mucho que los han robado todos) y una cocinita con aperitivos. Pero aquí, en la planta baja, la sala se ha mantenido prácticamente igual desde los tiempos en los que servía como salón para los huéspedes que de verdad pagaban por el privilegio de estar en este lugar.

La pintura azul pálido que poseía en la época de máximo apogeo está desconchada y se cae a pedazos.

Las sillas y los sofás del vestíbulo están manchados y desgarrados en algunos puntos y torcidos en otros.

Además, como en el resto de la academia, la mitad de las bombillas están quemadas. Aquí las bombillas fundidas se adornan con pantallas de vidriera que representan criaturas marinas. De alguna forma, los restos de la exagerada decoración del hotel solo hacen que el edificio parezca aún más triste y descuidado.

Un ambiente al que solo contribuye la penumbra inquietante que invade el lugar, junto con la extraña oscuridad del exterior, que se filtra por los pasillos que dividen el círculo.

Para preparar la reunión, el tío Christopher ha hecho que coloquen los muebles contra las paredes y llenen el centro de la sala con sillas suficientes para todo el alumnado. La mayoría de las sillas están ya ocupadas (está claro que he llegado tarde a la fiesta) y todo el lugar está saturado de una energía intranquila que hace que me ponga en máxima alerta.

Porque esta clase de energía casi siempre trae problemas consigo, aunque no exista la amenaza de una fuerte tormenta sobre la isla. Algo que queda demostrado por la forma en la que mis tíos y tías corren apresurados entre los grupos de alumnos, intentando interceptar las disputas antes de que acaben convirtiéndose en enfrentamientos a gran escala. Mi madre (que se ha cambiado y ahora lleva un chándal del mismo rojo chillón que los pantalones de mi uniforme) se encuentra de pie en el centro de la estancia observando el reloj y esperando a que llegue al segundo exacto en el que pueda empezar la reunión.

Al parecer, mantener la paz al mismo tiempo que reúnes a unos doscientos paranormales con problemas de control, mal comportamiento y predilección por la violencia en un espacio reducido no es tan fácil como parece. Por no mencionar que esta noche hay luna llena, cosa que siempre provoca que el alumnado actúe con más ferocidad de lo habitual.

—He pillado sitio por aquí —susurra Luis mientras me ofrece una toalla para secarme y me conduce hasta dos sillas que están lo más alejadas posibles de mi madre (y de otros alumnos).

No obstante, no hemos podido dar más que un par de pasos en esa dirección cuando veo que la tía Claudia viene corriendo hacia mí.

—¡Clementine, menos mal que estás aquí! —exclama. El estrés de la situación ha hecho que su tono de voz se vuelva más agudo todavía.

Sus ojos azules parecen el doble de grandes y el altísimo moño rojo que lleva sobre la cabeza tiembla un poquito más a cada segundo que pasa. Pero antes de poder hablarle, Caspian aparece de la nada, en plan sobrino superservicial perfecto.

—¿Qué podemos hacer, tía Claudia? —pregunta.

—Ay, qué dulce eres, chico.

Le da unas palmaditas en la mejilla y señala al tío Christopher, que ahora mismo está de pie frente a una sirena cabreada que les está gritando a dos fae más cabreados todavía. Aunque (a duras penas) mantienen la calma, el tío Christopher está atrapado; porque, en el mismo instante en el que decida apartarse, alguien recibirá una buena tunda. Y si eso llega a ocurrir, todo vale.

—¿Por qué no vas a ver qué se puede hacer con esa... situación?

Pero Caspian ya se ha ido corriendo hacia su padre para ver cómo puede ayudarlo. Se mueve de lado a lado entre la multitud como si lo hubiese hecho toda la vida..., y así es.

En la otra punta de la sala, el tío Carter está librando su propia batalla... con lo que parece ser una manada de metamorfos recién formada, cuyos miembros lo rodean como si estuviesen a punto de lanzársele a la yugular.

—Clementine, querida...

Lanzo un suspiro.

—Yo me ocupo, tía Claudia.

—No irás a meterte en ese berenjenal, ¿verdad? —pregunta Luis alarmado al ver que me dirijo hacia mi tío—. Esos tipos no son de fiar.

—¿Y qué quieres que haga? ¿Dejar que se lo coman?

—Un solo bocado y lo escupirán —responde encogiéndose de hombros—. Además, si lo mordisquean un poquito, igual se da cuenta de que no es tan divertido y se piensa dos veces lo de enviarte al recinto de las fieras otra vez.

Una parte de mí coincide con Luis, pero aun así la responsabilidad (y los ojos de mi madre) recae sobre mis hombros con pesadez, así que me abro paso hasta el tío Carter. Sin embargo, para cuando ya estoy cerca de él, ya tiene a un lobo tumbado en el suelo y se prepara para ir a por el segundo. Puede que los lobos sean duros de pelar, aunque yo apostaría siempre por la mantícora cabreada. Sobre todo cuando los lobos no pueden cambiar...

Decido regresar junto a Luis, pero antes de que pueda alcanzarlo aparecen los abuelos.

—Alguien tiene que hacer algo con este follón, los chicos están asilvestrados. —El abuelo Claude pasa por mi lado—. Cuidado con la vampira malhumorada de las cuatro en punto; anda buscando pelea.

Echo un vistazo por encima del hombro y confirmo que se refiere a Izzy. El caso es... que no anda desencaminado.

—Me preocupan más los dragones de la esquina —comenta la abuela, que pasa junto a mí—. Cuando he ido antes por allí, parecía que estuviesen tramando algo.

—No sé por qué Camilla ha pensado que sería buena idea convocar una asamblea justo ahora —declara el abuelo negando con la cabeza.

—Voy a ver a esos leopardos —contesta la abuela—. Parece que vayan a causar problemas.

Me aparto de un salto para dejarla pasar y evitar el doloroso escalofrío que acompaña el contacto de todo fantasma, incluso el suyo. Después de lo que ha ocurrido en el bosque, es lo último que necesito.

Y acabo chocando de lleno contra la espalda de alguien.

—Perdón —digo, y levanto la mirada de forma automática—. No te he...

La voz se me apaga al darme cuenta de que, finalmente, no voy a tener que buscar a Jude. Porque ya me ha encontrado él a mí.

27

LA POCA CALMA ANTES DE LA TORMENTA

Durante un instante no pronuncio palabra. No puedo. Sé que lo he perseguido en plena tormenta, sé que tenía un millón de cosas que decirle cuando se ha alejado de mí, pero ahora no consigo acordarme de ninguna. Y quizá sea lo mejor, no es que quiera mantener esa conversación en medio de la sala común.

Así que me limito a disculparme y después me hago a un lado para pasar.

Solo que Jude no pilla la indirecta. En vez de eso, da un paso al mismo lado que yo, por lo que seguimos cara a cara. Justo lo que no quiero ahora mismo.

—¿Qué estás haciendo? —pregunto, y esta vez intento apartarlo de un empujón con el hombro.

Pero si ya es imposible mover a Jude en cualquier momento normal, cuando intenta mantenerse firme aposta no podría moverlo ni una grúa.

—¿Qué ha pasado? —pregunta.

—¿Además de tu ya conocida costumbre de besar y darte a la fuga?

Se pasa una mano por el pelo con frustración.

—No me refería a eso. Pareces...

—¿Enfadada? —lo interrumpo.

—Alterada —responde mientras escudriña mi cara—. ¿Qué ha pasado después de que me marchara?

—Nada.

Vuelvo a intentar esquivarlo y, de nuevo, no lo consigo ni por asomo. De verdad, parece que ha crecido todavía más, aunque no sé yo si eso es posible.

—Kumquat.

Por segunda vez en la misma cantidad de minutos, fijo la vista en esos ojos arremolinados y de distinto color; y aunque lo último que quiero ahora mismo es sentir nada, parece que lo que yo quiera no importa. Porque, en cuanto nuestras miradas se encuentran, me atraviesa un escalofrío de algo a lo que me niego a darle más importancia.

Por eso lo acallo.

Me ha besado y me ha dejado tirada... Otra vez. No pienso bajar la guardia una tercera ocasión.

—Aparta de mi camino, Dear Prudence.

Se le oscurecen los ojos, pero no da su brazo a torcer.

—Dime qué es lo que te tiene tan alterada y lo haré.

El corazón y la respiración se me aceleran y, de repente, siento un cosquilleo en los dedos que me impele a alargar la mano y acariciarle el surco que tiene en una comisura de la boca. Es una mezcla entre un hoyuelo y, en mayor parte, una arruga que se le forma por la preocupación que lleva ahí desde que era pequeño.

Cuanto más preocupado está por algo, más marcada está esa arruguita. Y ahora mismo parece muy profunda.

Aunque tampoco es que me importe, me recuerdo mientras me meto las manos en los bolsillos empapados.

—Que estoy bien —le aseguro.

—Recuérdame una cosa. —Enarca una ceja—. ¿Cómo era lo del acrónimo ese que me has dicho antes?

Pongo los ojos en blanco, sobre todo porque está en lo cierto. Ahora mismo siento exactamente lo que Aerosmith describía en esa canción; pero, teniendo en cuenta que Jude es el que ha causado la mayoría de esos sentimientos, la verdad es que no estoy de humor para compartirlo con él.

—He dicho que estoy bien —espeto—. De verdad. O lo estaré, siempre que me dejes en paz de una vez.

Jude aprieta la mandíbula; no obstante, antes de que pueda añadir nada más, mi madre hace sonar tres veces el silbato dorado que lleva siempre que está en modo directora, y esa es la señal de la academia Calder para que todo el mundo se siente y cierre el pico.

—Tengo que irme —le digo a Jude, y esta vez, cuando lo empujo para pasar, me lo permite. Pero noto como me sigue con la mirada en el momento en que Luis se coloca a mi lado y me conduce a nuestros asientos.

—¿Qué ha sido eso? —pregunta frunciendo el ceño.

Me limito a negar con la cabeza, en parte porque no quiero hablar sobre Jude y en parte porque tampoco tengo ni idea de lo que ha sido. Lo que sí sé es que cuando Jude me mira de esa forma, me hace sentir muchas cosas que sería mejor que no sintiera, sobre todo porque estoy bastante segura de que él no las corresponderá. No puedo evitar desear que pudiéramos volver a como eran las cosas antes, cuando nos ignorábamos sin más.

Por lo menos ahí sabía cómo comportarme con él.

—Muy bien, alumnos. —La voz de mi madre resuena por cada pared de la estancia redonda y cavernosa cuando se apropia del micrófono que mi tío Carter le entrega—.

Tengo noticias sobre la tormenta que está teniendo lugar ahora mismo, además de instrucciones que voy a necesitar que sigáis. Sé que las condiciones no son las ideales, pero si nos mantenemos unidos podremos superarlo.

Se calla un momento y Luis se inclina hacia mí.

—¿Noticias? —repite con las cejas enarcadas—. Va a llover un montón. ¿Qué más hay que añadir?

—Supongo que no ha encendido las alarmas por huracán para nada.

Se encoge de hombros y hace un gesto con la mano para restarle importancia.

—¿Qué huracán ni qué huracán? A mí me parece que es una tempestad como otra cualquiera.

—Ya, hasta que se inunde tu cabaña.

—Oye, que sé nadar a lo perrito. —Sonríe.

Antes de que se me ocurra una respuesta adecuada para sus tonterías, la sala se sume en silencio y mi madre continúa hablando.

—La tormenta que está cayendo ahora mismo solo es un presagio de algo más grande. Me he pasado la tarde hablando con varios expertos en meteorología y servicios meteorológicos paranormales, y todos han llegado a la misma conclusión: la isla y la academia Calder están en plena trayectoria de un importante huracán de categoría cinco, uno cuya actual circunferencia mide unos cuatrocientos dos kilómetros de ancho. Normalmente no nos preocuparía, pues nuestras salvaguardas son las mejores que existen, pero nos inquieta que esta tormenta sea demasiado fuerte para nuestros hechizos de protección normales, o cualquier tipo de hechizo, ya que estamos.

Un velo de inquietud me cubre mientras la sala vuelve

a erupcionar en decenas de conversaciones. Los huracanes de categoría cinco son malos, muy pero que muy malos. Y quedarnos como presas fáciles en una isla en medio de una catástrofe natural como esta suele implicar mucha destrucción.

Odio estar aquí, odio las normas y las regulaciones, la injusticia de tener que haber nacido en un centro de detención de menores, pero eso no significa que quiera que todo el edificio salga volando por los aires.

Observo verdadero pánico en varios de los rostros. Susurran con preocupación entre ellos en vez de hacer bromas y prepararse para una pelea, como lo estaban haciendo hace unos minutos. Y, como yo, están relativamente callados para poder oír lo siguiente que va a decir mi madre antes de perder por completo los papeles.

Esta vez ella no espera a que las conversaciones se acallen antes de continuar. En lugar de eso, sigue adelante como si nada, con una mirada y una confianza férreas mientras se vuelve para dirigir la vista a todas las partes del círculo una a una.

—Ahora mismo estamos experimentando la parte más débil de esta potente tormenta, pero es solo el principio. Va a tocar tierra, y traerá consigo lo que anticipamos que será un viento y una lluvia catastróficos, además de olas descontroladas y peligrosas.

Levanta una mano para detener la inevitable explosión que van a causar sus palabras, y funciona. Todos los alumnos de la sala, aunque están tensos y al borde de sus asientos, se callan. Y cuando toda la estancia la observa con tanta fascinación como es capaz de sentir este grupo de gente, no puedo evitar que me invada una pizca de orgullo.

Mi madre es imposible en muchos sentidos. Es muy difícil hablar con ella, cuesta entenderla, cuesta... Bueno, en general es complicada. Con ella hay muy poco espacio para maniobrar y eso hace que, en ocasiones, ser su hija sea excepcionalmente difícil. Pero es esa misma firmeza la que la lleva a estar de pie en medio de esta estancia, en calma total y controlando la situación mientras nos traslada noticias devastadoras. Y es esa misma firmeza la que hace que todos los que estamos aquí mantengamos la calma, porque sabemos que, de alguna forma, lo tiene todo bajo control.

Que nos guarda las espaldas.

En un colegio como este, donde la confianza brilla por su ausencia y una gran parte del alumnado ha tenido problemas con prácticamente todo el mundo, es imposible comprar ese tipo de lealtad. Puede que no confíen en que les conceda un trato justo si se portan mal, pero le confían su vida; y en nuestro mundo eso es muchísimo más importante, incluso aunque no haya un huracán terrible en el horizonte.

—Para nuestra sorpresa, la tormenta ha llegado muy deprisa, por eso mismo no hemos podido daros noticias antes —continúa mientras barre la estancia con la vista para poder mirar a los ojos a tantos estudiantes como le sea posible—. Sin embargo, el equipo de emergencias y yo nos hemos pasado las dos últimas horas creando un plan para poder salir de esta sanos y salvos.

Mis tíos Carter y Christopher dan un paso adelante ante sus palabras, junto a mis tías Carmen y Claudia.

—En realidad tenemos mucha suerte —prosigue cuando los tiene a su lado—. Porque la tormenta se ha detenido en el sur del golfo de México. No sabemos cuánto tiempo se quedará ahí antes de que vuelva a avanzar, pero nos concede las horas que necesitamos para preparar la isla. —Se calla—. Y para evacuar.

28

SI LA VIDA TE DA MONSTRUOS, NO TE PARES A BEBER LIMONADA

Por un segundo estoy convencida de que no la he oído bien. Es imposible que mi madre haya dicho que vamos a evacuar la isla. En sus ochenta años de historia, la academia Calder jamás ha sido evacuada.

Ni por Carla o Camille.

Ni por Gilbert o Andrew.

Ni siquiera por Harvey o Rita.

Todos ellos huracanes devastadores que apenas supusieron un problema pasajero en el radar de la academia Calder.

Es una de las muchas ventajas de tener magia, como siempre dice la tía Claudia. Puede que a los alumnos se les prohíba el acceso a sus poderes, pero disponemos de suficientes brujas, brujos y otros muchos paranormales poderosos en plantilla para crear barreras capaces de soportar incluso las tormentas más agresivas... y demás situaciones.

Por tanto, ¿cómo será este huracán en particular que hasta mi madre piensa que debemos evacuar? Especialmente cuando solo han pasado un par de horas desde que me ha dicho que jamás me permitiría abandonar esta isla.

Por un instante, una alegría pura y sin adulterar me recorre el cuerpo al pensar que por fin (esta vez de verdad) podré salir de aquí; aunque luego me pregunto qué clase de desastre empujaría a mi madre a tomar una decisión tan drástica...

Mientras el nivel de decibelios de la sala empieza a subir, saco el móvil para buscar información sobre esa tormenta por mi propia cuenta. No me sorprendo al ver, tras una mirada rápida, que la mayoría de la gente que me rodea hace exactamente lo mismo que yo.

Lo que sí me sorprende es encontrar tan poca información sobre la tormenta a estas alturas. Se llama Gianna, se encuentra ubicada en el golfo de México y es enorme, pero eso es todo lo que dicen. ¿Será porque es muy reciente? En realidad, no me acabo de creer esa excusa, pero no encuentro un motivo mejor que lo justifique antes de que el tío Carter incline ese cuerpo de casi dos metros que tiene para hablar por el micrófono que mi madre sigue sosteniendo.

—Todo irá bien —anuncia con su voz profunda y reconfortante que recuerdo de la infancia, pero después lo recuerdo usando esa misma voz (con el mismo tono) el día que se llevaron a Carolina, y de pronto suena como unas uñas arañando una pizarra—. Sé que es inusual, sin embargo, solo se trata de una precaución. Os protegeremos a vosotros y la isla como siempre hemos hecho, pero esta tormenta es tan potente que no queremos correr ningún riesgo. Vuestra seguridad es nuestra máxima prioridad y, ahora mismo, eso implica trasladaros a una instalación amplia a unos ciento sesenta kilómetros de Galveston, donde os garantizamos que estaréis a salvo.

—Joder —murmura Luis mientras se repantinga más todavía en la silla—. Pues no suena muy bien que digamos.

—Nada de esto suena bien —contesto hundiéndome en la silla junto a él.

Porque, aunque una parte de mí está encantada ante la idea de salir de esta isla por primera vez en mi vida (es lo que llevo deseando desde que tengo memoria), hay otra parte mucho mayor que está esperando a averiguar cuál es el truco. Puesto que, con mi familia, siempre hay uno.

Y si alguien se piensa que solo van a sacar a un montón de paranormales peligrosos de esta isla aislada y altamente protegida para meterlos en un hotel en medio de a saber dónde, es que no conoce muy bien a mi familia (y menos aún a mi madre).

Es mucho más probable que nos mande a todos a la mismísima Aethereum en un futuro no muy lejano.

Solo de pensar que podría terminar en la misma prisión mortal en la que mi vibrante y preciosa prima pasó los últimos años de su cortísima vida se me hiela la sangre. Una mirada hacia Remy, que está al otro lado de la sala sentado, pero sin dirigirle la palabra, junto a una Izzy con pintas de estar muy enfadada, me dice que no soy la única cuyos pensamientos van en esa dirección.

Es una sensación que se vuelve todavía más evidente cuando su voz, con ese acento de Nueva Orleans en todo su esplendor cajún, resuena en toda la sala.

—¿Instalación? —Se muestra tan escéptico como suena—. ¿Y de qué clase de instalación estamos hablando exactamente?

Antes de que mi tío pueda responder, el violento aullido del viento hace que los árboles del exterior de la residencia se agiten poseídos por un frenesí absoluto.

Las ramas se sacuden.

Las hojas chocan entre ellas, provocando un crujido escalofriante que colma el ambiente de la sala.

Y los troncos se doblegan hasta tal punto que no puedo evitar preguntarme si se rendirán y se partirán por la mitad.

Mientras los observo a través de las grandes ventanas panorámicas de la estancia, un mal presentimiento se apodera de mí, deslizándose por el pelo que me cubre la nuca y colándose lenta pero inexorablemente por los poros de mi piel. Trato de entenderlo, de averiguar qué es lo que me inquieta tanto, pero no tengo palabras para describir la sensación que me provoca.

Solo sé que no me gusta, incluso antes de que una mujer vestida con un camisón largo y rosa aparezca por la ventana. Va descalza, y su largo pelo le cuelga húmedo y apelmazado sobre la cara mientras levanta las manos en un intento vano por proteger los ojos de la lluvia.

Mi mente empieza a acelerarse haciéndose preguntas, como quién es ella y qué está haciendo ahí fuera con el tiempo que hace, hasta que se vuelve y puedo comprobar que está muy muy embarazada.

Me pongo de pie de un salto y decido atravesar la estancia a toda prisa en su dirección, pero desaparece cuando solo he dado un par de pasos, y me percato de que no era real casi en el mismo instante en el que me doy cuenta de que todos me están mirando.

Luis se acerca y me coge la mano antes de tirar suavemente de ella y obligarme a sentarme otra vez en mi silla. Pero no antes de que la mirada de mi madre, irritada, me embista.

No tengo la menor duda de que me hará pagar por este pequeño arrebato.

—¿Estás bien? —pregunta Luis preocupado—. ¿Te encuentras mal o algo?

—Estoy bien, es que he visto...

Me detengo al caer en la cuenta de que la mujer que he visto tenía el pelo castaño, y llevaba un camisón rosa; lo que significa que no podía tratarse de un fantasma, porque todos son grises. Sin embargo, ¿cómo ha podido desaparecer tan rápido? ¿Y quién era? Si ni siquiera vienen desconocidos a vagar sin rumbo por nuestra pequeña isla ni cuando hace buen tiempo, ¿cómo van a venir durante un huracán?

Antes de entender qué está pasando, la voz segura de mi madre llena la estancia.

—Hemos encontrado un almacén en alquiler en Huntsville, Texas. Nos hemos puesto en contacto con un aquelarre local que ya está acondicionándolo para nosotros. —Hace una pausa y, de nuevo, intenta mirar a los ojos a todos los alumnos que puede—. Evidentemente, las cosas serán algo distintas allí, pero cuando lleguemos a ese río cruzaremos ese puente. Lo que siempre debéis recordar es que vuestra seguridad y protección son de suma importancia para nosotros. Os aseguro que estamos tomando toda clase de precauciones para que todo vaya según lo planeado.

A mis diecisiete años domino a la perfección el idioma de mi madre y sé que lo que en realidad está diciendo es: «No nos fiamos de ninguno de vosotros, ni siquiera en mitad de una tormenta tan peligrosa, así que os vamos a encerrar a cal y canto para asegurarnos de que nadie escape o haga cualquier cosa que nosotros consideremos inaceptable».

La sensación de inquietud va aumentando dentro de mí, incluso mientras sigo observando el exterior por la ventana, intentando vislumbrar a la mujer del camisón rosa.

Sin embargo, la preocupación se me debe de notar en la cara, porque Luis levanta las cejas de golpe cuando lo miro.

—¿Por qué estás tan asustada? Pensaba que darías saltos de alegría.

Yo también. Llevo toda la vida esperando una oportunidad como esta, la ocasión de ver otro lugar, el que sea. En realidad, de no regresar aquí nunca más. Entonces ¿por qué, sin explicación alguna, estoy tan nerviosa?

—No lo sé —le digo—, pero algo no parece estar... bien.

—Es la academia Calder. —Pone los ojos en blanco—. Siempre hay algo que no parece estar bien.

—Porque siempre hay algo que no lo está —replico—. Y estoy segura de que esto no es una excepción.

—¿Qué quieres decir? —pregunta.

Antes de poder formar una respuesta, mi madre sigue hablando:

—Necesito la cooperación de todos y cada uno de vosotros durante las próximas horas.

Hace una pausa y levanta la mano para prevenir las protestas que esperaba, pero, por una vez, no surge ninguna. En lugar de eso, cada alumno presente en la sala la observa fijamente, esperando a lo que viene a continuación. Lo cual es más que terrorífico de por sí, teniendo en cuenta que cooperar no es uno de los puntos fuertes del estudiantado.

Mi madre parece tan sorprendida como yo, pero recupera la compostura enseguida.

—Una vez que esté todo preparado en el almacén, el aquelarre local se unirá a nuestro equipo de seguridad y creará un portal con el que podremos evacuar la isla mañana mismo a las seis de la mañana. Como muy tarde, deberíamos llegar al almacén sanos y salvos alrededor de las siete.

—¡¿Por qué tenemos que esperar tanto?! —grita alguien a mi izquierda. Con una mirada fugaz identifico a la amiga de Jude, Mozart. La dragona se pasa la mano por su sedosa melena oscura mientras prosigue—. Si el huracán es tan grave como decís, ¿no deberíamos salir de aquí ya?

Los ojos azules de mi madre brillan peligrosamente ante esas palabras, pero sé que no es la pregunta lo que la ha cabreado, sino el hecho de que Mozart (de que cualquiera) haya tenido el descaro de dudar de su plan.

—Como ya he dicho —señala con una voz incisiva como un témpano—, la tormenta se ha estabilizado y eso nos hace ganar varias horas. Las previsiones más halagüeñas indican que no nos alcanzará dentro de las próximas dieciocho a treinta horas, así que tenemos tiempo de sobra para preparar la evacuación. Pero hemos de asegurarnos de que el almacén está en condiciones para que todos vosotros estéis a salvo en él. Sería contraproducente trasladaros a un sitio igual de peligroso que este.

Mozart levanta una ceja oscura.

—Podríais devolvernos los poderes y dejar que saliéramos de aquí por nuestra cuenta.

Uno de los nuevos lobos metamorfos, un chico rubio que aún no conozco, le lanza una mirada encolerizada.

—Nosotros no podemos volar, imbécil.

Mozart le devuelve la mirada con intereses.

—No veo que eso sea un inconveniente.

—Nadie va a salir de aquí volando. Ni nadando ni haciendo otra cosa que no sea seguir el plan. —La voz iracunda de mi madre retumba a través del micrófono—. El portal estará listo mañana a las seis. Hasta entonces, hay algunas tareas que deberéis llevar a cabo.

Le pasa el micrófono a la tía Carmen, que coge el volante con una gran sonrisa que no acaba de llegar a sus ojos azulados. No sé si es porque no está de acuerdo con el plan de mi madre y ha perdido, como siempre, o porque está más preocupada de lo que quiere aparentar; pero algo no va bien.

—Sé que es difícil de asimilar —explica con su voz suave y tranquilizadora—, pero todo va a salir bien. Evacuaremos la isla, dejaremos que pase la tormenta y regresaremos en pocos días.

—Si es que aún queda algo en pie. —Jean-Jacques se ríe desde su silla, justo delante de ella—. A lo mejor la tormenta se lleva todo este puto sitio por delante.

—No lo hará —le asegura antes de volver a mirar al resto de los alumnos—. Y, para ello, las tareas que tenemos para vosotros garantizarán que sea así. Nos gustaría que todos arrimarais el hombro y ayudarais a preparar el centro para que soporte el paso del huracán. Hacen falta sacos llenos de arena alineados para crear una barrera contra la marejada ciclónica, las ventanas deben tapiarse con madera contrachapada, y los árboles y arbustos requieren una poda para que no atraviesen los tejados y ventanas, además de otras tareas diversas.

Suenan unos gruñidos por toda la sala ante sus palabras, aunque son más bien de indiferencia. De todas formas, las miradas aceradas del tío Christopher y de mi madre les hacen cerrar la boca al instante.

—En cada planta de la residencia hay unas mesas en las que los profesores os ayudarán con los pasos que se han de seguir —prosigue la tía Carmen—. Los de último año, quedaos en vuestros sitios unos minutos más. Los demás, dirigíos a vuestras habitaciones y preparad una bolsa para la evacuación. Después presentaos en la mesa de vuestra planta para recibir la tarea grupal. Una vez completada, regresad aquí y registraos para recibir la caja con la cena que las brujas cocineras habrán elaborado. —Escudriña la estancia—. ¿Alguna pregunta?

No hay ninguna, así que termina con un agradecimiento rápido por nuestra cooperación antes de despacharnos.

—¿Qué fascinante tarea crees que nos van a endosar? —murmura Luis mientras esperamos a que los alumnos de noveno a undécimo curso salgan en fila india, y juro que, como se deslice un poco más sobre la silla, va a acabar con el culo en el suelo.

—Mientras no nos hagan abastecer de comida a los tamollinos, me importa un pimiento.

El rasguño del hombro me da punzadas al pensar en ello, y una parte de mí no puede creer que me lo hicieran ayer. Parece que hayan pasado varios días desde entonces.

—Y que lo digas —responde Luis con un bufido—. Ni tu madre podría ser tan cruel.

—Ambos sabemos que eso no es verdad.

—Bien, muchachos, gracias por vuestra paciencia. —El tío Christopher coge el micrófono—. Como vosotros estáis esparcidos por las cabañas, hemos centralizado aquí las mesas con vuestras tareas. —Señala cuatro mesas colocadas alrededor de la estancia, cada una con letras que corresponden a nuestros apellidos—. Presentaos en la vuestra y recibiréis la tarea que se os ha asignado. Una vez completada, podéis volver aquí a recoger la cena antes de regresar a vuestras habitaciones a preparar una bolsa y dormir un poco hasta la hora de partir. ¿Alguna pregunta?

Surgen algunas dudas, pero el resto nos ponemos en marcha. Cuanto antes acabemos con esto, mayores serán nuestras probabilidades de superar la siguiente cortina de lluvia.

Me da igual tapiar ventanas o podar árboles, pero preferiría no tener que hacerlo bajo la lluvia torrencial. A pesar de la toalla de playa que Luis me ha dado antes, aún tengo la ropa y el pelo empapados de la última ronda.

No obstante, cuando recibo mi tarea me doy cuenta de que da igual que siga lloviendo o no, porque resulta que tenía razón y Luis se equivocaba.

Mi madre sí puede ser tan cruel.

29

TENGO LOS ÁNIMOS POR LAS MAZMORRAS

—Me estás tomando el pelo. —Luis parece cabreado de camino a la puerta este, donde mi tarea dice que tengo que encontrarme con el resto del grupo que se encargará del edificio de administración.

—Al menos esta vez no estaré sola —contesto—. Cuanta más gente, menos probabilidades de que me muerdan.

—A lo mejor los tamollinos. —Resopla—. Pero ¿qué hay de las otras criaturas?

—Creo que la teoría sigue siendo válida.

—¿Incluso para los que se alteran cuando hay más gente a su alrededor? —replica—. No me puedo creer que te hayan dado el recinto de las bestias. ¿Tu familia te odia o algo?

—Sí, eso creo.

Pero mi respuesta no tiene nada que ver con la tarea que me han asignado, sino con quienes están de pie junto a la puerta este, donde se supone que debemos encontrarnos con todos los demás a los que se les ha asignado el edificio de administración. Porque, cuando la multitud se dispersa, veo claramente a Jude, Mozart, Ember y a su otro amigo, Simon.

Esto está destinado a acabar en desastre.

—¿Preparados para dar martillazos? —pregunta Eva por detrás de mí, y luego me pasa un brazo por los hombros—. Podemos canalizar un poco de la rabia de anoche en las tablas esas.

—Nosotros podremos ensañarnos con los tablones —explica Luis—. Pero a Clementine le toca ocuparse de las bestias. Otra vez.

Parece atónita.

—Venga, no me jodas. De verdad, tienes que dejar de tocarle los ovarios a tu madre —me aconseja mientras niega con la cabeza.

—A decir verdad, la tía Carmen me ha dicho que nos ha asignado la mazmorra a dos. Supongo que el otro será Caspian. —Es el único alumno aparte de mí al que dejan entrar en las jaulas del recinto, aunque casi nunca tiene que encargarse de nada porque yo soy la que siempre se mete en líos—. Quizá lo muerdan a él en vez de a mí.

—De momento hemos consensuado que es porque la madre de Clementine es mala y cruel —aporta Luis.

—Y que lo digas —murmuro mientras me meto las manos en los bolsillos y bajo la vista al suelo. Noto el peso de los ojos de Jude clavados en mí, pero me niego a darle la satisfacción de levantar la vista.

«Estoy ignorando a Jude. Estoy ignorando a Jude. Estoy IGNORANDO a Jude.»

No lo voy a mirar.

No lo voy a tocar, ni por accidente.

Y, sobre todo, no voy a besarlo. Nunca jamás.

—Un momento. ¿Simon está en nuestro grupo? —La voz de Eva se vuelve un chillido y se detiene de golpe—. Yo no puedo estar en el mismo grupo que Simon.

—No pasa nada —le digo mientras le coloco una mano en las lumbares para empujarla hacia delante—. Seguro que ni se acuerda de lo que pasó.

Me lanza una mirada que quiere decir «no te lo crees ni tú».

—Todo el mundo se acuerda.

—La verdad es que fue bastante memorable —apunta Luis.

—Así no ayudas —siseo antes de volver a centrarme en mi compañera de habitación—. No pasa nada, Eva.

—Sí que pasa. —Se estremece—. Sigo echándole la culpa al hecho de que es un sirénido. ¡Si yo ni siquiera suelo cantar!

—Ahí le has dado —se burla Luis.

—Todo el mundo sabe que es porque es un sirénido —la tranquilizo—. Estoy segura de que le pasan esas cosas muy a menudo.

—A nadie le pasan esas cosas a menudo —gime.

Luis abre la boca, pero le lanzo una mirada asesina. La cierra de golpe al tiempo que pone los ojos en blanco.

—No va a pasar nada —le repito—. Te lo prometo. Vamos y acabemos con esto. Cuanto antes empecemos...

—La única forma de que salga bien es que nos intercambiemos la tarea y que uno de los monstruos de esas malditas jaulas se me coma.

—Podrías ofrecerte como presa —recomienda Luis—. Hay uno que es una especie de serpiente que tal vez te valdría.

Antes de que se me pueda ocurrir una respuesta para esa sugerencia, Jude nos mira. Sus ojos de color verde plateado y negro se encuentran con los míos y se me olvidan todas las palabras que tenía en la cabeza. Lo único que queda es una cacofonía de emociones dispares que se arremolinan en mi interior y se enredan con tanta fuerza que no habría forma de separarlas ni aunque quisiera.

Cosa que no quiero, por lo menos aquí no.

Decidida a no volver a caer en la misma mierda otra vez, porque con dos veces que me haya humillado el mismo chico en un periodo de veinticuatro horas ya tengo suficiente, me obligo a apartar la mirada. Pero antes advierto el tumulto que se aprecia en los ojos por lo general inescrutables de Jude: todos los colores se están mezclando en un rompecabezas increíble que estoy desesperada por resolver.

Una pena que a ese rompecabezas ahora mismo le falten muchas piezas importantes, piezas que quiero, pero que empiezo a pensar que se han perdido para siempre.

Con las manos todavía metidas en los bolsillos, paso a Jude de largo con un mero gesto de la cabeza como saludo. Sigo hecha una furia porque me besara y después se largara como si no hubiera sido nada. Otra vez. Y todavía me cabrea más que no pueda arrinconarlo ahora mismo y exigirle esa respuesta por la que lo he estado persiguiendo durante tanto tiempo.

—Clementine... —comienza a decir; sin embargo, que utilice mi verdadero nombre me molesta todavía más. Es como si estuviera intentando volver a cabrearme.

—¿Qué hay? —me dice Simon con una sonrisa cuando camino hacia él; sus ojos son del mismo color que el océano bajo la luna llena. Son tan puros como tortuosos son los de Jude.

—Hola.

Contengo el aliento de manera disimulada cuando paso a su lado, nunca eres demasiado cuidadosa cuando tratas con un sirénido, pero eso solo hace que su sonrisa se ensanche todavía más. Sabe de sobra el efecto que tiene en todos nosotros y le encanta, aunque intente fingir lo contrario.

Cuando me acerco me guiña el ojo, pero yo pongo los ojos en blanco como respuesta; y continúo sin respirar hasta que estoy a varios metros de distancia. Aun así, eso no impide que su aroma siga flotando en el aire que me rodea: huele a limpio y es cálido a la par que provocativo, tal y como se espera de un sirénido. No me extraña que Eva perdiera la cabeza la última vez que le tocó hacer un trabajo en grupo con él.

—Hola, Eva. —La voz de Simon suena inocente cuando saluda a mi amiga, pero en sus ojos se atisba un brillo de diversión que delata que sí que se acuerda. Y eso antes de que Mozart se ponga a tararear la canción *Bésala* de la peli de *La Sirenita*.

Las mejillas bronceadas de Eva se vuelven del color de los pantalones de nuestro uniforme, y clava los talones de sus adoradas Vans a cuadros rojos en el suelo.

—¡Necesito cambiar de grupo! —le grita a mi tío Carter cuando pasa cerca de nosotros.

—Nada de cambios —contesta él, estricto, mientras su barba de chivo tiembla con firmeza—. Necesitamos tener registrada la ubicación de todo el mundo a cada momento ahora que la tormenta se acerca.

—Estará bien con nosotros —le aseguro, y empiezo a llevar a mi amiga de vuelta con los demás.

Él me lanza una mirada seria.

—Asegúrate de que ambas estáis cerca de Jude mientras os encontréis dentro del recinto de las bestias, Clementine.

Ya, me da a mí que eso no va a pasar.

—¿Y qué hay de las llaves? Solo tengo la de la jaula de los tamollinos.

—Se las he dado a Jude —responde. Parece que quiere añadir algo más, pero entonces mi tía Carmen lo llama y empieza a alejarse. Aun así, solo da unos cuantos pasos antes de volverse para recordarme—: No os separéis de Jude. Él os mantendrá a salvo.

Quiero preguntarle por qué le ha dado a él las llaves y no a mí, pero ya está casi llegando junto a mi tía.

—¿Has oído lo que estaba tarareando Mozart? —susurra Eva en cuanto mi tío se aleja.

—Si te sirve de consuelo, no es la primera vez que alguien le da una serenata con esa canción —comenta Ember desde la pared en la que está apoyada, con los brazos cruzados y las piernas estiradas—. Y, seguramente, tampoco sea la última.

—Me encantó —añade Simon con otra sonrisa tan sexy que consigue que a mí también me vaya el corazón a mil por hora, y eso que no tengo ningún interés en él.

Se acerca y yo vuelvo a respirar por la boca al tiempo que Luis suelta una tosecita desde lo más profundo de la garganta.

—Los sirénidos no juegan limpio —refunfuña.

Eva, mientras tanto, parece que está a un segundo de echarse a cantar otra vez. Le tiembla el labio inferior y me mira con desesperación.

—Ayuda —musita—. Te lo suplico.

Jude interrumpe con un gruñido.

—Ya vale, Simon.

—Solo estamos hablando —anuncia el susodicho con toda la inocencia del mundo. Siempre que pases por alto el travieso brillo de sus ojos o los rastros de color en sus mejillas bronceadas. Este tío sí que es diabólico.

—Ya, y el maldito huracán este no es más que un chaparrón. —Luis resopla.

—Bueno, ¿podemos ponernos manos a la obra? Cuanto antes empecemos la tarea, antes la acabaremos —comenta Ember al tiempo que se aparta de la pared.

—Ya os he dicho que puedo encargarme yo solo —discute Jude mientras juguetea con el enorme llavero que abre todas las jaulas del recinto de las bestias—. Vosotros quedaos fuera, como indican vuestras tareas, y yo bajaré y me ocuparé de las bestias. No me llevará mucho tiempo.

No se lo cree ni él. Este tío es de lo que no hay.

—Solo si quieres que te coman —farfullo—. Ni de coña vas a entrar en las jaulas tú solo.

—¿De qué jaulas hablamos exactamente? —inquiere Izzy; ella y Remy nos alcanzan. Como casi todos, va vestida con ropa limpia que no forma parte del uniforme; tampoco es que yo esté celosa porque voy con una camiseta mojada y toda pegada, qué va. Además, lleva su larguísimo pelo rojo recogido dentro de una gorra morada de los New Orleans Saints.

—De las del recinto de las bestias. —Mozart les dedica una sonrisa traviesa—. ¿Vosotros también estáis en el grupo del edificio de administración?

—Pues sí. —Las cejas oscuras de Remy casi le llegan a la raíz del pelo—. Pero pensaba que solo íbamos a tapiar algunas ventanas. ¿Ahora también nos toca ocuparnos del zoo de mascotas?

—Supongo que sí se puede considerar un zoo, pero te advierto que es mejor no acariciar a esas mascotas —explica Luis.

—Ay, no es para tanto. Puedes acariciar lo que te apetezca ahí abajo —asegura Ember mientras va hacia la puerta más cercana—. Siempre y cuando no te importe perder unos cuantos dedos.

—Más bien el brazo entero. —La sonrisa que Simon les dedica a Remy y a Izzy es tan cálida que me llegan escalofríos residuales, y eso que ni siquiera estoy cerca de la línea de fuego.

—Joder, en serio —murmura Jude mientras niega con la cabeza irritado. Sin embargo, se planta entre Simon y yo para bloquear con sus hombros anchos la brillante sonrisa del sirénido.

Le daría las gracias por rescatarme, pero sigo muy molesta por lo que ha pasado entre nosotros en el bosque. Así que le dedico una mueca antes de seguir a Ember hacia la puerta.

Además, Izzy parece más que capaz de encargarse de un simple sirénido. Como en el caso de Remy no lo tengo tan claro, entrelazo su brazo con el mío cuando paso a su lado y tiro de él para que me siga. Después de haber hablado con él en el pasillo hoy, no puedo evitar pensar que seguramente no debería ser cruel con la única persona en el planeta que echa tanto de menos a Carolina como yo.

—Te lo agradezco —susurra con su marcado acento de Nueva Orleans—. Hay que andarse con ojo con los sirénidos.

—Más bien hay que tener todos los sentidos alerta —añado mientras recorremos el pasillo. Echo un vistazo por encima del hombro y, aunque ya notaba el peso de su mirada quemándome en la nuca, advierto que Jude nos sigue de cerca con una expresión avinagrada en el rostro.

No tengo ni idea de por qué está enfurruñado, pero me parece estupendo porque ahora mismo yo también estoy bastante molesta, sobre todo en lo concerniente a él, debido a su fuga tras el último beso.

Eva camina a varios metros de distancia con los cascos y las gafas de sol en un evidente intento por mantenerse a salvo de Simon. Me dispongo a llamarla, pero, antes de que pueda, Mozart aparece por mi otro lado.

—No te preocupes. Te acostumbrarás a él.

—¿Antes o después de que le dé una serenata con una canción de amor de Disney? —pregunta Remy con mordacidad.

Mozart se encoge de hombros, su oscura coleta repeinada rebota con cada paso que da.

—Yo diría que hay un cincuenta por ciento de probabilidades de ambas.

—Yo creo que me saldría una versión bastante decente de *Hay un amigo en mí.* —Carraspea como si se estuviera preparando para practicar.

—Oye, a mí me pareció que la interpretación de Eva en *Bésala* fue estupenda —bromea Mozart con una sonrisa que solo acrecienta el desenfreno de sus gélidos ojos oscuros.

—Las he oído mejores —rebate Ember con un resoplido—. No estaba muy afinada.

—Hala —interfiero—. Qué criticona.

—Yo solo digo lo que hay —comenta a la vez que se encoge de hombros, y después aminora el paso para unirse a Jude.

Remy enarca las cejas en una pregunta implícita, pero Mozart niega con la cabeza mientras salimos al patio donde, por suerte, ha dejado de llover un rato.

—Los fénix son algo... temperamentales. Con el tiempo he aprendido que es mejor no preguntar.

—Eso es porque eres una cobarde —replica Ember, lo que demuestra que sigue pendiente de nuestra conversación a pesar de no querer estar cerca de nosotros.

—Cobarde o inteligente... —Mozart alza las manos por delante de ella con las palmas hacia arriba, después las mueve como si se tratara de una balanza—. Me inclino por inteligente.

Ember le hace una peineta cuando ella y Jude nos adelantan.

—¿Lo veis? —Se encoge de hombros—. Es temperamental.

—Un día de estos te va a quemar viva —comenta Jude cuando vamos de camino a la puerta.

—Venga ya —fanfarronea Mozart—. Soy una dragona. ¡Estoy hecha de fuego, guapo! Puedo soportar cualquier cosa que me eche.

—Te estás viniendo muy arriba. Ten en cuenta que ahora mismo ninguno tenemos nuestros poderes —señala Ember.

—¿Lo veis? —Esboza una mueca a espaldas de la fénix—. Si es que yo siempre llevo la delantera. Lo dicho, soy muy inteligente.

Es tan ridículo que me parto de risa sin quererlo. Intento parar de reírme, no la conozco lo suficiente para saber si se ofenderá, pero me sonríe, así que decido que no pasa nada.

Es un poco raro que hayamos estado en el mismo colegio tres años y esta sea la conversación más larga que hemos tenido nunca. No estoy segura de si ha sido por elección suya o mía, porque, desde el día en el que por fin me di cuenta de que Jude me había dado la patada, los he estado evitando a él y a sus nuevos amigos.

Siempre me han intimidado un poco y mis años en Calder me han enseñado que, a no ser que conozcas la historia de alguien, es mejor dejar que ellos sean los que se te acerquen. Pero la verdad es que Mozart parece bastante guay. Al igual que Simon, siempre y cuando no lo mires a los ojos o respires cuando está cerca.

Y sí, soy consciente de lo ridículo que suena eso. Pero, pese al comentario de Mozart sobre lo de acostumbrarse a él, es muy complicado entablar una amistad con un sirénido.

—Bueno, ¿se puede saber qué es la colección de bestias esta? —pregunta Izzy. Es la última en atravesar la puerta. No parece preocupada cuando se cierra a sus espaldas, sino más bien intrigada.

30

¿POR QUÉ TIENES QUE SER TAN JUDE?

—Los administradores tienen un montón de criaturas en la mazmorra del colegio —le explico mientras nos dirigimos hacia el edificio de administración—. Pero la mayoría no son muy simpáticas que digamos.

El hombro decide dolerme en ese mismo instante, como si me hubiese quedado corta con la explicación.

—¿De qué clase de criaturas estamos hablando? —pregunta Remy, que no parece mucho más preocupado que Izzy.

Aunque, pensándolo bien, él ha vivido casi siempre en la Aethereum, la prisión más aterradora del mundo paranormal. Seguramente piensa que unos pocos monstruos no están ni de lejos a la altura de lo que ha tenido que soportar. ¿Y quién sabe? Igual tiene razón.

Además, tampoco es que vaya a hacer algo que no sea tapiar ventanas con madera contrachapada. ¿Por qué debería estar preocupado?

—Tenemos tamollinos —declara Jude con total normalidad—, y un montón de criaturas tan insólitas que ni siquiera sé si tienen nombre.

—Una decisión interesante la de crear una colección

de fieras con tales seres —comenta Remy—. Pensaba que ya lo había oído todo, así que me cuesta imaginar criaturas más extrañas que los tamollinos. —Levanta una ceja—. ¿Qué son exactamente?

Luis y yo intercambiamos miradas.

—Son especiales —contesta él.

—Probablemente la clase de tarea de la que no querrías ocuparte —añado.

—Ya os he dicho que me ocupo yo —interviene Jude.

—¿Has estado alguna vez en el recinto de las fieras? —inquiero con incredulidad—. Saber lo que hay ahí abajo no es lo mismo que estar de verdad con ellas dentro de las jaulas.

No responde (qué sorpresa), solo alarga las zancadas para adelantarse a nosotros unos cuantos metros sin mucho esfuerzo.

Intento mantener el ritmo, pero decido que no tiene ningún sentido. Esto no es un concurso, y aunque lo fuese, perdería. En parte porque es casi veinticinco centímetros más alto que yo, yo mido un metro setenta y cinco, y en parte porque con él siempre pierdo.

Digamos que en eso se basa nuestra relación.

Para cuando llegamos a los pies del edificio de administración, mi inquietud está disparada. No solo porque algunas de estas personas piensan de verdad que van a entrar en el recinto de las fieras con Jude y conmigo (cosa que no deberían hacer bajo ningún concepto), sino porque me aterra que el pasillo esté lleno de fantasmas otra vez (o, peor, de esos destellos tan extraños). Una cosa es dejar que Luis o Eva me vean intentando manejarlos y otra es permitir que Jude y un puñado de gente a la que casi no conozco me vean así de vulnerable.

Lo que quiero decir es que no voy por los pasillos gritando a pleno pulmón que puedo ver fantasmas, precisamente. Se lo dije a mi madre unas pocas veces de pequeña, pero hizo mucho hincapié en que los fantasmas no existían. Sin embargo, viviendo en esta isla he aprendido que no es así, y sus reacciones cada vez más negativas me han enseñado a ocultar esa extraña habilidad.

Un vistazo rápido al cielo me indica que la tormenta sigue estancada, porque se está alargando la inusual pausa entre una cortina de agua y otra. El cielo tiene un tono gris verdoso raro que jamás había visto y, aunque una ráfaga de viento ocasional nos azota y agita los árboles hasta la mismísima raíz, desaparece tan rápido como ha surgido.

Quizá, y solo quizá, tenga suerte esta vez y los fantasmas hayan decidido no pasar el rato en el pasillo por el peligro que supuso la última escapada de aquel monstruo serpentino tan horrible.

En fin, la esperanza es lo último que se pierde...

—Las instrucciones dicen que cojamos madera, martillos y clavos del puesto instalado junto a la cabaña del encargado de mantenimiento —expone Simon mientras mira la hoja de instrucciones que nos han dado a todos—. Se supone que tenemos que usarlos para tapiar por fuera las ventanas de la mazmorra y de la planta baja. Después, hay que asegurarse de que todos los bichos de dentro tengan comida y agua suficiente para una semana, por lo menos.

—No pensarán en serio que la tormenta va a durar tanto, ¿verdad? —Eva ha dejado de fingir que no oía con los auriculares y se ha unido a la conversación, aunque ha decidido mantenerse tan alejada de Simon como le es posible.

—Seguro que solo quieren tener las espaldas cubiertas —la tranquilizo—. Dependiendo de los daños que provoque la tormenta, igual tardamos unos días en regresar.

—No entiendo nada —comenta Remy—. ¿No pueden usar un portal para venir y comprobar el estado del colegio? O, para el caso, ¿por qué tenemos que esperar a que vengan los barcos cuando pueden sacarnos de aquí con un portal? Sé que los poderes de los alumnos están inhibidos, pero seguro que...

—Lo más probable es que ni se lo hayan planteado —justifico—. La isla lleva décadas con un bloqueo de portales. Nadie puede sortearlo, ni siquiera el profesorado o los demás miembros del personal. Por eso no podrán sacarnos a través de un portal antes de mañana por la mañana, porque ese es el tiempo que necesitan para eliminar el bloqueo.

—¿En serio? ¿Nadie puede sortearlo? —Parece sorprendido y al mismo tiempo no, por extraño que parezca.

—Nadie —reitero.

Esa es la principal y más inquebrantable regla de la academia Calder. Incluso mi madre coge un barco o un helicóptero cuando tiene que salir.

—Yo creo que es una pérdida de tiempo y esfuerzo —expresa Remy—. Podría dar la vuelta al mundo por lo menos dos veces en el tiempo que se tarda en llegar a la costa de Texas por mar.

—¿Tan bueno eres con los portales? —quiere saber Eva, que suena escéptica—. Un brujo suele tardar al menos una década en...

—Hechicero del tiempo —la interrumpe con un guiño—, no brujo.

—¿En serio? —Eva abre los ojos como platos mientras se acerca a él—. Nunca he conocido a uno. ¿Qué es lo que...?

Se detiene cuando una pequeña daga le pasa volando por encima de la cabeza y se clava en el tronco de un árbol cercano.

Todos nos volvemos hacia Izzy con incredulidad, pero ella se limita a encogerse de hombros.

—Ups. Se me ha escapado.

Remy sonríe abiertamente, y Eva parece enfadada.

—¡Sabes que no deberías tener armas en el recinto escolar!

—¿Quién me va a detener? —pregunta Izzy con una ceja levantada. Luego se aleja para recuperar el cuchillo antes de que Eva pueda darle una respuesta.

—¿Os lo podéis creer? —nos dice Eva a Remy y a mí.

Después de ver lo que ha hecho en clase hace unas horas, me lo creo sin lugar a dudas.

Remy se limita a encogerse de hombros mientras seguimos caminando.

—No te preocupes por ella —declara—. Es un poco salvaje, pero se acabará adaptando.

En cuanto dice esto, se mueve un poco hacia la derecha, como si hubiese visto que le iba un cuchillo por ese lado. En cualquier caso, tiene suerte porque solo le ha cortado unos pocos mechones de su pelo castaño desgreñado.

—¡Princesa, sabes que solo tenías que pedírmelo! —le grita a Izzy—. Si tanto querías un mechón de mi pelo para ponerlo bajo la almohada, te lo habría dado de buena gana.

—¿En serio crees que burlarte de ella es lo mejor que puedes hacer? —pregunto mientras Izzy le muestra sus impresionantes colmillos—. Ayer amenazó con cortar varios dedos en clase de Literatura.

—Seguro que no. —Su amplia e inmensa sonrisa es del todo contagiosa—. Pero me gusta vivir peligrosamente.

—Tú sigue así y morirás peligrosamente —dice con mordacidad, y nos detenemos ante los escalones de la entrada del edificio de administración.

—¿Cuál es el plan? —intervengo con la esperanza de distraer a Izzy lo suficiente para conservar la integridad de los dedos de Remy (y de todo su cuerpo, en realidad)—. Jude y yo nos ocupamos de la colección de fieras, así que supongo que vosotros solo tendréis que repartiros las zonas del edificio, ¿no?

—La verdad es que yo voto por separarnos —responde Simon apoyándome mientras se guarda las instrucciones en el bolsillo de malas maneras—. Que una mitad se ocupe de las ventanas y que la otra se encargue de la comida y el agua. Así terminaréis antes con las fieras.

—Lo cierto es que es muy buena idea —reconoce Mozart, que da un paso hacia atrás para contemplar los grandes ventanales que recorren el exterior de los pisos inferiores del edificio—. Hay mucho que hacer...

—¡Me pido ventanas! —la interrumpe Eva.

—Yo también. —Luis levanta ambas manos para darle más énfasis.

Pongo los ojos en blanco ante su respuesta, pero él se limita a sonreír enseñando mucho los dientes.

—Una vez al día es más que suficiente. Si tuvieses sentido común, tú también lo evitarías.

Ni me molesto en contestar; aunque tampoco tengo que hacerlo, porque los dos sabemos que no va a pasar.

Puede que esté cábreada con Jude ahora mismo, pero en realidad no quiero que muera en manos de un bicho aspirante a hidra con mala leche. Alguien tiene que indicar el camino por la mazmorra, y quién mejor que alguien que sí sabe lo que debe hacerse (y que encima es una Calder). Estoy convencida de que esa es la razón por la que mi madre me ha asignado esta tarea.

De todas formas, ni de coña voy a dejar que esta gente acabe herida mientras yo permanezco sana y salva aquí arriba. No cuando sé con exactitud lo que les espera ahí abajo.

—Yo voy a la mazmorra —digo—, y Jude se viene conmigo. Es la tarea que nos han encomendado.

—Yo también voy —se ofrece Izzy—. Quiero ver cómo es ese zoo.

—Y yo —concuerda Mozart.

Remy da un paso al frente.

—Puedo ir o quedarme aquí, lo que consideréis más útil.

—¿Por qué no te quedas con nosotros? —sugiere Eva—. Eres muy alto. Seguro que tapiamos un montón de ventanas en un pispás.

—Haré lo que pueda —responde Remy, y le hace un gesto burlón a Izzy, pero la vampira ya se ha dado la vuelta y ha perdido el interés en sus pullitas.

—Creo que todos deberíais quedaros aquí arriba. Jude y yo podemos ocuparnos de las fieras.

Espero a que Jude diga algo (o, al menos, que dé un paso hacia delante), pero no dice ni mu. Cuando levanto la vista hacia él me doy cuenta de que me ha salido tan bien lo de no mirarlo que me he perdido algo de suma importancia.

Que ya se ha ido.

Me doy la vuelta justo a tiempo para ver la puerta principal del edificio de administración cerrándose tras ese enorme y excesivamente heroico imbécil.

Lástima que no tenga ni idea de dónde se está metiendo.

31

MEJOR DEJAMOS A LOS MONSTRUOS TRANQUILITOS

—¿Adónde va tan deprisa? —pregunta Izzy; igual que antes, no suena preocupada, solo un poco curiosa.

—A meterse en un lío él solito —contesto mientras corro hacia la misma puerta por la que ha desaparecido Jude. Apenas soy consciente de que Izzy y Mozart me están siguiendo a un ritmo más parsimonioso, porque no les presto mucha atención. Estoy demasiado preocupada por el lío en el que se pueda meter Jude antes de que lo alcance.

Tampoco se me pasa por alto que alguien del grupo está reproduciendo a todo volumen la canción *Save your tears* de The Weeknd desde su móvil mientras se ponen manos a la obra. Deberían declararla el himno de nuestra amistad, o la falta de ella, pues parece que me he pasado todo el día corriendo detrás del muy capullo.

¿En qué diantres está pensando? Sé que no deja de decir que él puede arreglárselas solito, pero no tiene ni idea de a lo que se enfrenta. En fin, ¿qué se cree que va a hacer él solo contra un grupo de monstruos cabreados y con problemas de actitud? Odian la lluvia casi tanto como los fantasmas. Lo aprendí el año pasado... por las malas.

El miedo por lo que pueda encontrarme, tanto en lo

referente a los monstruos como a los espíritus, me atenaza el estómago, pero lo ignoro. Llegados a este punto, no hay nada que pueda hacer excepto cruzar los dedos y esperar que vaya lo mejor posible.

Tampoco es que esa sea una opción en la academia Calder. Normalmente, lo máximo a lo que podemos aspirar es a que las cosas no salgan lo peor posible. Ya no es solo que aquí puedas contar con que ocurra lo peor en el peor de los momentos, es que encima es muy probable que lo que se te venga encima sea letal... o, como mínimo, peligroso de la hostia. La parte positiva es que, cuando emprendes una tarea con tan pocas expectativas, cualquier cosa que no sea una mierda total parece un éxito.

Giro hacia las escaleras que llevan a la mazmorra, y se me revuelve todavía más el estómago. No he sido lo bastante rápida. Jude ya ha bajado hacia las entrañas del edificio.

Intento disimular la preocupación, pero Mozart debe de percatarse porque me coloca una mano en el hombro para calmarme.

—No te preocupes, Clementine. Si él dice que puede es que puede.

—No estoy preocupada.

Apenas he pronunciado esa mentira cuando otra ronda de truenos retumba sobre nuestras cabezas, hace que tiemblen las paredes y que la única bombilla del pasillo de abajo parpadee. Parece que el tío Carter por fin la ha reemplazado cuando ha bajado a meter en su jaula a la copia barata de la hidra.

Cómo no, la tormenta decide reanudarse en ese mismo instante.

Y como si mis pensamientos lo hubieran invocado,

nos llega un chillido bestial del piso de abajo. Por un segundo se me ocurre que el gigantesco monstruo serpiente se ha vuelto a escapar, pero entonces oigo el repicar de un candado seguido de un portazo y me doy cuenta de que es mucho, pero que mucho peor.

Jude se ha metido en la jaula del monstruo serpiente.

Joder.

Corro a toda prisa, bajo el último tramo de escaleras de dos en dos mientras me imagino lo que podría estar haciéndole esa criatura con sus dedos serpentinos.

Asfixiarlo.

Atravesarlo.

Arrancarle todas las extremidades.

La parte buena es que el ataque de antes ha conseguido que no haya ni rastro de los fantasmas, aunque estoy tan asustada por Jude que casi no me doy cuenta. Recorro el pasillo a toda velocidad con el corazón martilleándome en el pecho y el terror retorciéndose en mis entrañas. Pero, cuando por fin llego a la jaula del monstruo serpiente con el pestillo abierto, Jude ya está saliendo de ella, despacio y sin rastro alguno de preocupación. Como si acabara de darle de comer a su cachorrito preferido en vez de a una bestia salvaje y sedienta de sangre.

—Ya te he dicho que no le pasaría nada —me susurra Mozart al oído cuando me alcanza—. Jude tiene muy buena mano con los monstruos —añade mientras se encamina hacia la siguiente jaula.

—Es imposible que le hayas dado de comer tan deprisa —cuestiono al tiempo que corro hacia él—. No he oído ni un solo ruido. Y sé que cuando se cabrea grita muchísimo, lo he vivido de primera mano.

Jude me lanza una mirada mordaz, que le devuelvo con creces hasta que se limita a encogerse de hombros.

—Ni siquiera lo he visto cuando he entrado. Estaría durmiendo en alguna parte de la jaula.

—¿Quieres que me crea que estaba durmiendo y tú has entrado sin más, le has puesto un poco de ese maldito pienso brillante y ni siquiera se ha inmutado?

Sé que sueno desconfiada, aunque ¡venga ya! Llevo teniendo que ocuparme de estas criaturas horribles desde décimo. Cambian a menudo porque mi madre recibe dinero extra por albergar monstruos a corto plazo, y no es fácil lidiar con ninguno de ellos. Ni uno.

Pero ¿va Jude y entra ahí como si no fuera para tanto? ¿Le llena el comedero y el bebedero con sustento para una semana y sale tan tranquilo? No tiene sentido.

—No sé si se ha inmutado o no, Satsuma. No lo he visto, para nada.

Entrecierro los ojos al oír el mote y finjo, incluso para mí, que me molesta que haya vuelto a llamarme por el nombre de los cítricos que se le van ocurriendo.

—Supongo. Pero te sugiero que no intentes entrar como si estuvieras en tu casa con el resto de los monstruos, Eleanor Rigby.

—No me preocupa. —Señala con la cabeza el final del pasillo—. ¿Por qué no me dejas a mí esos mientras vosotras tres os encargáis de los tamollinos?

—No creerás que voy a dejar que te encargues de todas las jaulas tú solo, ¿verdad? Nos separaremos: divide y vencerás. Y después podemos meternos en la jaula de los tamollinos todos juntos. Ese es trabajo para más de una persona, así que cuantos más seamos, peor para ellos.

Jude no parece impresionado y me doy cuenta de que es la primera vez que, hablando de este trabajo, me ha mostrado una expresión distinta a su cara de póquer. A este le pasa algo, y estoy decidida a descubrir qué es. No tengo respuesta (todavía), pero si los últimos años me han enseñado alguna lección es que, cuando a Jude le pasa algo, siempre salgo perjudicada.

Y no pienso volver a dejar que eso suceda.

—Tengo una idea mejor —sugiere—. ¿Y si hacemos una tregua?

Me río, aunque no hay ni rastro de humor en el gesto.

—Esa era mi tregua.

—Vale. Pues ¿qué me dices de una apuesta?

—¿Una apuesta? —Frunzo el ceño—. ¿Qué clase de apuesta?

—Y yo que pensaba que mi problema era querer salirme siempre con la mía —comenta con pereza Izzy—. Pero vosotros dos me superáis.

—Jude solo es así con Clementine —informa Mozart.

Quiero preguntarle a qué se refiere con eso, aunque estoy demasiado ocupada lanzándole una mirada asesina a Jude, quien a su vez está demasiado ocupado haciendo lo mismo conmigo. Con unos ojos que de repente muestran una infinidad de colores: verde y plateado, dorado y negro, todos arremolinados en la mezcla más cautivadora que he visto en mi vida.

Parpadeo para romper el hechizo y después me odio cuando curva las comisuras de la boca, en lo que he advertido enseguida que es lo más parecido a una sonrisa que puede esbozar el Jude de diecisiete años.

—Yo hago la siguiente jaula solo y, si salgo ileso, me

dejas encargarme del resto mientras vosotras tres os ocupáis de los tamollinos.

Repaso la apuesta en mi mente en busca de algún vacío legal. Por lo que veo de momento, no hay ninguno, pues es imposible que salga de esa jaula sin unos cuantos arañazos como mínimo. No sé cómo se ha librado del bicho serpiente ese, pero ahí dentro hay dos de los monstruos araña más aterradores que he visto en mi vida; es imposible que consiga eludir a ambos.

Además, mejor dejo que se quite de la cabeza su absurda fantasía de guardabosques solitario ahí dentro antes de que intente acceder a otras jaulas... Aun así, no quiero que piense que ha sido demasiado fácil ni que se me note demasiado dispuesta.

—¿Y qué pasa si tengo que entrar a salvarte el culo?

—No tendrás que hacerlo —contesta con esa sonrisilla que aún le tira de las comisuras de la boca.

—Claro que no —afirmo con sarcasmo—. Pero digamos que sí, que tengo que entrar a rescatarte. O que sales un poco perjudicado. Entonces ¿qué?

Se encoge de hombros.

—Entonces hacemos el resto de las jaulas a tu manera.

—¿Incluso la de los tamollinos?

Esboza una mueca.

—Incluso la de los malditos tamollinos.

—Pues, entonces, trato hecho. —Alargo el brazo para darle un apretón de manos y me arrepiento de inmediato cuando desliza la palma por la mía.

Unas chispitas me danzan por la mano ante el contacto, así que la aparto antes de tiempo.

Jude finge no darse cuenta, pero eso es todo lo que

es: pretensión. Lo veo en la forma en la que tensa los hombros y se pasa la palma de la mano por los vaqueros un par de veces, como si intentara quitarse la sensación.

Lo entiendo. Yo haría lo mismo si pensara que iba a funcionar.

—Vale, bien. —Señalo con la cabeza la puerta de madera que se interpone entre los monstruos araña y el resto de nosotros—. Supongo que será mejor que te pongas a ello antes de que empeore el temporal.

Le escudriño la cara con atención para pillar una mínima muestra de miedo, pero nada. No aprieta los labios, no parpadea, ni siquiera respira hondo para calmarse. Ninguno de los signos que lo delataban cuando era pequeño, solo pura confianza masculina.

Hace que quiera cambiar mi apuesta, no porque me dé miedo enfrentarme a los tamollinos yo sola, claro está, sino porque me da miedo lo que le ocurrirá si entra en algunas de estas jaulas él solo.

Pero ahora es demasiado tarde. Ya está abriendo la puerta y deslizándose al interior de la estancia.

Tengo el corazón en un puño cuando la puerta se cierra a sus espaldas y, aunque estoy convencida de que mi cara de póquer es igual de convincente que la de Jude, Mozart se vuelve para mirarme al instante.

—Estará bien.

—No lo sabes.

Se dispone a responder, pero entonces grita alarmada:

—¡¿Se puede saber qué estás planeando hacer con esa cosa?!

Me vuelvo justo a tiempo para ver a Izzy con otro cuchillo de aspecto peligroso. No contesta a Mozart, se limita a caminar hacia la puerta más cercana y clavar el cuchillo en la parte inferior del candado.

—Creo que eso no era parte de la apuesta —advierte Mozart con recelo.

Ella se limita a enarcar una ceja.

—No recuerdo haber aceptado ninguna apuesta. Y si te crees que voy a quedarme aquí como un pasmarote mientras espero a que el príncipe desencantador vuelva de una pieza, eres más ingenua de lo que pareces.

Menea un poco el cuchillo, después lo gira rápidamente hacia la izquierda. El candado se abre de golpe, al igual que la puerta.

—¿Vienes o qué? —pregunta con los ojos azules bien abiertos y sin rastro de inocencia cuando me mira por encima del hombro.

—Ni de coña —respondo, aunque ya se está colando por la puerta dentro de la jaula, sin dudar ni un segundo... y sin tener ningún tipo de plan para enfrentarse a lo que la espera dentro.

Parece que su instinto de supervivencia es igualito que el de Jude.

Me dispongo a seguirla, pero Mozart se interpone en mi camino.

—¿Estás segura de que quieres hacerlo?

—Pues claro que no —admito—. Pero no puedo dejar que entre ahí sola.

—Vale. —Suspira—. Entraremos juntas...

Se detiene cuando un grito inquietante nos llega desde la jaula de las bestias arácnidas.

Por fin parece tan preocupada como yo me siento.

—Ve a ver cómo está Jude —le pido—. Yo me encargo de Izzy.

No está muy convencida, no hasta que un extraño castañeteo largo sigue al grito.

—Vete —la insto.

Después me zafo de su mano, que sigue en mi codo, y me lanzo a la puerta abierta justo cuando otro chillido espeluznante llena el aire que nos rodea.

32

EL JUEGO DE LA CALAMAR-IDAD

Cierro la puerta tras de mí y luego parpadeo varias veces mientras los ojos se me van acostumbrando a la extraña luz roja que llena la estancia. Lo último que nos falta es que esta cosa se escape.

Recuerdo vagamente a mi madre quejándose por tener que buscar bombillas especiales para acoger a esta criatura, pero en aquel momento no le presté demasiada atención. Por lo visto, no le gusta la luz normal, porque no solo todas las bombillas son rojas, sino que además las ventanillas cercanas al techo también están cubiertas de una película roja extraña que le da a toda la habitación un brillo carmesí sobrecogedor, cosa que provoca que se me pongan de punta los pelillos de la nuca.

Pero Izzy no parece inmutarse lo más mínimo: se dirige al centro de la enorme habitación desierta con seguridad.

—¿No quieres saber dónde está antes de exponerte tanto? —pregunto mirando a mi alrededor mientras la sigo hasta las profundidades del recinto.

El tiempo que he pasado con los tamollinos me ha enseñado que moverse con paso lento y firme ayuda a conservar las extremidades y gran parte de la piel.

Ella se encoge de hombros.

—Los monstruos me traen sin cuidado. Al menos son sinceros y saben quiénes son y qué es lo que quieren.

—Ya, pero lo que normalmente quieren es alguna parte de tu cuerpo. Carne, huesos, sangre... —enumero a la vez que pierdo la voz al recordar con quién estoy hablando.

Sin embargo, Izzy se limita a hacer una mueca con la que deja entrever sus colmillos largos y muy afilados.

—Eh, si no lo pruebas, no sabes si te gusta.

—No nos va mucho a las mantícoras —contesto, y doy una vuelta en círculo, intentando averiguar dónde está el monstruo de los cojones. Tampoco es que tenga mucho tras lo que esconderse.

Hay tres árboles grandes en macetas en el rincón del fondo del recinto con lo que parecen arañazos hasta la parte superior de los troncos. Algunas de las ramas están partidas por la mitad y cuelgan de ellos, mientras que otras simplemente ya no están: las han arrancado o cortado de los troncos. Como mínimo, uno de los árboles tiene que ser un manzano, porque el suelo que rodea las macetas está lleno de corazones de manzanas que han devorado hasta alcanzar las semillas.

El resto de la estancia está bastante vacía (si pasamos por alto las paredes, que tienen incluso más arañazos que los troncos de los árboles). Solo hay un catre grande para dormir, supongo, varios comederos con agua y más de ese pienso brillante con forma de Z con el que alimentamos a los monstruos, una alacena encadenada que imagino que contiene más comida, y una cadena de alta resistencia que atraviesa el centro de la habitación.

Tardo un segundo en llegar a la conclusión de que, seguramente, la cadena está unida a la calamaridad (por eso me pongo a seguirla con la mirada), pero entonces un gruñido profundo y estruendoso invade la estancia.

—¿Dónde está? —pregunta Izzy al tiempo que las dos nos volvemos hacia la izquierda, hacia el origen del ruido.

Allí no hay nada..., excepto una cadena gigantesca y muy pesada. Solo que no está en el suelo, sino colgando del techo.

Y resulta que tenía razón. No hay duda de que está unida al monstruo; que es muchísimo más horripilante de lo que imaginé por la descripción que me hizo el tío Carter cuando llegó al recinto de las fieras. Y también está extremadamente cabreado, si es que algo indican los gruñidos que salen de su enorme boca llena de dientes afilados.

—¿Qué es esa cosa? —exige saber Izzy; de repente sujeta un cuchillo en cada mano.

El que acaba de sacar es incluso más grande y aterrador que el primero. Antes de poder procesar lo que está pasando, se inclina hacia delante y lo aprieta contra mi mano.

—¡No quiero eso! —chillo, e intento devolvérselo, en parte porque no tengo ni idea de cómo usar un cuchillo para defenderme y sobre todo porque, sean cuales sean los planes que tiene esa cosa para mí, no son ni de lejos tan malos como los que mi madre me impondrá si me pillan con un arma dentro de las instalaciones escolares.

Que Izzy haya conseguido aguantar tanto tiempo sin que le requisen su colección de cuchillos dice más de ella que de la política habitual en relación con la posesión de armas de cualquier índole de la academia Calder.

Pero Izzy no puede cogerlo..., porque ya está sujetando

un tercer cuchillo y, a juzgar por la habilidad con la que los hace girar, sabe perfectamente cómo usarlos.

—¿De dónde diantres los sacas? —quiero saber mientras seguimos retrocediendo bajo los ojos negros y vigilantes del calamar este—. Sé que te registraron en busca de armas cuando llegaste.

—No creo que sea el momento para hablar de eso —responde Izzy tras levantar los cuchillos frente a ella, como si estuviese esperando la oportunidad de empalar a la bestia.

—Sabes que hemos venido a ponerle agua y comida, ¿verdad? No a matarlo. —Bajo el cuchillo, e intento averiguar qué se supone que debo hacer con él ahora que tiene mis huellas dactilares por toda la superficie—. Estoy segura de que a la gente que paga a mi madre para albergarlo aquí no les gustaría que se lo devolviésemos sin uno de sus...

Mi voz se va desvaneciendo mientras intento pensar cómo llamar a los apéndices de piel traslúcida que posee la criatura.

—¿Tentáculos? —sugiere Izzy.

Técnicamente supongo que tiene razón. La parte inferior del cuerpo del monstruo está compuesta por casi cien extremidades con forma de tentáculo. Lo que pasa es que la mayoría de los tentáculos poseen alguna clase de ventosa y los que tiene este bicho son cuchillas. Decenas y decenas de cuchillas. Lo cual explica los arañazos en todas y cada una de las superficies de la estancia.

La madre que lo parió.

Sé que el colegio siempre anda escaso de dinero, pero debe de haber una manera mejor de conseguirlo que ofrecerse a cuidar a criaturas como esta.

El otro monstruo con serpientes tan espantoso pudo escapar. ¿Qué cojones hacemos si esta cosa logra zafarse de la cadena y consigue llegar al recinto escolar?

—Voy a... —Me callo de golpe al ver que se desliza por el techo, aún boca abajo, en nuestra dirección.

Emite un chasquido cuando se mueve (las cuchillas, que rebotan contra el techo) y, a medida que se va acercando, el estómago se me revuelve más. Porque confirmo que es la cosa más asquerosa que he visto en mi vida.

Para empezar, la mitad superior se asemeja mucho a uno de esos gatos sin pelo: posee un tamaño descomunal, unos ojos negros enormes y la piel arrugada. Incluso tiene dos pequeños apéndices con lo que parecen ser zarpas en los extremos. Nada de eso es malo..., hasta que llegas al hocico alargado y a los dientes de sesenta centímetros que le sobresalen de la boca en todas direcciones. Por no hablar de que esa piel arrugada no solo carece de pelo, sino que también es traslúcida por debajo.

Y luego están los tentáculos: innumerables tentáculos semitransparentes con sangre amarilla y verdosa corriendo justo bajo la superficie, y ahora que lo tengo más cerca, puedo ver que lo que creía que eran cuchillas son en realidad una especie de concha con el canto afilado.

En definitiva, una pesadilla viviente como ninguna que haya presenciado.

Y me está mirando directamente a mí.

—Tenemos que darle de comer y salir cagando leches —le digo a Izzy mientras me acerco con cautela hacia la alacena del pienso e intento con todas mis fuerzas pasar por alto que se está escurriendo al mismo tiempo que yo, arrastrando las conchas por el techo como uñas en una pizarra.

—Pues ¡ponte ya! —gruñe Izzy—. Yo lo retendré.

Quiero preguntarle si está segura de eso, pero ya se ha colocado para cubrirme, con los cuchillos listos. Aunque suelo dudar de casi cualquier persona que piensa que puede manejar ese bicho, hay algo en la mirada de Izzy que me dice que está más que preparada para este reto. Desconozco por completo si se trata de valentía o sociopatía, pero ahora mismo me da igual. Solo quiero hacer lo que hemos venido a hacer y, luego, salir las dos con vida de este agujero infernal.

Con los años he aprendido que hay muy poca gente en la que pueda confiar en esta isla, sin embargo, ahora parece un momento tan idóneo como cualquier otro para expandir esa fe en los demás. Así que, en lugar de exigir encargarme de la bestia, una tarea para la que sé que no estoy preparada, le tomo la palabra a Izzy y corro hacia la alacena.

En cuanto le doy la espalda, espero sentir como los afilados dientes del monstruo se me clavan en la yugular a la vez que sus garras me arrancan las extremidades una a una. No obstante, para mi sorpresa logro llegar a la alacena intacta, aunque los gruñidos y chasquidos que oigo a mis espaldas me hacen pensar que no puedo decir lo mismo de Izzy.

Un chillido de dolor especialmente alto hace que el corazón me amenace con explotar dentro del pecho, pero cuando echo un vistazo por encima del hombro encuentro a Izzy todavía en pie, mostrando los colmillos en una mueca amenazante. Es todo el consuelo que necesito, al menos por ahora, por lo tanto abro las puertas de la alacena de un tirón y saco dos bolsas de comida enormes.

Con los tamollinos suelo repartir la comida entre los

diversos comederos que tienen y me aseguro de que todos están bien distribuidos por toda la jaula. Tienen fama de ser muy quisquillosos en lo que respecta al lugar en el que comen y frente a quién lo hacen, incluso entre ellos. Pero sé muy poco de este calamar raruno y me importa menos aún. Mientras tenga comida a la vista, me da igual si come o no.

Especialmente ahora que acaba de rodear el brazo derecho de Izzy con una docena de tentáculos afilados e intenta quitarle el cuchillo a la fuerza.

—¡Eh! —grito para llamarle la atención, y acto seguido me arrepiento de haberlo hecho, porque empieza a desplazarse por el techo entre chasquidos y en mi dirección. Sé que eso era lo que pretendía, pero no esperaba que arrastrase a Izzy con él, que es exactamente lo que está haciendo. Al parecer, tener un centenar de tentáculos significa que puede venir a por mí al mismo tiempo que sujeta a Izzy, y todavía le sobran para enfrentarse a casi todos los alumnos de último curso.

Izzy lucha contra el monstruo con lo que parece ser cada ápice de su fuerza vampírica para mantenerse firme, sin embargo, esa cosa es muy fuerte y, cuanto más forcejea, más le hunde los tentáculos en el brazo.

Ahora está tan cabreada como el calamar ese, y cada vez que tira de ella la vampira va a por todas. La criatura ha conseguido que suelte el cuchillo de la mano derecha, pero sigue empuñando uno en la izquierda, así que lo blande para atacar con un gancho hacia arriba en dirección al tentáculo que la tiene asida.

El cuchillo se clava en él y se hunde profundamente en el apéndice, pero no lo acaba de amputar del todo. El monstruo responde con un aullido de rabia tan estridente que me pitan los oídos. Entonces comienza a rodearla con todos sus tentáculos, uno detrás de otro.

Se deslizan por las piernas, las caderas, la cintura, el diafragma, el pecho, el cuello, los brazos; casi todas las partes de su cuerpo están rodeadas de tentáculos asquerosos; casi todas las partes de su cuerpo están sufriendo el filo cortante de las conchas.

Izzy no grita ni solloza, no emite ni un sonido. Pero sé que la está hiriendo, sé que le está haciendo daño. Puedo oír su respiración afanosa, puedo ver la sangre derramándose en el suelo junto a sus pies.

Y eso antes de que empiece a apretar.

33

NOTA DE CORTE

La sangre pasa de gotear a salir a borbotones y, aunque Izzy sigue sin inmutarse, sé que tengo que actuar cuanto antes.

Salgo corriendo hacia delante mientras rezo sin parar para que el monstruo continúe ocupado con Izzy el tiempo suficiente para que yo agarre...

Me agacho, me deslizo y me hago con el cuchillo que ha tirado Izzy. Después me levanto blandiéndolo y, con un filo en cada mano, rebano todos los tentáculos a los que consigo llegar.

Una parte de mí cree que apuñalarlos sería lo más efectivo dada la situación, pero me aterra clavarle el cuchillo a Izzy en el proceso.

Así que vuelvo a blandir el arma y esta vez hago un corte más profundo. La bestia brama con una rabia llena de dolor cuando varios tentáculos caen al suelo y empiezan a revolverse cerca de mis pies.

Puede que los haya amputado, pero siguen siendo tan afilados como una cuchilla, por lo tanto salto por encima para evitar que me corten. Cuando lo hago, vuelvo a atacar al bicho, aunque esta vez está preparado.

Despliega los tentáculos a toda prisa, lanza a Izzy contra mí con tanta fuerza que trastabillo hacia atrás y ambas caemos al suelo. Segundos después se abalanza sobre nosotras y yo suelto un grito, no puedo evitarlo. Es posible que estar rodeada por sus tentáculos y que me succionen sea lo más terrorífico que me ha pasado en la vida, y eso es mucho decir.

Desesperada por sacarnos a Izzy y a mí de este embrollo, agarro los cuchillos con toda la fuerza que soy capaz de reunir mientras lanzo la mano derecha hacia delante. El monstruo grita y retrocede, y yo consigo contonearme para liberar unos cuantos centímetros de mi cuerpo de debajo del suyo.

Pero entonces contraataca con las enormes fauces abiertas por completo, exhibiendo sus dientes afilados como cuchillas al tiempo que se lanza a por mi cabeza.

Ni de coña. Me niego a que me muerda ninguna criatura más por hoy. Y mucho menos que me muerdan unos dientes con esa pinta.

Empujo con las piernas con todas mis fuerzas y, a la vez, agarro a Izzy para intentar apartarnos rodando por el suelo. Pero está demasiado ocupada metiendo el puño de lleno (junto con su impresionante cuchillo) en las impresionantes fauces de la criatura.

El filo conecta con el velo del paladar del monstruo calamar y se hunde con ganas.

No lo mata, la cabeza es demasiado grande para que el cuchillo llegue al cerebro, aunque sí que hace que se aparte dando vueltas mientras ruge de dolor y rabia.

Es la oportunidad que estábamos esperando, así que nos ponemos en pie y salimos corriendo hacia la puerta.

Me importa una mierda que se quede sin comer. A estas alturas, que se las apañe como pueda.

Izzy llega la primera a la puerta y la abre de par en par. Pero, antes de que yo pueda atravesarla, un montón de tentáculos me aferran desde atrás y me llevan de un tirón al centro de la estancia.

Salgo volando por los aires, me siento un poco como si fuera Spider-Man y esta cosa fuera mi Doc Ock. La parte positiva es que estos tentáculos no están hechos de titanio y yo aún conservo uno de los cuchillos.

Bajo las manos e intento cercenar con él un par de los tentáculos que me tienen presa, pero la bestia ya se ha hartado de jueguecitos. Me zarandea de un lado a otro, de arriba abajo, me sacude incluso las ideas y se asegura de que no tenga oportunidad de infligirle ningún daño.

Aun así, eso no me impide intentarlo, por lo que vuelvo a bajar el cuchillo, esta vez para apuñalarlo. Sé que igual me lo clavo yo también, pero ahora mismo eso me parece el menor de mis problemas. Me vale cualquier cosa que no tenga que ver con que me coma viva un molusco monstruoso enrabietado.

Vuelve a zarandearme antes de que le clave el cuchillo y, esta vez, pierdo tanto el equilibrio que se me cae el arma. Joder.

Desesperada, aunque decidida a no morir horas antes de poder salir por fin de esta isla, hago lo único que se me ocurre. Bajo la cabeza y les pego un mordisco con todas mis fuerzas a los tentáculos que me sostienen.

El espanto que acontece después es indescriptible.

El tentáculo se parte por la mitad y, de repente, tengo la boca llena de sangre de la criatura y de a saber qué más. Me dan arcadas por el sabor nocivo, pero me obligo a seguir mordiendo mientras el monstruo vocifera y se revuelve a mi alrededor. Juro que si salgo con vida de esta pesadilla me lavaré la boca con lejía; la boca, y todas y cada una de las partes de mi cuerpo.

Al final, el tentáculo cede bajo mis dientes y lo escupo mientras el maldito bicho sigue dando tumbos por la jaula. Agarro otro tentáculo, pero no puedo hacerme a la idea de volver a hincarle los dientes, así que intento conseguir que me libere.

El monstruo está tan dolorido que apenas se da cuenta de lo que tramo. Al principio creo que es por el mordisco; entonces bajo la mirada y me doy cuenta de que Izzy le ha amputado una de sus patitas y ahora está intentando clavarle un cuchillo en pleno ojo.

El monstruo hace una finta y ella falla, pero vuelve a atacar; y vuelve a fallar. Él arremete con el tentáculo que le queda sin amputar y le da tal golpetazo que ella sale volando al otro lado de la estancia. Se estampa contra la pared, aunque se levanta al instante y vuelve a ir a por él.

Aun así, antes de que consiga alcanzarlo, Jude entra corriendo por la puerta abierta directo hacia nosotros tres.

—¡No te acerques! —grito, pero adelanta a Izzy a toda prisa y agarra un montón de tentáculos.

En cuanto Jude lo toca, la bestia suelta un chillido. Abre los tentáculos y así, sin más, caigo. Me preparo para el impacto contra el suelo de piedra, intento hacerme una bola para que lo que choque sea el hombro y no la cabeza, pero Jude llega antes.

Aparece de la nada, me agarra y me mantiene pegada a su pecho mientras retrocede hacia la puerta con los ojos pegados a la repugnante criatura calamar. Pero no lo persigue, y tampoco a mí. En vez de eso, se ha hecho una bola en la esquina más lejana de la estancia, se ha envuelto con los tentáculos y deja escapar un gemido grave que se parece tanto al que he oído salir de la jaula de los monstruos araña que da miedo.

—Larguémonos de aquí —pronuncia con tono severo mientras empuja a Izzy para que vaya delante de nosotros.

Sin embargo, ella ya se ha desvanecido, esa forma de moverse tan rápido de la que solo son capaces los vampiros, ha salido por la puerta y nos ha dejado a Jude y a mí para que la sigamos.

—Puedes bajarme ya —le pido en cuanto Mozart cierra la jaula de un portazo y echa el pestillo.

Jude no contesta, se limita a lanzarme una mirada asesina mientras recorre el pasillo a grandes zancadas.

—¿Adónde vamos? —pregunto; empiezo a revolverme en sus brazos—. Tenemos que ocuparnos del resto de los monstruos.

Sigue sin contestarme. Tampoco deja de andar.

Empiezo a gritarle que me baje, a exigirle que me cuente qué acaba de pasar dentro de esa jaula. Un monstruo sediento de sangre le ha echado un vistazo a Jude y ha salido corriendo. Se ha hecho una bola en una esquina, se estaba esforzando al máximo por volverse invisible. Y necesito saber por qué.

Me dispongo a ordenarle de nuevo que me baje ahora mismo, pero me detengo, porque la verdad es que estoy temblando tanto que me da miedo que las rodillas no me soporten el peso. Así que, en vez de obligarlo a que me baje, me pego a su cuerpo y espero un rato más.

Me aferro al intenso subir y bajar de su pecho.

Me aferro a la fuerza que fluye por su cuerpo grande y musculoso.

Y, aunque me digo que no debo, me aferro a ese aroma cálido a cuero y miel que lo caracteriza. De hecho, llego incluso a volver la cabeza y a enterrar la cara en su pecho, aunque con disimulo.

Sé que después me moriré de vergüenza por mi comportamiento, pero ahora mismo voy a aceptar el consuelo que me ofrece.

La idea hace que me pegue más a él, y es entonces cuando me doy cuenta. El temblor que siento no viene de mí, qué va.

Viene de Jude.

Me aparto un poco para mirarlo, para verlo bien. Entonces caigo en la cuenta: Jude no está enfadado, está muy asustado. Por mi culpa, por mí.

—Lo siento —susurro; pronuncio las palabras antes de saber siquiera que voy a decirlas.

—Teníamos un trato —espeta, y su voz suena tan grave y afectada que apenas lo entiendo.

—Teníamos una apuesta —lo corrijo—. No es lo mismo; pero sé que Izzy y yo hemos cometido un error muy grave.

Jude se dispone a volver a regañarme, lo veo en la forma en la que aprieta la mandíbula, en la forma en la que su pecho se tensa contra mi cuerpo.

Al final, se limita a negar con la cabeza mientras atraviesa a toda prisa las puertas dobles del edificio de administración y baja los escalones de tres en tres.

No se detiene hasta que estamos en la planta baja, a

varios metros del edificio. Entonces, y solo entonces, me baja despacio y con cuidado hasta que me tengo en pie. Me sostiene durante un minuto para asegurarse de que mis piernas, y el resto de mi cuerpo, pueden soportar mi peso.

Resulta que sí pueden, aunque a duras penas. Por si acaso, concentro toda mi fuerza en las rodillas.

Jude contempla todo el proceso sin apartar sus ojos arremolinados increíbles, llenos de un millón de preguntas y colmados de muchísimos más sentimientos.

—Tienes que confiar en mí, Kumquat —anuncia por fin, y su voz sigue sonando como un gruñido—. Jamás haría nada que te pusiera en peligro deliberadamente.

—¿Y qué hay de ti? —replico, porque todo lo que hace Jude es arriesgado.

—Yo nunca he estado en peligro. Es lo que intentaba decirte.

—Puede que esta vez no. —Entrecierro los ojos mientras la reacción del monstruo calamar al verlo se repite una y otra vez en mi cabeza—. ¿Y se puede saber por qué? ¿Qué hay en ti que ha conseguido que esa criatura pase de ser homicida a estar aterrada en un abrir y cerrar de ojos?

Se dispone a volver a decir algo. Y, justo cuando creo que por fin hablará, una vez más opta por cerrar la boca a cal y canto y negar con la cabeza.

—Quieres que confíe en ti —susurro—. Pero tú no confías en mí, para nada. ¿Cómo crees que va a funcionar?

Se limita a mirarme fijamente, con firmeza, y de repente todo me sobrepasa.

Los secretos de Jude.

La tormenta.

El hecho de que sigo teniendo sangre de monstruo en la boca.

Las náuseas me invaden y trastabillo unos cuantos pasos hacia atrás. Jude extiende la mano, como si quisiera ayudarme, pero yo alargo el brazo para detenerlo. Después avanzo a trompicones hacia la basura más cercana y vomito. Muchísimo.

El único problema es que apenas he comido nada en todo el día, por lo que lo único que tengo para vomitar es un montón de ácido estomacal y la sangre que ha conseguido bajarme por la garganta.

Solo de pensarlo me empiezan a entrar arcadas, una y otra vez, hasta que estoy convencida de que he echado la mucosa estomacal y puede que incluso el mismísimo estómago.

Ni siquiera puedo fingir que me arrepiento, no cuando el recuerdo de morder ese tentáculo está grabado a fuego para siempre en mi cerebro.

Cuando por fin consigo levantarme, ya tengo el estómago asentado, pero me muero de la vergüenza al pensar que acabo de vomitar delante de un montón de mis compañeros y, sobre todo, de Jude.

Eva llega a mi lado con una botella de agua mientras Luis me frota la espalda. Me enjuago la boca unas cuantas veces y después utilizo lo que queda para lavarme la sangre de la cara y las manos antes de volverme por último para mirar a los demás.

Todos, excepto Eva, Luis y Jude, se esfuerzan por no mirarme. Jamás he visto a tantos paranormales tan interesados por una pila de madera contrachapada en toda mi vida.

Busco a Izzy y me la encuentro apoyada en uno de los árboles, también con una botella de agua en la mano. La única diferencia entre nosotras es que a ella se la ve sana y robusta, casi de vuelta a la normalidad. Parece que los vampiros pueden curarse más deprisa que las mantícoras, incluso con los poderes inhibidos. La verdad es que ahora mismo no me parece justo, sobre todo si tenemos en cuenta que, para empezar, ella es la que ha entrado en la jaula.

Aun así, me alegro de que esté bien. Ya estoy sufriendo yo bastante por las dos.

—¿Estás bien? —me pregunta Eva con los ojos marrones bien abiertos por la preocupación mientras me examina de la cabeza a los pies—. Estas heridas tienen mucho peor aspecto que las que te hacen los tamollinos.

Y también duelen muchísimo más. Pero no hay nada que pueda hacer al respecto ahora mismo. El tiempo corre y tenemos que terminar con el recinto de los monstruos.

La idea me vuelve a provocar náuseas. Lo último que quiero ahora mismo es entrar otra vez en ese edificio.

No obstante, hay que hacerlo. Tal vez Jude se pueda encargar del resto de los monstruos (ya conseguiré averiguar cómo es posible), pero aún hay que cuidar de los tamollinos. Y yo soy la que más experiencia tiene con ellos de lejos.

Cuando le cuento mi idea a Eva, todos los que han estado fingiendo no prestarme atención en el momento en que vomitaba entran en acción.

—El único sitio al que vas a volver es a la residencia —me asegura Luis, y parece muy enfadado—. Una cosa es ser responsable, y otra completamente distinta es sabotearte a ti misma.

—Estoy bien —contesto.

—No tienes mucha pinta de estarlo, *cher* —interviene Remy. Aunque su voz suena relajada, sus ojos están alerta mientras nos contempla a Izzy y a mí—. Parece que estés a un soplo de aire de caerte de cabeza contra la basura.

Teniendo en cuenta que me siento como si la más mínima brisa pudiera tirarme al suelo, lo contaré como una victoria. Me dispongo a decírselo, pero las expresiones de todo el grupo me convencen de que no jugaría en mi favor.

—Yo me ocupo —anuncia Jude.

—Pero los...

—Nosotros nos ocupamos —repite Mozart con la misma firmeza; su coleta baila de un lado a otro con cada palabra—. Además, no me dejarás sin ver el interior de la jaula de los tamollinos, ¿verdad? Es el sueño de mi vida.

—Y el mío —afirma Remy al instante.

Esbozo una mueca.

—Dime lo que es un tamollín y quizá te crea.

Sonríe.

—¿No es esa razón de más para averiguarlo?

Incluso Izzy se une a la acción cuando saca dos cuchillos de la nada, uno de los cuales parece un sable de verdad.

Cuando la miro sin dar crédito, se encoge de hombros.

—Si los tamollinos no intentan matarme, siempre puedo usarlos para hacerme un buen kebab de oniro.

Jude pone los ojos en blanco, pero el resto se echa a reír, incluida yo. Aunque, al hacerlo, me empieza a doler la cabeza; y ya no hablemos del estómago, y mi costado, y mi... todo.

Quizá tengan razón. Quizá sí que debería bajarme del

plan por una vez. Eso si puedo andar, cosa que, la verdad, no estoy muy segura de que sea capaz de hacer.

Para comprobarlo, doy un par de pasos bajo la atenta mirada del resto del grupo... Nada vergonzoso, oye. Me dispongo a darme la vuelta para no tener que verlos y acabo chocando de pleno contra un fantasma.

34

HASTA LA MÉDULA DE MANTÍCORA

Me asaltan unos chillidos que me dicen: «¡Corre...! ¡Corre...! ¡Corre!». Pelo alborotado, ojos saltones, pómulos hundidos en un rostro deformado por la angustia. Estoy convencida de que es el mismo fantasma que apareció en el despacho de la tía Claudia, aunque esta vez se esfuma casi tan pronto como lo atravieso, disolviéndose en lo que parece un millar de agujas que se me clavan por todo el cuerpo.

Me muerdo el labio cuando el tormento me vapulea y, de alguna manera, consigo retener el grito de dolor que se ha formado dentro de mí. Pero no puedo hacer nada con las piernas (ya bastante maltratadas, exhaustas e inestables) porque terminan cediendo.

Caigo al suelo con pesadez, y me quedo temblando sobre el camino como una cría que no sabe controlarse, aunque parece que el estremecimiento se me pasa tan rápido como me ha asaltado.

Intento ponerme en pie, pero Jude, Eva y Luis me rodean preocupados, a juzgar por sus caras. Remy, Simon y Mozart se encuentran a unos metros de distancia y aparentan estar igual de intranquilos, pero en mi opinión siguen estando demasiado cerca.

Solo Ember e Izzy me dan espacio. No sé si porque les da igual o porque simplemente tienen miedo de pillar lo que sea que me está haciendo esto ahora mismo.

Sea lo que sea lo que las mantiene a distancia, se lo agradezco. Solo deseo que los demás aprendan de ellas. Me estoy hartando de que Jude me vea como una especie de damisela en apuros cuando yo no soy nada de eso, ni lo quiero ser.

Es ese pensamiento más que ningún otro el que me empuja a ponerme en pie. Aquí mostrar cualquier clase de debilidad es peligroso, incluso delante de amigos como Luis y Eva. Así que, ¿exponerme ante el resto de las personas que ahora están a mi alrededor, incluido el chico que no ha dejado de hacerme daño desde hace años?

Tengo que cortar esta mierda de raíz.

—Perdón, he perdido el equilibrio —explico en cuanto consigo mantenerme en pie por mí sola de nuevo.

Eva entrecierra los ojos.

—No me ha parecido que perdieras el equilibrio, sino más bien...

Se calla cuando le piso el pie con intención y alevosía.

—Estoy bien —insisto—. Terminemos de una vez para poder largarnos de aquí.

Jude debe de haberse dado cuenta de que esa es la única concesión que estoy dispuesta a hacer ahora, porque no discute conmigo, simplemente asiente antes de darse la vuelta y dirigirse hacia la entrada del edificio de administración.

Solo está a medio camino cuando un relámpago enorme desgarra el cielo gris oscuro. Ilumina toda la zona antes de alcanzar uno de los gigantescos árboles de Júpiter morados que bordean el patio. Salen volando incontables chispas y un extraño chisporroteo colma el ambiente durante varios segundos antes de que una de sus enormes ramas se desprenda y caiga con todo su peso sobre la valla que lo rodea de camino al suelo.

—¿Con qué clase de tormenta estamos lidiando? —exige saber Mozart, ojiplática, mientras se vuelve para mirarnos; pero en cuanto las palabras abandonan su boca, las sigue un fogonazo inmenso.

—¡Cuidado! —le grito a Jude, que está directamente en la línea de fuego.

Sin embargo, ya se ha movido, echándose hacia atrás de un salto justo a tiempo para evitar que lo chamusque una de sus mejores amigas.

—Pero ¿qué cojones...? —exclama Simon, que lo mira horrorizado—. ¿Estás bien, Jude?

Antes de que pueda responder, los ojos de Simon empiezan a brillar con un tono dorado profundo y resplandeciente que provoca que cada célula de mi cuerpo lo anhele. Su piel, parda y oscura, es lo siguiente que se torna dorado y reluciente, irradiando una luz difusa en todas direcciones. Y cada vez va ocupando más y más espacio a medida que el resto de su cuerpo va cambiando.

Eva grita alarmada, pero estoy demasiado ocupada intentando averiguar qué pasa dentro de mí para comprobar qué le ocurre a ella; porque de pronto siento que todo el cuerpo me arde. No como Ember la otra vez, cuando literalmente ardió en llamas, sino como si tuviese muchísima fiebre. Una que me derrite (y reestructura) el cuerpo de dentro hacia fuera.

—Tranquila, Kumquat. —La voz de Jude es firme cuando llega a mi lado—. Estás bien.

No me siento bien. Tengo náuseas. Me encuentro fatal. Se me revuelve el estómago, jadeo de forma acelerada sin control alguno y me duele la piel, como si estuviese a punto de rajarse.

Jude se me acerca y me pasa la mano por la espalda para calmarme, pero incluso ese pequeño contacto tranquilizador empeora el fuego que siento dentro todavía más. Me aparto de él a tiempo para ver como le salen las piernas a Simon.

No, las piernas no, la cola.

¿Qué cojones está pasando aquí?

Unos segundos después Simon empieza a aletear sobre el suelo, esforzándose por respirar. Solo dispongo de un instante para asimilar que le falta el aire porque ahora tiene agallas, y me pregunto cómo puedo ayudarlo mientras el infierno me engulle entera, pero entonces Remy da un paso al frente.

—Yo me ocupo —anuncia, con voz completamente imperturbable a pesar de lo que está pasando.

Coge a Simon en brazos y, segundos más tarde, lo deja en la vieja fuente averiada que se encuentra en el centro del patio. Por lo general está vacía, aunque ha llovido tanto hoy que la ha llenado casi hasta el borde. Simon se hunde bajo la superficie tan pronto como Remy lo suelta allí.

Otro relámpago brutal parte el cielo en dos, seguido por un trueno ensordecedor que sacude el suelo en el que nos hallamos. Las piernas, que ya me dolían y parecían de goma, se vuelven aún más inestables.

Alargo el brazo hacia Jude, que me coge la mano justo cuando Mozart arroja con la boca otra ráfaga de fuego, antes de que un par de alas negras y plateadas de gran tamaño le broten de la espalda.

Al mismo tiempo Luis termina sobre cuatro patas. El pelo de la cabeza le empieza a crecer y poco después le sale pelaje por el resto del cuerpo. Un montón de brillos iridiscentes lo rodean, y en menos de un minuto, se ha convertido en un lobo negro enorme precioso.

Me acerco a él, que se aproxima y deja que le pase la mano por la columna antes de salir corriendo inesperadamente a toda leche por el patio.

—No pasa nada —me dice Jude, pero no es verdad. Los tatuajes negros de los brazos, los que le tapa la sudadera que siempre lleva puesta, le están subiendo por el cuello hasta la mandíbula, las mejillas y la frente—. Todo va bien.

—Tú... —empiezo a decir, pero mi voz suena diferente. Más grave. Casi parece un gruñido.

Intento aclararme la garganta y, al ver que no funciona, me llevo la mano al hueco de la nuca. Al hacerlo, las uñas me pinchan la delicada piel de la zona y, al bajar la mirada, me doy cuenta de que los dedos se me han curvado y las uñas se han convertido en garras afiladas.

Y entonces por fin caigo en la cuenta. No es que esté enferma..., es que me estoy transformando en mantícora.

35

UNA MANTÍCORA NUNCA SE PONE A LA COLA

Por un instante, mi interior se queda en blanco mientras intento asimilar lo que está pasando.

Hay una parte de mi cerebro que me dice que debo de haberme equivocado. Que no es posible que cambiar de forma se sienta así, que la magia se sienta así. Pero, a mi alrededor, todo el mundo está haciendo cosas que no deberían ser capaces de hacer. Cosas que el colegio prohíbe expresamente y que no quiere que hagan.

Es imposible y, aun así, está ocurriendo.

La sensación ardiente de mi interior empeora con cada segundo que pasa, hasta que apenas puedo soportar mi propio cuerpo.

—No pasa nada —me repite Jude—. Estás bien.

No sé cómo puede estar tan tranquilo, porque está casi en la misma situación que yo. El resto del grupo sabe qué se siente al tener poderes, llegaron aquí en noveno o décimo debido a ese poder.

No obstante, Jude lleva aquí desde niño. No tanto como yo, que nací aquí dentro, pero aun así. Mi madre aceptó alojarlo cuando tenía solo siete años y, aunque sé que había experimentado sus poderes a una edad muy temprana, han pasado diez años sin que sienta nada.

Conque sí, me impresiona mucho que esté llevando las cosas así de bien, porque yo estoy perdiendo la cabeza, sobre todo cuando bajo los ojos y veo patas en vez de manos. O cuando miro por encima del hombro y me encuentro con una cola enorme.

Mejor dicho, una cola enorme y repugnante. Porque, joder, qué asco da. Es larga, negra, está cubierta de escamas y tiene un aguijón inmenso al final que parece que puede infligir un daño muy grave a cualquiera que se acerque. No sé si debería sentirme aterrada, estupefacta o una combinación de ambas cuando se mueve de un lado a otro y se enrolla para arriba y para abajo con voluntad propia.

Intento detenerla, pero solo consigo empeorar las cosas y llega un momento en el que he perdido el control sobre ella por completo.

Jude retrocede un paso cuando le pasa rozando y el aguijón se le acerca tanto a la cara que casi le saca un ojo.

—¡Haz que pare! —chillo, solo que no suena como un chillido. Me sale una voz una octava más grave que la habitual y se parece más a un gruñido.

—No puedo, Kumquat. Tienes que averiguar cómo hacerlo tú sola.

—Dicho así parece muy fácil.

—Sé que no lo es —me tranquiliza—. Pero es solo cuestión de práctica. Al final le pillarás el truco.

¿Al final? ¿Cuánto tiempo va a durar este lapso? ¿Lo necesario para que esas cosas que le serpentean por la piel le cubran toda la cara? ¿Lo suficiente para que le pique o le clave el aguijón a cualquiera que se me acerque demasiado? ¿Lo bastante para que toda la escuela se vuelva mágica?

Tampoco es que le esté pidiendo al universo que me dé un tiempo exacto. Solo necesito que me avise de cuánto va a durar más o menos para que pueda calmarme, porque estoy a punto de entrar en crisis, joder.

A mis espaldas Eva grita, y me doy la vuelta justo para atisbar como Jean-Luc atraviesa la valla volando, directo hacia nosotros. El pelo rubio se le mece por el viento y tiene unas alas de hada de color rojo sangre que le salen de la espalda. Jean-Jacques va justo detrás de él, solo que sus alas son de color gris oscuro.

—Bueno, lo último que quería ver en medio de este puto desastre —comenta Jude en voz baja, y tengo que admitir que está en lo cierto.

Los Gilipo-Jean ya son bastante amenaza sin sus poderes. Con ellos... No quiero ni imaginarme la clase de destrucción que los fae mafiosos pueden llevar a cabo.

Como si quisiera demostrar lo que acabo de pensar, Jean-Luc vuela directo hacia la pacana más cercana y le arranca una rama de cuajo. Después empieza a bombardearnos con las nueces verdes mientras Jean-Jacques se parte de la risa. Porque parece ser que, incluso en una emergencia, los dos tienen la madurez emocional de unos niños pequeños cansados.

—¡¿Qué demonios hacéis?! —les grita Ember cuando una de las nueces le da en el hombro.

Segundos después, otra le acierta a Izzy en plena cara, y ella se saca otro cuchillo más de lo que sin duda es un suministro infinito.

Pero, antes de que pueda lanzarlo, Mozart (en su forma

de precioso dragón negro) lanza una bocanada de fuego directa al irritante fae.

Le roza las alas traslúcidas sanguinolentas.

—¿De qué vas, dragona? ¡Solo me estaba divirtiendo un poco! —vocifera.

Se dispone a lanzarle la rama entera a Mozart, pero el cuchillo de Izzy atraviesa el aire en ese mismo momento y le abre un agujero en el ala derecha.

El fae grita al tiempo que suelta la rama y empieza a girar en espiral hasta que acaba estampándose contra el suelo. Otra llamarada rápida de Mozart y Jean-Jacques aterriza justo al lado de su amigo.

Jean-Luc se levanta furioso, pero, con solo una ceja enarcada de Jude, quien ahora impone de la hostia con todos los tatuajes recorriéndole el rostro, ambos deciden marcharse en la dirección opuesta. Por supuesto, no sin antes hacernos una peineta a todos.

Abro la boca para llamarlos, aunque lo que sale de ella es el rugido más aterrador que he oído en mi vida. Y lo he hecho yo.

Mi madre, tías y tíos no tienen ningún problema a la hora de hablar en sus formas de mantícora. ¿Por qué yo sí?

Otro intento, otro rugido, aunque todo y todos a mi alrededor van volviendo a la normalidad.

Los tatuajes de Jude le han descendido por el cuello hasta quedarse en el pecho.

Mozart y Luis han vuelto a sus formas humanas.

Simon ha salido de la fuente y vuelve a estar en su forma humana, mientras que Remy descansa apoyado en un árbol. Ember parece aliviada, pero a Izzy se la ve un poco decepcionada. Eva no ha llegado a cambiar, así que los cuatro parecen estar bien.

Al otro lado de la valla oigo a los Gilipo-Jean soltar palabrotas y quejarse mientras vuelven a la residencia andando.

Parece ser que ya ha pasado lo que haya hecho el relámpago para causar esa subida de tensión tan rara, y todo el mundo ha vuelto a su estado normal. Incluso mi cola rebelde ha desaparecido.

Cierro los ojos y suspiro con alivio. Tengo que informarme bien de cómo controlar esa cosa antes de volver a cambiar de forma, porque ha sido salvaje. Y no en el buen sentido.

—¿Seguís todos de una pieza? —pregunta Remy al acercarse.

—Lo de «una pieza» es relativo, pero sí. Estamos bien —responde Mozart.

Y, no sé cómo, pero, a pesar de los monstruos, el relámpago y la subida de tensión, estamos bien.

Solo que, cuando vuelvo a abrir los ojos, nada está como debería ser.

Puedo distinguir cada pétalo de una flor que se encuentra al otro lado del patio. Y las manchas de las hojas de la parte más alta de la copa de los árboles. Además, huelo las flores, los árboles y un montón de cosas más, incluidos Izzy, Mozart y todo el mundo que me rodea.

Oigo como Jude respira e Izzy da toquecitos con el pie contra el pavimento resquebrajado, pero también oigo los suaves pasos de Remy sobre la hierba y el roce de las pestañas de Simon en sus mejillas.

Noto raro incluso el aire que respiro, tiene un sabor

extraño: salado, fresco, verde y un millón de matices más que no consigo identificar.

Es como si mis sentidos estuvieran en alerta máxima, cosa que, según tengo entendido, es una característica de los metamorfos. En sí no es eso lo que me alarma. Es el hecho de que la cola y las zarpas hayan desaparecido, pero que esto se haya quedado.

Debo de parecer tan impactada como me siento, porque de repente Jude se acerca mucho a mí con el ceño fruncido y me escudriña la cara con sus ojos desiguales.

—Oye, ¿qué te pasa? —pregunta después de unos segundos.

—No lo sé —contesto, solo que, una vez más, me sale como un gruñido. Sin embargo, al contrario que los de antes, por lo menos este se entiende, aunque sin duda no es mi voz normal.

Jude abre los ojos como platos y el resto se arremolinan a mi alrededor con aspecto de estar preocupados.

—¿Va todo bien? —inquiere Mozart mientras se acerca. No sé cómo, pero parece todavía más preocupada que Jude.

—Me parece que no —informo con lo que, desde luego, no es mi voz normal.

Y ahora que está tan cerca de mí, sé que se ha tomado un sándwich de pavo para comer. Por otro lado, Simon se lo ha comido de atún, y Remy, un trozo de tarta de chocolate. Desde luego, no me he percatado de nada de eso cuando estaba hablando con ellos antes, pero ahora no puedo evitar darme cuenta, al igual que de mil aspectos más acerca de sus personas.

—Me siento rara —revelo orgullosa de estar manteniendo la calma—, como si mis sentidos estuvieran sobrecargados. Puedo oírlo, verlo y olerlo todo.

Solo que las palabras que pronuncio no suenan calmadas. Me salen como un rugido. Siguen siendo palabras, aunque más bien pronunciadas por un animal.

—Joder —interviene Mozart al tiempo que intercambia una mirada larga y preocupada con Simon.

—Joder, ¿qué? —indago mientras me late el corazón el doble de rápido.

—¿Hay algo más que sea inusual? —inquiere, y se pone frente a mí para poder mirarme a los ojos.

—Em... ¿Mi voz? —añado en lo que debería ser un tono irónico, pero acaba sonando como un bufido.

—Sigue teniendo ojos de mantícora —comenta Mozart, y aunque intenta sonar calmada, yo oigo (y huelo) el pánico que esconde bajo la superficie.

—¿Y eso es malo? —pregunto a la vez que el mismo pánico empieza a invadirme—. ¿Voy a haceros daño a alguno de vosotros?

Empiezo a retroceder por si acaso, me da mucho miedo que mi cola venenosa haga una aparición estelar.

—Quien nos preocupa no somos nosotros —asegura Luis cuando los tres metamorfos intercambian una larga mirada.

—No hagáis eso —suplico—. Por favor. No os guardéis para vosotros lo que está pasando. Decídmelo directamente.

Mozart me coloca una mano en el brazo para consolarme, después suelta un largo suspiro que tiene toques de patatas a la barbacoa y agua con gas sabor a lima.

—No te asustes.

Retrocedo.

—No hay nada bueno en que alguien empiece con un «no te asustes».

—No te asustes —repite, esta vez con más firmeza—. Pero creemos que te has desengranado.

36

LAS COSAS SE PONEN FEAS

—¿Desengranado? —El corazón no se me acelera el doble, no, sino el cuádruple—. No tengo ni idea de lo que es eso.

Jamás había oído esa palabra antes, pero, sea lo que sea, no es bueno a juzgar por las caras de todos los que me miran. Incluso Luis parece estar serio, y eso que él nunca se pone serio por nada.

—Normalmente, en el caso de los metamorfos, las dos caras de nuestra naturaleza conviven en armonía. —Mozart entrelaza los dedos para ilustrar sus palabras—. El hecho de estar aquí hace que se inhiba la parte mágica y que la parte humana predomine mucho más, pero la primera sigue estando presente, dándonos ese algo adicional.

—¿Como la velocidad a la que corren los lobos? —pregunto—. ¿O la fuerza que tienen los dragones?

—Exacto —confirma Simon—. Por eso puedo aguantar la respiración bajo el agua durante varios minutos aunque no esté en mi forma de sirénido.

Su voz, siempre musical, es como magia en mis oídos ahora mismo y me percato de que estoy meciéndome hacia él. Todo mi cuerpo sufre físicamente la necesidad de estar más cerca de él.

Jude pone los ojos en blanco y me detiene colocándome un brazo en la cintura.

—¿Y qué hacemos? —pregunta este—. ¿Cómo conseguimos que se des-desengrane?

—Creo que la palabra que buscas es *engranarla* —comenta Luis con sequedad.

—Tengo que arreglar esto —subrayo, porque no es solo la voz y los sentidos lo que me preocupan, sino también el calor extraño del estómago que parece propagarse por la sangre. Está corriendo por mis venas y arterias, haciendo que me sienta como si una hoguera me quemase de dentro afuera. O como si la piel fuese a empezar a derretirse en cualquier momento. Ninguna de las cuales es una sensación agradable.

—Suele solucionarse volviendo a cambiar de forma —contesta Simon.

—¡Pero no puedo! La sobrecarga ha terminado y...

—Lo sabemos —afirma Luis para calmarme, y me aprieta la mano—. Danos un minuto para darle una vuelta.

Un rayo brilla sobre nuestras cabezas como si lo hubiese hecho a propósito y, en menos de un segundo, lo sigue un trueno que se expande por el cielo provocando tal estruendo que apenas lo soporto. El dolor me atraviesa de golpe y tengo que taparme los oídos con las manos hasta que pasa.

Pero, cuando las aparto, los dedos están cubiertos de sangre.

—¡¿Estás bien?! —ruge Jude con fiereza tan pronto como deja de prestar atención a los metamorfos.

—Sí —contesto, pero en realidad no sé si es verdad. La cabeza me está matando, y estoy bastante segura de que se me han reventado los tímpanos.

—¿Qué demonios le está pasando? —Mira fijamente a Simon, Luis y Mozart—. Y no me vengáis con esa cosa del desengranaje.

—Lo siento, pero es que no hay otra —explica Mozart con gravedad—. En realidad es un problemón de los gordos si no se arregla enseguida, porque nuestros cuerpos humanos no están preparados para soportar las cosas igual que nuestros animales. Mis huesos de dragona son demasiado pesados para mi cuerpo humano; si estuviese desengranada, me atravesarían la piel cada vez que intentase moverme.

Mierda. Ahora me preocupa mucho más el calor corrosivo que siento dentro.

—Hay que llevarte a la sanadora —declara Eva.

—No sé si la encontraremos. La tía Claudia seguramente estará inmersa en los preparativos para capear el huracán.

Lo cual significa que podría estar en cualquier parte de la isla.

—Escríbele —dice Jude con gesto serio.

Lo hago, sin embargo, no obtengo respuesta alguna.

—Escribe a tu madre —me insta.

Esa es la penúltima cosa que quiero hacer en este momento, después de derretirme aquí mismo y acabar convertida en un charco de carne. Así que hago lo que me sugiere.

Pero ella tampoco contesta.

El calor va empeorando, y empiezo a tirarme del cuello del polo en un intento por refrescar la piel.

—¿Qué estás haciendo? —inquiere Izzy, que me señala el polo. Por una vez no suena tan aburrida, sino más bien preocupada, cosa que me genera más desasosiego.

—Me estoy asando —reconozco mientras agito ambas manos frente a la cara a modo de abanico.

—Debe de ser el veneno —sugiere Remy con calma.

—¿El qué? —exclama Eva, que parece estar más acojonada que yo.

—Las mantícoras tienen veneno —explica—. Calder solía contarme que era como fuego corriendo por las venas.

—Pues es exactamente así —confirmo.

—Eso no es bueno. —El pánico se ha adueñado de Eva por completo.

—Se acabó, me voy a buscar a la maldita sanadora.

Luis sale corriendo hacia la residencia. Segundos después, Mozart hace lo mismo, solo que se dirige a toda velocidad hacia el comedor.

—Deberíamos dividirnos, así cubriremos más terreno —propone Remy—. Seguro que la encontramos.

—Pero no busquemos solo a la sanadora —interviene Simon—. El primero que encuentre a otra mantícora, que la traiga aquí enseguida. A lo mejor alguno de sus tíos o tías puede ayudarla. Tienen que saber algo, lo que sea.

Y así es como todos se dispersan en distintas direcciones.

Bueno, todos menos Jude.

37

TAT-YO, TATÚ

—No tienes que esperarte... —digo.

Pero me interrumpe.

—No me voy a ninguna parte, Pomelo.

—¿Pomelo? ¿En serio? —Intento bromear, a pesar de que todo mi cuerpo está sumido en pura agonía ahora mismo—. ¿Es lo mejor que se te ocurre, Rocky Raccoon?

—¿Preferirías naranja sanguina? ¿Quizá bergamota? —pregunta.

—¿Y tú preferirías Lucy in the Sky with...? —Me callo cuando el dolor y el calor me sobrepasan.

Jude suelta un taco en voz baja y luego me coge de las manos.

—Mírame, Clementine.

Esta vez, cuando dice mi nombre no suena tan mal; de hecho, suena casi tierno, así que hago lo que me pide. Aunque el dolor me atraviesa, aunque el calor que siento parece que va a derretirme de dentro afuera, no puedo evitar perderme en la intensidad de sus ojos durante unos instantes.

Como hecho aposta, la canción de Taylor Swift *Look what you made me do* termina y empieza a sonar *The an-*

cient art of always fucking up por el móvil que se han olvidado en los escalones del edificio de administración. Se me atasca el aire en la garganta y todo mi cuerpo anhela a Jude mientras Lewis Capaldi canta sobre los errores cometidos y que se te parta el corazón una y otra vez.

Por lo menos hasta que se aparta.

—Quítate la camiseta —me ordena por segunda vez en el mismo día.

Esta vez no me lo tomo mejor que la primera.

—De verdad que no creo que las heridas de los monstruos importen ahora mismo...

Me quedo callada cuando de repente tira los brazos hacia atrás y se tira del cuello del polo para quitárselo junto a la sudadera de un solo movimiento.

Mi boca, ya de por sí seca, se convierte en el Valle de la Muerte. Porque el pecho fuerte, musculado y hermoso de Jude ahora mismo está cubierto por esos mismos tatuajes que le recorren la espalda y los brazos.

Cada. Maldito. Centímetro.

Revestido de cuerdas emplumadas que se entrelazan y dan vueltas... Es lo más sexy que he visto en la vida. Jude es lo más sexy que he visto en la vida: entre esos tatuajes, los pectorales musculosísimos, su estómago plano y el pequeño trazo de vello que desaparece bajo la goma de los vaqueros gastados que se ha puesto antes...

Lo he visto sin camiseta cuando ha ayudado a Ember. Y sé que no llevaba el pecho tatuado en ese momento. Los brazos y la espalda sí (y siguen estándolo), pero el pecho y el estómago no. Y también sé que antes han empezado a subirle por el cuello y la cara, aunque han desaparecido en cuanto los poderes de todos se han vuelto a inhibir.

Entonces ¿por qué no se han esfumado también del pecho de Jude? ¿Y acaso debería importarme cuando está así de tremendo?

Hace que me pregunte qué porcentaje de su cuerpo está cubierto por ellos... y qué partes.

El calor que me asola por dentro sube de nivel, pero esta vez no estoy segura de que tenga nada que ver con el veneno que me corre por las venas.

—¡¿Te vas a quitar la camiseta o qué?! —ruge.

Tartamudeo.

—Pensaba que no ibas en serio.

—Porque se me conoce por mi sentido del humor. —Me vuelve a agarrar de la mano y esta vez me acaricia los nudillos con el pulgar—. ¿Confías-en-mí? —pregunta y, justo entonces, el viento sopla a nuestro alrededor, mueve las hojas de los árboles y unos mechones de pelo oscuro le tapan los ojos. Sin pensar, levanto la mano y los aparto, aunque me arrepiento al instante cuando me atrapa con su mirada ardiente—. Contéstame, Clementine. Antes de que sea demasiado tarde. ¿Confías-en-mí?

Mi corazón no. No se lo confiaría ni en un millón de años. Pero ¿mi vida? Me humedezco los labios secos e intento pensar más allá del infierno que hay en mi interior.

—Eso creo —susurro al final.

Emite un sonido de tristeza desde lo más profundo de la garganta.

—Supongo que tendré que conformarme con eso.

Después baja los brazos y me saca el polo por encima de la cabeza antes de apretarme contra su cuerpo.

—¿Qué estás...? —Jadeo, sorprendida tanto por el hecho de estar piel con piel como por el toque gélido de su cuerpo contra el mío.

—Rodéame con los brazos —ordena, y ahora su voz es incluso más grave que la mía.

Cuando no hago lo que me pide de inmediato, lo hace él por mí: me abraza haciendo que nuestros cuerpos se junten.

Y, no sé cómo, pero, incluso en medio de todo este sufrimiento, nunca antes me había sentido tan bien.

Respiro hondo, inhalo el aroma picante a miel y a cuero de Jude, y el instinto me lleva a deslizar los brazos alrededor de su cintura.

Como respuesta, él me pega más a su cuerpo, hasta que tengo la mejilla descansando sobre su corazón.

Late casi tan rápido como el mío.

Vuelvo a inhalar su aroma y memorizo este momento, y a Jude, mientras el frescor de su piel alivia un poquito el calor que siento por dentro. Porque no sé qué está haciendo, pero no es suficiente ni de lejos.

Aunque, ahora mismo, pegada al corazón de Jude, se me ocurren un millón de lugares peores en los que morir.

—Cierra los ojos —susurra a la par que baja la cabeza y su frío aliento me acaricia la mejilla. Me atraviesa un escalofrío que no tiene nada que ver con la temperatura y, avergonzada, empiezo a separarme.

Sin embargo, no hay manera de moverlo, su cuerpo se cierne sobre mí mientras me pega aún más a él.

—Espera. —De nuevo, sus palabras me acarician la piel; de nuevo, un escalofrío me recorre la espalda—. Confía en mí.

Y solo por este momento, tan precioso como terrible, lo hago.

Pasan los minutos mientras Jude me abraza y, al principio, el dolor solo empeora. Empiezan a arderme los pulmones y cada vez es más difícil respirar, mucho más difícil.

Pero Jude no me suelta. Al contrario, me acerca más a él y, poco a poco, tan despacio que apenas me doy cuenta al principio, la conflagración que hay en mi interior comienza a amainar.

Primero es un mero estremecimiento gélido que se desliza por mis hombros. Pero entonces baja y me rodea los bíceps, me recorre la espalda y las costillas de camino a la columna. A partir de ese momento, el frío me inunda de lleno, se me cuela por la piel y cae como una cascada por mis venas y arterias hasta llegarme al corazón y a los pulmones. Al cerebro.

Centímetro a centímetro, célula a célula, la agonía empieza a disiparse. Y Jude me sostiene durante todo el proceso; su cuerpo fuerte y poderoso consigue salvar el mío, aunque no sé cómo.

Cuando por fin logro respirar sin querer morirme, abro los ojos; entonces jadeo por lo que me encuentro. Porque los tatuajes de Jude, esas cuerdas negras y emplumadas tan sensuales, ya no están solo en su piel. De alguna forma, han pasado a la mía. Ahora me recorren los brazos, se revuelven por mi cintura y dan vueltas por el aire que nos rodea. Y cada lugar que tocan, cada vez que me rozan el cuerpo, el calor y el dolor que siento se va disipando un poco más.

—No lo entiendo —susurro—. ¿Qué nos está pasando?

Jude no contesta; se limita a agachar la cabeza y a aferrarse a mí como si su vida, y no la mía, dependiera de ello.

Así que yo le devuelvo el abrazo de la misma forma, aprieto los dedos contra los músculos magros y resilientes de su espalda mientras me acurruco más contra su cuerpo.

Pasa más tiempo, segundos, minutos, ni siquiera sé cuánto... El veneno sigue drenándose de mi cuerpo gota a gota, muy lentamente, y las heridas siguen curándose. Cuando todo termina, cuando por fin puedo respirar sin sangrar, murmuro:

—Gracias.

Se me sale el pelo del moño que me hice hace lo que ahora parecen días, y en este momento es el turno de Jude de apartármelo de la cara. Cuando lo hace, agacha la cabeza para que nuestros ojos, y nuestras bocas, estén alineados.

Aspiro su aroma, el alegre olor a limón de su aliento llena las partes vacías y yermas de mi cuerpo. Por primera vez en muchísimo tiempo me creo que Jude esté hecho de sueños.

Y eso antes de que él musite:

—¿Es que no sabes que jamás podría existir en un mundo en el que tú no estuvieras?

38

VAMOS AL DESEN-GRANO

Sus palabras me destruyen. Quiero preguntarle si lo dice de verdad y, si es así, por qué siempre acaba huyendo en dirección contraria. Pero una parte de mí tiene miedo de que, al sacar el tema, acabe espantándolo otra vez. Y no quiero que esto termine, todavía no; no cuando es tan agradable (y perfecto) tenerlo pegado al cuerpo. Y menos cuando, por un solo instante, puedo tener un sueño que no acaba convirtiéndose en una pesadilla.

Sin embargo, Jude se aparta de mí demasiado pronto, con la mirada fija en la lontananza.

—¿Qué pasa? —pregunto.

Es entonces cuando me doy cuenta: no solo ha terminado el dolor que me producía el veneno, sino que los sentidos también han vuelto a la normalidad.

—Mozart está volviendo con tu tía Claudia.

—¿Cómo la ha encontrado tan rápido?

Se encoge de hombros y me pasa el polo, aún empapado.

—Pocas cosas hay que no pueda hacer cuando se lo propone.

No puedo evitar estremecerme mientras sacudo el polo. Lo último que quiero hacer ahora mismo es volvérmelo a poner, porque está mojado, ensangrentado y reventado por culpa de los ataques de ese puñetero monstruo. El mero hecho de cogerlo me da asco. Pero, como tampoco quiero darle explicaciones a mi tía de por qué no lo llevo puesto en presencia de un caballero, me encojo de hombros y me pongo esa asquerosidad de nuevo.

Jude debe de haberse percatado de la aversión que siento, porque me lo quita y, en su lugar, me ofrece su polo antes de volverse a poner la sudadera.

Lo cojo sin emitir queja alguna, en parte porque es una alternativa mucho mejor al polo repugnante de mi uniforme y en parte porque huele a él. Si tiene que apartarse, al menos parece que sus brazos todavía están a mi alrededor. Hasta bajo la cabeza y dejo que el aroma a miel, cuero y cardamomo que lo caracteriza me impregne el olfato mientras me lo pongo y, luego, suspiro con disimulo cuando se desliza en su lugar.

Jude se vuelve hacia mí con las cejas levantadas.

—¿Todo en orden?

—«En orden» es un concepto relativo —contesto.

—En eso llevas razón. —Inclina la cabeza—. Pero es mejor que «bien».

Sonrío con picardía.

—Se podría decir que sí. Jude...

Me detengo cuando mi tía me llama por mi nombre. Mozart y ella están atravesando el patio corriendo, y sé que es porque está preocupada por mí.

—¡Todo en orden! —grito a modo de respuesta, y me muevo para tranquilizarla.

Ella se detiene de golpe delante de mí.

—¡Deja que te vea los ojos!

—Están bien. Todo está en orden —repito—. Jude me ha ayudado.

—¿Jude? —Le lanza una mirada con los ojos abiertos como platos—. ¿Qué ha hecho?

Voy a responder, pero esta vez es él quien me interrumpe.

—No mucho, la verdad. Creo que ha conseguido controlarlo ella sola.

Lo miro con incredulidad ante tal respuesta, pero él se guarda muy bien de eludirme. Se me ocurre que debe haber alguna razón por la que no quiere contarle a mi tía lo que ha pasado de verdad, así que me callo la boca. Por ahora. A pesar de ello, en algún momento tendrá que explicármelo todo a mí. Y me refiero a todo.

—Ya —comenta mi tía, que nos observa a uno y a otro con los ojos entrecerrados.

Y lo entiendo. Puede que Jude y yo no hayamos hablado mucho (o nada en absoluto) en los últimos años, pero nosotros dos y Carolina fuimos inseparables durante gran parte de nuestra vida. Eso significa que nos cubríamos las espaldas en incontables ocasiones, y ella, como madre de Carolina, ha oído más de una historia ridícula y muchas excusas aún más ridículas.

Sin embargo, al final no nos llama la atención. En lugar de eso, se limita a abrir su maletín médico rojo chillón y nos dice:

—Aun así, quiero hacerte un chequeo para asegurarme de que estás bien. Siento haber tardado tanto en llegar. Eres la tercera persona que se desengrana hoy por culpa de esa maldita subida de tensión. Los estaba tratando y por eso no he leído tu mensaje.

Ni me molesto en discutirle lo del chequeo; al contrario que mi madre, la tía Claudia rara vez impone su voluntad a los demás..., a no ser que su salud esté en juego. En esos casos se vuelve más terca que una mula.

—¿Ha habido más gente que se ha desengranado? —pregunto, porque siento mucho interés por saber qué es lo que lo provoca.

—Sí. —Saca la linterna y me examina los ojos—. Un dragón y una sirena. Están bien, pero por unos minutos ha sido una situación crítica. —Me da golpecitos en el mentón—. Abre, quiero verte la garganta.

—Estoy bien, de verdad —reitero, aunque igualmente le hago caso.

—Eso ya lo veremos.

Se saca el estetoscopio para escucharme el corazón.

Me vuelvo para compartir con Jude este momento tan entretenido, pero él ya está subiendo otra vez los escalones del edificio de administración.

—¿Adónde vas? —pregunto.

—A terminar lo de dentro. —Suena sorprendido de que no haya caído en la cuenta.

—Deberías ir acompañado. Es peligroso...

Esta vez no se molesta en contestarme, solo pone los ojos en blanco. Y por un segundo, no estoy mirando al Jude de diecisiete años, sino al de catorce. Igual de alto y guapo, pero mucho más esbelto y menos musculado que ahora. Su rostro es tan melancólico como siempre, aunque la mirada no es tan cautelosa. Y puede que la diferencia más característica sea que lleva los viejos botines de los que se deshizo en décimo curso. No es que me tome la molestia de fijarme en lo que lleva puesto, pero era difícil pasarlos por alto cuando los intercambió por un par de botas Chelsea de Tom Ford.

—Eh... —lo llamo completamente confundida, pero entonces parpadeo y el Jude de catorce años se ha esfumado. En su lugar está el chico que me acaba de salvar la vida.

—¿Qué pasa, Clementine? —pregunta la tía Claudia sin dejar de observarme—. ¿Qué has visto?

Me limito a negar con la cabeza. Si se lo digo, seguro que acabo en la enfermería toda la noche.

—Nada. Solo me preocupa.

—Tranquila —me dice la tía Claudia mientras me examina los oídos, que han dejado de dolerme mágicamente igual que el resto del cuerpo—. Estará bien.

Ya estamos otra vez con la profundísima y generalizada creencia que tiene mi familia de que Jude puede ocuparse de los monstruos..., y así es, al menos los que yo he visto. Por no hablar de que sus tatuajes acaban de hacer a saber qué para salvarme.

¿Qué pasa, que lo están protegiendo de alguna manera? Y si es así, ¿cómo? ¿Qué es lo que están haciendo exactamente?

—Teniendo en cuenta lo que te ha pasado, estás en muy buena forma —declara la tía Claudia unos minutos después, tras hacerme el chequeo completo—. Mozart me ha dicho que también has tenido un par de encontronazos con uno de los monstruos de la colección, pero no veo marcas de ello. Supongo que estarías con Jude.

Abro la boca para decirle que no, pero al final lo dejo estar. No tiene sentido contárselo, solo la preocuparía. Además, es evidente que ningún miembro de mi familia tiene intención de contarme qué es lo que pasa con Jude y sus poderes. Al parecer, es un secreto más de la academia Calder.

Ojalá supiese más de los oniros, pero Jude es el único que conozco. A lo largo de los años he intentado buscar información sobre ellos muchas veces, incluso el verano anterior a noveno, cuando empecé a pillarme por él y quería saberlo todo acerca de su persona. Sin embargo, nada de lo que encontré acerca de los oniros se asemejaba a Jude. Cuando internet me falló, me atreví incluso a ir a la biblioteca, que es espeluznante y está muy poco cuidada, aunque el único libro que hallé que mencionase a los oniros solo tenía un par de páginas sobre ellos. Gran parte de la información era superobvia y, de nuevo, lo que no lo era tanto no se parecía en nada a él.

—Pero sí te sugiero que vuelvas a la residencia, cojas la cena y descanses —añade la tía Claudia mientras recoge sus cosas—. Cuando uno cambia, suele quemar muchas calorías y, físicamente, es muy exigente, y más cuando algo va mal.

—¿Es normal que salga mal? —pregunto, porque lleva preocupándome desde el principio—. ¿O es solo cosa mía?

La idea de que quizá haya sido la falta de experiencia la que ha provocado el desengranaje no deja de carcomerme. Este cambio casi me mata (y a algunos alumnos más, por lo visto), cosa que demuestra una vez más que la academia Calder debe hacer algo para solucionar este entuerto. No pueden dejar que los alumnos salgan del centro y se tengan que sacar las castañas del fuego ellos solitos. ¿Y luego les extraña que tantos exalumnos mueran en tantos accidentes?

Estaban Mozart, Luis y Simon conmigo para explicarme las cosas y, a su vez, contaba con la ayuda de Jude para superarlo... Pero Serena no tuvo a nadie. Y ninguno de los otros desafortunados.

Me afloran las lágrimas detrás de los ojos al imaginarme a Serena pasando por algo parecido a lo que he experimentado yo. No, ella no era metamorfa, pero estoy convencida de que en cierto momento supo que algo iba mal, igual que me ha pasado a mí. Y, como yo, no supo cómo arreglarlo; solo que no tenía a nadie que la ayudase a solucionarlo. Estaba completamente sola.

La furia se me acumula dentro, pero me la trago. Cuando esta tormenta llegue a su fin, cuando todos la hayamos superado, hablaré otra vez con mi madre. La obligaré a que me escuche, porque nadie merece morir de la manera en la que yo casi lo hago, y menos cuando estás solo, aterrorizado y destrozado.

—Ay, cielo, a ti no te pasa nada. —La tía Claudia me posa la mano sobre la mejilla con suavidad—. En esta subida de tensión han surgido todo tipo de problemas entre los alumnos. Ha alterado el sistema que utilizamos para mantener contenida y a salvo vuestra magia. Les ha pasado de todo a muchos alumnos, y no solo relacionado con el desengranaje. Algunos vampiros se han quedado atrapados mientras se desvanecían, una banshee ha echado abajo su cabaña de tanto gritar y muchas brujas se han vuelto invisibles sin querer. Ni siquiera las podíamos encontrar para devolverles la visibilidad. Por suerte, todo eso ya ha pasado, y estaremos fuera de esta isla antes de que vuelva a ocurrir nada parecido.

—¿No crees que deberíamos preocuparnos por lo que pueda suceder esta noche?

Lo último que quiero es que, no sé cómo, acabe volviéndome a desengranar. Saber que Jude puede ayudarme no quita el dolor que lo acompaña.

—Lo cierto es que no. El tío Christopher está trabajando en el sistema de seguridad, asegurándose de que no vuelve a fallar.

Elijo creer en ella porque lo cierto es que no tengo otra opción.

Antes de poder añadir nada más, Eva y Luis vienen corriendo hacia mí.

—Mozart nos ha escrito para decirnos que estabas bien. —Eva se vuelve hacia la tía Claudia—. ¿Es verdad?

Mi tía sonríe con indulgencia.

—Sí, está bien, pero sugiero que coma algo. —Echa un vistazo a su alrededor—. Es más, os sugiero a todos que vayáis a por algo de comer. Habéis estado trabajando sin descanso y seguro que este pequeño contratiempo no ha sido fácil para ninguno de vosotros.

Sigo su mirada hacia el edificio de administración y me doy cuenta de que todos han regresado.

—¡Adelantaos! —grita Remy antes de continuar tapiando una ventana con Simon—. ¡Terminaremos enseguida!

Izzy enarca las cejas mientras me mira; luego se inclina sobre el edificio y se centra de nuevo en limarse las uñas.

Cuando Mozart le pregunta si pretende ayudar, se limita a encogerse de hombros.

—Yo ya he cumplido. Esto es cosa vuestra.

Como para demostrarlo, empieza a caminar sin prisa hacia la residencia. Y no me sorprende que nadie la detenga, ni siquiera mi tía.

En lugar de eso, cierra el maletín y me dice:

—Bien, pues me vuelvo al gimnasio. Tenemos a varios alumnos allí que todavía necesitan atención médica tras este desafortunado incidente.

La observamos mientras se aleja, y entonces Eva se vuelve hacia mí y me escudriña la cara.

—Yo alucino —declara—. Cuando te hemos dejado aquí, pensaba que te morías. Y ahora no tienes ni un solo rasguño. ¿Qué está pasando aquí?

El estómago elige ese momento para hacer ruidos y que todos lo oigan.

Luis hace una mueca.

—Vale, volvamos a la residencia. Pero de camino espero que nos cuentes todos y cada uno de los detalles. Así que desembucha. Ya.

39

NO ME CUENTES DESENROLLOS

No sé cuánto puedo revelar acerca de lo que ha hecho Jude, o si puedo hablar siquiera de los tatuajes que lleva toda la vida ocultando a todo el mundo, así que intento ser lo más vaga posible.

Aunque ni a Eva ni a Luis les hace mucha gracia, por lo tanto me inclino por la técnica de distracción.

—¿Qué sabéis de los oniros?

—No mucho. —Ella me lanza una mirada comprensiva—. ¿Qué ha pasado con lo de odiar a Jude y desear que se ahogara con un kumquat?

—Yo... Nosotros... Es... —Me doy por vencida cuando ambos se echan a reír.

—Ya, lo que me imaginaba.

—Ha sido un día muy raro —declaro.

—Ah, venga ya. —Luis hace un gesto con la mano para restarle importancia al asunto—. Hace horas que lo de «raro» se ha quedado corto para describir este día.

—Es cierto, pero resulta que tú todavía no sabes qué más ha pasado.

Abre los ojos como platos.

—¿Hay más?

—Muuuuuucho más —respondo. Y entonces les cuento todo lo que ha ocurrido desde que Ember ha estallado en llamas en el pasillo, cosa que parece que fue hace ya días.

Se les van abriendo más los ojos a cada segundo que pasa. Pero, cuando llego a la parte de la despensa subterránea y a que uno de los Gilipo-Jean (y puede que incluso Jude) ha desaparecido en cuanto ha entrado, Eva entrelaza mi brazo con el suyo y empieza a arrastrarme al otro lado de la isla.

—Tienes que enseñarme ese sitio.

—Dirás que tiene que enseñarnos ese sitio —dice Luis.

—¿Ahora? —Me ruge el estómago como protesta—. Pero estoy famélica.

Eva pone los ojos en blanco y rebusca el paquete de M&M's de emergencia que lleva en el bolso.

—Cómete esto, porque nos vas a llevar ahora mismo quieras o no. ¿Y si el huracán lo inunda mientras estamos fuera de la isla?

—Pues entonces supongo que nadie va a desaparecer ahí dentro en un futuro cercano.

—¿Vas en serio, Clementine? —Resopla—. De verdad, no tienes ningún sentido de la aventura.

—Sí que lo tengo, pero es que ya he tenido suficientes aventuras por hoy.

Aun así, abro la bolsa de dulces y dejo de protestar. La verdad es que he estado ansiando poder echarle otro vistazo a la despensa, aunque solo sea para ver si pasé algo por alto. Porque tengo que haberme perdido algo, ¿no? Ni siquiera los fae pueden volatilizarse en el aire, sobre todo si no tienen sus poderes.

Además, Eva tiene razón. ¿Y si la tormenta la inunda? Ya de por sí, no parecía estar en su mejor momento.

Cuando se lo cuento a mis amigos, Luis abre mucho los ojos.

—¿A qué te refieres con que no estaba en su mejor momento? Porque hace bastante que no me vacuno del tétanos...

—Eres un lobo. —Eva suspira con exasperación—. ¿Puedes coger el tétanos?

—También soy humano —explica con un bufido—. Y los humanos sí que pueden pillarlo. Por cierto, ¿cuándo te pusiste tú la última antitetánica?

—Preocúpate de tus propias vacunas y a mí déjame en paz, joder —espeta—. Por lo que sé, también podrías no llevar al día las vacunas de la rabia. Y sin duda te falta la del moquillo.

—Seguro que ni siquiera sabes lo que es el moquillo —replica Luis.

—Ya, pues...

—¡Parad! —les pido entre risas—. Ninguno va a coger el tétanos en la despensa. Y tampoco rabia ni moquillo, ni siquiera tuberculosis. Así que haced el favor de calmaros un poco o el paquete de M&M's y yo nos volvemos a la residencia. Solos.

Ambos farfullan entre dientes, pero por fin dejan de discutir..., al menos por ahora. Al fin y al cabo, es su actividad favorita para fortalecer lazos.

Recorremos el resto del camino mientras charlamos sobre la evacuación de mañana; pero cuando llegamos a la despensa hay un candado enorme en la puerta que sin duda no estaba antes.

—¿Cómo has entrado la última vez? —pregunta Eva.

—Antes no estaba.

Contemplo el candado. ¿De verdad lo ha cerrado alguien solo porque yo he entrado? Y, de ser así, ¿quién ha sido? ¿Jean-Luc? ¿O quizá Jude?

A Eva se le iluminan los ojos.

—La trama se complica.

Después empieza a rebuscar por el suelo que rodea la despensa.

—¿Qué estás buscando? —Luis escudriña el suelo—. Quizá podamos ayudarte.

—Con suerte, una llave. —Sigue buscando mientras la miro con incredulidad.

—No pensarás en serio que quien se haya tomado la molestia de poner un candado habrá sido tan tonto como para decidir esconder la llave a plena vista, ¿verdad? —pregunto.

—La gente tiene menos imaginación de lo que crees —asegura.

—Sobre todo los Gilipo-Jean —añade Luis.

Tras menos de dos minutos de búsqueda en concentración máxima, deja escapar un chillido de triunfo y se agacha para agarrar una piedra que está hueca por dentro.

—¡Te lo había dicho! ¡Cero imaginación!

—Vamos, que ha sido Jean-Luc y no Jude —comenta Luis a la par que abre la parte superior de la roca y saca una llave.

—Eso diría yo. —Eva mete la llave en el candado y suelta otra exclamación de felicidad cuando se abre sin problemas—. ¿Listos?

Me como el último de los M&M's y me meto el envoltorio en el bolsillo delantero.

—Más que nunca.

Tal y como va el día, no me sorprendería nada que una banshee se abalanzara sobre nosotros; o un leviatán; o, peor todavía, mi madre.

Sin embargo, la despensa está a oscuras y en silencio, así que bajamos con cautela por las escaleras desvencijadas con las linternas encendidas.

—Joder, qué hondo está este sitio —refunfuña Eva cuando está a medio camino del final de las escaleras—. Y para colmo hay una barbaridad de escalones en un estado penoso.

—Es muy hondo, sí —contesto, porque no se equivoca—. Seguramente para proteger las verduras del calor texano.

—O para matar a cualquier intruso que no se esperara toparse con semejante agujero —sugiere Luis mientras empieza a explorar la despensa—. ¿Adónde crees que se han ido? No hay muchos sitios para esconderse.

—Es que no hay ningún sitio —apunto—. Por eso mismo os lo he contado.

—Ya, pero no te creía —interviene Eva—. Pensaba que habrías pasado algo por alto, aunque ya veo que no.

—Ya ves que no —repito.

No obstante, mientras él y Eva siguen buscando un lugar, el que sea, por el que puedan haber desaparecido, yo me fijo en el tapiz. Porque la feliz escena de la playa que mostraba esta mañana ya es historia. En su lugar hay un hombre solitario de pie en una playa lluviosa y una ola gigantesca amenaza con romper sobre él.

—Haaaala, qué alfombra tan chula —dice Eva al seguir mi mirada—. Deprimente, pero muy chula.

—Antes no era así —le explico al tiempo que me acerco para intentar ver mejor cada uno de los hilos. ¿Alguien me está tomando el pelo? Pero ¿por qué iba una persona, por mucho que se trate de uno de los Gilipo-Jean, a tomarse la molestia de cerrar la despensa con candado y a montarse este jueguecito de cambiar el tapiz?

Cuando se lo cuento a Eva y a Luis, ella se limita a encogerse de hombros.

—Igual es un tapiz distinto. Puede que alguien lo haya cambiado.

—Puede —contesto dudosa—. Pero, no sé por qué, no me lo creo.

—Entonces ¿qué? —Ahora Luis suena de lo más intrigado—. ¿Crees que el tapiz se ha cambiado él solito?

De ser así, no llegaría ni a clasificarse como la segunda cosa más rara que me ha pasado hoy.

—No lo sé, pero voy a averiguarlo —respondo por fin. Después, agarro el tapiz y lo descuelgo de la pared.

—¡Toma ya! —me anima Eva. Después se calla y pregunta—: ¿Qué estamos haciendo exactamente?

—¿A ti qué te parece? Nos lo llevamos.

Enarca las cejas.

—¿No crees que eso cabreará a los Gilipo-Jean?

—¿Te parece que me importe una mierda cabrear a los Gilipo-Jean?

Dejo el tapiz en el suelo y empiezo a enrollarlo. Es más pesado de lo que parecía.

Luis se agacha y me ayuda a recogerlo.

En cuanto el tapiz está hecho un rollo, Eva se acerca a

la pared donde estaba colgado y pasa la mano por las piedras.

—En realidad, estaba esperando que ocultara un pasadizo secreto —dice después de unos instantes buscando—. Pero no hay nada.

—Lo sé. Es de lo más extraño.

Se dirige a la siguiente pared y sigue buscando.

—¿Estás segura de que estaban aquí dentro?

—He visto entrar a Jean-Luc con mis propios ojos. Y había huellas mojadas por todo el suelo que no llevaban a ninguna parte que yo pudiera ver.

Niega con la cabeza.

—Qué raro.

Un trueno retumba por el cielo y Luis suspira decepcionado.

—Tendríamos que ir pensando en volver si no queremos que nos pille la próxima cortina de lluvia. Sobre todo si llevamos el tapiz.

Asiento para darle la razón, después me inclino hacia abajo y me preparo para levantar el colosal tapiz con los brazos. Ya no pesa tanto; de hecho, ahora incluso pesa menos que mi mochila.

—Trae, deja que te ayude —interviene Luis mientras agarra el lado que tiene más cerca. Abre los ojos como platos cuando se da cuenta de lo mismo que yo—. Em, Clementine, ¿eres mucho más fuerte de lo que creo?

Niego con la cabeza.

—Entonces ¿qué...? —Parece tan estupefacto como yo.

—No tengo ni idea. Quizá la misma magia que hace que cambie de imagen ha decidido que le caemos bien.

Eva parece asombrada.

—O nos está infundiendo una falsa sensación de seguridad para poder matarnos.

—Cómo no, la bruja le echa la culpa a la magia negra —se burla Luis mientras subimos con cuidado los escalones de la despensa.

—No es pesimismo si es cierto —contesta con una sonrisa.

—Bueno, pues esperemos que esta vez sí que sea solo pesimismo —intervengo—. Por el bien de los tres.

Apenas hemos cerrado la puerta de la despensa y echado el candado cuando una bocanada de aire nos ataca y hace que el tapiz me salga volando de los brazos. Al caer al suelo lo primero que se golpea es el borde, y debido al impacto se desenrolla un poco.

—Ya lo cojo yo —me dice Luis mientras se agacha para volver a enrollarlo—. El barro... —Se calla—. ¡Hostia!

—¿Qué? —pregunta Eva corriendo hacia él—. ¿Qué ocurre?

Yo la sigo de cerca, muy asustada de que hayamos destrozado el tapiz.

Pero lo que veo es mucho peor.

—Termina de desenrollarlo —le pido a Luis al tiempo que me voy a por el otro lado para ayudarlo.

—¿Aquí fuera? —inquiere.

Sé que tiene razón, sé que corre el riesgo de estropearse por la lluvia, pero ahora mismo me trae sin cuidado. Desde que la tormenta ha aparecido han estado ocurriendo cosas espeluznantes, y no puedo aguantar este suspense ni un segundo más.

Eva debe de sentir lo mismo, porque ya está agarrando el rollo y caminando hacia atrás con él para desenrollar el tapiz.

Y es ahí cuando me entra un miedo de la hostia. Porque, en los últimos minutos, el tapiz ha vuelto a cambiar.

Ya no hay ni rastro de la ominosa escena de la playa, en su lugar hay una gigantesca palabra que gotea en rojo sangre:

CUIDADO

40

LA MADRAZA

—¿Perdona? —exclama Eva alzando más la voz con cada sílaba—. ¿Cómo ha ocurrido?

—Te dije que había cambiado —insisto, pero tampoco es que esté más tranquila.

—Ya, pero pensaba que estarías confundida o algo. Has tenido un día de perros. Aunque esto... —Mira fijamente el tapiz—. Esto da muy mal rollo.

—Pero que muy mal rollo —subraya Luis.

Y no se equivocan. Sé lo que he visto antes, sé que la escena era diferente, y una parte de mí pensaba que debía de existir alguna explicación. Pero esto... Esto no tiene ninguna explicación. Al menos, no una que no me acojone. Sobre todo cuando pienso en todos los fantasmas que me decían que corriera.

¿Qué está pasando en esta isla? ¿Y qué tiene que ver conmigo?

—¿Crees que se refiere a la tormenta? —sugiere Eva, con la voz todavía una octava por encima de su tono normal.

—No lo sé, pero no voy a quedarme aquí a averiguarlo. —Luis se pone otra vez a enrollar el tapiz tan rápido como puede—. Teniendo en cuenta todo lo que ha pasado hoy, podría estar advirtiéndonos de cualquier cosa, desde el apocalipsis hasta que un tiranosaurio gigante salga corriendo del bosque. Y sé de sobra cómo funcionan estas cosas. El mejor amigo gay siempre es el primero en morir en las películas de terror.

—No siempre —declara Eva—. A veces es el intrépido compinche.

Luis le lanza una mirada asesina.

—Sí, bueno, pues también soy el intrépido compinche. Así que sugiero salir cagando leches de aquí.

—Por mí, ningún problema —contesto.

—Por mí, tampoco —coincide Eva—, pero ¿estás segura de que quieres que nos llevemos esto?

—Quiero saber qué más va a decir. ¿Vosotros no? —Tengo que gritar para hacerme oír por encima del viento, que ha empeorado significativamente en los últimos minutos.

—Mmm, sí, claro —expresa Luis mientras termina de enrollar el tapiz y se lo echa al hombro—. Ahora, vayámonos de aquí, ¿vale?

Salimos corriendo en dirección a la residencia. La lluvia cae tan rápido y con tanta fuerza que el suelo está anegado, cosa que convierte cada paso que damos en una tortura, pues los pies se nos hunden en el barro y la arena mojada y suelta.

A duras penas logramos avanzar, y las ráfagas de viento gigantes que nos azotan de frente nos lo complican aún más. A Luis el tapiz está a punto de caérsele más de una vez. Sin embargo, seguimos adelante de algún modo y, al fin, logramos llegar al camino que une los edificios escolares con la residencia.

Es entonces cuando empezamos a correr o, por lo menos, a intentarlo. Pero los zapatos embarrados nos hacen patinar y escurrirnos por el sendero resbaladizo. Cuando un relámpago especialmente aterrador parte el cielo en dos, empiezo a preguntarme si lograremos llegar en algún momento.

Al final, por fin atravesamos la valla y nos vamos directos a la residencia principal. Estamos a punto de llegar cuando un fogonazo rosa capta mi atención y me paro en seco. Intento limpiarme la lluvia que me cae sobre los ojos y le sigo la pista a ese atisbo rosáceo que vaga bajo este aguacero.

Es ella otra vez, la mujer embarazada con el camisón rosa, paseando por delante de la residencia.

Ahora tiene el pelo suelto y el viento lo agita de tal manera que le cubre la cara. Pero hay algo en su manera de caminar y de tenerse en pie (incluso en medio de esta tormenta) que me resulta familiar.

Lo más extraño de todo es que sé que es un fantasma, pero parece estar viva. Sí, es de un gris lechoso traslúcido, aunque, al contrario que otros fantasmas, el pelo es de un tono marrón oscuro muy profundo y las flores del camisón poseen un color magenta muy brillante y vívido.

No sé por qué se ve tan distinta a los otros espíritus ni por qué actúa de una forma tan peculiar. En lugar de interactuar con los otros (o intentar hacerlo conmigo), se limita a vagar de aquí para allá. Ni siquiera parece percatarse de mi presencia, y eso que yo soy incapaz de pasarla por alto.

Los relámpagos vuelven a retumbar por todo el cielo, y Eva me coge del antebrazo.

—¡¿Por qué te paras?! —grita—. ¡Vamos!

—¡Perdón!

Retomo el paso y cruzamos la puerta principal de la residencia como si nuestras vidas dependiesen de ello. Y puede que así sea, teniendo en cuenta que la puerta apenas se ha cerrado a nuestras espaldas y el cielo vuelve a iluminarse con un espectáculo de rayos que jamás había presenciado.

Nos desplomamos en cuanto nos encontramos dentro. Luis suelta el tapiz y se tumba con las piernas bien abiertas sobre el suelo. Eva se apoya en la pared, respirando aceleradamente. Yo me limito a inclinarme para apoyar las manos en las rodillas en un intento desesperado por recuperar el aliento.

Pero no podemos quedarnos tirados en la sala común de la residencia para siempre, más que nada porque estoy empapada y muerta de frío. Eva coge el tapiz y nos dirigimos hacia la mesa para recoger la cena. No obstante, apenas he dado unos pasos cuando la voz de mi madre suena tras de mí, seguida por el repiqueteo de sus zapatos contra los azulejos desgastados.

—¡Clementine! ¿Estás bien? —pregunta.

Eva y Luis la ven y salen pitando hacia el otro lado de la sala con el tapiz mientras yo doy un paso frente a ellos para bloquearle la vista.

—Sí, estoy bien —le digo, obligándome a erguirme aunque apenas sea capaz de respirar con normalidad—. Solo intentábamos escapar de los relámpagos.

Su mirada intensa me examina de la cabeza a los pies.

—Tu tía me ha dicho que has tenido un problema antes. ¿Está todo bien ya?

Calificarlo de «problema» es quedarse corta, pero, teniendo en cuenta que no quiero que me encadene a su lado durante las próximas doce horas, me limito a encogerme de hombros.

—No ha sido tan grave. Estoy bien.

—¿Seguro? —Sus ojos escrutan los míos.

—Segurísimo. Me he asustado un poco por lo del desengranaje, pero ahora ya estoy bien, de verdad.

—De acuerdo. Coge la cena y vuelve a tu cuarto. Esta noche hemos instaurado el toque de queda a las ocho, y el personal vigilará para asegurarse de que todo el mundo se encuentre sano y salvo donde debe estar.

Asiento con la cabeza.

—Y date una ducha caliente, por favor. Lo último que necesitas ahora es caer enferma.

Es algo tan propio de una madre que al principio estoy convencida de que la he oído mal. Pero es cierto que parece verdaderamente preocupada.

—En serio, mamá, estoy bien —aseguro.

—Siempre lo estás —declara, y deja escapar un largo suspiro—. Claudia me ha recordado esta tarde que a veces soy muy dura contigo, y quería disculparme. Sé que ahora mismo discrepamos en muchos aspectos, pero te quiero mucho, Clementine. Muchísimo.

—Lo sé, mamá. —Las lágrimas me arden detrás de los ojos. Es, por lo menos, la millonésima vez que las reprimo hoy, porque es cierto que chocamos mucho, y sí, creo que se equivoca en muchas cosas, especialmente en la forma de dirigir este lugar. Por no hablar de que aún estoy enfadada con ella por lo que ha pasado con Serena. Sin embargo...—. Yo también te quiero.

Asiente, y veo como usa la garganta de una manera que jamás había visto.

—Vale. Vete antes de que tus amigos se cansen de esperarte. Te veo mañana por la mañana.

—Muy bien. —Me inclino impulsivamente hacia delante y le doy un besito rápido en la mejilla—. Intenta descansar tú también.

—Descansaré cuando todos los alumnos y el profesorado estéis a salvo. Hasta entonces, tengo trabajo que hacer. —Como para recalcar sus palabras, el walkie-talkie que lleva enganchado en la cintura empieza a crujir—. A tu cuarto —me dice con mirada severa antes de alejarse y llevarse el transmisor al oído.

—¿A qué ha venido eso? —pregunta Luis ojiplático cuando vuelvo junto a él y Eva cerca de una pila enorme de toallas dobladas.

—Creo que estaba preocupada por lo del desengranaje —explico mientras Eva me pasa una toalla—. Creo que quería ver cómo estaba. Le he dicho que todo va bien.

—Preferiría ahorrarme un castigo monumental por haber robado el tapiz mágico, así que buena idea —comenta Eva—. Bueno, me muero de hambre. ¿Os parece que cojamos la cena y nos piremos ya?

—Yo ya me he adelantado —interviene Luis—. Tengo cosas en la cabaña, os veo luego. Pero avisadme si esa cosa vuelve a hacer algo, ¿vale?

—Descuida —prometo yo.

Luis se marcha agitando un poco la mano mientras Eva y yo cogemos el tapiz, las cajas con la cena, un paraguas y un par de chubasqueros de la mesa que han dispuesto cerca de la puerta antes de marcharnos. Luego nos dirigimos hacia la alameda principal que atraviesa el terreno que rodea toda la residencia y que conduce directamente hacia nuestras cabañas. Pero a medio camino levantamos la mirada y vemos a Jean-Claude recorriendo el sendero directo hacia nosotras.

41

GUERRA DE ALFOMBRAS

—¿Qué hacemos? —sisea Eva.

—No hay mucho que podamos hacer —revelo mientras intento no establecer contacto visual con él. Tampoco hace falta buscarle las cosquillas al desgraciado este y, quizá, si no le prestamos atención, él no nos la prestará a nosotras... o al tapiz que llevamos encima sin mucho disimulo.

El viento sopla con bastante fuerza, tanto que todos tenemos que andar cabizbajos para soportarlo, por lo que me da la sensación de que sí que vamos a tener oportunidad de salir de esta sin llamar su atención.

Casi funciona, pero, justo cuando estamos a punto de pasarlo de largo, Jean-Claude se planta delante de mí.

—¿De dónde has sacado eso? —exige saber, y cuando levanto la vista para mirarlo parece cabreado, aunque también muy asustado. Aunque tal vez solo sea a causa de la lluvia, que le ha encrespado tanto los rizos verdes que parece que lleva una maraña de hierbajos escondida debajo del chubasquero.

Me da un vuelco el corazón... A tomar por saco mis esperanzas de que no reconozca el tapiz. Y, encima, acaba de quedar descartada cualquier expectativa que tuviera de que no estuvieran todos en el ajo con lo que quiera que esté pasando en la despensa subterránea.

Pero ¿qué está pasando exactamente?

En el instante en que Jude me ordenó que no me acercara, ya empecé a tener mis sospechas; sin embargo, cuando encontramos el candado, supe con certeza que me había topado con algo que no debería haber descubierto. Ahora, al percibir el miedo en los ojos de Jean-Claude, estoy más convencida que nunca de que algo chungo ha estado pasando en la despensa.

Pero ¿el qué? ¿Y qué tiene Jude que ver con ello? No es que sea muy de jugar en equipo, nunca lo ha sido. Conque ¿qué está haciendo con los Gilipo-Jean de entre toda la gente cuando nunca ha dado señales de sentir más que desprecio por ellos?

No tiene sentido.

Aunque también es cierto que un tapiz que cambia por voluntad propia tampoco lo tiene, así que estamos lidiando con muchas cosas nuevas.

Como no le contesto de inmediato, Eva interviene.

—¿Esto? —pregunta haciéndose la sorprendida—. La madre de Clementine nos ha pedido que lo cojamos de su despacho. Parece ser que lleva ahí colgado desde que se creó la academia Calder. No quería dejarlo atrás, por si acaso el huracán es tan desastroso como creen que va a ser.

Él entrecierra los ojos con desconfianza y pasa la mirada rápidamente por cada una de nosotras.

—¿Me estás diciendo que eso lo has sacado del despacho de la directora?

—Pues sí —apoyo a Eva—. Es el favorito de mi madre.

—No me digas. —Se inclina hacia delante, pero no estoy segura de si está intentando parecer amenazante o solo protegerse del viento—. ¿Y qué sale en él?

¿Ahora mismo? Pues no tengo ni idea, podría ser cualquier cosa. Sin embargo, como eso es justo lo que no quiero decirle, hago lo único que se me ocurre: me invento algo.

—Una mantícora. Bueno, un montón de mantícoras. —Eva me mira como si me estuviera confundiendo, pero yo sigo charlando en un intento de venderle mi historia ridícula—. Es una especie de retrato familiar en una alfombra, una reliquia familiar, vaya.

—¿Una alfombra con un retrato familiar? —repite—. ¿Que muestra un montón de mantícoras?

—Exacto —afirmo, y no sé cómo consigo mantenerme seria.

—¿Sabes? He estado en el despacho de tu madre un huevo de veces, y nunca he visto nada parecido ahí dentro.

—Bueno, tampoco es que lo tenga ahí expuesto para que lo vea todo el mundo —objeto—. Evidentemente, es algo personal.

—Ya, claro. Es personal, ¿no? —Ahora sí que suena amenazante, incluso antes de dar un paso adelante—. Enséñamelo.

—¿Perdona? —Finjo estar más ofendida de lo que me siento en realidad—. ¡No!

—¿Cómo que no? —Parece que nunca haya oído esa palabra antes, aunque, la verdad, tampoco me sorprendería. La mafia de los fae tiende a conseguir lo que le apetece cuando le apetece.

—A ver, ¿qué parte de «personal» es la que no entiendes? No pienso enseñarte un objeto familiar, personal y privado —espeto—. Y si te supone algún problema, pues ajo y agua. —Esta vez soy yo la que se acerca e invade su espacio—. Ahora, largo de mi vista, que estoy harta de permanecer bajo la lluvia.

Retrocede un par de pasos, pero no nos deja pasar. Cuando camino para rodearlo, él me sigue y me bloquea el paso. Aunque una parte de mí se muere de ganas de pegarle una patada en los huevos, también soy consciente de que, como no sepa salir de esta con gracia, la tormenta que se avecina será el menor de mis problemas.

Al mismo tiempo, no puedo dejar que vea el tapiz, ni de coña. Jean-Claude ya ha demostrado que no tiene ningún problema en pegarle una paliza a una chica, el muy capullo me ha regalado más de un moratón a lo largo de los años. No pienso permitir que le haga lo mismo a Eva.

—Me apartaré de tu camino en cuanto me dejes ver esa alfombra de mantícoras que llevas —me anuncia con los brazos cruzados y una expresión sarcástica en el rostro.

—Ya te he dicho que eso no va a pasar. Y no sé qué te hace pensar que tienes derecho a ordenarme nada, sobre todo cuando se trata de algo que, evidentemente, es propiedad de la academia.

Esta vez, cuando doy un paso adelante le golpeo el hombro con el mío. Después sigo caminando, sigo avanzando hasta que a él no le queda más remedio que apartarse o devolverme el empujón. Por suerte, no es tan valiente cuando está a solas como cuando está rodeado de los otros Gilipo-Jean y retrocede. Al principio solo da un par de pasos, pero después da varios más y me queda claro que he ganado, esté él dispuesto a admitirlo o no. Y aunque me percato de que está buscando el valor para seguir empujando, literal y figuradamente, por una vez la tormenta viene a nuestro rescate.

Un relámpago ilumina el cielo y cae sobre un árbol que está demasiado cerca de nosotros, al tiempo que un trueno hace temblar el suelo a nuestros pies.

Segundos después se oye un crujido siniestro y una rama colosal se desploma.

Me lanzo sobre Eva para apartarla de la trayectoria de la pesada rama y así evitar que le caiga encima.

Sale ilesa (bueno, todos), pero debido a mi placaje lateral, Eva suelta el tapiz.

Este sale volando por los aires antes de estamparse contra el suelo y desenrollarse justo a los pies de Jean-Claude.

42

UNA ALFOMBRA VALE MÁS QUE MIL PALABRAS

Eva y yo intercambiamos miradas mientras Jean-Claude se agacha para verlo de cerca bajo el chaparrón.

—¡Corre! —le susurro a Eva, y me preparo para pelearme con Jean-Claude por el tapiz.

El sentido común me dice que debería dejarlo estar, pero hay algo muy extraño y mágico en esa maldita pieza de decoración. Los Gilipo-Jean son los últimos de toda la isla que quiero que estén al mando de algo con tanto poder. El instinto me grita que no me separe del tapiz.

—No voy a dejarte sola con él —replica Eva.

Así que ambas nos acercamos a Jean-Claude, buscando la manera de quitarle el tapiz de un tirón.

Sin embargo, cuando me agacho para agarrarlo, me doy cuenta de que ha vuelto a cambiar. Ya no está la advertencia de antes y, en su lugar, hay... una familia de mantícoras sentada alrededor de una mesa fumando cigarros y jugando al póquer.

Puta. Vida.

Me ha oído. Ha oído lo que he dicho y ha cambiado para echarme una mano.

¿Qué clase de alfombra mágica es esta cosa?

Jean-Claude gruñe cuando ve por primera vez el tapiz.

—¿En serio? ¿Esta es tu herencia familiar?

—Oye, eso es tener prejuicios. —Eva lo riñe mientras se agacha para ayudarme a enrollar el tapiz otra vez—. Toda familia tiene su objeto especial. Solo porque a la tuya no le guste jugar al póquer...

Otro relámpago repentino parte el cielo en dos.

—Tenemos que irnos ya —comento nerviosa—. Antes de que acabemos todos aplastados bajo un tronco.

Como para respaldarme, los árboles que bordean el camino crujen de un modo amenazador.

Jean-Claude lanza una mirada preocupada a las ramas que se agitan antes de retroceder.

—Esto no acaba aquí.

—Pues a mí me parece que sí —espeto, y cojo la alfombra para echármela al hombro. Sigue sin pesar nada y, una vez más, retomamos el camino hacia nuestra cabaña.

En esta ocasión está demasiado ocupado corriendo en dirección contraria para pensar en detenernos siquiera.

—¿Qué cojones...? —exclama Eva a plena voz para que la oiga por encima de la tormenta—. Casi nos atracan por un viejo tapiz encantado.

—En realidad, creo que casi nos atracan por algo mucho más complicado que eso —la corrijo. Todavía no puedo creer que esa cosa pueda oír lo que pasa a su alrededor... y cambiar en consecuencia—. Ojalá supiera lo que este trasto es de verdad. Lo que sí sé es que algo no va bien.

—¡Lo que yo sé es que no me gusta cómo suena! —grita ella por encima del aullido del viento.

Casi acaba en el suelo cuando ha ido a recoger mi paraguas de donde lo he soltado antes e intenta dármelo; pero la tormenta ha empeorado en el tiempo que hemos pasado aquí, y una ráfaga de viento infernal nos embiste y me empuja unos metros hacia atrás

—Sé que acabamos de esconderlo de tu madre, pero la actitud de Jean-Claude me ha hecho cambiar de idea. A lo mejor tendríamos que buscar refuerzos, ¿tú qué opinas?

—No tengo ni idea —digo mientras seguimos caminando. Ahora el viento y la lluvia arremeten con tanta furia que casi tenemos que doblarnos por la mitad para abrirnos paso—. Coincido en que esto es muy raro, aunque no sé qué puede ser.

—¿Y si se lo contamos a Jude? Si estuvo en la despensa, es evidente que sabe algo de esto.

—¡Ya, pero eso significa que podría estar involucrado! —grito para hacerme oír por encima de la tormenta—. Tampoco es que me haya dicho nada del tema.

—¿Le has preguntado? —Al ver que no contesto, me mira mal—. ¿Cómo puedes saber lo que sabe o no, o lo que hace o deja de hacer, si no hablas con él?

No es un mal consejo, de veras que no; pero, a pesar de ello, me niego por instinto. Entonces pienso en la cara que ha puesto antes Jean-Claude y lo reconsidero. Puede que deba echarle valor de mantícora y hablar con Jude sobre este maldito tapiz; a lo mejor nos ayuda.

O igual me cuenta algo que me pone los pelos de punta.

Sea como fuere, puede que haya llegado el momento de preguntar, esta vez de verdad.

—Tal vez —acepto cuando por fin llegamos a la zona de pícnic cubierta que hay en el paseo central. Es un remanente de los tiempos del complejo turístico y, aunque las mesas no están en muy buen estado, nos proporciona un pequeño refugio donde protegernos de los elementos, una oportunidad que no voy a dejar pasar—. Si es que puedo retenerlo más de unos pocos segundos.

—Escríbele —sugiere.

Me quedo paralizada.

—No sé yo...

Pone los ojos en blanco y me saca el móvil del bolsillo de atrás.

—Es evidente que vuestra relación, o lo que sea, está pasando por un momento de mierda. Pero hoy te ha salvado: dos veces. Además, he visto cómo te miraba cuando te ha sacado en volandas de la mazmorra. No le molestará en absoluto que le escribas.

—Me da igual que le moleste o no —aseguro—. Lo que me preocupa es si...

—¿Si qué? —pregunta con impaciencia.

—No quiero parecer...

—¿Qué? —insiste cuando ve que tampoco termino esta frase.

—Necesitada, supongo. Hoy me ha vuelto a besar y, de nuevo, me ha rechazado. ¿Qué parte de todo eso significa «Estaré a tu lado cuando me necesites»?

—No sé, pero te ha salvado cuando te has desengranado —menciona con astucia—. Y también te ha salvado del monstruo más asqueroso que existe. Salta a la vista que ese chico no tiene ningún problema en acudir en tu ayuda cuando lo necesitas. —Me ofrece el móvil—. Además, no significará que lo necesites para todo si intentas obtener información del único chico que parece saber qué es lo que pasa. Escríbele de una vez y pregúntale.

Tiene razón. No soy para nada de esas chicas que se

ponen nerviosas por lo que un chico pueda pensar de sus acciones; y esa sensación incómoda que hay entre Jude y yo tampoco me convertirá en una ahora. Así que le mando un par de mensajes rápidos seguidos. Me niego a pararme a pensar si me responderá o no.

¿Has acabado en el recinto
de las fieras?

Está pasando algo raro y esperaba
poder hablar contigo del tema.

Algo mucho más raro que lo que
ya ha pasado, quiero decir.

Cuando veo que no contesta al instante, me guardo el móvil en el bolsillo y reemprendo la marcha.

—Seguramente aún estará poniéndoles comida a los monstruos —supone Eva.

Ahora me toca a mí poner los ojos en blanco mientras abandonamos la seguridad relativa de la zona cubierta, doblo la esquina y sigo caminando por el sendero que conduce a nuestra cabaña.

—Lo sé. No importa.

—Ya lo sé; solo digo que...

Se ve interrumpida cuando la puerta de la primera cabaña del camino se abre de golpe y un brazo delgado y musculoso la arrastra dentro.

43

HEY, JUDE

Ella grita y después se queda en silencio.

Voy corriendo a toda velocidad a su encuentro, con el pulso acelerado y el maldito tapiz dándome golpes en el hombro, solo para encontrarme cara a cara con una Mozart radiante y sonriente.

—Bienvenida a la humilde morada de Ember y servidora —anuncia con una floritura de la mano.

—Os estábamos vigilando —añade Simon mientras cierra la puerta a nuestras espaldas.

—¡¿En serio?! —grita Eva—. ¿No nos podríais haber mandado un mensaje directo y ya?

—¿Y qué gracia habría tenido eso? Además, ¿cómo se supone que voy a mantenerme en forma y con mis viejas habilidades a punto si nunca encuentro una sola oportunidad de entrenarlas?

—Teniendo en cuenta que tus viejas habilidades conllevan encantar a gente para bajarles las bragas y después despojarlas de sus propiedades, la verdad es que me trae sin cuidado si puedes entrenar o no —le recrimino—. Aunque he de decir que sigues en forma, por lo menos en el primero de los aspectos.

—Sabía que había alguna razón por la que me gustabas —me dice, y al mismo tiempo nos insta a entrar en la cabaña, donde resulta que Remy, Izzy y Ember ya están sentados charlando mientras la canción *Fast Car* de Luke Combs suena por el altavoz—. Tienes esa actitud de «no aguanto a gilipollas» a la que tanto cuesta resistirse.

—No lo tengo yo tan claro. Hay mucha gente que no tiene ningún problema en resistirse a mí.

—Te sorprenderías —rebate, y después hace un gesto hacia la mesa de centro donde hay varias bolsas de patatas abiertas junto a refrescos y agua con gas—. Coge lo que quieras.

—¡Fiesta por la tormenta, di que sí! —contesta Eva, que se abre paso hacia la mesa bailando—. Me flipa esta canción.

—Es una versión de una canción antigua de Tracy Chapman —le cuenta Remy—. Si te gusta esta, tendrías que oír la original.

—¿Ah, sí? —Parece muy intrigada mientras extiende la mano para coger patatas—. ¡Ponedla después!

—¿De verdad vamos a montarnos una fiesta cuando deberíamos estar haciendo las maletas? —Sé que sueno tan estupefacta como me siento.

—Qué maleta ni qué maleta... —Simon hace un gesto con la mano y esos ojos color océano iluminado por la luna vuelven a brillar de una forma que me pone muy pero que muy incómoda—. Mete un uniforme y un par de vaqueros en una bolsa de lona y punto. Tampoco es que vayamos a irnos mucho tiempo.

—A no ser que la escuela salga por los aires —interviene Izzy con bordería.

Él se encoge de hombros.

—Pues entonces mete mucha ropa interior y calcetines. Con eso irás bien.

Una parte de mí está tentada de quedarse, aunque sé que no debería. La tormenta va a empeorar en cualquier momento y lo último que quiero es quedarme encerrada en la cabaña de otra persona.

Aunque, al mismo tiempo, esto me parece mucho más divertido que estar de bajón en mi habitación durante las próximas horas. Además, seguramente Jude le mandará un mensaje a alguno de ellos mientras yo estoy aquí, así por lo menos sabré que está bien...

—Jude acaba de terminar con la colección de fieras y está de camino —anuncia Mozart a la par que me entrega una toalla—. Así que, ¿por qué no pones ese trasto, sea lo que sea, en la esquina y te secas? He dejado en mi cama unos chándales y unas camisetas para ti y para Eva. Tómate algo mientras lo esperas.

—¡No he venido aquí buscando a Jude! —rebato, y no necesito ningún espejo para saber que las mejillas se me están tintando de un rojo intenso.

—Es que no has venido aquí —me tranquiliza Remy—. Nosotros te hemos arrastrado.

Ah, claro.

—Debería irme...

Mozart me dirige a su cuarto.

—Ve a cambiarte, Kumquat.

—¿Qué acabas de llamarme? —espeto con los ojos entrecerrados.

—Uy, perdón. —Levanta las manos como para decir «ups»—. No me había dado cuenta de que el viejo Sergeant Pepper es el único que puede llamarte así. Culpa mía.

Mis mejillas pasan de estar rosadas a ardiendo en un segundo, y agacho la cabeza en un intento de esconder mi vergüenza. Ahora mismo lo único que me apetece es largarme de aquí, pero entonces quedaré peor, pareceré más débil si huyo. Así que a tomar por culo. Que les den.

Cierro la puerta a mis espaldas, me seco y me cambio al instante.

Mozart es más alta que yo y tiene más curvas, por lo que me toca enrollarme un poco los pantalones de chándal para no tropezar con ellos. Pero están secos, calentitos y parecen un lujo después de las asquerosas prendas mojadas que he llevado durante demasiado tiempo.

Ni siquiera me importa que sean del mismo dichoso rojo de la academia Calder.

Me dejo caer al lado de Remy, quien agarra la bolsa de patatas picantes de pepinillo y eneldo, y me las entrega mientras sube y baja las cejas.

—¿Cómo sabes que son mis favoritas? —pregunto. Enseguida, antes de que él pueda contestarme, lo hago yo por él—. Carolina.

Sonríe, solo que esta vez es un gesto triste.

—Cuando te pasas varios años encerrado en una celda con alguien, soléis hablar de todo. Incluido del sabor de patatas que os gustan a ti y a tu prima favorita.

—Eso parece.

La tristeza me oprime el estómago al pensar en Carolina contándole un montón de historias sobre nosotras para hacer que el tiempo en prisión pasara más deprisa. No obstante, intento no dejar que me invada ahora mismo; ya tengo sentimientos dolorosos más que suficientes rondándome por dentro.

—Oye, pero ¿por qué mandaron a tu prima a la Aethereum si puede saberse? —pregunta Izzy—. Normalmente a los catorce se es demasiado joven para ese tipo de prisión.

—Oye, oye —contesta Remy haciéndose el ofendido, aunque sé que solo está intentando cambiar de tema y hacer que yo deje de ser el centro de atención. Cosa que agradezco; muchísimo—. Que yo estuve ahí toda la vida.

—Exacto —afirma Izzy mientras bate las pestañas de sus grandes ojos azules con inocencia fingida—. Y mira cómo has salido.

—Pues, en mi opinión, de maravilla —replica con una sonrisa.

Ella niega con la cabeza.

—Eres insoportable.

—Ay, parece que al final te estoy conquistando.

—Eres como un grano en el culo —le gruñe.

—Por algo hay que empezar. —Esboza su sonrisa más encantadora—. De hecho...

Se calla cuando un cuchillo le pasa volando a toda velocidad al lado de la cabeza y se clava limpiamente en la pared que tenemos detrás.

Eva, que justo salía de la habitación después de cambiarse, deja escapar un gritito mientras el resto de nosotros nos sobresaltamos un poco. Sin embargo, Remy no se rinde, le lanza un beso a Izzy y saca el cuchillo de la pared.

Ella le enseña los dientes como respuesta, pero me doy cuenta de que no le lanza otro cuchillo. Y él tampoco le devuelve el que le ha tirado antes.

Doy un sorbo a mi agua con gas para calmarme el estómago revuelto, confío en que la conversación siga fluyendo ahora que ha pasado la emoción del momento.

Pero resulta que todos siguen mirándome y esperan a que conteste a la pregunta de Izzy.

Así que lo hago, aunque no sé por qué; solo sé que, aunque resulte extraño, me siento bien hablando del tema, porque mi familia nunca lo hace.

—No tengo ni idea de lo que hizo Carolina. Todo iba bien cuando me fui a dormir aquella noche; en cambio, cuando me desperté a la mañana siguiente, tenía un montón de llamadas perdidas y un par de mensajes suyos. Pero era demasiado tarde, ya se había ido y nadie me dijo por qué.

—¿Qué ponía en los mensajes? —indaga Ember. Es la primera vez que me habla desde que he llegado.

—Me decía que cuidara de Jude, que lo iba a necesitar. —Sonrío con pena, porque todos sabemos cómo acabó eso—. Y que confiara en que siempre habría tiempo. Aunque no lo hubo; no para ella.

Remy suelta un ruidito inconsciente ante mis palabras y, cuando me vuelvo para mirarlo, me lo encuentro con los puños tan apretados que los nudillos se le han puesto blancos. Y sé que se está culpando.

Extiendo la mano y la coloco sobre una de las suyas. No digo nada, porque aún no tengo las palabras y no sé si llegaré a tenerlas nunca. Pero sé que, por mucho que quiera culparlo, no es responsabilidad suya que Carolina muriera.

Fue mi madre quien la echó de la isla cuando nada de lo que pudiera haber hecho a los catorce años lo justificaba. Sin embargo, aun así lo hizo, y ahora Carolina está muerta.

Mi madre y yo tuvimos la peor pelea de nuestra vida aquella mañana cuando me desperté y descubrí que se habían llevado a mi prima, que ella la había mandado lejos. Le supliqué que la trajera de vuelta, le supliqué que cambiara de idea.

Le dije que acababa de firmar su sentencia de muerte.

Mi madre no estuvo de acuerdo, me contestó que estaba haciendo lo necesario para mantener a salvo a la gente que le importaba y que la situación no era de mi incumbencia, algo que se aseguró de que entendiera antes de dejarme marchar. Y, cuando por un instante las cosas se pusieron muy pero que muy feas, pensé que iba a enviarme a la cárcel junto a mi prima. Pero, en vez de eso, me puso mi primer mes de castigo cuidando a los tamollinos, entre otras cosas.

Desde entonces nada ha sido lo mismo.

Ni entre mi madre y yo.

Ni entre Carolina y yo, evidentemente.

Tampoco entre Jude y yo, porque aquel fue el día que decidió que ya no teníamos nada más que decirnos. Aunque jamás he dejado de tener cosas que decirle; y no creo que nunca deje de tenerlas.

El dolor que me causó todo me cae encima como una losa y, durante un instante, no hay nada que me apetezca más que salir a toda leche de aquí; pero eso me haría parecer una cobarde, y es algo que no me puedo permitir delante de esta gente que parece querer ser mi amiga.

Aunque las apariencias suelen engañar, sobre todo cuando son buenas; cuando hacen que todo el mundo parezca normal, aunque solo sea un rato. Así que me quedo donde estoy, incluso me obligo a comer unas pocas patatas de pepinillo y eneldo que me ha dado Remy. Nadie tiene que darse cuenta de que me saben a serrín.

Antes de que pueda pensar en qué más añadir, empieza a sonar *Dead of the night* de Orville Peck. Cómo no.

—Sube el volumen —le pide Ember a Mozart.

Ella le hace caso y la melodía macabra y melancólica llena tanto la estancia como mis sentidos.

Siempre que oigo esta canción, lo único en lo que puedo pensar es en Jude. Quizá por eso no me sorprende nada cuando la puerta se abre de par en par y él entra por ella, con un aspecto tan oscuro y misterioso como el de la mismísima canción.

44

ESTOY DENTRÍSIMO

Lo primero que capto es que acaba de volver de alimentar y preparar más de seis jaulas de monstruos y no tiene ni un solo rasguño, ni siquiera de los tamollinos.

Lo segundo es que no parece estar para nada contento.

En cuanto cierra la puerta tras de sí, sus ojos se topan con los míos desde el otro lado de la estancia y, por un segundo, capto un atisbo de pena, airada y pura. Me dan ganas de preguntarle qué le ocurre, pero antes de que las palabras salgan de mi boca vuelve a cerrarse emocionalmente a cal y canto, y me deja fuera, tanto a mí como a todos los presentes en la habitación.

Aunque ninguno parece percatarse. Al fin y al cabo, él siempre ha sido así con ellos.

—¿Cómo ha ido? —pregunta Mozart mientras le da una botella de agua.

Jude se encoge de hombros.

—Bien, pero no puedo quedarme. Tengo que... —Deja de hablar y se traga lo que fuera que pensara decir.

Mozart, Simon y Ember intercambian miradas, aunque no dicen nada hasta que la canción llega a la parte del coro..., y los demás tampoco.

Espero a que Jude siga hablando, pero se limita a apoyar la espalda en la pared y a beberse el agua de dos largos tragos. Y no me mira ni una sola vez.

Una corriente de dolor empieza a brotar de lo más profundo de mi ser, y la hago retroceder. Porque, a pesar de todo, esto no va de mí. Esto es porque algo le pasa a él, y no puedo evitar preguntarme si no me mira porque tiene miedo de que lo descubra.

Cuando termina, Jude tira la botella en dirección a la pequeña papelera de reciclaje que hay en la esquina de la cocinita sin mirar siquiera. Unos segundos después la botella cae dentro sin tocar el borde en ningún momento.

—Fanfarrón —murmura Simon a la vez que pone los ojos en blanco.

Pero la atención de Jude la ha captado el tapiz enrollado que descansa en el rincón.

—¿Qué es eso? —exige saber con frialdad.

Y, como quiero que me dé respuestas, hago algo que no he hecho con nadie: le cuento la verdad sobre el tapiz. Y observo su reacción.

—Es algo que he encontrado en la vieja despensa subterránea que hay al otro lado de la isla. Por eso te he escrito antes.

Lo contemplo con suma atención, deseosa de ver cómo reacciona. ¿Sabe lo que es capaz de hacer el tapiz? Y, si es así, ¿es esa la razón por la que insiste tanto en que me mantenga lejos de ese lugar?

Pensaba que era imposible, pero, no sé cómo, su cara se vuelve aún más inexpresiva, aunque de una forma evidentemente angustiosa.

—Es muy chulo —interviene Eva—. Tiene una cosa muy curiosa que es...

Se calla cuando le lanzo una mirada.

—¿Qué es esa cosa tan curiosa?

Los ojos oscuros de Ember se muestran intrigados mientras pasea la vista entre Jude y yo.

Eva me observa con impotencia.

—Solo es una imagen de cómo era antes la isla, cuando todavía era un complejo turístico —explico—. Nada del otro mundo.

Estoy bastante segura de que a Jude se le ha crispado un ojo cuando he dicho esto último, lo que provoca que yo entrecierre los míos en un intento de averiguar por qué está tan molesto.

¿Es porque me he llevado el tapiz? ¿O porque puede que Eva y yo sepamos su secreto? ¿Y eso qué importancia tiene? ¿Por qué les interesa tanto ese tapiz a los Gilipo-Jean y, al parecer, al propio Jude Abernathy?

—Creo que debería irme ya... —anuncio sin terminar la frase.

Sin embargo, justo en ese mismo momento Simon habla.

—¿Sabéis qué le vendría bien a esta reunioncilla? —pregunta al tiempo que se pone de pie.

—¿Un generador de reserva? —contesta Mozart con ironía cuando las luces empiezan a parpadear.

Me quedo helada, el corazón me late a mil por hora mientras espero a ver si mi mantícora va a volver a asomar la cabeza. No lo hace y, por lo que veo, a nadie más le ocurre nada. A lo mejor la tía Claudia y el tío Christopher han conseguido de verdad arreglar las cosas por el momento.

Quisiera decir que me siento decepcionada, pero, tras lo que me ha pasado antes, en realidad siento alivio..., al menos por ahora.

—Iba a sugerir jugar a «Yo nunca» —le dice Simon a Mozart, y el cuerpo entero le empieza a brillar de una manera que hace imposible que pueda apartar la mirada. Remy tiene razón: lo de los sirénidos es flipante—. Pero tu respuesta también me sirve, supongo.

—Por favor. —Ember resopla—. Estamos atrapados en una escuela en medio del maldito golfo de México. Casi sería mejor que jugásemos a «Tal vez hice alguna maldad hace tiempo».

Me río aun sin quererlo, porque aunque puede que Ember sea un hueso duro de roer, debo reconocer que cuando tiene razón, la tiene.

—Está bien, y ¿qué tal a «Verdad o atrevimiento»? Aunque paso de volver a besar a Jude. —Simon finge estremecerse—. Sabe a menta.

—No, él... —Me callo cuando caigo en la cuenta de lo que iba a revelar.

Por suerte, el resto está demasiado ocupado riéndose de la cara que le ha puesto Jude a Simon, como diciendo: «Ya te gustaría a ti», para darse cuenta de mi metedura de pata. Bueno, todos menos Remy, que en lugar de reír me observa con aire pensativo.

Desesperada porque se concentre en algo que no sea mi ridículo desliz, suelto lo primero que me viene a la cabeza.

—Podemos jugar a «Dos verdades y una mentira» —sugiero.

—¡Así me gusta! —exclama Simon con una amplia sonrisa—. Eso es justo a lo que me refería.

—¿Cómo va a funcionar eso si la mayoría de nosotros apenas nos conocemos? —pregunta Izzy con una voz que denota que está muy a gusto tal y como están las cosas ahora.

—¡Ahí está la gracia! Así las conjeturas son mucho más interesantes —le explica Eva, que sorprendentemente parece estar dentrísimo en lo que he dicho por pura desesperación—. Y tampoco es que tengamos mucho más que hacer esta noche.

—¿Y si no queremos saber más de los demás? —gruñe Ember; sin embargo, cuando ve que Eva se pone tan triste, no tarda en retirar lo que ha dicho—. No me hagáis caso. Será que tengo hambre.

Mozart coge una bolsa de patatas fritas y se la tira a la cara. Ella la agarra y le da un capón a su compañera de habitación antes de abrir la bolsa y meterse un puñado de patatas en la boca.

—Vale, pues —interviene Simon, que coge otra bebida—; ¿quién empieza?

Nadie se ofrece voluntario, lo que no me sorprende para nada. Una cosa es escuchar los secretos de los demás, pero otra muy distinta es contar los tuyos. En cierto modo esperaba que don No-puedo-hablar se marchara en ese momento, pero Jude no se mueve de su sitio.

En lugar de eso, nos mira y espera..., aunque no sé muy bien el qué. Estoy casi segura de que no es el juego al que estamos jugando.

Mientras el viento aúlla junto a la cabaña, agitando las ventanas y arrastrando las sillas del porche delantero, nos vamos mirando los unos a los otros con gesto inquisitivo hasta que Eva decide hablar al fin.

—Empiezo yo.

Le da un trago largo y lento a su refresco antes de comenzar de verdad.

—Primera: nací en Puerto Rico y, cuando por fin me gradúe de aquí, quiero volver a vivir allí. Segunda: me acojonan las alturas. Y tercera: no tengo ni idea de qué elemento extraigo mis poderes.

No me sorprende nada de lo que dice, y sé al instante que ese miedo a las alturas es mentira. Justo la semana pasada se colgó del techo de la cabaña para enrollar unas lucecitas alrededor de los canalones y «darle al lugar un toque divertido».

Y me sorprende menos todavía que no sepa cuál es su elemento si apenas tuvo ocasión de explorar sus poderes antes de que la enviaran a la academia Calder.

La mandaron a esta condenada isla porque intentó hacer el hechizo más básico y elemental que puede hacer una bruja: encender una vela usando la magia. Por desgracia, el hechizo salió mal, es más, salió fatal, y acabó quemando su bloque de pisos hasta los cimientos. Murió muchísima gente, y mucha más resultó herida. Desde entonces Eva le tiene pánico al fuego.

—Yo digo que lo del elemento es falso —supone Simon—. Seguro que las brujas pueden sentir de manera innata el elemento con el que más afinidad tienen.

—Dice el tritón que se pasa en remojo todo lo que puede —lo pincha Ember.

—Sirénido —la corrige con énfasis—. Que no es lo mismo.

—Tienes una cola, agallas y vives en el agua —replica—. A mí me parece lo mismo.

Simon no añade nada más, pero sí mantiene la mirada fija en ella. Al principio creo que es porque está cabreado, pero entonces observo su rostro con atención.

Y no puedo evitar pensar en lo guapo que es, con sus ojos oscuros y la piel bronceada cubierta de luz. Además, huele de maravilla. Me inclino hacia delante para intentar captar mejor su aroma y me doy cuenta de que, no sé cómo, huele a todas mis cosas favoritas: vainilla, cardamomo, miel, limón; todo mezclado de tal forma que me despierta el deseo de acercarme más a él. Y esta vez, cuando dice «sirénido», noto que las palabras se filtran por todos los poros de mi piel, no sé cómo.

Respiro hondo, me sumerjo en su aroma cada vez más y...

—Déjalo ya —refunfuña Jude, y de repente ya no se encuentra al otro lado de la estancia. Se ha agachado a mi lado y me ha apoyado una mano en el hombro para empujarme con suavidad hacia atrás, hasta que vuelvo a estar sentada con la espalda recta.

Empiezo a ofenderme al pensar que intenta detenerme cuando no estoy haciendo nada, pero cuando se acerca a mí y capto un poco de su propio aroma, a miel caliente y especias, me doy cuenta de que el olor de Simon solo es una burda imitación.

Respiro hondo antes de lograr detenerme, y de repente Jude está ahí, dentro de mí, llenando los recovecos que han permanecido vacíos, aletargados, durante los últimos tres años. Entonces levanta la cara hacia la mía y caigo de lleno en esos ojos caleidoscópicos. Caigo sin remedio, en bucle y hasta el fondo.

—Y esa, amigos míos —decide terminar Simon, chasqueando la lengua en la comisura de los labios—, es la diferencia entre un tritón y un sirénido, aunque les inhiban los poderes.

Esas palabras me devuelven a la cabaña, por lo que aparto la mirada de la de Jude con cierta brusquedad. Justo a tiempo para ver como todos los presentes parpadean lentamente como si los acabasen de despertar de un trance. Le lanzo una mirada a Simon, que menea las cejas en mi dirección, y por fin caigo en lo que ha pasado. Ember lo estaba pinchando y él ha respondido demostrándole con exactitud lo que un sirénido puede hacer.

Incluso antes de que Ember le diga «¡Eres un capullo!» y le lance una patata.

Él la coge con una mueca de satisfacción.

—Oye, solo os estaba haciendo una pequeña demostración para educaros —se justifica, y se mete la patata en la boca.

—Creo que tú deberías ser el siguiente como castigo por esa pequeña «demostración». —Levanto los dedos para indicar las comillas que rodean esa palabra.

Él se encoge de hombros.

—Vale, pero antes Eva nos tiene que decir cuál era la mentira. Es lo del elemento, ¿verdad que sí?

—En realidad, es lo de las alturas. No me dan miedo los sitios altos, para nada.

—Así que te gusta volar —sugiere Ember, que de pronto parece estar muy interesada en la conversación.

—Nunca lo he hecho. En realidad, no conocía a muchos metamorfos antes de venir aquí.

—Yo te llevaré —se ofrece Ember—. Cuando nos graduemos; si quieres, claro.

A Eva se le ilumina la cara.

—Me encantaría.

—Quedamos así, entonces. —Ember parece más contenta de lo que nunca la había visto, pero en el momento en que se percata de que todos la estamos mirando, su ceño fruncido regresa con más fuerza—. ¿A quién le toca ahora?

—He estado en cuarenta y siete países, en realidad tengo setenta y ocho años, y nunca he matado a nadie. —Izzy bosteza mientras se pasa la mano por la larga melena rojiza. Su cara indica claramente que le da igual si adivinamos la mentira o no.

—Mmm, eso es... —Simon parece desconcertado, como si no tuviera ni idea de qué decir. Y no le culpo. Hay mucha información que asimilar... e intentar adivinar cuál de esos tres datos es mentira es endiablado.

Miro a Jude para ver en qué piensa, pero dudo mucho que la haya oído. Está sentado a mi lado, completamente centrado en el tapiz del rincón, con los ojos entrecerrados y golpeteando el suelo con el pie, como hace siempre cuando intenta averiguar algo.

—Yo opto por lo de los cuarenta y siete países —señala Mozart, que se inclina para pasarme una botella de agua con gas.

Le levanto una ceja; ella solo me sonríe y susurra:

—Parece que tengas sed.

Me arde toda la cara a causa de la vergüenza (porque sé que no se refiere al agua con gas), así que aparto deprisa la mirada de Jude.

—¿Ha acertado? —pregunta Eva con curiosidad—. ¿En cuántos países has estado en realidad?

—Todo es mentira —interviene Remy al mismo tiempo que estira las piernas y vuelve a apoyarse sobre los codos.

—¿Todo? —exclama Eva con voz chillona, y sé que está pensando en la última mentira de Izzy—. Pero el juego no es así...

—Por favor —la interrumpe Izzy poniendo los ojos en blanco—. Os acabo de conocer. No creeréis en serio que os voy a hablar de mí, ¿verdad?

—En cierto modo, lo has hecho —digo yo, porque una de las cosas que me demuestra siempre este juego es que las mentiras que una persona cuenta dicen tanto como las verdades. E Izzy no es la única de la escuela que ha matado a alguien, ya fuera por accidente o intencionadamente. Uno puede corroborarlo solo con ver cómo maneja los cuchillos, por lo que no sorprende a nadie.

Pero lo que sí sorprende (y me crea dudas) es que haya mentido sobre ello. La pregunta ahora es si esas mentiras eran solo aleatorias o las ha escogido porque desearía que fueran verdad.

Se produce un silencio incómodo, uno en el que recuerdo que, a pesar de lo que Izzy y yo hemos vivido juntas, en realidad no la conozco. No sé nada de ninguna de las personas que se encuentran en este cuarto, excepto Eva... y quizá Jude.

Bueno, antes sí lo conocía, pero ¿ahora? La forma con la que observa el tapiz y luego mira por la ventana, como si quisiera estar en cualquier lugar excepto aquí, hace que me pregunte cuánto me he perdido en los últimos tres años.

Durante un rato, todos intercambiamos miradas, intentando determinar qué decir o hacer a continuación. Entonces Simon decide ponerle punto final de una vez, porque empieza a hablar:

—Bueno, me parece que ahora me toca a mí.

Nos da a elegir entre «He hecho naufragar dos docenas de barcos», «Me gusta buscar tesoros hundidos» y «Escribo poesía sobre amores no correspondidos»..., y todo me parece totalmente creíble.

Pero Ember se ríe.

—Eres un sirénido. Tus amores siempre son correspondidos.

Espero a que él haga algún comentario sobre el cuelgue tan evidente que tiene por ella, pero se limita a negar con la cabeza.

—Yo creo... —dice Mozart, pero Ember la interrumpe:

—¿En serio? ¿A quién no vas a poder camelarte en esta escuela si te lo propones? Sobre todo teniendo en cuenta esa pequeña demostración con la que nos has deleitado.

Está claro que no piensa olvidarse del tema, y una parte de mí quiere preguntarle cómo puede ser tan dura de mollera. Y más teniendo en cuenta que Simon no deja de mirarla mientras que Jude y Mozart prefieren fijarse en cualquier otra cosa menos en ellos. Porque salta a la vista que no soy la única que sabe que él está intentando decírselo y que ella claramente no lo está pillando. No sé si es porque no tiene ni idea o porque prefiere hacerse la ingenua.

Mozart se aclara la garganta, pero Ember no le hace caso. Sigue esperando con impaciencia una respuesta que Simon no le va a dar de viva voz. Así que Mozart vuelve a aclararse la garganta; y otra vez, y otra...

—¿Estás intentando escupir una bola de pelo o qué? ¡Eres una dragona, no una maldita loba! —expresa apartando al fin la mirada del sirénido.

—Solo intento pedir mi turno —responde entrecerrando los ojos en señal de enfado.

Ember levanta las manos.

—Vale, ¿y a qué estás esperando? ¡Adelante!

Mozart se pone a pensar por un breve instante (no sé si en las verdades y la mentira del juego o en si debería arrancarle la mano a su amiga de un mordisco), y entonces declara:

—Soy una dragona, llevo tres años viviendo en esta isla y... soy vegetariana.

Durante varios segundos que parecen interminables un silencio sepulcral acompaña las palabras de Mozart y, luego, todos nos echamos a reír a pleno pulmón justo en el mismo instante.

—Eh, ¿qué os hace tanta gracia? —pregunta perpleja.

—Eres... —intenta responder Simon, pero acaba carcajeándose con tanta fuerza que le es imposible terminar la frase.

—¿Soy qué? —Su desconcierto se convierte en ofensa.

—Es que no sabemos si se te da fatal este juego o si eres la puta ama —explico yo tragándome la risa que todavía me borbotea por dentro.

Mozart se pavonea al oírme.

—La puta ama, evidentemente.

—Yo me inclino por lo de ser vegetariana —declara Ember con aspereza—. Más que nada porque te has zampado tres sándwiches de pavo para comer.

—Soy como un libro abierto —dice Mozart encogiéndose de hombros—. No tiene nada de malo.

—En absoluto —coincido, pero sigo sonriendo de oreja a oreja, como todos los demás.

Nos toca el turno a Remy y a mí, pero ninguno de los dos dice nada impactante, seguramente porque tenemos el mismo problema: nunca hemos tenido ocasión de hacer muchas cosas porque nos hemos pasado la vida encerrados.

Pero entonces le toca a Jude, y no puedo evitar aguantar la respiración mientras me imagino qué es lo que por fin va a compartir con nosotros.

45

CUATRO GILIPO-JEAN Y UNA MENTIRA

Por alguna razón Jude parece muy desconcertado cuando llega su turno, aunque no es diferente de cuando les ha tocado a los demás. Sin embargo, antes de que pueda contestar siquiera, alguien llama a la puerta.

—¿Quién creéis que será? —pregunta Simon—. Si todos los que nos caen bien ya están aquí dentro.

Ember resopla.

—Y algunos que no.

Intento no tomarme a pecho que me esté mirando fijamente cuando lo dice, pero estoy segura de que ella sí que quiere que lo haga, por lo tanto...

—¡No seas mala! —la reprende Simon mientras niega con la cabeza.

—Supongo que será algún profesor que viene a comprobar que estamos donde tenemos que estar —sugiere Mozart al tiempo que se levanta para abrir la puerta—. Parece que se ha acabado la fiesta.

Izzy mira a Jude.

—¿Salvado por la campana? —pregunta con curiosidad.

Él se encoge de hombros como insinuando «lo has dicho tú, no yo», y después se pone de pie de inmediato cuando Mozart se aparta para descubrir a los cuatro Gilipo-Jean en la entrada.

—¿Queréis algo? —quiere saber ella con las cejas tan enarcadas que casi le tocan la raíz del pelo.

—¡Sé que la mantícora está aquí! —ruge Jean-Luc—. Queremos hablar con ella.

Mozart enarca todavía más las cejas, si es que es posible.

—Cuidadito con cómo le hablas a la gente, fae. —Su voz es calmada, pero advierto un leve cambio en su cuerpo que anuncia que no busca problemas, pero es más que capaz de apañárselas si quieren pelea.

—Y tú cuidadito con quién te juntas, dragona —replica Jean-Claude—. Igual te despiertas con pulgas.

—Me parece a mí que ese dicho te lo acabas de inventar —comenta Simon mientras se levanta para colocarse detrás de Mozart.

—Los dragones no cogen pulgas —informa Mozart con una sonrisa que muestra una cantidad excesiva de dientes—. Quizá deberías ir a buscar algunos troles a los que embelesar con tus brillantes ocurrencias.

—Trae a la mantícora —ordena Jean-Luc con una voz que he oído demasiadas veces como para que no me salten las alarmas—. Ya.

Jude se ha movido para taparme con su enorme cuerpo, pero lo último que quiero es que él o cualquier otra persona se meta en una pelea con los Gilipo-Jean para protegerme.

Eva me mira y niega con la cabeza, pero la ignoro y me levanto para que puedan verme.

—Estoy justo aquí.

Jude me gruñe entre dientes mientras vuelve a moverse para posicionarse entre los Gilipo-Jean y yo.

—¿Dónde está? —inquiere Jean-Jacques.

Y como no me gustan ni su tono ni su pregunta, me hago la tonta.

—¿Dónde está el qué?

Pero parece que eso solo consigue cabrear más a los fae porque, de repente, Jean-Luc suelta un bramido y aparta a Mozart de su camino para poder entrar en su cabaña sin que lo inviten, lo que pone en alerta a todas las personas que hay dentro.

—¡Ni se te ocurra tocarla, joder! —grita Simon con una voz que nunca le había oído al sirénido juguetón y simpático que suele ser.

A su vez, Jude ya ha cruzado la estancia antes de que Jean-Luc pueda meter el otro pie en la cabaña.

Ember y Remy están justo detrás de los dos, y Eva aprieta los puños y se coloca a mi lado.

Izzy es la única que se queda donde está, pero se pasa la lengua por los colmillos en lo que he aprendido que es un signo de irritación. También se le ha materializado un cuchillo en cada mano.

En cuanto a Mozart... Bueno, parece que está a punto de hacer un flambeado de fae para su próxima comida.

Mientras los esquivo para llegar a los Gilipo-Jean (no quiero que nadie salga herido por culpa mía), de repente advierto qué es lo que mi madre intenta prevenir con la inhibición de la magia; porque algo me dice que, si Mozart pudiera acceder a su forma de dragona ahora mismo, los fae ya estarían carbonizados.

Porque estas personas, con las que hace nada estaba comiendo patatas, con las que he estado jugando y gastando bromas, de repente se parecen mucho más a los adolescentes problemáticos que acabaron en la academia Calder por sus propios medios. Oscuros, peligrosos y más que preparados para hacer lo que haga falta.

No es que den miedo: es que son espeluznantes con todas las letras.

—Pírate de mi casa —le ordena Ember a Jean-Luc. Su voz suena grave e incluso más aterradora de lo habitual—. Ahora mismo.

Los ojos del fae se encuentran con los míos y los entrecierra hasta que son dos líneas finas.

—No sé qué estás planeando, Calder, pero más te vale replanteártelo... Antes de que te obliguemos nosotros.

—Que. Te. Pires —espeta Mozart repitiendo las palabras de Ember; solo que le devuelve el empujón en el pecho que le ha dado antes Jean-Luc.

Cosa que lo cabrea tanto que le propina un puñetazo. Apunta a su cara con la mano cerrada en un puño y yo me adelanto para detenerlo. Ya me ha pegado muchas veces, sé lo que se siente, y ni de coña quiero que le pase lo mismo a Mozart por intentar protegerme.

Pero me quedo a dos pasos de llegar a tiempo.

Aunque Jude no. Coloca la mano delante de la cara de Mozart en el último segundo.

El puño de Jean-Luc choca con la palma de Jude y este cierra los dedos a su alrededor como respuesta. Después empieza a apretar.

Solo pasan dos segundos hasta que la ira desaparece de la cara de Jean-Luc para ser reemplazada por dolor; y pasa mucho menos tiempo para que ese dolor se convierta en miedo mientras Jude sigue apretando.

—Venga ya, tío. Solo queremos el tapiz. —Jadea al tiempo que se revuelve para librarse del agarre de Jude—. Dádnoslo y nos largaremos.

Pero el oniro apenas parece percatarse de lo mal que lo está pasando o de sus palabras. Sigue apretando, a pesar de que las rodillas de Jean-Luc ceden y se cae con fuerza al suelo.

—Venga, tío, ya está bien. Suéltalo, joder. —Jean-Jacques da un paso adelante.

Cuando Jude no se molesta ni en mirarlo, Jean-Jacques se abalanza sobre él con el puño en el aire. Al mismo tiempo Jean-Claude y Jean-Paul se le acercan por los costados e intentan agarrarlo.

Pero ninguno consigue ponerle ni un dedo encima a Jude.

Simon coge a Jean-Jacques y lo manda volando al otro lado de la estancia.

Mozart le pega un patadón en los huevos a Jean-Claude.

Y yo alargo la pierna lo bastante para ponerle la zancadilla a Jean-Paul y que se caiga de morros. No era mi intención empujarlo hacia Remy, pero cuando el hechicero del tiempo lo deja fuera de juego al clavarle un codo en la garganta, tampoco es que pueda decir que me dé ninguna pena.

Los Gilipo-Jean se levantan de un salto, mucho más enfadados que al principio. Aunque no me sorprende.

Se han pasado toda la vida consiguiendo todo lo que quieren. Se aprovechan de su reputación, dinero y poder, y del miedo que eso provoca en la gente; hacen lo que les da la gana; y cuando alguien les dice que no, cosa que no ocurre muy a menudo, hacen uso de los medios necesarios para convertir ese «no» en un «sí».

Por eso mismo me han dado muchos puñetazos en la cara y otras partes del cuerpo a lo largo de estos tres años..., pero eso es mejor que agachar la cabeza y dejar que me pisoteen.

—¡No nos marcharemos sin el tapiz! —brama Jean-Luc. Y esta vez, cuando ataca, lleva puños americanos de latón en ambas manos.

Jude esquiva el primer puñetazo, aunque resulta que él no era el verdadero objetivo del fae. En vez de eso, da una vuelta en el último momento y me propina un segundo puñetazo.

Retrocedo con torpeza en un intento de esquivarlo, pero sé que no soy lo bastante rápida. No voy a conseguir librarme del golpe.

Pero entonces Jude se mueve más deprisa de lo que imaginaba que pudiera, se desliza delante de mí en el último instante y me protege con su cuerpo. El puño de Jean-Luc le da directo en las costillas.

Y juro que oigo un hueso partirse.

46

SE ACABÓ LA FIESTA

Jude no se mueve; es más, no sé ni si respira. Aunque, para ser justa, creo que nadie lo hace. Ni siquiera Jean-Luc, que parece tan sorprendido como el resto de nosotros de haber conseguido realmente golpear a Jude.

—Pero qué... —dice Mozart; sin embargo, se detiene en seco cuando el gorjeo familiar de la profesora Aguilar nos rodea de repente.

—¡Holi, Ember y Mozart! No deberíais tener la puerta abierta en medio de esta tormenta. —Un paraguas verde lima pálido surge por la puerta de entrada, seguido de cerca por la profesora de Literatura con un abrigo a juego—. La lluvia dañ... —Se queda a media palabra, con los ojos azul brillante abiertos como platos mientras pasea la mirada entre Jean-Luc, Jean-Claude, Ember y yo—. ¡Dios mío! ¿Qué es lo que está pasando aquí?

—Estos ya se iban, profesora Aguilar —anuncia Mozart.

—¿A quiénes te refieres en concreto? —quiere saber.

Jean-Claude les dedica a sus amigos una sonrisa arrogante, dándoles a entender que él será quien se ocupe de ella. Se sacude el pelo y se da la vuelta para hostigar una vez más a la profesora Aguilar, de eso no tengo la menor duda. Lo que ocurre es que esta vez no está sola delante de toda la clase, porque el profesor Danson, el instructor de Control de la Ira y un tipo extraordinariamente duro de pelar, atraviesa la puerta tras ella. Y parece tan cabreado como ella desconcertada.

—¡¿Me podéis explicar qué diablos está pasando aquí?! —grita pasando la vista por todos, uno a uno, al igual que ella.

—Solo estábamos... —intenta explicar Mozart, pero él la corta en seco.

—De fiesta en plena tormenta. —Termina la frase con su voz ronca y grave de minotauro, que invade la estancia sin necesidad de haberla levantado para nada—. Pese a que, a estas horas, ya deberíais estar todos en vuestras respectivas cabañas.

—Técnicamente, yo... —empieza a decir Ember.

—No te hagas la lista, Collins. Esta será tu cabaña, pero tampoco es algo que te beneficie ahora mismo. —Dirige la mirada hacia los Gilipo-Jean, dos de los cuales se están acercando poco a poco al rincón donde he dejado antes el tapiz—. No os creáis que no sé que habéis venido buscando problemas —continúa con su característica voz—. Ahora, fuera.

—Solo hemos venido a la fiesta —dice Jean-Paul para intentar escurrir el bulto.

—Pues se acabó la fiesta. —Las cejas de Danson se juntan en su frente para crear una oruga peluda de aspecto enfadado antes de negar con la cabeza y señalar con ella la puerta—. Arreando.

—Sin problema. —Jean-Claude toma los mandos e intenta dibujar lo que se piensa que es una sonrisa encantadora. Lástima que solo parezca un capullo integral—. Solo nos falta coger...

—Mira, lo diré de otra forma. No sé lo que está pasando aquí exactamente, pero sé que no es nada bueno. Así que no pienso marcharme sin vosotros cuatro. Y como tenía pensado irme ahora mismo... —Inclina la cabeza hacia un lado—. Sabes por dónde van los tiros, ¿verdad?

—Sí.

Jean-Claude musita algo en voz baja que no consigo oír. Sin embargo, parece que el profesor Danson sí lo ha oído, porque entrecierra los ojos con gesto amenazador justo antes de cruzar la estancia de un solo salto y coger a Jean-Claude por la parte trasera de su camiseta.

—*Ahora* significa «ahora» —sentencia mientras saca a Jean-Claude de la cabaña a la fuerza, justo detrás de los otros tres Gilipo-Jean, que en este instante están saliendo por la puerta a todo correr. Parece que Danson es una de las pocas personas de la isla a las que no pueden comprar, acosar o intimidar para que hagan lo que ellos quieran.

Reconozco que con eso consigue que me caiga mejor.

—Y todos los demás también —ordena la profesora Aguilar con una voz cantarina que sé que piensa que suena severa—. Ya os habéis saltado el toque de queda, así que debería poneros un parte. Pero si volvéis ahora mismo a vuestras respectivas cabañas, haré como que no ha pasado nada.

Se da la vuelta y se encamina hacia el pequeño porche delantero de la cabaña, no sin antes saludarme con la mano y susurrar:

—¡Hola, Clementine! ¡Hola, Jude!

Le respondo con una sonrisa (es tan ridícula que es imposible no reírse) y una mirada rápida hacia Jude con el rabillo del ojo me muestra que él hace lo mismo. O, al menos, levanta ligerísimamente las comisuras de los labios, lo más parecido a una sonrisa que es capaz de esbozar.

Me acerco para coger el tapiz del rincón, pero Eva ya lo ha hecho. Le lanza una mirada elocuente a Jude (su manera de decirme que me quede y hable con él) antes de anunciar a los cuatro vientos lo cansada que está y que se lleva el tapiz a nuestra cabaña.

Remy, Izzy y Simon salen tras ella y después se marchan en direcciones distintas: Remy e Izzy hacia las cabañas del fondo del sector y Simon, justo al otro lado del paseo.

Así que nos quedamos Jude y yo contemplándonos en silencio..., hasta que la profesora Aguilar vuelve a asomar la cabeza por la puerta y dice:

—¡Venga, vamos! Ya tendréis tiempo de sobra mañana en el almacén para quedaros mirándoos.

Esas palabras me hacen sentir una vergüenza horrible y me lanzo hacia la puerta. Jude hace lo mismo a una velocidad más sosegada, y entonces Mozart grita a nuestras espaldas:

—¡No hagáis nada que yo no haría!

La profesora Aguilar asiente ligeramente con la cabeza llena de satisfacción para luego alejarse mientras cojo el chubasquero y bajo los escalones de la entrada. Sin embargo, ni siquiera llego al último escalón cuando Jude me apoya una mano en el hombro.

—¿Puedo hablar contigo? —pregunta en voz alta para que pueda oírlo por encima de la tormenta.

El corazón comienza a latirme con fuerza aunque sus palabras me hayan dejado congelada.

—¡Claro! —contesto en alto también, y espero a que diga algo, lo que sea, sobre lo que ha pasado entre nosotros hace solo un par de horas.

Sin embargo, cuando me vuelvo para estar frente a él, su rostro es serio, y siento cómo estalla la frágil burbuja de esperanza que albergaba en mi interior. Incluso antes de que me diga:

—Necesito que me des ese tapiz.

En cierto modo me esperaba esas palabras, pero me han caído encima con más fuerza de la que imaginaba (y son más pesadas de lo que me hubiera gustado). No obstante, que me haya aturdido con ellas no significa que vaya a ponérselo fácil. No cuando no ha hecho nada para facilitarme las cosas.

Ahora mismo quiero decirle un millón de cosas, y preguntarle otro millón más, pero, como el viento no deja de azotarnos, empiezo por lo más básico.

—¿Por qué?

—¿Cómo que por qué? —La pregunta parece haberle sorprendido—. Si te aferras a él, Jean-Luc y su pandilla van a seguir viniendo a por ti. Es como ponerte una diana en la espalda.

—¿Y a ti qué? Es mi espalda.

Sus ojos se ensombrecen y se arremolinan de la misma manera que hacen siempre que está muy enfadado. Lo cual me viene de perlas, porque significa que por fin lo está pillando.

—Mira, Orangelo, no es el momento de ponerse cabezota. Tienes que darme ese tapiz.

—Y tú tienes que explicarme qué está pasando, Penny Lane. Porque tu interés en ese tapiz está relacionado con más cosas que con mantenerme fuera del radar de los Gilipo-Jean.

—¿Los qué?

—Los Gilipo-Jean —repito con un gruñido—. Así los llamo yo.

Ahora sí que sonríe. Se le curvan los labios y forma lo que el resto de las personas definiría como una mueca, pero que para Jude es sin duda una sonrisa.

—Muy bueno —reconoce.

—Lo de cambiar de tema, no tanto —replico—. Podrías dejarte de jueguecitos y contarme de una maldita vez lo que está pasando.

—¿Eso crees que hago? ¿Jugar? —Su expresión es tan intensa como las propias palabras.

—Pues ¡no lo sé! —contesto—. ¡Porque no quieres hablar conmigo de nada!

—¡No es tan fácil!

—Yo creo que sí. —Esta vez no pienso dar marcha atrás para que se sienta más cómodo, no voy a aflojar porque no me preocupa tanto molestarlo como ver que se guarda para sí las respuestas que quiero—. Solo tienes que respirar hondo, abrir la boca y dejar que salgan las palabras.

Abre la boca, luego la cierra. Se pasa una mano por el pelo con frustración y después vuelve a abrir la boca; y a cerrarla.

—¿Tan difícil es ser sincero conmigo? —pregunto tras esperar varios segundos.

—¿Tan difícil es confiar en mí? —suelta.

Quiero gritarle con todas mis fuerzas que sí, porque

siento que estoy a una traición más de romperme en pedazos otra vez.

Pero decirle eso solo erigirá un muro aún mayor entre nosotros, y quedaremos atrapados en este callejón sin salida al que parece que hemos llegado, donde ninguno de los dos está dispuesto a ceder al otro un solo milímetro.

Así que, aunque hay una parte enorme de mí que solamente quiere decirle un montón de palabras hirientes para construir ese muro y protegerme, me muerdo la lengua y, en lugar de eso, extiendo una pequeñísima rama de olivo.

—Sé que pasa algo raro con ese tapiz.

47

NO ME SEAS JUDAS

El rostro de Jude se descompone más todavía, si es que es posible.

—No sé qué quieres decir.

—¿En serio? ¿A eso quieres jugar? —replico mientras me acerco para que quedemos cara a cara. O con la cara tan cerca de la suya como me sea posible, teniendo en cuenta que me saca veinticinco centímetros.

—¡Ya te he dicho que no estoy jugando a nada! —me ruge—. Estoy intentando protegerte. ¿Por qué no te das cuenta?

—¿Alguna vez se te ha ocurrido que a lo mejor no quiero que me protejas? Quizá lo único que quiero es que confíes en mí.

—No confío ni en mí mismo, Kumquat. No tiene nada que ver contigo.

Sus palabras penden en el aire caliente y pegajoso que nos rodea.

Una parte de mí cree que es lo más triste que he oído nunca, en cambio la otra parte sigue dándoles vueltas a sus palabras en mi cabeza una y otra vez para tratar de averiguar si es otra excusa. Otra mentira más.

Pero la verdad es que Jude no miente. Omite, se cierra en banda, desaparece cuando más lo necesitas, pero en realidad no miente. Así que ¿a qué se refiere con que no confía ni en sí mismo? Y lo más importante, ¿por qué?

—Entonces ¿es eso lo que quieres? —pregunto, y por una vez no me molesto en ocultar mi perplejidad ni el dolor que siento—. ¿Seguir apartándome de tu lado hasta que ya no vuelva? ¿Destruirlo todo, no solo lo que hemos sido, sino también todo lo que podríamos ser?

Se le cae la máscara y durante un instante veo el tormento que esconde debajo de ella. Veo dolor, indecisión y muchísimo odio por sí mismo, algo que no sabía que existiera en él. Eso enciende la congoja que siento por dentro, hace que mi cuerpo se vea atraído por el suyo a causa de la necesidad de consuelo, aunque él mismo sea el que me está haciendo añicos.

—Es que no quiero hacerte daño —me dice en una voz ronca por la agonía.

—Eso es lo único que haces —respondo mientras la tormenta sigue bramando a nuestro alrededor—. No has hecho más que hacerme daño durante tres largos años. ¿Cómo va a ser saber la verdad más difícil o peor de lo que ya hemos sufrido?

Parece que todo él siente rechazo ante mis palabras.

Pero entonces me busca y de repente me pega contra su cuerpo grande, cálido y poderoso, y me abraza con tanta fuerza, pero al mismo tiempo con tanto cuidado, que apenas puedo respirar debido a todas las emociones que nacen en mi interior.

—Parece que me haya pasado toda la vida intentando no hacerte daño —me susurra al oído.

Las palabras me atraviesan como si fueran uno de los cuchillos de Izzy, cercenan lo que queda de mis defensas hasta hacerlas trizas y me abren en canal.

—Parece que nos hemos pasado los últimos años haciéndonos daño el uno al otro sin quererlo —le contesto entre murmullos—. Quizá sea el momento de probar algo nuevo.

No contesta de inmediato o, por lo menos, no con palabras. En vez de eso, me acaricia la sien con los labios, despacio, con ternura, antes de deslizarse hacia abajo con todo el cuidado del mundo. Me deja un rastro de besos por la curva de la mejilla, por la línea de la mandíbula y en el punto sensible justo detrás de la oreja.

Y así, sin más, me entrego a él. Le doy todas mis versiones: la amante y la guerrera; la niña buena y la rebelde; la Clementine escéptica y la mujer con tal ansia de creer en esto que está plantada bajo la lluvia suplicándole a un chico, suplicándole AL chico, que le permita ayudarlo a cargar con sus problemas.

Mis brazos lo rodean por voluntad propia.

Mis dedos se aferran a la tela húmeda y áspera de su sudadera.

Mi cuerpo se derrite contra el suyo y lo abrazo tan fuerte como puedo.

Tan fuerte que quizá, solo quizá, pueda evitar que se rompa en mil pedazos..., si es que él me lo permite.

Un relámpago ilumina el cielo, y yo sigo abrazándolo.

Un trueno hace temblar la tierra, y yo sigo abrazándolo.

El agua cae a caudales del cielo, como si fuera una cascada que se ha desbocado, y yo sigo abrazándolo y solo pienso que quiero abrazarlo así para siempre.

Pero entonces él me suelta. Se aparta y retrocede varios pasos.

—No puedo —me dice con una voz grave por la pena.

—No puedes... ¿qué? —musito, aunque ya sé lo que me va a decir.

—No puedo contarte lo que pasa; y no puedo estar contigo, no de la forma en la que tú quieres que estemos juntos. No es seguro.

—Eso no lo sabes.

—Sí que lo sé —contesta con tal intensidad en los ojos que incluso le brillan—. Lo supe hace tres años, cuando te besé. Y lo he sabido esta tarde, en el bosque. No he logrado detenerme. Lo arruiné todo hace tres años, no puedo dejar que vuelva a suceder.

Se me acelera el corazón ante sus palabras, pero en el mal sentido, mientras pienso en todo lo que pasó hace tres años; mientras pienso en Carolina.

—¿Qué es lo que arruinaste, Jude?

Pero él se limita a negar con la cabeza a la vez que baja del porche y se mete bajo la lluvia.

—Tienes que darme el tapiz, Clementine.

Yo también niego con la cabeza cuando las palabras sobre lo que nos ocurrió en noveno me reverberan por el cuerpo. ¿Está hablando solo de nosotros? ¿O está hablando de algo mucho peor?

Sin embargo, antes de que pueda preguntar se pasa una mano por el pelo mojado por la lluvia con frustración y vocifera:

—¡No quiero discutir, Clementine!

—Tú nunca quieres discutir —rebato al tiempo que me meto de lleno en la lluvia—. Ese es el problema, Jude.

Espero que algún día encuentres algo o a alguien por quien merezca la pena luchar. Con suerte, serás tú mismo.

Y después me doy la vuelta y me alejo mientras rezo a cada paso que doy para que me siga. Que, por una vez, luche por mí y por nosotros.

48

NO PASES DE MÍ, FANTASMA

No lo hace, y mis peores temores se vuelven reales en un solo instante.

He luchado todo lo que he podido. Me he abierto en canal, he desnudado mi alma, y nada de eso ha importado.

Sigo caminando de regreso a casa bajo este aguacero..., sola.

Aunque esta vez es peor (muchísimo peor) que antes, porque no puedo evitar pensar en lo que me ha dicho Jude sobre haberlo arruinado todo hace tres años. No puedo dejar de preguntarme si, por alguna razón, se refería a algo más que a lo nuestro. Si tal vez también se estaba refiriendo a lo que pasó con Carolina.

Siempre me ha parecido muy extraño que la noche en la que Jude me besó, la noche que me fui a la cama pensando que por una vez todo iba bien en mi mundo, también fuera la noche en la que todo se fue al garete.

Desperté a la mañana siguiente más contenta que nunca y descubrí que se habían llevado a Carolina.

Tuve la bronca más gorda de mi vida con mi madre por ello, y las dos nos dijimos cosas que nunca podremos retirar. Cosas que aún no sé si quiero retirar.

Recurrí a Jude en busca de apoyo y él me dio la espalda, me arrancó de su vida de raíz, como si ni el beso ni los siete años de amistad que lo habían precedido hubiesen existido.

Y ahora aquí está, haciendo lo mismo otra vez... y diciéndome que todo está relacionado.

¿Tendrá razón? ¿Están nuestro beso y la desaparición de Carolina conectados de alguna forma después de todo? ¿No fue mi cerebro de catorceañera traumatizada el que relacionó ambos sucesos? O igual el que está haciendo lo mismo ahora es mi cerebro de adolescente de diecisiete años traumatizada.

Ha sido un día infernal. He perdido a Serena y, en algunos aspectos, tengo la sensación de que he vuelto a perder a Jude.

En estos instantes no tengo ni la menor idea de lo que es real y de lo que es fruto de mi imaginación torturada, sinceramente. Lo único que sé es que lo voy a averiguar. Me da igual lo mucho que Jude me confunda, me da igual cuánto me mienta mi madre, pienso descubrir la verdad; sobre todo.

Pero... no será esta noche. Esta noche estoy cansada, destrozada y triste, muy muy triste. Así que voy a darme una ducha, meterme en la cama e intentar dormir unas pocas horas antes de evacuar.

Lo normal es que estuviese entusiasmada por la evacuación; no por la tormenta, evidentemente, sino por la oportunidad de salir de esta condenada isla de una vez por todas.

Sin embargo, entre Serena y todas las nuevas preguntas que me han surgido de repente, este parece ser el peor momento en el que podría pasar. ¿Cómo voy a obtener respuestas si estamos encerrados en un maldito almacén a saber dónde?

Por otra parte, hablamos de la academia Calder. Cuando piensas que las cosas no pueden ir a peor, cuidado; siempre pueden empeorar todavía más.

El viento se levanta, gruñe y me rodea como una bestia salvaje, pero me inclino hacia delante para combatirlo y sigo avanzando.

Estaba tan alterada que he acabado dejándome el chubasquero en el porche de Mozart y Ember, aunque ni de coña pienso volver a por él ahora. En lugar de eso, me hundo más en la camiseta que Mozart me ha prestado y camino tan rápido como puedo mientras el viento sigue estorbándome.

Los rayos parten el cielo por la mitad, pero a estas alturas me he acostumbrado a ellos y ya no les presto mucha atención, ni tampoco a los truenos que los siguen. Y, cuando deciden retornar unos segundos después, ni siquiera me molesto en mirar.

Pero entonces van repitiéndose una y otra vez sin descanso, y me doy cuenta de dos cosas a la vez: la primera, que los relámpagos están cada vez más cerca de mí; y la segunda, que a pesar de ello no he oído ningún trueno.

Mierda.

A la siguiente descarga me doy la vuelta y confirmo que mi instinto tenía razón. Los últimos resplandores de luz no habían sido relámpagos.

El terror se me acumula en el estómago cuando un tío enorme con uniforme de preso aparece justo a mi lado.

Con pasos cansados y una expresión atormentada en el rostro, decide venir hacia mí.

Me aparto de su camino de un salto; cuando se vuelve para cogerme, veo que tiene el lado izquierdo de la cara cubierto por un tatuaje gigantesco que reza «Deberías correr».

¿Es un tatuaje de verdad o se trata de otra advertencia?

Antes de poder hallar la respuesta, desaparece.

Y si se trata de una advertencia, ¿qué cojones? Es la segunda vez que me llega una en menos de doce horas, lo cual es un tanto insólito teniendo en cuenta que, en ese mismo periodo de tiempo, parece que no haya hecho otra cosa que no sea correr.

Lástima que no tenga adonde ir.

Respiro hondo, pero apenas dispongo de un segundo para aclararme las ideas antes de que otro centelleo surja en el camino.

Esta vez se encuentra a mi izquierda, y me vuelvo justo a tiempo para ver a una mujer (medio humana, medio animal salvaje) destellar sobre la senda.

Le gotea sangre de los colmillos, y solo dispongo de un segundo para preguntarme si murió al desengranarse (un pensamiento aterrador si tenemos en cuenta lo que me ha pasado a mí antes) antes de que me embista.

Me tambaleo hacia atrás gritando. Ella desaparece, pero otro destello (esta vez un niño de unos siete años con ojos dispares y pelo negro de punta) ocupa su lugar. Sujeta con los brazos un oso de peluche marrón desgastado mientras solloza.

—¿Jude? —susurro, porque, a excepción del pijama verde con tiranosaurios, es igualito que él a su edad.

Pero es imposible. Jude está vivo, lo he visto hace nada; acabo de discutir con él. Y este niño debe de ser un fantasma, ¿no?

Aun así, cuando se me acerca y levanta las manitas como si quisiera que lo cogieran, estoy lo bastante sorprendida para hincar una rodilla en el suelo.

—¿Estás bien? —Me salen las palabras antes de poder detenerlas.

—Necesito a papá —explica con los ojos muy abiertos—. He tenido una pesadilla.

—Ay, chiquitín. —Aunque sé que no me puede oír, pronuncio esas palabras sin poder evitarlo—. ¿Dónde está tu papá?

—Necesito a papá —repite con insistencia, y me da golpecitos en la mejilla con los dedos. Es ahí cuando me doy cuenta de que puede oírme, igual que el niño de la mazmorra. Es más, puede tocarme—. ¡Búscalo, por favor!

—Lo siento, no sé dónde está tu papá —susurro, y se echa a llorar.

Lo acerco a mi cuerpo y una potente descarga eléctrica me atraviesa entera cuando el niño me hunde la cara en el cuello. Sin embargo, no es tan malo como suele ser, así que hago lo que puedo para ignorar el dolor.

—¿Cómo te llamas? —le pregunto mientras lo acuno con suavidad.

No responde, solo niega con la cabeza y dice:

—¡Tienes que encontrar a papá! Él alejará a los monstruos.

Intento preguntarle a qué se refiere, pero desaparece tan súbitamente como ha aparecido.

Ahora tengo un nudo en la garganta y un peso en el pecho que antes no tenía, no sé por qué. Sin embargo, eso no evita que me sienta fatal por no haberlo podido ayudar.

Avanzo a medio camino entre andar y correr tras llegar al último tramo que conduce hacia mi cabaña. El viento y la lluvia siguen atizándome, pero estoy dispuesta a llegar antes de que la tormenta empeore... o vuelva a aparecer otro destello.

Apenas he logrado dar unos pocos pasos hacia la cabaña cuando una alumna de la academia Calder brota de la nada.

No me suena en absoluto, así que parpadeo varias veces para despejar la lluvia que me emborrona la vista. Es entonces cuando me doy cuenta de que la razón por la que no me suena su cara es porque no se trata de una alumna, o al menos no lo es ahora.

Es un fantasma.

Al igual que el espíritu que he visto antes con el camisón de flores, su piel es del color gris traslúcido al que estoy acostumbrada, pero, al igual que la mujer (y el niño que he visto hace nada), su ropa tiene color; y también su melena castaña desgreñada, que me tira para atrás por completo.

Lleva exactamente la misma falda a cuadros roja de la academia Calder que tengo colgada en el armario ahora mismo, además del mismo polo negro. No obstante, lleva un gorro de lana grande y negro en la cabeza, unas gafas de sol ovaladas y espejadas en la cara y una camisa de cuadros varias tallas más grande alrededor de la cintura. Por no mencionar la decena de pulseras de hilo que le adornan ambas muñecas.

Además, su rostro muestra una amplia sonrisa, cosa que para nada es lo habitual en la academia Calder a la que estoy acostumbrada, mientras se me acerca medio brincando como si no tuviese ni una sola preocupación en el mundo.

Teniendo en cuenta que la escena se está desarrollando en medio de una tormenta, al mismo tiempo que un aguacero que no puede ver desciende sobre ella y un viento que no puede sentir le azota el pelo, esto resulta de lo más anómalo.

También porque percibo algo familiar en su cara y en la forma que tiene de caminar, cosa que me inspira una falsa sensación de seguridad. En lugar de retroceder, me quedo donde estoy, observándola incluso cuando van apareciendo un montón de destellos más en torno a ella: hombres, mujeres y niños que relumbran a su alrededor mientras camina, que aparecen y se esfuman al instante, de un momento al siguiente.

A medida que se van aproximando, al fin desvío la mirada para verlos; y es entonces cuando la chica ataca. Los ojos se le hunden en la cabeza, unos chorros de sangre descienden por su cara y la boca se le abre en un grito mudo e irregular al tiempo que se transforma. Pasa de ser la estudiante de los noventa a la que estaba contemplando, a convertirse en el espectro espantoso que antes ha aparecido en el despacho de la tía Claudia. En su metamorfosis se abalanza sobre mí y acabo cayendo de culo al intentar esquivarla con desesperación, y sin éxito alguno.

Una mano huesuda me agarra el antebrazo y unas descargas eléctricas me sacuden entera en cuanto entra en contacto conmigo. Cada terminación nerviosa de mi cuerpo se inflama en el peor de los sentidos, y mil imágenes se vuelcan en mi mente como gotas de lluvia gélidas, que llegan y poco después se ven arrastradas por el diluvio de emociones que amenaza con ahogarme un poco más con cada segundo que transcurre.

Ojos azules de los Calder.

Un bebé recién nacido, llorando.

Manos vacilantes.

Una mecedora.

Una tumba.

Miedo.

Pena.

Y dolor.

Tanto dolor que me abruma. Intento abrirme paso a la fuerza, pero es imposible, incluso antes de que baje ese rostro desfigurado suyo hasta acercarlo al mío.

—¡Mira! —dice con voz áspera mientras me sujeta para que no me mueva—. Necesito que mires.

—Lo intento —contesto entre jadeos, intentando desesperadamente zafarme de ella.

Pero me agarra con fuerza cuando más visiones anegan mi mente. Esta vez son todas de Carolina, mi preciosa y ya fallecida prima.

Carolina, en el despacho de mi madre; Carolina, asomándose por una jaula de la mazmorra; Carolina, en la antigua despensa subterránea; Carolina, encadenada.

Mis emociones turbulentas chocan entre ellas como cometas, arrojando chispas de dolor que me atraviesan mientras todo va volviéndose lóbrego.

Me esfuerzo por coger aire y al mismo tiempo lucho por mantenerme consciente. Nunca me he desmayado estando con fantasmas (o con los destellos), pero algo me dice que si lo hago ahora mismo, sería una idea nefasta.

Sigo forcejeando, sigo intentando liberar el brazo a la vez que las ondas expansivas me queman cada vez con más furia. Pero ella no me suelta, y todo a mi alrededor ha pasado de estar en penumbra a desplomarse en la más absoluta oscuridad.

Sin embargo, aún me queda algo de energía y hago lo único que se me ocurre: la agarro del hombro con la mano que tengo libre y tiro del brazo con toda la fuerza que soy capaz de reunir.

La electricidad me flagela de pies a cabeza mientras se me escurre la mano a través de su cuerpo. Grito a medida que me voy hundiendo, con la cara por delante. Finalmente su mano se aparta de mi muñeca en cuanto desaparece, por suerte, junto con todos los otros destellos, que se esfuman tan rápido como han surgido.

Me quedo tirada en el suelo empapado, hecha un ovillo e intentando recuperar el aliento que tanto necesito al tiempo que la lluvia sigue aporreándome.

—¡Clementine! —De repente la profesora Aguilar está agachada a mi lado, protegiéndome de la lluvia con ese paraguas verde lima suyo tan ridículo—. ¿Qué ocurre? ¿Estás bien?

Me esfuerzo por incorporarme y sentarme. El cuerpo aún está asimilando la repentina falta de angustioso dolor.

—Estoy bien —aseguro un poco después, pero no sé si lo digo de verdad, incluso mientras pronuncio las palabras; porque ha sido espantoso.

Mi mente sigue acelerada, el corazón todavía me late demasiado rápido. Y me tiembla todo el cuerpo, no sé si por el miedo o por la cantidad ingente de electricidad que lo ha atravesado hace nada.

Una parte de mí quiere comprobar si tengo quemaduras, no me creo que algo así no me haya dejado marcas físicas de ningún tipo.

Suelto un largo suspiro e intento poner mis pensamientos en orden, pero es muy difícil porque ahora mismo estoy extremadamente acojonada.

Los fantasmas jamás han sido así, algo debe de haber cambiado. Solo tengo que averiguar el qué; los destellos no me entusiasman y, por descontado, tampoco siento especial devoción por que miles de voltios de electricidad me recorran el cuerpo.

Sin embargo, lo único que se me ocurre que es diferente es la tormenta. ¿Es posible que los relámpagos que la acompañan hayan transformado a los fantasmas y los hayan convertido en destellos? Eso podría explicar el repentino y horrible flujo de electricidad que he sentido cuando me ha tocado.

Aun así, ya ha habido más tormentas en la isla. Ninguna tan monumental como esta, eso es verdad, pero hemos sufrido nuestra buena cantidad de rayos y truenos, y nunca había pasado esto.

Entonces ¿qué hay de diferente en esta ocasión? ¿Y cómo puedo arreglarlo antes de que acabe electrocutada de verdad la próxima vez?

—A mí no me lo parece —comenta la profesora Aguilar, que me coge del brazo en un intento por ayudar a levantarme.

Pero a las hadas no se las conoce precisamente por su fuerza, así que me pongo en pie yo sola. No tiene por qué saber que aún noto las piernas un poco flojas; ni ella ni nadie.

Además, ¿cómo no me van a temblequear? Han descargado sobre mi cuerpo una cantidad inconmensurable de electricidad.

—¿No os habíamos dicho que volvierais a vuestras cabañas? —refunfuña Danson. Es la primera vez que me doy cuenta de que está de pie junto a mí.

—Perdón —respondo—. Iba de camino.

—Te acompañaremos —se ofrece él, y no sé si es porque no se fía de mí o porque mi aspecto es tan horrible como el estado en el que me hallo por dentro. Al fin y al cabo, nadie quiere que la hija de la directora la palme en su guardia.

O igual es porque no se fía de los Gilipo-Jean y teme que vuelvan a buscarme.

La verdad, yo tampoco me fiaría.

Sea cual sea la razón, la profesora Aguilar y él me acompañan a la cabaña. Ella me resguarda con su paraguas todo el tiempo. Ya estoy completamente empapada desde que he emprendido el camino de regreso, pero sigue siendo un gesto amable, así que se lo agradezco cuando al fin llegamos a mi cabaña.

—¡No digas tonterías! —exclama ella con un gesto de la mano que tiene libre—. No puedo dejar que mi querida compañera amante de la poesía acabe pillando un resfriado, ¿no crees?

—Entra —ordena Danson con aspereza.

Asiento, pero cuando me doy la vuelta para hacer lo que me ha dicho, me para con su mano enorme sobre mi hombro.

—En serio, esta noche no deberías ir sola por ahí.

No sé si su intención es que sus palabras suenen tan siniestras, pero es lo que consigue. Quiero achacarlo a que ha usado su voz más seria, aunque lo cierto es que es más que eso; parece que esté esperando problemas. Antes incluso de volverse hacia la profesora Aguilar y decirle:

—Vámonos, Poppy. Con o sin tormenta, algo me dice que estos chicos harán que esta sea una noche muy larga.

49

LA RESIDENCIA DE LA MUERTE

Contemplo cómo se alejan hasta que la oscuridad de la tormenta los engulle y ya no se los ve. Hacen una pareja ridícula: Danson, tan enorme, serio y fuerte al lado de Aguilar, tan pequeña, vivaracha y una bienqueda de campeonato. Aunque en cierta forma entiendo que sean amigos.

Después de que desaparezcan, por fin entro. Eva ha desenrollado el tapiz en el suelo de nuestro salón, pero no ha cambiado desde la última vez que lo he visto: sigue lleno de mantícoras jugando al póquer.

Aun así, me agacho a su lado y lo observo un rato, en busca de... No lo sé. Alguna pista que me indique por qué cambia, supongo. O una pista de qué va a hacer ahora.

Al final el cansancio puede conmigo y vuelvo a la habitación que Eva y yo compartimos. Tiene puesto *Heartstopper* en la tele, pero cuando entro para contarle todo lo que acaba de pasar, ya está dormida con una galleta con pepitas de chocolate todavía en la mano.

Consigo quitarle la galleta aunque, para mi sorpresa, la tiene agarrada con fuerza, y cojo una manta de los pies de mi cama para taparla. Luego voy al baño para ducharme, limpiarme las heridas nuevas e intentar calmar los ánimos para poder dormir.

No obstante, en cuanto el agua caliente me roza, empiezo a llorar. Tampoco es que me pille del todo por sorpresa porque, desde que soy capaz de recordar, la ducha es el único lugar donde me permito desmoronarme. El único sitio en el que me permito ser vulnerable.

Aun así, esta noche esperaba darme una ducha rápida y lavarme el pelo sin más; estoy hecha polvo, tanto mental como emocionalmente. Pero eso no parece importar, porque todo lo acontecido hoy se abre paso en mi interior.

Me golpea todo de repente, y ni siquiera intento detener el mar de lágrimas que me brota de los ojos.

Lloro por Serena, que ha muerto sola y seguramente aterrada.

Por Jude, que está más roto y torturado de lo que pensaba.

Por los destellos, que parecen decididos a hacerme la vida imposible, y por el niño pequeño que solo buscaba a su padre.

Por el terror y el dolor de estar desengranada..., y por la nostalgia de que Jude me haya abrazado, aunque haya sido solo un rato.

Lloro por todas esas razones y por muchas más en las que ni siquiera puedo pensar ahora mismo, como por ejemplo la relación rota con mi madre y lo mucho que echo de menos a Carolina.

Cuando se me secan las lágrimas, me quedo debajo del agua hasta que se enfría y dejo que se lleve con ella la angustia y la pena. Solo entonces cierro el grifo y me centro en lo que tengo que hacer para prepararme para mañana.

Me recojo el pelo en una toalla y me seco antes de ponerme mi pijama de lunares arcoíris favorito. Después voy a la cocina y me preparo una taza de mi té de cebada preferido. A Jude siempre le ha encantado e hizo que me viciara cuando teníamos diez u once años.

Llevo bebiéndolo desde entonces, en parte porque me gusta el sabor y en parte porque, en cierto modo, me hace sentir cerca de él... Aunque hasta hoy hubiese preferido morir a admitirlo.

Me paso los siguientes minutos bebiéndome el té, haciendo la mochila para la evacuación, mandándole mensajes a Luis, que no puede dormir, y esforzándome mucho por evitar pensar más en toda la mierda que ha pasado hoy. En cuanto tengo el uniforme, unos cuantos conjuntos y productos de higiene metidos en la mochila, me seco el pelo, pongo la alarma y después, por fin, apago las luces y me meto en la cama.

Sorprendentemente, o quizá no tras el día que he pasado, el sueño me reclama.

No obstante, en algún momento de la noche me despierto con el corazón latiendo a mil por hora y un grito atascado en la garganta seca. Con la boca abierta y los ojos desorbitados, grito, grito y grito hasta que me quedo sin voz.

Serpientes.

Muchas serpientes.

Muchísimas serpientes.

Deslizándose por encima de mí.

En mi cama, en mi pelo, incluso en mi boca.

Noto una enredada en el cuello y levanto los brazos para quitármela a zarpazos mientras otro grito me sube a la garganta.

Pero ahí no hay nada, solo el cuello del pijama y mi piel, cálida por el sueño.

Esta vez me trago el chillido y respiro hondo a la vez que busco con la mano la lamparita que tengo al lado de la cama.

«Solo ha sido una pesadilla —me digo—. Solo una pesadilla. Son producto de tu imaginación. En realidad no pueden hacerte daño.»

Enciendo la luz para poder demostrarme que todo va bien. Entonces entro en pánico, porque en medio de las sábanas naranja chillón hay una serpiente negra enorme enrollada, y me está mirando a los ojos.

Por un momento parpadeo sin más, convencida de que sigo encerrada en la pesadilla; pero entonces se mueve, mece la cabeza adelante y atrás sacando la negra lengua bífida para percibir el olor del aire. Para percibir mi olor.

Salto de la cama y cruzo la estancia tan deprisa que apenas les doy a mis pies la oportunidad de tocar el suelo.

«¿Qué hago, qué hago, qué hago?»

Cuando tenía doce años, una serpiente de cascabel me mordió al otro lado de la isla. Aunque Jude y Carolina me llevaron hasta mi tía en media hora, no fue una experiencia agradable, y desde entonces las serpientes han sido casi la peor de mis pesadillas.

Por un instante me planteo despertar a Eva para que ella se encargue de la serpiente: no le gustan, aunque tampoco le aterran como a mí. Sin embargo, me parece que eso me convertiría en la peor compañera de habitación del mundo.

Puedo hacerlo.

Claro que puedo hacerlo.

La serpiente empieza a deslizarse por mi colcha y se me escapa el grito que me he tragado antes.

Me coloco una mano sobre la boca para ahogar el sonido, y debe de funcionar porque Eva solo refunfuña un poco, se pasa la mano por la cara, se da la vuelta y empieza a roncar de nuevo.

La serpiente sigue deslizándose por la colcha, pero se está acercando mucho al borde, lo que significa que, como no haga algo pronto, voy a pasarme el resto de la noche buscando a la muy asquerosa por todos los recovecos de la habitación. Y como no la encuentre, estoy bastante segura de que ya no voy a pegar ojo esta noche; o, mejor dicho, nunca más.

Respiro hondo, cuento hasta tres y me pongo manos a la obra. Me lanzo a la cama, agarro las esquinas de la colcha y envuelvo a la serpiente en ella. Después atravieso la cabaña corriendo, abro la puerta delantera y tiro la serpiente (y la colcha) bajo el chaparrón; cosa que me parece perfecta, porque ni de coña voy a poder volver a dormir con esas sábanas en lo que me queda de vida.

Cierro de un portazo y echo el pestillo, porque eso mantendrá a la serpiente viajera a raya. Luego me apoyo en la puerta e intento recuperar el aliento. Sin contar ayer, cuando intentaba llevar la delantera al monstruo serpiente, creo que no he corrido más rápido en mi vida.

Cuando por fin puedo respirar con normalidad, me sirvo un vaso de agua en la cocina y me cuelo en la habitación. Intento decidir si hay forma de volver a la cama esta noche sin tener que cambiar las sábanas.

La lógica me dice que no era más que una serpiente, aunque grande y repugnante, y que es imposible que haya otra acechando debajo de la cama o entre las sábanas. No obstante, la lógica y las fobias no suelen ir de la mano, así que, después de dar unos sorbos de agua y recuperar el aliento, decido que si quiero ser capaz de dormir un par de horas más, las sábanas tienen que desaparecer.

Me lleva diez minutos rehacer la cama y rebuscar a fondo tanto entre las sábanas como debajo de la cama (y, si digo «a fondo», es a fondo). Cuando por fin me aseguro de que no habrá más sorpresas, me meto entre las sábanas y extiendo la mano para apagar la luz.

Sin embargo, justo cuando estoy a punto de darle al interruptor, Eva emite un jadeo extraño.

Me doy la vuelta para ver qué le pasa y contemplo horrorizada como prende en llamas.

50

TRISTEZA CALCINADA

Durante un largo y horrible segundo no puedo creer lo que ven mis ojos.

Durante dos segundos todavía más largos empiezo a pensar que a lo mejor es una fénix, como Ember, y que no lo sabía. Pero en algún momento de los cuatro segundos que transcurren me doy cuenta de que no se parece en nada a lo que le pasó a Ember.

Eva está ardiendo.

Intenta acercarse a mí, y yo pego un bote, gritando, mientras busco algo para sofocar las llamas. Como soy una completa imbécil, he lanzado la colcha fuera, bajo la lluvia, así que rasgo la sábana de mi cama y se la echo encima en un intento desesperado por detener el fuego. Luego me pongo a atizarla igual que hizo Jude con Ember, pero las llamas siguen igual de feroces. Peor aún, Eva también empieza a gritar, y es el sonido más espantoso que he oído en mi vida.

—Todo irá bien —le digo; cojo el vaso de agua que acabo de traer y se lo lanzo encima antes de ir también a por la sábana bajera. Sin embargo, incluso al echársela encima, sé que no servirá de nada—. ¡Eva, todo irá bien! —aúllo al tiempo que cojo el móvil y marco el número de emergencias de la residencia en busca de ayuda.

Después agarro la sábana de recambio que tengo en la cesta a los pies de la cama y la saco fuera para empaparla.

La lluvia solo tarda un par de segundos en hacerlo, pero incluso eso es demasiado tiempo; porque el fuego se está propagando, trepando por las paredes y las cortinas hasta llegar al techo. De todas formas, lanzo la sábana mojada sobre Eva, aunque ya no está derecha; tampoco se mueve. Lo que queda de ella yace todavía en el centro de la cama mientras las llamas engullen la habitación y la llamada va directa al buzón de voz.

Contemplo a Eva atónita al tiempo que el fuego se propaga por el suelo, devorando con sus dedos hambrientos la acogedora alfombra que habíamos elegido juntas en cuanto nos enteramos de que este año íbamos a ser compañeras de habitación. Una parte de mí sabe que necesito salir, sabe que es peligroso estar más tiempo en la habitación.

Pero no puedo dejar que Eva se consuma. Aunque ya no esté, no puedo marcharme y dejarla...

—¡Clementine! —Una voz se abre paso entre el violento crepitar del fuego y los crujidos de la madera siendo engullida lentamente—. ¡Clementine!

—¡¿Jude?! —grito cuando mi cabeza relaciona esa voz con su dueño.

—¿Dónde estás?

Intento responder (a lo mejor él puede ayudar a Eva a salir de aquí), pero el humo me provoca un ataque de tos que casi me hace caer de rodillas.

—Joder, Clementine, ¿dónde estás? —gruñe Jude cuando la puerta principal de la cabaña se abre de golpe.

Y es entonces cuando sé que no puedo quedarme más tiempo. No puedo permitir que Jude arriesgue su vida entrando en esta habitación, no cuando toda la cabaña está a punto de arder.

Me vuelvo para mirar a Eva una última vez, a la chica que hace apenas unas horas me aseguraba que todo iría bien.

Y salgo corriendo.

51

PRENDER FUEGO AL DOLOR

—¡Clementine! —Jude grita mi nombre desde lo que parece ser el salón.

—¡Estoy aquí! —Lo llamo como puedo mientras corro por el pasillo hacia él.

Chocamos el uno con el otro delante de la puerta del baño y me agarra, me envuelve entre sus brazos y entierra el rostro en mi melena.

—Pensaba que estabas muerta —me dice. Todo su cuerpo tiembla contra el mío—. Pensaba que estabas muerta.

—Eva... —empiezo a decir, pero se me quiebra la voz.

—¿Dónde está? —pregunta. Entonces dirige la mirada a nuestra habitación y a las llamas que lamen la puerta para salir hacia el pasillo y lo entiende—. Lo siento —dice—. Lo siento mucho.

Me coge en brazos y sale corriendo por la puerta delantera hacia el diluvio, que solo parece haber empeorado en los últimos minutos. La lluvia solo agrava lo que ha ocurrido ahí dentro: hay toneladas de agua por todas partes, y, aun así, no he podido salvar a Eva.

—¿Estás bien? —Jude sigue gritando para que se le

oiga por encima del rugido de la tormenta—. ¿Te has hecho daño en algún sitio?

No sé qué se supone que debo responder, así que me limito a mirarlo fijamente con los ojos desorbitados y llenos de terror.

Como no le contesto, Jude me pasa las manos por el cuerpo, de la cabeza a los pies, en busca de heridas. Al no encontrar ninguna, excepto unas quemaduras leves en las manos, grita:

—¡Quédate aquí!

Y corre a toda prisa a la cabaña.

—¡Se ha ido! —le respondo con otro grito a la vez que ignoro su orden y subo los escalones detrás de él. Si hubiese pensado que existía aunque fuera una mínima probabilidad de que Eva siguiera con vida, jamás me habría marchado. Pero estaba muerta. Sé que lo estaba, y que Jude arriesgue su vida para intentar salvar a alguien que ya nos ha dejado...

Pero antes siquiera de que pueda abrir la puerta mosquitera de la cabaña, él ya ha vuelto con expresión adusta y cubierto de ceniza. También lleva el tapiz de mierda. Solo que ahora las mantícoras han desaparecido y, en su lugar, se leen las palabras «SE TE ACABA EL TIEMPO», con enormes y llamativas letras negras.

No me digas, joder. En mi opinión, la advertencia llega un poco tarde.

—Nos ha dejado —confirma, como si no lo supiera ya.

—¿Has vuelto a por Eva o a por la maldita alfombra esa? —pregunto mientras me invade la ira.

—Ambas —contesta, porque es Jude y no miente. Nunca.

La ira me abandona sin más, ahogada por la pena y la confusión que rompen sobre mí como un tsunami.

—¡No sé qué ha pasado! —le cuento cuando un relámpago atraviesa el cielo y la lluvia, el maldito aguacero, cae sobre nosotros—. Estaba bien. Yo estaba despierta, la había visto; ¡te juro que estaba bien! Y de repente, así sin más, ha empezado a arder. No sé cómo ha pasado.

—¿Se ha prendido fuego sin más? —pregunta Jude—. ¿Como Ember?

—Exactamente igual que Ember, solo que ha sido distinto. Me he dado cuenta al instante... —Se me quiebra la voz, pero carraspeo. Me obligo a seguir hablando—: Me he dado cuenta al instante de que no era igual.

—Porque se estaba quemando de verdad.

—Sí. Te prometo que he intentado sofocar las llamas. He utilizado todo lo que tenía a mano para intentarlo... —Estoy gritando para que se me oiga por encima del atronar constante que suena sobre nosotros, y se me vuelve a quebrar la voz—. He intentado apagar el fuego que la envolvía, pero no he podido. Nada de lo que hacía funcionaba. Daba igual lo que hiciera, no he podido salvarla.

—No es culpa tuya —me asegura Jude con seriedad.

—Yo siento que sí que lo es. He intentado pedir ayuda en medio de todo el caos, pero Michaels no contestaba y entonces..., ha sido demasiado tarde. Ha pasado todo muy deprisa.

—¿Michaels no ha contestado?

Parece sorprendido, y lo entiendo. Michaels es el director de la residencia y siempre contesta.

—No ha contestado nadie. No sé si la tormenta... —Me callo, de repente estoy demasiado cansada para seguir hablando.

—Tenemos que volver a llamarlo —declara Jude mientras me arrastra al porche delantero de una de las otras cabañas para refugiarnos del chaparrón—. Y seguramente también deberíamos llamar a tu madre.

—Lo sé, estaba a punto...

Me callo cuando mi cabaña cruje con violencia antes de empezar a venirse abajo. Las llamas consumen el techo en ruinas, pero en cuestión de un par de minutos la lluvia lo soluciona todo: extingue el fuego a medida que el techo se va derrumbando por completo.

—Eva está ahí dentro —susurro; me tiembla todo el cuerpo mientras contemplo los escombros que antes eran mi hogar.

—La sacaremos —me promete Jude al tiempo que me rodea la cintura por detrás para que pueda apoyarme en su pecho—. Pero ahí dentro ya no hay nada que pueda hacerle daño.

Saberlo no hace que me resulte más sencillo dejar los restos de Eva ahí dentro. Sola, en la oscuridad y en medio de la tormenta.

Sin embargo, Jude tiene razón, hay cosas que hacer ahora mismo.

—Yo llamaré a mi madre. Tú llama a Michaels.

Él asiente y saca el móvil para empezar a marcar al tiempo que yo hago lo mismo. Pero en cuanto le doy al icono verde la llamada se corta.

Lo vuelvo a intentar, pero ocurre lo mismo una segunda vez; y una tercera; y una cuarta.

—No funciona —informa Jude, y se pasa una mano por el pelo con evidente frustración.

—Tiene que ser por la tormenta, ¿verdad? —inquiero—. Nos habrá dejado sin cobertura.

—Será por eso —coincide—. Nos tocará ir a la habitación de Michaels.

—Pues sí. —Echo la vista atrás hacia la cabaña, hacia Eva. No sé por qué, pero dejarla aquí sola me parece muy mala idea.

Jude advierte mi mirada.

—Puedo ir yo solo. Quédate aquí.

Omite la parte en la que diría «con Eva», aunque se sobreentiende.

—No. Tengo que contarle lo que ha pasado, él es quien tendrá que intentar ponerse en contacto con su familia.

No sé si a sus padres les importará, pero merecen saber lo que le ha ocurrido a su hija. Aunque yo tampoco pueda darles una respuesta. Solo sé lo que he visto.

Jude asiente y ponemos rumbo a la residencia principal. Como aloja al resto de los cursos, el apartamento del supervisor siempre está en la planta baja.

—Es raro que no hayan venido Danson y Aguilar —comento—. Creía que estaban de guardia esta noche.

—Yo también —responde; parece más preocupado que confuso.

Me dispongo a preguntar en qué está pensando, pero antes de que pueda pronunciar las palabras, una explosión sacude nuestro alrededor y nos lanza por los aires.

52

REVENTADA

Atravieso la verja irregular y descolorida de la cabaña frente a la cual nos encontramos (la de Caspian) y aterrizo de frente sobre su felpudo, del típico rojo chillón de la academia Calder. Unos segundos más tarde Jude hace lo mismo, pero con medio cuerpo sobre mí y el otro medio en un agujero que él mismo ha hecho en el porche.

—¿Qué cojones ha sido eso? —pregunta mientras apoya un brazo a cada lado de mí y se impulsa para salir del agujero, como si fuese lo más fácil del mundo. Imagino que lo será cuando tienes bíceps como troncos de árbol.

—No lo sé. —Me pitan los oídos y no hay ni una sola parte de mi cuerpo que no me duela ahora mismo. Aun así, cojo la mano que Jude me ofrece y miro a mi alrededor a la vez que él tira de mí y me levanta—. Ha sonado como una explosión, pero...

Me quedo a media frase cuando veo lo que, efectivamente, ha explotado. La cabaña en cuyo porche nos estábamos refugiando Jude y yo hace nada.

—¡La madre que me parió! —grito, y aporreo la puerta de Caspian con fuerza antes de empezar a bajar los escalones corriendo o, más bien, cojeando—. ¡Había gente ahí dentro! ¡Jude, había gente ahí dentro!

Dos sirenas, para ser exactos: Belinda y Bianca. He ido a clase con ellas muchos años. Hemos sido compañeras de laboratorio y hemos formado parte del mismo equipo en Educación Física y...

—¿Dónde están? —exijo saber mientras observo su cabaña con detenimiento por primera vez. O, mejor dicho, lo que queda de su cabaña, porque está completamente destruida. La explosión la ha arrasado del todo—. Tienen que estar aquí. Tienen que estar aquí en alguna parte. Tienen que estar...

Desesperada, me pongo a buscar por la zona alguna señal de las dos sirenas.

«Por favor, que no estén muertas. Por favor, que no estén muertas. Por favor, que no...»

De repente oigo a Jude gritando desde el lateral de otra cabaña, dos puertas más abajo de la de Belinda y Bianca; pero no oigo lo que dice por culpa de esta tormenta demencial.

Me abro paso en su dirección, tan rápido como el dolor del costado me deja. Sobre nosotros los truenos son tan fuertes que parece que estén decididos a desgarrar el cielo después de que los relámpagos sacudan el suelo cada pocos segundos.

Si esto solo son los aguaceros típicos de las bandas externas de un huracán, ¿cómo diantres será el ojo? En cualquier caso, no podemos hacer absolutamente nada en medio de este panorama. Tampoco es que tengamos otra opción. El fuego acaba de devorar mi cabaña (no me permito pensar por qué), y otra acaba de estallar.

Aquí está pasando algo horrible, pero no sé qué. Solo sé que no parece que haya ningún lugar seguro al que podamos ir.

Además, dos chicas han desaparecido y tenemos que dar con ellas.

Cuando al fin alcanzo a Jude, lo encuentro de rodillas, inclinado sobre una chica negra vestida con un pijama corto de color rosa, que yace en el suelo con un brazo doblado en un ángulo antinatural.

Belinda.

—¡¿Está bien?! —grito, y me dejo caer en el suelo a su lado.

Pero en cuanto lo hago me percato de que no, no está bien. Su preciosa cara está llena de rasguños, y sus ojos invidentes observan vacíos la distancia.

—¿Cómo ha...? —Se me cierra la garganta y no consigo pronunciar palabra alguna; soy incapaz. Ha habido demasiadas muertes esta noche, demasiada destrucción y desolación.

—Se ha golpeado la cabeza —explica Jude con voz monótona—. Aún está sangrando.

Lo miro con brusquedad, porque no parece estar mucho mejor que yo. Aun así, mantiene la cara apartada, negándose a mirarme a los ojos.

Imagino que necesita un momento, así que extiendo la mano y le cierro los ojos a Belinda antes de ponerme en pie. Entonces me acerco al trote al edredón naranja que he tirado antes fuera y lo recojo. Tras asegurarme de que la serpiente ya no está, lo tiendo sobre la chica que fue mi compañera de laboratorio en décimo curso.

Tras esto, declaro:

—Tenemos que encontrar a Bianca.

El pavor me invade al pronunciar estas palabras. Me aterroriza que se halle en el mismo estado que Belinda, y no creo que pueda soportarlo. Primero Serena, luego Eva y ahora Belinda.

No puedo más. Aunque no tengo alternativa. Voy a tener que soportarlo, porque, esté donde esté y sea lo que sea lo que le haya pasado, hay que encontrar a Bianca.

—¿Qué está ocurriendo? —le susurro—. ¿Por qué está sucediendo esto?

Jude se levanta a mi lado sin contestar. Y sigue negándose a mirarme. Me pregunto si es porque también conocía a Belinda o porque está tan harto de tantas muertes como yo.

Pero cuando nos damos la vuelta ya no somos los únicos aquí presentes. Los alumnos han empezado a salir de sus cabañas (y también de la residencia principal) y colman ahora el paseo que atraviesa la zona.

La lluvia sigue azotándonos, los rayos y los truenos siguen asolando el cielo y, a pesar de ello, los estudiantes, atemorizados, salen en tropel.

Lo cual solo puede significar una cosa.

Que Eva y Belinda no son las únicas.

53

PESADILLA EN MI CALLE: PARTE ¿?

Se me revuelve el estómago ante la idea de que esté muriendo más gente, y me trago el repentino miedo que me arrastra a un abismo de terror. Porque, si todos los alumnos se encuentran fuera y todos los adultos a cargo de nosotros están desaparecidos en combate, significa que algo muy malo está ocurriendo.

O, seguramente, ya haya ocurrido.

—¿Qué crees que está pasando? —le susurro a Jude.

No me habrá oído por el caos de la tormenta, porque no contesta.

Me vuelvo para mirarlo, pero su rostro muestra el mismo estoicismo de siempre, incluso aunque la lluvia caiga sobre él sin descanso.

—Jude. —Esta vez alzo la voz para asegurarme de que me oiga, aunque sigue sin contestar al tiempo que contempla la tormenta sin expresión alguna—. ¡Jude! —grito su nombre—. Tenemos que ayudarlos.

Asiente, pero no se mueve. Sigue con la mirada perdida en la oscuridad.

No sé si eso quiere decir que está sobrecogido o que está tan abrumado como yo. Sea como fuere, no puedo dejarlo así. No puedo dejar a nadie así, no cuando es evidente que mucha gente necesita ayuda.

Lo agarro de los hombros y lo sacudo hasta que sus ojos irisados se encuentran con los míos y vuelven a enfocarse.

—Tenemos que ayudarlos —repito.

—Lo estoy intentando —contesta, cosa que no tiene sentido porque está aquí parado.

Pero ahora que he llamado su atención, no voy a preguntarle qué quiere decir. En vez de eso, digo:

—Creo que tenemos que encontrar a nuestros amigos. Pueden ir a ayudar mientras nosotros buscamos a Bianca.

A sabiendas, evito mencionar que puede que nuestros amigos no hayan sobrevivido a lo que quiera que sea esto. Eva no lo ha hecho, y tampoco Belinda.

Por la forma como aprieta la mandíbula, sé que a Jude le corren los mismos pensamientos horribles por la mente.

Saco el móvil una vez más e intento mandarle un mensaje a Luis. Solo que, como antes cuando he intentado llamar a Michaels y a mi madre, no le llega nada. Trato de mantener el pánico a raya, pero cuesta cuando pienso en Eva.

—¿Adónde...? —empieza a preguntar Jude, pero se calla cuando un grito atraviesa la noche, seguido de varios más.

Me doy la vuelta con el corazón en la garganta, justo a tiempo para atisbar como una chica sale corriendo de su cabaña y se derrite a menos de seis metros de mí. Sin exagerar, se disuelve justo delante de mis ojos.

—¡Madre mía! —grito, y me precipito por la rampa hacia ella mientras Jude salta por encima de la barandilla.

Sin embargo, solo da un par de pasos.

—¡Joder! —brama, y se vuelve en mi dirección con una mano extendida para detenerme. Su voz suena ronca cuando dice—: No vengas hacia aquí.

Al principio no entiendo qué quiere decir; está bajo uno de los antiguos quinqués que se extienden en hilera por el paseo central y contemplo horrorizada como la lluvia le limpia la sangre de los zapatos.

—¿De quién es esa sangre? —pregunto cuando por fin me sale la voz.

Jude niega con la cabeza y, por un instante, parece tan derrotado como yo me siento.

—Tenemos que averiguarlo —le digo—. Tenemos...

—Ya lo hemos hecho —anuncia Mozart cuando ella y Simon llegan por la izquierda de Jude—. Pertenece a una de las chicas de noveno, un hada.

—¿Qué le ha pasado? —pregunto.

Mozart se limita a negar con la cabeza.

—Lo mismo que le está pasando a un montón de gente en la residencia —me contesta Izzy cuando ella y Remy se acercan a nosotros, asegurándose de esquivar los cada vez más numerosos charcos de agua mezclada con sangre que abarrotan el camino—. Se despiertan histéricos y entonces...

Unos gritos atraviesan el aire y la interrumpen.

Se me cae el alma a los pies al buscar de dónde provienen y atisbar a una de las banshees de último año caminando por el tejado de su cabaña. Tiene los ojos cerrados, parece que sigue dormida mientras se va acercando cada vez más al borde.

—¡No! —chillo, y salgo corriendo hacia ella al tiempo que le hago aspavientos con los brazos—. ¡Despierta!

Izzy me adelanta, pero ni siquiera la vampira consigue

llegar a ella antes de que se lance al vacío desde el tejado de su cabaña. Un crujido nauseabundo resuena cuando aterriza de cabeza.

—Tenemos que parar esto —susurra Ember con los ojos desorbitados por el horror mientras se acerca a mí por detrás—. Tenemos...

Se queda a medias, tan perdida como lo estamos todos ahora mismo.

En la parte de enfrente del paseo, un dragón de décimo curso se arrastra por el suelo, avanzando centímetro a centímetro con gran lentitud. Jude llega a él antes que yo y se agacha a su lado, tiene aspecto de estar desolado.

Al principio no sé por qué, pero a medida que me voy acercando me doy cuenta de que al chico le falta la mitad de la cara y le han abierto la yugular. La sangre de la hemorragia deja un rastro por todo el camino, y no necesito más que una clase de Salud de noveno curso para saber que, si no la detenemos, estará muerto dentro de tres minutos o incluso menos.

Me desplomo de rodillas a su lado y aprieto las manos contra su herida; Izzy, que está justo detrás de mí, informa:

—Eso no va a ser suficiente, Clementine; ya ha sangrado demasiado.

—Tenemos que intentarlo —le digo—. No podemos dejarlo así.

—Nadie te está pidiendo que lo hagas. —Se agacha a mi lado—. Apártate un poco.

—Si me muevo, le...

Se harta de esperar y me aparta de un empujón sin miramientos. Después se inclina hacia delante y lame la herida varias veces.

Se me revuelve el estómago y aparto la mirada. Sé que la saliva de los vampiros tiene propiedades coagulantes especiales y que el inhibidor de magia no se las quita, pero una cosa es saberlo y otra verlo en acción. Aun así, agradezco que quiera ayudar al chico, así que me obligo a mirar adonde sea menos a ellos hasta que termina.

Cuando por fin levanta la cabeza, me doy la vuelta de nuevo e intento ignorar que le está chorreando la sangre por la barbilla.

—¿Has detenido la hemorragia? ¿Estará bien?

Ella contesta algo, pero a nuestro alrededor están pasando demasiadas cosas ahora mismo (gritos, lloros, chillidos, peleas), y no puedo oírla aunque solo esté a unos cuantos centímetros de distancia.

Le echo un vistazo al chico, que sigue con vida, lo cual ya es un logro teniendo en cuenta el estado en el que se encontraba. Sin embargo, le pesan los párpados y su respiración es tan superficial que cuesta creer que no vaya a morirse en cualquier momento.

—Tenemos que llevarlo con tu tía —anuncia Jude al tiempo que lo levanta.

—Nosotros nos encargamos —contesta Remy, y en su tono, normalmente divertido, se distingue una gravedad que solo le he oído cuando habla de Carolina—. Vosotros quedaos aquí, a ver a quién más podéis ayudar.

Al principio me parece que Jude le va a llevar la contraria, pero después asiente con seriedad y le entrega el chico al brujo, que sale corriendo hacia las dependencias de los docentes con Izzy siguiéndolo de cerca.

—Debemos encontrar a mi familia —declaro mientras contemplo como se alejan—. Y a cualquiera que pueda ayudarnos.

—Nosotros podemos ocuparnos de eso. —Ember se ofrece voluntaria.

—Sí, nos dividiremos, a ver a quién encontramos —afirma Mozart al tiempo que Simon asiente.

Cuando salen corriendo, me vuelvo hacia Jude.

—Hay que encontrar a Bianca; podría seguir viva.

—No lo está —responde.

Me da mucho miedo que esté en lo cierto, pero aun así no podemos suponer nada.

—No lo sabes...

—Sí que lo sé. La he encontrado de camino aquí. —Señala un banco destartalado con la forma de una gigantesca anémona marina rosa que lleva ahí desde los días en los que esto era un complejo turístico—. Está justo ahí.

Cerca del banco hay uno de los antiguos quinqués y, ahora que sé dónde mirar, incluso a pesar de la lluvia, distingo las piernas saliendo por detrás del asiento, ambas dobladas en ángulos extraños y antinaturales.

La pena me invade mientras pienso en el año que pasamos juntas en Terapia de Grupo. Solía hablar de que quería mudarse a Grecia algún día. Me contaba historias del Mediterráneo, de lo bonito que es y lo alucinante que es la gente allí; incluso había memorizado recetas griegas para prepararlas cuando saliera de aquí.

Parecía que tenía planeada una vida preciosa, y me revienta que jamás vaya a ver el destello del sol sobre el agua, como en las fotos que me enseñaba.

Porque ya no está, igual que Eva, Serena y Belinda, y a saber cuántos más a estas alturas.

Es descorazonador y aterrador, y daría lo que fuera por despertar en mi cama calentita (aun con una serpiente encima) y darme cuenta de que esto no es más que una pesadilla; que nada es cierto; que toda mi vida, nuestras vidas, no se han torcido por completo.

No obstante, cuando miro la cara de Jude me doy cuenta de que no es más que una de mis fantasías. Que esto es real, que está pasando ahora, en este mismo instante y a todos nosotros. Y que va a seguir como no descubramos pronto qué es lo que ocurre.

—Tenemos que pararlo —le digo a Jude.

Él asiente de forma sombría, las facciones marcadas de su cara se han hundido con un dolor que no llego a comprender.

—Lo haré —me asegura, y parece una promesa.

—¿Tú? ¿Cómo vas a...?

Me callo cuando oigo a alguien llamarme desde detrás, y me vuelvo para encontrarme con Luis cojeando hacia mí con la camiseta empapada de sangre.

54

ENTRE UN MAR DE PESADILLAS

«Luis también no. Por favor, por favor, por favor, Luis no.»

Corro hacia él, escurriéndome y deslizándome por la acera rota y resbaladiza. Jude me adelanta y coge a mi mejor amigo justo cuando tropieza y empieza a caer.

—¿Qué le pasa? —exijo saber mientras Jude lo deja en el suelo.

—Estoy bien —responde Luis, pero tiene los ojos vidriosos por el dolor y tiembla a pesar del calor—. Solo necesito un momento para... —Lo interrumpe un ataque de tos.

—Hay que quitarle el polo. —Jude muestra un rostro lúgubre al agacharse a mi lado—. Para ver a qué nos enfrentamos.

Asiento con la cabeza, pero en cuanto intento quitarle el polo y levantarlo por encima de su cabeza, Luis jadea de dolor.

—Perdón —susurro, y procuro sacarle el brazo bueno por la manga.

—No pasa nada —dice con la mandíbula apretada, aunque tiene la piel cenicienta y no para de sudar, así que es evidente que pasa de todo menos nada.

Antes de saber qué debo hacer, Jude se acerca y agarra el cuello del polo de Luis.

—Pero qué... —exclama Luis con dificultad justo antes de que Jude le rasgue el polo por la mitad con un solo tirón de manos.

Lo miro extrañada, estupefacta por un breve segundo, sin embargo, señala con la cabeza a mi mejor amigo con gesto impaciente.

Y tiene razón; ahora no es el momento, ni de lejos, de maravillarse con lo fácil que le ha resultado a Jude hacer eso. Por lo tanto vuelvo a centrarme en Luis e intento no gritar al ver la herida abierta que ocupa todo el costado, extendiéndose justo desde debajo de la axila hasta la cintura.

—¿Quién te ha hecho esto? —pregunto mientras uso su polo roto y empapado para limpiarle tanta sangre como puedo. Por suerte, su metabolismo metamorfo ya ha empezado a coagularle la herida, así que es mucho más fácil de lo que sería habitualmente.

Mientras no sea una herida mortal como la del dragón al que intentábamos ayudar hace nada, la mayoría de los metamorfos son capaces de sanar con bastante rapidez. Esa habilidad se ve un poco ralentizada por el inhibidor de poderes de la isla, pero no queda bloqueada por completo, pues forma parte de la composición química de su cuerpo normal, al contrario que la magia. Ocurre lo mismo con las propiedades coagulantes de la saliva de Izzy y la habilidad de Simon de seducir a cualquier ser viviente.

—Un lobo. —La voz de Luis suena malhumorada al responder a mi pregunta.

—¿Quién? —pregunto. Nadie debería poder cambiar ahora mismo, no mientras el bloqueo siga funcionando.

—No era un alumno —contesta intentando enderezarse (y fallando)—. Un lobo de verdad.

¿Qué demonios...? Le lanzo una mirada perpleja a Jude, pero él no parece estar tan desconcertado como yo en lo más mínimo. En realidad parece... desolado.

—No hay lobos en la isla, Luis.

—Díselo a ese gris enorme que me ha abierto en canal —replica, y luego grita—: ¡Joder, Clementine! ¿Podrías ser un poco más sádica?

Paso por alto sus palabras y sigo limpiándole la herida con tanto cuidado como me es posible.

—Tenemos que llevarlo también con la tía Claudia —le digo a Jude—. Va a necesitar puntos.

—Estoy bien. —Jadea—. Solo necesito cambiar y estaré mucho mejor.

—Ya, bueno, pues no es una opción viable ahora mismo, por si no te acuerdas.

—Tú sácame de esta lluvia y todo irá bien.

Esta vez sí consigue enderezarse y se incorpora, aunque no para de echar pestes mientras lo hace. La parte positiva es que la herida ya está mucho mejor de lo que estaba cuando se ha desplomado.

—Creo que deberías tumbarte unos minutos más —sugiero.

—¿Con este percal? —Lanza una mirada despectiva a la lluvia y al suelo anegado—. No, gracias.

Y es ahora cuando lanzo un suspiro de alivio. Si Luis vuelve a ser el tipo sarcástico de siempre, estoy convencida de que estará bien..., no como muchas de las personas que hemos visto en esta última hora.

Al menos los gritos han parado.

Miro a mi alrededor e intento averiguar qué está pasando. He estado tan preocupada por Luis que he dejado de prestar atención a todo lo demás.

Ahora mismo todos los alumnos se arremolinan bajo la lluvia. Se los ve traumatizados, pero no histéricos. Algunos de ellos están heridos y otros aparentan sentirse bien, aunque nadie parece estar sangrando o peleando activamente.

—Ya ha acabado —le digo a Jude mientras me pongo en pie.

No me contesta y, cuando me vuelvo hacia él, lo encuentro otra vez con la mirada perdida en la distancia.

Mandíbula apretada, rostro inexpresivo, ojos lejos de aquí. Pero esta vez tiene las manos extendidas frente a él, como si quisiera alcanzar algo.

Por un horrible segundo me aterra que esté sufriendo lo mismo que han sufrido tantos otros alumnos; que esté a punto de estallar en llamas o de que le arranquen la yugular o cualquiera de las cosas horribles que han pasado esta noche.

—¡Jude! —Lo llamo por su nombre, pero no responde. Poso una mano sobre su hombro y lo sacudo como he hecho antes, sin embargo, sigue sin reaccionar—. ¡Jude! —El pánico se apodera de mí y empiezo a gritar—: ¡Joder, Jude! ¡Contéstame!

Nada todavía.

—Oye, ayúdame a levantarme —me pide Luis nervioso. Cuando me vuelvo hacia él, me doy cuenta de que también está mirando a Jude. Y parece tan preocupado como yo.

Extiendo la mano, cojo la de Luis y tiro de él antes de volver a centrarme en Jude y sacudirlo con más fuerza que la primera vez.

Pero en esta ocasión no solo parece abstraído, sino además en una especie de trance, fuera de mi alcance por completo. No puedo ni imaginar lo que le está ocurriendo ahora mismo, no obstante, a juzgar por lo que han pasado los demás, debe de ser horrible.

El miedo me atenaza la garganta, hace que el corazón me lata descontrolado y las manos me tiemblan al agarrarme a los brazos de Jude en un intento desesperado por sujetarlo.

—¡Ayúdame! —le digo a Luis mientras trato frenéticamente de traer a Jude de vuelta de donde se ha ido, aproximándolo al porche de una cabaña cercana lo mejor que puedo.

Luis asiente con la cabeza, pero no parece que se le ocurra una idea mejor. Aunque sí comenta:

—¿Sabes qué tenía de raro ese lobo que me ha atacado?

Le lanzo una mirada de incredulidad. No puedo creer que piense que este es el momento en el que quiero hablar sobre eso.

—¿El mero hecho de que estuviese en la isla?

—Bueno, sí, y que solía tener pesadillas con él cuando era pequeño.

Apenas lo escucho, estoy demasiado ocupada intentando llegar hasta Jude, así que tardo unos segundos en procesar las palabras de Luis. En cuanto lo hago, recuerdo que antes he despertado con una serpiente en la cama, mi peor pesadilla. Y también que Eva me contó que su mayor temor era quemarse viva, como le ocurrió a Ember en el pasillo.

Me vuelvo hacia Luis con los ojos desorbitados.

—¿Pesadillas? —susurro—. ¿Crees que las pesadillas de la gente han cobrado vida?

—No sé qué pensar —contesta negando con la cabeza con solemnidad—, pero no tengo una explicación mejor ahora mismo. ¿Y tú?

No.

Quisiera tenerla. De verdad que sí, pero no la tengo.

La ocurrencia de Luis resulta inverosímil, aunque Jude es, de hecho, un oniro, un daimón onírico. Y lo único en lo que puedo pensar ahora mismo es en cómo hace unos minutos, estando de pie tal y como está ahora, me ha dicho que estaba intentando ayudar a los demás.

No lo he entendido entonces (joder, si no lo entiendo ni ahora), pero de algún modo no me sorprende en absoluto cuando me vuelvo hacia Jude y veo que los tatuajes negros se deslizan de nuevo por su cuerpo; y que, igual que ayer, ya no se conforman con quedarse en la espalda y los brazos. Están trepándole por el cuello hasta la mandíbula, las mejillas e incluso la frente.

Bajo la mirada hacia sus manos, que ahora sostengo entre las mías, y me doy cuenta de que esas cosas negras también están ahí. Decenas (o quizá cientos) de esas cuerdas negras emplumadas y serpenteantes se le enroscan por todo el cuerpo.

Al darme cuenta, el miedo que tengo por dentro se transmuta en terror. No debo de ser la única, porque Luis suelta:

—Voy a intentar buscar ayuda.

Estoy demasiado ocupada acojonándome por Jude para contestar. En lugar de eso, lo cojo de los hombros de nuevo y esta vez lo sacudo reiteradamente. Cuando veo que no funciona y que sigue observando a lo lejos con la mirada perdida, hago lo único que se me ocurre.

Le cruzo la cara de un bofetón. No muy fuerte, pero lo suficiente para llamarle la atención (o eso espero).

El cuerpo de Jude retrocede al recibir el golpe y sus ojos se centran en los míos. Apenas logro reprimir un grito cuando veo esas cosas negras allí también. Reptan por el blanco de sus ojos, pero también dan vueltas sin cesar en las profundidades de los iris multicolor.

Son preciosos, macabros y absolutamente espeluznantes, todo al mismo tiempo.

—¡Jude! —grito sin apenas aliento—. ¿Estás bien?

No responde, y entonces caigo en la cuenta de que no me está mirando a mí; en realidad, no. Sigue perdido en algún rincón profundo de su interior, no sé si por elección propia o por los tatuajes que le cubren ahora todo el cuerpo.

Lo que sí sé es que no puedo dejarlo así. No cuando no tengo claro si está bien o no. No cuando no sé si controla esas cosas negras emplumadas o si son ellas las que lo controlan a él.

He estado muchísimo tiempo enfadada con él. Aun así, la idea de perderlo me revuelve el cuerpo entero. He perdido a mucha gente, no puedo perder también a Jude. Simplemente no puedo.

Así que hago lo único que está en mi mano. Dejo ir la ira que siento mientras me acerco a él y me pongo de puntillas para llegar mejor. Después le cubro las mejillas con mis manos y susurro:

—Estoy aquí, Jude. Estoy aquí, a tu lado. Por favor, no hagas esto; por favor, por favor, vuelve conmigo.

55

BESAOS Y DAOS EL PIRO

Jude no contesta.

No se mueve, no parpadea; ni siquiera estoy segura de que respire.

Se limita a mirar hacia delante, con unos ojos que reflejan una miríada de horrores que no puedo ver y de los que no sé liberarlo.

«¿Sus pesadillas? —me pregunto mientras le aparto el pelo húmedo de la cara con una caricia—. ¿O todas las nuestras?»

Si es la última opción, no puedo ni imaginarme lo que estará sufriendo.

Siempre me he preguntado qué se siente al ser un oniro. Cuando éramos pequeños le preguntaba si se acordaba del tiempo que pasó antes de llegar a la academia Calder y qué se sentía al tener acceso a los sueños y las pesadillas de las personas. Jamás quiso hablar del tema en el pasado, y ahora entiendo por qué.

Esto es horrible; más que horrible.

—Jude, por favor —susurro, y me acerco más a él, hasta que el frío de su cuerpo se mezcla con el calor del mío—. Por favor —ruego al mismo tiempo que el latido irregular y salvaje de su corazón hace que el mío me martillee en el pecho—. Por favor —repito una vez más como si fuera un secreto que he guardado durante años, incluso a mí misma, en lo más profundo de mi ser.

Me quema la garganta por dentro, se rompen los muros que tanto tiempo he tenido levantados; pero ¿de qué sirven esos muros si Jude se pierde en este abismo? Ya he perdido a demasiada gente: a Carolina, a Serena y, ahora, a Eva. No pienso perder a Jude, no si hay algo que pueda hacer para salvarlo.

Así que respiro hondo y pronuncio las únicas palabras que se me ocurren para llegar a él; las únicas palabras que importan de verdad.

—Te quiero, Jude. Te quiero y te necesito, no puedo perderte, así no. No pienso perderte.

Entonces él se sobresalta y jadea mientras todo su cuerpo convulsiona como si una ola de electricidad ardiente estuviera fluyendo por él.

—¿Jude? —El miedo me hace perder el arrojo—. ¡Jude! ¿Qué...?

—No —me pide con una voz que se ha vuelto ronca por algo que no puedo ni llegar a imaginar.

—¿No, qué? —pregunto confundida.

Parpadea y los tatuajes negros emplumados salen deslizándose de los ojos hasta que, por fin, vuelvo a tener delante a Jude, al verdadero, y él me devuelve la mirada.

—No me quieras.

Las palabras me golpean como un ladrillo, como un millón de ladrillos que vuelven a erigir el muro que tanto me he esforzado por tirar abajo y que ahora se levanta de nuevo entre nosotros. Me tambaleo por el dolor, por la angustia de que Jude me haya rechazado una vez más.

Sin embargo, no me rindo, no huyo aunque todo mi ser quiera hacerlo. En parte porque no sé adónde voy a ir; y en parte, porque me niego a rendirme a la primera, esta vez no. Porque Jude vale la pena, y yo también.

—Demasiado tarde —le digo con una chulería que no siento ni de lejos—. Ya ha ocurrido. Además, ¿cuándo te he hecho caso yo a ti?

—Por una vez, debes hacerme caso —rebate con voz ronca.

—Igual lo que debo hacer es otra cosa.

Me pongo de puntillas, me levanto todo lo que puedo, y mientras la lluvia y el viento nos golpean, me hundo en él; me derrito contra su cuerpo y presiono mis labios contra los suyos.

Al principio Jude no se mueve: ni los labios, ni los brazos, ni el cuerpo en general. Se queda ahí, quieto como una estatua.

Me aparto, muerta de la vergüenza y traumatizada. Dolida, muy dolida, porque pensaba que le importaba; pensaba que importábamos. Y en vez de eso, he vuelto a quedar como una idiota.

—Lo siento —farfullo; rezo para que uno de los relámpagos me fría viva—. No sé ni por qué lo...

Y entonces ataca.

Jude extiende las manos y me agarra de la cintura. Dispongo de un momento para preguntarme qué está ocurriendo antes de que tire de mí y sus labios caigan sobre los míos con fuerza.

Se me cortocircuita el cerebro durante un segundo, dos, mientras él... No hay palabras para describir lo que me hace.

¿Me devora?

¿Me consume?

Pone mi mundo patas arriba con la necesidad que mana por sus poros en olas salvajes y tormentosas que rompen sobre mí, que me hunden en la mejor y la más indescriptible de las sensaciones.

El calor me asola y todo mi cuerpo, toda mi alma, se mezcla con él. Le rodeo la cintura con los brazos, lo acerco más a mí. Tomo cada parte de él que puedo, cada pequeña molécula que esté dispuesto a entregarme.

Aun así, no es suficiente. Aun así, quiero más de él; necesito más de él.

Me pego todavía más a su cuerpo, hasta que noto su aliento entrecortado y el latido salvaje y desbocado de su corazón contra el mío.

En alguna parte de mi mente hay una voz que me dice que este no es el momento ni el lugar para hacer algo así, pero me trae sin cuidado. No puede importarme menos.

Porque por fin, por fin, por fin, somos Jude y yo. Y durante este instante imperfecto, pero a la vez increíblemente perfecto, somos lo único que importa.

Me mordisquea el labio inferior y yo me abro a él, le ofrezco todas las partes rotas, maltrechas e imperfectas de mí. Le doy todo lo que tengo, todo lo que soy y...

Se aparta de un tirón.

Yo gimoteo mientras me aferro a él con las manos llenas de avaricia y desesperación, pero ya se está alejando. Tiene las mejillas coloradas, el pelo empapado por la lluvia despeinado por mis manos y las cuerdas negras emplumadas danzan en el aire que nos rodea.

Está ahí, justo delante de mí; pero lo aprecio en su cara. En sus pupilas dilatadas. Jude ya se ha ido en todas las formas que importan.

—No puedes quererme, Kumquat —me pide con una voz tan grave y violenta que apenas la reconozco—. Nadie puede.

—Eso no es cierto —susurro con los labios todavía hinchados e irritados por el beso—. Yo te quiero.

Niega con la cabeza.

—Si supieras...

—Pero no lo sé. —Intento tocarlo, aunque él vuelve a retroceder—. Porque nunca me lo has contado. Si quieres que me dé por vencida, si quieres que te deje en paz, cuéntame ese secreto que ocultas en tu interior. Dime por qué sigues huyendo de mí.

Gesticula a nuestro alrededor, a las plumas revueltas y negras que llenan el aire. Entonces alarga los brazos justo delante de mí y las devuelve a su cuerpo. Una tras otra tras otra.

Desaparecen al instante, pero él no se detiene. Deja los brazos donde los tiene, cierra las manos en puños mientras agarra el aire sin parar. Sigue tirando más y más de las cuerdas que hay en el aire para que vuelvan a su piel.

No solo las que nos rodean: salen de todas partes. Me vuelvo para ver cómo flotan como una bruma negra al salir de los alumnos que todavía quedan por el paseo central, una tras otra. Reptan por el aire empapado por la lluvia directas hacia Jude, y se enrollan cada vez más hasta que por fin llegan a él y le suben por la piel.

—No soy un oniro cualquiera —me revela con voz entrecortada—. Soy el príncipe de las pesadillas. Y esto —señala a los alumnos destrozados y magullados— es todo culpa mía.

56

FELICES PARA NUNCA

Sus palabras me sacuden por completo.

Sé que hay familias reales para cada clase de paranormal, y cada una cuenta con su corte completa y todo eso; de la misma forma que sé que la restauración de la Corte Gargólica ha sacudido de lleno el mundo paranormal como si de un ciclón se tratase, creando una gran conmoción entre todos con su nueva reina. En la academia Calder estamos aislados, pero no tanto como para que algo así no aparezca en nuestro radar. Sobre todo desde que mi prima Carolina murió intentando ayudar a la nueva reina gárgola en una guerra contra el rey vampiro.

Pero ¿el príncipe de las pesadillas? ¿La Corte Malsomne? Eso son cosas que solo susurran los niños en las historias de miedo que se cuentan entre ellos..., o los adultos, a altas horas de la noche, una vez que se han asegurado de que los niños se han ido a la cama.

La Corte Malsomne (y su dirigente) es tan temida que nadie quiere llamar su atención. Y, a pesar de ello, Jude, por lo visto el príncipe de las pesadillas, ha estado todo el tiempo aquí, en la academia Calder.

¿Cómo es posible? ¿Y por qué?

Sin embargo, sigue mirándome con ojos irisados debido al dolor. Sé que debo decir algo, sé que tengo que responderle, pero no se me ocurre qué decirle ahora mismo. Así que al final digo lo único que sé que es verdad:

—No lo entiendo.

—No hay nada que entender —contesta con una risa apenada—. ¿Nunca te has preguntado por qué no has tenido pesadillas desde que llegué a la isla? ¿Por qué nadie las ha tenido? Porque yo las siego.

—¿Las siegas?

—Aún conservo mi magia, Clementine. Toda.

—¿Qué quieres decir? —exijo saber mientras cruzo para acercarme a él—. La academia inhibe los poderes de todo el mundo.

—Los míos no —declara en voz baja—. Los inhibidores de poder de la isla nunca han funcionado conmigo, no sé por qué. Siempre ha sido así.

Su explicación pausada me remueve por dentro y me hace reconsiderar todo lo que mi madre, mis tíos y tías me han dicho siempre sobre la magia de los alumnos y cómo la controlan en la isla.

—No lo comprendo —digo finalmente—. ¿Cómo es eso posible?

—No lo sé —reconoce perplejo encogiéndose de hombros—. Cuando llegué, nadie me dijo nada sobre inhibir mis poderes ni tampoco se hizo nada para atenuarlos. Ni siquiera sabía que formaba parte de la política del centro hasta que Carolina y tú lo mencionasteis unas semanas después.

Sigo aturdida, así que lo paso por alto, al igual que no le pregunto por qué no me dijo nada de esto antes. Tenemos problemas más grandes de los que preocuparnos ahora mismo. Aunque siento curiosidad por una cosa.

—Esa es mucha magia para cargar con ella a todas horas. ¿Cómo has evitado que los demás se diesen cuenta?

—La uso todas las noches. Para agotar mis poderes y mantenerla a raya, para evitar hacerle daño a nadie, siego las pesadillas de todas las personas presentes en la isla. Las acumulo...

—En la piel —susurro entre fascinada y horrorizada—. Todas esas cosas negras sinuosas... son pesadillas. —Jude asiente—. Aunque no son suficientes. O sea, hay muchísimas —señalo, y más ahora que le cubren toda la cara—, pero no bastantes para ser todas las pesadillas que has segado de cada una de las personas que han habitado la isla en los últimos diez años o así, ¿verdad?

—Tras segarlas, las canalizo hacia otra cosa y eso se ocupa de ellas.

Quiero preguntarle hacia qué las canaliza (y cómo se ocupa de ellas exactamente), pero ahora mismo ese parece el menor de nuestros problemas. Por eso me limito a hacerle una pregunta más pertinente.

—Entonces, tras segarlas, ¿se han liberado por accidente de alguna manera? —Miro la devastación que nos rodea—. ¿Eso es lo que ha provocado todo esto?

—No por accidente —responde—. Esta vez las he liberado a propósito.

—¿A propósito? —Estoy tan estupefacta que ni siquiera puedo enfadarme. Porque conozco a Jude, sé lo concienzudo que suele ser en todo..., bueno, en todo menos en nuestra relación. Esto no es propio de él, para nada—. ¿Por qué harías...? —Me detengo en seco porque de pronto lo veo claro—. Por mí; por el desengranaje. Las has liberado para salvarme la vida.

—No podía dejar que murieras —declara, con la garganta despejada y la mirada empañada de algo que, sospechosamente, parecen lágrimas—. No si había algo que pudiese hacer para detenerlo; aunque fuera esto. —Ahora es él quien mira a nuestro alrededor con expresión de profundo terror.

—¿Lo sabías? —digo en un murmullo con el corazón en la garganta. Porque creo que habría preferido morir que saber que, salvándome a mí, toda esta gente, incluida Eva, iba a sufrir y morir de esta forma.

—¿Que esto iba a pasar? —Niega con la cabeza—. Para extraerte el veneno usé la misma magia que utilizo para extraer las pesadillas de la gente. Fui con mucho cuidado, me esforcé al máximo por capturarlas todas. Temía que se me escapase alguna, pero nunca imaginé que llegarían a hacerlo tantas.

—¿Por eso estabas tan afectado? —pregunto una vez que encajo las piezas—. Cuando has aparecido antes en la cabaña de Mozart y Ember. Tenías miedo de que alguna pesadilla se hubiese escapado. ¿Por qué no has pedido ayuda?

—Porque nadie puede ayudarme con esto. Nadie puede enmendar los errores que cometo, no esta clase de errores.

—Eso no lo sabes...

—¡Sí que lo sé! —Levanta la voz, pero termina susurrando de nuevo—: Lo sé.

—La única forma de saberlo sería que hubiese pasado antes... —Me detengo al darme cuenta de la verdad—. ¿Por eso te enviaron a esta isla? ¡Si solo tenías siete años!

—No fue aquella vez.

Su rostro muestra el aislamiento al que siempre recurre cuando le pregunto la razón por la que fue enviado a la academia Calder, así que no hurgo más en ese tema. Ya tenemos suficientes enigmas que resolver tal y como están las cosas ahora.

—Entonces ¿cuándo? —insisto—. Porque he estado contigo desde entonces y nunca había pasado nada parecido.

—La noche que te besé por primera vez.

—¿Qué? —digo en un murmullo.

—Perdí el control. —Traga saliva—. Me perdí en ti y...

Es entonces cuando todo cobra sentido; absolutamente todo. La partida de Carolina siempre ha sido mi peor pesadilla (peor que cualquier serpiente horrenda) y, después del beso con Jude... Dejo de pensar en ello porque es demasiado horrible para comprenderlo en su totalidad.

—Por eso pasaste de mí. No porque no te importase, sino porque...

—Te quiero, Kumquat; te quiero desde hace años. Pero no puedo estar contigo, no cuando existe la posibilidad de que algo como esto vuelva a suceder.

—¿Me quieres? —Repito esas palabras como si nunca las hubiese oído. Y, sinceramente, esa es la verdad. Jamás las he oído como él las siente.

—¿En serio me lo preguntas? —Ríe, pero no es un sonido alegre—. Te quiero tanto que tuve que sacarte de mi vida por completo porque sabía que no era lo bastante fuerte para estar a tu lado y no desearte.

—Me quieres —reitero de manera inexpresiva, porque estoy convencida de que mi cerebro ha llegado al límite de su capacidad diaria para asimilar nueva información. Semanal, mensual, anual, incluso.

—Te quiero —dice por tercera vez esta noche, levantando la mano y pasando un dedo por el surco diminuto que tengo en la barbilla, tal y como solía hacer antes. Ese pequeño gesto tan familiar me empaña los ojos de lágrimas. Hasta ahora no sabía lo mucho que lo echaba de menos—. Me gusta todo de ti —susurra con amargura—. Que siempre hagas lo correcto; que siempre te preocupes por los demás, incluso cuando no se lo merecen, especialmente aquí. Que le eches un poquito de café a la leche en lugar de hacerlo al revés y que nunca, jamás, te rindas; ni siquiera conmigo.

Las lágrimas amenazan con derramarse, pero las contengo con pura fuerza de voluntad y pestañeando muchísimo.

—Por eso debo hacerlo —prosigue—. Debo renunciar a nosotros porque tú nunca lo harás. Liberar pesadillas, destruir la vida de la gente... Cuando estoy contigo pierdo el control, y no puedo dejar que ocurra otra vez. No pienso permitirlo.

Sé que tiene razón, lo sé. Nuestra felicidad no es más importante que la vida de otras personas; pero eso no significa que duela menos. De repente soy incapaz de contener las lágrimas por mucho que lo intente.

Me enturbian la mirada, emborronan a Jude (y el mundo que me rodea) hasta hacer que lo vea todo por partida triple.

Hay una parte de mí que no puede evitar asombrarse ante lo que se siente (y lo que se ve) al llorar cuando no estás en la ducha. Pero el resto de mi ser no puede evitar sollozar el tiempo suficiente para asimilar por entero todo esto. Y menos cuando las piezas de mi corazón ya partido han sido reducidas a un sinfín de sueños rotos.

57

TRES *STRIKES* Y ESTÁS MUERTO

—Kumquat. —La voz de Jude se quiebra cuando me pasa un pulgar por la mejilla y me limpia las lágrimas—. No puedo alejarme de ti cuando te veo así.

Quiero rogarle que no se aleje, pero no puedo. No cuando sigo oyendo los gritos de Eva y veo sus restos cada vez que cierro los ojos; no cuando no puedo evitar pensar en los años que Carolina pasó encerrada en la cárcel sin ninguna razón; y no cuando siento que el peso de todo lo que ha acontecido esta noche, el peso de todo lo que ha ido tan increíblemente mal, está sobre mis hombros.

Así que hago lo que parece imposible: dejo de llorar y me seco los ojos.

—No pasa nada. Vete ya, me las apañaré —le digo.

Parece todavía más triste, si acaso es posible.

—¿No quieres decir que estarás bien?

Sé lo que me está preguntando y la respuesta es no. No quiero decir que estaré bien. Quiero decir que me las apañaré, porque ahora mismo me siento tal y como la canción por la que hicimos la broma el otro día, emotiva e insegura.

Él tampoco dice nada al respecto. Se limita a asentir y retrocede poco a poco.

—¡Clementine! —La voz de mi primo interrumpe el dolor que nos separa—. ¡Madre mía, estás aquí! ¡Te he buscado por todas partes! Hemos adelantado la hora del portal.

Me obligo a apartar los ojos de Jude para mirarlo. Es lo más difícil que he hecho en la vida, porque, en lo más profundo de mi alma, sé que cuando me dé la vuelta se habrá ido.

—¿Hemos? ¿Quiénes? —pregunto cuando se acerca, aunque ya lo sé.

Pone los ojos en blanco, pero estoy demasiado ocupada intentando averiguar por qué lo veo tan raro aunque ya no esté llorando. Lo único que puedo decir es que, si esto es lo que pasa cuando lloras fuera de la ducha, soy todavía menos fan de lo que pensaba.

Parpadeo un par de veces, me froto los ojos y vuelvo a parpadear otras tantas veces más. Después vuelvo a mirar a Caspian.

Solo que nada ha cambiado. De hecho, lo veo más claro; es decir, que su imagen se ha clareado.

Bueno, la de los tres Caspian.

—¿Estás bien? —pregunto de nuevo mientras intento no entrar en pánico.

—Estoy bien. —Esta vez el Caspian del medio, el que va todo ataviado de rojo Calder y tiene el aspecto al que estoy acostumbrada, me analiza extrañado—. ¿Y tú?

—Yo no...

Aparto la vista de los tres y miro a mi alrededor, cosa que resulta ser un tremendo error.

Ya estoy bastante inestable después de todo lo acontecido con Jude, y lo que veo ahora solo hace que pierda más el equilibrio. Porque no solo veo tres Caspian; veo tres de cada persona que se me cruza.

Es más, veo tres de todo.

58

CHOCA Y APRENDE

Vuelvo a parpadear.

No cambia nada.

Me froto los ojos con todas mis fuerzas.

Sigo igual.

Parpadeo una vez más y, cuando eso sigue sin servir de nada, hago lo único que se me ocurre: ponerme histérica perdida.

El corazón se me acelera.

Se me olvida cómo respirar.

Y la cabeza (en realidad, el cuerpo entero) parece que me vaya a estallar.

Porque no solo se ha triplicado todo el mundo, que ya de por sí es malo. No, el mundo que veo, el que se extiende ante mí, parece ser el pasado, el presente y el futuro.

Todo al mismo tiempo.

El Caspian que tengo delante y me está hablando es el primo de dieciocho años al que estoy acostumbrada, vestido de la cabeza a los pies con un pijama rojo al estilo de la academia Calder. Sin embargo, el Caspian que tiene al lado es el niño que siempre llevaba las rodillas peladas con el que solía construir casitas en los árboles. Y el Caspian del otro lado es un hombre de unos cuarenta años con un traje de tres piezas al que, por lo visto, le falta una mano, algo que me desconcierta.

¿Qué? ¿Cojones? ¿Está? ¿Pasando?

—¿Clementine? —Caspian parece preocupado, pero estoy demasiado ocupada intentando averiguar qué está sucediendo (sin que me explote el cerebro) para responderle.

Desesperada, confundida y más que un poquito aterrorizada, vuelvo al paseo central, donde algunos profesores han llegado al fin junto a la horda de alumnos traumatizados que no paraban de dar vueltas entre ellos y sobre sí mismos. Busco a Jude por las aceras (no debería ser tan difícil de encontrar teniendo en cuenta lo alto y ancho que es), pero hay tal caos que me es imposible.

Sinceramente, no logro encontrar a nadie; porque el paseo central ya no parece el de siempre, ni tampoco hay una sola versión del mismo.

Porque está lloviendo, hace mucho viento, las aceras están destrozadas... y está todo lleno de alumnos aún más destrozados.

No obstante, cuando parpadeo también está soleado y lleno de paranormales sonrientes caminando por una acera bordeada de flores preciosas. Algunos de ellos han cambiado (hay lobos, leopardos e incluso un par de dragones volando en el cielo), pero también hay brujas con trajes de baño antiguos y vampiros paseando con ellas bajo sombrillas negras enormes.

Y luego vuelve a haber un montón de personas más. No reconozco a ninguna, y que todas ellas vayan vestidas con ropa de calle en lugar de uniformes me hace preguntarme de dónde son. Sobre todo teniendo en cuenta que la acera por la que andan no está rota; ni parecen estar asustados; ni está lloviendo.

¿QUÉ COJONES ESTÁ PASANDO?

Me llevo la mano al corazón acelerado. Intento llenar de aire los pulmones demasiado oprimidos, y creo que lo consigo, porque el mundo no desaparece a mi alrededor. Lo cual es una lástima, ya que ahora mismo desearía que lo hiciera.

—Tu madre quiere que te lleve con ella —dice uno de los Caspian mirándome con inquietud—. Está en la playa, supervisando el portal. Dice que nos iremos pronto.

Teniendo en cuenta lo que está pasando, me creo sin atisbo de dudas que quiera sacarnos de aquí tan rápido como sea posible. Pero eso no acaba de solucionar el problema que tengo ahora.

Cierro los ojos y me obligo a mantener la calma, cosa que no es fácil precisamente. Vuelvo a coger aire, me prometo que, pase lo que pase cuando abra los ojos, todo irá bien, y luego lo suelto poco a poco.

Entonces los abro a un mundo que todavía sigue patas arriba. Lo ignoro por un instante, negándome a mirar a nada ni a nadie que no sea el Caspian de dieciocho años, y pregunto:

—Pero ¿qué pasa con...?

Las palabras me abandonan, y levanto la mano haciendo un gesto circundante, demasiado abrumada por todo lo que ha pasado para intentar siquiera encontrar los términos correctos para mencionar a Eva; y a Bianca; y a tantos, tantos otros.

Por suerte, Caspian me comprende a pesar de ello.

—En la última media hora hemos estado haciendo planes para lidiar con todo. La residencia es un auténtico caos... —Se le rompe la voz, pero se aclara la garganta e intenta hablar de nuevo—. Tenemos varias listas, así que iremos tachando a los alumnos que vayan cruzando el portal para poder encontrar luego a... todos los demás. No dejaremos a nadie atrás, Clementine, te lo prometo.

—Eva...

Esta vez es mi voz la que se quiebra, y parece que Caspian quiera llorar conmigo. Sus otras dos versiones, la pasada y la futura, actúan libremente; el futuro Caspian está mirando el móvil y el pequeño Caspian hace botar una pelotita de goma.

—Recuperaremos su cuerpo —me promete tras aclararse la garganta—. El de todos; pero necesito llevarte con tu madre antes de que pierda la cabeza por completo.

Asiento porque sé que tiene razón. Independientemente de lo difícil que sea mi relación con ella (que lo es), me tranquiliza saber que está viva y que las pesadillas no la han alcanzado.

—¿Y Jude? —pregunto, y se me vuelve a romper la voz porque el mero hecho de oír su nombre me produce un dolor que me oprime. No puedo creer que tenga que acabar así, después de diez años, de todo lo que hemos pasado, y de haberme dicho por fin lo que llevo esperando oír tanto tiempo.

Me quiere. Jude me quiere. Sin embargo, en lugar de quedarse a mi lado, se aleja de mí... y esta vez para siempre. Me quedo aquí plantada, rota y descorazonada, en un mundo que ya no tiene ningún sentido.

—Lo ha encontrado mi padre —indica Caspian con

dureza—. Me ha dicho que ha debido de perder el control de muchas pesadillas.

—¿Lo sabes? —exclamo sin aliento.

Me invade el terror cuando empezamos a bajar los escalones de la cabaña. Porque ahora que mi madre y el tío Christopher saben que Jude ha perdido pesadillas, no sé qué es lo que piensan hacer, pero, sea lo que sea, no será nada bueno. Y una parte de mí no puede evitar pensar que la Aethereum podría jugar un papel importante en ello.

—No acabo de entender qué pasa —reconoce Caspian—, pero sé que mi padre no lo perderá de vista hasta que lleguemos al almacén y encontremos una solución.

No digo nada, en parte porque no sé qué decir y en parte porque apenas logro bajar un escalón antes de tropezar con el aire. Mi cerebro está completamente trastornado intentando procesar las imágenes múltiples que tengo delante. Solo que esta vez no hay tres cabañas porque, en lo que creo que es el futuro, no hay ninguna; ni escalones. Así que, en realidad, hay dos cabañas y un banco rodeado por varios arbolitos plantados en macetas.

Y no dejo de pensar que estoy a punto de chocar contra uno de ellos.

Pongo una mano delante de mí para intentar agarrarme a la barandilla que sé que está, pero que al mismo tiempo, no puedo ver. Por suerte, la encuentro con la palma, por ello me obligo a bajar los escalones que mi cerebro no acaba de asimilar que están, y por fin digo:

—Jude me lo ha contado.

—¿Te lo ha contado? —suelta ahora con recelo—. ¿Y te ha dicho por qué ha hecho esto? ¿Qué creía que iba a conseguir? ¿Estaba...?

—¡Para! —Sé que sueno brusca, pero ahora mismo no estoy dispuesta a consentir que le lance a Jude un montón de reproches—. Para un solo...

No termino la frase porque tropiezo con una grieta gigantesca que hay en la acera y que no sabía que estaba ahí. Me repongo y parpadeo varias veces en un intento por ver solo el presente, aunque no es tan fácil como suena.

Doy un par de pasos más, luego salto hacia un lado para esquivar un banco... y me encuentro de lleno con la bicicleta que alguien ha abandonado en medio del paseo central. Termino tropezando con ella y casi me caigo de bruces.

Caspian consigue agarrarme, no sé muy bien cómo, pero me mira muy preocupado.

—¿Estás bien, Clementine?

No tengo nada que decir a eso, así que me doy la vuelta e intento concentrarme única y exclusivamente en el presente. Los flotadores que hay en medio del paseo no son reales, tampoco los rosales. Solo las grietas.

Pongo el pie sobre una enorme y me felicito por no caerme de culo, pero entonces choco contra una dragona, que se da la vuelta al instante.

—¿Qué mierdas te pasa? —exclama su versión del presente.

—¡Perdona! —interviene Caspian, que me aparta de ella—. Se ha dado un golpe brutal en la cabeza.

—No me he dado ningún golpe —aseguro. Me agarra con fuerza de los hombros y no afloja ni un poco mientras me conduce por el paseo.

—Bueno, pero actúas como si te lo hubieras dado —comenta—. Hazme un favor e intenta que no se te vaya la pinza durante un rato, ¿vale?

—¡Eso intento! —asevero—. Aunque es más difícil de lo que parece.

No sé cómo explicarlo, es como si todo estuviese cambiando constantemente. Cada vez que me muevo, parpadeo o miro en otra dirección, tengo que volver a centrarme y averiguar dónde diantres me encuentro. También si me centro solo en el pasado, el presente o el futuro.

Si siempre se manifestasen en el mismo orden, sería mucho más fácil, pero a veces el primero en aparecer es el futuro; otras veces el presente es el último; y otras, el pasado se encuentra en el medio, cosa que me jode sobremanera porque no dejo de pensar que el presente está siempre en el centro, razón por la que he chocado antes contra esa maldita dragona.

—¿Qué te pasa? —pregunta Caspian entre preocupado y perplejo—. En serio, ¿te encuentras bien?

—Estoy bien —pronuncio con esfuerzo mientras sigo caminando, e intento no darle vueltas a cómo me hacen sentir esas palabras. Ahora que no estoy en el porche, ya tengo bastante con enfrentarme al exterior. Las cosas han empeorado exponencialmente, porque bajar por el paseo central con gente que existe en planos de tiempo diferentes se parece mucho a cómo me imagino yo los coches de choque. O a una partida de *Frogger*, pero en la vida real.

Me muevo a la izquierda para esquivar a un alumno de la academia Calder antes de percatarme de que en realidad no está ahí. Luego me lanzo a la derecha para evitar a una mujer con un vestido de verano corto de color amarillo y gafas de sol de ojos de gato.

Lanza un gritito de sorpresa y se le cae la bebida que

sujetaba. El brebaje frutal, que parece ser una piña colada, acaba esparcido por todas partes.

¿Qué acaba de pasar? ¿Me ha sentido aunque nos separen varias décadas? Cómo es eso... Mis pensamientos se ven interrumpidos cuando algo frío y de olor dulce me aterriza en la cara.

Vaya, pues no era una piña colada. Era un mai tai.

Me he quedado tan atónita al descubrir que esa mujer del pasado y yo podemos percibirnos, vernos e incluso derramarnos cosas la una a la otra, que paso por alto el banco rosa con forma de anémona que tengo delante, y acabo chocando con él con tanta fuerza que caigo al suelo y empieza a dolerme el pie.

—¡Clementine! —grita Caspian entre exasperado e intranquilo—. Pero ¿qué...?

Se detiene cuando ve lo que tengo justo delante. El cadáver destrozado de Bianca, retorcido y ensangrentado, bajo el banco.

La he visto antes de lejos, pero esto... es horrible; sobre todo porque una versión suya del pasado con pinta de estar perdidísima merodea a su alrededor. Se está volviendo de un tono gris transparente a medida que el color va abandonándola lenta pero inexorablemente.

Al igual que su compañera de habitación, tiene los brazos y las piernas doblados en ángulos antinaturales y los ojos vacíos, con la mirada perdida y desenfocada. Se ha formado un charco de sangre inmenso bajo su cabeza, protegido de la lluvia por el banco de yeso enorme bajo el cual está tumbada.

—Lo siento —susurro, y un nerviosismo histérico me aprisiona el pecho.

Porque he sido yo quien ha hecho esto. He. Sido. Yo.

Oh, Jude se echa la culpa, pero soy yo la que se ha desengranado. Si él ha liberado estas pesadillas ha sido por mí, para salvarme.

La culpa me abruma, al igual que la pena.

—Lo siento —susurro de nuevo—. Lo siento mucho.

—Tenemos que irnos —me insta Caspian desde algún punto por delante de mí.

—Vete —digo mientras acerco la mano y cierro los ojos de Bianca—. Ahora te alcanzo.

—¡No puedo dejarte sola! —exclama—. La tía Camilla me matará. Además, nadie puede quedarse en la isla.

Qué ironía.

Señala a los profesores que conducen a los alumnos por el paseo en dirección a la playa cuyo acceso normalmente está prohibido.

Sin embargo, aquí, sentada a sus pies, solo puedo centrarme en la chica a la que le he causado la muerte.

—Tenemos que... —Se calla al ver que alguien se agacha a mi lado.

—Eh, Clementine. —Levanto la vista al oír esa voz conocida y me topo con tres versiones de Simon agazapadas a mi lado—. ¿La conocías? —pregunta con compasión.

—He vivido toda la vida aquí —contesto—. Conozco a todo el mundo.

Asiente con la cabeza y me coge una mano con gesto amable.

—Lo siento —expresa con ese tono tan suave que tiene.

—No eres tú el que debería disculparse.

Debería ser yo. Yo he hecho esto.

El estómago se me revuelve por segunda vez hoy y acabo vomitando lo que queda de mis patatas fritas con sabor a pepinillo favoritas en una de las macetas que hay detrás del banco, al tiempo que varios relámpagos atraviesan el cielo.

—¡Marchaos! —insto a Simon y Caspian con un gesto de la mano. Mi cuerpo sigue retorciéndose al compás de las arcadas mucho después de que ya no me quede ni bilis ni nada en el estómago.

Cuando al fin se me pasan las náuseas, apoyo la cabeza en el tiesto frío y húmedo unos breves segundos e intento recobrar el aliento (y la voluntad de seguir adelante).

Lo primero es mucho más fácil de recuperar que lo segundo.

—¿Te ayudo a levantarte? —ofrece Simon, y por vez primera soy consciente de que sigue aquí, al igual que Caspian. No me han dejado.

Quiero rehusar, decirles que se vayan sin mí. De todas formas, se supone que no puedo poner un pie fuera de esta isla; pero cada vez es más evidente que ninguno de ellos planea irse a ninguna parte sin mí.

Así que asiento. Simon me rodea los hombros con un brazo sorprendentemente fuerte y me ayuda a levantarme.

—No podemos dejarla así —les digo a él y a Caspian.

—Vendrán a por ella —responde mi primo—. Te lo prometo, Clementine.

Como si lo hubiesen hecho a propósito, dos brujos del personal de la academia se acercan a nosotros sujetando una bolsa negra. Me parece que son dos, porque veo a seis.

Me aparto para que puedan llegar a ella, y Simon (que sigue con el brazo alrededor de mis hombros) empieza a guiarme paseo abajo.

En circunstancias normales le diría que puedo yo sola, pero el contacto físico me ayuda a concentrarme en el Simon del presente, mientras el del pasado y el del futuro, ambos vestidos con uniforme de la academia Calder para complicar un poquito más las cosas, se limitan a rondarnos.

No olvidemos el hecho de que, por una vez, no reacciono a sus feromonas de sirénido y este parece ser el camino más fácil. Además, como es él quien guía nuestros pasos, no tengo que esforzarme tanto por discernir qué es real y qué no.

El cielo sigue llenándose de relámpagos, seguidos al instante por más truenos ensordecedores que hacen temblar el suelo bajo nuestros pies. Al mismo tiempo, el viento se vuelve tan vertiginoso e inclemente que Simon y yo nos tambaleamos y casi nos caemos.

Logramos evitarlo por pura fuerza de voluntad (suya, no mía) al mismo tiempo que el lamento sobrecogedor de las sirenas por alerta de huracán rasga la negrura de la noche. Solo es mi madre llamándonos a todos para que vayamos a la playa, pero sus ondas graves y discordantes se mezclan con el aullido del viento, convirtiendo lo siniestro en apocalíptico. Caspian parece pensar lo mismo porque acelera el paso hasta casi echar a correr, teniendo en cuenta el viento de frente contra el que intenta avanzar.

—¡¿Qué diantres haces aquí?! —grito para que Simon pueda oírme por encima de la tormenta—. Caspian me ha dicho que están reuniendo a todo el mundo en la playa.

—Jude —contesta sin más—. Lo han encerrado, pero quería asegurarse de que llegabas al portal.

No sé qué decir a eso, pues una nueva oleada de dolor me anega por completo. Es solo una capa más de lo que ya llevo dentro.

—¡Cuidado! —Simon me mueve hacia la derecha para esquivar algo que hay en el suelo.

No, no es solo algo.

Es el tapiz. El maldito tapiz.

Solo que ahora ya no aparece la advertencia. En su lugar no hay más que un montón de líneas garrapatosas e imprecisas de todos los colores que una pueda imaginar.

59

UN GRANIZADO DE CUIDADO

Parece la pantalla borrosa de las teles antiguas que salían en las series y películas cuando algo fallaba.

Lo contemplo durante unos segundos e intento decidir si quiero recogerlo o dejarlo ahí para que se lo lleve volando el huracán.

Quizá sea absurdo, pero no puedo dejar de culparlo por sus mensajes incompletos. Decirnos que tengamos cuidado no es lo mismo que darnos alguna pista sobre los horrores que nos acechaban. Sobre todo porque todavía puedo ver la cara de Eva mientras leía la advertencia que no ayudó a salvarla.

Aun así, para Jude era primordial tener ese tapiz, tanto que incluso ha sido capaz de discutir conmigo al respecto. Y a alguien le importaba tanto como para guardarlo bajo candado en esa despensa, ya fuera Jude o uno de los Gilipo-Jean, no sé quién.

—¡¿Qué pasa?! —grita Simon mientras sigue mi mirada hacia el tapiz mojado y embarrado.

Que le den. A tomar por culo.

Me agacho y enrollo el maldito tapiz. A pesar de la lluvia que lo ha empapado durante la última hora, sigue siendo ligero y fácil de manipular, así que me levanto y se lo entrego a Simon.

—¿Puedes llevárselo a Jude?

—¿A Jude? —Abre los ojos como platos cuando se da cuenta—. Esto es por lo que estabais discutiendo antes.

No es una pregunta, pero aun así asiento. Porque ahora todo me parece una tontería.

Todas las discusiones.

Todos los secretos.

Todo el tiempo que hemos malgastado cuando, en el fondo, hay una cosa en la que el tapiz tiene razón: no nos queda nada de tiempo.

—Me aseguraré de que le llegue —me promete Simon con la cara más seria que le he visto jamás.

—¡Venga, chicos! —grita Caspian al tiempo que un relámpago inmenso reluce en el cielo—. ¡Tenemos que irnos ahora mismo!

Segundos después empieza a caer granizo sobre la isla. Por suerte, no es granizo grande, es del tamaño de una moneda, pero sigue doliendo un montón cuando nos golpea.

Caspian sale corriendo, y Simon y yo lo seguimos de cerca. No obstante, el granizo solo me complica las cosas mientras intento evitar... a todo el mundo.

Esquivo a un hombre con bañador que carga con un kayak (en serio, un kayak), para acabar atravesando de lleno a un futuro alumno de la academia Calder en bicicleta. El dolor me sobrepasa, las descargas eléctricas me corren por el cuerpo de los pies a la cabeza.

Trastabillo un poco, pero consigo seguir caminando a la vez que lucho contra la agonía.

—¿Clementine? —me llama Simon, con aspecto confundido a la par que preocupado mientras el granizo continúa cayendo sobre nosotros.

Más adelante Caspian grita cuando roza a un gigante que camina con parsimonia por el paseo con una caña de pescar del tamaño de una rama colosal colgada del hombro.

—¿Qué pasa? —El pobre Simon parece no entender nada de nada ahora que mi primo se tambalea hasta detenerse.

—¿Has sentido algo? —pregunto.

Antes siquiera de que pueda contestar, una de las otras alumnas empieza a gritar y a girar en círculos. Veo que acaba de meterse de lleno en medio de un grupo de futuros alumnos de la academia, pero ella no puede verlo, así que está asustadísima.

Y al igual que ella, hay también otra gran cantidad de alumnos que nos rodean, que gritan, se rozan y parecen totalmente poseídos para cualquiera que los esté viendo pelearse con la nada.

O por lo menos eso le parece al resto del mundo. Para mí es como si de repente, de alguna forma, pudiesen sentir a la gente del pasado y del futuro que nos rodea, aunque no pueda verla.

Pero yo sí que puedo verlos y todos los que están flipando ahora mismo es porque acaban de tocar, han atravesado o se han acercado demasiado a alguien que, o estaba justo donde estaban ellos en el pasado, o lo estarán algún día del futuro.

Es lo más demencial que podría haber imaginado, y verlo ocurrir justo delante de mí es más loco todavía. Además, ha empeorado un millón de veces más ahora que los fantasmas de la isla han decidido unirse a la fiesta. Están temblando, quejándose de la lluvia, pero aun así ahí siguen en todo su anodino esplendor gris. Supongo que porque cada uno de los fantasmas que he conocido tiene la terrible costumbre de querer estar al tanto de todo. Saben que está pasando algo inusual y no quieren perderse lo que sea, aunque signifique enfrentarse a la peor tormenta que jamás haya afectado a la isla.

Sin embargo, su presencia hace que una situación difícil se complique infinitamente más, por lo menos para mí. Porque no solo es que pueda ver al viejo y decrépito Finnegan saludándome, es que también puedo ver al Finnegan del pasado. No puedo evitar quedarme con la mirada fija en un chico con abrigo de marinero y botas de trabajo que flota detrás de él, con una amplia sonrisa en su atractivo rostro.

¿Así era Finnegan de joven?

Como si pudiera leerme los pensamientos, el joven Finnegan me guiña un ojo y me hace un gesto con el pulgar hacia arriba.

Y de repente desisto, dejo de intentar entender qué está pasando en este desastre en el que se ha convertido mi vida.

Eso sí, Caspian no se ha dado por vencido porque me mira a los ojos.

—¿Qué es lo que está pasando aquí, Clementine? —pregunta mientras se estremece sin parar.

Alargo el brazo para cogerlo de la mano y hacer que se adelante varios metros para alejarse de la niña con coletas y un osito de peluche a la que estaba atravesando.

No tengo tiempo de explicárselo.

—Poneos justo detrás de mí y seguid exactamente mis pasos —ordeno.

—Em... ¿Por...? —inquiere Simon.

—¡Porque puede ver fantasmas! —revela Caspian.

Simon se queda ojiplático.

—¿En serio?

Pero estoy demasiado sorprendida para contestarle.

—¿Lo sabías? Pero si yo nunca...

—¡Me lo contó Carolina! —me interrumpe mientras la lluvia le corre por la cara—. Quería asegurarse de que cuidara de ti si ella no estaba.

Sus palabras me golpean como un placaje y casi me caigo de bruces al suelo.

Es demasiado, todo es demasiado.

Demasiada pena.

Demasiado dolor.

Demasiado esfuerzo solo para volver a perder una y otra y otra vez.

Nunca termina y ya no quiero seguir con esto.

Ya no puedo más.

Estoy muy cansada, muy dolida. Estoy rota y no hay forma de repararme.

Solo quiero que acabe todo.

Pero entonces miro a Caspian y lo único en lo que puedo pensar es en que me ha guardado el secreto durante todos estos años. Que, a su manera, me ha estado protegiendo todo este tiempo y yo no tenía ni idea.

Respiro hondo y me esfuerzo por apartar la pena que me aplasta con el peso de un océano entero. Porque no puedo rendirme, no puedo permitir que le pase nada ni a él ni a Simon ni a nadie que esté en este camino con nosotros. Tengo que sacarlos del laberinto del tiempo que los separa de la playa.

Que los separa del portal.

Así que me trago la pena y el terror, y los escondo en un lugar en el que no tenga que pensar en ellos por el momento. Y después salgo corriendo hacia la valla que rodea toda la isla y que habitualmente prohíbe el paso de los estudiantes a la playa y a los muelles.

A medida que corro, esquivo a fantasmas y a destellos; pasado, presente, futuro y dolor, mucho dolor; pero lo ignoro y sigo adelante porque tanto los alumnos como los profesores están yendo por el camino que yo les voy marcando.

Solo se queda atrás el equipo de rescate, que está recogiendo los restos de los alumnos para no abandonarlos.

El granizo aumenta de tamaño y de dureza a medida que nos vamos acercando a la playa, aunque tampoco es que tengamos tiempo ni lugar para refugiarnos. Por lo tanto agacho la cabeza, levanto las manos para protegerme lo mejor que puedo y continúo avanzando mientras Caspian y el resto me siguen de cerca.

Pasamos la residencia principal, atravesamos la densa arboleda que separa a la valla de los alumnos y, por fin, entramos por la nueva abertura y nos adentramos en la playa.

Entonces corro un rato más. No me detengo, nadie lo hace, hasta que llegamos a la arena suelta justo antes de que el océano conecte con la orilla.

Llevamos tanto tiempo corriendo sin descanso que inspiro y espiro con fuerza, tanta que parezco un tren de carga. Me inclino hacia delante con las manos en los muslos e intento controlar la respiración mientras contemplo el océano picado.

Es lo más hermoso que he visto en la vida, pero también lo más escabroso; porque el agua se revuelve por la tormenta y causa olas gigantes que no dejan de romper en la orilla. Levantan detritos y los mueven hasta la playa en un agua que se ha vuelto negra y espumosa. El rugido del mar es ensordecedor, abrumador y no puedo evitar preguntarme cómo vamos a conseguir que todos salgan ilesos de esta, por mucho que tengamos un portal.

Cada ola que rompe es más grande que la anterior, y solo es cuestión de tiempo que un tsunami descienda sobre nosotros e inunde toda esta parte de la isla.

Busco a Jude con la mirada, a nuestros amigos, a mi madre, pero entre la tormenta y los cientos de personas de diferentes hilos temporales que hay a mi alrededor, todo es un caos. No puedo ver una mierda.

No hasta que mi madre empieza a gritar mi nombre con un megáfono.

Sigo el sonido entre la multitud e incluso consigo pasar de largo a los Gilipo-Jean ilesa, hasta que por fin veo a mi siempre impecable madre empapada por la lluvia, con el pelo pegado a la cabeza y con unas manchas de sangre que estoy segura de que no es suya en el rostro.

A su lado hay una versión del pasado en que se la ve más joven: toda reluciente, ataviada con un par de pantalones de vestir de raya diplomática y una camisa blanca, con una mochila colgando del hombro. También una versión futura: algo encorvada por la edad y con un chal echado por encima de los hombros.

Por un instante no puedo más que contemplar estas dos versiones de mi madre a las que ni siquiera reconozco. Entonces hay algo que me llama la atención, y me doy la vuelta para ver al tío Christopher a su lado. Junto a él está Jude, con aspecto de sentirse tan roto y derrotado como yo.

Me abro paso hacia ellos a trompicones y lo llamo a medida que avanzo. Pero la tormenta es demasiado ruidosa y no me oye, ninguno me oye. No hasta que estoy justo delante de ellos.

—¡Clementine! —Parece que mi madre se va a desmayar del alivio cuando me envuelve entre sus brazos—. Madre mía. Me preocupaba mucho que las pesadillas te hubieran...

Se calla mientras yo le devuelvo el abrazo y, aunque me alegro de que esté bien, solo tengo ojos para Jude, que me devuelve la mirada como si yo fuera lo único que lo mantiene a flote.

—¡Aquí está! —oigo gruñir al tío Christopher—. Está bien. Ahora te toca cumplir con tu parte del trato, Jude. Vamos.

Al principio Jude no parece oírlo. Se queda mirándome fijamente con esos ojos caleidoscópicos hipnotizados.

—Clementine —susurra y, por primera vez, no me importa que haya utilizado mi verdadero nombre. ¿Cómo iba a importarme si lo hace sonar como si fuera la cosa más importante de su mundo, lo único que hay en él?

A pesar de saber lo que me ha dicho, a pesar de saber lo que hemos hecho, no puedo evitar extender la mano hacia él; no puedo evitar necesitarlo.

Cierra los ojos cuando le acaricio la mano con los dedos y su rostro muestra una agonía que me corta incluso los huesos.

—Jude —musito a la par que me aferro a él porque siento que se aleja; incluso antes de que aparte la mano de la mía. Y esta vez, cuando vuelve a mirarme, su rostro no muestra expresión alguna—. Jude —repito.

Pero no contesta; ni media palabra. En vez de eso, da tres pasos hacia atrás y desaparece.

60

UN PORTAL EN PLENA TORMENTA

Grito su nombre mientras intento seguirlo, pero mi madre me agarra de la cintura al tiempo que las tres versiones del tío Christopher desaparecen dentro del portal después de Jude.

—¡Suéltame! —grito, y forcejeo con ella.

Pero mi madre tiene la fuerza de una mantícora y no duda en utilizarla toda para sujetarme mientras me ordena:

—¡Tranquilízate, Clementine! ¡Pronto volverás a verlo!

—¿Estará en el almacén?

—En serio, ¿dónde si no va a estar? —Me mira con impaciencia.

—No lo sé —contesto lentamente—. Pensaba que como hay gente...

Me interrumpo porque no quiero decirlo. No sé ni si soy capaz de verbalizarlo siquiera.

—¿Muerta? —Mi madre no huye de la verdad—. No decirlo no hace que sea menos cierto, Clementine. Igual que no cambia nada no decir que fue culpa de Jude. Esto tendrá sus consecuencias, y muy severas. ¿De verdad pensabas que lo expulsaría solo por un error? Este centro no funciona así y deberías saberlo. Además, no hay ningún otro sitio al que pueda ir. Nosotros somos la última alternativa.

«La Aethereum», me baila en la punta de la lengua, porque es el lugar al que temía que acabaran enviándolo desde el mismo instante en el que me ha contado lo que ha pasado, pero si mi madre no ha pensado en esa opción, no voy a ser yo quien la saque a colación. Ni ahora ni nunca.

—Y ahora, por favor, ¿podrías ayudarme con esto? —Me pasa su tableta metida en una funda impermeable—. Christopher estaba marcando a la gente a medida que iba entrando en el portal, aunque ahora puedes hacerlo tú. Y no perdamos más tiempo, ¿oído? Cuanto antes los saquemos de aquí, antes podremos irnos nosotras también.

Al coger la tableta capto un extraño destello (a su lado y, al mismo tiempo, sobre ella) y veo a una mujer joven que se le parece mucho y, a la vez, no se le parece en nada.

Al principio pienso que es su yo pasado, pero no tiene ningún sentido, porque este está al otro lado, precisamente junto a su yo futuro. Y no puede haber cuatro versiones de mi madre, ¿verdad?

Salvo que, al fijarme mejor, me doy cuenta de que el destello es la misma mujer que ha estado atormentándome: el mismo pelo marrón, el mismo camisón de flores, la misma barriga de embarazada.

Intento pasarla por alto, aunque no deje de mirarme con esos ojos azules enormes que son clavaditos a los de mi madre... y a los míos. Es entonces cuando caigo en la cuenta de que tiene color. Que toda ella lo tiene. No solo el camisón, sino toda su persona. El pelo marrón oscuro, los labios sonrosados, la piel de marfil salpicada de pecas, la ropa de varios tonos de rosa.

Intenta alcanzarme con una de esas manos esqueléticas que tiene y, cuando está a punto de tocarme la muñeca, la esquivo asustada. Entonces suelta un lamento grave y dilatado que acaba convirtiéndose en un grito al mismo tiempo que se transforma en la criatura desesperada, frustrada y de cabellos rebeldes que lleva persiguiéndome desde que ha comenzado la tormenta.

Sus dedos me rodean la muñeca con una fuerza férrea y, en el momento en el que empiezan a presionarme, el dolor que me provoca se me extiende por todo el cuerpo: agudo, visceral, incontenible.

Me engullen las visiones, azotándome como olas salvajes movidas por la tempestad que chocan contra la costa, antes de arrastrarme hasta las profundidades del abismo.

Un hombre, un fae con los mismos ojos naranja de Jean-Luc.

Mi madre, agarrándose a una muñeca llena de pulseras de la amistad de diversos colores.

Carolina, luchando por liberar su muñeca mientras las lágrimas empapan su rostro.

Mi madre parece muy enfadada. Carolina, muy asustada.

El miedo aumenta dentro de mí y se mezcla con la tormentosa confusión que me asedia la mente. Pero, por primera vez desde que empezaron estas visiones, el miedo queda prácticamente sobrepasado por la rabia.

—¡Clementine! —La voz de mi madre, seca e impaciente, atraviesa este miedo—. ¿Quieres hacer el favor de espabilar y ayudarme?

Parpadeo, y la criatura se esfuma como la bruma, aunque las emociones que ha conjurado tardan más en desaparecer.

—¡Clementine! ¿Me estás escuchando? —exige saber mi madre.

—¡Sí! —Agito la tableta mientras me obligo a centrarme en lo que está pasando delante de mis narices, en el presente real y corpóreo—. ¿Qué tengo que hacer?

—Pero si te lo acabo de explicar —me dice—. ¿Es que no prestabas atención?

Agacho la cabeza y murmuro un «perdón».

Me señala la tableta.

—Tenemos a todos los alumnos divididos alfabéticamente en grupos de veinte. Cada grupo tiene asignado a un profesor que lo acompañará a través del portal. Marcamos el nombre de los alumnos una vez que han cruzado, y tu tía Carmen los tacha en cuanto llegan al almacén, al otro lado del portal. No vamos a correr ningún riesgo para que no haya estudiantes que se queden atrás, así que no puedes equivocarte. ¿Te ha quedado claro?

—Sí, por supuesto. —Bajo la vista hacia la lista que hay en la tableta. Undécimo curso, apellidos de la A a la C.

—Ya hemos trasladado a los de noveno y décimo, por lo tanto ahora tocan los dos últimos cursos. Y, después, por fin podremos salir de esta condenada tormenta.

Como para recalcar sus palabras, el viento elige ese preciso momento para lanzar un aullido grave, largo y bestial. Me golpea de lleno con la fuerza de una bola de demolición y casi me tira al suelo.

Mi madre me estabiliza. Su rostro se muestra todavía más adusto, cosa que no sabía que fuera posible.

—Acabemos con esto —declara.

—¡¿Por qué hemos decidido abrir el portal aquí, a la

intemperie?! —pregunto a gritos para que se me oiga por encima del rugido del viento y la marea.

—Las brujas de seguridad dijeron que este era el lugar más indicado para crear un portal tan complejo que nos permitiera trasladar a varios alumnos al mismo tiempo —explica mi madre moviendo la mano con hastío—. Que la confluencia de tres poderosos elementos era mucho mejor que la de dos elementos no tan poderosos o no sé qué historia.

No puedo evitar echarle un vistazo al mar. Sí, sin duda alguna hay mucho poder aquí. Demasiado ahora mismo, diría yo.

Dejamos pasar al primer grupo y voy marcando el nombre de cada uno a medida que entran en el portal.

—¿Todos los portales son así? —le pregunto a mi madre mientras el cielo fulgura y vibra sobre nosotros. No consigo ver unas paredes definidas que delimiten el portal, pero salta a la vista que hay algo ahí, porque todo lo que levanta el viento hacia el cielo choca contra algo cuando se aproxima a él.

—Los seguros sí —responde—. Contamos con un protocolo muy específico para mantener a los alumnos a salvo al tiempo que inhibimos sus poderes. Ese fulgor que ves forma parte de él.

No sé qué parte de todo esto le parece segura a ella, pero no digo nada más. Seguimos con los alumnos con apellidos de la D a la F. Pensándolo bien, ¿de qué otra forma íbamos a evacuarlos sin correr peligro en medio de un temporal como este? Ningún medio de transporte tradicional habría conseguido sacarnos de este caos.

Así que, mientras la tormenta ruge a nuestro alrededor,

me concentro para hacer mi trabajo tan rápida y eficientemente como puedo, igual que mi madre. Ya vamos por los alumnos de undécimo con apellidos de la T a la Z cuando otra tanda de relámpagos cubre el cielo por completo.

Vuelve a haber un extraño fulgor en el cielo que no me acaba de gustar. Parpadeo, me froto los ojos empapados con la mano y miro otra vez. Entonces grito al ver de repente a decenas de estudiantes cayendo.

—¡Clementine! —Mi madre se vuelve hacia mí con los ojos como platos—. ¿Qué te ocurre?

—¿Cómo que qué me ocurre? —Señalo el desastre que se está desplegando ante mí—. ¿Es que no lo ves?

—¿El qué? —pregunta.

Parpadeo y la escena termina tan rápido como ha sobrevenido.

—No entiendo nada —susurro—. He visto...

—¿Qué? —inquiere ella—. ¿Qué has visto?

—No lo sé. Había alumnos cayendo del cielo, no tenía ningún sentido.

Me escruta durante unos segundos, moviendo los ojos por cada milímetro de mi cara como si estuviese buscando algo, no sé el qué. Entonces se da la vuelta y se acerca a la profesora Picadilly y al profesor Abdullah (la bruja y el brujo más poderosos del centro), que, ahora que me fijo, han estado manteniendo abierto el portal todo el rato.

—¿Va todo bien? —les pregunta—. ¿Hay algún problema con el portal?

—¡No! —grita la profesora Picadilly para que la oiga por encima de la tormenta—. Todo está perfecto. Va como la seda.

—¿Abe? —insiste mi madre tras volverse hacia el profesor Abdullah—. ¿Qué opinas tú?

—Yo creo que va bien, Camilla —confirma—. ¿Por? ¿Crees que algo va mal?

Pasa por alto la pregunta.

—¿No hay ninguna fluctuación? ¿Los rayos no están influyendo en él?

Ahora se muestra desconcertado.

—No. ¿Por qué lo dices?

Ella niega con la cabeza.

—Por nada.

—Lo tenemos controlado, Camilla. Lo he hecho miles de veces y esta no parece distinta de las otras.

Lo estudia durante un rato (y también a la profesora Picadilly). Pasea la mirada entre uno y otro y, al final, parece tomar una decisión.

—Está bien. Seguid así.

Regresa a toda prisa a la entrada del portal.

—Acabemos con esto, Clementine.

—Claro.

Sigo sin creer que se haya tomado en serio lo que he dicho cuando ni siquiera sé si debería haberlo hecho. Lo que he visto solo ha durado una milésima de segundo antes de desaparecer de nuevo, al contrario que todo (y todos) lo que hay a nuestro alrededor, que sigue mostrándose ante mí por triplicado.

Llama al siguiente grupo de último curso (esta vez en orden alfabético inverso) y empiezo a marcarlos al mismo tiempo que otra ráfaga de viento sacude la playa. Segundos más tarde, unos rayos resplandecen y los truenos retumban exactamente en el mismo segundo.

—Entra en el portal —ordena mi madre a Izzy, que ha estado esperando su turno con paciencia—. Ya.

Izzy le lanza una mirada indiferente, pero hace lo que mi madre le dice y desaparece dentro del portal cuando una lluvia de granizo gigante, del tamaño de melones, empieza a caer del cielo.

Una bola aterriza a pocos centímetros de mis pies, por lo que me echo para atrás de un salto, horrorizada.

Los alumnos comienzan a gritar y correr buscando refugio a nuestro alrededor, pero aquí fuera no hay donde esconderse. La residencia está demasiado lejos y no hay nada más cerca. Somos un blanco fácil.

—Mamá, tenemos que...

Me detengo cuando otro pedrusco de hielo cae justo delante de mi madre, tan cerca que le pilla la punta de la bota. Retrocede de un brinco con un grito sobresaltado.

—¿Te has hecho daño? —pregunto, y me inclino para comprobar el pie.

—Entra en el portal —me insta con urgencia.

—¿Qué?

—Que entres en el portal, Clementine. —Levanta el megáfono y se lo acerca a los labios—. ¡Todo el mundo al portal, ya!

Se desata el caos entre la gente que queda en la playa, pues todos corren precipitadamente hacia el portal. Excepto la profesora Picadilly y el profesor Abdullah, que no se mueven de donde están para mantenerlo abierto.

—¡Venga, venga, venga! —grita mi madre, que mete a tres o cuatro alumnos a la vez dentro del portal.

Alguien chilla a nuestras espaldas y, al volverme, veo a

una bruja de último curso en el suelo, con la cabeza abierta y desangrándose poco a poco.

—¡Vamos! —vocifera mi madre por el micrófono al tiempo que la profesora Picadilly y el profesor Abdullah ensanchan la entrada del portal—. ¡Todos adentro!

Se gira hacia mí.

—¡Entra, Clementine!

—Te estoy esperando a ti.

Ni se molesta en contestarme. En lugar de eso, me apoya una mano en el centro de la espalda y me empuja dentro del portal con todas sus fuerzas.

No me lo esperaba, por lo que caigo hacia delante lo justo para que el portal me envuelva.

Entonces empiezo a caer y caer y caer.

61

EN GRAVE PELIGRO PORTALÍSTICO

Nunca había atravesado un portal antes, han estado bloqueados en la isla desde que nací, así que no sé cómo se supone que debes sentirte cuando estás dentro de uno.

Esto es extraño, muy pero que muy extraño. Como si todo mi cuerpo se estirara como uno de esos juguetes de goma. Como si con cada segundo que transcurre me volviera más larga, más estrecha, más plana... Y de repente, ya no lo soy. El estiramiento se detiene en un instante y vuelvo a mi forma normal con un respingo, mi cuerpo pasa de estar estirado a volver a su estado normal en un abrir y cerrar de ojos.

Respiro hondo para intentar acostumbrarme a la sensación de volver a ser normal. Después me pregunto para qué me he molestado cuando las paredes del portal se ciernen sobre mí de forma abrupta y empiezan a cerrarse. Extiendo los brazos para intentar detenerlas, pero no dejan de apretar, apretar y apretar hasta que siento que me voy encogiendo. Noto que mi cuerpo se comprime, cada vez es más diminuto y plano debido a la contracción del portal.

Al principio me siento un poco alarmada y espero a que vuelva a la normalidad de un respingo como la primera vez. Sin embargo, no lo hace. Sigue aplastándome centímetro a centímetro hasta que parece que tengo un piano encima del pecho.

Sé que hay mucha gente en el portal conmigo, puedo oírlos dando botes, chocando contra las peculiares paredes elásticas. Algunos incluso gritan, aunque no tengo ni idea de dónde sacan el oxígeno para hacerlo. ¿Es esto normal? Y, de serlo, ¿quién querría viajar de esta forma? Sé que se supone que es más rápido y seguro que un barco, pero ahora mismo preferiría vérmelas con las aguas bravas del golfo de México.

Ni siquiera soy capaz de levantar la cabeza para mirar a mi alrededor y encontrar a otra persona que esté pasando por la misma experiencia que yo. Lo único que puedo hacer es quedarme aquí quieta, suspendida en el aire, e intentar no entrar en pánico mientras el portal se esfuerza al máximo por matarme por aplastamiento.

Y no es fácil.

De repente, el peso que noto en el estómago se incrementa y respirar pasa de ser complicado a ser imposible. El instinto toma las riendas y empiezo arañarme para coger aire, aunque sin ningún éxito. Pero todo duele, las cosas empiezan a nublarse hasta que solo atisbo unos cuantos puntos de luz en la distancia.

Se me nubla más la visión, la oscuridad se adueña del interior de mi cabeza, y comienzo a flotar en un mar de...

La compresión termina de forma tan abrupta como ha empezado y caigo al vacío desde varios metros de altura.

El instinto hace que vuelva a extender los brazos mientras tomo aliento con impaciencia para llenar mis pulmones vacíos. Mis ojos enfocan de nuevo, y vuelvo a estar alerta..., justo a tiempo para que un terrible desgarro reverbere en el aire que me rodea.

De repente los gritos empeoran; suenan más a terror y, sin duda, más a desesperación. Y vuelvo a caer.

Solo que esta vez no es al vacío. Atravieso los fieros vientos, la lluvia, los relámpagos, directa hacia el océano bravo y picado.

Me estampo contra el agua y me hundo más y más. Llega un momento en el que me pregunto si esto forma parte del portal, parte de la magia. Pero entonces un pez enorme (muy pero que muy enorme) pasa nadando junto a mí, y es ahí cuando me doy cuenta: ya no estoy en el portal. Estoy en el maldito golfo de México.

Por la noche.

En medio de un huracán.

Con tiburones.

Y me estoy hundiendo muy deprisa.

Todo lo que he leído sobre que se te trague el océano siempre aconseja encontrar un punto de luz y nadar hacia arriba, pero desde donde estoy no atisbo luz. Solo una oscuridad infinita en todas direcciones.

Me digo que los monstruos a los que me he enfrentado en la escuela durante el último día o dos son mucho peores que cualquier animal que pueda encontrarme en el océano; cosa que me suena maravillosa y sensata hasta que algo me roza la pierna en medio del agua y por fin me doy por vencida. Pierdo la cabeza.

Empiezo a mover los brazos y a revolverme, lo peor que puedo hacer, pero el terror es como un animal desesperado que me araña por dentro, y lo único en lo que puedo pensar es «sal de aquí, sal de aquí, sal de aquí».

Además, ya llevo bajo el agua por lo menos un minuto, quizá más, y me arden los pulmones.

Así que hago lo que parece ser la peor idea posible, pero que podría ser mi única oportunidad de sobrevivir. He leído en alguna parte que mientras tengas aire en los pulmones tu cuerpo intentará flotar. Por ello doy vueltas hasta que estoy tumbada en horizontal en el agua o, por lo menos, eso creo. Y después me obligo a relajar todos los músculos posibles.

Tardo unos cuantos segundos terribles, estresantes y esenciales, y al final salgo a la superficie y respiro hondo, inhalo casi tanta agua salada como aire antes de que me vuelva a engullir el océano.

Es todo lo que necesito. Giro sobre mí misma y empiezo a nadar sin tener ni idea de si estoy yendo en la dirección correcta. El pánico intenta apoderarse de mí esta vez, pero no se lo permito.

Segundos después, el agua cambia; no sé cómo, pero se ha revuelto todavía más y resulta más difícil nadar en ella. Me lo tomo como una señal de que me estoy acercando a la superficie, sobre todo porque el agua que tengo justo por encima parece un poco más clara. Como si quizá, solo quizá, me estuviera acercando a la orilla. Vuelvo a sacar la cabeza a la superficie y esta vez, cuando intento volver a respirar hondo, me tapo la boca con una mano como si fuera una especie de filtro. Funciona, más o menos, y sí que consigo aspirar más oxígeno que agua en esta ocasión.

Hago lo mismo un par de veces más antes de sentirme preparada para mirar a mi alrededor e intentar ubicarme. Con suerte, estaré cerca de la isla y podré nadar hasta la orilla.

La ironía de querer volver a la isla ahora que por fin he salido de ella no se me pasa por alto, pero pienso que en esta situación me valdría cualquier isla en medio de la tormenta. Literalmente. Ya me preocuparé por volver a escaparme de ella si consigo sobrevivir a los próximos diez minutos.

Sin embargo, estar dando tumbos en un océano revuelto y movido por la tormenta no es una ventaja que digamos, y no consigo distinguir la isla. No puedo ver nada más que la siguiente ola que viene a romper sobre mí. Y la siguiente. Y la siguiente después de esa.

Cada ola me va restando energía, y cada lucha por mantenerme a flote me deja más y más cansada; aun así, consigo no volver a hundirme en el agua. No tengo ni idea de en qué dirección me estoy moviendo, solo sé que tengo que hacer algo, así que espero a que la siguiente ola me caiga encima. Las olas se mueven hacia la costa o, por lo menos, eso creo. Tampoco es que haya tenido mucha experiencia con ellas, a pesar de haberme criado en una isla. Si dejo que me arrastre la ola en vez de enfrentarme a ella, tal vez me acercará a la isla.

Me acercará a la seguridad.

El viento se ha vuelto salvaje y ha provocado que el océano entre en un frenesí, por lo que no pasa mucho tiempo antes de que otra ola aparezca para que pueda probar mi teoría sin perfilar.

Observo cómo se forma, la veo volverse más y más alta cada vez. Así que respiro hondo y me digo que, cuando me pase por encima, no debería resistirme. En vez de eso, debería relajarme y dejar que me lleve.

Es lo más complicado que he hecho nunca. Más complicado que perder a Jude; más complicado que perder a Carolina, tanto ante la prisión como ante la muerte; y, sin duda, es más complicado que aceptar que podría morir aquí fuera, sin ver nada más que los muros de esta isla.

Aunque creo que siempre lo he sabido, por eso he desafiado las normas desde que tengo memoria. Quería controlar mis decisiones, controlar mi cuerpo, controlar mi magia. Controlar lo que fuera en un mundo diseñado para arrebatarme a la fuerza ese control a cada oportunidad que se le presentase.

He perdido muchas más batallas de las que he ganado, muchísimas más. No obstante, sin importar lo feas que se pusieran las cosas, jamás he dejado de luchar. Jamás he dejado de intentar aferrarme al poco control que tuviera sobre mi vida.

¿Y ahora tengo que dejarlo atrás? Tener que rendirme ante esta tormenta, ante esta ola, ante este océano infinito y agitado al que no le importan una mierda mi vida ni mis decisiones es lo más difícil que he tenido que hacer nunca.

Pero sé que si no lo hago dará igual, porque todo habrá acabado. Porque ya he perdido la oportunidad que tenía de controlar cualquier cosa que me importara. Lo único que me queda es aceptar mi sino... y después ver qué pasa.

La ola ya es más grande, tan grande que no puedo ni ver la cresta. El miedo es como una pesadilla que corre galopante por mi interior, pero lo ignoro. Entonces, cuando la ola por fin se cierne sobre mí, dejo de luchar, respiro hondo y me entrego por completo a lo que vendrá después.

62

QUERER ES PODER... SALIR DE AQUÍ

Y lo que viene a continuación no es nada bueno.

La ola me derriba, me hace dar vueltas y me empuja de un lado a otro bajo el agua hasta que de nuevo termino sin saber dónde está la superficie. Sin embargo, me obligo a esperar unos segundos, a no utilizar toda mi energía para luchar contra algo que no puede derrotarse.

Nadie se sorprende más que yo cuando compruebo que funciona. En lugar de seguir empujándome hacia abajo, la corriente vuelve a llevarme hacia arriba cuando la ola se levanta y va creciendo. Mi cabeza rompe la superficie y cojo todo el aire que soy capaz de almacenar en los pulmones antes de que la ola descienda y vuelva a hundirme una vez más.

De nuevo lucho contra el instinto y dejo que el agua me lleve.

Otra vez me arrastra hacia abajo y luego me alza con la siguiente ola que va creciendo.

Ocurre varias veces y, en cuanto salgo a la superficie, la ola se va haciendo cada vez más grande y me levanta un poco más..., hasta que al fin veo algo aparte del océano turbulento y la lluvia incesante.

Frente a mí, a lo lejos (tanto que no estoy segura de si es un espejismo, teniendo en cuenta que me arden los ojos por culpa del agua salada y que sigo viéndolo todo por triplicado), veo unas luces.

Hay mogollón de luces brillantes, como los focos para inundaciones que bordean el muro que rodea la isla.

Parpadeo y me rasco los ojos varias veces para intentar despejarlos, pero con eso solo consigo que me ardan más (y que la visión borrosa empeore). Así que al final tengo que resignarme y simplemente confío en que lo que estoy viendo sea real.

Otra cosa que no se me da bien en absoluto.

No obstante, la tormenta está empeorando y las olas se tornan más violentas. Los relámpagos resquebrajan el cielo, seguidos por truenos tan ensordecedores que ni siquiera el rugido del océano puede acallarlos.

La siguiente corriente que me atrapa me domina por completo. Me impele cada vez más hacia las profundidades, hasta que me duelen los pulmones y yo empiezo a pensar que igual esta vez no va a volver a sacarme fuera. Así que me pongo a nadar, decidida a llegar a la orilla ahora que sé que está ahí y que voy en la dirección correcta.

El océano me ha enseñado lo que necesitaba saber. Me ha mostrado el camino que será mi vía de escape. El resto depende de mí.

Por eso llego hasta el límite (y luego más allá) mientras nado con una fuerza con la que nunca antes había nadado.

Tras lo que parece una eternidad, al fin supero la barrera de agua cuya distancia no deja de aumentar. Espero encontrarme en la superficie, pero cuando miro hacia abajo me doy cuenta de que estoy a varios metros por encima del océano: en la cresta de una ola que va ascendiendo más y más a cada segundo que pasa.

Solo dispongo de un instante para comprobar que hay otros alumnos conmigo en la cúspide de la ola y pienso que esto nos hará daño a todos antes de que rompa, arrastrándome con ella.

Vuelvo a chocar con violencia contra la superficie del agua (tanto nadar para nada) y ruedo descontrolada. De nuevo el mar me empuja de un lado para otro como si fuese espuma y doy vueltas sin parar.

Al fin dejo de rodar tras lo que han parecido horas, pero que seguramente habrá sido menos de un minuto. Empiezo a patalear, a intentar moverme hacia las luces que veo en la lejanía; pero otra corriente me atrapa y me hunde más y más.

El pánico se apodera de mí a medida que voy descendiendo, y aunque intento librarme de él y pensar con lógica, entiendo que es casi imposible; esta vez parece diferente.

Esta vez tengo la sensación de que no voy a ser capaz de salir de aquí.

Comienzo a luchar, a arañar el agua que me arrastra hacia abajo a un ritmo constante, pero la corriente me tiene bien amarrada y no quiere soltarme. Esta vez no.

Me percato de ello poco a poco; termino dándome cuenta de que voy a morir aquí y no hay nada que pueda hacer para evitarlo.

La pena me sobreviene con dureza, junto con la certeza de que jamás volveré a ver a Jude.

Nunca volveré a ver cómo se arremolinan sus ojos sin control debido a todas las emociones que se niega a reconocer.

Nunca volveré a oler su aroma a miel caliente y cardamomo mientras me envuelve como si de un abrazo se tratara.

Y nunca volveré a sentir su corazón latiendo contra mi mejilla ni a oír como me dice que me quiere con su voz grave y áspera.

Perder eso (a él por tercera y última vez) me duele tanto como perder todo lo demás a la vez.

Es en ese momento cuando caigo en la cuenta de que mi amor por Jude es imperecedero: tan profundo como el océano, tan potente como este huracán, tan infinito como el cielo que se extiende sobre mí incluso ahora mismo. Es cada pesadilla que nunca he tenido, cada monstruo que he matado, y es... eterno. Eso es lo que es, eterno. Pase lo que pase.

El hecho de admitirlo, incluso a mí misma (aun estando sola en medio de este mar embravecido que parece obcecado en matarme), me genera una tranquilidad increíble. Una sensación de rectitud alucinante.

Otra ola desciende sobre mí y desciendo de nuevo, hundiéndome cada vez más en el agua. Sorprendentemente, no me parece tan malo. De hecho, ahora que ya no lucho contra ella, casi que resulta incluso... agradable.

Ya no hay dolor.

Ni necesidad de aire.

Nada de luchar para vencer a un mundo al que le importa un comino si vivo o muero.

En lugar de eso, hay una especie de paz engañosa, un extraño y compasivo abatimiento que me recorre las venas. Que me acalla el cerebro y me calma el corazón desesperado. Que facilita en cierto modo mi descenso hacia las profundidades...

Hasta que de pronto algo me coge de la muñeca y tira de mí con fuerza.

63

TE AMO CON LA FUERZA DE LOS MARES

Al principio creo que es una especie rara de tiburón o algo por el estilo, pero no noto dolor cuando me agarra, no hay dientes que me atraviesen la piel. Solo determinación, pues me lleva hacia arriba, arriba y arriba.

Salgo a la superficie varios segundos después y empiezo a toser de inmediato mientras intento meter aire en mis pulmones faltos de oxígeno y llenos de agua.

El sol está saliendo por el cielo y, aunque sigue habiendo oscuridad y penumbra dentro de la tormenta, consigo ver a mi salvador por primera vez.

Y, no sé cómo, pero es Jude. Aunque es imposible, porque ya ha atravesado el portal. Debería estar en el almacén de Huntsville.

En un primer momento creo que estoy alucinando, que he perdido la consciencia, estoy a punto de morirme y es fruto de mi imaginación privada de oxígeno. Entonces Jude me da la vuelta y me pega a su cuerpo, con la espalda contra su pecho. Junta las manos justo por debajo del borde de mi sujetador y empieza a propinarme golpes con ellas una y otra vez.

Me duele mucho más que ahogarme, al igual que la copiosa cantidad de agua de mar que me sube de inmediato por la tráquea.

Empiezo a toser mientras la vomito en el océano.

Apenas he terminado y he tenido oportunidad de coger aire cuando Simon sale a la superficie justo a mi lado. Está triplicado, ninguna sorpresa, pero todas sus versiones son tan diferentes que no me cuesta nada averiguar quién es el Simon del presente antes incluso de que le sonría a Jude.

—La has acabado encontrando antes que yo —le dice.

—Estaba motivado —contesta Jude.

Sin embargo, Simon ya está echando un vistazo lleno de preocupación al temporal que va empeorando cada vez más.

—Tenemos que llegar a la costa deprisa.

Noto el asentimiento de Jude por detrás de mi cabeza incluso antes de que diga:

—Agárrate a mí, Kumquat.

Me dispongo a protestar, pero decido hacerle caso a su advertencia, le rodeo los hombros con los brazos y ponemos rumbo a toda prisa hacia la orilla, con Simon justo a nuestro lado por si lo necesitamos.

El viento sopla con más ferocidad ahora, las olas han incrementado su tamaño y golpean con más fuerza. Nos arrastran en más de una ocasión y Jude se ve obligado a abrirse paso hacia la superficie conmigo aferrada a su espalda.

Pero siempre lo consigue. Sus musculados y poderosos brazos se comen la distancia desde nuestra posición hasta la orilla a pesar de la tormenta, que parece decidida a detenernos.

Sé que no es cierto, sé que la tormenta es un evento

temporal inanimado al que no le importa nada, que solo existe. Aunque ahora mismo no lo aparenta, parece perversa, como si su corazón intentara llegar a la playa y acabar con nosotros en el intento.

Sin embargo, eso no importa, porque ya casi estamos allí. Los focos de la valla están tan cerca que parece como si pudiera alargar el brazo y tocarlos. Jude también debe de sentirlo porque, de alguna forma, sus patadas toman más fuerza y sus brazadas son más controladas hasta que al final, por fin, llegamos a la playa.

En cuanto tenemos arena debajo, empiezo a rodar para bajarme de su espalda, tan agradecida de que haya tierra debajo de mí que ya no me importan ni la lluvia ni el viento ni los relámpagos que parten el cielo en dos. Solo quiero tumbarme en la arena durante un rato.

Pero está claro que Jude no siente lo mismo, porque se levanta en cuestión de segundos. Recorre la playa a toda velocidad conmigo todavía a la espalda y no se detiene hasta que nos pone a salvo de cualquier ola que pueda romper cerca, sin importar lo alta que sea.

Solo entonces me ayuda a bajarme de su espalda antes de derrumbarse a mi lado en la playa.

Tengo la garganta en carne viva por el agua salada, siento como si me hubieran lijado los ojos y los pulmones me arden con cada aliento que tomo. En cuanto encuentro la energía para moverme, me doy la vuelta para mirar a Jude, que ahora mismo está tumbado boca arriba con un brazo cruzado por encima de los ojos para escudarlos de la lluvia que sigue cayendo con fuerza sobre nosotros.

—¿Qué estás haciendo aquí? —pregunto. La garganta irritada me quema como protesta, pero no le presto atención: necesito respuestas—. Hace mucho rato que has atravesado el portal. Estabas a salvo en el almacén de Huntsville.

No contesta, se limita a mover la cabeza de un lado a otro mientras continúa tomando aire a una velocidad alarmante.

Sé que debo esperar hasta que recupere el aliento, sé que debería concederle un par de minutos para recuperarse, pero eso también le dará la oportunidad de volver a colocarse la armadura. Y no, me niego. Estoy más que harta de las omisiones, evasiones y respuestas a medias que no me revelan nada.

Por tanto, aunque cada músculo de mi cuerpo me está gritando, aunque sigo temblando por el agotamiento y por la conmoción, me obligo a incorporarme y apartarle el brazo de la cara para poder ver sus preciosos ojos. Imagino que estarán destrozados y distantes, como suelen estar la mayoría de las veces; pero, en su lugar, están ardiendo y más que salvajes cuando él también se incorpora para encontrarse conmigo.

No obstante, sigue sin contestar, tan solo me mira de una forma que provoca que todas las terminaciones nerviosas de mi cuerpo se pongan en alerta máxima en el mejor de los sentidos. Aun así, necesito respuestas.

—Va en serio, Jude. ¿Por qué estás aquí? Estabas a salvo y...

—El portal se ha desmoronado —contesta de forma abrupta—. Tu madre sí que ha llegado al otro lado. En cuanto la he visto allí sin ti, he sabido que tú no habías conseguido atravesarlo, así que...

Se calla y se encoge de hombros.

—Así que ¿qué? ¿Te has lanzado a un portal roto? —pregunto sin dar crédito.

Se le curvan las comisuras de los labios en esa sonrisa a lo Jude mientras alarga el brazo y me pasa un dedo por el hoyuelito de la barbilla.

—Ya te lo he dicho, Satsuma: no me apetece vivir en un mundo en el que no estés tú.

Hago caso omiso al ridículo nombre del cítrico y me centro en el resto de lo que me ha dicho. Es imposible no hacerlo cuando todo mi cuerpo se enciende desde dentro y una calidez inexplicable se abre paso por todo mi ser. Aun así, necesito más.

—¿Y qué hay de las pesadillas? —indago—. Me dijiste que nunca podríamos estar juntos. Me dijiste que me querías, pero... —Se me quiebra la voz cuando la tranquilidad que sentía en el mar sucumbe al dolor de nuestro último encuentro.

Jude se pone solemne.

—No sé qué vamos a hacer, o cómo voy a aprender a controlar mejor las pesadillas. —Aprieta la mandíbula—. Solo sé que cuando he creído que tú... —En esta ocasión, es a él a quien se le quiebra la voz. Carraspea y vuelve a intentarlo—: Cuando he creído que estabas muerta, yo...

Y, de nuevo, la garganta se le cierra y no deja pasar las palabras.

Así que lo hago yo por él. Me llena una extraña sensación de autoconfianza , justo lo que le ha faltado a nuestra relación (y a todo lo que hago) durante demasiado tiempo.

—Te has dado cuenta de lo absurdo que es intentar huir.

Jude me lanza una mirada mordaz.

—Yo no sé si diría «absurdo»...

—Puede que tú no, pero yo sí —intervengo.

Me ignora y continúa.

—Más bien, inútil. Me he pasado tres años alejándome de ti; creo que ya no tengo fuerzas para seguir haciéndolo.

—Jude.

Me dispongo a tocarlo, pero un coro de gritos atraviesa el aire.

64

HORA DE ECHARLE MANTÍCORA

Me doy la vuelta justo a tiempo para ver como otra ola gigantesca rompe contra la playa. Arrastra a un montón de alumnos con ella, pero solo unos pocos logran alcanzar la costa a rastras antes de que la ola se lleve consigo a muchos otros.

—¡Mierda!

Jude sale corriendo hacia el agua y yo lo sigo de cerca (o todo lo cerca que puedo cuando mi cuerpo exhausto amenaza con caer de bruces a cada paso que doy).

Sin embargo, la gente está muriendo, ahogándose como yo, y al menos tengo que intentar salvarlos. Sobre todo sabiendo que Luis y los demás podrían estar allí.

Por suerte, Simon se nos ha adelantado y saca del mar a una Ember empapada. Cada una de sus tres versiones carga con una versión distinta de ella, pero todas se dejan caer a nuestros pies y gritan: «¡Ocupaos de ella!», antes de volverse y correr de nuevo hacia el océano.

—¡He perdido a Mozart! —Ember jadea antes de darse la vuelta y arrojar un montón de agua salada.

—Tranquila —digo yo, aunque se me revuelva el estómago—. Estará bien, ¿verdad, Jude?

Él pone una cara larga, igual que Ember.

—No sabe nadar —declara.

—¿Qué? ¿Cómo...?

Me detengo cuando Ember le coge la mano a Jude.

—Estaba conmigo cuando se ha roto el portal, pero la he perdido al caernos. No he podido sujetarla, no he podido... —Rompe en sollozos—. ¡Tienes que encontrarla, Jude!

Pero él ya se ha ido, corriendo de cabeza hacia el mar por detrás de Simon.

El terror me atenaza y me planteo salir tras él, aunque sé que si lo hago tendrá que salvarme otra vez. Mejor los ayudo desde aquí.

Rodeo a Ember con un brazo y la alejo de las olas que siguen rompiendo en la playa, cada vez más adentro.

Una vez que consigo ponerla fuera de su alcance, me insta a que vaya a ayudar a los demás.

«Por favor, que Luis esté bien.»

«Por favor, que Jude esté bien.»

«Por favor, que Mozart esté bien.»

Estas palabras suenan como un mantra desesperado en mi cabeza mientras corro hacia la primera persona que veo, una banshee con la que iba a Educación Física en noveno. No recuerdo mucho de ella, solo que se le daba genial jugar a balón prisionero.

Sin embargo, ahora su yo presente tiene la cara hundida en la arena y al mismo tiempo su versión pasada se retuerce las manos, justo fuera del alcance de las olas.

—¡Alina! —grito su nombre al arrodillarme a su lado, pero no responde. Le doy la vuelta y lo intento de nuevo—: ¡Alina!

Todavía nada.

La lluvia cae copiosamente y el viento azota la playa, impidiéndome por completo comprobar si está inconsciente o...

Ni siquiera me permito pensarlo (igual que no me fijo en que no hay una tercera versión futura de ella por aquí cerca), así que ejerzo presión sobre su pecho con la mano para ver si respira. Pasan varios segundos y no ocurre nada. El horror me invade por competo.

Pronuncio su nombre a la vez que me inclino sobre ella y pongo la oreja para ver si capto su respiración o cualquier otro sonido que proceda de ella, pero la tormenta es demasiado ruidosa. Aunque estuviese respirando, sería incapaz de oírla.

El cerebro me dice que está muerta, pero no puedo dejarla sin al menos intentar salvarla, por lo que me pongo a hacerle la reanimación cardiopulmonar mientras trato de recordar con desesperación las clases de Salud que tuve que hacer en décimo.

Recuerdo que el profesor nos dijo que ya no debemos hacer el boca a boca, sino compresiones torácicas, y empiezo por ahí; pero también me acuerdo de que, en el libro de texto, explicaban que había ciertas excepciones y, aunque no podría asegurarlo con certeza, estoy bastante convencida de que un ahogamiento era una de ellas.

Sin embargo, no acabo de acordarme del todo y no quiero cagarla.

Miro a mi alrededor en busca de ayuda, aunque no hay nadie a quien preguntar. Todas las personas que veo están inconscientes, muertas o intentan abrirse paso por la playa. En realidad, estoy sola.

Mierda. Me inclino y le paso dos bocanadas de aire. Quizá pueda salvarla, quizá no. Pero ahora mismo no está, así que por lo menos esto le dará una oportunidad de regresar.

Hago una serie de compresiones torácicas, continúo con dos bocanadas de aire más y retomo las compresiones. Esta vez escupe algo de agua por la boca, cosa que considero una buena señal, por lo que sigo.

Unos segundos después Alina abre los ojos de golpe y se incorpora al mismo tiempo que agita un puño, aunque el acceso de tos que le ha dado, violento y sonoro, sacuda su cuerpo delgado.

Me aparto justo a tiempo para esquivar el puñetazo y caigo al suelo de culo.

—¡Tranquila! —grito cuando una ráfaga de viento especialmente intensa aúlla a nuestro lado—. Estás bien.

Se detiene en seco con el puño en alto y ojiplática al percatarse de que, en realidad, la estaba ayudando. Entonces se vuelve para ponerse de rodillas y empieza a vomitar un montón de agua.

Es entonces cuando aparece delante de mí una versión suya del futuro.

Eso es lo que me convence de que está bien (más que cualquier otra cosa), así que me aparto. En lugar de quedarme con ella, me pongo de pie con dificultad y paso a la siguiente persona, un lobo al que no conozco. Es relativamente nuevo en la escuela y tiene pinta de capullo, por esa razón siempre lo he evitado.

Pero como ahora está arrastrándose por la playa y vomitando agua sin cesar, corro a su lado para comprobar si está bien. Su gruñido posterior (que repiten sus versiones pasada y futura) hace que dé marcha atrás con la misma celeridad. Por lo visto está de maravilla.

Ayudo a unas pocas personas más (un leopardo vivo, aunque demasiado débil para alejarse del agua, y una bruja que no estaba para nada bien hasta que le he hecho la RCP también) antes de que otra ola enorme se estrelle contra la arena.

Retrocedo a toda leche para evitar que la contracorriente me atrape, pero lo hace de todos modos y empieza a tirar de mí hacia dentro del mar. Lucho contra ella y escapo justo a tiempo para ver a la Izzy presente tambaleándose por la playa, rodeando con un brazo el pecho de un Remy inconsciente. Sus versiones del pasado y del futuro permanecen cerca de ellos.

Corro en su dirección e intento ayudarla a cargar con Remy, pero me lanza una mirada suspicaz y lo arrastra unos metros más antes de soltarlo sobre la arena.

—¿Respira? ¿Necesita una RCP? —pregunto.

—Está bien —contesta poniendo los ojos en blanco—. No dejaba de oponer resistencia, así que lo he dejado inconsciente.

Como no sé qué decir ante eso, me limito a asentir con la cabeza. No obstante, aunque sé que es una pregunta estúpida, no puedo evitar formularla.

—¿Has visto a...?

—¿Jude? —Niega con la cabeza—. Si te soy sincera, no veía una mierda ahí dentro. Ha sido un milagro que Remy me encontrase, y con eso me refiero a que se me ha enganchado como una lapa pensándose que podría ayudarme. Qué iluso. —Pone los ojos en blanco.

—Si estáis bien, voy a ver si alguien más necesita ayuda —expreso.

Izzy mueve una mano mientras se deja caer al suelo junto al cuerpo de Remy, todavía inconsciente.

—Vete, yo me ocupo.

Me paso no sé cuánto tiempo más tambaleándome de un lado para otro por la playa, ayudando a la gente e intentando encontrar a Luis, pero no tengo ni una pizca de suerte. Recuerdo que Jude me ha dicho que mi madre ha conseguido llegar de alguna manera al otro lado del portal, en Huntsville, a pesar de haber sido la última en entrar en él, así que rezo para que mi mejor amigo también esté allí.

Puede que no esté tan seguro como lo ha estado estos últimos tres años en la academia Calder, pero al menos estaría vivo; y eso es lo único que pido ahora mismo.

Es lo único que cualquiera de nosotros pedimos.

«Por favor, que Luis esté bien.»

«Por favor, que Jude esté bien.»

«Por favor, que Mozart esté bien.»

Vuelvo a repetir mi mantra justo cuando tropiezo con alguien en la arena. Me agacho para ver si puedo ayudarle y me doy cuenta de que es el profesor Abdullah, uno de los brujos que construyeron el portal. Con solo un vistazo sé que está muerto, al igual que la profesora Picadilly.

Ahogo un sollozo que me brota en la garganta. Tampoco los conocía mucho, así que no tiene sentido que me afecte tanto, pero es que solo intentaban ayudar. Permanecieron en ese portal todo el tiempo que pudieron y...

Esto es horrible. Es de lo más espantoso.

Me paso una mano por los ojos para apartar las lágrimas y las gotas de lluvia justo cuando otra ola golpea la costa, trayendo con ella otro montón más de gente.

Corro hacia la primera persona que veo. Por culpa de la

lluvia al principio no percibo más que un cuerpo, pero a medida que voy acercándome las cosas van ganando claridad, y no puedo evitar ahogar un grito cuando veo su pelo rubio platino tan característico.

Es la profesora Aguilar, y no tiene buen aspecto. Como tampoco lo tiene su yo futuro, que se encuentra sentada en la arena abrazándose las rodillas... y tornándose más tenue a cada segundo que pasa.

Está llena de magulladuras, el chándal que antes era rosa chillón está desgarrado y empapado en sangre debido a una herida que todavía no veo.

La llamo por su nombre, pero no hace nada por responder, no sé si porque ha perdido el conocimiento o la vida. Lo único que sé es que no voy a dejarla así.

La agarro del hombro y le doy la vuelta, algo que casi desearía no haber hecho: su piel se ve grisácea, hace tiempo que ha perdido su chispa habitual. El lado bueno es que sigue respirando, aunque entrecortadamente; el lado no tan bueno es que ahora veo de dónde sale la sangre: de una herida en el costado de la cabeza con una pinta horrible.

Me invade el pánico. Puedo hacer una RCP rudimentaria a aquellos que han dejado de respirar debido al agua, pero una herida en la cabeza supera con creces los escasos conocimientos que tengo.

Aun así, debo intentarlo. Una mirada rápida al océano me dice que se está formando una nueva ola, y esta parece mucho mayor que la anterior; lo cual significa que lo primero es alejarnos las dos de su zona de ataque. Con el último ápice de energía que me queda, la muevo hasta la mitad de la playa. Luego me arrodillo a su lado y la sacudo con delicadeza mientras pronuncio su nombre. Ella no responde (sorpresa); aun así, no sé qué más hacer a estas alturas.

Miro a mi alrededor en busca de ayuda, y antes de encontrar a alguien un chisporroteo estridente llena el ambiente. Levanto la vista esperando ver un relámpago cayendo sobre la playa en cualquier momento. Sin embargo, en lugar de eso, un chasquido ensordecedor impregna el aire seguido por... nada.

Bueno, nada excepto el rugido constante de la tormenta.

Paseo la mirada en derredor intentando averiguar qué diantres acaba de pasar. Es entonces cuando descubro que se han apagado las luces de la parte superior del muro enorme que separa la playa del resto de la escuela (las mismas que sé que hace poco estaban encendidas porque las usaba para guiarme hacia la costa). Y, a medida que miro con más detenimiento, me doy cuenta de que muchas de aquellas bombillas gigantescas parecen haber estallado, literalmente.

Me repito que no es para tanto, que habrá sido cosa de los relámpagos o algo por el estilo. Pero es difícil de creer cuando bajo la vista y veo que las manos que sujetaban el hombro de la profesora Aguilar (las mías) son, de pronto, garras.

65

NO ME MOLAN NADA LOS CAMBIOS

«Ahora no. Por favor, ahora no.»

No puedo lidiar con todo lo que está pasando debido a la tormenta y, al mismo tiempo, volver a tener mi magia.

Aunque, según parece, mi mantícora está aquí, lo quiera yo o no. Contemplo cómo se me transforman las uñas, que pasan de las cortas y cuadradas que me había pintado de verde cianuro con Eva y Luis hace dos noches (madre mía, parece que fue hace mucho más) a unas garras largas, afiladas y delgadas como las de un león; garras que, no sé cómo, pero siguen siendo verdes. Noto raro todo el cuerpo, como si no me perteneciera. Y cuando echo la vista atrás compruebo que, en efecto, la horripilante cola negra de las narices también ha vuelto.

Porque lo que de verdad le faltaba a este día de mierda es que un montón de paranormales grillados a los que nunca se les ha enseñado cómo controlar sus poderes los recuperen en medio de un huracán inmenso.

Y sí, sé exactamente lo irónico que resulta que me haya pasado toda la vida queriendo tener acceso a mi mantícora, pero ahora mismo estoy asustadísima y hecha una furia. No sé cómo usar este cuerpo en el que estoy encerrada y es todo por culpa de mi madre.

La mera idea de volver a desengranarme hace que me sienta perdida, así como pensar que no podré ayudar a nadie con estas zarpas que, aunque son retráctiles, no tengo ni idea de cómo esconder.

Si mi mantícora se esfumase ahora mismo, a ser posible sin dejarme desengranada, me parecería estupendo.

Echo la vista atrás hacia la valla mientras me pregunto si es otra subida de tensión, pero las bombillas están totalmente rotas. Contemplo con horror como uno de los vampiros agarra a un fae que tiene cerca y empieza a alimentarse.

No muy lejos de ellos, un par de leopardos rondan a una bruja llamada Olivia que conozco de Terapia, y a sus espaldas dos lobos comienzan a pelearse entre ellos en lo que estoy casi segura de que es una lucha por ser el dominante.

Porque justo lo que este día necesitaba era que lo complicaran todavía más.

Qué suerte tiene mi madre de estar a salvo en Huntsville mientras todos los estudiantes que jamás creyó que debían tener la oportunidad de aprender a controlar su magia poco a poco y con responsabilidad la han recuperado de golpe.

Y, desde luego, no la están utilizando de forma responsable.

No tengo ni idea de por dónde empezar, pero salgo corriendo hacia Olivia sumida en el pánico. No puedo dejar a la pobre chica a merced de dos leopardos cabreados, sobre todo porque ahora mismo solo puedo ver dos versiones de ella: la niña pequeña que era antes y la adolescente que es ahora. No sé si el hecho de no poder ver su futuro significa que no tendrá uno si no intervengo, como Alina, aunque no pienso arriesgarme.

—¡Oye! —grito; la gravedad de mi voz de mantícora me afecta a la cabeza mientras corro para colocarme entre la bruja y los leopardos—. Parad un momen...

Me callo de repente porque es evidente que Olivia ha lanzado alguna clase de hechizo, ya que los leopardos están dando tumbos por el aire. Las versiones presentes aterrizan a varios metros de ella, en cambio las pasadas y las futuras se quedan donde están.

Me paro de un patinazo, porque no es solo que Olivia haya mandado a los leopardos por los aires con ese hechizo: ella misma también ha volado por los aires.

El horror me invade al detenerme de golpe a poca distancia de su cuerpo. Está desplomada de lado en el suelo y, al principio, creo que tengo una oportunidad de salvarla. Pero cuando me agacho y la coloco boca arriba, advierto que le falta la mitad de la cara y gran parte de la cabeza; algo que solo empeora cuando la lluvia sigue cayendo con furia sobre todos nosotros.

Me sobresalto al ver lo que antes era Olivia y retrocedo a trompicones mientras las lágrimas me escuecen en los ojos. Las náuseas me revuelven el estómago y cada nervio de mi cuerpo me grita que corra, que huya, que ponga tanta distancia de por medio entre ella, esta playa y yo como me sea posible.

Porque, cuando vuelvo a mirar su cuerpo inerte y maltrecho por segunda vez, no es Olivia a quien estoy viendo, para nada. Es Serena. Y siento como si mi corazón se rompiera una vez más.

Empiezo a retroceder, a buscar una vía de escape, pero no hay ninguna, nada. Estoy atrapada en esta isla, como el resto del mundo, y aquí no hay forma de escapar hasta que la tormenta decida amainar por fin.

Pero no puedo perder los papeles. La profesora Aguilar sigue necesitando ayuda. Me doy la vuelta para regresar con ella solo para descubrir que los dos grandes felinos están aquí otra vez, y parece que han decidido que soy el aperitivo con mejor pinta después de Olivia.

Me acechan y, aunque retrocedo tan rápido como puedo en un intento de escapar, sé que ya es demasiado tarde; no solo me están acechando sus versiones presentes, sino también las futuras.

Todo este rollo del pasado, presente y futuro es muy desconcertante, así que extiendo las manos en un intento de placarlos y mantenerlos alejados.

—Mirad, podemos irnos cada uno por nuestro camino —les pido, y después me callo cuando choco con otra de sus versiones, no sé si pasada o futura. Lo único que sé es que me duele de la misma forma que cuando atravieso un destello. Es como si, de repente, pudiera sentir todas las células que constituyen mis entrañas chocando las unas contra las otras. Un calor achicharrante y un dolor como si me estuvieran clavando agujas se extienden por mi cuerpo hasta que apenas puedo respirar, apenas puedo pensar.

La desesperación hace que me lance hacia delante de un respingo para apartarme, según veo al echar la vista atrás, de un viejo con un parche en el ojo, para ser exactos.

Aunque el dolor cesa de inmediato, me creo un nuevo problema al instante. Los leopardos no saben que sus versiones pasadas y futuras están aquí, así que cuando me lanzo hacia delante se lo toman como un claro signo de agresión.

Y responden como tal.

Uno de los leopardos me salta encima con la boca abierta y todos los dientes a la vista, con mi yugular como objetivo. Me agacho, pero como la Clementine mantícora es muchos centímetros más alta que la Clementine normal, el leopardo acaba estampándose en mi cara.

Con los dientes.

Un dolor ardiente y blanco me atraviesa cuando sus fauces afiladas como cuchillas conectan con mi mejilla y mi frente. Con un miedo atroz a que me arranque la cabeza de un mordisco, meto las manos entre los dos y lo empujo. Con mucha fuerza.

En cuanto lo aparto de un empujón, el leopardo grita como si lo estuvieran matando. Cuando cae al suelo, un vistazo rápido a su pecho me revela por qué. Resulta que mis largas uñas de león pintadas le han ocasionado cortes largos y profundos en el pecho.

Sé que seguramente debería aprovecharme de su debilidad y dar el golpe final, pero no es que eso me vaya mucho. Así que empiezo a retroceder hacia la playa mientras rezo para que hayan pillado la indirecta y no se me acerquen; pero, en cuestión de unos pocos segundos, el leopardo al que he herido se levanta rugiendo por el dolor y la furia. Vuelve a atacar, solo que esta vez el otro lo acompaña.

De repente hay dos gatos furiosos viniendo a por mí y no tengo ni idea de cómo voy a lidiar con ninguno de ellos.

Vuelvo a levantar las manos para protegerme de los dos. Tengo todas las uñas fuera, en parte por defensa y, en parte, porque no tengo ni idea de cómo retraerlas. Me preparo para lanzarle un zarpazo al primer felino, aunque mi cola desenrollada, esa que aún no controlo, decide que también quiere pasar a la acción y sale disparada por encima de mi hombro cuando el primer leopardo choca con mis garras, y le pica justo en el ojo.

Él grita en cuanto entra en contacto e intenta girar en el aire para apartarse, pero parece que no es así como funciona la cola de una mantícora, porque las púas se han hundido con ganas y están atascadas.

Empieza a revolverse, decidido a sacarse las púas del ojo. No le culpo; a mí también me encantaría que mi cola estuviera en cualquier otra parte del mundo antes que en su ojo. Sin embargo, el segundo felino conecta con mis zarpas.

Solo que esta vez está preparado para mí, y su poderosa mandíbula y dentadura se cierran alrededor de una de mis patas.

Ahora me toca gritar a mí cuando el dolor estalla en mi interior y pierdo toda la intención que tenía de no hacerle daño. Lo único en lo que puedo pensar es en una forma de conseguir que acabe la agonía.

Me tiene bien agarrada y tratar de librarme de él solo consigue que se me claven más sus dientes.

Con pavor a perder la mano, hago lo único que se me ocurre en esta situación. Flexiono los dedos, los extiendo todo lo que puedo y le busco el paladar con las garras.

Él suelta un chillido cuando lo araño, pero sigue mordiendo. Así que voy a por todas, le clavo las uñas en el velo del paladar con tanta fuerza como puedo antes de rastrillarle la parte superior con las uñas hasta llegar al inicio de la garganta.

Abre mucho los ojos y le da una arcada cuando la sangre empieza a manarle al instante de las fauces. Abre la dentadura al segundo y me suelta la pata, pero no antes de dejarme el pelaje totalmente empapado de su sangre.

Mientras tanto, el otro leopardo sigue sacudiéndose de un lado a otro y empeora un poco más el daño que ha recibido su ojo con cada tirón de cabeza.

Yo tengo tantas ganas de recuperar mi cola como él su cara, por lo que respiro hondo e intento concentrarme en el aguijón. Me cuesta, porque al contrario que mis patas, no tengo una parte del cuerpo correspondiente a ella; aunque puedo controlar las patas igual que controlo las manos (excepto los pulgares oponibles, claro), no tengo la menor idea de cómo se supone que funciona mi cola.

Aun así, estamos en una situación imposible que cada vez se vuelve más sangrienta y peligrosa según avanza el tiempo; así que tengo que averiguarlo.

Me imagino mi cola y me concentro en cómo se siente cuando se mueve de atrás adelante; después me esfuerzo mucho por moverla conscientemente. Primero a la derecha y después a la izquierda. A la derecha, a la izquierda.

Al principio no ocurre nada, o por lo menos nada más que lo que mi cola parece estar haciendo por su cuenta. Sin embargo, en algún momento entre el séptimo y el octavo intento se mueve hacia la derecha, que es la dirección que le estaba indicando. Para ser sincera, no sé si se trata de una coincidencia o si de verdad he conseguido hacerlo, y lo vuelvo a intentar.

En cuanto pienso en la izquierda, mi cola se mueve en esa misma dirección, y lo mismo ocurre con la derecha.

Vale, le estoy pillando el tranquillo. Ahora intento pensar en las púas de la cola, en cada una de forma individual.

Es mucho más complicado, en parte porque no me he pasado el tiempo suficiente analizando el aguijón para saber exactamente dónde está cada una; y, en parte, porque el dolor que siento en la mano, es decir, la pata, me está distrayendo.

Intento dividir mis pensamientos, olvidarme del dolor y centrarme solo en lo que necesito para retraer las púas.

Me centro en ellas.

Y eso hago, empezando por las más cercanas al final de la cola.

«Suéltalo. Suéltalo, suéltalo, suéltalo.»

No se mueven.

Vuelvo a respirar hondo y me concentro. Poco a poco, una a una, consigo que las púas se liberen.

En cuanto la última se suelta y nos separamos con un sonido húmedo que me revuelve el estómago, él sale despedido hacia atrás.

Me doy la vuelta, preparada para enfrentarme a ambos si es necesario, y de pronto me doy cuenta de que están varios metros por debajo de mí. Porque, en algún punto de todo este desastre, me han empezado a funcionar las alas.

Y ahora estoy volando.

66

POR TODO LO ALTO

Me concedo un momento para ponerme histérica, porque estar aquí arriba es mucho mejor que estar en el suelo con esos leopardos.

Sé que estoy tambaleándome como un bebé que acaba de darse cuenta de que tiene pies, en parte por la falta de experiencia y en parte por las ráfagas de viento. Sin embargo, solo necesito averiguar cómo funcionan las alas antes de acabar cayendo en picado sobre algo (o alguien).

Abajo los leopardos rondan a mi alrededor y saltan en mi busca, intentando atraparme los pies, la cola o cualquier otra parte de mi cuerpo que puedan alcanzar. Y como ahora no estoy volando a una altura superior de la que ellos pueden saltar, la idea de que pronto vayan a salirse con la suya no parece muy descabellada.

Me concentro en batir ambas alas al mismo tiempo para poder volar en línea recta. Al hacerlo no puedo evitar percibir que estar aquí arriba me ofrece una vista panorámica increíble. Y también una escalofriante, porque veo el océano por partida triple. Un día soleado precioso del pasado, la tormenta dantesca del presente y una noche estrellada del futuro.

Eso me descoloca la mente, me hiere los ojos y me produce dolor de cabeza mientras intento centrarme solo en el presente; y todo aquel que puede volar o nadar (dragones, sirenas, sirénidos, aves de fuego) intenta huir como puede. Observo horrorizada como vuelan y nadan de cabeza hacia la tormenta para acabar siendo zarandeados sin descanso. Chocan contra el mar, se estrellan contra el suelo, los engulle el agua y no vuelven a salir a la superficie.

Aquellos que se recuperan lo intentan de nuevo, mientras que los que no... No me permito pensar en eso ahora mismo.

Esta tormenta me suscita preguntas por vez primera. Llevo creyendo desde el principio que solo se trataba de un huracán cualquiera (uno bastante grave), pero, estando aquí, contemplando cómo se niega categóricamente a que escapemos de él, me hace pensar si hay algo más detrás de él aparte de la madre naturaleza. Y más cuando pienso que el portal, ese que mi concienzuda madre se ha asegurado de que fuera el más robusto y poseyera la mejor calidad que fuera posible, se ha roto antes de que pudiésemos evacuar a todo el mundo.

Las alarmas se disparan dentro de mí.

Pero no puedo seguir pensando en ello, porque una violenta ráfaga de viento se alza por la playa entre fuertes aullidos y me da de lleno; me lanza de espaldas, haciéndome rodar por los aires sin control.

Justo cuando empiezo a descender, poniéndome al alcance de los leopardos, tres gigantescos pájaros rojos y dorados acuden volando hacia nosotros. Solo dispongo de un segundo para comprender que en realidad solo hay uno (que los otros dos son sus versiones del pasado y el futuro) antes de ver como se abalanza sobre uno de los leopardos, dirigiendo las garras hacia su rostro.

Es la forma de fénix de Ember y ha venido a ayudarme.

Aterrizo (o, para ser más exactos, caigo) en el suelo junto al leopardo al que antes le he clavado las zarpas en la garganta. Sigue sangrando, pero se mantiene en pie. Entonces sale volando por los aires, aterriza a varios metros de distancia y regresa dando saltos, pero Jude se coloca frente a mí, más feroz que nunca.

Un dragón negro (Mozart, supongo) desciende y atrapa al leopardo a media carrera con las garras. Se lleva al animal hasta el violento oleaje y lo suelta allí mismo antes de regresar volando con nosotros.

Mientras tanto, el otro leopardo salta sobre Jude hecho una furia. Me sobresalto al verlo y me pongo delante de él. Ni de coña voy a dejar que Jude muera por mí.

Agito la pezuña que sigue ilesa y lo alcanzo en el bajo vientre al tiempo que mi cola vuelve a alzarse y se le clava en el cuello. Esta vez siento algo extraño cuando sucede, noto algo ardiente recorriéndome todo el cuerpo antes de concentrarse en mi cola.

El veneno. Caigo en la cuenta y me horrorizo un poco: es el mismo calor que sentí cuando me desengrané, solo que esta vez es más fácil de manejar. Y cuando la cola comienza a enfriarse tan rápido como se ha caldeado, me doy cuenta de que es porque he vaciado el veneno en el leopardo.

Así es como el felino cae al suelo, entre convulsiones.

67

DÉJÀ-TÚ

Me va a dar un ataque. No era mi intención matarlo, no quería matarlo. Jude contempla cómo el pánico cruza mi cara, así que se agacha y coloca dos dedos en el cuello del leopardo.

—Sigue teniendo pulso —anuncia—. Solo lo has dejado aturdido. Estará bien cuando recupere la consciencia.

—A mí no me importaría que se hubiera muerto —farfulla Ember.

—Por lo menos apartémoslo de las olas —sugiere Mozart mientras lo agarra de uno de los brazos. Jude hace lo propio con el otro y empiezan a arrastrar su cuerpo inerte por la playa.

Entretanto, un lobo alcanza la cima de la loma que se alza junto al edificio de administración y viene corriendo directo hacia nosotros. Enseguida se me activa el instinto de supervivencia y levanto las garras para defenderme. Al principio estoy muy asustada, pero cuando entra en mi campo de visión y sus ojos grises se encuentran con los míos, me doy cuenta de que no es un lobo cualquiera.

Es Luis, y está bien. Malherido, pero bien.

Por primera vez desde que el mar me ha escupido en la

playa, el miedo da paso al alivio, porque Luis está vivo. Ha sobrevivido al portal, al océano y está justo aquí, delante de mí.

Corre directo hacia mí, cambia de forma y me envuelve en un abrazo. Me esfuerzo al máximo para no mover la cola ni un centímetro y no hacerle más daño del que ya ha sufrido.

—¿Cómo has conseguido salir del agua? —me pregunta cuando por fin me suelta.

—Jude me ha encontrado. —Me esfuerzo por no ponerme roja—. ¿Y tú?

Enarca una ceja.

—Soy un lobo, nena. He nadado a lo perrito hasta la orilla.

—Joder, ¿qué clase de perrito puede nadar así? —le pregunto con una sonrisa de oreja a oreja.

—Creo que deberíamos acortar la reunión —oigo decir a alguien con acento británico, y en ese momento Remy e Izzy quedan a la vista. Parece que el brujo se ha recuperado de su encontronazo con los problemas de control de la vampira.

Esta señala a la playa, donde el leopardo que Mozart ha tirado al agua ha emergido con aspecto de rata mojada. Y parece cabreado.

Justo detrás de él se encuentran el Simon del pasado, del presente y del futuro. Tiene piernas, pero el agua le cae por el cuerpo en olas brillantes y sus ojos centellean de un color oro intenso. Es alucinante.

El leopardo que se halla a los pies de Jude da señales de vida mientras su compañero pasado por agua se da cuenta de que tiene carne fresca justo detrás.

—¡Corred! —nos grita Simon al tiempo que atrapa al leopardo con su mirada hipnótica.

—La residencia —declara Jude, y todo el mundo echa a correr contra el vendaval que nos zarandea.

Nos lleva más tiempo del que debería, pues correr en pleno huracán cuando estás agotada es lo peor, pero al final llegamos a trompicones al centro de la sala común de la residencia. O, por lo menos, creo que es la sala común, porque, por lo que veo, parece que en algún momento este lugar estuvo repleto de estrellas de mar decorativas hechas de yeso y erizos de mar de cristal. En cambio, en el futuro se ha convertido en una zona de recreativos, llena de mesas de *air hockey* y máquinas de juegos de alta tecnología.

Uno a uno, el grupo entra por la puerta, empapados y jadeando para coger aire. Incluso Simon, que de milagro ha conseguido alcanzarnos. Se detiene de golpe y cierra de un portazo con la fuerza de todo su cuerpo.

Todo el mundo ha vuelto a su forma humana, pero yo soy la única que no ha cambiado. No es que no quiera transformarme, es solo que no sé cómo hacerlo. Me da pavor volver a acabar desengranada.

Ember advierte cuál es el problema antes que nadie, porque sus tres versiones me apartan del grupo.

—Estás dándole demasiadas vueltas. Solo tienes que imaginarte que estás en tu forma humana y funcionará sin más.

—¿Sin más? —pregunto sin dar crédito.

Resopla.

—Bueno, no te imagines que eres Zendaya y esperes que funcione, pero si te imaginas a ti misma debería ser una transformación bastante sencilla.

No acabo de creérmelo del todo, pero, en fin, ¿qué más dará una experiencia cercana a la muerte más o menos?

—No pienses en lo que ha pasado antes —me aconseja Ember cuando empiezo a cerrar los ojos—. Tú imagínate tu forma humana y desea que ocurra.

Me paso varios segundos pensando en mi melena castaña oscura en concreto, que estoy bastante segura de que a estas alturas parecerá un nido de pájaros, cortesía de los ataques de los monstruos, la lluvia y el agua del océano.

Después imagino mis ojos azules y las pestañas, sorprendentemente largas; también las pecas que tengo en la nariz, y el hoyuelito de la barbilla...

De repente un montón de destellos empiezan a refulgir en mi interior. Comienzan por mis pies y se abren camino hacia arriba, hasta llegarme al cuello y a la cabeza. Segundos después vuelvo a ser la Clementine humana de siempre.

—¿Lo ves? Ya te he dicho que era pan comido. —Ember me mira de arriba abajo y después me tiende la mano—. Dame la mano.

Señala con la cabeza la que me ha intentado arrancar de un mordisco el leopardo.

—¿Qué? —pregunto anonadada.

Tiene mejor aspecto que con la forma de pata, pero debe de estar relacionado con la magia de la metamorfosis, que ayuda a curar las heridas.

Con desconfianza, hago lo que me pide.

—Lo que les has hecho a los capullos de los gatos ha molado bastante —comenta mientras me alza la mano para llevarla justo debajo de su cara. Luego parpadea varias veces hasta que una serie de lágrimas le corren por la mejilla para caer en mi mano—. No suelo hacer esto muy a menudo, pero... —Se encoge de hombros.

Al principio no tengo ni idea de lo que quiere decir, aunque después empiezo a sentir un cosquilleo extraño en la mano. Primero es solo donde me han tocado sus lágrimas, pero luego me llega al hueso. Por instinto, la aparto solo para contemplar con perplejidad cómo mi piel, junto al tendón de debajo, se va hilando hasta juntarse sin dejar ni una cicatriz.

En cuanto estoy curada, Ember deja caer mi mano antes de enjugarse las lágrimas de la mejilla húmeda de forma inconsciente.

—No lo entiendo —le digo, todavía un poco perpleja por lo que acaba de pasar.

—Las lágrimas de fénix pueden curar muchas cosas —revela mientras frunce mínimamente el ceño—. No pueden devolver la vida a la gente, y tampoco revertir del todo las heridas mortales, pero sí que funcionan bastante bien para el resto de las situaciones.

—Gracias.

Se da la vuelta y regresa con los otros, que están de pie intercambiando relatos de guerra.

Todos menos Jude y Remy, claro; pero, justo antes de que pueda empezar a preguntar adónde han ido, la puerta del armario de suministros se abre de par en par y los dos salen de dentro con los brazos cargados con todos los uniformes de la academia a los que han podido echarles el guante.

Sudaderas, camisetas, chándales, pantalones cortos de deporte, calcetines... Todo en una variedad de tallas y, cómo no, todo en la típica combinación de rojo intenso y negro.

—Bueno, por lo menos los equipos de rescate podrán vernos —comenta Luis en cuanto Remy le lanza una camiseta roja y unos pantalones cortos.

—Ya ves. —Simon se ríe y le da una palmadita en la espalda.

Jude va entregando ropa a los demás antes de plantarse delante de mí con una camiseta negra y un par de pantalones cortos rojos.

—También hay un chándal, si lo prefieres.

—Con esto me vale, gracias.

Espero a que añada algo más, pero no lo hace. En vez de eso, se queda ahí parado y me observa. Empiezo a enfadarme, aunque después me doy cuenta de que yo tampoco le he dicho nada. No porque no quiera, sino porque no tengo ni idea de por dónde empezar a desenredar el revoltijo de palabras y emociones que giran en mi interior ahora mismo.

Quizá a él le ocurre lo mismo.

Así que, en vez de tirar de sarcasmo como haría de forma habitual, acepto la ropa y me dispongo a alejarme. Con suerte, a alguno de los dos se le ocurrirá qué decir en algún momento cercano.

Pero apenas he dado un paso cuando Jude cierra la mano con delicadeza alrededor de mi codo. En el instante en el que sus dedos me rozan la piel, se me acelera el pulso y la mente se me nubla un poco. Cosa que es absurda. Este es Jude, solo Jude. Solo que... no.

Me obligo a calmarme, a respirar hondo, mientras me doy la vuelta para estar cara a cara con él.

Tiene el mismo aspecto de siempre: ojos serios, labios carnosos apretados en una línea fina y cara sin expresión alguna. Solo que de pronto todo se dulcifica (él se dulcifica), y siento como la bola de tensión que tenía dentro, compuesta de emoción y demasiadas pérdidas en muy poco tiempo, empieza a deshacerse poco a poco.

Incluso antes de que levante las comisuras de la boca en esa diminuta curva que es lo más cercano a una sonrisa que puede esbozar y me diga:

—Pase lo que pase, estoy contigo, Kumquat.

Enarco una ceja y le dedico una sonrisilla yo también.

—Dirás que yo estoy contigo, Sergeant Pepper.

Y entonces me doy la vuelta y me alejo antes de cogerlo y besarlo de la forma que llevo queriendo hacer desde que teníamos catorce años.

68

PARA TAPIZAR HACEN FALTA DOS

Luis me está esperando fuera del baño cuando termino de cambiarme. Es la primera ocasión que tengo de hablar con él desde que se ha desatado el caos. Le rodeo el cuello con los brazos y lo abrazo con fuerza. Al apartarme, no puedo dejar de mirarlo. Su yo del pasado tiene unos cuatro años, es del todo precoz y sumamente adorable. No me extraña que se haya librado de tantos problemas... hasta que ya no ha podido más.

—Creo que ya no te reconozco si no estás empapada —me pincha.

—Estoy probando un estilo nuevo —comento con una gran sonrisa, fingiendo que me atuso el pelo.

—Ni que pretendieras impresionar a alguien. —Luis agita las pestañas mientras me mira... y luego hace lo mismo con Jude.

—¡Ay, pero qué malo eres! —exclamo fingiendo disgustarme.

De repente su sonrisa desaparece.

—¿Estás bien?

Sé que ahora se refiere a Eva y a todo lo que ha pasado desde entonces, así que niego con la cabeza.

—No, la verdad es que no.

—Ya, yo tampoco. —Tira de mí para darme otro abrazo, este más largo que el primero—. No me puedo creer que esté pasando todo esto.

—Yo solo quiero saber cómo demonios vamos a salir de aquí —declaro mientras cogemos uno de los cubos llenos de aperitivos que hay en las mesas de administración y regresamos con los demás.

El viento de fuera se vuelve aún más rápido. Lo veo por cómo se agitan los árboles de un lado para otro, lo oigo porque ahora las ramas golpean un poco más las ventanas de los pasillos.

Solo un tercio de las ventanas estaban tapiadas antes de que se liberasen las pesadillas de Jude. ¿De verdad es este el mejor edificio en el que cobijarse durante la peor parte de un huracán?

Aunque, al mismo tiempo, por lo menos las ventanas que no están tapiadas dejan pasar toda la luz que la tormenta permite filtrar. Además, tenemos suministros médicos y de emergencia, ropa seca, aperitivos... y un montón de habitaciones que desvalijar de ser necesario. Por no hablar de que ya estamos aquí, cosa que supera con creces cualquier inconveniente que pudiera haber, en mi opinión.

Cojo un paquete de galletas saladas con mantequilla de cacahuete de la parte superior del cubo antes de pasárselo a Simon.

—Solo tenemos que esperar, ¿verdad? —dice Mozart desde donde se encuentra, sentada con las piernas cruzadas sobre uno de los sofás desgastados de la estancia—. Digo yo que la tormenta no durará para siempre, ¿o sí?

Izzy coge una barrita de granola y se la lanza a Remy, que ahora está sentado en el suelo con la espalda apoyada en la pared.

—¿Puedes sacarnos de aquí con un portal? —pregunta.

—¿Qué quieres decir? —Nunca les he dado mucha importancia a los portales. ¿Por qué debería cuando llevan bloqueados en esta isla toda la vida? Además, para ser sincera, tampoco tengo muchas ganas de volver a meterme en uno.

—Pues que Remy es el amo de los portales —explica Izzy, y al mismo tiempo hace girar una daga entre los dedos—. Sus portales son legendarios..., al menos en su cabeza —añade.

—Desacreditado por elogios fingidos. —La voz de Remy suena compungida mientras se vuelve hacia el grupo—. Respondiendo a tu pregunta, ya lo he intentado, varias veces. Aunque el bloqueo de los portales esté deshabilitado, la tormenta no parece permitírmelo porque no puedo salir de aquí.

—¿Es eso normal? —quiero saber—. Que no puedas usar tus poderes durante una tormenta.

Su acento de Nueva Orleans se acentúa cuando responde:

—A decir verdad, *cher*, ni siquiera sé qué es normal. Me he pasado casi toda la vida encerrado en una prisión.

—Ya, claro. Perdona. —No puedo creer que lo haya olvidado.

—No pasa nada. —Se encoge de hombros—. Es solo una cosa más que tenemos en común.

No esperaba el dolor que esa verdad me provoca.

—¿Por qué preguntas por sus poderes? —Los ojos plateados de Luis me examinan con resolución—. ¿Qué importa si pueden ayudarnos o no ahora?

—Seguramente no tendrá ninguna importancia —admito—. Pero es que no dejo de pensar que esta tormenta es muy extraña.

—¡Menos mal! —exclama Simon—. Creía que era el único.

Centro la mirada en él.

—¿A ti también te parece rara?

Niega con la cabeza.

—Antes de venir aquí, me pasé la vida entera en el Atlántico. He capeado más huracanes de los que puedo contar, desde los de categoría uno a los de categoría cinco, y jamás había visto nada parecido. Jamás.

—¿Qué quieres decir? —pregunta Jude. Está medio sentado y medio inclinado sobre una de las mesas, con sus largas piernas estiradas frente a él. Ha guardado silencio hasta ahora, no porque no estuviese escuchando, sino porque eso era lo que estaba haciendo precisamente—. ¿Qué tiene de diferente esta? —prosigue.

—La forma en la que se ha roto el portal. La paliza que han recibido todas las sirenas, selkies y sirénidos cuando intentaban huir de ella tras recuperar sus poderes. ¿Y ahora Remy no puede sacarnos de aquí? —Simon se encoge de hombros—. No sé, tío. A lo mejor me lo estoy imaginando, pero parece que la tormenta esté empleándose a fondo para, una de dos, atraparnos o matarnos.

—¿Por qué una de dos? —señala Luis con aspereza—. ¿No podría estar intentando lograr ambas?

—¿Verdad? —coincido—. Cuando estaba en la playa tampoco dejaba de pensar que la tormenta lo estaba haciendo todo a propósito. Y sé —añado mientras levanto una mano para detener cualquier réplica o explicación sobre la indiferencia del mundo natural— que la naturaleza no viene a por nosotros, pero esto no parece ser aleatorio, sino más bien...

—Intencionado —termina Mozart la frase por mí. La futura Mozart parece impresionada mientras nos mira a las dos asomando la cabeza por encima del libro que está leyendo.

—Exacto —le digo—. Y, después, añádele a eso todas las cosas raras que han estado pasando de un tiempo a esta parte. No puedo evitar pensar que hay algo más detrás, y no lo vemos porque nos ciegan...

—¿Un montón de olas de cuatro a seis metros de altura que insisten en matarnos? —comenta Izzy con voz seca.

—Básicamente —confirmo.

—¿Qué otras cosas raras? —interviene Ember por primera vez. Estaba tumbada en el suelo con los ojos cerrados y las manos detrás de la cabeza. Pensaba que dormía, pero por lo visto ha estado escuchando toda la conversación con detenimiento.

No contesto de inmediato; no porque piense que no debería contarle a nadie lo que está pasando (joder, que Caspian se lo ha soltado a Simon sin tapujos), sino porque no sé cómo explicarlo.

—Puedo ver... cosas —manifiesto tras unos segundos.

Luis abre los ojos como platos porque sabe cómo me siento cuando le cuento a alguien lo de los fantasmas, aunque esto ya no se limita a esos espectros. Todo me dice que se trata de algo mucho más grande que eso y que, si queremos salvarnos, primero tendremos que descubrir qué es.

Le dirijo un ligero gesto con la cabeza a Luis para demostrarle que aprecio su preocupación, pero que sé lo que hago. Luego me vuelvo hacia Jude, que me observa fijamente con esos ojos místicos suyos que, a pesar de ser sombríos, me muestran su apoyo. Cuando desvía la mirada hacia el hueco vacío que hay a su lado en la mesa, acepto la invitación y me acerco para sentarme con él.

No sé qué pasa por mi cabeza, no sé en qué dirección ir después de lo que ha ocurrido en las cabañas y luego en la playa; pero Jude me dice que está a mi lado, y por ahora eso es suficiente. Estoy preparada para enfrentarme a lo que sea que se avecine en las próximas horas, aunque no puedo hacerlo sola.

—¿De qué clase de cosas estamos hablando? —pregunta Remy, y de pronto parece muy interesado en escucharme.

No digo nada hasta que me acomodo junto a Jude, que me coloca una mano en las lumbares como gesto de apoyo, algo que no sabía que necesitaba.

—Sé que os parecerá extraño, pero siempre he podido ver fantasmas. Los inhibidores de poderes de la isla nunca lo han bloqueado del mismo modo que mis habilidades de mantícora. —Me encojo un poco de hombros para mostrarles lo confuso que me resulta a mí, seguramente tanto como a ellos.

—¿Fantasmas? —repite Mozart, que abre los ojos como platos—. ¿En serio? ¿De los que dan miedo, de los normalitos o algo entremedias?

Pienso en el fantasma de ojos desaforados que se ha acostumbrado a aparecérseme cuando menos me lo espero y contesto:

—Ambos.

—Qué brutal —comenta Ember, y por una vez parece estar interesada en lo que viene a continuación.

—No sé si *brutal* es la palabra para definirlo, sobre todo teniendo en cuenta que he estado viendo algo más que fantasmas desde anoche —explico.

Luis se queda más ojiplático todavía ante tal revelación y Jude se pone tenso. Sin embargo, antes de que cualquiera de los dos pregunte a qué me estoy refiriendo, Remy enarca las cejas.

—¿Qué significa eso exactamente? —pregunta con ojos más que curiosos: vigilantes.

¿Cómo le explico que ahora mismo puedo ver tres versiones de él y de todos los presentes en la estancia excepto de Jude? Ah, y también dónde solía estar el mostrador de recepción del antiguo hotel, además del hombre mayor que trabajaba en él.

—Sé que resulta chocante —empiezo—, pero estoy bastante segura de que puedo ver el pasado y el futuro, además del presente.

Mi confesión es recibida por un largo silencio, colmado de miradas de desconcierto y de «qué me estás contando» compartidas entre todos en un intercambio no verbal. Jude y Luis parecen muy alarmados. Izzy se vuelve para mirar a Remy, pero él está demasiado ocupado analizándome para darse cuenta.

—Entonces ¿puedes ver lo que va a pasar? —Ember parece arrepentirse de pronto de haber compartido sus lágrimas conmigo—. Porque deberías habernos avisado de que el portal se iba a romper...

—No funciona así —respondo—. No sé lo que va a pasar en el futuro. Solo veo fragmentos estáticos de él.

—¿Cómo es? —quiere saber Mozart. No parece tan preocupada como fascinada—. ¿Puedes ver algo del pasado o del futuro ahora mismo?

—Sí.

—¿Como qué? —Luis se inclina hacia delante. Salta a la vista que está intrigado.

En lugar de decirle que el futuro Luis es casi idéntico al del presente, que incluso lleva la misma ropa (cosa que me preocupa sobremanera, teniendo en cuenta todo lo que ha pasado en la playa), digo:

—Hay una niña pequeña cerca de la mesa de aperitivos. Lleva un vestido con volantes y está jugando con un yoyó.

Todos se vuelven para mirar el lugar que he indicado. Todos menos Remy, claro.

—¿Dónde?

—Donde están las cajas, al lado. Y hay un señor mayor sentado en el sofá junto a Mozart. Está leyendo el *New York Times* del lunes, 7 de febrero de 2061. Por eso no paras de tocarte el brazo.

Mozart abre los ojos de golpe, pero solo dice:

—No paro de tocarme el brazo porque noto como si algo se estuviese arrastrando por él.

—Lo haces cada vez que pasa la página del periódico.

—¡No me jodas! —Salta del sofá y se gira para tenerlo de frente, como si fuese a aparecer algo ante ella—. ¿De verdad hay alguien ahí sentado?

—Ahora mismo no, pero al parecer lo estará en poco menos de cuarenta años.

—Chungo. Muy pero que muy chungo. —Vuelve a sentarse, pero con mucha más cautela que antes—. ¿Y por qué lo noto pero no lo veo?

—No lo sé, aunque anoche vi que la gente actuaba de una forma extraña tras el ataque de las pesadillas.

—Me pregunto por qué... —murmura Izzy. Prefiero ignorar la broma.

—Sobre todo cuando esperaban para entrar en el portal. Actuaban como Mozart: tropezaban con nada, intentaban aplastar insectos inexistentes, se rascaban cuando algo invisible los rozaba, pero yo podía ver sin problemas lo que les provocaba dichas reacciones, así que...

—Ya, pero ¿cómo sabes que no son solo fantasmas? —pregunta Luis mientras Ember se pone en pie—. Siempre has sido capaz de captar algunos detalles suyos.

—¿Un fantasma de 2061? —Simon se muestra escéptico.

—No lo sé, quizá. Normalmente suele ver un montón de cosas raras —le explica Luis antes de volver a mirarme—. ¿Cómo puedes diferenciarlos?

—No sé cómo explicarlo —admito—. Lo sé y punto. Cuando miro un lugar, veo su pasado y su futuro, además de a la gente que pertenece a esas épocas. Es como estar viendo una película. Los fantasmas van dejando tras de sí una especie de bruma y suelen ser conscientes de mi presencia, cosa que las otras personas no hacen.

—¿Y esa niña pequeña? —pregunta Ember de repente—. ¿Es del pasado o del futuro?

Echo un vistazo a la niña y no puedo evitar sonreír mientras lanza su yoyó en el aire una y otra vez.

—Creo que del pasado, porque lleva tirabuzones en el pelo al estilo Shirley Temple, que se pusieron muy de moda hace tiempo.

Observo como Ember cruza la estancia hasta el lugar en el que he dicho que está la niña. Aunque se encuentra en la misma zona, está a un metro y medio a su izquierda.

—No siento nada —asegura en cuanto se detiene.

Lanzo un suspiro y le indico:

—Muévete a la derecha.

Se muestra aún más escéptica, pero me hace caso.

—Sigo sin sentir nada.

—Un poco más —contesto.

Da otro paso, y salta a la vista que piensa que todo lo que he dicho es mentira.

—Dos pasos más a la derecha.

—¿En serio? —exclama.

—¿Qué quieres que te diga? —Levanto las manos exasperada—. La niña está donde está. No puedo cambiarlo para convencerte de que estoy diciendo la verdad.

—En fin. —Pone los ojos en blanco y da dos pasitos más a la derecha, pero sigue estando a varios centímetros de distancia de la pequeña.

Sé que Ember está a punto de echármelo en cara otra vez, pero justo cuando abre la boca para hablar, la niña le lanza su yoyó directamente a las espinillas.

69

ESTO DA MUCHO YUZU

En el instante en que el yoyó la toca, Ember se agarra las piernas y pega un bote de casi un metro. Ver a la fénix cínica que suele tener esa actitud a lo «os doy mil vueltas a todos» cagarse de miedo es para partirse de risa.

Todo el mundo retrocede de golpe cuando ella empieza a flipar, incluso antes de que salga corriendo hacia el otro lado de la estancia, donde estamos los demás.

—Vale, bien, tal vez Clementine sepa de lo que está hablando, al fin y al cabo. —Se estremece con exageración—. ¿Con qué me ha pegado la niña si se puede saber?

—Un yoyó —contesto mientras hago lo imposible por no echarme a reír.

Sigue pareciendo bastante acobardada cuando vuelve a sentarse en el suelo.

—Entonces puedes ver las cosas que han pasado antes o que pasarán en un futuro en cualquier lugar en el que estés —resume Simon, y levanta un dedo—. Algo que nunca habías podido hacer antes. —Levanta un segundo dedo—. Y al mismo tiempo que tú has empezado a ser capaz de ver estas cosas, el resto de nosotros hemos empezado a sentirlas.

—Básicamente —afirmo.

—Es como si dos periodos de tiempo distintos o dimensiones o lo que sea se estuvieran fusionando —comenta Mozart ensimismada.

—No tengo ni idea de si se están fusionando o no. Solo sé que lo que Simon ha descrito es lo que está pasando.

—Vale. Y...

Se calla cuando Jude levanta una mano.

—¿Eso es todo? —me pregunta.

—¿No te parece suficiente, tío? —exclama el sirénido con incredulidad—. Tu chica está viendo cosas que en realidad no están aquí...

—No soy su chica... —intervengo, pero me callo de repente cuando Luis, Ember y Mozart empiezan a hacer ruidos que están a medias entre risas y toses, y no me cabe duda de que indican que no están de acuerdo. Luis levanta las manos en un gesto que quiere decir: «Yo solo digo lo que veo». Remy y Simon evitan mi mirada a propósito, mientras que Izzy ha puesto los ojos tan en blanco que me siento incluso un poco insultada.

Miro a Jude con el rabillo del ojo para encontrarme con esa sonrisita suya tan ridícula tirándole de las comisuras de los labios.

—Cuidado o me vas a partir el corazón, Yuzu.

—¿Qué cojones es un yuzu? —pregunta Luis sin pensárselo.

Jude y yo contestamos a la vez.

—Un tipo de cítrico —explicamos.

Esto hace que los demás se echen a reír con más ganas, y a mí se me tiñen las mejillas de rojo de pura vergüenza.

—Sabe parecido a un pomelo —informa Jude, lo que

solo empeora las cosas. Le lanzo una mirada de incredulidad.

—¿Qué hacéis cuando estáis juntos? ¿Os sentáis a investigar frutas? —Simon se carcajea.

Jude se encoge de hombros.

—Igual es que sé mucho sobre fruta y punto.

—O igual es que sabes muy bien cómo tomarme el pelo —espeto.

Por primera vez en... Vaya, creo que esta es la primera vez que las comisuras de la boca se le curvan en lo que solo se puede describir como una media sonrisa.

—Puede que sí.

Me limito a observarlo sin palabras, con la mente completamente en blanco. En parte porque la sonrisa hace que su cara pase de ser una preciosidad a ser tan gloriosa que no puedo ni describirla y, en parte, porque no he visto esta versión de Jude, la que me mira con calidez en los ojos mientras se burla de mí, desde hace mucho tiempo.

Así que lo único que consigo es quedarme contemplándolo con una sonrisita torcida.

—Ahora que ya hemos aclarado esto —continúa Simon, e interrumpe el silencio incómodo—, quizá podamos descubrir cuándo empezaste a ver el pasado y el futuro a la vez.

Salgo de mi trance.

—Lo del pasado y el futuro ha ocurrido al mismo tiempo que la ruptura del tapiz.

A Jude se le borra todo rastro de diversión de la cara de un plumazo.

—¿A qué te refieres con que se ha roto? ¿En plan, que ha empezado a deshacerse?

—No, me refiero a que está rarísimo, se parece a la estática en una pantalla de televisión. Un montón de puntos y ninguna imagen a la vista. Es de lo más extraño.

—¿Dónde está ahora? —pregunta. Ya se ha levantado y se dirige a la puerta—. ¿Está donde lo hemos dejado?

—Creo que se ha perdido —le explico—. Como parecía que te importaba tanto, se lo he dado a Simon porque se suponía que yo iba a cruzar el portal con mi madre. Pero, entonces, el portal se ha roto y...

—¿Está en el océano? —Jude vuelve a tener la cara inexpresiva, pero hay algo en él que me lleva a pensar que esto es mucho peor de lo que imaginaba. Y eso antes de que repita—: ¿El tapiz está en el océano?

—Supongo, porque Simon estaba en el portal cuando se ha roto. —Me vuelvo para mirar a Simon, pero se ha alejado corriendo—. ¡Eh! ¿Adónde vas? —le grito.

No contesta, se limita a levantar una mano para indicar que me ha oído mientras Jude sale corriendo detrás de él y sube a toda prisa las escaleras principales de la residencia.

Solo pasan un par de minutos antes de que los dos hayan vuelto.

—Lo he metido arriba, en un armario, después de que Caspian te llevara al portal —declara Simon con timidez—. No sé por qué no me lo he llevado...

—¿Por sentido común? —comenta Ember.

—Seguramente sí. —La sonrisa que esboza le ilumina toda la cara, pero él no parece darse cuenta—. Bueno, es que tenía una mala sensación que no me podía quitar de encima.

—Quizá tú también ves el futuro —sugiere Izzy de forma seca.

Camino hasta donde Jude ha dejado el tapiz y lo está desenrollando. Una parte de mí ha estado deseando que haya vuelto a la normalidad, que, fuera lo que fuese aquel evento inusual que lo desestabilizó anoche, se haya resuelto solo de alguna forma.

Pero, incluso antes de que esté medio desenrollado, sé que no es el caso. Tiene el mismo aspecto raro y espeluznante de anoche, o quizá ahora que ya no estamos bajo la lluvia lo sea todavía más.

—No es por parecer una ignorante —interviene Mozart cuando se levanta y se acerca para mirar el tapiz—. Pero ¿qué es eso?

—Es un textil —explica Simon—. Un tejido hecho de...

—¿En serio? —lo interrumpe ella—. Sé lo que es un tapiz. Mi pregunta es qué es este tapiz exactamente, porque es evidente que es especial o los Gilipo-Jean no habrían venido a buscarlo y Clementine no habría podido romper el maldito tiempo o lo que quiera que haya hecho.

—¡Yo no he hecho nada! —objeto—. Ni siquiera estaba cerca del tapiz cuando ocurrió. Solo sé que las cosas me empezaron a ir muy mal y que, cuando lo cogí, ya estaba estropeado.

Mozart se gira para mirar a Jude.

—Vi lo nervioso que te pusiste cuando Clementine tenía el tapiz. ¿Qué es? ¿Por qué te preocupaba tanto que lo tuviera?

Jude la mira fijamente unos segundos, con la mandíbula apretada y la cara sin mostrar emoción alguna, como hace cuando no quiere hablar de algún tema. Contemplo el momento en el que descarta ponerse a tergiversar las cosas y decide contarnos la verdad sin rodeos.

—Es un tapiz de sueños —nos revela al final con reticencia—. O supongo que, en este caso, se trata de un tapiz de pesadillas.

—¿Un qué? —pregunta Simon mientras da un gran paso para apartarse de él.

Tampoco es que lo culpe, después de todo lo que ha pasado en plena noche, a mí también me está costando cada ápice de valor que tengo quedarme donde estoy.

—Un tapiz de sueños... Está tejido con los sueños de las personas.

—¿Sueños? —pregunta Remy acercándose para observarlo mejor—. ¿O pesadillas?

Jude suelta un suspiro lento antes de contestar.

—Soy el príncipe de las pesadillas, así que adivina.

Es la segunda vez que he oído esas palabras, pero me siguen sentando como un puñetazo en el estómago. Un vistazo rápido a mi alrededor me revela que al resto le sientan igual de mal. Bueno, a todos menos a Izzy, quien ni siquiera se ha molestado en levantar la mirada de las uñas o de su cuchillo.

Sin embargo, antes de que pueda pedirle a Jude que se explique mejor, un trueno colosal sacude la residencia entera, justo antes de que oigamos el ruido de la entrada exterior abriéndose de un portazo.

70

LE FALTA UN TOBOGÁN TEMPORAL

—¿Qué cojones ha sido eso? —exclama Luis, que se pone en pie de un salto.

Me dirijo hacia el pasillo que conduce a la puerta exterior para investigar, pero apenas consigo cruzar la sala antes de que la profesora Aguilar, Danson y lo que supongo que son los alumnos que quedan en la isla entran precipitadamente en la estancia.

En total solo hay unos sesenta estudiantes o así, cosa que me produce náuseas cuando pienso en la cantidad de alumnos que seguían en la playa cuando se ha roto el portal: casi todos los de último curso (que son muchos más de cien) y también algún que otro más de undécimo curso. Así que a saber cuántos más han quedado atrapados en el portal y han sido escupidos de él al romperse. Sin mencionar el puñado de profesores.

Puede que algunos de ellos, como mi madre, fueran succionados hasta el otro lado del portal y estén ahora calentitos, secos y para nada preocupados por el huracán, las pesadillas ni por ninguna de las otras cosas que ahora mismo me están poniendo de los nervios.

Pero sé que eso solo explicará la desaparición de una

pequeña parte de la gente. Los demás se habrán ahogado bajo el oleaje, habrán muerto atacados por alguna pesadilla o, peor todavía, en manos de sus compañeros cuando todos hemos recuperado los poderes.

Es un pensamiento horrible que me colma los ojos de lágrimas y hace que la pena me provoque un nudo en la garganta.

Me obligo a respirar a pesar del dolor y el horror.

Ya habrá tiempo para ocuparnos de todo lo que ha sucedido. Ahora mismo solo tenemos que sobrevivir durante las próximas veinticuatro horas o así, hasta que la tormenta, con suerte, se disipe.

—¡Oh, Clementine! —trina la profesora Aguilar cuando me ve.

Me alegro de que esté bien; llevo preocupada por ella desde que la he apartado de las olas que rompían en la playa, pero está un poco desmejorada. La lluvia ha limpiado gran parte de la sangre que le salía de la herida en la cabeza y ha dejado a plena vista un corte tremendo en la frente. Además, su ropa, que normalmente se ve brillante, está desgarrada y cubierta de barro y, a sus espaldas, una de sus alas de colores radiantes está casi arrancada.

—¡Aquí estás, Calder! —gruñe Danson mientras entra en la sala como si fuera la bala de un cañón. Parece estar en mejor estado que ella, pero tampoco demasiado. El minotauro no tiene ninguna herida visible, aunque una de las astas le cuelga con precariedad junto a la mejilla y, en algún momento, ha perdido la camisa—. Podrías habernos ayudado ahí fuera.

—Para ser justa, podrían haberme ayudado ustedes a

mí. Porque he tenido que pelear por mi vida contra unos leopardos.

Como hecho a propósito, uno de esos leopardos, ahora en su forma humana, suelta un fuerte rugido.

—¡Ya vale! —suelta Danson—. Se acabó la tontería territorial, ¿estamos?

El leopardo calla, así que me lo tomo como un «sí».

Danson también, porque añade un «bien» y luego sigue gritando órdenes como si fuera un capitán de la guardia en la Corte Minotáurica.

Me manda al almacén a por más ropa para los recién llegados, y al mismo tiempo la profesora Aguilar va apuntando sus nombres en un montón de hojas de papel sueltas, algo que mi estricta madre jamás aprobaría.

Una vez que termino, nos ordena a Luis y a mí que repartamos los aperitivos mientras Jude y los demás se encargan de repartir toallas y mantas. Por suerte, las brujas cocineras habían conjurado un montón de aperitivos antes, cuando íbamos corriendo de un lado a otro intentando proteger el centro de la tormenta.

No obstante, nuestros esfuerzos no parecen estar sirviendo de mucho ahora, porque nunca me había sentido tan insegura; especialmente teniendo en cuenta que Luis y yo nos estamos paseando por la sala común repartiendo lacitos salados y galletitas de queso a un montón de paranormales con aspecto de querer matarnos.

O sea, de querer matarme a mí.

Cosa que entiendo. Buscan a alguien a quien culpar por todo este desaguisado, y yo soy la única que se apellida Calder en toda la estancia.

Si fuese ellos, también me echaría la culpa.

A la mayoría de ellos los veo por triplicado, así que esa pizca extra de hostilidad no me facilita el trabajo en absoluto. Algo tiene que pasar con el maldito tapiz de Jude, porque yo no puedo seguir así.

Chillo cuando un destello aparece ante mis narices y lo atravieso antes de poder evitarlo. Doy un salto hacia atrás en cuanto lo siento, pero un dolor abrasador me recorre entera de todas formas.

Por un segundo casi siento cómo cada molécula de mi cuerpo choca sin cesar contra las demás y también contra la capa interna de mi piel. Y duele mucho más de lo que recordaba.

Mi mirada se encuentra con la del destello y lanzo un grito, porque por una vez reconozco quién es. No porque lo haya visto antes, sino porque es Luis, solo que ahora tiene una enorme herida abierta justo en el centro del pecho.

71

NO QUIERO MÁS CONTRATIEMPOS

—Clementine... —Jadea mientras extiende la mano hacia mí.

Estoy tan estupefacta, tan destrozada, que ni siquiera retrocedo para evitar el contacto. Al contrario, avanzo al tiempo que unas lágrimas cuya existencia apenas he advertido me corren por las mejillas cuando extiendo la mano para tocarlo también.

—¡Clementine! ¿Estás bien? —El Luis completamente sano que está a mi lado parece fuera de sí mientras me agarra del brazo—. ¿Qué ocurre?

El dolor percute por mi cuerpo en el instante en el que toco al Luis destello, pero no es nada comparado con la desolación emocional que me arrasa por dentro.

«Luis no.»

«Luis no.»

«Por favor, por favor, Luis no.»

«No puedo soportarlo.»

«No puedo...»

Me sale un sollozo de la garganta y, aunque sé que es imposible, intento agarrarlo, intento aferrarme a él, intento ayudarlo. Cuando lo hago, la mano atraviesa de lleno el agujero sangrante y purulento que tiene en el centro del pecho y él se desploma.

Me dispongo a sujetarlo, pero me traspasa y cae igualmente, y es ahí cuando empiezo a chillar. Grito, grito y grito hasta que las piernas me fallan y me estampo contra el suelo.

«Luis no.»

«Luis no.»

«Por favor, Luis no.»

Se está retorciendo de dolor en el suelo, su cuerpo convulsiona justo delante de mí y yo intento llegar hasta él, intento ayudarlo. Pero esta vez, cuando lo toco, desaparece en un centelleo tan rápido como ha aparecido.

—¡Joder, Clementine! —vocifera, y suena tan fuera de sí como yo me siento—. Tienes que contarme lo que está pasando. Tienes que...

Se calla cuando Remy para de golpe frente a nosotros.

—Eh —dice agachándose delante de mí.

Intento contestarle, aunque lo único que me sale es otro sollozo. Y sé que todavía no ha ocurrido, sé que Luis está sano y salvo justo a mi lado, pero es que no puedo quitarme de la cabeza la imagen de él sangrando y con el cuerpo destrozado.

Se mezcla con la última imagen que tengo de Eva, la última imagen que tengo de Serena, la última imagen que tengo de Carolina, y me cuesta respirar. No puedo pensar, no puedo hacer nada más que quedarme aquí sentada y llorar.

—Ya no quiero seguir con esto —le farfullo a Remy cuando me coloca las manos en los hombros—. No puedo más, no puedo hacerlo, no puedo...

—Clementine.

La voz de Remy suena firme pero serena cuando me

llama por mi nombre; yo estoy demasiado alterada para escucharlo. Así que vuelve a intentarlo, pero esta vez me agarra la barbilla entre el pulgar y el índice cuando repite mi nombre y me levanta la cabeza hasta que no me queda otra que mirarlo a los ojos oscuros y calmados.

—El pasado es inamovible, pero el futuro puede cambiar —anuncia en tono grave y urgente.

—No... No puedo...

—Escúchame —repite, y hay algo en sus ojos oscuros a lo que no puedo evitar responder—. El pasado es inamovible, pero el futuro puede cambiar. Nada de lo que no ha ocurrido todavía está grabado en piedra.

—No lo sabes —replico, y la voz se me quiebra en la última palabra—. No lo...

—Sí que lo sé —responde—. Te lo juro.

Y esta vez, cuando lo miro a los ojos, aprecio en ellos que conoce y entiende a la perfección todo por lo que estoy pasando.

—¿Cómo? —susurro, la palabra ronca y quebrada debido al nudo que tengo en la garganta.

Aunque sé la respuesta, aunque la veo tan clara como veo a Luis, Jude y Mozart a mi lado con expresiones de preocupación en el rostro, necesito que me lo diga igualmente.

Remy también debe de darse cuenta de que lo necesito, porque su versión del presente se inclina hacia delante y responde en voz baja:

—Porque yo también veo el futuro.

72

NO ME VENGAS CON GILIPO-JEANS

Aun sabiendo lo que Remy iba a decirme (lo veía en sus ojos), al principio no le creo. De todas formas, dejo que me ayude a levantarme.

Tengo encima a la profesora Aguilar con una enérgica sonrisa, pero ahora mismo no puedo aguantar su extraña alegría exacerbante. Así que me paso la mano por la cara para secarme las mejillas, húmedas por las lágrimas, y digo: «Ya estoy bien», ante toda la sala, porque la mayoría de los presentes ha visto como perdía los papeles.

Ahora que ya me he tranquilizado, estoy muy cabreada conmigo. He aguantado muchos años ocultando cualquier clase de debilidad, y ahora he perdido la compostura delante de los más capullos de la academia.

Además, Luis me mira como si pensara que no estoy en mis cabales. Seguro que al final querrá algún tipo de explicación de lo que acaba de pasar. No obstante, no creo que sea buena idea contarle que lo que me ha alterado tanto ha sido verlo morir.

De todas formas, no se queja cuando me doy la vuelta y me alejo al instante de la profesora Aguilar tan rápido como me lo permiten los pies.

Nadie dice nada.

Solo salen disparados detrás de mí.

Estamos a medio camino de llegar a la zona de la sala que hemos tomado como propia cuando los Gilipo-Jean aparecen en nuestro camino (porque esos capullos nunca dejan pasar la oportunidad de aprovechar un momento de vulnerabilidad).

—Nunca hay una camisa de fuerza a mano cuando más la necesitas, ¿verdad, Clementine? —empieza Jean-Paul con una mueca burlona—. ¿Sabe tu madre...?

Jude ni se espera a que termine la frase para apartarlo de un manotazo. Después se coloca entre los Gilipo-Jean y yo mientras los rodeamos sin intercambiar una sola palabra.

—¡Eh! —exclama Jean-Luc, que se sitúa ante nosotros de un salto al tiempo que Jean-Claude y Jean-Jacques lo flanquean por ambos lados—. Ni se te ocurra ponerle las putas manos encima, Jude.

Se han puesto en modo fae total: ojos brillantes, piel lustrosa, alas bien firmes, y sé que es solo cuestión de tiempo que acaben haciendo algo más desagradable (y muchísimo más peligroso) que lanzarme comentarios mordaces. Salta a la vista que van buscando pelea.

—Pues igual deberías ponerle un bozal —replica.

—¿Me estás amenazando? —pregunta Jean-Paul al tiempo que se desliza para colocarse junto a Jean-Luc.

Jude inclina la cabeza hacia un lado como si estuviese pensándoselo, pero, antes de poder responder, Jean-Luc levanta la voz:

—¿Has oído eso, Poppy? —Dirige la mirada hacia la profesora Aguilar, que se muestra extremadamente nerviosa mientras se acerca a nosotros con cautela—. Uno de tus alumnos está amenazando a mi colega, no se siente seguro. ¿A que no, Jean-Paul?

—Para nada.

—Venga, vámonos. —Paso la mano por el brazo de Jude e intento alejarlo de allí, pero no está dispuesto a moverse.

Miro a Luis, Remy y Mozart en busca de ayuda, y me percato de que ellos parecen tan inamovibles como Jude. De hecho, a juzgar por la expresión del rostro de Mozart, estoy bastante segura de que está considerando la posibilidad de asarlos a los cuatro.

Para distraerla y quitarle la idea de la cabeza, me coloco justo delante de ella. He tomado la decisión correcta, porque suelta con enfado:

—Aguafiestas.

Una parte de mí desea dejarle el camino libre; al fin y al cabo, no es que los Gilipo-Jean no se lo merezcan. Y tampoco los echará de menos nadie de los aquí presentes, excepto ellos mismos. Pero hoy ya ha habido suficientes muertes y mutilaciones, no creo que hagan falta más.

Además, he recibido varias palizas de los Gilipo-Jean y sé que no juegan limpio. Lo último que quiero es que hagan daño a más gente a la que aprecio, ya sea en una pelea injusta ahora o en un enfrentamiento menos justo todavía con muchos más fae mafiosos luego.

—Oh, estoy segura de que solo ha sido un malentendido, Jean-Luc —dice la profesora Aguilar—. ¿Verdad, Jude?

Él no responde.

—Clementine, ¿por qué no volvéis tus amigos y tú a vuestra zona? Yo haré que el señor Danson acompañe a Jean-Luc y sus amigos de nuevo a la suya.

Danson se dirige hacia nosotros con el rostro tan sombrío y tormentoso como el cielo del exterior.

Mis amigos no parecen tener prisa por seguir las indicaciones de la profesora Aguilar, con o sin Danson para hacerlas cumplir. No obstante, una vez que los Gilipo-Jean se mueven hacia el lado opuesto de la sala común, Jude y Luis me dejan al fin que los lleve a nuestro rincón.

Sin embargo, cuando regresamos con los demás, lo primero que me dice Izzy es:

—Olvídate de sus dedos. Un día de estos les cortaré la lengua a esos imbéciles.

—¿Por qué no hoy? —pregunta Mozart mientras vuelve a dejarse caer en el sofá.

Jude coge una botella de agua de los víveres que nos han asignado y la abre antes de ofrecérmela.

—Gracias —digo yo, aliviada de que no me haya hecho ninguna pregunta.

Sin embargo, ese alivio dura poco cuando nuestras miradas se encuentran y me doy cuenta de que puede que no haga preguntas, pero sin duda está buscando las respuestas.

Como todos los demás.

Sé que les debo una explicación, pero la verdad queda descartada por completo y no sé qué otra cosa contarles.

Antes de poder decir una sola palabra, Remy aparece en mi rescate.

—A veces, cuando ves el futuro, ves cosas que no te gustan; a mí me ha pasado decenas de veces. Aun así, creo que deberíamos centrarnos en reparar ese maldito tapiz y no en lo que sea que vio Clementine.

En mi vida había estado tan agradecida a otra persona como lo estoy ahora mismo a Remy, pero su intervención no evita que Jude y Luis me lancen miradas que prometen un ajuste de cuentas más tarde.

Y eso tampoco significa que los demás no tengan preguntas, solo que ahora van dirigidas a Remy en lugar de a mí. Menos mal.

—Antes has comentado que eras un hechicero del tiempo —interviene Simon—. Pero pensaba que eran muy poco comunes.

—Creo que lo son. —Le lanza una mirada compungida y, cuando responde, su acento cajún se marca más de lo normal—. Aunque, para ser justos, llevo en prisión prácticamente toda la vida. No tengo ni idea de lo que es poco común y lo que no.

No sé qué decir a eso y, a juzgar por la cara que pone el resto, se encuentran todos en la misma situación. Creo que haber estado atrapada en esta isla toda la vida es fatal, pero no alcanzo a imaginar lo que habrá tenido que soportar Remy. Nacer en la cárcel de peor reputación del mundo paranormal... para escapar y venir a parar aquí.

—Te lo compro —dice al fin Mozart—, pero, para tu información, son excepcionalmente poco comunes y, aun así, por lo visto tenemos a dos en nuestro grupito. ¿A nadie le parece raro?

—Yo no soy hechicera del tiempo —alego—. No sé lo que me está pasando ahora, aunque os puedo asegurar que no soy una bruja de ninguna clase. Soy una mantícora, vosotros mismos lo habéis visto.

—No hay ninguna ley que prohíba ser ambas —sugiere Izzy.

—Ya, pero no tiene ningún sentido.

—Aun así, puedes ver un montón de cosas que normalmente no tendrías que poder ver —declara Simon en voz baja.

No sé qué responder porque en eso no se equivoca, pero tampoco quiero seguir hablando de ello; y menos cuando todo lo que dicen me pone más nerviosa todavía.

Remy debe de haberse dado cuenta, porque se agacha para observar el tapiz y decide cambiar de tema sin cortarse un pelo.

—Dime cómo funciona esto, Jude. ¿Se teje con las pesadillas de la gente?

73

EL INSOMNIO ES UN HIJO DE BRUJA

Al principio no creo que Jude vaya a responder, pero después suspira y dice:

—Mi padre lo tejió hace mucho tiempo. Vine con el tapiz a la academia Calder hace diez años.

—¿Y lo has estado utilizando para entrar en las pesadillas de las personas desde entonces? —pregunta Simon.

—No lo describiría así, la verdad.

—Entonces ¿cómo lo describirías? —inquiere Remy.

—Lo utiliza para hacer que la gente tenga pesadillas —contesta Mozart mientras se encoge de hombros—. ¿Tan complicado es?

—No lo he usado para que nadie tenga pesadillas —espeta Jude—. ¿Por qué no pensáis un poco? ¿Cuándo ha sido la última vez que tuvisteis una pesadilla sin contar lo de anoche?

Me dispongo a discutírselo, pero entonces hago lo que sugiere y trato de recordar: la última vez que tuve una pesadilla de verdad, antes de la de las serpientes de ayer, fue seguramente hace diez años. ¿Cómo es posible que no me haya dado cuenta antes?

¿Cómo es posible que nadie se haya dado cuenta antes?

Aunque la verdad es que, igual que la gente no piensa en las veces que ha estado enferma cuando está sana, quizá pase lo mismo con esto. Es fácil olvidar que existen las pesadillas si no estás teniendo ninguna.

—¿Insinúas que estás canalizando nuestras pesadillas antes de que las tengamos? —pregunto con la intención de entender cómo lo hace.

Deja escapar un largo suspiro.

—Algo por el estilo, sí.

—Visto así, es una pasada —anuncia Mozart—. La verdad es que he disfrutado mucho de mis tres años sin pesadillas, así que... Gracias, Jude.

Sé que sus palabras significan mucho para él, lo veo en la forma en que se le relajan un poquito los hombros y la mandíbula cuando se da cuenta de que no lo estamos atacando, que de verdad estamos intentando comprenderlo.

—Cuando nos quitas las pesadillas, ¿adónde van? —indaga Ember, y por primera vez no suena enfadada con el mundo; solo curiosa.

—Olvídate de dónde las guarda —interviene Mozart—. Lo que quiero saber es cómo logras hacer esto mientras tus poderes están bloqueados. Ni siquiera debería ser posible.

—No pueden bloquear mis poderes.

—¿En serio? —pregunta Ember con los ojos a punto de salírsele de las órbitas—. ¿Tienes tu magia?

—¿Y no nos habías dicho nada? —Mozart parece tan sorprendida por eso como por el hecho de que sus poderes no estén inhibidos.

—No sabía qué decir —contesta exasperado—. Para todos vosotros es algo importante y me parecía de capullos presumir de poderes.

Ella le da vueltas durante un instante, todos lo hacemos, y después Simon se encoge de hombros.

—En realidad, sueles comportarte como un capullo, así que entenderás nuestra confusión.

Jude pone los ojos en blanco mientras los demás se echan a reír y, según parece, hemos esquivado la crisis.

—Aunque todo esto es fascinante —anuncia Izzy de repente con una voz que revela que le parece de todo menos eso—, no explica por qué se ha roto el tapiz.

Los fantasmas deben de haberse cansado del drama que está aconteciendo en la playa, porque han empezado a aparecer y me están rodeando en busca de atención. Intento ignorarlos, pero cada vez me resulta más complicado fingir que no advierto su presencia.

—Además, nada de esto explica tampoco por qué lo quieren los Gilipo-Jean —añado.

—O por qué Clementine de repente puede ver el pasado, el presente y el futuro —declara Luis.

—Nada tiene sentido. —Jude suena inflexible—. El tapiz no tiene nada que ver con eso. Solo lo uso para filtrar las pesadillas y que puedan regresar al firmamento antes de que vuelvan a infiltrarse poco a poco en el mundo.

—Pero habrá algo que hayas pasado por alto —sugiere Simon, que suena tan frustrado como lo parece Jude—. Cuéntanos el proceso. Quizá podamos descubrir la respuesta si nos lo describes parte por parte.

—No es tan complicado —contesta Jude—. Todas las noches despojo a la gente de sus pesadillas y las introduzco en mi piel, donde las acumulo.

Como para enfatizar lo que está explicando, o quizá porque saben que está hablando de ellas, las pesadillas que tiene enrolladas en el cuello empiezan a subirle por la sudadera hacia su cara.

Jude las ignora.

—¿Y de ahí las canalizas al tapiz? —pregunta Remy, aunque parece tan distraído como yo. Sigue escaneando la estancia como si esperara algo, mientras que yo no puedo evitar percatarme del fulgor que me indica que un montón de destellos se han unido a los fantasmas que han ido entrando.

—Eso no es del todo exacto —explica Jude—. Las pesadillas no pueden meterse directamente en el tapiz...

—¿A qué te refieres? —inquiere Simon con incredulidad—. Entonces ¿qué sentido hay en tener un tapiz de sueños?

—¿Por qué no pueden meterse directamente? —indaga Mozart.

—Me parece un diseño ilógico... —empieza a decir Ember.

—¡Tenía siete años! —exclamo para que se me oiga por encima de las demás voces—. Cuando llegó solo tenía siete años y nadie pudo enseñarle. Así que igual le cuesta saber cómo funciona el tapiz. ¡Deberíais ir a molestar a la persona que lo diseñó!

Sin duda, mi voz suena lo bastante alta para llamar la atención del grupo, porque todos se vuelven para mirarme como uno solo, sobre todo Mozart, que tiene las cejas enarcadas, y Ember, con una sonrisilla de satisfacción bailándole en las comisuras de los labios.

Por desgracia, mi voz chillona también ha llamado la atención de los fantasmas y los destellos de la sala, y ninguno parece especialmente contento con mi arrebato.

74

TÁCHAME DE LA LISTA

—La persona que lo diseñó está muerta —explica Jude en voz baja y completamente carente de emoción.

—Entonces ¿por qué no puedes cambiarlo? —pregunta Luis, que levanta los hombros con indiferencia—. ¿Qué sentido tiene ser un príncipe si no puedes hacer lo que te dé la gana?

Izzy suelta una sonora carcajada al oírlo, pero cuando todos dirigimos la mirada hacia ella se limita a encogerse de hombros y a darle vueltas a una daga con joyas incrustadas por encima de los nudillos ahora que ha terminado con sus uñas rapaces.

—Si no colocas las pesadillas directamente en el tapiz, ¿qué haces con ellas? ¿Vas por ahí con ellas encima? —Remy señala con un movimiento de cabeza la cuerda negra emplumada que está ahora deslizándose, de forma lenta y sigilosa, por la mejilla de Jude.

La observo fascinada hasta que él se pasa la mano por la mandíbula y la cuerda se esconde de nuevo bajo el cuello del polo. ¿Cómo puede perder el control si responden a él con esa presteza?

—Hay demasiadas para eso. Las almaceno y, después,

cuando hay suficientes, degeneran en monstruos. Son esos monstruos los que se filtran en el tapiz. —Hace una pausa y niega con la cabeza—. Eso de que hay monstruos debajo de la cama no son patrañas, solo son pesadillas que adoptan una forma corpórea.

Sus palabras estallan como bombas en mi interior cuando caigo en la cuenta de lo que nos está explicando.

—¿Me estás diciendo que los monstruos de la colección de fieras, la cosa esa con serpientes, la calamaridad y los tamollinos, están ahí por ti?

Levanto la voz hacia el final de la frase, pero es que no puedo evitarlo. Me he pasado los últimos años de mi vida torturada por esas criaturas, y no me impresiona para nada.

Ahora entiendo por qué no lo atacan: él es su creador.

Me estremezco con solo pensarlo y, por lo visto, no soy la única.

—Para el carro, doctor Frankenstein —interviene Luis—. Estás aquí creando monstruos que intentan matar a diario a la chica por la que has estado torturándote estos últimos tres años, ¿y nunca se te ha ocurrido que igual el sistema necesita una actualización?

—¡Luis! —Lo miro alterada.

—¿Qué? —Levanta la mano ofendido—. Enfádate conmigo si quieres, Clementine, pero solo digo lo que veo. En los últimos tres años no te ha ayudado ni una sola vez en esa condenada mazmorra, y te aseguro que tampoco ha estado curándote las heridas todos los días. Así que, sí, estoy más que un poco cabreado en tu nombre.

Al principio Jude no dice nada, pero cuando se gira hacia mí, veo los remordimientos en su mirada. Aprieta la mandíbula cuando la culpa y la pena se apoderan de él.

—Lo siento —susurra al final.

Y me percato de algo que Luis ha pasado por alto: que Jude no me dejó sola, al menos no como mi mejor amigo piensa. Muchos de los días que estuve allí abajo alimentando a los tamollinos, él también estaba allí, justo antes de que yo llegara.

Porque no hago más que recordar las veces que he vislumbrado una sombra fugaz corriendo en la oscuridad o una sudadera negra desapareciendo al doblar la esquina. Pensaba que era mi mente jugándome malas pasadas o un fantasma, pero ha sido Jude todo este tiempo; no estaba sola.

No es de extrañar que hubiese días en los que los tamollinos todavía tuviesen comida y agua de sobra, porque Jude se encargaba de hacer el trabajo para que no tuviese que hacerlo yo... y así llevarme solo uno o dos mordiscos en lugar de la decena habitual. Y nunca sospeché nada.

Estoy viendo los últimos tres años desde una perspectiva totalmente nueva, y resulta que nada era como yo pensaba. Algo se desbloquea en mi interior y otra de las cadenas que me impedían confiar en Jude cae y se esfuma poco a poco.

—No importa —respondo a su vez en un susurro—. Lo entiendo.

—Pues eres la única —suelta Luis con un bufido.

Le lanzo una mirada fulminante para que pare, pero él se cruza de brazos y pone los ojos en blanco como respuesta.

Entonces recuerdo aquello rojo que vimos corriendo cerca de nosotros ayer, antes de que los fantasmas nos invadiesen.

—¿Eras tú el que estaba en la mazmorra ayer? —murmuro.

—No, yo... —empieza Jude con gesto preocupado, pero Simon lo interrumpe.

—¿Y cómo creas esos monstruos? O sea, ¿hay una fórmula o...?

—No lo sé —contesta—. Yo no los creo.

—¿Cómo que no los creas tú? —exclama Ember—. ¿Y a quién le dejas recoger nuestras mierdas nocturnas?

—Oye, tenía siete años cuando llegué aquí —le recuerda—. ¿Dejarías que un crío de siete años crease monstruos? La madre de Clementine asumió esa tarea y lleva haciéndolo desde entonces.

Pensaba que ya no podía sorprenderme nada más, que todo lo que había pasado en las últimas veinticuatro horas ya me había insensibilizado por completo, pero resulta que me equivocaba. Porque hay una parte de mí que no logra procesar lo que acaba de decir.

¿Mi madre crea monstruos con las pesadillas de Jude?

¿Mi madre crea esas cosas asquerosas y horripilantes que hay en la mazmorra usando la magia del chico al que sabe que he odiado los últimos tres años y, después, me envía a mí a limpiar el estropicio?

Porque, joder, una cosa es ser diabólica y otra ser una cabrona de la cabeza a los pies. Mi madre pertenece, obviamente, a la última categoría, y más cuando añado todas las mentiras que me ha ido contando a lo largo de los años para que el sistema siguiese funcionando. Ella no «alberga» monstruos a corto plazo a cambio de dinero para el centro. Los cobija hasta que Jude puede meterlos en el tapiz, donde, al parecer, se disuelven y vuelven a convertirse en pesadillas.

Estoy completamente anonadada. Las piezas de este

rompecabezas tan complejo se arremolinan en mi cabeza y no sé cómo hacer que encajen.

Interrumpo ese pensamiento cuando me surge otra pregunta. Una que no tiene nada que ver con mi madre, porque aún no estoy preparada para analizar su participación en todo este follón. Sé que al final tendré que hacerlo, porque tiene que haber más información sobre la historia de enviar a Carolina lejos de aquí de la que Jude conoce. Al fin y al cabo, mi madre no es de las que actúan basándose en las pesadillas, ya sean las suyas o las mías. Pero prefiero dejarlo para más tarde.

—Si las pesadillas se condensan en monstruos con la única intención de devolverlos luego al tapiz, ¿por qué pasan tanto tiempo en la mazmorra? —le pregunto a Jude—. Algunos llevan ahí meses.

—Porque el tapiz solo los acepta en cuatro momentos del año —dice Jude esforzándose por contestar—. Hay que esperar a que la magia esté en su punto más álgido para devolverlos al tapiz.

—¿En los solsticios? —sugiere Luis.

Jude asiente con la cabeza.

—Y en los equinoccios.

Solo con ver el rostro de Remy comprendo que ha llegado a la misma conclusión que yo.

—Esta noche es el equinoccio —anuncia lentamente.

Y Jude parece más adusto que hace unos segundos.

75

BAN-SHEE, BAN-NO

No me extraña que estuviera tan alterado porque ayer me llevara el tapiz, o porque ahora esté roto. Lo necesita para esta noche o esos monstruos van a tener que quedarse esperando otros tres meses.

—Bueno, ¿qué hacemos? —pregunta Ember mientras mira a Jude, luego al tapiz y luego a mí.

—Lo arreglamos. ¿Qué vamos a hacer si no? —Simon se pasa una mano por el pelo como signo de frustración.

—¿Y crees que arreglar el tapiz también arreglará a Clementine? —Luis se da toquecitos en la rodilla con un dedo, nervioso—. No puede volver a pasar por un incidente parecido.

Le lanzo una sonrisa de agradecimiento.

Él me la devuelve, pero sigue luciendo esa mirada que me indica que en algún momento tendremos que hablar de lo que ha ocurrido.

La idea hace que me duela el estómago, así que me aferro a lo que Remy me ha dicho. El pasado es inamovible, pero el futuro no. No sé qué tengo que hacer para conseguir que Luis no acabe como ese destello, pero lo voy a averiguar como sea.

—Si Clementine está en lo cierto y el tapiz le habla porque su nuevo poder está relacionado con él, entonces tiene sentido pensar que arreglar el tapiz también debería arreglar lo que quiera que le esté pasando —anuncia Remy—. Si no...

—¿A qué te refieres con «si no»? —Me inclino hacia delante alarmada—. Ni de coña puedo pasarme el resto de la vida viendo a todo el mundo y todas las cosas por triplicado. ¡Imposible!

Jude me da la mano y me pasa el pulgar por los nudillos para que me calme.

—Lo arreglaremos —me dice con tanta confianza que casi me lo creo.

Luis se agacha al lado del tapiz y, como si quisiera demostrar que está empeñado en hacer algo, tira de un par de hilos sueltos de la esquina. En vez de descoser esa seccioncita, el tapiz reluce. Entra en una especie de modo defensivo y las cuatro esquinas se enrollan hacia abajo para que nadie pueda agarrar el final de los hilos.

—¿Lo ha visto alguien más? —pregunta Luis—. ¿O es que el estrés me está haciendo alucinar?

—Uy, sí que lo hemos visto —afirma Simon.

—Tiene que haber alguna forma de...

Me agacho junto al tapiz para echarle un buen vistazo.

Me interrumpo porque al otro lado de la estancia empieza una pelea. Me giro justo a tiempo para ver un dragón en forma humana rodar por la mitad delantera de la sala común.

Se estampa contra la pared y tarda un momento en recuperarse. Pero después sale corriendo a toda prisa hacia la vampira que lo ha golpeado. Mantiene su forma humana mientras corre, solo que le surgen un par de alas amarillo verdoso en la espalda.

Cuando está a un metro y medio de la vampira, la agarra y alza el vuelo con ella hasta la parte más alta del techo de más de nueve metros de la estancia, antes de soltarla.

Sorprendentemente, ella aterriza de pie y, después, se lanza a los aires para buscarlo. No puede volar, pero salta altísimo y casi consigue agarrarlo de uno de los pies.

Él da una patada en el último instante y le atiza en toda la cara con un pie. Esta vez, cuando la chica cae al suelo, más bien se estampa. Aterriza de lado y sale rodando por las baldosas desgastadas y solo se detiene al llegar a los pies de Danson.

Este hace sonar un silbato y, cuando el dragón lo ignora, le suelta un berrido.

—¡Al suelo, ahora!

Pero de repente el dragón es el menor de sus problemas, porque una manada de cuatro lobos en forma humana ha decidido aprovechar el momento de distracción para rodear a un pequeño grupo de banshees.

—Mierda —susurra Jude a mi lado.

—No lo harán —respondo.

—Joder, y tanto que sí —anuncia Izzy, como si no tuviera ni la menor duda de lo que está a punto de pasar.

Danson está muy ocupado, así que busco con la mirada a la profesora Aguilar y me la encuentro mediando en una especie de contienda entre un sirénido y una bruja.

Quiero gritarle que estamos a punto de tener un problemón, pero no vale la pena; porque da igual lo extrañamente adorable que sea la profesora Aguilar, su disciplina no sirve ni contra un niño de parvulitos cabezota, y mucho menos para un montón de paranormales cabreados.

Por ello, en vez de eso salgo corriendo hacia ellos justo cuando los lobos avanzan. Si consigo llegar a tiempo, quizá pueda impedir que esto se convierta en un desastre de proporciones épicas sin solución.

Jude me adelanta más o menos a mitad de la estancia y por poco se lanza para interponerse entre los lobos y las banshees. Pero ya es demasiado tarde porque, en cuanto uno de los lobos intenta agarrar a una de ellas, esta suelta un grito, uno de los sonidos más horripilantes que he oído en la vida.

Durante el primer par de segundos hace que todos en la sala se detengan de golpe. Los siguientes segundos hacen que todos, incluso la vampira y el dragón que se estaban peleando, nos cubramos los oídos y nos tiremos al suelo. Varios instantes más tarde los lobos empiezan a aullar al unísono cuando sus delicados tímpanos estallan por el grito extremadamente agudo. Y al final, unos treinta segundos después de que la banshee empezara a gritar, las ventanas se rompen en un millón de pedazos de cristal.

Y es entonces cuando se desata el caos.

76

PLATA O PAVOR

Cuando las ventanas se rompen una detrás de la otra, la tormenta se cuela dentro del edificio y la banshee deja de aullar por fin. Pero sus gritos (o la repentina falta de ellos) son el último de nuestros problemas, pues el viento y la lluvia se abren paso por la estancia.

La profesora Aguilar le pide a todo el mundo que se ponga a cubierto, y luego se agacha tras el mueble más cercano que encuentra, un soporte de suelo para televisores con una repisa vacía en el centro que nos ofrece vistas perfectas de la profe encogiéndose de miedo tras ella.

Al mismo tiempo, Danson empieza a gritar a todas las brujas para que se reúnan en el centro de la sala, porque supongo que querrá que hagan alguna clase de hechizo para arreglar las ventanas. Sin embargo, solo aparecen tres, lo que significa que o el mar las ha engullido o han sucumbido a sus pesadillas.

Por un segundo, el rostro de Eva se me aparece brevemente, pero lo aparto con un parpadeo; alejo a mi amiga de mí. Ya habrá tiempo de llorar su muerte luego; ahora mismo tengo que salir de esta.

Empiezan a desatarse varias peleas aun cuando el cristal sale despedido a través de la estancia, y las esquirlas que se convierten en proyectiles por el violento y despiadado viento.

Fae contra dragones.

Dragones contra vampiros.

Vampiros contra sirénidos.

Sirénidos contra leopardos.

Y la lista sigue creciendo.

—¡¿Qué hacemos?! —grita Luis, y me sobresalto al darme cuenta de que está justo detrás de Jude y de mí.

Todos lo están, excepto Izzy, que permanece sentada en el sofá con los AirPods puestos. Al principio pienso que prefiere mantenerse fuera de la ecuación, pero luego capto que tiene el tapiz enrollado a sus pies y que lo que está haciendo es montar guardia.

Echo un vistazo a mis espaldas para ver a los demás: a Mozart, cuyos ojos ya son los de un dragón; a Simon, que resplandece por completo; a Luis, que lo observa todo con la cabeza ligeramente inclinada, igual que un cánido. A Remy, Ember y Jude, que parecen estar preparados para lo que sea que se acerque a ellos, y me doy cuenta, por primera vez en mi vida, de que formo parte de una manada de verdad.

Es un poco extraña y heterogénea, pero sigue siendo una manada; y están conmigo.

A pesar de la pesadilla en la que todos nos encontramos, me embarga una profunda gratitud. A la par que una necesidad imperante de proteger a esta gente contra viento y marea.

—¡¿Qué queréis que hagamos?! —grita Remy para poder oírlo por encima de la disonancia brutal que nos rodea.

—¿Evitar que se maten entre ellos y, sobre todo, que no se carguen a Danson y Aguilar? —contesto, aunque lo formulo como una pregunta.

Ember resopla.

—Pues suerte.

Sin embargo, aun diciendo eso desliza el pie hacia delante y le pone la zancadilla a un fae de último año que está persiguiendo a una sirena de undécimo curso con intenciones claramente perversas.

Sale volando y choca de cabeza contra una de las mesas. Se nos aproxima cabreado y con ganas de pelea, sus ojos hacen esa cosa rara resplandeciente que suelen hacer los fae cuando no traman nada bueno. Pero apenas le da tiempo a dar un paso antes de que Luis le estampe un puñetazo en la cara y se ocupe de él.

Oigo el crujido que producen los huesos al chocar entre ellos, y después el fae cae de bruces completamente inconsciente.

Ha caído al suelo con un ruido sordo, pero nosotros ya nos hemos puesto en marcha.

—Uno menos. A por el millón —declara Mozart mientras saca las alas y las zarpas.

—Voy a por la profesora Aguilar —los informo, porque sigue escondida tras el soporte de la tele, pero ahora las versiones pasadas, presentes y futuras de Jean-Claude y Jean-Paul están dándole por saco, como de costumbre.

—Te acompaño —responde Jude con voz aún más iracunda.

—Nosotros intentaremos ayudar a Danson —se ofrece Luis. Le lanza una mirada inquisitiva a Remy, y este asiente con la cabeza.

—Nosotros vamos a ver adónde podemos trasladar a la peña —explica Ember mientras esquiva a un vampiro que tiene ahora los colmillos clavados en la yugular de un leopardo—. Porque este sitio ya no es seguro.

Una ráfaga de viento mezclada con gotas de lluvia escoge ese instante para atravesar las ventanas rotas. Entra a toda velocidad (a unos trescientos kilómetros por hora por lo menos) y arroja esquirlas de cristal por doquier como si fuesen misiles.

Conseguimos esquivar los cuatro o cinco que vienen en nuestra dirección, pero algunas de las otras personas no tienen tanta suerte. Un aullido se alza en una punta de la sala cuando un trozo largo de cristal le corta la ropa a una loba y se le clava justo en el pecho.

Me doy la vuelta para mirar y descubro que una sirénida no ha tenido tanta suerte. Un trozo de vidrio le ha pasado junto al cuello y le ha abierto la yugular en canal.

A nuestro alrededor se va sucediendo la misma escena: si no es por el cristal de una ventana que sale disparado a una velocidad pasmosa, es un paranormal atacando a otro.

Es peor que en la playa, mucho peor de lo que jamás hubiera imaginado.

Tenemos que hacer algo. No podemos dejar que se maten entre ellos.

—¡Id a por Danson! —ordeno a gritos a Luis y Remy.

Jude y yo corremos hacia la profesora Aguilar, que ahora está hecha un ovillo mientras Jean-Paul se cierne sobre ella. No sé qué le está diciendo, pero, a juzgar por la forma en la que llora, no está bien.

Jude coge del hombro a Jean-Paul y le da la vuelta para estamparle la cara contra el soporte del televisor.

Jean-Paul suelta un chillido cuando su rostro rompe la pantalla, pero Jude solo lo aparta un momentito para repetir la misma acción.

Como respuesta, Jean-Claude se abalanza sobre la espalda de Jude. Me muevo para interceptarlo, aunque Jude ya ha empezado a dar vueltas, con los ojos feroces y los tatuajes emitiendo un resplandor extraño e hipnótico mientras descienden por sus manos y ascienden por su garganta.

—¡Parad! —grita una voz conocida desde el centro de la estancia—. ¡Deteneos ahora mismo!

Me giro y veo a mis abuelos apresurándose de un lado para otro de la sala. El abuelo se detiene en numerosas ocasiones para intentar ayudar a alguien, pero no puede. Sus manos atraviesan a la persona que intenta salvar, y salta a la vista que se está poniendo cada vez más nervioso.

Centro la vista de nuevo en Jude, porque lo último que quiero es dejarlo solo si necesita mi ayuda, pero los dos Gilipo-Jean están ahora tirados en el suelo boca abajo y él está ayudando a la profesora Aguilar a levantarse.

—Enseguida vuelvo —le digo antes de salir disparada hacia mis abuelos muertos.

Sin embargo, a medio camino capto otra cosa, algo absolutamente aterrador. Jean-Luc y Jean-Jacques, con su forma fae en toda su extensión, se están acercando a Izzy... y al puñetero tapiz.

77

TEJEMANEJES

—¡Jude! —grito para que se me oiga por encima de todas las peleas y la confusión que se está desarrollando a nuestro alrededor.

Se gira al instante, con las cejas enarcadas mientras busca lo que estoy señalando con el dedo.

Se le ensombrece el rostro en cuanto se da cuenta de lo que está pasando y, entonces, ambos corremos directos a por Izzy al tiempo que gritamos su nombre.

Pero está cabizbaja y con los ojos cerrados. ¿Acaso está... durmiendo? Nos da la espalda y no se vuelve cuando la llamamos. Quiero instarla a que se gire, quiero obligarme a ir más deprisa, pero es demasiado tarde. Ya tiene a los Gilipo-Jean encima.

Jean-Luc camina hasta el respaldo del sofá y la agarra del pelo, se lo enrolla alrededor del puño antes de tirarle la cabeza hacia atrás para colocársela sobre el hombro.

Después le tira uno de los AirPods al suelo antes de inclinarse hacia delante y susurrarle a saber qué obscenidades.

Mientras tanto, Jean-Jacques rodea el sofá para colocarse delante y agarra el tapiz. En cuanto lo tiene en las manos, hace un bailecito de la victoria delante de todos nosotros.

¿Qué cojones les pasa a estos tíos con el tapiz?

Rezo para que sea lo único que quieren, que cojan el tapiz y se marchen. Ya les seguiremos la pista después, pero no quiero que le hagan daño. He aprendido a las malas lo retorcidos y vengativos que son, e Izzy ya los ha hecho quedar como idiotas más de una vez. Si deciden que ahora es el momento de devolvérsela, las cosas están a punto de ponerse muy feas, y rapidito.

Cuando Jude y yo nos vamos acercando, Jean-Luc se saca un cuchillo de la chaqueta y desliza la empuñadura por el brazo de Izzy. Ella no se inmuta, ni siquiera cuando le da la vuelta y le pasa el filo por la piel.

No puedo decir lo mismo, pues me dan escalofríos en cuanto lo reconozco: es una de las dagas que clavó en el pupitre de Jean-Luc ayer. Parece que ser retorcidos y vengativos entra de lleno en sus planes de hoy.

Teniendo en cuenta el caos que nos rodea y que Danson está distraído, sin duda entiendo por qué han considerado que este es el momento perfecto para atacar.

Acelero un poco más en el último tramo, pero aun así Jude llega a ellos un segundo antes que yo.

—¡Suéltala, capullo! —ruge mientras salta al sofá para poder mirar a Jean-Luc y a Izzy a los ojos.

Jean-Luc ya ha movido el cuchillo a la garganta de Izzy para cuando me coloco delante del sofá corriendo.

—He de admitir que siempre he tenido curiosidad —anuncia a la vez que presiona la daga contra la piel de la vampira, lo suficiente para hacer que brote una gota perfecta de sangre—. ¿Los vampiros sangran tanto como el resto de los paranormales o tienen el mismo coagulante en la sangre que en la saliva? —Aprieta un poco más—. ¿No os parece que este es el momento perfecto para descubrirlo?

—¿En serio? —espeta Izzy—. ¿De dónde te sacas esas frasecitas? ¿Del manual de los frikis? —Y después bosteza. No exagero, bosteza mientras un maldito psicópata peligroso con motivos suficientes para querer matarla la tiene inmovilizada con un cuchillo en la garganta.

—¡Que te jodan! —brama Jean-Luc, y tira de ella con rabia por encima del respaldo del sofá. Cuando lo hace, el cuchillo se le clava todavía más en la garganta y la sangre empieza a manar sin descanso de la herida.

—¡No le hagas daño! —grito con los brazos estirados en un intento de demostrar que no soy ninguna amenaza.

—Tú no eres nadie para decirme lo que tengo que hacer, Clementine —rebate con una vocecita musical que hace que se me erice el vello de la nuca. Porque, ahora mismo, no suena cuerdo.

—Bien, te lo diré yo —declara Izzy con una voz aburrida y monótona—. O me sueltas o te arrepentirás. —Entonces, su mirada pasa a la mía y en ella atisbo un brillo travieso que no entiendo. Por lo menos, no hasta que continúa—: Eso es lo que tenía que decir, ¿verdad? ¿O debería rogarle al hombretón perverso que no me haga pupa? —Pone una vocecita aniñada mientras pronuncia la última parte e incluso bate las pestañas para añadirle dramatismo—. Por favor, por favor, tengo mucho miedo.

Jude me mira como diciendo: «¿Qué cojones está pasando?».

Los otros, que han llegado corriendo, se detienen a

unos pocos metros de Jean-Luc porque saben que acercarse no es la mejor de las ideas.

—¡Cállate! —ruge el fae con la cara contraída por la rabia al tiempo que pasa la mirada a Jean-Jacques—. ¿Lo has comprobado? ¿Es el tapiz?

Jean-Jacques asiente.

—Lo es.

—Bien. Pues sácalo de aquí. —Aprieta más el cuchillo y al instante empieza a correr más sangre por la garganta de Izzy.

Me saltan todas las alarmas antes de que continúe hablando.

—Yo me encargo de esto y te sigo en...

Y, entonces, Izzy ataca.

78

HOY AQUÍ, MAÑANA A-JEAN

Levanta la mano, coge el pulgar de la mano que sujeta el cuchillo y lo dobla hacia atrás hasta que un sonoro crujido impregna el ambiente.

El grito de Jean-Luc que lo sigue es agudo e infantil. Tira la cabeza hacia atrás de golpe y suelta el cuchillo al instante, momento en el que Izzy lo atrapa en el aire, lo hace girar en su mano y luego se lo clava en el centro del pecho.

Lo retuerce (varias veces) antes de sacarlo.

Jean-Luc está muerto antes de desplomarse sobre el suelo.

Izzy ni se molesta en apartarse de su camino, simplemente le da una patada en cuanto aterriza y se lleva el cuchillo a la boca para lamer la hoja desde la empuñadura hasta la punta.

Cuando termina, levanta la mirada y nos ve a todos contemplándola con los ojos y la boca abiertos por completo, pero ella se limita a encogerse de hombros.

—¿Qué? Todos han recibido su refrigerio.

No tengo ni idea de qué responder a eso, y dudo mucho que sea la única que se sienta así.

Exceptuando a Remy, que se acerca a ella para presionarle con suavidad la garganta con los dedos.

—No tiene mala pinta, pero deberíamos vendarte esa herida.

—Oh, por favor. —Pone los ojos en blanco—. He recibido heridas peores que esta de mi querido papaíto las noches que realmente estaba contento conmigo.

Se deja el resto en el tintero, aunque, teniendo en cuenta que acaba de matar a una persona y se ha quedado tan pancha, imagino que no era nada bueno.

Jude se gira hacia Jean-Jacques, que está ahora mirando el cadáver de Jean-Luc conmocionado, y le quita el tapiz de un tirón.

—Fuera de aquí —dice gruñendo.

Jean-Jacques asiente con un breve gesto de la cabeza mientras retrocede con dificultad, pero antes de alejarse definitivamente, Jean-Paul vuela en nuestra dirección con Jean-Claude a la zaga. Mueven las alas el doble de rápido y la furia que sienten desfigura sus rostros.

—¡Hija de puta! —le grita Jean-Paul a Izzy.

Ella enarca las cejas, y una sonrisa peligrosa juguetea en sus labios, algo que indica que Jean-Jacques podría ser el único Gilipo-Jean que quede con vida. Si es que tiene suerte. Por eso, cuando rodea la empuñadura del cuchillo con la mano y aprieta, no puedo evitar ponerme delante de ella.

—Chicos, mejor marchaos...

Jean-Jacques me da una patada en la cabeza con fuerza y me tambaleo hacia atrás; estoy viendo las estrellas. Jude avanza dando saltos, atrapa al fae en pleno vuelo y le propina un puñetazo en toda la cara. Solo ha hecho falta eso para que Jean-Jacques quede fuera de combate.

Poco después Jude le hace lo mismo a Jean-Paul antes de tirar a los dos fae inconscientes junto al cadáver de Jean-Luc. Entonces se vuelve hacia Jean-Claude con las cejas en alto... y eso es más que suficiente para que el otro fae salga pitando a trompicones.

Una vez que se ha marchado, los demás nos tomamos un momento para asimilar todo lo sucedido.

Sé que ha sido un acto justificado, o tanto como podría estarlo un asesinato.

Pero Jean-Luc está muerto. Izzy se lo ha cargado como si fuese lo más fácil del mundo.

No sé cómo enfrentarme a ello, a pesar de estar rodeada de tanta muerte. Lo único que puedo hacer es fijarme en la única versión de Jean-Luc, la del pasado. Está de pie sobre su cuerpo del presente todavía sangrante y, sin saber cómo, sigue conservando esa mirada de suficiencia tan suya.

—¿Estás bien? —pregunta Jude en un tono grave y urgente mientras me examina la cara.

—Sí, claro —aseguro, porque lo estoy, aunque la cabeza esté a punto de estallarme de dolor.

Él no parece muy convencido, y tampoco Remy, porque se acerca por detrás de él.

—Deberías ser más sincera —me dice Jude con una voz tan dulce que apenas la reconozco.

—Caray, siempre con la frase perfecta para cada ocasión.

—Tiene la coherencia suficiente para hacerte coñitas —señala Remy con sequedad—. Será una buena señal.

—A lo mejor en otra persona, pero ella podría hacerme coñitas incluso durmiendo.

Sin embargo, Jude parece llegar a la conclusión de que estoy bien de verdad, porque no insiste más.

Todo sigue siendo un caos; el viento y la lluvia que azotan la estancia se aseguran de que así sea. Aunque Danson haya conseguido el control parcial de la sala, prosiguen los gruñidos graves y los desafíos para establecer el dominio.

Hay muchos cuerpos sin conocimiento (y en estados peores) esparcidos por toda la sala, de los que mis amigos y yo no somos responsables.

Ignoro el revoltijo de estómago y trago la bilis que intenta subirme por el esófago para tratar de averiguar adónde se supone que debemos ir.

Danson está ahora subiéndose a una mesa ubicada en el centro de la estancia con un megáfono en las manos, lo cual espero que signifique que tiene un plan, porque yo me he quedado sin ideas.

La profesora Aguilar está justo debajo de él, pidiéndoles a los alumnos que guarden silencio e intentando que presten atención. Ninguno de ellos le hace caso, pero al menos se callan cuando Danson llama su atención a través del megáfono.

—En primer lugar, quiero empezar diciendo que lo que acaba de pasar aquí no puede repetirse. —Hace una pausa para darle efecto y se toma su tiempo para pasear la mirada de un grupo a otro—. Aunque no creáis nada de lo que yo diga hoy, creed al menos esto: esta tormenta empeorará antes de ir a mejor.

Sus palabras resuenan por toda la sala y, aunque algunas personas se pitorrean, la mayoría de los alumnos se ponen serios de repente.

—El ojo del huracán todavía no nos ha alcanzado —prosigue—, lo que significa que los bandazos de lluvia que nos azotarán serán mucho peores que los que hemos estado experimentando hasta ahora. Lloverá con más fuerza, el viento arreciará y es más que probable que los rayos y los truenos vayan a más.

Como para subrayar lo que acaba de decir, un relámpago atraviesa el cielo al mismo tiempo que una ráfaga de viento desatada cruza la estancia de un extremo a otro. Vuelca sillas, empuja a su paso a varios estudiantes contra las paredes o entre ellos, y casi tira a Danson de la mesa en la que se encuentra.

El profesor logra saltar antes de que empiece a deslizarse sin control por toda la sala, pero el viento lo atrapa y casi se lo lleva volando.

—¿Y qué vamos a hacer? —pregunta Ember inquieta—. No podemos quedarnos en un edificio con las ventanas reventadas si la situación va a empeorar, como dice él.

Si de verdad es un huracán de categoría cinco, arrasará por completo la mitad de la isla. Y nosotros estamos aquí atrapados, un montón de presas fáciles sin un lugar al que ir y sin nada que hacer, aparte de matarnos entre nosotros.

Solo de pensarlo se me hielan incluso los huesos, así que intento pensar en un sitio al que podamos ir para estar a salvo. La mazmorra del edificio de administración sería una opción lógica..., si no estuviese llena de monstruos de pesadilla esperando carne fresca.

El viejo salón de baile también tiene un nivel subterráneo, pero hace años que nadie lo pisa: desde que mi madre lo cerró tras pillar a algunos alumnos haciendo «actividades ilícitas».

Aparte de eso, nuestras opciones son limitadas. A lo mejor el polideportivo, porque no tiene ventanas ni puertas desprotegidas, pero eso también significa que tendríamos que permanecer todos en la oscuridad. La biblioteca tiene estanterías gigantescas que podríamos empujar para tapar las ventanas y resguardarnos del exterior. No sé si eso servirá de mucho realmente contra vientos de doscientos cincuenta kilómetros por hora, aunque me gustaría pensar que sí.

Danson logra orientarse al final y consigue captar la atención de todos.

—No podemos quedarnos aquí —anuncia—. No con las ventanas rotas y tan cerca del mar. Estaremos más protegidos tierra adentro. No será fácil salir de aquí; hace un par de horas las cosas ya estaban mal y las condiciones no han hecho más que empeorar, pero quedarnos aquí solo hará que corramos cada vez más peligro, porque la tormenta se agrava a cada minuto que pasa.

—Que se olvide de las clases sobre Control de la Ira —comenta Simon poniendo los ojos en blanco—. Este tío debería dedicarse a los discursos motivacionales.

—Yo me siento motivadísima ahora mismo, la verdad —le dice Mozart con mala cara.

—¿Y quién no? —añade Remy secamente.

—Así que la profesora Aguilar y yo hemos decidido trasladaros a todos al polideportivo —continúa Danson—. Está cerca del comedor, por lo que podremos abastecernos de víveres nada más llegar, carece de ventanas y está rodeado por otros edificios que ayudarán a bloquear los fuertes vientos. No obstante, para llegar allí vamos a necesitar la cooperación de todos y cada uno de vosotros. —Vuelve a hacer una pausa para, esta vez, mirar a los mayores gamberros del lugar directamente a los ojos—. Ahora recoged lo que quede de vuestros enseres, de las provisiones y de la comida para llevároslo, y reuníos con nosotros en las puertas de entrada dentro de cinco minutos. —Se toma un segundo para aclararse la garganta antes de reiterar—: Nos iremos de aquí en cinco minutos, así que no quiero ni una sola pelea. Tenemos que llegar al polideportivo antes de que la tormenta empeore y no hay tiempo para ponerse hostiles. ¿Me he explicado bien? —Al ver que nadie contesta, entrecierra los ojos y vuelve a preguntar—: ¿Me he explicado bien?

Unas pocas personas responden con refunfuños que parecen ser afirmativos, e interpreto que Danson se conforma con eso porque no formula la pregunta por tercera vez. En lugar de eso, nos recuerda que disponemos de cinco minutos para coger nuestros bártulos y llegar a la puerta y, después, nos despacha.

He perdido la mochila y el móvil en el portal, lo único que tengo es la ropa que hemos afanado antes. Aunque sí cojo una bolsa de deporte y la lleno de sudaderas extras para todos nosotros, mientras que Jude y Remy hacen lo mismo con aperitivos y botellas de agua.

Los cinco minutos pasan como si fuesen cinco segundos, y de repente ya es hora de marcharse.

—Esto me da muy mala espina —murmura Jude cuando nos ponemos en fila junto con los demás.

—Para ser justos, tampoco es que haya muchas cosas que puedan dar buen rollo ahora mismo —declara Simon.

—¿Verdad? —Ember lanza un largo suspiro—. Estamos atrapados en una isla con un montón de capullos que intentan matarse entre ellos a la mínima provocación. Un huracán de categoría cinco se cierne sobre nosotros y no tenemos ninguna forma de comunicarnos con el exterior. No tenemos acceso a informes meteorológicos ni a internet, ni teléfonos ni luz.

—A mí me parece el típico campamento de toda la vida —suelta Remy con voz monótona.

—Si por *campamento* quieres decir «los Juegos del Hambre con la participación de la madre naturaleza» —enuncio yo—, entonces sí, es como un campamento cualquiera.

Los otros se ríen, pero solo un segundo, porque Danson se abre paso entre las dos hileras de alumnos hasta llegar a la puerta principal.

—Vamos a ir directamente hacia la valla y, desde allí, nos dirigiremos hacia el lado norte del polideportivo. No os detengáis ni deis marcha atrás bajo ningún concepto. Y bajo ninguna circunstancia iniciéis una pelea, ¿entendido?

Da igual que estemos preparados o no, porque Danson abre la puerta sin más dilación y todos salimos del edificio de dos en dos.

No sé cómo, pero es mucho peor de lo que me imaginaba.

79

PELEAS QUE DA MIEDO

La lluvia me golpea en la cara. El chaparrón me empapa la ropa y el pelo, me imposibilita pensar, sobre todo al combinarse con el viento que hace que cada paso sea una completa pesadilla.

La temperatura ha bajado, con lo que el calor pegajoso ha desaparecido, pero el frío solo hace que la lluvia sea un millón de veces más incómoda, cosa que no pensaba que fuera posible.

A mi alrededor la gente jadea, suelta tacos y lucha por seguir avanzando contra un viento que parece empeñado en lanzarnos al suelo. Me planteo pasar a mi forma de mantícora, solo porque eso me proporcionaría más masa corporal, pero ahora mismo no me parece que sea el momento idóneo para complicar más la situación.

Así que, en vez de eso, me encorvo, me inclino hacia delante y espero que todo vaya bien.

A mi lado, el viento no para de sacudir a Ember, que es mucho más bajita y delgada que yo. Aunque los fénix tienen muchas cualidades increíbles, la fuerza física no es una de ellas, y por cada dos pasos que da, el viento la hace retroceder tanto que parece que no se esté moviendo del sitio.

—¡Colócate detrás de mí! —vocifero, y me pongo delante de ella para proteger a su versión presente del viento tanto como puedo, mientras que sus versiones pasada y futura siguen dando tumbos.

Jude se mueve al mismo tiempo que yo y por primera vez me doy cuenta de que ha estado utilizando su enorme cuerpo para hacer lo mismo por mí.

—¡Gracias! —chillo para que se me oiga por encima del rugir del viento y del océano. Es absurdo, pero el corazón se me acelera un poquito mientras espero su respuesta, aunque al final Jude no dice nada. Se limita a lanzar una mirada larga y decidida por encima del hombro con la que, no sé cómo, consigue que sienta frío, calor, agitación y tranquilidad al mismo tiempo.

Y, así, sin más, otro trozo del muro imaginario que tanto me estoy esforzando en erigir entre nosotros se derrumba.

Excepto aquel momento en la playa, no hemos tenido tiempo de hablar desde que todo se sumió en el caos; y aunque saltar dentro de un portal que se está desmoronando para salvar a alguien dice mucho, todavía no tengo ni idea de lo que significa para nuestra amistad o lo que sea que haya entre nosotros. Sin embargo, ahora mismo lo único que importa es avanzar hacia algún sitio en el que podamos estar a salvo antes de que llegue el próximo círculo del infierno.

Cuando por fin llegamos a la valla, y mientras esperamos nuestro turno para atravesarla, Jude se gira y me contempla con tanta intensidad que empiezo a pensar que leer mentes podría ser otro de sus poderes. Después se acerca tanto que puedo notar el calor de su aliento contra mi oído.

—Esto me da mala espina. Atenta a los Gilipo-Jean —me pide.

No me queda otra que echarme a reír, porque se ha acostumbrado a llamarlos por el mote que les puse, pero también porque estoy de acuerdo con él.

—¿Tú también crees que van a hacer algo asqueroso? —pregunto.

—Creo que van a hacer algo reprobable —responde; y no puedo discutírselo, porque así es como los definiría a los tres.

Los siguientes cinco minutos pasan sin pena ni gloria. Aunque me mantengo alerta, no hay señales de ninguno de los tres fae, por suerte, y no tarda mucho en llegarnos el turno para cruzar la valla. Apenas hemos avanzado unos cien metros desde la puerta cuando distingo un ruido que me es familiar.

Afino el oído al mismo tiempo que los escalofríos me recorren el cuerpo; porque, que yo sepa, solo hay una cosa en la tierra que emita ese sonido tan particular.

Me doy la vuelta y descubro que Jude y Luis están haciendo lo mismo. Cuando nuestras miradas se encuentran, Luis me agarra del brazo.

—Sabía que era una mala idea —se queja.

—¿Tú también lo has oído? —pregunto mientras los escalofríos que siento por dentro empeoran a medida que el sonido va incrementando su volumen—. Joder.

—Joder que sí —suelta.

—¿Qué ocurre? —Por primera vez desde que ha matado a Jean-Luc, Izzy parece interesada de verdad—. ¿Qué está pasan...?

Se calla a mitad de palabra con los ojos desorbitados. Y... mierda.

Me digo que no es posible, que tenemos que seguir el camino, pero no puedo resistirme a darme la vuelta para descubrir qué es lo que está viendo.

Entonces deseo con todas mis fuerzas no haberlo hecho, pues cientos de tamollinos cabreados vienen corriendo a toda prisa por el sendero, directos a nuestro grupo.

—¿Qué hacemos? —sisea Luis mientras la lluvia continúa empapándonos.

—Quedarnos quietos —sugiero, porque ahora mismo todas nuestras opciones son malas, pero entre todas ellas esa es sin duda la mejor.

—¿En serio? ¿Quieres que nos pillen? —farfulla.

—Lo que quiero es darle al resto de los alumnos una oportunidad de llegar al polideportivo —contesto—. Así que sí, quiero que nos pillen.

Pone los ojos en blanco.

—No tendría que haber elegido a la mejor amiga que se sacrifica por los demás —refunfuña, pero aun así se mueve para colocarse justo en el centro del camino.

Los demás ya van pillando lo que está pasando, por lo que solo nos lleva unos treinta segundos crear una especie de barricada con nuestros cuerpos. Espero con todas mis fuerzas que Danson aprecie la ayuda esta vez, porque como me eche la bronca por no haberlo seguido hasta el polideportivo, puede que rompa las normas que me he autoimpuesto con mi cola y lo pique a propósito.

—¿Y ahora qué? —pregunta Simon mientras se coloca a mi derecha.

—Ahora esperamos —anuncia Jude de forma sombría—. Y algo me dice que la espera no será muy larga.

80

DEMASIADO PARA EL CUERPO

Tiene razón: no lo es, porque en menos de un minuto Ember pregunta:

—¿Qué son esas cosas? —Parece más curiosa que asustada, prueba de que nunca ha lidiado con esos monstruitos infernales.

—Tamollinos —contesto. El corazón se me hunde ante lo que parece un ejército entero de esos bichos cabrones y escurridizos aproximándose a nosotros por el paseo.

—¿Tamollinos? —repite Mozart—. ¿Esas criaturitas tan peludas y chiquitinas son las que provocan tantas quejas vuestras?

—Son el mal —declara Luis con voz monótona mientras empieza a retroceder con una expresión de horror en el rostro.

—¡No te muevas! —le ordeno a gritos, y se detiene al instante.

—¡Venga ya! Si son adorables. —Mozart se agacha para que puedan alcanzarla con más facilidad.

—Son el mismísimo diablo —la corrige Luis. Salta a la vista que se ha tomado muy en serio mi advertencia de no moverse porque habla por un solo lado de la boca—. No pesan ni tres kilos y el viento no ha descarriado ni a uno solo. ¿Cómo lo llamas a eso sino «conexión directa con el infierno»?

—Pero ¿qué hacemos aquí? ¿Salimos corriendo o...? —pregunta Simon mientras va retrocediendo poco a poco.

—¡No! Haz lo que quieras menos correr —insisto—. Responden al movimiento.

—Como los tiranosaurios —añade Luis.

Los otros se ríen, pero en eso no se equivoca. Por eso alimentarlos y limpiar su jaula es siempre tan difícil.

—¿No puedes sacarnos de aquí con un portal? —le pregunta Izzy a Remy—. Podrías llevarnos al polideportivo directamente, lejos de esas cosas. O, mejor aún, fuera de esta maldita isla.

Él niega con la cabeza de lado a lado con expresión adusta.

—Lo he intentado varias veces. Se supone que el bloqueo de portales está desactivado, pero cada vez que trato de abrir uno a algún lugar fuera de esta isla no funciona. La puerta se me cierra en las narices.

Izzy pone los ojos en blanco.

—Recuérdame por qué aún no me he deshecho de ti.

Cuando veo que empieza a desplazar el peso del cuerpo de una pierna a otra, le lanzo una advertencia.

—¡No te muevas!

—¿Qué quieres? ¿Que nos quedemos aquí de pie, que confiemos en que el viento no se nos lleve y que recemos para que no nos oigan respirar? —exige saber Ember sin dar crédito—. ¿O eso no cuenta como movimiento?

—Oh, y tanto que cuenta —le aseguro.

—Me la suda. —Pretende darse la vuelta, pero la cojo de la muñeca para que se quede en su sitio.

—¡Para! —digo en un siseo.

—¿Tan malos pueden llegar a ser? —pregunta Remy con los ojos abiertos como platos, pero al menos tiene sentido común y no se mueve.

—Relájate, mujer. Seguro que no sois tan malos, ¿a que no?

Los tamollinos se van acercando cada vez más y Mozart los llama como si fueran cachorritos o un bebé, algo de lo que seguramente se arrepentirá muy pronto teniendo en cuenta que los primeros en llegar son los blanquinegros con orejas caídas, que son una monada pero dan unos mordiscos de aúpa.

—Lo que pasa es que sois unos incomprendidos, nada más. Incomprendidos, aunque de lo más adorables.

En una cosa tiene razón: todos los tamollinos son adorables, y los hay de todos los colores del arcoíris. Algunos tienen patas grandes y orejas peludas; otros, colas largas y los ojos saltones más grandes y dulces que uno podría desear, y los hay con bigotes largos y chispeantes y el pelaje más suave y reluciente imaginable. Por no hablar de que todos tienen las caritas más cuquis que puedan existir.

Pero también son engendros satánicos de cabo a rabo. Todos, no se salva ni uno.

—Yo me ocupo —declara Jude mientras se coloca frente a Mozart—. Seguid vosotros.

—¿Estás seguro? —pregunta dubitativa—. Hay muchísimos.

—No es para tanto, solo son pesadillas bebé —explica

poniendo los ojos en blanco—. Y ya te he dicho que los monstruos no me hacen daño.

Lógicamente, sé que es verdad. Yo misma lo vi cuando la asquerosa calamaridad huyó en cuanto apareció él en la jaula. Así que seguro que tiene razón. Podríamos dejarle los tamollinos a Jude.

—Igual podríamos ir hacia el salón de baile mientras tú te ocupas de esto —le comento, y en ese momento suelto la mano que tenía aferrada a la muñeca de Ember.

—Sí, ¿por qué no os...?

Se queda a mitad de frase cuando lo alcanza el primer tamollín. Se le sube por la pierna a toda velocidad y le hunde los dientes, tan largos, afilados y puntiagudos, directamente en el bíceps.

—¡Joder! —gruñe mientras se zafa de él y lo lanza por los aires justo cuando un montón de sus semejantes se arremolinan alrededor de Mozart, que sigue llamándolos, y le muerden cada centímetro de piel que encuentran.

—¡Ay! —exclama, y vuelve a ponerse en pie de un salto intentando deshacerse de ellos, pero ya la han agarrado bien (en diversas partes de su cuerpo) y no tienen prisa alguna por soltarla.

Jude intenta quitárselos, y ellos responden girándose y mordiéndolo a él también. Varias veces.

Parece sorprendido, pero en realidad se siente más ultrajado por su traición.

—¡Quítamelos de encima! —grita Mozart, que da vueltas en círculo agitando los brazos arriba y abajo como si estuviese intentando alzar el vuelo.

Un grupo entero de tamollinos rosa fucsia también tiene la vista echada en Ember.

—¡Mierda, mierda, mierda! —exclama esta.

Cuando el primero salta sobre ella, cambia a su forma de fénix y emprende el vuelo, pero dos de esos tamollinos no están dispuestos a soltarla tan fácilmente. Se le abalanzan y consiguen aferrarse cada uno a una de sus patas de pájaro.

Al morderla, la fénix grita e intenta volar a más altura en un esfuerzo por librarse de ellos, no obstante, la violencia del viento la devuelve al suelo, justo en medio de otro montón de tamollinos.

Recupera su forma humana mientras los demás corremos en su ayuda, pero eso alerta a los tamollinos de nuestra presencia. Así que los que corrían hacia ella deciden cambiar de rumbo, salvando la poca distancia que nos separaba de ellos con sus patas de gran tamaño.

—Puta vida —gimotea Simon por la comisura de la boca—. Me han encontrado.

Tiene un tamollín completamente negro sobre el pie, varios naranjas y blancos se le han enganchado a la espalda, y uno plateado de lo más diligente se le ha encaramado al cuello, demasiado cerca de la yugular para mi gusto.

Esta vez es Izzy la que se une a la refriega: arranca de un tirón al tamollín del cuello y lo lanza tan lejos como su fuerza vampírica se lo permite, que sin duda es muy lejos. Pero también es lo último que hace antes de que la rodeen y, al contrario que Simon, no permanece quieta cuando lo hacen.

En lugar de eso, suelta un grito que no le pega nada y usa su velocidad sobrenatural para zafarse de ellos y arrojarlos por los aires..., cosa que solo los cabrea todavía más. Muchos más la muerden y la arañan hasta que ni siquiera su velocidad de vampira es suficiente para mantenerlos a raya.

Remy intenta acudir en su ayuda. Va directo hacia ella y le quita muchas de las bestias que se le habían agarrado al pelo, pero estas no se sueltan sin antes pelear, así que se giran hacia Remy para morderlo.

Mozart está librando su propia batalla, en la que decide arrojar un chorro de llamas para mantenerlos a raya. Es fuego de dragón, por eso la lluvia tarda, como mínimo, un minuto en sofocarlo. Milagrosamente pierden el interés en nosotros por un breve instante cuando ven la llamarada. Entonces se lanzan de cabeza al fuego, uno detrás de otro, y emergen de él segundos después con un tamaño cinco veces mayor que el de antes.

—¿Qué cojones, Clementine? —dice gruñendo Luis—. ¡No nos has dicho que evolucionan como si fuesen Pokémon!

—¡Perdona, pero nunca se me había ocurrido prenderles fuego! —contesto entre gritos.

En ese momento uno de los tamollinos, que ahora es del tamaño de un gran danés (y de color azul), se vuelve hacia mí. De sus enormes colmillos chorrea una combinación nociva de sangre y saliva.

A la mierda todo; nos superan en número con creces para poder hacer nada, y por esa razón grito:

—¡Corred!

Y eso hacemos. Todos salimos disparados hacia el viejo salón de baile. No obstante, por imposible que parezca, el viento y la lluvia han arreciado, así que cada paso que damos es como intentar caminar sobre arenas movedizas.

Uno de los tamollinos más grandes (que ahora resulta

tener el mismo tamaño que un gran pirineo) se me echa encima de un salto. Me desvío hacia la izquierda, pero el viento es demasiado fuerte y me frena. La criatura aterriza sobre mí y va directamente a por la yugular.

Jude, que está corriendo a mi lado, lo agarra y lo arranca antes de que me hunda en el cuello esos dientes que ahora son, cada uno, del tamaño de una porción de pizza. Consigue apartarlo y lo estampa contra el árbol más cercano.

Pero algo en su ataque (a lo mejor el hecho de estar tan cerca de un montón de pesadillas condensadas) activa sus tatuajes, que empiezan a resplandecer bajo la tenue luz gris de la tormenta. En cuanto comienzan a moverse, el tamollín que lleva enganchado en la espalda se suelta y profiere un chillidito. Al aterrizar en el suelo todo él está temblando, como si hubiese recibido una descarga eléctrica.

Jude parece tan sorprendido como yo, pero ahora que el monstruo no está en medio veo a través de los desgarrones de su sudadera como sus tatuajes se le arremolinan sin descanso en la espalda, le suben por el cuello y se expanden por ambos brazos. Parece que estén intentando liberarse, intentando ayudarlo a repeler el ataque.

Jude los contiene apretando la mandíbula rápidamente y tocándose la piel expuesta para que el brillo se extinga tan rápido como ha surgido.

Sin embargo, en cuanto se apaga el fulgor los tamollinos vuelven a abalanzarse sobre él, al mismo tiempo que decenas de ellos se arremolinan a sus pies.

—¡Marchaos! —grita en el momento en que empiezan a tirar de él hacia el suelo.

Él claudica cuando otro montón se acumula sobre él, asfixiándolo bajo su peso y número.

Observo horrorizada como Jude cae al suelo.

Sus tatuajes empiezan a moverse y resplandecer nuevamente, pero tiene tantos tamollinos encima a estas alturas que la capa exterior no ve ni siente los tatuajes y sigue escarbando, mientras que la capa interior se pone a gritar aterrorizada e intenta huir. Se desata un frenesí total y absoluto.

Simon, Mozart, Remy y yo corremos hacia él o, al menos, hacemos lo que podemos teniendo en cuenta que cargamos con nuestros propios tamollinos.

—¿No puedes hechizarlos o algo? —pregunta Mozart a Simon mientras trabajamos en equipo para quitarle a Jude un par de bestias infernales de encima.

—Ya lo he intentado —contesta. Suena tan aterrado como me siento yo—. Pero en realidad no son seres sintientes, solo pesadillas con un cuerpo orgánico.

—Entonces ¿qué hacemos? —Mozart está al borde de las lágrimas.

No importa lo mucho que nos esforcemos por quitárselos de encima a Jude; nada funciona. Miro a mi alrededor en busca de algo, alguna idea que todavía no haya probado, pero antes de que pueda encontrar nada Izzy le clava el cuchillo a uno de los tamollinos que intentaba morderle la pierna.

En cuanto la hoja se hunde en el monstruo, este lanza un silbido y al instante se condensa hasta convertirse en una de las pesadillas oscuras y tenues que Jude luce en su cuerpo.

Ahora que se ha dado cuenta de que puede matar a los tamollinos a puñaladas, por fin se encuentra como pez en el agua. Con un cuchillo en cada mano, empieza a repartir navajazos a diestro y siniestro hasta que, segundos después, el aire arrastra una decena de pedazos de pesadilla dando vueltas.

Observo anonadada como se los lleva el viento.

—¡Dame un cuchillo! —le grito a Izzy, pero se lo está pasando demasiado bien quitándole la siguiente capa de tamollinos a Jude para escucharme.

Por eso Remy decide ocuparse de ello y levanta la parte posterior del polo de Izzy para coger un cuchillo... y casi pierde una mano en el intento.

—¿Qué diablos haces? —exclama ella volviéndose para mirarlo con los ojos muy abiertos. No sé cómo lo hace, pero consigue matar a dos tamollinos morados con lunares, uno detrás del otro, y eso que está mirando en dirección contraria.

—¡Necesitamos cuchillos! —explica con tono de urgencia.

—¿Por qué siempre tienes que quitarle la gracia a todo? —se queja ella haciendo un mohín; luego saca un cuchillo gigante de la pernera del pantalón y se lo pasa.

Uno de estos días tiene que contarme de dónde los saca, porque no puede ser que una persona cargue con tantos cuchillos encima. Es imposible. Y juro que el que acaba de sacar es casi tan grande como ella.

Remy se da la vuelta y también empieza a ahuyentar a los tamollinos, sujetando el cuchillo como si fuese una hoz.

—¿Y los demás, qué? —pregunta Mozart desesperada.

Izzy pone los ojos en blanco y saca la daga más pequeñita que jamás he visto. Se la lanza a Mozart y le dice:

—¡Date el gusto!

—¿Es coña? —Mozart parece ofendida por completo.

—Mira, a la próxima piensa dos veces antes de ponerte en modo lanzallamas.

Me inclino para intentar quitarle un tamollín a Jude (por lo visto, no soy digna de blandir un arma afilada) y me clava un par de dientes en la mano por las molestias. La parte positiva es que ya logro ver una parte de la pierna de Jude, así que siento que vamos acercándonos.

Izzy debe de sentir lo mismo, porque se emociona un poquito de más y dibuja un gran arco con el arma blanca para rajar un montón de tamollinos... y, de paso, el antebrazo de Mozart.

—¡Ay! —grita Mozart, que suelta su cuchillo—. Eres peor que los tamollinos.

—Por favor —replica Izzy con un bufido—. Si voy con el seguro puesto.

—Eso me temía. —Mozart no parece impresionada.

Como ahora está sangrando y ya no puede usarlo, cojo yo el cuchillo que ha soltado. Nunca he apuñalado nada y, si me hubiesen preguntado hace diez minutos, habría dicho que estaría encantada de pasarme el resto de mi vida sin apuñalar nada ni a nadie.

Me niego a pensar demasiado en ello, así que hundo el arma en el tamollín más cercano. Casi me echo para atrás, no porque sea asqueroso, sino porque no lo es.

Es una sensación de lo más extraña. El monstruo no es tan sólido como esperaba que fuera, para nada. Es como si estuviera... vacío. En cuanto se hunde en el cuerpo, la hoja no encuentra nada que oponga resistencia y, una vez clavado hasta la empuñadura, el tamollín hace exactamente lo mismo que los otros: se condensa en una voluta negra que el viento se lleva al instante.

Apunto hacia un segundo, pero me pongo histérica porque hay una nueva horda de tamollinos ascendiendo por el camino en nuestra dirección. Y todos parecen venir con hambre de paranormales.

Simon, que ha permanecido a nuestras espaldas con Remy, Ember y Luis intentando protegernos de los otros tamollinos para poder ayudar a Jude, refunfuña.

—Joder, Clementine. No podemos con todos.

—Lo sé —contesto adusta mientras me preparo para lo que podría ser una carnicería.

De repente un chillido tremendo colma el ambiente, seguido por el sonido de unos dientes repiqueteando por el suelo estrepitosamente.

—No me jodas —profiere Luis, con la voz saturada de terror.

Pero él y yo no somos los únicos que oímos el grito de guerra de aquel monstruo con serpientes cual hidra contra el que peleamos en la mazmorra. Los tamollinos también lo oyen y levantan la cabeza alarmados.

Se quedan quietos durante varios segundos con las orejas en alto y esforzándose por mirar a través de la lluvia. Entonces, entre aullidos de pánico, abandonan la lucha y se esparcen en todas direcciones, dejándonos a los ocho mirándonos entre nosotros.

—¿Qué? ¿Al salón de baile? —pregunta Luis.

No nos lo tiene que repetir dos veces. Salimos cagando leches de allí, de cabeza hacia el edificio ruinoso.

81

UN SUSTO TRAS OTRO

Nos enfrentamos al viento mientras corremos como locos a refugiarnos. Cada poco tiempo nos cruzamos con algún tamollín rebelde, pero Izzy nos los quita de encima con toda eficiencia y conseguimos llegar al salón de baile casi sin heridas nuevas.

Nos detenemos de golpe delante de la puerta, preparados para entrar; pero hay un candado enorme y unas cadenas que cuelgan de los pomos de la puerta y repiquetean con el viento. Echo la mirada atrás, nerviosa, para asegurarme de que no nos hayan encontrado más tamollinos.

—¿Y ahora qué hacemos? —pregunta Ember. Se le nota la desesperación en la voz.

—Dejadme —pide Mozart al tiempo que se coloca delante de la puerta y suelta una llamarada de fuego dragontino justo encima del candado. Como era de esperar, funde los pomos y un trocito de la puerta a la vez, pero no estamos en situación de quejarnos. Funciona y punto.

Nos metemos dentro a toda prisa justo cuando un grupo de tamollinos gira la esquina y nos ponen en el punto de mira.

—¡Entrad! —grita Jude, y cierra las puertas de golpe y

echa el pestillo justo a tiempo. Segundos después oímos los golpes de los tamollinos al estamparse contra la entrada y rebotar.

—No volvamos a hacer algo así —comenta Simon; en ese momento, todos nos tomamos un instante para recuperar el aliento. Cuando por fin podemos volver a respirar, Luis y Remy agarran un par de sillas viejas de una pila que hay en la esquina y, por si acaso, hacen una barricada en la puerta. Después, todos nos adentramos en la pista de baile.

La estancia está sumida en la penumbra y el silencio, exceptuando el soplar del viento en el exterior. No hay electricidad, pero hay suficientes ventanitas para que no estemos completamente a oscuras mientras caminamos sin prisa hacia el centro de la pista para poder respirar por fin, aunque estamos todos empapados, sangrando y agotados.

Levantamos una estela de polvo a medida que caminamos: ha pasado mucho tiempo desde que alguien entró aquí por última vez. Esto crea una neblina espeluznante bajo la tenue luz natural, pero es mil veces mejor que estar ahí fuera con los monstruos en pleno huracán.

Jamás habría pensado que diría una frase parecida.

—Si esas son las pesadillas bebé... ¿Cómo son las adultas? —pregunta Simon mientras se tira al suelo y apoya la espalda en el viejo escenario que hay delante de la pista.

—Como salidas del mismísimo infierno —declara Luis.

Me dispongo a explicárselo con más detalle, pero me callo porque Luis lo ha descrito a la perfección.

—¿Sabéis lo que necesita este grupo con urgencia? —pregunta Remy, y se desliza hasta el suelo.

—¿Salir de esta maldita isla? —contesta Mozart, que se espatarra en el suelo.

—Bueno, sí. Eso —afirma Remy entre risas—; también necesitamos a alguien que sepa sanar.

—Lo pondré en la lista de deseos —suelto muy seca mientras extiendo la mano para ayudar a Jude a sentarse. Espero que lo mucho que se ha sacrificado ahí fuera no termine matándolo.

Solo de pensarlo me duelen los pulmones y el corazón me late con fuerza en el pecho; pero cuando me vuelvo para mirarlo, los cortes que lucía en el rostro ya se están curando. Los arañazos de los brazos, que sé que eran horribles porque los acabo de ver hace más o menos un minuto, ya han desaparecido, y los del pecho se están desvaneciendo ante mis ojos.

—¿Cómo? —Jadeo, sorprendida de que no muestre casi daños en el cuerpo a pesar de haber visto como esos bichos desgraciados lo mordían y arañaban con todas sus ganas.

Cuando no contesta, busco con la mirada al resto y después la bajo hacia mí misma. Pero nada, nuestras heridas siguen muy pero que muy presentes. Sé que Jude se curó rápido en el despacho de la tía Claudia, pero eso solo fue porque preparé un elixir. Esto está ocurriendo en tiempo real, y es lo más increíble que he visto nunca.

—Supongo que aquí no habrá suministros médicos, ¿verdad? —pregunta Jude mientras me aparta el pelo de los ojos. El ataque de los tamollinos por fin me ha deshecho el moño que llevaba desde ayer por la tarde.

—Yo llevo unos pocos en la mochila —anuncia Ember—. Los he cogido del cubo cuando estábamos en la residencia. Pero dame unos minutos, porque ahora mismo no puedo traértelos ni de coña.

Está tumbada boca abajo con los brazos estirados y la mejilla pegada al frío suelo de madera, sin un ápice de energía.

—Ya me encargo yo —le dice Jude antes de mirarme—. Deberías sentarte.

—No te equivocas —afirmo.

Estoy a diez segundos de tener un bajón de adrenalina y no estoy segura de qué va a pasar entonces.

Irónicamente es Jude el que me ayuda a sentarme antes de agarrar la mochila de Ember.

—¿Te importa que rebusque en ella? —le pregunta.

—¿Que si me importa? Si puedes encontrar un ibuprofeno, seré la madre de tus hijos.

El resto nos reímos ante su comentario, pero me doy cuenta de que Simon no.

Jude saca los suministros y empieza a colocarnos un ibuprofeno en la mano a todos los que estamos en la estancia, menos a Izzy, que se está curando casi tan rápido como él.

Vaya tela con los vampiros... Y parece que con los príncipes de las pesadillas también.

Después empieza la ronda de curas. Limpia heridas y nos venda lo mejor que puede. Yo soy la primera.

Aguanto la respiración cuando utiliza una gasa con alcohol para limpiar un mordisco de tamollín especialmente profundo. Lo bueno es que por lo menos lo hace con mucho cuidado, sí que tiene práctica.

Cuando por fin deja de escocerme la herida, le pregunto lo que me ha estado rondando por la cabeza desde que hemos entrado por la puerta.

—¿Cómo es que te has curado tan rápido? Eras el que peor estaba de todos.

Asiente para indicar que ha oído la pregunta, pero se toma su tiempo para contestar mientras continúa curando el mordisco. Después de un minuto o así, contesta:

—Yo también me estaba preguntando lo mismo. Nunca me ha mordido ninguno de los monstruos, así que curarme tan rápido es una experiencia nueva para mí, pero creo que es porque las pesadillas no pueden hacerme daño.

—Sin ofender, tío, pero no estoy de acuerdo —rebate Simon—. He visto como te daban una paliza de la hostia.

—No me refería a eso. A ver, pueden causarme daños de forma momentánea, morderme, arañarme o lo que sea, pero nada de lo que me han hecho ha durado mucho tiempo. Sin embargo, parece que los demás os hayáis quedado encerrados en una jaula con un oso hambriento, o sea que la diferencia será...

—Que eres el príncipe de las pesadillas —termino yo por él cuando se calla.

Se encoge de hombros.

Jude termina de limpiarme la última herida y después pasa a Ember y al resto.

El ibuprofeno empieza a hacer efecto unos diez minutos después, por lo tanto me levanto para ayudar.

A los demás también debe de hacerles efecto, porque comienzan a moverse. Mozart incluso se dirige al viejo piano desafinado que hay en el borde del escenario y se pone a tocar *It's the end of the world as we know it*, de R.E.M. Vaya tela, creo que es casi tan buena como la original, y eso que la está tocando en un piano decrépito. Ni me imagino cómo sonará en un instrumento decente.

Por algo le pondrían ese nombre.

Además, no se me ocurre una canción mejor para resumir el desastre que han sido las últimas veinticuatro horas.

Como si quisiera enfatizar mis sentimientos, un chillido ensordecedor más sonoro que los truenos, el viento o cualquier otro rugido distante llega desde el exterior del salón de baile.

82

DOS VERDADES Y UN AMOR

—¿Qué es eso? —exige saber Mozart, que ha dejado de tocar a media canción.

Cuando lo volvemos a oír, casi desearía que siguiese tocando, porque estoy bastante segura de qué está haciendo ese ruido.

—La calamaridad —declara Izzy para que no tenga que decirlo yo—. Esa cosa suena igual que ella cuando intentaba matarnos ayer.

—¿Eso significa que todos los monstruos andan sueltos? —pregunta Luis con voz monótona—. Porque con ese ya van tres.

—No sé si todos... —Me detengo cuando un grito distinto cruza el ambiente, más agudo y espeluznante que el primero.

—Creo que eso responde a tu pregunta —interviene Remy con aspereza.

—Pero ¿cómo? He estado allí abajo contigo cientos de veces. Las jaulas no funcionan con electricidad. Puede que un cerrojo haya fallado, pero ¿todos? —Luis niega con la cabeza—. Es imposible que haya sido eso.

—El oleaje no es tan fuerte como para haber echado

abajo el edificio de administración. Si así fuera, toda esta zona estaría inundada —comenta Mozart—. Así que ¿qué ha sido?

—Querrás decir «quién» —la corrijo.

No puedo evitar recordar la cara de Jean-Luc ayer en Literatura Británica, después de que nos atacara aquel monstruo con serpientes. En aquel momento no supe adivinar por qué estaba de tan buen humor, pero ahora que sé que Jude no fue el visitante misterioso de la mazmorra ayer, todo empieza a encajar.

—Los Gilipo-Jean —se me adelanta Luis. Somos mejores amigos desde hace mucho, por eso, como es lógico, puede leerme la mente.

Les explico lo de ayer y termino diciendo: «Es la clase de jugarretas que serían capaces de hacer». Miro a Jude, que parece abrumado por la culpa; porque la mafia suele regirse por la siguiente norma: si los jodes, ellos irán a por las personas que más te importan. Jude les cerró la boca en clase y a mí casi me da una paliza el monstruo serpiente más asqueroso que uno pueda imaginar.

—¿Mata a nuestro amigo y desataré una plaga de monstruos sobre el mundo entero? —Remy parece algo escéptico.

—Yo lo haría si alguien me cabrease lo suficiente —afirma Izzy.

Todos nos volvemos a una para observarla horrorizados, pero Mozart es la única lo bastante valiente para preguntarle:

—¿En serio?

Izzy se demora un poco en responder; al final se ríe y dice:

—No, pero no me cabe duda de que esos capullos lo harían.

—¿Con qué objetivo? —Ember ha estado escuchando la conversación todo el rato, y es la primera vez que realmente tiene algo que decir.

—¿Venganza? —sugiero.

—¿Ver el mundo arder? —aporta Simon.

—Por el tapiz.

También es la primera vez que Jude habla, pero lo dice con tanta seguridad que todos le prestamos atención.

—Pensadlo —prosigue—. Esos capullos quieren el tapiz por alguna razón que no tiene sentido para ninguno de nosotros. Ya han intentado hacerse con él en dos ocasiones, serían capaces incluso de matar por él, y han fracasado ambas veces; y la segunda, uno de ellos ha acabado muerto.

Me guardo bien de mirar directamente a Izzy cuando lo dice, pero no parece estar molesta en absoluto.

—Se están quedando sin tiempo y opciones, así que ¿qué mejor forma de intentarlo de nuevo que distrayéndonos? —concluye Jude.

—¿Con monstruos de pesadilla? —exclama Mozart con incredulidad—. ¿De veras crees que están dispuestos a correr ese riesgo?

—Yo creo que se mueren por correr ese riesgo —recalca él.

—Porque, a fin de cuentas, son unos capullos temerarios —digo yo, y me pongo a enumerar con los dedos de la mano—. Quieren venganza, son fae oscuros y, sin duda alguna, son de esos imbéciles capaces de sembrar el caos solo por ver el mundo arder.

—Básicamente —confirma Jude.

—Pues es un problema. —Luis se levanta y cruza el suelo de parqué pulido para asomarse por una de las ventanas. La administración no se ha molestado en tapiarlas para el huracán, supongo que porque ya nadie usa este sitio y no pensaron que fuese a haber gente capeando el temporal en él.

—Yo no lo creo —comenta Izzy desde donde se ha tumbado, con los codos apoyados en el suelo y las piernas estiradas frente a ella.

—Claro que no —suelta Mozart con un bufido mientras intercambia una mirada divertida con Simon.

En los labios de Izzy baila una sonrisa, pero lo único que dice es:

—Lo digo en serio. Tenemos el tapiz, lo que significa que nuestro problema sigue siendo el mismo que el del principio: averiguar cómo repararlo para que Jude pueda hacer sus trucos de magia pesadillesca y devuelva a los monstruos adonde pertenecen. Que estén en la mazmorra o paseándose por el campus da igual, al menos hasta que sepamos cómo arreglar esa maldita alfombra.

—Tienes razón —reconozco.

—Sé que la tengo. —Se encoge de hombros—. Pero, cuando por fin lo averigüemos, me pido cargarme a los otros tres Tontopo-Jeans. Lo consideraremos una bonificación por haber hecho bien el trabajo cuando nos hayamos ocupado de los monstruos.

No tengo ni la menor idea de qué responder a eso, especialmente porque pienso que está bromeando y, al mismo tiempo, no.

—En fin, ¿alguien tiene alguna idea?

Miro a Jude, ya que el tapiz es suyo, pero se limita a devolverme la mirada negando con la cabeza con gesto solemne.

—Sugiero que nos tomemos un descanso —declara Ember, que alarga el brazo para coger su mochila—. Tengo hambre y estoy cansada; pensaré mucho mejor si antes me ocupo de cubrir ambas necesidades. ¿Podemos relajarnos durante media horita antes de intentar encontrar una solución a este desastre de una vez por todas?

Los demás están de acuerdo, así que hacemos lo que dice. Entre todos llevamos una docena de barritas de granola, varios paquetes de frutos secos variados y un montón de galletas saladas con mantequilla de cacahuete.

No es lo ideal, pero es mucho mejor que nada.

Tras comerme un paquete de frutos secos variados y beber un poco de agua (por suerte, el salón de baile cuenta con un cuarto de baño y grifos que funcionan), me pongo en pie y paseo por el salón de baile ricamente decorado mientras Mozart sigue tocando el piano. Esta vez suena *Hope ur ok*, de Olivia Rodrigo, y no puedo evitar pensar en Carolina.

Cuando éramos pequeñas, a las dos nos encantaba entrar aquí. Este lugar, con sus paredes cubiertas de tela floreada y colores vistosos, y el precioso suelo de madera con estrellas taraceadas. Era el paraíso de cualquier niña; y más de una niña como Carolina, a la que le pirraba encender las lámparas de araña con sus luces deslumbrantes y algún que otro cristal extraviado y ponerse a bailar por toda la pista hasta llegar al gran escenario que ocupa todo el fondo de la estancia. La mayoría de los días ni siquiera necesitaba música. Simplemente bailaba.

Otros días se subía a ese escenario y daba un discurso, recitaba un monólogo o fingía aceptar un premio de la Academia mientras yo aplaudía con entusiasmo desde el palco de arriba.

Me vuelvo para mirar el escenario, y juro que casi puedo verla allí. Esa es la verdadera razón por la que no he venido en los últimos tres años. No porque estuviese demasiado ocupada para visitar un lugar tan bonito, sino porque, cada vez que vengo, solo consigo echar más de menos a Carolina.

Si tengo que ver fantasmas, ¿por qué no puedo verla a ella, aunque solo sea una vez?

Niego con la cabeza para alejar la nueva oleada de tristeza que empieza a crecer dentro de mí y me acerco a Jude, que ha subido por las escaleras ornamentadas de estilo art déco que conducen hacia el palco. Se sienta en una de las sillas de terciopelo dorado con aspecto pensativo y lejos de aquí, así que decido unirme a él.

No sé qué voy a decirle y, por supuesto, tampoco se me ocurre qué podría decirme él a mí. Lo que sí sé es que no hemos tenido ocasión de hablar, de hablar de verdad, desde que me ha sacado del mar esta mañana, y tengo muchas ganas de oír lo que tiene que decir.

Ha hablado con bastante claridad en esos momentos. Para decir «No me apetece vivir en un mundo en el que no estés tú» debe tenerse cierto nivel de... algo. Pero hablamos de Jude, y esta no sería la primera vez que me dice palabras bonitas para luego retirarlas cuando más las necesito. Antes de permitirme pensar en él..., en nosotros, tengo que asegurarme de que todo esto no es producto de mi imaginación.

Aunque sé lo que quiero (y lo que necesito), subir esas escaleras ha sido una de las cosas más difíciles que he hecho en mi vida. Las manos me tiemblan cuando llego arriba del todo, y las rodillas me flojean tanto que me sorprende que aún puedan mantenerme en pie antes incluso de que Mozart pase a tocar *The Scientist*, de Coldplay, y el estómago, ya revuelto, se desplome a mis pies.

Los pies olvidan cómo caminar.

Los pulmones olvidan cómo respirar.

Y el corazón, mi pobre y maltrecho corazón, olvida cómo no romperse.

Los fantasmas de nuestro pasado quebrado ensucian el espacio que nos separa y, ahora que estoy aquí (que estamos aquí), no puedo obligarme a cruzar esta brecha. Otra vez no; aunque solo sea una.

No cuando me han herido tantas, tantísimas veces.

La mirada de Jude choca con la mía desde el otro lado de la sala, y un sollozo aflora en mi garganta. Hago todo lo que puedo por retenerlo (por domarlo), pero se me acaba escapando.

Abre mucho los ojos al oírlo, y la humillación hace que me arda el cuerpo entero. Llevo tantos años esforzándome por ocultar el dolor (centrándome en la ira) que este desliz es como una traición más en un océano lleno de ellas, embravecido y salvaje. Solo que esta vez a la única que puedo culpar es a mí misma.

Me giro para huir escaleras abajo, donde los únicos monstruos contra los que he de luchar son los que tienen garras y dientes. Pero solo consigo llegar al segundo escalón antes de encontrarme con Jude ahí, asiéndome y llevándome hacia sus brazos; sujetándome contra su corazón; susurrándome al oído unas palabras aceleradas y desesperadas.

—Lo siento —repite sin cesar—. Lo siento mucho. Nunca pretendí hacerte daño, lo único que quería era mantenerte a salvo.

—Ese no es tu trabajo. —Tantos años de miedo y confusión acumulados estallan en un solo instante—. Tu trabajo es ser mi refugio, que no es lo mismo.

—Lo sé —susurra tirando de mí hacia atrás lo justo y necesario para mirarme a los ojos; para pasar el dedo por la ligera hendidura de mi barbilla de esa manera tan dulce y seria con la que siempre me rompe el corazón—. Por fin me he dado cuenta.

—Entonces ¿por qué...? —Se me quiebra tanto la voz como la entereza, y termino hundiéndome en él antes de poder detenerme.

A pesar de todo, con él me siento a gusto, segura y bien, tan bien... Respiro hondo, me dejo envolver por su aroma a miel caliente y seguridad. Luego me arrimo todavía más mientras espero a que hable, para lo cual parece que pase una eternidad.

Cuando al fin lo hace (cuando se aparta y me pasa una mano por las mejillas), me dice la última cosa en el mundo que hubiese imaginado oírle decir en estos momentos.

—Odio las coles de Bruselas.

Al principio estoy convencida de que lo he oído mal. De que los incontables mordiscos de tamollinos y las innumerables peleas contra tantos monstruos le han provocado daños graves.

—¿Perdona? —Niego con la cabeza—. ¿Qué has dicho?

Las comisuras de su boca se levantan ligeramente y forman esa sonrisita que solo puede considerarse así si eres Jude y, aunque no entiendo una mierda, el corazón se me acelera de todas formas.

Levanta un dedo.

—Odio las coles de Bruselas.

Pero qué...

Levanta un segundo dedo sin apartar su mirada de la mía.

—Te quiero.

Se me petrifica el cuerpo entero al oír esas palabras... y al darme cuenta de lo que está haciendo.

Está terminando lo que empezó anoche, antes de que nuestro mundo se pusiera patas arriba. Es la versión Jude Abernathy-Lee de «Dos verdades y una mentira».

Temo moverme, respirar, confiar..., mientras espero a lo que sea que venga a continuación.

Levanta un tercer y último dedo, y esta vez tengo que esforzarme por escucharlo cuando susurra:

—Me enviaron aquí con siete años porque maté a mi padre.

83

UN HOMBRO EN EL QUE PALMAR

Sus palabras me destruyen.

Me hacen añicos.

Me abren en canal y derrumban lo poco que quedaba del último muro que había intentado erigir entre nosotros.

Porque, en realidad, a Jude le encantan las coles de Bruselas, Caspian se burlaba de él por ello cuando éramos pequeños.

Y también porque todavía puedo ver a ese niñito bajando del barco hace mucho tiempo. Con los ojos llenos de dolor, el rostro inexpresivo y los hombros encorvados como si se estuviera preparando para un golpe con cada aliento que tomaba.

—Ay, Jude. —Las palabras me salen a duras penas—. Lo siento, lo siento muchísimo.

Él niega con la cabeza y traga saliva mientras intenta mantener la compostura.

—Me estaba enseñando a canalizar las pesadillas, a almacenarlas en mi cuerpo y a segarlas para poder mantener a la gente a salvo. —Suelta un suspiro y después se pasa una mano llena de frustración por el pelo—. Las pesadillas tienen mala reputación, a todo el mundo le dan miedo y nadie quiere tenerlas; pero, cuando las haces bien, no son tan malas. La gente pasa por muchas mierdas, ¿sabes? Y las pesadillas pueden ayudarlos a solucionarlas, ayudarlos a encontrar la forma de lidiar con todas esas putadas antes de que tengan un impacto en su vida real.

—Nunca lo había pensado así.

Se ríe, pero no hay ni rastro de humor en el gesto.

—Ni tú ni nadie. Aunque es solo cuando no hago bien mi trabajo, cuando la cago, que pasan cosas horribles.

Percibo el tormento en sus ojos, en su voz, en la forma en la que se abraza el cuerpo como si un golpe más fuera a romperlo.

—¿Dejaste escapar una pesadilla el día que murió tu padre? —pregunto mientras le coloco una mano en el bíceps con ternura.

Asiente.

—Nos habíamos pasado todo el día practicando, y estaba seguro de que ya lo había pillado. Estaba convencido de que se me daba lo bastante bien para hacerlo yo solo. Así que, a altas horas de la noche, lo intenté, y solo podía pensar en lo orgulloso que estaría de mí cuando lo descubriera. Sin embargo, una se me escapó y...

Se calla y niega con la cabeza.

—Tenías siete años —le digo—. Los niños a esa edad cometen muchos errores.

—Murió gritando —contesta con voz monótona—. No pude detenerlo, no pude salvarlo. Solo pude ver cómo ocurría todo. Fue...

—Una pesadilla —termino por él.

—Exacto. —Aprieta los labios y por un instante creo que lo va a dejar ahí. Pero entonces continúa—: Mi madre intentó hacer como si nada, de verdad que sí. Sin embargo, ya nunca pudo mirarme de la misma forma desde lo de esa noche. Al final ni siquiera era capaz de mirarme, pero no pasa nada, porque yo tampoco podía ni verme. Fue entonces cuando me envió aquí.

—Solo eras un niño —susurro mientras el horror se desliza por mi interior.

—Un niño con un poder inimaginable que no era capaz de controlar —corrige—. ¿No se supone que esta escuela es para eso?

—Si te soy sincera, ya no sé para qué sirve esta escuela. Pero de lo que sí estoy segura es de que lo que pasó cuando tenías siete años... no fue culpa tuya.

—Maté a mi padre. No puedo tener más culpa. Al igual que con Carolina. Yo todavía no...

—¿Qué? —pregunto, porque, sea lo que sea lo que se está guardando, quiero que lo diga. Ya hemos tenido demasiados secretos entre nosotros, y lo único que hemos conseguido es hacernos daño. Si vamos a estar juntos, tenemos que sacar a la luz hasta el último.

—Ni siquiera entiendo lo que pasó, cómo dejé que se escapara. Me pasé los siguientes siete años asegurándome de que no volviera a ocurrir —musita—. Cuando llegué aquí no pudieron arrebatarme mis poderes, así que me pasé todas y cada una de las noches intentando controlar las pesadillas. Aprendiendo a dominar ese poder, asegurándome de que jamás volvería a perder el control y a herir a alguien. Y funcionó. Durante siete años dio resultado, y empecé a creer que quizá, solo quizá, las cosas saldrían bien. Que tal vez, solo tal vez, podía volver a confiar en mí. Entonces... Te besé y perdí el control, y Carolina... —Se le quiebra la voz y respira hondo antes de volver a intentarlo—. Tu peor pesadilla era que la mandaran a la Aethereum. Siempre se metía en líos, siempre rompía alguna norma que otra y acababan castigándola por ello. Teníamos diez años cuando empezaron a amenazarla con enviarla lejos, pero nadie creyó que fueran a hacerlo de verdad. Excepto tú.

—Porque conozco a mi madre mejor que nadie.

—Ya lo sé. —Sonríe con tristeza—. Por eso había una parte de ti que siempre tuvo mucho miedo de que ocurriera. Aunque no habría pasado si yo no hubiera provocado que tu peor pesadilla se hiciera realidad. Pero lo hice, y lo arruiné todo.

Todavía me duele oírselo decir.

No he conseguido quitármelo de la cabeza desde que me lo contó anoche, y una parte de mí quiere echarse a gritar por la injusticia. Quiere maldecir las extrañas circunstancias que hicieron que estuviéramos todos juntos en el momento y el lugar justos para poner en marcha todas las consecuencias.

Si Jude no hubiera sido el príncipe de las pesadillas...

Si Carolina no hubiera sido tan rebelde...

Si yo no hubiera tenido miedo de perderla...

Si mi madre no fuera una mujer tan estricta e inflexible...

Si mi familia, si esta escuela, hubiera hecho su trabajo y les hubiera enseñado a los alumnos a controlar sus poderes...

Son demasiadas suposiciones, demasiado desperdicio. Porque, si ninguna de esas cosas fueran ciertas, quizá Carolina seguiría con vida. Quizá estaría aquí con todos nosotros.

Quizá todo estaría bien.

Pero son ciertas; todas y cada una de ellas.

Aun así, de toda esa lista, la única que no se podría haber cambiado es la identidad de Jude. Él es el príncipe de las pesadillas. Culparle por ello tiene tan poco sentido y es tan injusto como culpar a la lluvia por mojar.

Así que hago lo único que puedo hacer y lo único que es correcto. Entierro el dolor, por lo menos por ahora, y me centro en el amor.

Doy un paso adelante, le acuno el rostro entre mis manos para que no pueda apartar la mirada. Para que no pueda mirar a ninguna parte, solo a mis ojos, para que sepa que le estoy diciendo la verdad. Para que sepa que cada palabra que voy a pronunciar es cierta.

—Te quiero.

Él se limita a negar con la cabeza.

—No puedes.

—Pero te quiero. —Lo miro fijamente a los ojos—. Sé quién eres, sé lo que has hecho. Igual que sé que te has estado castigando por ello todos los días. Y sé que seguirás castigándote durante muchos años. Pero he aquí la cuestión, y necesito que me escuches. Necesito que creas en mí. —Respiro hondo y espiro poco a poco. Y le expreso lo que creo con toda firmeza—. No es culpa tuya.

—Clementine, no. —Intenta apartarse, intenta alejarse de la verdad, y yo lo mantengo en el sitio.

—No es culpa tuya —repito—. No fue culpa tuya cuando tenías siete años y solo estabas empezando a entender la magnitud de tu poder. No fue culpa tuya cuando tenías catorce años y tuviste un despiste momentáneo. Y lo de anoche tampoco fue culpa tuya. Tenías siete años cuando te viste en una situación insostenible, en una escuela que había prometido protegerte y que en realidad te abandonó a tu suerte. No es culpa tuya, Jude.

No parpadea, no respira, ni siquiera se mueve. Se queda ahí plantado mirándome, su rostro grabado en piedra mientras sus ojos, místicos, mágicos y maravillosos, empiezan a cambiar y, por primera vez en mucho tiempo, quizá en la vida, deja caer sus murallas. Y por fin puedo ver lo más profundo de su alma, preciosa y rota.

Lo que veo casi hace que me caiga de rodillas. Porque Jude me quiere, me quiere muchísimo. Lo veo. Es más, lo siento. Y jamás me he sentido mejor en esta vida de mierda.

—Te quiero —dice, y esta vez no necesita un juego para pronunciar las palabras.

—Lo sé —contesto.

Y después me pongo de puntillas y presiono mi boca contra la suya.

84

ENRÉDAME EN TUS HILOS

En cuanto nuestros labios entran en contacto, todo se detiene.

Mi corazón.

Nuestro mundo.

Incluso el tiempo.

Todo se para en seco hasta que solo está Jude, solo estoy yo. Nosotros y este momento que ha tardado toda una vida (y una eternidad) en acontecer.

Necesidad.

Amistad.

Dolor.

Absolución.

Seguridad.

Miedo.

Amor.

Todo está ahí.

En sus manos deslizándose sobre mi piel.

En las caricias tiernas de sus dedos en mi mejilla, mi hombro, mi nuca.

En el tira y afloja de su boca contra la mía.

Cada momento anterior a este y los que vendrán después se funden de algún modo, y los veo todos.

Dulce y sexy.

Divertido y aterrador.

Fácil y más difícil que nada que haya podido imaginar.

Están todos ahí, un millón de puntos de luz esparcidos ante mí, tan cerca que casi puedo tocarlos. Y Jude está en todos ellos.

Por primera vez en mi vida entiendo por qué los antiguos griegos veían la vida como un hilo que tejer y, con el tiempo, cortar. Porque eso es lo que veo en este momento, en el que Jude y yo estamos abiertos en canal y completamente al descubierto. Miles de hilos multicolores nos conectan a este mundo, a nuestros amigos, entre nosotros. Miles de hilos multicolores entretejidos para...

—¡Dios mío! —Me aparto cuando se me ocurre de repente.

—¿Clementine? —Jude parece sobresaltado al soltarme—. ¿Qué pasa? ¿Te he hecho daño...?

—¡No! ¡No pasa nada! ¡Sé qué podemos hacer!

No pierdo el tiempo explicándoselo. En lugar de eso, lo cojo de la mano y tiro de él escaleras abajo hasta llegar adonde se encuentran nuestros amigos.

Están tirados por el suelo o medio dormidos todavía, pero a su alrededor puedo ver hombres y mujeres del pasado, vestidos con trajes y vestidos preciosos, además de otra gente con ropa que no he visto nunca. Salta a la vista que son personas del futuro. Solo que ahora no las separa ni el tiempo ni el espacio. Están todas juntas, mezclándose y charlando, bailando, riendo y dando vueltas por toda la estancia. El pasado y el futuro se combinan para formar un bello tapiz de la vida.

Una pareja (un hombre del futuro y una mujer del pasado) se emocionan un poquito de más y acaban chocando contra una mesa que en el presente no está ahí. Ember, que está tumbada dormitando en ese mismo lugar, grita y se pone en pie de un salto.

—¿Habéis oído eso? —pregunta.

—¿El qué? —Mozart mira a su alrededor.

—¡Eso! ¡Gente riéndose! ¿No oís...? —Y es entonces cuando me doy cuenta de que puede sentirlos. No solo como un roce nebuloso en el brazo o un escalofrío descendiéndole por la columna. Ahora mismo puede oír y sentir de verdad a la gente del pasado y del futuro que está reunida a su alrededor.

—No es nada de lo que preocuparse —asegura Remy para calmarla, y me percato de que él también puede verlos. Que siempre los ha visto.

—Los monstruos... —intenta decir.

—No son monstruos —manifiesta Remy, que comparte una sonrisa cómplice conmigo—. Es el futuro.

—Y el pasado —añado yo.

—¿Perdona? —exclama ella.

—Están celebrando una fiesta ahora mismo y se les está yendo un poco de madre.

Ember esboza una mueca.

—Tenemos que averiguar cómo arreglar este desaguisado cuanto antes, porque me pone los pelos de punta.

—Vayamos de uno en uno —sugiere Luis—. Yo diría que los monstruos son un poquito más importantes ahora mismo.

—Eso es porque no puedes oír a un montón de peña hablando sobre sus canciones preferidas.

—De hecho, sí puedo —replica—. Solo que los he estado ignorando durante una hora, a ellos y a esa música swing horrorosa.

—No es música swing —comenta Izzy, que se vuelve para ponerse de lado—. Es rock de los años cincuenta.

Luis la mira.

—Mira, bonita, no sé qué clase de rock escuchas tú, pero te aseguro que Elvis no está en el edificio.

Me fascina especialmente su discusión porque yo oigo a los Beatles. Aunque, para ser sinceros, ¿qué otra música iba a estar sonando mientras besaba a Jude?

—¿Eso es lo que ha pasado arriba? —pregunta Jude, que parece alucinado—. ¿Que has oído todo eso?

—No. Bueno, sí, pero lo llevo oyendo desde el principio. He visto otra cosa y me ha dado una idea para reparar el tapiz y así atrapar a los monstruos.

—¿Ah, sí? —exclama Remy—. ¿Cuál?

De repente todos parecen mucho más interesados que acojonados mientras esperan mi respuesta.

—Tenemos que destejer el tapiz.

—Perdona, ¿qué? —suelta Simon—. ¿Quieres que deshagamos lo único que tenemos que de verdad puede detener a los monstruos?

—Sí, porque es la única forma de arreglarlo.

El entusiasmo se disipa así de fácil.

—Es un movimiento bastante arriesgado —declara Mozart—. Si te equivocas, estamos bien jodidos.

—Para ser justos, ya estamos bien jodidos —interviene Izzy—. Por si no te habías dado cuenta...

Tiene razón, lo estamos. El viento hace temblar las ventanas sin cesar y los rayos relumbran en el cielo cada par de segundos, lo que significa que es solo cuestión de tiempo que los edificios empiecen a sufrir daños. Lo único que me apetece menos que estar a la intemperie ahora es estar ahí fuera con un montón de monstruos de pesadilla.

—Si deshilamos el tapiz y no logramos tejerlo de nuevo, nunca podré volver a canalizar ninguna pesadilla —me advierte Jude—. No tendré dónde meterlos y olvídate de trasladarlos de vuelta al éter.

—Ahora tampoco puedes canalizarlas con el tapiz roto. —Apoyo una mano en su brazo y lo miro mientras las pesadillas empiezan a dar vueltas a su alrededor debido al contacto físico—. Pero ese tapiz está hecho de pesadillas, ¿no?

—Sí, claro.

—Y tú puedes controlarlas, ¿verdad?

—Sí...

—Entonces puedes destejer el tapiz.

Se muestra completamente horrorizado.

—¿Por qué haría tal cosa?

—Si cada hilo es una pesadilla distinta, una vez que esté deshecho tendrás todos los hilos diferentes que lo componen por separado y podrás entretejerlos de nuevo de la manera que prefieras.

Percibo el momento en el que Jude empieza a comprender mi plan, porque, por instinto, empieza a retroceder.

—No puedo hacer eso. No podría controlar tantas pesadillas a la vez. ¿Y si pierdo una?

—¿Y si no pierdes ninguna? —replico.

—¿En serio? —exclama—. ¿Después de todo lo que ha pasado?

—Esta vez no estarás solo, Jude. —Acorto la distancia

que nos separa para rodearle la cintura—. Todos estaremos contigo para ayudarte y asegurarnos de que no se escapa ninguna pesadilla.

—¿Y cómo quieres que lo hagamos? —pregunta Luis.

Me encojo de hombros.

—En los últimos dos días hemos peleado contra la calamaridad, un monstruo serpiente y un montón de tamollinos mutantes. Todos ellos están hechos de toneladas de pesadillas. ¿Tan difícil será ocuparnos de unas cuantas más?

A Jude sigue sin parecerle una buena idea, pero he conseguido convencer a Simon.

—Lo cierto es que en eso tiene razón, Jude.

—¿Tenéis idea de cuántos hilos tiene el tapiz? —pregunta Ember—. Seguro que miles. ¿Cómo va a almacenarlos todos? Vale que es corpulento, pero estoy segura de que no le van a caber todos en el cuerpo.

—Bien visto —reconozco—, pero tiene que haber alguna forma.

—¿Cómo los almacenas ahora? —quiere saber Luis.

—En tarros —responde Jude a regañadientes.

—¿Tarros? —exclamo, pues empiezo a ver que todo va encajando.

—Sí, tarros —repite aún más receloso.

—¿Como los tarros de conserva?

—¿Tarros de conserva? —interviene Mozart—. Es imposible que...

—Sí —admite Jude finalmente con un suspiro—. Los almaceno en tarros de conserva.

—Eso es lo que hacías ayer en la despensa subterránea: canalizar las pesadillas dentro de tarros. —Niego con la cabeza—. ¿Cómo no se me había ocurrido...?

—Si te soy sincero, la mayoría de la gente no ve un tarro de mermelada y piensa: «Anda, mi peor pesadilla» —comenta Luis con sequedad.

—Entonces tenemos que ir a la despensa —anuncio—. Allí podrás deshilar el tapiz todo lo lento que quieras y almacenar las pesadillas en los tarros. Luego, cuando estés preparado para volver a tejer el tapiz, puedes sacarlas de los tarros de la misma manera. Tendrás el control total.

Jude no salta de la emoción ante mi plan, aunque sé que se lo está pensando.

Incluso cuando Ember pregunta:

—¿Y qué pasa si te equivocas?

No me gusta pensar en ello, porque, si me equivoco, estamos jodidos; pero ya lo estamos ahora, como ha dicho Izzy. Además, no sé si es por el hecho de poder ver el pasado y el futuro o qué, pero tengo la férrea impresión de que estoy en lo cierto.

—Pues pensamos en otro plan —contesto un segundo después—. No obstante, a no ser que alguien tenga uno mejor ahora mismo, creo que deberíamos intentarlo. ¿Alguien tiene alguna otra idea?

Miro a mi alrededor, pero nadie sugiere nada, así que me vuelvo hacia Jude y le digo:

—Sé que es una mierda, pero te prometo que, pase lo que pase, no vas a estar solo. Yo estaré contigo, y también todos los demás. Te juro que lo arreglaremos.

—Vale —responde asintiendo con la cabeza.

—¿Vale? —repito, porque pensaba que no sería tan fácil.

—Dices que estarás a mi lado, ¿no? —Sus ojos buscan los míos.

—Por descontado.

—Está bien —acepta Jude, que suena de todo menos emocionado—. Vamos a desenmarañar pesadillas.

—Hablas como un maldito psicólogo —comenta Simon con un bufido—. Igual deberíamos empezar a llamarte «doctor Abernathy-Lee». Podrías explicarnos el significado de nuestros sueños.

—O puedo asegurarme de que la primera pesadilla que se me escape por accidente vaya directa hacia ti.

—Eso no parece un accidente —protesta Simon.

Jude sonríe con frialdad como respuesta.

—Exacto. —Se gira hacia mí y dice—: ¿Preparada?

85

LAS SITUACIONES DESESPERADAS REQUIEREN PORTALES DESESPERADOS

—Oye —nos llama Izzy mientras todos nos movemos sin entusiasmo alguno hacia la puerta. Puede que tengamos que ir a la despensa subterránea, pero entre el huracán y los monstruos va a ser complicado llegar—. ¿De verdad queremos salir ahí fuera?

—¿Querer? No —comenta Luis—. ¿Tener que? Más o menos. Porque estoy bastante seguro de que el príncipe de la oscuridad aquí presente no podrá hacer lo que necesita en este sitio.

Izzy le muestra los dientes en una sonrisa que, sin duda, es más una amenaza que un gesto de simpatía antes de volverse hacia Remy.

—Creo que deberías intentar otra vez lo del portal.

Él pone los ojos en blanco.

—Ya te lo he dicho, lo he intentado unas cinco veces. No puedo sacarnos de esta isla de mierda.

—Ya no estamos tratando de salir de la isla. Solo tenemos que llegar a la despensa subterránea. Como mínimo podrás con eso. —Lo hace sonar como si fuera un reto y un insulto, todo en uno.

—No se trata de lo que pueda hacer o lo que no —contesta con aspecto de sentirse insultado—. Es por el bloqueo de portales.

—Que, para empezar, eliminaron para crear ese portal de mierda que nos ha dejado aquí tirados. Ya hemos decidido que esta tormenta tiene algo raro, que está intentando que nos quedemos en la isla. Así que, te lo repito, deja de comportarte como un bebé por un pequeño fracasito de nada y llévanos a esa despensa.

—Yo no lo llamaría un «fracaso». —Remy enarca una ceja—. ¿Y qué saco yo si de verdad consigo trasladarnos allí?

—¿Que no te ataquen los monstruos? —sugiere Jude muy seco.

—En mi opinión, sales ganando —añado.

Remy no parece impresionado... O, por lo menos, no hasta que Izzy le enseña los colmillos con una actitud muy diferente de cuando lo ha hecho con Luis.

—¿Y si te muerdo?

—No sé yo si eso es un premio... —murmura Simon.

—Dijo alguien a quien nunca le ha mordido un vampiro —rebate ella con una sonrisa que es de todo menos dulce.

—A mí tampoco me han mordido —declara Remy.

Izzy enarca una ceja.

—Pues haz esto por mí y veremos si podemos arreglarlo.

Treinta segundos después Remy nos ha llevado a todos al interior de la despensa, que está totalmente a oscuras; y, madre mía, ha sido un viaje mucho más agradable que el del portal que crearon el profesor Abdullah y la profesora Picadilly.

Cuando se lo comento al brujo, Izzy interviene.

—Ya te había dicho yo que era el amo de los portales.

Suena casi orgullosa, un hecho que no se le pasa por alto a Remy. De repente un trueno estrepitoso estalla sobre nuestras cabezas y doy un bote. La tormenta suena mil veces peor aquí, pues las puertas se sacuden como si estuvieran a punto de salirse de las bisagras. Me recuerdo que, en realidad, es más seguro para nosotros estar bajo tierra ahora mismo, pero cuesta creerlo.

Saco una de las linternas de emergencia de mi bolsillo trasero, pero cuando voy a encenderla una cara fantasmagórica aparece ante mí. Es la mujer de ayer, la embarazada con el camisón rosa. Sin embargo, en vez de caminar con parsimonia con una mano sobre su tripa de embarazada como lo hacía antes, ahora parece desaliñada y dolorida.

Tiene el pelo sudado y pegado a la cara. El camisón rosa está húmedo y ensangrentado y se le contrae la cara por el miedo.

—¡Mi bebé! —grita, y le tiembla la mano mientras la extiende hacia mí—. ¡Mi bebé!

Dispongo de un segundo para asimilar que seguramente se haya puesto de parto, pero cuando lo hago aparece otro fantasma justo a su lado.

Es la que daba tanto miedo, la que estaba en el despacho de la tía Claudia. Tiene ojos de loca, el pelo muy lacio y va cubierta de sangre. Y cuando grita no es para pedir ayuda; al contrario, su voz es la agonía personificada: grave, interminable y desesperada, muy desesperada. Los ojos le van de un lado a otro, justo como cuando estábamos en la enfermería, como si estuviera viendo el pasado, el presente y el futuro a la vez y eso la torturase.

—¡Joder! —grita Luis, que suena fuera de sí. Entonces me doy cuenta de que él también puede oírla.

—¿Quién es esa? —pregunta Mozart, que suena desesperada—. ¿Cómo podemos ayudarla?

—Eh, no pasa nada —las tranquilizo.

Trato de tocar a los fantasmas aunque sé que me dolerá. Pero ambas están tan aterradas y sufren tanto que por lo menos debo intentar hacer algo al respecto. Sin embargo, antes de que averigüe en qué puedo ayudar, se les une un tercer fantasma: la chica castaña con el uniforme de la academia Calder, un gorro de los noventa y gafas de sol. No parece tan asustada como las otras dos, tan solo resignada. Y triste, muy triste. El contraste con la chica que vi en el paseo central es tan grande que me parte el corazón.

—Todo va a salir bien —repito mientras extiendo la mano hacia ellas.

—¿Qué es lo que va a salir bien? —pregunta Ember.

No contesto, porque en el instante en que mis manos tocan a los tres fantasmas, estos se combinan en uno solo; y en cuanto lo hacen, el dolor físico que sentía en mi interior se desvanece. Por primera vez me doy cuenta de que he estado viendo a la misma mujer en tres periodos de tiempo diferentes.

Entonces es cuando todo cobra sentido: ella siempre ha querido que lo viera; y, por primera vez, lo entiendo de verdad.

Perdió la vida y a su bebé, todo en el mismo momento. Y yo era ese bebé.

El estupor reverbera por mi cuerpo, hace que me tiemblen las rodillas y que me lata tanto el corazón que parece que se me va a salir del pecho. Todo este tiempo, todos estos años y yo nunca lo supe. No sabía nada.

Parpadeo; el fantasma se ha desvanecido mientras entregan su bebé diminuto, con deditos arrugados y mejillas coloradas de tanto llorar, a una mujer joven. El bebé (cuesta mucho imaginar que soy yo, pero en el fondo lo sé) le envuelve el dedo que termina en una uña rojo sangre con una de sus manitas. Se me cae el alma a los pies cuando otra conmoción me recorre. Esa mano es de mi madre. No, no de mi madre; de la mujer que me crio. Camilla.

Y, así, sin más, la imagen, el destello, desaparece.

Cuánto dolor, cuánto amor, cuántas mentiras y promesas rotas.

—¿Quién está llorando? —Mozart parece incluso más preocupada que hace unos momentos—. Parece destrozada.

Luis, Simon y Remy sacan las linternas y, mientras avanzan hacia el sonido, me doy cuenta de que soy yo.

Los fantasmas se han ido y yo soy la que está llorando, el corazón que acababa de recomponer vuelve a romperse en mil añicos.

Mozart jadea y corre hacia mí, pero Jude se interpone entre las dos. Coloca las manos sobre mis hombros con ternura y sus ojos oscuros muestran solemnidad cuando me escudriña la cara.

—¿Qué necesitas? —me pregunta—. ¿Qué puedo hacer por ti?

—Acabemos con esto y punto. Necesito que termine ya.

Sigo llena de preguntas que necesitan respuesta, pero derrumbándome no voy a conseguir lo que necesito. Ya tendré tiempo suficiente para analizar lo que ha pasado más tarde. Ahora mismo solo necesito que se acabe la pesadilla.

—Entendido —dice, y me da la mano—. Acabemos con esto.

Analizo la estancia, una estratagema descarada para evitar las miradas preocupadas de los demás, aunque me quedo de piedra cuando me doy cuenta de que algo va muy pero que muy mal.

Todos los tarros de cristal, que antes estaban bien alineados y ordenados en los estantes, ahora se han volcado. Algunos siguen en los estantes y se han caído de lado, mientras que otros están en el suelo y otros tantos se han roto en mil pedazos. Lo único que tienen en común es que están todos abiertos, las tapas esparcidas sin miramientos por la estancia.

—Jude, he de decir que no sirves para dedicarte a la limpieza —bromea Simon con voz tensa a pesar de que intenta aparentar normalidad.

Pero Jude ni siquiera se da cuenta. Está demasiado ocupado contemplando todos los daños.

—No ha sido él —anuncio, y ahora me toca a mí darle un apretón en la mano como signo de apoyo—. Ayer, cuando estuve aquí, estaban todos ordenados en los estantes.

—¿Crees que ha sido cosa de la tormenta? —indaga Mozart, aunque su voz denota dudas.

—Creo que han sido los Gilipo-Jean —contesto al tiempo que una combinación de furia y horror corre por mis venas—. Vi a Jean-Luc fisgoneando por aquí ayer.

No me molesto en dar detalles sobre lo de la desaparición, ahora no es importante. Lo que sí que importa es Jude, y lo que esto significa para él.

—Oye —digo mientras intento averiguar el estado de ánimo en el que se encuentra—. ¿Estás...?

—No —gruñe con una voz que nunca antes le había oído—. No estoy bien, ni de lejos.

Pero, en vez de añadir nada más, avanza a grandes zancadas hasta la última estantería. En la parte de arriba hay un tarro solitario. No solo es el único que sigue en pie, también es el único que sigue cerrado.

Me dispongo a preguntar qué es, pero antes de que pueda, Jude agarra la parte superior y la inclina hacia delante.

En cuanto lo hace, el techo se abre y unas escaleras descienden poco a poco.

—¿Qué cojones es eso? —exclama Luis, que suena emocionado y asqueado al mismo tiempo. Y lo entiendo perfectamente.

Luis, Eva y yo registramos el último rincón y recoveco de este lugar, pero no se nos ocurrió mirar el techo. A ver, ¿a quién se le ocurriría? Es una despensa subterránea. ¿Quién construye algo en el techo de una edificación que está por completo bajo tierra?

Jude no contesta, se limita a subir las escaleras a pisotones. Tiene que agacharse antes de llegar a la mitad.

Yo me dispongo a subir las escaleras detrás de él mientras que los otros pasean alrededor, tan desconcertados como curiosos.

Sin embargo, no he conseguido llegar arriba del todo antes de que grite «¡Joder!» y vuelva a bajar corriendo.

Jamás había visto a Jude de esta forma, tan fuera de sí por la rabia que apenas es coherente.

—¿Qué hay ahí arriba? —pregunto, aunque quiero verlo con mis propios ojos.

Pero ya me ha pasado de largo y está visiblemente alterado.

—Más tarros —anuncia con sequedad.

—¿Y están todos abiertos también?

—Todos y cada uno de ellos —refunfuña.

—Sabes lo que significa esto, ¿verdad? —pregunta Remy cuando ambos volvemos a estar en la planta baja.

—Significa que tendría que haber matado a los otros tres cuando tuve la oportunidad —contesta Izzy con despreocupación; aunque en sus ojos, normalmente distantes, se aprecia una ira que jamás había visto antes.

Tampoco la culpo. Si un Gilipo-Jean se plantara aquí ahora mismo, Izzy tendría que ponerse a la cola, porque estoy más que preparada para diezmarlos a todos yo solita.

Lo que han hecho aquí es inadmisible. Lo que han hecho es... Ni siquiera tengo palabras para describirlo.

—Han soltado las pesadillas. —Jude anuncia en voz alta lo que todos habíamos averiguado ya, porque creo que necesita oírlo—. Yo no la he cagado y he dejado que escaparan al ayudarte; han sido ellos.

—Sí —afirmo, y busco su mano—. Han sido ellos.

Él traga saliva de forma convulsa y, por primera vez en los diez años que lo conozco, veo lágrimas en sus ojos.

—Yo no he matado a toda esa gente.

—No —susurro, las lágrimas también me corren por las mejillas porque su dolor es tan palpable como su alivio—. No has sido tú. Es cosa suya, lo han hecho ellos.

—Yo no... —Se le quiebra la voz, así que vuelve a intentarlo—. Yo no he matado a Eva.

—No, Jude. Tú no la has matado.

Asiente y después deja escapar un suspiro largo y entrecortado mientras los demás lo contemplan.

Yo los miro a la cara, veo la misma rabia devastadora que siento en sus ojos. Porque Jude no se merece esto, al igual que tampoco se lo merecían todas las personas que han muerto.

Remy le coloca una mano en el hombro como signo de apoyo.

—¿Qué quieres hacer? —pregunta.

Jude no tiene ni que pensárselo.

—Quiero arreglar el maldito tapiz, capturar a los monstruos y después servirles a los Gilipo-Jean para comer.

Luis asiente, después abre el tapiz y lo extiende sobre la mesa que hay en el centro de la estancia.

—Bueno, pues manos a la obra.

86

TIRO AL TARRO

—Creo que deberíamos preparar los tarros —sugiere Simon, que se agacha para coger algunos de los que están en el suelo.

Tiene razón, por lo que nos pasamos los siguientes cinco minutos preparándolos para que Jude pueda verter las pesadillas dentro de ellos.

Una vez que terminamos, lo miro.

—Puedes hacerlo —lo animo.

—Oh, sé que puedo.

Lo tiene todo bajo control, está más centrado y mucho más seguro de sus poderes que nunca. También está que trina de rabia, así que este será un espectáculo digno de verse.

—Estupendo. ¿Qué quieres que hagamos, colega? —pregunta Simon, que tiembla levemente. Supongo que será porque le está rozando una bruja del pasado que en este momento está preparando sus propios elixires de hierbas.

—Aseguraos de que no se escape nada, supongo —responde Jude, aunque no se le nota tan preocupado. Parece que lo tiene controlado, y sé a ciencia cierta que es verdad.

Observo cómo agarra el tapiz y empieza a tirar de un hilo por una esquina.

No ocurre nada.

—A lo mejor tienes que tirar con más fuerza —sugiere Mozart, que asoma la mirada por encima del hombro de Luis.

—Estoy tirando todo lo que puedo —asegura él; vuelve a intentarlo, y salta a la vista que está empleando toda la fuerza de sus músculos.

Los nervios me atenazan el estómago y una vocecita en mi cabeza se pregunta qué pasará si me equivoco; pero ignoro las dudas, porque estoy en lo cierto. Sé que necesitamos deshilar este tapiz, aunque a Jude le esté costando muchísimo.

—Prueba con otra esquina —comenta Izzy.

Eso tampoco sirve de nada.

Una mirada a Jude me confirma que sigue intentándolo, que todavía piensa que tengo razón; pero es evidente que los demás empiezan a dudar, antes incluso de que Luis me pregunte en voz baja:

—¿Estás segura de esto?

—Lo estaba —reconozco, porque ya no veo el tapiz resplandeciente ni todos los puntos en el espacio.

Cierro los ojos con la esperanza de poder ver algo (lo que sea), y ahí está. El tapiz y sus múltiples y numerosos hilos.

Muevo la mano sobre él y empieza a ondularse. Lo repito, esta vez con la mano varios centímetros por encima, y sucede lo mismo..., solo que esta vez también comienza a brillar. Y es entonces cuando caigo en la cuenta.

—No lo toques —declaro—. Usa la mente en lugar de las manos.

—¿La mente? —exclama. Es la primera vez que percibo cierta duda en su voz—. No tengo telequinesis.

—Ni falta que hace, pero las pesadillas no son tangibles, ¿verdad? O sea que no se pueden tocar en realidad. Igual tampoco tienes que tocarlas ahora y solo debes usar tu imaginación para acceder a ellas —explico—. Cierra los ojos e imagínate el tapiz como miles de pequeños hilos...

Me detengo porque ya lo está haciendo. Ante nuestras miradas atónitas, tira de un hilo plateado, largo y emplumado del tapiz.

—Dios mío... —expresa Mozart con asombro.

—¡Necesita un tarro! —interviene Simon, y Luis le pasa uno a Jude por la mesa.

Pero Jude ya ha enviado esa pesadilla flotando hacia un tarro distinto y vuelve a fijar la atención en el tapiz, donde empieza a tirar de un segundo hilo.

Solo que hay un problema.

—Oye, Jude —dice Luis, nervioso—. La pesadilla no entra.

Jude se detiene a medias, con una pesadilla púrpura en la mano. Utiliza la otra para conducir la primera pesadilla hacia el tarro por segunda vez. Esta se mueve bajo sus órdenes, pero no hace lo que debería hacer. En lugar de introducirse en el recipiente de vidrio, se enrolla a su alrededor.

—Antes no habían hecho eso nunca. —Jude entrecierra los ojos para concentrarse y lo intenta por tercera vez. De nuevo, la pesadilla sigue sus indicaciones y hace de todo menos meterse donde debería.

Jude parece molesto y, esta vez, cuando mueve la mano, la pesadilla se le enrolla en el antebrazo antes de asentarse en su piel.

Supongo que es una forma de solucionar el problema.

Jude vuelve a centrarse en extraer la segunda pesadilla, pero ocurre lo mismo cuando intenta meterla en un tarro distinto. Se niega en rotundo a hacerlo.

—Bueno, esto se va a poner interesante —comenta Izzy, que lo mira de arriba abajo—. Suerte que eres alto.

Jude pasa por alto sus palabras y sigue a lo suyo; y sigue, y sigue.

En quince minutos ha conseguido extraer unas quinientas pesadillas del tapiz. El único problema es que ya ha utilizado casi cada centímetro disponible de piel y todavía le queda alrededor del setenta y cinco por ciento del tapiz.

De hecho, la siguiente pesadilla que saca (una dorada cegadora) da vueltas a su alrededor buscando un sitio donde aterrizar y, al no encontrar ninguno, empieza a girar y retorcerse por la estancia. Simon se aparta de su camino de un salto, Mozart se agacha cuando se enrosca cerca de ella y Luis se esconde bajo la mesa.

—¿En serio? —exclamo al tiempo que me agacho para mirarlo.

A él ni siquiera le da vergüenza.

—Paso totalmente de arrancarle la cara a nadie.

—¿Es esa otra de tus pesadillas? —pregunta Izzy—. Brutal.

—De brutal nada —replica—. Asqueroso.

Por desgracia, la pesadilla sigue en el aire buscando un hogar. Además, Jude ya ha tirado de otra pesadilla que casi con toda seguridad empezará a flotar a nuestro alrededor muy pronto, y lo último que queremos es que se cuelen por alguna grieta de la puerta o algo así.

No creo que Jude fuera a permitir que ocurriese, pero estas cosas son muy escurridizas.

Aunque no tengo ni idea de qué hacer con ella en caso de poder agarrarla, extiendo la mano hacia ella. Sin embargo, al contrario que las demás, esta no se me acerca. De hecho, me está evitando.

Me pregunto por qué lo hará.

Pero Jude está sujetando ahora dos pesadillas nerviosas con la mano izquierda mientras sigue deshilando el tapiz con la derecha, así que sé que tengo que pensar en algo.

Se me ocurre una cosa más, pero es completamente atroz. De todas formas, todo lo que ha pasado estos últimos días ha sido atroz. ¿Qué importa que sigamos por ese camino?

Me acerco a él y apoyo una mano en el centro de su espalda. En cuanto lo hago, las pesadillas de su mano empiezan a escurrirse en mi dirección.

Y no solo eso, sino que la gris que flotaba por la habitación decide también venir directamente hacia mí.

Puede que esta idea no sea tan atroz como pensaba. Levanto la mirada hacia Jude.

—¿Confías en mí? —le pregunto.

En un instante que recordaré toda la vida, Jude, que no confía en nadie, ni siquiera tiene que pensárselo antes de responder:

—Sí.

Y de pronto algo se tensa dentro de mí.

La tensión repentina es tan potente que me tambaleo y me caigo sobre Jude, que también ha perdido el equilibrio.

Nuestras miradas se encuentran y, en ese preciso momento, un calor que jamás había sentido aflora en mi pecho antes de expandirse por todo el cuerpo. Es un calor casi idéntico a Jude cuando me abraza, protegiéndome del mundo con su enorme cuerpo y su preciosa alma. Y es entonces, mientras siento su fuerza, determinación, firmeza y poder en lo más hondo de mi ser, que comprendo lo que acaba de pasar.

Nuestro vínculo acaba de encajar.

87

UN VÍNCULO MUY ESPERADO

Por un instante, estoy demasiado sorprendida para hacer nada que no sea contemplar a Jude embobada. Debe de sentir lo mismo que yo; de hecho, sé que siente lo mismo porque lo noto en lo más profundo de mi ser. Además, me devuelve la mirada con la misma expresión de fascinación que estoy segura de que yo tengo en el rostro.

—Clementine —susurra—. ¿Acabamos de...?

—¿Acabáis de qué? —pregunta Luis, que saca la cabeza de debajo de la mesa para enterarse de lo que está pasando. Cuando no contestamos, se vuelve hacia el resto—. ¿Acaban de qué?

Lo ignoro, porque ahora mismo tengo algo más importante de lo que ocuparme.

—Creo que sí —le musito a Jude.

Se le dulcifica el rostro de una forma que solo he visto una vez antes, en el salón de baile. Y después alarga el brazo.

Cuando me da la mano, varias de las pesadillas que lleva en la piel se deslizan para bajarse de él y empiezan a treparme por los brazos.

Intenta agarrarlas alarmado, pero algo me dice que no

tengo nada de lo que preocuparme, así que niego con la cabeza.

—Espera.

Observamos (Jude con más cautela que yo) como me suben por el antebrazo y el bíceps. No se me asientan en la piel como le pasa a él, pero tampoco intentan atravesarme como han hecho con los otros.

En vez de eso, me envuelven como un abrazo, dan vueltas y se enrollan hasta que encuentran su lugar favorito.

Jude abre mucho los ojos mientras contempla cómo se desarrolla la acción. Cuando por fin se quedan quietas, susurra:

—Ya no pueden hacerte daño.

—No creo que quieran hacerme daño —rebato, y me doy cuenta de que estoy apoyada en él. Que su mera presencia es como un imán al que no tengo deseos de resistirme.

—Vaya tela —dice Luis cuando por fin se da cuenta de lo que acaba de pasar—. ¡Os habéis vinculado!

—Somos compañeros —confieso.

—Es una pasada —murmura Mozart con los ojos bien abiertos y llenos de brillo. Reconozco ese fulgor, porque yo me siento igual.

Aunque estamos en medio de una actividad imprescindible para salvarnos el culo, nos tomamos un segundo para aceptar las felicitaciones. Porque un momento como este solo pasa una vez en la vida y merece que lo celebremos.

Remy es el último en darme la enhorabuena y, cuando se acerca para abrazarme, murmura:

—¿Ves, Kumquat? Te dije que ibas a estar bien.

—¿Lo sabías?

Pero él se limita a encogerse de hombros con aire misterioso mientras se aparta.

Lo miro con los ojos entrecerrados. Desearía poder ver cosas útiles sobre el futuro, como es evidente que él puede hacer, en vez de este rollo tan raro del pasado, presente y futuro que tengo montado.

¿Qué bien me hace tener que averiguar quién está conmigo en el presente y quién en esta estancia viene del pasado o del futuro? Como la bruja que está haciendo elixires en... Me quedo helada cuando me doy cuenta de que la bruja ha desaparecido.

Que tampoco es que sea gran cosa, la verdad, pero el empleado del hotel que estaba poniendo mermelada en los estantes también se ha esfumado. Y eso sin mencionar el vampiro adolescente del futuro al que le mola utilizar este sitio como picadero para enrollarse con sus ligues. Todos han desaparecido.

Me vuelvo hacia Jude, que me sonríe y se dedica otra vez a extraer las pesadillas. Solo hay una versión de él, pero en realidad siempre he visto solo una. No quiero ser cursi; sin embargo, no puedo evitar preguntarme si es porque es mi compañero. Es mi pasado, mi presente y, ahora, mi futuro de una forma en la que nadie más podrá serlo.

Me entrega unas cuantas pesadillas más y me las deslizo por el otro brazo mientras me vuelvo para buscar a Luis. Y nada. Él sigue teniendo tres versiones: Luis bebé, Luis presente y un Luis futuro muy atenuado. Por un instante regreso al momento en la residencia, cuando lo he visto con esa herida sangrante en el pecho; pero entierro el recuerdo, lo bloqueo. Porque ahora mismo no hay nada que pueda hacer al respecto, así que debo dejarlo correr.

—¿Estás bien? —me pregunta Jude mientras saca dos pesadillas más del tapiz y me las pasa.

Yo las enrollo alrededor de mi bíceps y contesto:

—Sí, la verdad es que estoy genial.

Tras los últimos días, los últimos años, es una sensación extraña, pero muy agradable.

Un par de minutos después Jude me entrega casi una docena de pesadillas más: ahora que lleva haciéndolo un rato le ha pillado el tranquillo. No obstante, cuanto más rápido va, más deprisa me quedo sin espacio en el cuerpo.

De repente recuerdo la idea que he tenido justo antes de que se creara el vínculo de compañeros. No sé si funcionará o no, pero si tengo en cuenta lo bien que están reaccionando a mí las pesadillas, me parece que vale la pena probarlo.

Me giro hacia Jude y observo con atención lo que está haciendo para deshilar el tapiz. Cuando creo que lo he pillado, cojo dos de las pesadillas que me ha dado y las cuelgo en el aire que tengo delante, y entonces me esfuerzo por hilarlas lo mejor que puedo.

Se amarran la una a la otra, pero no resulta fácil y, desde luego, no queda bonito.

—¿Qué estás haciendo? —pregunta Mozart, que se acerca lo bastante para observar, aunque deja un buen hueco entre ella y las pesadillas.

—Nos estamos quedando sin espacio. Por eso estoy intentando tejerlas..., aunque me está saliendo de pena.

—¿Necesitas ayuda? —quiere saber Remy, que sí se acerca lo suficiente para llegar a tocar las pesadillas.

—No sé cómo van a responder a ti.

—Vale la pena intentarlo. —Hace un gesto con la mano

y contemplo maravillada a dos pesadillas hilándose a la perfección.

—¿Cómo lo has conseguido? —pregunto sorprendida. Incluso Jude deja lo que está haciendo el tiempo suficiente para echarle un vistazo a la obra de Remy y darle su aprobación.

El brujo se encoge de hombros.

—Las pesadillas y los sueños existen fuera del tiempo —explica—. Así que las personas que existen en los espacios entre el tiempo tienden a ser capaces de controlarlas mucho mejor que la gente que no lo hace.

—¿Es eso lo que haces tú? ¿Existir en espacios entre el tiempo?

Sonríe.

—Eso es lo que hacemos los dos, Clementine. No solo yo.

—Ya, bueno, pues creo que no puedo estar de acuerdo contigo porque tejes las pesadillas muchísimo mejor que yo.

—Tal vez. —Extiende la mano para quitarle una pesadilla a Jude, pero ocurre lo más raro que he visto hoy (que ya es decir), porque huye de él tan deprisa que acaba estampándose en la pared que tenemos delante—. O quizá solo tengamos roles diferentes. —Hace un gesto con la cabeza hacia los otros dos hilos que ya ha tejido—. Lanza unas cuantas pesadillas más aquí y veamos lo que podemos hacer.

Hago lo que me pide y contemplo asombrada cómo las hila todas juntas mejor que cualquier tejedor de tapices. No obstante, cuando Jude se mueve para entregarle unas cuantas pesadillas más, huyen de él y me rodean a mí en su lugar.

Remy me lanza una mirada de «te lo dije» mientras las agarro y se las entrego.

—¿Qué imagen estás bordando? —pregunta Izzy desde donde está, a una distancia cautelar, no sé si de Remy o de las pesadillas.

—Ninguna —contesta—. Lo está haciendo solo.

—¿No estás haciendo la imagen? —pregunto sorprendida.

—Soy hechicero del tiempo, no artista.

Su respuesta solo hace que sienta más curiosidad, porque me recuerda a lo que podía hacer el tapiz antes de romperse. Jamás he visto ningún objeto que pudiera cambiar de forma por voluntad propia.

—¡Eh! —exclama Mozart de repente. Miro en su dirección y me doy cuenta de que está totalmente aliviada—. Esa sensación de mal rollo que tenía desde que hemos llegado se me ha pasado.

—¿Qué mal rollo? —quiere saber Simon, que parece confundido.

—Como si alguien estuviera pisoteando mi tumba. —Se estremece—. Me ha puesto la piel de gallina.

—Un vampiro adolescente ha estado aquí un rato —explico—. Ha estado trayendo a una chica distinta cada cinco minutos desde que hemos aparecido. Y tú estás plantada en su sitio preferido para enrollarse con ellas.

Da un bote y se mueve tres metros a la izquierda.

—¡No me jodas! ¿Por qué no me has avisado?

Le quito un par de pesadillas color turquesa intenso a Jude y se las paso a Remy, que las añade al tapiz. Por primera vez entiendo por qué los tamollinos son de tantos colores diferentes: porque cada pesadilla es de una tonalidad distinta.

Quiero preguntarle a Jude qué son las pesadillas de colores alegres. Me imagino que serán las menos fuertes, como salir de casa sin pantalones o que te ataque una ardilla, pero me da miedo que me diga que son lo contrario... No quiero que me lo fastidie.

Así que agarro una amarilla y se la paso a Remy, que la hila con una rosa que ya estaba en el tapiz mientras yo contesto la pregunta de Mozart.

—Porque la despensa está a tope y tampoco podías irte a ninguna otra parte. Además, ha desaparecido ya hace un rato, por ello he pensado que no tendrías problemas.

—¿Hace cuánto ha sido eso? —pregunta Remy.

Le quito varias pesadillas a Jude y me las enrollo alrededor de la cintura porque ya tengo los brazos llenos.

—Hace unos minutos, supongo.

Enarca una ceja.

—¿Hace cuántos minutos?

—Pues no lo sé, ¿por...?

No contesta, me mira fijamente; y entonces caigo en la cuenta.

—Crees que el vínculo entre Jude y yo... —Sigue siendo tan nuevo que me cuesta un poco pronunciar la palabra—. ¿Crees que tiene algo que ver? —Una vez más no contesta, solo acepta las pesadillas negras y verdes que le entrego y las hila en el tapiz—. No sé yo, Remy. ¿No crees que es un poco egocéntrico pensar que nuestra relación puede afectar de esa forma al tiempo y al espacio? —pregunto mientras Jude me entrega una pesadilla de un hermoso color escarlata—. A ver, es importante para nosotros. Pero ¿para el mundo? No creo...

—Supongo que eso dependerá de cuáles sean tus poderes, ¿no? —me interrumpe al tiempo que hace un gesto con la mano hacia el tapiz que está tejiendo. Los colores se reorganizan al instante y forman una combinación más agradable.

—A ver, Jude es el príncipe de las pesadillas, así que igual sus poderes son importantes; pero yo no soy más que una mantícora.

—¿Conoces a alguna otra mantícora que vea fantasmas? —Remy me lanza una mirada remilgada al tiempo que le entrego más pesadillas—. ¿O que pueda ver el pasado y el futuro como tú? ¿O que...?

—¿A qué conclusión intentas llegar? —lo interrumpo, porque estoy agotada y tengo un montón de pesadillas envolviéndome todo el cuerpo. Y, aunque de verdad quiero saber lo que piensa Remy, también quiero acabar con todo este rollo.

—Lo que trata de decir es que no eres una simple mantícora —aclara Jude mientras me coloca una mano en el hombro para reconfortarme antes de volver a ponerse a deshilar las pesadillas—. Hay algo más en ti.

—Eso no tiene ningún sentido.

Remy enarca una ceja y aprecio un brillo perverso en sus ojos verde bosque.

—Vuelve a recordármelo, Clementine. ¿Quién es tu papi?

—¿Qué acabas de decirle?

La pesadilla que Jude estaba a medio desenredar sale disparada por la estancia y provoca que el resto del grupo se agache o se lance al suelo. Justo cuando por fin habíamos conseguido que Luis saliera de debajo de la mesa...

Remy se ríe y levanta una mano para hacer un gesto que significa «sin ofender».

—Solo digo que tu ADN proviene de dos fuentes distintas, Clementine. La mitad es de mantícora y la otra mitad es...

88

DESENRÉDAME DE AQUÍ

Me da un vuelco el estómago incluso mientras recupero la pesadilla que Jude ha lanzado por el aire. Porque, si ni siquiera conozco el nombre de mi padre, menos todavía sé qué clase de paranormal era. Solía preguntar por él cuando era pequeña, pero nadie de la familia me contaba nada.

Carolina siempre me prometía que lo averiguaríamos algún día, que encontraría la forma de hallar las respuestas que yo necesitaba. Pero entonces la enviaron lejos de aquí y Jude me rompió el corazón, así que durante un largo tiempo estuve demasiado triste para preocuparme por otra cosa que no fuera sobrellevar el día a día.

—¿De verdad piensas que he roto el tiempo? —pregunto, agobiada por lo que eso puede implicar, al tiempo que le paso otra docena de pesadillas, más o menos, incluyendo la que Jude ha soltado cuando Remy ha hecho el comentario del «papi».

—Tú no has roto nada —contesta, y las desliza sin esfuerzo dentro del tapiz—, pero sí has creado varios lapsos temporales; tanto tú como Jude.

—¿Estás hablando de viajar en el tiempo? —interviene Mozart ojiplática, y me doy cuenta de que el resto de los presentes en la sala están tan embelesados por esta conversación como yo.

Y es que es una verdadera locura.

—No. —Se detiene un segundo, con las pesadillas medio dentro y medio fuera del tapiz, para sopesar esa pregunta—. A ver, existen muchísimas corrientes de opinión, pero, personalmente, no creo que ese sea el caso.

—Entonces ¿qué crees tú que está ocurriendo? —cuestiono mientras Jude me pasa varias pesadillas más. Comienza a mirarme con aire misterioso, y algo dentro de mí se rompe—. Mira, ya está bien de toda esa tontería de «tienes que averiguarlo tú sola» de maestro Jedi que te estás gastando. Tengo el cerebro que me va a explotar; no he pegado ojo, no he comido, llevo días viéndolo todo por triplicado y recibiendo ataques de destellos, dos de mis mejores amigas han muerto en las últimas cuarenta y ocho horas, estoy llena de heridas, mordiscos y moratones, y acabo de vincularme con el príncipe de las pesadillas mientras ayudo a deshilar un tapiz para salvar esta maldita isla de los monstruos más grotescos que podían existir. Así que, si pudieses explicarlo tú, sería un detalle.

—¿Recibiendo ataques de qué? —susurra Luis exageradamente.

—Ha dicho «destellos» —responde Mozart de la misma forma—, pero no sé lo que son.

—¡Fantasmas del futuro! —les suelto de golpe justo antes de que Jude deje de deshacer el tapiz y tire de mí contra su pecho.

Aunque quiero decir que yo solita me lo he buscado (y seguramente así sea), es muy agradable descansar sobre su cuerpo, sólido y robusto, durante unos segundos y solo respirar. A pesar de seguir húmedo por la lluvia, huele a miel, cuero y especias dulces, por lo que me permito oler su aroma mientras escucho el ritmo constante de su corazón junto a mi oído.

La última media hora ha sido una locura y apenas soy capaz de pensar con claridad. Entre el bombazo de los destellos sobre mis dos madres, el de Remy ahora sobre el tiempo y también el tema del vínculo de compañeros, me sorprende que todavía sepa cómo me llamo.

Jude también lo entiende, porque me susurra «Ya casi está» tan bajito que apenas logro oírlo.

Asiento contra su pecho.

—Lo sé.

Y respiro hondo una vez más para guardar su reconfortante aroma en mi interior antes de volverme hacia Remy.

—Lo siento —musito a regañadientes.

—Yo también. —Sonríe de esa forma que te hace sentir mejor sin razón aparente—. Es que de verdad creo que puedes responder tú misma a algunas de esas preguntas mejor que yo, solo que aún no lo sabes.

—No estoy tan segura —refunfuño.

—Yo sí. —Ladea la cabeza—. Dicho esto, los destellos no son fantasmas del futuro. Son lapsos temporales.

—Vale, me han atacado lapsos temporales. —Levanto las manos exasperada—. ¿Y qué significa eso?

Remy se pone a tejer de nuevo.

—Significa que el tiempo existe de manera simultánea, solo que nos hallamos en líneas temporales distintas. Así que algo entre Jude y tú...

—Voto por los últimos tres años en los que se han negado a arreglar sus mierdas —lo interrumpe Izzy desde los escalones viejos y deteriorados donde está sentada.

Remy pone los ojos en blanco al oírla y coge algunas de las pesadillas que le ofrezco.

—Cada cosa requiere su propio tiempo, Isadora.

—Y mientras ellos lo arreglan, ¿a Ember le dan golpes con un yoyó? —pregunta Simon con escepticismo.

Ember le lanza una mirada fulminante.

—Estoy segura de que no iban dirigidos a mí.

Mozart y él intercambian una mirada irónica.

—No, iban dirigidos a ti, te lo digo yo —la provoca Mozart al tiempo que Jude me pasa más pesadillas.

Ya casi ha terminado de deshilar el tapiz, y Remy está a punto de acabar de tejer el nuevo. Obviamente, hay una imagen en él (ya tiene una pinta un millón de veces mejor que el roto), pero, por alguna razón, no logro distinguir qué es. Parece que esté bloqueada adrede.

—En cualquier caso —prosigue Remy, que ha puesto los ojos en blanco al grupo entero—, Jude tiene el rollo ese de las pesadillas, y todos sabemos que los sueños existen al margen del tiempo. Tú tienes el pasado, el presente y el futuro en la yema de los dedos. Junta todas esas cosas y tendrás un yoyó de cien años dándote en las espinillas.

El impacto de sus palabras me reverbera por todo el cuerpo, y de pronto me alegro mucho de que Jude me haya abrazado, porque todavía siento su calor a pesar del escalofrío que me recorre la columna.

—Pero acaban de vincularse hace unos veinte minutos —cuestiona Luis—. ¿Cómo diantres ha podido estropear eso todo lo demás?

—Porque nuestro vínculo no ha roto nada. —Jude parece convencido de ello mientras agita las manos en el aire para desenredar el último trocito de tapiz—. Más bien ha arreglado lo que estaba roto.

Tiene razón, así es. Incluso a nosotros dos.

Repaso todas las veces en las que ha ocurrido alguna cosa extraña en los últimos días.

A Jude y a mí nos emparejaron para el proyecto de Keats, y vi los primeros destellos.

Me besó, y el bosque se volvió completamente loco.

Me dijo que me quería, y empecé a ver el pasado, el presente y el futuro a la vez.

Y, en medio de todo eso, han tenido lugar estos pequeños lapsos temporales, que han ido empeorando cada vez que nos alejábamos el uno del otro. Cada vez que nuestro vínculo de compañeros no llegaba a conectar.

Porque siempre hemos estado predestinados.

Hace apenas unos días pensaba que Jude era un rompecabezas del que me faltaban un montón de piezas, pero ahora me doy cuenta de que ese rompecabezas es muchísimo más grande de lo que imaginaba al principio; porque todas las piezas de los últimos días, todo lo que he visto, aprendido y hecho, se muestra ahora ante mí. Solo tengo que colocarlas para formar la imagen, y algo me dice que este tapiz me ayudará.

Jude me entrega los últimos hilos de pesadilla y yo se los doy a Remy. Entonces se me acerca y me pasa los brazos por la cintura mientras observamos cómo toma forma.

Sin embargo, por mucho que lo examine, no veo esa imagen.

Hasta que de repente sí la veo.

Remy termina de introducir el último hilo y, una vez

que se aparta, todos contemplamos la imagen de un hombre sonriente justo en el centro del tapiz.

—¿Quién crees que es? —pregunta Simon a Remy.

—Ni idea —contesta Remy, que niega con la cabeza—; pero está un poco desaliñado.

—Yo diría un poco mucho —intervengo.

—¿Y ahora qué? —quiere saber Ember—. ¿Cómo queréis probar a atrapar a los...?

Se detiene a mitad de frase y abre los ojos como platos cuando ve que el hombre de la imagen sale de repente del tapiz y aparece en la despensa, con nosotros. Tiene una mata de pelo marrón desgreñada, barba larga, viste una chaqueta de esmoquin púrpura que ha visto tiempos mejores y las zapatillas más gastadas y viejas que he visto nunca.

Al parecer, también tiene carácter, porque lo primero que nos dice es:

—Vaya, ya era hora. Lo vuestro os ha costado.

89

NO HAY QUE HILAR TAN FINO

Sobre nosotros, el cielo retumba con un estallido más de truenos y, de repente, todo se queda en silencio.

Aunque casi me parece imposible, la imparable lluvia cesa por fin, el viento también se detiene y los relámpagos y los escandalosos truenos se interrumpen al instante.

—¿Qué coj...? —exclama Luis—. ¿La tormenta se ha... parado?

—Lo siento —se disculpa el hombre del tapiz—. Mis amigos pueden llegar a pasarse de entusiastas y han estado buscándome durante un tiempo.

—¿Qué significa eso? —espeta Ember.

—No creeríais que era un huracán, ¿verdad? —Emite un chasquido con la lengua y después mira a Simon—. Pensaba que un tritón sería más listo.

Simon aprieta los dientes.

—Sirénido.

El hombre hace un gesto con la mano.

—Lo mismo da que da lo mismo —anuncia mientras pasa deslizándose a nuestro lado.

—Esto... Disculpa —interviene Mozart, pero el hombre la ignora.

Así que Izzy entra en acción, se pone justo en su camino y exclama:

—¿Quién cojones eres?

—Será posible, Isadora. —Niega con la cabeza y mira a todo el mundo como un padre decepcionado—. Tener una infancia complicada no te excusa para ser soez.

—Ya, pues salir de un tapiz no te excusa para ser un capullo, aunque parece que eso no te lo impide —rebate ella.

El hombre suelta una carcajada.

—Siempre has sido muy avispada.

Espero a que añada algo más, pero en vez de eso se limita a caminar hasta la mesa que hay en medio de la estancia y agarra la mochila de Luis. Después saca la botella de agua que tiene metida en un bolsillo lateral y se la bebe entera de un solo trago.

—Perdóname. —Le lanza una mirada de arrepentimiento al lobo—. Es que hace diez años que no me bebo un vaso de agua. Ni de nada, ya que estamos.

—¿Diez años? —repito—. ¿Ese es el tiempo que llevas atrapado en el tapiz?

Su expresión se torna pensativa al tiempo que me mira de la cabeza a los pies. Al principio creo que es por la pregunta que le he hecho, pero entonces avanza con la mano extendida.

—Ahí estás, mi querida Clementine. Llevo muchísimo tiempo deseando conocerte.

—¿Diez años, quizá? —pregunto con brusquedad.

No me muevo para darle un apretón de manos. Llámame desconfiada, pero la verdad es que los hombres desgreñados que salen de tapices no tienen un puesto muy alto en mi lista de gente de la que fiarme. También es cierto que la lista nunca ha sido muy larga y que ya había ido disminuyendo incluso antes de que este tío hiciera acto de presencia.

—Quizá. —Analiza las caras de los demás, pero su mirada se posa durante más tiempo en Jude—. Me alegro de verte, viejo amigo.

Espero que Jude se muestre tan desconcertado como el resto, sin embargo, parece el más relajado de todos. O puede que una descripción más acertada sea que parece ser el menos perturbado.

—La imagen de las mantícoras jugando al póquer fue una pasada —le dice.

—¿A que sí? —El hombre se echa a reír—. Una pena que no pueda atribuirme el mérito. Fue idea de Clementine. Mira que es lista.

Me mira con ilusión, como un profesor a su alumna estrella.

Ni siquiera sé qué responder, me limito a observarlo sin parpadear. Bueno, como todos los demás.

Aunque, después de un minuto, sigue hablando.

—¿Me disculpáis un momento, por favor?

—Es una despensa pequeña —replico—. No hay muchos sitios a los que puedas ir.

Me sonríe sin más antes de caminar hacia la esquina y esfumarse. Bueno, en realidad no se esfuma, más bien parece que se esté escondiendo detrás de una cortina borrosa.

Segundos después, el sonido de un grifo abierto llena la estancia.

—¿Qué-cojones-está-ocurriendo? —Simon pasa la mirada de la esquina borrosa a Jude—. ¿Quién es ese tío? ¿Y por qué está haciendo gárgaras ahí dentro?

—A saber —contesta Jude.

—¿Cómo que «a saber»? ¡Si te acaba de llamar «viejo amigo»! —exclamo.

—Bueno, parece que hemos estado compartiendo la despensa durante los últimos diez años. En cuanto a su identidad... No tengo ni idea. Supongo que es el tipo que ha estado controlando el tapiz todo este tiempo. Cuando era pequeño dibujaba cosas graciosas en él para hacerme reír. A medida que me fui haciendo mayor dejaron de hacerme tanta gracia. —Se encoge de hombros—. Quitando eso, no tengo ni idea de quién es o qué estaba haciendo ahí dentro.

—Yo te diré lo que seguro que no estaba haciendo —anuncia Ember cuando se oye el agua de la ducha detrás de la cortina—. Lavarse.

Ya te digo, joder.

—¿Y nunca se te ha ocurrido preguntárselo? —Mozart suena tan atónita como yo me siento.

—Es que no lo había visto nunca. Lo único que sabía es que el tapiz cambiaba a menudo. De hecho, pensaba que eran un montón de pesadillas las que creaban las imágenes.

—¿Sabéis qué? Me piro —declara Izzy, que se encamina a la estantería y abre el tarro que da acceso a la parte superior de la despensa—. Llamadme cuando acabe de asearse.

—Te acompaño —anuncia Mozart.

Me quedo mirando como Luis las sigue por las escaleras e intento no perder los papeles al ver lo tenue que es ahora el Luis del futuro.

—Eh —me dice Jude ahora que todos menos Remy han acabado de subir las escaleras—. ¿Qué pasa?

No quiero decirlo en voz alta y, desde luego, no en un sitio donde Luis pueda oírlo de pasada, así que niego con la cabeza.

—Es que a veces todo esto de ver por triplicado es un rollazo.

—Seguramente pueda ayudarte con ello —interviene Remy—. La primera vez que pude ver el futuro, yo tampoco sabía cómo bloquearlo. Estaba ahí todo el rato, cosa que, como sabrás, te complica mucho las cosas.

—Muchísimo —afirmo. Tiene toda mi atención.

Y la de Jude también, a juzgar por lo atento que está a nuestra conversación. Remy asiente como si lo entendiera porque, según parece, lo hace.

—Ahora tengo una técnica que me ayuda a bloquear lo que no quiero ver. Podría enseñarte cómo funciona, si quieres.

—¿Si quiero que me enseñes a no ver a todos los que hay aquí dentro de tres formas distintas todo el rato? —pregunto—. ¡Sí, por favor!

Asiente; después me conduce a la esquina frente a la cortina borrosa.

—Me gusta imaginármelo como construir una puerta entre el futuro y yo —explica—. Una puerta que puedo abrir siempre que me apetezca.

—Vale. —Suena razonable—. ¿Cómo lo hago?

Se ríe desconcertado.

—La verdad es que nunca le había enseñado a nadie cómo hacerlo, así que ten paciencia conmigo. Diría que se empieza por elegir algo o, en tu caso, a alguien que veas en el pasado, presente y futuro.

—Pues más o menos a todo el mundo menos a Jude.

—Vale, bien. Pues entonces empieza por centrarte en mí. —Retrocede un poco para que pueda ver mejor sus tres versiones: el Remy de unos catorce años, el del presente y, finalmente, el que ronda los treinta, supongo—. Ahora, una vez que estés viendo las tres versiones, quiero que te imagines cerrándole una puerta a la versión pasada o a la futura, a una de las dos.

Me dispongo a hacer lo que me pide, que parece bastante sencillo. Pero después de cuatro o cinco intentos sigo sin haber conseguido nada.

—No funciona —informo frustrada.

—Todavía —rebate con una sonrisa—. Todavía no funciona.

—Es lo mismo.

Se ríe.

—Empieza por algo más pequeño...

—He empezado por algo pequeño, y sigue sin funcionar.

Inclina la cabeza hacia un lado durante un instante mientras me analiza.

—¿Qué clase de puerta te estás imaginando? —pregunta entonces.

—Yo qué sé. Una puerta.

—Con eso no basta. Si quieres que esto funcione, tienes que saber con todo detalle el aspecto que tiene la puerta que estás cerrando. ¿Es negra con molduras ornamentadas? ¿De madera marrón con una mirilla? ¿Blanca con una coronita de flores colgada? ¿Cómo esperas ser capaz de cerrar una puerta si no puedes apreciar el aspecto que tiene?

Pienso en lo que me dice durante un minuto, después

cierro los ojos e intento hacer lo que me pide. Sin embargo, cada vez que intento imaginarme una puerta sencilla de color blanco, mi mente la reemplaza con una ventana. Y no una cualquiera, una ventana de vidrieras policromadas de tres colores distintos. Rojo, morado y verde.

No hace falta ser un genio para saber que cada uno de los colores supuestamente corresponde a un periodo de tiempo, así que los asigno de forma aleatoria: el rojo para el pasado, el morado para el presente y el verde para el futuro.

Después pruebo a encerrar a todos los Remys detrás de la ventana.

Me lleva unos cuantos intentos, pero al final llego a un punto en el que no lo veo para nada: puedo bloquear al Remy del presente con tanta facilidad como puedo hacerlo con el del pasado o con el del futuro. Y siempre que quiera volver a verlos, abro la ventana correspondiente.

—¡Lo has pillado! —exclama Remy cuando intento explicarle lo que he hecho—. Es increíble.

—Gracias —le digo justo cuando por fin termina la ducha.

Jude llama a los demás y, en cuanto empiezan a bajar por las escaleras, me doy la vuelta hacia ellos e intento hacer lo mismo que acabo de practicar con Remy. Me cuesta un poco más porque cada uno requiere su propia ventana, pero al final consigo que solo queden las versiones presentes.

Es el sentimiento más alucinante del mundo, como si hubieran apagado una sobrecarga sensorial de la leche. Jamás me he sentido más agradecida con nadie en la vida.

Después de volver a darle las gracias a Remy, me apoyo

en Jude justo cuando empieza a sonar una maquinilla eléctrica.

—¡Venga, no me jodas! —espeta Luis, que parece perplejo.

—La higiene es muy importante —responde Jude con una sonrisa de verdad, que envía chispitas eléctricas por todas mis terminaciones nerviosas.

Sí, desde luego, podría acostumbrarme a este Jude.

Me vuelvo hacia Remy porque quiero volver a agradecerle que me haya enseñado cómo mantenerme centrada en el momento, con Jude y con el resto de mis amigos; pero cuando me encaro a él, no es el único que está ahí.

90

EL HIJO PRÓDIGO HA LLEGADO

Ha aparecido un destello justo detrás de Remy. Un chico de unos diecisiete años, vestido con unos vaqueros y una camiseta negra desgastada. Es alto (tanto como Jude, pero no tan musculoso), tiene el pelo negro de punta, pendientes en las orejas y un montón de pecas desperdigadas sobre la nariz.

Cuando se da cuenta de que lo estoy mirando, me sonríe abiertamente.

Me aproximo por instinto y, mientras lo hago, no puedo evitar fijarme en que tiene cada ojo de un color: uno es azul y el otro, verde y plateado. Es en ese momento cuando caigo en la cuenta de que todo él tiene color, no como la mayoría de los destellos, que son blancos y negros. Y no solo eso. También me doy cuenta de que ya lo he visto antes en un par de ocasiones. Es el chico de la mazmorra y el del pijama de tiranosaurios que vi en el paseo, bajo la lluvia, ya crecido.

Levanto la mano para saludarlo y despliega una sonrisa todavía más amplia.

—Veo que lo has encontrado —me dice levantando las cejas con rapidez.

—¿A quién? —pregunto confundida.

—A mi padre, evidentemente. —Señala con un leve movimiento de cabeza a Jude y al hombre del tapiz, que acaba de salir de detrás de la cortina borrosa.

La sorpresa me inmoviliza durante un breve segundo, y luego susurro:

—¿Cómo te llamas?

Su sonrisa se ensancha todavía más, si acaso es posible.

—Keats; me lo pusieron por el poeta. El de la clase que lo empezó todo, ya sabes.

Entonces me saluda fugazmente con la mano y desaparece.

—Perdonad, hacía tiempo que no podía ocuparme de todo eso. Y para que lo sepáis, tengo la piel más seca que un papiro —comenta el hombre del tapiz mientras sigo mirando el lugar donde estaba Keats, aturdida—. ¿Alguno de vosotros lleva crema? Porque me vendría de perlas ahora mismo.

En cierto modo, quiero contarle a Jude lo que acaba de pasar, pero sé que habrá tiempo para eso. Así que me vuelvo hacia el tipo y parpadeo asombrada, porque casi no se parece en nada al hombre que ha aparecido hace unos minutos.

Ya no tiene el pelo desgreñado de antes. En su lugar, luce un cabello corto peinado hacia atrás y degradado en la nuca de lo más sofisticado. La chaqueta de esmoquin desgastada y sucia ha sido reemplazada por un traje de tres piezas de raya diplomática, rematado con una corbata rosa chillón de cachemira. Han cambiado incluso los zapatos: las zapatillas clásicas se han convertido en un par de zapatos de cuero perforado. Ah, y la barba ha desaparecido por completo.

No sé cómo ha conseguido hacer todo eso en quince minutos en un rincón, pero la magia se llama «magia» por algo.

—Gracias por vuestra paciencia —declara ante nosotros con una sonrisa benévola, aunque tengo la incómoda sensación de que me mira principalmente a mí.

Y tampoco soy la única que lo nota. Jude se ha percatado de ello y, aunque no hace ningún comentario de viva voz, sí que se coloca un poquitín por delante de mí.

El tipo, a su vez, se ha dado cuenta de lo que ha hecho él y parece esbozar una leve mueca, cosa que me hace apreciar todavía más la actitud protectora de Jude. Si este hombre tiene tan buenas intenciones, ¿por qué le importa tanto dónde se coloque mi compañero?

Izzy se harta del silencio imperante e interviene.

—Bueno, ¿nos vas a decir de una vez quién eres o tenemos que adivinarlo?

—Por no hablar de la razón por la que tus amigos pensaron que enviar una tormenta como esta para encontrarte iba a ser una buena idea —añade Mozart.

—No hace falta que adivinéis nada —responde con una pequeña sonrisa—. Soy Henri, el oráculo de Monroe.

—¿Oráculo? —exclama Remy hablando por primera vez. No suena muy convencido, pero cuando lo miro tiene un rostro inexpresivo, algo de lo más raro en él—. ¿Eres un oráculo?

—Así es. —Se quita un elegante sombrero que aparece de la nada antes de volver a ponérselo en la cabeza—. Y si antes he olvidado mis modales, os pido disculpas. Hace mucho tiempo que no me rodeo de gente. Y en lo referente a la razón por la que mis amigos han mandado una tormenta localizadora para buscarme... Llevo desaparecido diecisiete años. Creo que se han hartado de esperarme.

—¿Diecisiete años? —comento yo, que entrecierro los ojos con recelo—. Pensaba que llevabas diez en ese tapiz.

—Es una larga historia de la que todavía no estoy preparado para hablar. Huelga decir que tu tía Camilla estuvo involucrada. —Niega con la cabeza sin consuelo.

—¿Tía? —repite Luis, que parece confundido—. No serás un oráculo muy bueno, porque Camilla es su madre.

—¿Eso crees? —La furia atraviesa su cara, pero se esfuma tan rápido que no sé si me lo he imaginado yo.

Quiero preguntarle cómo lo sabe si yo lo he descubierto hace nada, sin embargo, no estoy de humor para tener una conversación con todos los presentes, y menos teniendo en cuenta que aún no se lo he dicho a mi compañero. Así que me muerdo la lengua, aunque Henri se me acerque.

—¿Te importaría complacer a un viejo oráculo solo un momento, Clementine?

—Eso dependerá de lo que quieras —respondo con las cejas en alto.

—¿Puedo estrecharte la mano? —Me ofrece la suya, pero no sé muy bien si es un gesto de buena voluntad o si se trata de una trampa. Teniendo en cuenta que no ha pedido nada y que no ha intentado hacer un trato conmigo, voy a suponer que es lo primero. Quizá.

En cuanto la palma de mi mano se desliza contra la suya, una imagen de mi madre (la biológica) ocupa por completo mi consciencia. Está muy embarazada y apoya una mano en el lado del estómago mientras retrocede para admirar un mural que acaba de pintar en la pared de un dormitorio.

El mural es mi nombre, y cada letra está llena de cosas mágicas y fantásticas. Conozco bien ese mural; estuvo en mi pared casi diez años, hasta que decidimos repintarla. No sabía que mi madre biológica lo había pintado para mí.

Me tiembla un poco el labio, y me lo muerdo hasta que recupero la calma. Ni de coña pienso desmoronarme ahora, no delante de un completo desconocido.

—Siento haberte mostrado la verdad con tanta crudeza —expresa—, pero los oráculos necesitamos enfrentarnos a nuestro propio bagaje antes siquiera de intentar ser eficaces para los demás.

—¿Cómo va a ser ese tu bagaje? —pregunto—. Era mi madre.

—Buena observación —responde con un ligero movimiento de cabeza—. Te plantea preguntas, ¿verdad?

En cualquier otro momento, por descontado. ¿Ahora mismo? Estoy harta de intentar adivinar cosas, y más todavía de descubrir otras que ponen mi mundo patas arriba. Así que, en lugar de tratar de suponer de qué está hablando, me inclino por lo único que sé con certeza.

—No soy un oráculo —declaro—, sino una mantícora.

—¿Estás segura de eso? —Ladea la cabeza en señal de duda—. Porque...

Se detiene cuando suenan unos chirridos agudos procedentes del otro lado de las puertas de la despensa.

—¡Mierda! —Jude se pone en acción de inmediato y coge el tapiz—. Remy, tenemos que salir de aquí ya.

Pero Remy ya se ha puesto manos a la obra. Abre un portal justo cuando el espantoso monstruo serpiente contra el que Luis y yo peleamos en la mazmorra arranca las puertas de las bisagras.

—¡Esperad! ¿No deberíamos luchar contra él? —pregunta Ember confundida—. Pensaba que el objetivo de reparar el puñetero tapiz era precisamente ese.

—Lo haremos —coincide Jude mientras empuja a los demás dentro del portal, incluido a Henri—, pero no creo que una despensa subterránea enana sea el lugar más indicado.

En eso estoy de acuerdo con él. No hay donde esconderse de esa criatura; si se planta en medio de la estancia, sus dedos serpiente pueden alcanzar sin problemas los cuatro rincones y todo el espacio que hay entre ellos.

Entro a toda prisa en el portal justo antes de que uno de esos dedos serpiente me atrape, y casi me mareo del alivio cuando, apenas dos segundos después, aparezco en el centro del salón de baile. Al menos hasta que choco de lleno contra la espalda de Luis.

—Oye, qué... —intento decir, pero entonces veo lo mismo que está viendo él... y también todos los demás.

El salón de baile está atestado de monstruos, a cuál más terrorífico que el anterior.

91

UNA MANTÍCORA CON CORAJE

—¿Me equivoco o esta es la peor pesadilla de Kafka? —refunfuña Izzy mientras salimos del portal y entramos de lleno en el infierno.

Ahora que ha pasado la tormenta, contrasta de lleno con el tiempo que hace fuera, donde el aire es dulce, el sol se está poniendo y el cantar de los zorzales ermitaños llena el cielo.

—¿Solo de Kafka? —gruño al tiempo que retrocedo a trompicones en un intento desesperado de evitar a un monstruo cucaracha de casi tres metros de alto, con unas pinzas descomunales en los extremos de cada una de sus patas y dos agujas colosales saliéndole de la boca.

Lo que más me aterra son las agujas. ¿Se puede saber qué llevan dentro y qué pueden hacerme? Grito como si me estuvieran matando cuando corretea por el suelo, directo hacia mí.

—¡Transfórmate, Clementine! —grita Mozart mientras echa a correr. Las alas negras le salen de la espalda y después se lanza al aire justo a tiempo para esquivar a dos tamollinos enormes que la tienen en el punto de mira.

No cambia de forma por completo, la verdad es que la

estancia no es propicia para que un dragón colosal se ponga a volar por ella, pero tampoco lo necesita. Sube casi hasta el techo y escupe fuego hacia varios de los monstruos que llenan la sala, con cuidado de no darles a los tamollinos, claro. Lo último que necesitamos ahora mismo es un tamollín del tamaño de una furgoneta. Sin embargo, el resto de los monstruos no parecen compartir la capacidad que tienen los tamollinos de evolucionar, así que, cuando le lanza una llamarada a Cucara-Kong, este cae de bruces con un siseo.

Al principio creo que lo ha herido, pero después me doy cuenta de que su estómago se compone de una especie de metal que repele el fuego. Porque eso es justo lo que necesita el mundo de una cucaracha gigante: que sea todavía más difícil de matar. Eso sí que es una pesadilla de las buenas.

Entretanto, Simon corre en zigzag por el salón de baile blandiendo en cada mano unos cuchillos que Izzy le ha prestado. Los tamollinos empiezan a arremolinarse a su alrededor y él les clava las hojas afiladas, una detrás de otra.

Y explotan como si fueran globos.

—¡¿Crees que eso funcionará con el resto de los monstruos?! —le grito a Jude mientras corremos a toda prisa hacia la parte delantera del salón, donde Izzy y Remy pelean espalda con espalda contra dos monstruos mastodónticos de la misma clase.

A simple vista parecen un cruce entre arañas gigantes y ciempiés. Tienen enormes patas peludas y un millón de ojos por todo el cuerpo larguirucho y fino. Sin embargo, cuando se dan la vuelta me doy cuenta de que también tienen alas, bocas llenas de colmillos serrados y antenas hechas de un material afilado que están utilizando para apuñalar a Remy y a Izzy una y otra vez.

A medida que nos acercamos, aplico los consejos de Mozart y cambio a mi forma de mantícora a media carrera. No se me da tan bien como a Mozart, es solo la tercera vez que lo hago, pero lo consigo y con eso basta.

Así que, en el momento en que Jude salta en medio de la refriega con Izzy y con Remy, yo corro hacia un bicho asqueroso parecido a una lagartija que ahora mismo tiene a Luis y a Ember acorralados en el lado izquierdo del salón. Les está escupiendo algún tipo de baba negra nociva por encima y, la verdad, parece que les vendría bien la ayuda.

Ember está en su forma de fénix y no deja de tirarse en picado con la intención de atacarlo a los ojos. Pero, por lo visto, al monstruo no le importan sus globos oculares porque no parece molestarle su ataque en lo más mínimo.

Luis, que se ha transformado en lobo, sigue atacándole las piernas huesudas y delgadas en un intento de tirarlo al suelo. Aunque cada vez que se acerca al bicho este le lanza la baba negra como si fuera un proyectil.

Imagino que tendré más probabilidades si lo pillo por sorpresa. Me lanzo sobre él desde arriba y lo agarro con mis zarpas; bueno, más específicamente, intento agarrarlo con mis zarpas, porque en cuanto me acerco le salen un montón de púas gigantescas por toda la espalda: parece un puercoespín sacado del infierno.

Caigo rápido, con todo el peso de mi cuerpo, y casi me atraviesan, pero consigo alzar el vuelo en el último instante. Sin embargo, una sí que llega a abrirme un buen tajo en el estómago.

Jadeo por el dolor mientras la sangre mana de mi cuerpo. La única parte positiva es que cae en la cara de la criatura, por lo que la ciega durante el tiempo suficiente para que Luis se lance y consiga atrapar una de sus patas delanteras entre sus poderosas fauces.

El monstruo se vuelve loco, empieza a revolverse y a emitir un chirrido agudo muy extraño que hace que se me contraigan todos los músculos. Después entierra a Luis bajo una corriente incesante de esa baba negra tan desagradable.

Lo rodeo y esta vez ataco con más confianza que hace un minuto. Pero, ahora que se ha quitado a Luis de encima, se ha lanzado hacia arriba para atrapar a Ember entre sus afilados dientes de cocodrilo. Cierra las fauces y ella grita con fuerza.

Entro en pánico y me lanzo en picado a su lado. Da la vuelta para enfrentarse a mí, con Ember todavía en la boca, así que lo atravieso con mi aguijón, que por una vez está haciendo lo que quiero de verdad.

La sacudo y noto cómo su cuerpo se desgarra a medida que mi cola le abre un agujero cada vez más grande. Sin embargo, no se disuelve como los tamollinos, por lo que me he quedado pegada al bicho.

Por fin suelta a Ember, que se aleja varios metros de él, entre volando y cayendo. La criatura aprovecha que tiene la boca vacía y se da la vuelta para lanzarme encima toneladas de esa baba nociva.

Jadeo cuando me toca, porque quema como el ácido y me corroe incluso el pelaje de mantícora. Desesperada por evitar otra ronda de esa baba que viene a por mí, sacudo la cola y lanzo al bicho por los aires, a varios metros de distancia de nosotros.

Después aterrizo para comprobar cómo está Ember, quien ha vuelto a cambiar a su forma de humana y se está arrastrando por el suelo justo cuando un grupo nuevo de tamollinos le echa el ojo.

Me interpongo entre ellos, decidida a evitar que la ataquen cuando está tan hecha polvo. Pero apenas puedo ver para poder repelerlos, pues siento como si la baba me estuviera consumiendo los ojos por dentro de las cuencas.

Agito la cola en un intento de mantener a los tamollinos a raya, pero saben que casi no los veo. Así que se aprovechan al instante, se me lanzan directos a la yugular mientras que el monstruo lagartija, que actúa como si estuviera ileso, se da la vuelta para luchar otra ronda contra Ember. Me pregunto si tiene las habilidades de los reptiles para regenerar partes del cuerpo.

Dos de los tamollinos me saltan encima al mismo tiempo y yo me desplomo. Me rasguñan los brazos con los dientes afilados cuando los lanzo hacia delante para protegerme la cara y la garganta.

No puedo evitar que se me escape una sonrisilla ante la ironía de que, después de todo lo que ha sucedido estos últimos dos días, voy a acabar muriendo a manos de las mismas criaturas que se han pasado los últimos tres años atormentándome.

Parece ser que el destino tiene un sentido del humor de mierda.

Desgarro a los tamollinos con los dientes en un último intento desesperado de salvarme, pero están demasiado estimulados para darse cuenta. Están sumidos en un frenesí, centrados solamente en hacernos añicos a Ember y a mí. Intento sacar la cola de debajo de mi cuerpo para, por lo menos, tratar de clavársela, pero no puedo moverme lo suficiente.

Ember vuelve a gritar, solo que esta vez el ruido se parece mucho al piar de un pájaro. Giro la cabeza y contemplo como vuelve a alzar el vuelo, su fénix está decidido a resurgir de sus cenizas. Procuro seguirla con la mirada para asegurarme de que escapa, aunque la vista se me empieza a nublar y solo puedo pensar en Jude.

Perder a un compañero es una de las experiencias más agonizantes que puede sufrir un paranormal, y la idea de hacerle pasar por algo así me destroza más que la posibilidad real de morir. Ya ha sufrido mucho, no necesita más dolor. Tengo que intentar seguir luchando, pero el vacío empieza a extenderse por mi cuerpo.

De repente un rugido iracundo retumba por el salón de baile sobre mi cabeza. Segundos después los tamollinos salen volando por los aires y, acto seguido, un Jude sin camiseta se arrodilla delante de mí.

Tiene la cara cubierta de arañazos, le sangra el hombro por una serie de mordiscos; sus ojos están llenos de preocupación y de amor cuando me escudriña el rostro.

—¿Estás bien, Kumquat? —pregunta con voz fiera y mirada rabiosa.

Asegurar que estoy bien sería pasarse. Asiento y empiezo a decirle que vaya a ver cómo está Ember, pero ya se está dando la vuelta para enfrentarse a los monstruos. Y, por primera vez en la vida, me doy cuenta de que no estoy mirando solo a Jude: sin duda estoy mirando al príncipe de las pesadillas.

92

SI PUEDES SOÑARLO, PUEDES MATARLO

Lo primero que hace es soltar un rugido que exige la atención de todos los presentes, sean humanos o criaturas. Luego se mueve para colocarse directamente frente a mí. Es su manera de protegerme de cualquier otro ataque.

Jude se mantiene erguido pero flexible, con las piernas abiertas y preparadas, y los brazos tendidos a ambos lados. Los tatuajes del pecho y los brazos empiezan a relumbrar y ondear, retorciéndose, doblándose, contorsionándose y deslizándose por la piel hasta que resplandece todo el torso con la magia y el poder de mil pesadillas. Con solo un movimiento rápido de los dedos invoca una ráfaga de viento que surge de la nada, que lo rodea y agita el aire con una turbación tal que la temperatura de toda la sala se desploma veinte grados en un abrir y cerrar de ojos. Es entonces cuando Jude arroja las pesadillas de su cuerpo dentro de la sala, dando vueltas en derredor.

Nunca habría hecho esto antes de todo lo que ha ocurrido en la despensa, jamás habría tenido la confianza en sí mismo para blandir las pesadillas como las armas que son. Sin embargo, algo ha sucedido cuando se ha dado cuenta de que los responsables de todo lo sucedido fueron los Gilipo-Jean, algo ha cambiado dentro de él, y sé que esta asombrosa exhibición de poder y fuerza es el resultado directo de ello.

Los monstruos también se han percatado de ello, porque retroceden chillando y aullando su descontento. Pero ya es demasiado tarde para ellos. Jude los tiene en el punto de mira, y es evidente que está decidido a terminar con esto de una vez por todas.

Cual director de una sinfonía macabra, utiliza sus manos y brazos para dibujar un símbolo (una salvaguarda) con las pesadillas que nos rodean.

Me imagino que fluirán por toda la estancia de inmediato, incluso me preparo para lo que sea que venga con ellas, pero en lugar de eso crean una barrera emplumada que gira y nos envuelve a los dos. Va ganando velocidad y potencia con cada vuelta que da hasta que refulge con tanta intensidad que ilumina toda la sala.

Y es entonces cuando Jude ataca.

Un movimiento rápido de la muñeca, un giro veloz de la mano, y las pesadillas se propagan en un centenar de direcciones. Cubren todo el salón de baile (y a todos los monstruos que hay en él) y se enrollan alrededor de las criaturas como si fueran grilletes de cuerpo entero.

Los monstruos se revuelven y gritan, arañan y rechinan los dientes mientras intentan desesperados escapar de sus ataduras astrales; pero las pesadillas los sujetan con firmeza. Es entonces cuando Jude dibuja un círculo con la mano en el aire y tira con fuerza hacia atrás. En pocos segundos las pesadillas empiezan a arrastrar a los monstruos, lenta pero inexorablemente, hacia Jude.

El tapiz yace en la esquina de la estancia. Remy corre

hacia él y regresa a toda prisa para dárselo a Jude. Simon y Mozart, con aspecto desmejorado, lo cogen y lo extienden sobre el suelo, a sus pies.

Aunque me duele cada músculo del cuerpo y no hay nada que desee más que quedarme donde estoy, me obligo a ponerme en pie y moverme para unirme a Jude, mi compañero.

Él no me mira, pues su concentración es demasiado intensa para eso mientras continúa arrastrando hacia él al montón de monstruos feroces, encabronados y rabiosos.

Pero logra preguntarme, por segunda vez, si me encuentro en condiciones.

Como ya he dicho antes, eso es un concepto un tanto relativo, y más teniendo en cuenta que seguramente tendré algunas costillas rotas. Así que le contesto diciéndole lo único que es cierto, algo que sé que relacionará con nuestra broma de la canción.

—Estoy bien —le aseguro, y veo como sus ojos se oscurecen por la preocupación.

—¿Qué puedo hacer? —quiere saber.

—Meter a los monstruos en el tapiz para acabar con esto de una vez —respondo—. ¿Sabes cómo hacerlo?

—Ni la más remota idea —reconoce con seriedad.

Eso es lo que me temía. No podemos arriesgarnos a que ni siquiera uno de los monstruos venga a por nosotros o intente escapar, por lo tanto hago lo único que se me ocurre.

Me acerco al monstruo más cercano pasando por alto las protestas de Jude, pues le ha pillado por sorpresa. Es el monstruo calamar contra el que Izzy y yo peleamos. Me adentro en mi mente y encuentra la ventana con cristal de colores que mi cerebro ha creado para él.

Primero abro la ventana verde, pero no hay ni rastro del futuro de la criatura. Así que me dirijo hacia la segunda ventana, la roja que esconde el pasado. A lo mejor, si veo cómo fue creado, podré averiguar cómo devolverlo al tapiz.

Me preparo para ver nuestra pelea desde su punto de vista. Retrocedo en el tiempo, más atrás que el polideportivo. Sin duda mucho más que el enfrentamiento contra Izzy y contra mí en su celda. Retrocedo varios días de hambre, sangre y nada más, hasta reconocer por fin a mi madre.

Echo el freno y ahora paso las imágenes poco a poco, de forma parecida a como solía hacerse con los reproductores de vídeo, mientras intento encontrar el instante concreto en el que se creó el monstruo.

Me detengo un segundo y trato de asimilar qué (y a quién) acabo de ver en la pantalla: a mi madre, sí; el calamar este, vale; pero también a una persona que estoy segurísima de que es el padre de Jean-Luc. Es un fae, de eso no hay duda, y pertenece a la mafia, eso por descontado, y tiene los mismos ojos naranja de Jean-Luc.

¿Qué hacía en la academia Calder? ¿Y qué cojones pintaba él con los monstruos? No tiene ningún sentido.

Agito la mano y el vídeo del pasado vuelve a reproducirse. Observo como mi madre y él abren un maletín lleno de dinero, veo como, unos segundos antes, el padre de Jean-Luc se lo da a mi madre y, unos segundos antes que eso, se estrechan la mano.

De pronto todos los fragmentos que he estado viendo empiezan a cobrar sentido.

Solo que... el instinto me empuja a avanzar las imágenes hasta poco después del apretón de manos. Y es entonces cuando veo que Camilla se percata de la presencia de Carolina, escondida en las sombras mientras llevan a cabo esos negocios sórdidos.

Observo como la mujer que pensaba que era mi madre no se inmuta, no muestra en su rostro reacción alguna cuando lanza una mirada de soslayo para indicar que no están solos. Pero percibo la furia en sus ojos... y el miedo.

No obstante, algo no cuadra, Carolina no cuadra. Detengo el «vídeo» y miro más de cerca, tan cerca como me es posible. En ese momento lo veo: el extraño brillo que dejan tras de sí todos los destellos. Mi madre no está viendo a Carolina; está viendo un destello de un futuro donde podría haber visto a Carolina.

Es entonces cuando lo entiendo: esta es la noche en la que Jude me besó en noveno. La noche en la que temía tanto que se escapase alguna pesadilla. Sin embargo, no hubo ninguna pesadilla ni tampoco ningún error. Al menos, no por su parte.

Nos besamos y el tiempo se agrietó durante un breve instante. Vi a mi madre biológica; y Camilla vio algo que nunca debería haber visto, algo que tal vez ni siquiera llegó a suceder jamás; y Carolina tuvo que pagar el precio más alto.

Todo el mundo quiere el control: sobre sí mismos, sobre su vida, sobre la escuela a la que van y el mundo en el que viven. Pero existe una fina línea entre el control y el caos, y a menudo el lado en el que acabas cayendo puede cogerte por sorpresa.

Se me llenan los ojos de lágrimas, de pena, de rabia, de dolor. Las hago retroceder, al menos por ahora, porque otra visión empieza a tener lugar ante mí.

Como todo está sucediendo a la inversa, vuelvo todavía más atrás en el tiempo y miro directamente el momento en el que llevan a la criatura calamar. Y cómo, justo antes de eso, la envuelven con una especie de camisa de fuerza.

Entonces repito ese momento para asegurarme de que estoy viendo lo que creo que estoy viendo.

En cuanto lo veo dos veces, me doy cuenta de unas cuantas cosas. La primera: que la criatura que estoy viendo no es la que tengo delante de mí. En realidad estoy viendo lo que sucede a través de los ojos de esa criatura, lo que significa que mi madre creó más seres como este. La segunda: que he sido una ingenua, y Jude también. Y la tercera: que mi madre ha estado mintiendo; mucho.

Porque no metía estos monstruos en el tapiz, qué va. No, ha estado engañando a Jude desde que era un niño para que la dejase crear esos monstruos con sus pesadillas para así luego venderlos a la organización paranormal más peligrosa del país, y puede que incluso del mundo entero.

Se me revuelve el estómago una vez que lo comprendo todo, y tengo que recurrir a toda la fuerza que me queda para no vomitar aquí y ahora.

Así que me trago la amargura que me está destruyendo las entrañas y me centro en el problema que tenemos ahora entre manos. A saber, la inconmensurable e infernal cantidad de monstruos que tenemos aquí y que no sabemos cómo devolverlos al tapiz. Ni siquiera sabemos si pueden meterse en él. Ahora caigo en la cuenta de que esa podría ser una más de las mentiras que mi madre le contó a Jude.

Sin saber qué más hacer, retrocedo aún más en el tiempo, pero no hallo otras pistas.

—¿Has encontrado algo? —pregunta Jude, y por vez primera me percato de que sabe lo que he estado haciendo.

—No —contesto, porque ahora no es el momento de explicar lo que he visto—. Solo que no sé si los monstruos podrán introducirse en el tapiz en su forma completa.

—¿Qué quieres decir? —Me lanza una mirada llena de confusión—. Así es como siempre se ha hecho. —Desea preguntarme más cosas, pero en cuanto pierde un poco la concentración el monstruo que tiene enfrente comienza a liberarse—. Entonces ¿qué hacemos? —insiste mientras vuelve a centrarse en la criatura que mantiene retenida.

—Creo que deberíamos hacer lo que has hecho con el tapiz —explico, porque no se me ocurre una idea mejor—. Creo que deberíamos deshilar los monstruos, destejiendo las pesadillas de una en una.

Jude hunde los hombros un poco al oírme, creo que es porque se ha dado cuenta de que algo va muy mal; que, aunque logremos derrotar a los monstruos, hay mucho más que desentrañar aparte de todo lo que ha pasado hoy.

Apoyo una mano reconfortante en su espalda, aunque lo cierto es que no sé a quién de nosotros dos intento consolar.

Jude asiente y dice:

—Vale. Vamos a intentarlo.

Levanto la mirada para ver a Simon, que está sentado junto a Ember; me alegra ver que alguien se está ocupando de ella. Pero todos los demás dan un paso al frente para unirse a nosotros. Una vez que están todos en sus puestos, le pregunto a Jude:

—¿Preparado?

Su cara me dice que ni por asomo lo está, pero me dedica una de esas sonrisillas tan suyas y sé que estará bien.

Empieza por el monstruo calamar. Desenreda las pesadillas que lo rodean, pero manteniéndolas cerca por si las fuera a necesitar. No obstante, cuando intenta deshilar al monstruo igual que ha hecho con el tapiz, no ocurre nada.

Lo intenta una segunda vez, una tercera, y nada.

—Podríamos probar a acuchillarlo —sugiere Izzy encogiéndose de hombros—. Con los tamollinos funciona.

—Creo que tengo una idea mejor —comenta Jude—, pero será mejor que os pongáis detrás de mí.

No hace falta que lo diga dos veces, no después de lo que hemos visto en las últimas cuarenta y ocho horas.

Nos colocamos de tal forma que podamos cubrir a Simon y Ember, y una vez a salvo detrás de Jude, este cierra los ojos, respira hondo y mueve los brazos hacia fuera.

Al hacerlo, cada pesadilla de la sala se desenreda, incluidas las que mantienen a los monstruos a raya. En cuanto se liberan, enloquecen y cargan contra nosotros con los ojos inyectados en sangre.

—¿Este era tu gran plan? —exclama Luis con escepticismo—. Porque me gustaban más como estaban antes.

Jude lo ignora mientras tira de todas las pesadillas apretando el puño hacia él, pero los monstruos también se van acercando por sí solos, corriendo en nuestra dirección como si su existencia dependiera de ello..., pero así es.

—Deberíamos echar a correr —dice Mozart—. ¿Verdad?

—No son suficientes —manifiesta Jude, y por primera vez tiene muy mala cara—. Necesito más.

—¡No hay más! —indica Luis—. Y si esperamos demasiado esos monstruos nos convertirán en espaguetis de carne.

—Coge las mías —ofrezco yo.

Jude se vuelve y me mira estupefacto.

—Qué...

—¡Coge mis pesadillas! —repito.

Remy se une.

—Coge las nuestras.

Jude nos mira de hito en hito durante un segundo, como valorando la seriedad de nuestras palabras.

—¿A qué estás esperando? —expresa Luis—. Nosotros no las queremos para nada.

Jude asiente, extiende ambas manos y cierra los ojos de nuevo, aunque tengamos a los monstruos casi encima.

—¡Deprisa! —lo urge Mozart.

Jude afirma con la cabeza y empieza a tirar. Tira, tira, tira, y contemplo maravillada como las pesadillas surgen de nosotros y se unen a la bola resplandeciente que tiene ante él dando vueltas sin cesar. Suponía que todas serían como sombras oscuras y aterradoras, pero no es así; muchas poseen unos colores de lo más vistosos y son relucientes, y caigo en que esto es a lo que se refería Jude.

Estas son pesadillas en su estado más puro, y no dan nada de miedo. No, no son las pesadillas en sí lo que debemos temer, sino los monstruos que nosotros creamos con ellas.

Una vez que Jude ha terminado de recogerlas todas y ha recolectado cada una de las pesadillas que había disponibles en la sala, mueve los dedos rápidamente y esa enorme esfera que da vueltas frente a él sale disparada contra los monstruos. Justo a tiempo, porque están a punto de abalanzarse sobre nosotros.

Los monstruos gritan cuando los alcanzan las pesadillas, que los atraviesan como si fuesen flechas.

Entonces esperamos, conteniendo la respiración, para ver qué ocurre. Al principio la respuesta es nada. Los monstruos están ahí de pie, balanceándose, casi como si estuviesen en estado de shock.

—¿Qué pasa? —susurra Izzy, y me fijo en que lleva cuchillos en ambas manos y no deja de pasear la mirada entre los monstruos.

—No lo sé —contesto igual de bajito.

Hay un silencio ensordecedor momentáneo y, luego..., el primer monstruo explota. Seguido por todos los demás. Uno detrás de otro, los miles y miles de pesadillas que los componían caen sobre nosotros como si fueran una lluvia de confeti.

93

DALE SIN MIEDO A ESA PESADILLA

No hay sangre, no hay vísceras. Tan solo un montón de pesadillas que abarrotan tanto la estancia que es imposible ver a través de ellas.

Bueno, al menos hasta que Jude empieza a segarlas y a canalizarlas en el tapiz una a una.

Lo observo, un tanto sorprendida, mientras lenta y metódicamente limpia la estancia pesadilla a pesadilla. No puedo evitar pensar que, a pesar de todo lo que hemos pasado, tengo muchísima suerte de contar con un compañero fuerte, poderoso y hermoso.

Contra todo pronóstico, de alguna manera hemos conseguido capear la tormenta y hemos salido con vida. Hemos aprendido a enfrentarnos a los monstruos; es más, hemos aprendido a luchar juntos contra ellos. Aunque algunas heridas nunca sanarán, nos tenemos el uno al otro. Por ahora, es más de lo que habría soñado que tendríamos.

Al final Jude traspasa la última pesadilla al tapiz y todos nos quedamos contemplándolo un instante, esperando a que aparezca un segundo Henri; pero parece que ha sido un hecho aislado.

Menos mal, porque no creo que pueda soportar más

versiones de ese hombre. Resulta que se ha pasado toda la pelea escondido en el palco y es ahora cuando aparece para unirse al resto de nosotros. No hay nada como un oráculo al que le asusta vivir el presente.

Será cobarde.

Me giro hacia Jude para ver si está bien, pero ya se encuentra en el otro lado del salón, de rodillas junto a Ember y Simon.

No sé por qué, pero en cuanto lo veo, una sensación gélida me atraviesa y salgo corriendo hacia ellos. De camino busco en mi interior la ventana de Ember y, tan pronto como la encuentro, intento abrir todos los colores; sin embargo, van desapareciendo a medida que trato de cogerlos, primero el verde y después el morado, hasta que todo lo que queda es el rojo del pasado.

Y lo sé.

Incluso antes de llegar hasta ellos, lo sé.

Incluso antes de que Simon suelte un grito desconsolado, lo sé.

Ember ha muerto.

Recorro a toda velocidad los últimos metros que nos separan y me dejo caer de rodillas junto a Jude.

—¿Qué ha pasado? —Jadeo.

—Pensaba que lo conseguiría —susurra Simon—. De verdad que sí. A ver, estaba herida, sabía que estaba herida, pero seguía luchando, seguía intentando arder, seguía intentando resurgir... —Se le quiebra la voz y sus preciosos ojos de sirénido se llenan de lágrimas—. Y cuando ya casi había terminado todo, cuando solo era ascuas, me ha dicho...

Esta vez su voz se convierte en un sollozo. Me dispongo a abrazarlo, pero de repente Mozart está a nuestro lado. Le coloca una mano en la espalda, apoya la otra en la de Jude y después se derrumban juntos.

Aunque Jude es mi compañero, aunque lo quiero a través del tiempo y del espacio, de los sueños y de las pesadillas, y de cualquier cosa que este mundo (o el siguiente) nos eche encima, también sé que ahora mismo necesita estar con sus amigos, que han sido su familia durante los últimos tres años.

Empiezo a retroceder, a levantarme para dejarles privacidad, pero Jude extiende la mano a toda prisa y se aferra a la mía como si fuera su salvavidas.

—Quédate —susurra.

Y eso hago.

EPÍLOGO

MI QUERIDA CLEMENTINE (JUDE)

Lo curioso de las pesadillas es que a veces se terminan.

A veces, el amanecer irrumpe en el cielo.

A veces, el sol sale por el océano.

Y a veces, si tienes suerte, la chica a la que amas te encuentra antes de que te pierdas para siempre.

El muro que nos mantenía encerrados en la escuela ya no es más que escombros y me dejo caer en una pila de ladrillos rotos mientras espero que una Clementine todavía medio dormida recorra la playa llena de desechos hasta llegar a mí.

La noche es mi dominio y me la he pasado tal y como llevo haciendo tantas noches: segando pesadillas mientras ella dormía. Pero es una sensación increíble contemplar como camina por la arena y saber que ha venido a buscarme; que siempre vendrá a buscarme y que ahora tengo el derecho y el privilegio de hacer lo mismo por ella.

Me sonríe a medida que se acerca y se le ilumina toda la cara. Hace que le reluzcan los ojos y que le brille el rostro de una forma que jamás daré por sentada. Ha sido una odisea llegar hasta aquí: no habrá manera de que algún día deje de estar agradecido por su persistencia, su amabilidad y su amor.

Cuando desliza la mano llena de cicatrices por la mía, siento como si estuviera en un sueño, al igual que cuando se coloca a mi lado y se acurruca contra mi costado. No hay nada en mi mierda de vida que haya sido mejor que este momento, así que respiro y huelo su aroma.

—¿Estás bien? —pregunta. Su voz suena delicada, pero el cuerpo que presiona contra el mío es fuerte, poderoso, real.

La muerte de Ember es una herida abierta en un mar de cicatrices; aun así, en cierta forma, abrazar a mi compañera hace que esa miseria sea un poco menos intensa y que la pena sea un poco más llevadera.

—Estoy como la canción, bien a secas —respondo, porque es cierto y no quiero mentirle nunca.

—Ya... —comenta ella con un suspiro triste—. Yo también.

La acerco más a mí, intento devolverle un poco de la fuerza y del consuelo que ella me brinda.

No sé si funciona, pero sí que noto cómo suelta una exhalación larga y lenta mientras su cuerpo se relaja contra el mío.

—No quiero ver a mi madre hoy —susurra—. No estoy preparada.

—Lo superaremos —le aseguro, porque, joder, yo tampoco tengo ningún interés en ver a su madre. Entre la forma en la que ha herido a Clementine, lo que le hizo a Carolina y cómo me ha embaucado para que le proporcione los medios para crear monstruos y venderlos como armas en el mercado negro... Me parecería perfecto no volver a verla nunca más.

Pero no es una decisión que pueda tomar. Uno de los muchísimos inconvenientes de estudiar en la academia Calder es que a menudo no tenemos elección. Mozart parece creer que las últimas veinticuatro horas van a cambiar eso, aunque yo no soy tan optimista.

Como si pensar en la directora la hubiera invocado, un portal se abre centelleando en la playa, justo delante de nosotros.

Parece ser que ha llegado la caballería.

Clementine se tensa contra mi cuerpo y la abrazo un poquito más fuerte. Si pudiera quitarle esto de encima, lo haría. Me encargaría de todo lo que le hace daño.

No obstante, en un giro de guion que nos pilla a todos por sorpresa, quien sale del portal no es la madre de Clementine. En vez de ella aparece Caspian con los brazos a rebosar de kits de primeros auxilios y comida. Lo siguen varios profesores de la academia Calder y suben con dificultad por la playa todos juntos mientras el portal se cierra.

Como todo lo que hay en esta escuela, es una caballería de marca blanca.

—¡Clementine! ¡Jude! —grita Caspian en cuanto nos atisba. Intenta acelerar el ritmo, pero acaba cayéndose de bruces sobre una bolsa gigante de patatas con sabor a pepinillo y eneldo—. ¡Hemos venido a salvaros!

—Ah, ¿conque así lo vamos a llamar? —pregunto en voz baja.

Clementine me da un codazo en las costillas.

—Compórtate, que por lo menos lo está intentando.

Pongo los ojos en blanco como respuesta, pero me guardo el sarcasmo para mí, como me ha pedido. Además, no es culpa de Caspian que las últimas veinticuatro horas hayan transcurrido de esta forma. Si quiere pensar que nos está rescatando, no seré yo quien lo saque de su error.

Observamos como se pone en pie, da dos pasos más y vuelve a caerse al instante.

—Venga —insto al tiempo que levanto a Clementine—. Vamos a rescatar al equipo de rescate.

Si lo dejamos a su suerte, me temo que acabará haciéndose daño, o acabaremos todos encerrados aquí hasta que llegue el siguiente huracán. Bajamos por la playa hacia su primo y, mientras yo lo ayudo a ponerse en pie, Clementine recoge todos los suministros que ha ido dejando por la arena como si fueran miguitas de pan.

—¡Me alegro muchísimo de que estéis bien! —exclama con efusividad en cuanto llegamos al muro—. Sé que ha sido horrible para vosotros estar aquí sin electricidad, pero no os preocupéis. Todos llegarán dentro de nada y arreglaremos las cosas.

Si por «arreglar las cosas» se refiere a volver a la retorcida versión de antes, entonces pueden seguir rotas. Desde luego, nosotros no daremos nuestro brazo a torcer.

—¿Quiénes son todos? ¿Y dónde está mi...? —La voz de Clementine se quiebra, pero sé lo que estaba a punto de preguntar.

Y parece ser que Caspian también.

—Tu madre está perfectamente. Te lo prometo —le asegura a su prima—. Había planeado venir, pero mi padre y ella se han tenido que quedar en el almacén por unos problemas de última hora. Aunque la verás dentro de nada; solo tenemos que reunir a todo el mundo y...

Esta vez es su voz la que se va apagando.

—Hemos encontrado a tanta gente como hemos podido —explica Clementine con la voz ronca—. Hemos movido todos los cuerpos posibles al polideportivo. Las ubicaciones del resto están marcadas, Danson tiene la lista.

Se ha puesto a temblar y sé que está pensando en Ember y en todas las personas a las que no hemos podido ayudar.

—Tendrás que pedirles a un par de profesores que se encarguen de buscar a los Gilipo-Jean —anuncio mientras le acaricio la espalda de arriba abajo a Clementine para calmarla—. Se han escondido en algún agujero, y muchas de las muertes son culpa suya.

—¿Muchas? —Caspian abre los ojos como platos—. ¿Cuántas muertes ha habido? ¿Y qué han hecho?

No sé ni qué cojones responder a esa pregunta, así que me conformo con negar con la cabeza. Sé que tendré que hablar sobre el tema en algún momento, pero aún no. No cuando todavía puedo ver a ese maldito monstruo con Ember entre los dientes.

Clementine se mueve incómoda, como si estuviera a punto de contestar lo incontestable, pero antes de que pueda decir nada la voz de Henri viaja por el aire hasta donde estamos.

—¡Anda, el desayuno!

Me doy la vuelta para encontrarme con él y otros dos hombres atravesando lentamente el muro hasta llegar a la playa, todos con chaquetas de esmoquin de terciopelo y pantuflas con monogramas. Llevan un bloody mary en una mano y un abanico de papel pasado de moda en la otra.

—Por casualidad no habrás traído algún *pain au chocolat*, ¿verdad, querido? —le pregunta a Caspian—. Me ha entrado el gusanillo después de la partidita de naipes entre oráculos. Ganar tantas veces seguidas te abre el apetito.

Los otros hombres parecen muy irritados, y el que lleva una chaqueta de color verde vómito se queja.

—Empiezo a arrepentirme de haberte buscado con tanto ímpetu.

—¿Con tanto ímpetu? A mí me parece que os habéis tomado vuestro tiempo. —Henri resopla.

—¿No me digas? —espeta el que va vestido de amarillo pis—. La próxima vez te dejaremos en la alfombra esa. Y nos aseguraremos de que decore la casa de alguien que tenga varios perros con incontinencia.

—¡No os atreveríais! —exclama Henri con aspecto airado.

—Mira en tu bola de cristal —interviene Verde Vómito—. Te revelará si nos atrevemos o no.

Caspian tiene los ojos como platos mientras observa a cada uno de los tres hombres. Y he de decir que, si estas son las personas de las que depende el mundo, no me extraña que las cosas estén tan jodidas.

—¿Qué está ocurriendo aquí? —pregunta Caspian pasando la mirada de ellos a nosotros—. ¿Quiénes sois? ¿Cómo habéis llegado aquí? ¿Y por qué iba a traeros *pain au* lo que sea?

Henri parece ofendido por la pregunta, pero antes de que se le ocurra una réplica se abre otro portal a pocos metros de distancia. Una nube de humo resplandeciente sale disparada de dentro segundos después y baña a Caspian en purpurina.

Verde Vómito retrocede sorprendido.

—¿Qué diantres es eso?

—Nuestra mayor patrocinadora, claro está —informa Caspian mientras tose—. Ha insistido en recorrer el campus después de la tormenta. Creo que quiere valorar el estado de las instalaciones para ver lo cuantiosa que debe ser su contribución.

—¿Desde cuándo tenemos donantes? —pregunta Clementine perpleja.

—¿Cómo crees que hemos conseguido incrementar nuestra preciosa colección de fieras tan rápido? —inquiere Caspian—. Madame Z tiene muchas ganas de verla.

Clementine me mira con el rabillo del ojo como si quisiera decir: «¿Se lo cuentas tú o se lo cuento yo?».

Asiento para invitarla a que haga los honores. Antes de que pueda contarle las noticias de que el recinto de fieras ha alojado a su último huésped, sale disparado del portal un montón del pienso brillante con forma de Z que les dábamos de comer a los monstruos.

—¡Venid con Madame, mis amorcitos! —exclama una voz grave y sonora—. ¡Madame se muere de ganas de veros!

De la nada, los tres Gilipo-Jean que quedan con vida aparecen corriendo por la playa y se lanzan de cabeza al portal.

No tengo muy claro si quería llamarlos a ellos o a unos perros que llevan mucho tiempo perdidos, pero la cuestión es que me veo tentado de seguirlos, aunque solo sea para darles una paliza de una vez por todas.

Lo único que consigue que me quede donde estoy es que sé muy bien en qué clase de infierno se acaban de meter. Ya veremos qué queda de ellos cuando ella se harte, si es que queda algo.

—¿En serio todo lo que teníamos que hacer para encontrarlos era tirarles un poco de pienso? —suelta Clementine anonadada.

—¿Esos eran los Gilipo-Jean? —pregunta Simon cuando él y el resto de nuestros amigos aparecen detrás de nosotros—. ¿Los seguimos?

—Algo me dice que volverán a aparecer dentro de poco —indico.

—¿Qué está pasando? —cuestiona Mozart.

—Pues que es evidente que por fin ha llegado alguien con clase a la isla —responde Amarillo Pis, que se cuadra de hombros y se pasa una mano por la brillante calva.

—Quizá nos traiga profiteroles —sugiere Henri entusiasmado, pero yo sé que no lo hará. Porque esa voz tan peculiar solo puede pertenecer a una persona, y no le van mucho los profiteroles.

Me vuelvo hacia Clementine.

—Lo siento —declaro.

Parece confusa.

—¿Por qué lo sientes?

Me da un apretoncito en la mano que es evidente que quiere decir «Pase lo que pase, estoy contigo». No tengo oportunidad de contestar, pues una mujer alta ataviada con un mono de lentejuelas plateadas emerge del portal.

Parece que ahora se la conoce como Madame Z, pero yo la conocía por otro nombre: Zelda, es decir, mamá o, lo que es lo mismo, mi madre.

Esa misma madre a la que no he visto ni de la que he sabido nada en los diez años que han pasado desde que me dejó en este lugar con el tapiz y las instrucciones de no matar a nadie más. Sí, fue tan incómodo y horrible como suena.

No puedo decir que la haya echado de menos.

La observo mientras recorre la distancia que nos separa. Aparte del pelo rubio, que ha pasado a ser completamente plateado, está igual, incluidos las lentejuelas y el egocentrismo.

Se detiene a pocos metros de nosotros para analizar la situación. Su mirada pasa de Clementine a Henri, y después a mí; y lo primero que me dice en diez años destila sarcasmo.

—No sabía que ya fuera hora de que se conociesen los padres.

Al principio no sé de qué cojones está hablando. Pero después Henri suspira.

—Parece que ya se ha descubierto el pastel —se queja, y de repente abre los brazos—. Ven con papá, mi querida Clementine.

Ella se tensa contra mi cuerpo y su mirada oscila entre mi madre y Henri como si estuviera viendo un partido de ping-pong.

—¿De qué estás hablando? —contesta por fin con voz aguda. Se ha agarrado a mi mano y la está apretando tanto que podría cortarme la circulación, pero no me extraña. Pensábamos que todas las locuras habían acabado al amainar la maldita tormenta, pero parece que teníamos que prepararnos para otra ronda. Sin embargo, de repente sus ojos muestran comprensión—. Un momento...

Henri suspira con exageración.

—Clementine, siento que hayas tenido que enterarte así. Tenía planeado ser más delicado, pero ciertas personas carecen por completo de tal virtud —comenta mientras le lanza una mirada asesina a mi madre.

Henri le tiende una mano, sin embargo, en vez de ir hacia él Clementine retrocede. Tampoco la culpo. No ha tenido tiempo de asimilar todo lo que acaba de descubrir sobre su madre, y esto era lo último que necesitaba.

Ahora me toca a mí darle un estrujoncito en la mano.

—Todo va a salir bien —murmuro para que solo me oiga ella—. Saldremos de esta.

Niega con la cabeza, como si no estuviera segura, pero deja de retroceder.

—¿Cómo vas a ser mi padre? —cuestiona, aunque sé que lo cree, igual que yo. Ser la hija de un oráculo explicaría su habilidad de ver el pasado y el futuro.

—En realidad, es bastante sencillo. Tu madre, la verdadera, no Camilla, claro está, y yo tuvimos una...

Se calla, no encuentra las palabras.

—Aventura —interviene Verde Vómito a la vez que le da otro sorbo a su bloody mary—. Tuvieron una aventura, ella se quedó embarazada, pero las cosas no funcionaron entre ellos. Y aquí estamos.

—Es bastante más complicado. —Henri le lanza una mirada asesina a él también—. En cuanto me enteré de que tenía una hija, vine a buscarte. Camilla no me permitió verte y, cuando le dije que lucharía por llegar a ti, me encarceló. Tu madre murió dando a luz porque su mente estalló debido a tu poder para ver el pasado y el futuro. Desde entonces a Camilla le aterraba pensar que si salías de la isla y recuperabas tus poderes, pudiera ocurrirte lo mismo. Y seguro que ya te sabes el resto.

Clementine emite un sonido desde lo más profundo de su garganta mientras se deja caer contra mi cuerpo. Yo la abrazo con fuerza para mantenerla en pie, porque si no me parece que habría caído al suelo.

—Sácame de aquí —me susurra.

—Ya estoy en ello —contesto al tiempo que la guío y recorremos la playa.

Nuestros amigos nos siguen, Luis nos alcanza y se coloca al otro lado de Clementine. Parece tan cabreado como yo.

—¡¿Ni siquiera vas a saludarme, Jude?! —grita a nuestras espaldas Madame Z, o como cojones quiera que se llame ahora.

No me molesto ni en contestar. Que le den por culo a ella y a todo lo que pretenda conseguir con esta pequeña farsa.

—Pues entonces tendremos que hacerlo por las malas.

Da una palmada y el clamor de un par de decenas de pies golpeando la arena hace eco por la playa.

Nos volvemos justo a tiempo para ver a más de una decena de guardias fae salir a toda prisa del portal.

—¿Qué cojones es esto? —Me coloco delante de Clementine, preparado para luchar.

Pero parece ser que no somos su objetivo. De hecho, los guardias apresan a Henri y a sus dos amigos, que no parecen precisamente sorprendidos; aunque también es verdad que se lo verían venir.

—¡Eh! —grita Clementine, que me aparta de un empujón—. ¡Soltadlos!

—¿Ahora que por fin tengo toda la colección? —pregunta mi madre con las cejas enarcadas—. No lo creo, bonita.

Con un simple gesto de su mano, los guardias arrastran a los oráculos hacia el portal.

—Sois muy amables por haber encontrado a Henri, Giuseppi y Fernando por mí. Y felicidades por vuestra tormentita, he disfrutado mucho del oleaje. En fin, si me disculpáis, esta arena está sentándole fatal a mi pedicura.

Me lanzo a por ella, pero desaparece dentro del portal antes de que pueda acercarme siquiera.

—¡No hay por qué ponerse violento, hombretón! —le espeta Henri al guardia que lo está arrastrando—. Solo quiero despedirme de mi hija antes de irme.

Cuando el fae no le hace ni caso, lo agarro del brazo y me gano varios puñetazos en la cara y en el cuerpo por parte de los otros guardias.

En medio de la confusión, Henri extiende las manos como si quisiera agarrar a Clementine. El guardia lo aparta de un tirón en el último momento, por lo que su mano choca con Simon en vez de con ella.

—¡Estaré bien! —berrea mientras lo meten a empujones en el portal—. Pero ¡recuerda! El futuro solo es como lanzar una moneda al aireeeeeeee.

Su voz hace eco cuando desaparece.

Corro hacia el portal, como todos, pero el último guardia fae se nos adelanta y se cierra sin más.

—¿Qué acaba de pasar? —pregunta Izzy, que parece tan desconcertada como yo me siento.

—Nada bueno —asegura Clementine.

—¿Quieres que abra un portal? —ofrece Remy—. Podemos seguirlos.

—Ni siquiera sabemos adónde han ido —replica Izzy—. Solo porque tengan el respaldo de la Guardia Fae no quiere decir que hayan vuelto a su corte; y si lo han hecho sin duda estarán esperando nuestra llegada.

—Tiene razón —afirma Clementine con tono sombrío—. Tenemos que averiguar qué está pasando antes de actuar.

—Ya, pues quizá podamos empezar por mí —anuncia Simon, y nunca me había sonado tan raro.

Mozart debe de pensar lo mismo porque se vuelve de golpe.

—¿Qué te pasa?

—Creo que tengo un problema —contesta—. De repente todo tiene un aspecto extrañísimo, y estoy bastante seguro de que es porque el padre de Clementine me ha dejado un regalo.

—Qué clase de...

Clementine deja la frase a mitad con horror cuando él mete la mano en el bolsillo, saca una gran moneda de oro y la levanta para que todos la leamos.

Una cara dice «me quiere» y la otra, «no me quiere».

—¿Qué creéis que significa? —pregunta.

No estoy seguro de qué implican esas palabras, pero sé de sobra lo que significa la moneda.

—Que estamos jodidos.

AGRADECIMIENTOS

Escribir este libro, el primero de una nueva serie, ha sido tanto un reto como un deleite y, ahora que está listo para presentarse al mundo, tengo mucha gente a la que quiero darle las gracias por haberme ayudado durante este proceso.

Justine Bylo, la editora más maravillosa e intrépida que una podría desear. Gracias por toda tu ayuda, paciencia y consejos mientras me esforzaba por conseguir la mejor versión de *Dulce pesadilla*. Eres excepcional.

Emily Sylvan Kim, eres la mejor en todos los sentidos. Gracias por todo.

Liz Pelletier, por apoyarme para que me salieran bien las cosas y por todo lo que ha conducido a este momento. Eres increíble.

Brittany Zimmerman, por todo lo que haces por mí y por los seguidores de la serie Crave. Te quiero mucho.

Bree Archer, por las cubiertas más bonitas que una escritora podría soñar. De todo corazón. Me dejas sin palabras cada vez.

Stacy Cantor Abrams, por ser el mejor sistema de apoyo y la mejor amiga que una podría pedir.

Ashley Doliber y Lizzy Mason, por aguantar más de una llamada de teléfono llena de histerismo y por tener siempre un plan. ¡Sois maravillosas y me encanta trabajar con vosotras!

Curtis Svehlak, por aguantarme todos estos años y, de alguna forma, conseguir que todo salga bien. ¡No hay nadie mejor que tú!

Y ahora, el resto del equipo de Entangled: Meredith Johnson, Rae Swain, Jessica Meigs, Hannah Lindsey, Britt Marczak, LJ Anderson, Hannah Guy, Heather Riccio y mis Entangled Buddy Readers. Habéis cuidado muchísimo de mí y de este libro desde el principio. Os estoy muy agradecida. De verdad que trabajo con el mejor equipo editorial y soy consciente de la suerte que tengo.

Un agradecimiento especial para Veronica Gonzalez, Liz Tzetzo y el maravilloso equipo de ventas de Macmillan por todo el apoyo que les han proporcionado a mis libros a lo largo de los años; y a Beth Metrick, Lexi Winter y Emi Lotto por esforzarse tantísimo para que estos libros llegaran a manos de la gente que los lee.

¡Eden y Phoebe Kim, por ser las mejores!

Jenn Elkins, por ser mi amiga del alma. ¡¡¡¡Por otros treinta años!!!!

Stephanie Marquez, gracias por todo tu amor y apoyo durante los dos peores años de mi vida. Eres un tesoro y estoy muy agradecida de que me encontraras.

Para mis tres chicos, a los que quiero con toda mi alma y mi corazón. Gracias por entender todas las noches que he tenido que encerrarme en el despacho para trabajar en vez de pasar el rato con vosotros, por arrimar el hombro cuando más os necesitaba, por estar a mi lado durante todos los años de complicaciones y por ser los mejores hijos que podría desear.

Y, por fin, para mis fans: gracias, gracias, gracias por todo el apoyo, entusiasmo y amor que me habéis mostrado a lo largo de los años. Mis fans sois lo más bonito del mundo y doy gracias por teneros todos los días. Os doy la bienvenida a la academia Calder. Espero que la disfrutéis tanto como yo.

Muchos besos y abrazos.

La academia Calder esconde muchos peligros, por tanto, las historias que se desarrollan entre sus muros y que viven los protagonistas de este libro contienen elementos que podrían no ser aptos para todos los públicos, como violencia explícita, gore, muerte, sangre, vómito, fuego y quemaduras, ahogamiento, veneno y envenenamientos, acoso escolar, alucinaciones, palabrotas, ataques de monstruos que están relacionados con fobias comunes y desastres naturales. También se menciona la muerte de familiares. Si eres susceptible a dichos temas, tenlo en cuenta, por favor.